金瓶梅研究

荒木　猛　著

佛教大学研究叢書

思文閣出版

目　次

第三部　『金瓶梅』に投影された史実

金瓶梅研究

緒言

『三国志演義』『水滸伝』『西遊記』『金瓶梅』の四小説を一口に〝四大奇書〟と称するが、このうちの『金瓶梅』は、これまで淫書と目されてきたせいか、他の三小説と比べて一番その研究が遅れた。第一、本国の中国において永くこの小説が禁書扱いになっていて、研究者ですら容易に伏せ字等のない完璧な版本に接することのできない期間が相当続いたので、この小説を研究することなどとてもできなかったのであった。

かくして、金瓶梅研究はまず本国以外の研究者達によってなされたと言ってよい。海外の研究者でまず挙げるべきは、英人パトリック・ハナン氏による『金瓶梅』の版本と素材に関する独創的且つ重厚な研究である。同じ頃日本には鳥居久靖氏がおられ、同氏による『金瓶梅』の版本や〝しゃれことば〟に関する基礎的で着実な研究があった。その後台湾では魏子雲氏が盛んに気を吐かれ、万暦年間に文人達の間で書写流伝していた頃の『金瓶梅』の内容は現存本のそれと大いに異なり、時の皇帝万暦帝とその後継問題を何らかの形で風刺するものではなかったかとするが如き、大胆で刺激的な説を次々に発表された。

私は、主に以上の三氏の研究に刺激を受けて、金瓶梅研究を開始した。

その後、一九八五年からの約十年間、大陸中国で金瓶梅研究熱が大いに高まり、劉輝・呉敢・黄霖・卜鍵・梅節・王汝梅・陳詔等々おびただしい学者による研究が陸続として発表されるに至り、かつて紅楼夢研究を「紅学」と称したのに対し、「金学」という呼称まで現われるに至ったことは周知の所であろう。(1)

本国中国における金瓶梅研究でまず最も力がそそがれたのは、この小説の作者と成立時代に関してであった。

『金瓶梅』の作者については、これまでにまず大きく、一人の文人による創作だとする説（所謂個人創作説）と、現存本に至るまでに多数の人々の手が入っていて作者を一人に特定できないとする説（所謂集団創作説）の両説に分かれ、更に前者の個人創作説においても、著名文人創作説と無名文人創作説の両説に分かれる。著名文人創作説としては、これまでに王世貞説・李開先説・屠隆説・王稚登説等々があるが、以上作者に関するいずれの説も未だ万人肯首しうる説にはなっていない。

次に、『金瓶梅』の作者に対する考え方を簡単に述べておきたい。私は、この小説の作者を考える際、同じ四大奇書と言っても、この小説の成立事情が他の三小説と根本的に異なる点を踏まえるべきだと考える。知られる通り、『三国志演義』『水滸伝』『西遊記』の三小説はいずれも宋代の講釈に由来し、現存本に至るまで幾多もの人々の手の入っていることが予想されるのに対し、この『金瓶梅』は『水滸伝』中の武松物語を百回の小説に敷衍したものであることから考えて、必ずや『水滸伝』を見てこのようなものを書こうと構想した人物の存在したことを想定すべきであって、私はその人物こそ作者と考えるべきだと思う。しかし恐らく、現在の所この作者については、将来もし彼に関する何か新たな資料でも発見されないかぎり、今挙がっている材料だけでは、定論をみることは不可能ではないかとも考える。

先に指摘したように、この小説は『水滸伝』を換骨奪胎して作られたものであるので、話の時代背景を『水滸伝』と同じく北宋末に設定してはいるが、実際に描かれているのは明の嘉靖年間のことであろうことは、本論中しばしば指摘する所である。

この小説の作者が、果して王世貞等のような一流の文人であったかどうかはわからないが、少なくとも彼は、北宋末と明の嘉靖年間との時代の類似性に着目し、嘉靖という時代における官界や民間の諸種の病弊を熟知していた人で、且つ読者に何かを訴えかけようとした、知的レベルもそれ程低くない人であろうと私は考える。この限りにおいて私は個人創作説を採る者であるが、ただ、中国の旧小説にあっては著作権という概念が皆無で、出版されるごとに原作者に無断で書き換えることが往々行われたから、『金瓶梅』の場合も現存本に至るまでに当然書き換え等で複数の人々の手の入っていることを想定せねばなるまい。事実本論でも説くように、私は少くとも『金瓶梅詞話』（本書ではこれを「詞話本」と称する）の作者と『新刻繡像批評金瓶梅』（本書ではこれを、「崇禎本」と称する）の改作者とは別人だと考えるべきだと思う。従って、以上の点を考慮すれば、私は純然たる個人創作説を採る者ではないと言うべきであろう。

『金瓶梅』の作者は誰かという問題の追求は、当然この小説の成立時代の問題の追求でもあった。これは、作者を誰と考えるかによってある程度成立時代も限定されるからである。ここでは深く述べることを差し控えるが、『金瓶梅』の成立時代については、これまでのところ大きく言って、嘉靖成立説・万暦成立説・隆慶成立説の三説がある。

私は、本論第一部第一章に説くように、この小説は嘉靖末年から隆慶年間にかけての十数年間にかけて執筆されたものであろうと考える。

また『金瓶梅』の版本は、大きく言って、万暦丁巳（四十五）年の弄珠客の序のある「詞話本」と、崇禎年間に刊行されたとおぼしい「崇禎本」とに分れるが、この両版本の関係についても、「崇禎本」は、「詞話本」に基づいて作られたいわば「詞話本」の改訂版で、その関係は親子関係であるとする説と、「詞話本」と「崇禎本」とは直接関係がなく、この両版本は共に基となった祖本からわかれ出たもので、その関係は兄弟関係であるとする説の両説がある。私は、本論でしばしば説くように、前者の親子関係説を採用すべきであると考える。

以下に簡単に、本論の各部各章の論旨を紹介したい。

第一部「『金瓶梅詞話』考」は、主に「詞話本」の成立とその作風についての論考を集めた。

第一章「『金瓶梅』執筆時代の推定」は、「詞話本」に使用されている干支の記載から、この小説は嘉靖末から隆慶年間にかけての十数年間に書かれたものではないかと推定したものである。

次の第二章「『金瓶梅』の成立に関する一考察――特に八十一回以降について――」は、その筆調や作風から見て、「詞話本」百回の全篇一括成立は考えにくく、この「詞話本」の作者は、何らかの理由で八十回まで書いたところで筆を断ち、それ以降の二十回は、別人がこれを補って百回を完成させたと考えるべきではないかという主旨のことを論じたものである。

更に次の第三章「『金瓶梅』と楊継盛――小説と戯曲との関係から見た――」は、この「詞話本」の作者は、『水滸伝』の二十三回から二十六回にかけての武松物語を基にしてこの小説を作っていることから、設定する話の時代を『水滸伝』に倣い北宋末にしているが、実際にはうちに明・嘉靖年間のことを投影させた「借古喩今」の作品に作り上げているのではないかということを論じたものである。

第二部「『金瓶梅』の素材と創作方法について」は、『金瓶梅』に使われている素材と、それから考えられる創作手法に関する論考を集めた。

『金瓶梅』にはおびただしい素材が使われていることがわかっている。パトリック・ハナン氏の言を借りるならば、それは「恰も明代文学の全スペクトルを見ているようで、あらゆるものが引用されている」のである。引用されている素材のあまりの多さから、作者は一人ではなく、必ずや複数の人達の手が入っているに相違ないと考える人もいる程である。

この『金瓶梅』の素材について、最初にして最も優れた研究に、パトリック・ハナン氏の *"Sources of the Chin P'ing Mei"* がある。(2)

氏がこの論文で扱った素材は、

一、小説『水滸伝』
二、口語の短篇小説
三、公案小説「港口漁翁」
四、好色小説『如意君伝』
五、『宋元資治通鑑』等の歴史書
六、「玉環記」「宝剣記」等の戯曲
七、明代に流行した俗曲
八、宝巻・道情等の説唱文学

等多種のものに及ぶ。

筆者がこのハナン論文に刺激を受けて、自分なりに『金瓶梅』の素材について更なる追求をしたのが、本第二部前半に収める次の諸論文である。

第一章「『金瓶梅』の素材（1）――俗曲・「宝剣記」・『大宋宣和遺事』について――」
第二章「『金瓶梅』の素材（2）――話本について――」
第三章「『金瓶梅』の素材（3）――散曲について――」
第四章「『金瓶梅』の素材（4）――駢語について――」

『金瓶梅』における素材研究は、単に『金瓶梅』にいかなる素材が用いられているかの解明のみにとどまらない。それら素材が作品中にどのように用いられているかを考察することによって、この「詞話本」の作者の創作手法の一端が明らかになる。この創作手法について考察したのが、本第二部後半の次の両論文である。

第五章「『金瓶梅』の創作手法（１）──諷刺と洒落について──」

第六章「『金瓶梅』の創作手法（２）──娯楽性と政治性について──」

第三部「『金瓶梅』に投影された史実」は、『金瓶梅』に投影された史実について論じた論考を収める。

すでにしばしば述べるように、『金瓶梅』のストーリーは『水滸伝』から転用されているので、作品に描かれている時代は、『水滸伝』と同じく北宋末ということになっている。しかし、作中随所にこの小説が執筆された明代のことが書き込まれている。では、一口に明代と言っても前後二百七十有余年に亘る時代のうちのいつ頃のことが書かれているのであろうか。

まず私は、この小説中に散見する明代の固有名詞について検討してみた。それが第一章の「『金瓶梅』に見える明代の用語について」である。これら用語の時代を検討してみると、嘉靖末から万暦初年にかけての用語が比較的に多用されていることが確認された。

また、十七回に見える宇文虚中の上奏文に嘉靖二十九年の所謂「庚戌の変」の投影が見られるとしたのが、次の第二章「『金瓶梅』第十七回に投影された史実──宇文虚中の上奏文より見た──」である。ところで、この論文は、私の金瓶梅研究としては極めて早期のもので、今から見れば、考えがいかにも未熟であった。しかしここは、一つの記念として敢てそのままこれに収めることとした。現在は、次章で指摘するように、この宇文虚中の上奏文には、「庚戌の変」の他に、嘉靖二十七年の曾銑・夏言の事件、同二十九年の丁汝夔・楊守謙の事件、さらには同三十八年の王忬の事件等、いずれも嘉靖年間に明王朝と北方の遊牧民との間に惹起された様々な事件の漠たる投影が見られるとすべきであると考える。

この小説に実際に描かれている時代が明の嘉靖時代であったことは、この作品に描かれた大小諸役人の動向からも看取できる。この点について論じたのが、第三章の「『金瓶梅』に描かれた役人世界とその時代」である。

さて、『金瓶梅』に描かれた時代が嘉靖時代だとしたら、作者はこの作品を通じて一体嘉靖時代の何を書きたかったのであろうか。

魯迅は言う、「西門慶は、もともと富裕な旧家の出身で有力者であったから、権力者や貴族とつきあっていたばかりでなく、士人たちさえも彼の仲間になっていた。そういう一家を公開することは、すなわち諸方面を罵り尽すことができる。恐らく単に下劣な言行を描写してこれに筆誅を下しただけではなかったであろう」（『中国小説史略』第十九篇）と。

では、この小説の作者が真に筆誅を加えたかったのは何であったか。

私は、まず西門慶が第三十回で就いた「金吾衛衣左所副千戸　山東等処提刑所理刑」という官職名に注目し、作者の創作意図について考察してみた。これが、第四章の「『金瓶梅』における諷刺――西門慶の官職から見た――」である。この官職名は一見していかにももっともらしいものではあるけれども、これは宋代にもなく、まして明代にもない官職名である。種々検討のすえ、金吾衛衣左所とは、明代の錦衣衛をほのめかしたものではないかと推定した。同様の指摘が、中国の陳詔氏もされている。(3)

錦衣衛とは、皇帝直属の悪名高い特務機関で、明一代を通じて人々から大層恐れられた役所であった。『金瓶梅』の作者は、必ずやこの錦衣衛を疎ましく思っており、もし果して西門慶が実際に就任したのはこの錦衣衛だとしたら、作者が暗に西門慶の所業を通じてこの錦衣衛に対し批判を加えていたのではないかとするのが、本章の主旨である。

次に私は、西門慶の服装に注目してみた。それが第五章の「『金瓶梅』補服考」である。

第三十回で従五品の武官となった西門慶は、時に本来一品ないし二品の武官にしてはじめてその着用が認められる獅子の補子のついた服を着ることがある。このことをどう解釈したらよいか。当時の資料によれば、嘉靖末から万暦にかけて、主に武官と宦官とにこのような身分不相応な服を着用する風潮のあったとすることが見える。武官たる西門慶もこのような身分不相応の服を身につけるということは、図らずもこの小説が書かれていた時代が嘉靖末から万暦初年であることを暗に物語っているように私には思われる。また、この小説の作者は、西門慶にこのような服を着させることによって、彼のその成り上り者的俗物性を強調しようとしたのではないかと推定した。

第四部「崇禎本『金瓶梅』考」は、主に「崇禎本」に関する論考を収めた。

昭和五十八年（一九八三）春に、私が内閣文庫でたまたま手にした『新刻繡像批評金瓶梅』（本書でいう「崇禎本」）に、明末杭州の書肆魯重民が出版した『八品函』とか『十三経類語』とかという珍しい書籍の一部が襯紙《しんし》として使われていることを発見した。それでこの「崇禎本」も魯重民が刊行した書籍ではないかと推定したのが、第一章の「新刻繡像批評『金瓶梅』（内閣文庫本）の出版書肆について」である。

これを雑誌『東方』に発表したところ、大層驚いたことに、数年後にそれまで一面識もなかった台湾の魏子雲氏から、突然この論文の中国語訳の収まった氏の著書『金瓶梅原貌探索』が送られてきた。実に私はこのことによってこの金瓶梅研究を開始することになったと言っても過言ではない。かくてこの一文は私にとって思い出深い論文となった。

さて、先にも少し触れたように、「詞話本」と「崇禎本」の関係については、（一）「崇禎本」は「詞話本」の改訂本であるという説と、（二）「詞話本」も「崇禎本」もともに今まだ発見されていない一祖本から分かれ出たもので、両者はいわば兄弟関係にあるとする説の両説がある。

私は、今後もし両版本共通の祖本というものが発見され、それぞれの版本との関係がしっかりと確かめられたならばともかく、現状ではまだ（二）の説は説得力に欠け、（一）の説の方が極めて合理的であると考えている。従って、本書ではすべて（一）の説の立場に立って論じている。

さて、「詞話本」と「崇禎本」との間には様々な相違が見られるが、今上記の立場に立つ時、この両版本の相違は、とりも直さず「崇禎本」の改作者の行った様々な改作上の工夫ととらえることができよう。

ではこの改作者はいかなる工夫を行っているか。まず第二章の「崇禎本『金瓶梅』各回冒頭詩詞について」は、「詞話本」と「崇禎本」の両版本における各回冒頭につけられた詩詞の違いに注目し、ことに「崇禎本」における詞の多用と、それら詞の中に明人の作のあること、並びにそれらの意味する所などを考察したものである。

また次の第三章「崇禎本『金瓶梅』における五十三回より五十七回までについて」は、改めて「崇禎本」は確かに「詞話本」の改訂本であることを論じようとしたものである。

ところで、「詞話本」と「崇禎本」とを対照してすぐ気付かれることは、「崇禎本」において話の筋展開と直接関係のなさそうな文章を極力削っているということであろう。この点からすれば、「崇禎本」はいわば「詞話本」の刪節本と言っても過言ではないように思われる。ところが仔細にこの両版本を対照してみると、「崇禎本」において逆に新たに文章を付け加えている箇所のあることが見つかった。そこで、この「崇禎本」の改作者が一体いかなる方針のもとにこれらの補筆を加えたかを考察したのが、第四章の「崇禎本『金瓶梅』における補筆について」である。そして、これら補筆が加えられた部分に共通するものを調べてみると、できるだけ話の展開が自然に進行するようにとする合理化の方針が認められた。

最後に附考として、「不登大雅文庫旧抄戯曲『金瓶梅』についての一所見」を収めた。

従来戯曲『金瓶梅』と言えば、「古本戯曲叢刊三集」に収められた鄭小白撰と称せられる二巻三十四出のものを指した。しかし最近中国の学苑出版よりかつての北京大学教授馬廉氏旧蔵の戯曲が影印出版され、その中に二種の戯曲『金瓶梅』の抄本が収録されていた。

本論文は、このうちの二巻三十四出本について、この戯曲が基づいたであろう『金瓶梅』の版本、また他の戯曲『金瓶梅』との関係、更には戯曲化するにあたって見られる特色等について初歩的考察を行ったものである。

なお、本書で使用した『金瓶梅』のテキストは、すべて、「詞話本」は、一九三二年中国山西省介休県で発見されたテキストで、文学古籍刊行社より刊行された影印本を、また「崇禎本」は、日本国立公文書館内閣文庫本にそれぞれ依ったことを、予めおことわりしておきたい。

(1) 一九八五年、中国国内に「金瓶梅学会」が創設され、その後、『金瓶梅』に関する国内学会や国際学会も過去何度か開催されて現在に至っている。精しくは、呉敢『20世紀金瓶梅研究史長篇』(文匯出版社、二〇〇三年)を参照されたい。

(2) 私はかつてこれを日本語訳にして発表したことがある。「金瓶梅の素材」(『長崎大学教養部紀要』人文科学篇、第三十五巻第一号、一九九四年)を参照されたい。

(3) 陳詔「『金瓶梅』隠喩明代廠衛考」(『金瓶梅小考』上海書店、一九九九年)。

第一部　『金瓶梅詞話』考

第一章 『金瓶梅』執筆時代の推定

はじめに

ここ数年来の『金瓶梅』研究熱により、『金瓶梅』に関する論文数はおびただしい数にのぼり、毎年その数が増加している。その結果、いちいち研究状況を整理しにくい状態にある。この小説の作者の有力候補としてあがっている名前だけでも、王世貞・李開先・屠隆等々と十数名にも及ぶ。しかし、今だもって真の作者が誰なのか定論を見ていないし、従って、いつこの小説が書かれたのかがわからないのが実情である。

そこで本小考では、特に『金瓶梅』執筆時代に関してのみ論じ、これら論争に一石を投じたいと思う。あるいは、この執筆時代が特定できれば、同時にまた作者も限定できるかもしれない。

ところで、これまで一般に、『金瓶梅』がいつ頃成立したかという時には、(一)『金瓶梅』に投影されている時代、(二)『金瓶梅』が執筆された時代、(三)『金瓶梅』が出版された時代、の以上の三時代を往々混同して論ぜられる傾向があった。そこで、本考で問題とするのは、あくまでも(二)のこの小説が執筆された時代であることをまずおことわりしておきたい。

さて、『金瓶梅』はいつ頃書かれたものであるか。この問題について、古くは鄭振鐸氏が、万暦三十年前後ではないかと言い、[1]続いて呉晗氏は、万暦十年（一五八二）から同三十年（一六〇二）までの間か、あるいはもっと幅をゆるめて、隆慶二年（一五六八）から万暦三十四年（一六〇六）までの間であろうと推定した。[2]ここ十数年来、この執筆時代に関する研究状況としては、作者が李開先であるとする説を唱える人からは、嘉靖末年に書かれたという説[3]が出されるかと思えば、また、本小説はもともと神宗万暦帝の鄭貴妃溺愛を風刺するものであったにちがいないとする学者からは、その執筆時代は従って、万暦末から泰昌・天啓年間であろうとする説[4]まで出されるに至り、その推定時代にはかなりの幅があった。[5]

干支より見る『金瓶梅』の執筆時代について

かつて魏子雲氏は、『金瓶梅詞話注釈』[6]で、五十三回の「四月二十三日壬子日」を注して、これは明の時代で言ったら、嘉靖四年（一五二五）と同四十年（一五六一）、また万暦二十年（一五九二）と同四十六年（一六一八）のそれぞれ四月二十三日が壬子の日である。ここにこれを記して研究の参考に供する旨のことを書いておられる。これは、大変おもしろい着眼である。そこで今回、『金瓶梅』のこれ以外の部分にこれと同じように干支を用いている箇所があるかどうかを調査してみた。すると、以下のような箇所に干支が用いられていた。

一、五十二回　金蓮がいう「今日は、四月二十一日で、庚戌の日ですから、……」

（金蓮）説道「今日是四月廿一日、是個庚戌日。……」

二、五十三回　月娘は心の中で、あすは二十三日で壬子の日だから、と考えて、……

月娘暗想、明日二十三日、乃是壬子日。……

さて、では、四月二十一日が庚戌であったのは、作者がこの小説を執筆したと思われる嘉靖・万暦年間では、何年に該当するであろうか。鄭鶴声の『近世中西史日対照表』(7)によれば、四月二十一日が庚戌であったのは、嘉靖・万暦年間では、嘉靖四年・同四十年・同四十一年・万暦二十年・同四十六年の各年であったことが判明する。また、四月二十三日が壬子であったのは、すでに魏氏の指摘の通り、嘉靖四年・同四十年・万暦二十年・同四十六年の各年であった。すると、嘉靖四十一年以外は、ほぼ一致することがわかる。このことは、作者が、嘉靖四年か同四十年、あるいは万暦二十年か同四十六年のいずれかの年に『金瓶梅』のこの部分を執筆していたことを示すのではあるまいか。

これ以外の例を見てみよう。五十九回では官哥が死ぬ。ここに官哥に関する干支の記述がある。

三、五十九回　（徐先生）「坊ちゃんは、……政和丁酉八月二十三日の申の刻にお亡くなりになりました。月は丁酉、日は壬子で、……」

（徐先生）「哥児……卒于政和丁酉、八月廿三日申時。月令丁酉、日干壬子。……」

四、同回　徐先生が言う。「（八月）二十七日は丙辰で、……」

徐先生道、「二十七日丙辰、……」

以上、三の八月二十三日が壬子で、四の八月二十七日が丙辰であるのは、鄭氏前掲書に依ると、嘉靖元年（一五二二）から万暦末年までの間で、なんと実に、隆慶五年（一五七一）の一年だけである。

六十二回から六十四回までになると、李瓶児がわが子のあとを追うようにして亡くなっている。ここにも干支の記載が見られる。

五、六十二回　（徐先生）「故錦衣西門夫人李氏の葬儀のこと。……政和丁酉九月十七日丑の刻に死す。日は丙子。……」

（徐先生）「一故錦衣西門夫人李氏之喪、……卒于政和丁酉九月十七日丑時、今日丙子。……」

六、同回　徐先生言う「……十月八日丁酉の午の刻に墓掘り、十二日辛丑の巳の刻に埋葬を行うのが宜しゅうございます。……」

徐先生道「……宜択十月初八日丁酉午時破土、十二日辛丑巳時安葬。……」

七、六十三回　陰陽師が祈禱文を読み上げるのを聞きます。「維《こ》に政和七年丁酉の年、九月庚申の月、二十二日辛巳の日、……」

倶跪聴読祝文、曰「維政和七年歳次丁酉、九月庚申朔、越二十二日辛巳、……」

八、六十四回　かたわらにひざまずいて、（礼生が）祈禱文を朗読するのを聞きます。「維《こ》に政和七年丁酉の年、九月庚申の月、二十五日甲申の日。……」

跪在傍辺読祝「維政和七年。歳次丁酉。九月庚申朔、越二十五日甲申。……」

尚、いわゆる「崇禎本」では、八のこの部分はない。

さて、以上の五から八までで政和七年（一一一七）が丁酉の年であるとしているのは、正しい。では、五の九月十七日が丙子の日で、六の十月八日が丁酉の日で、十月十二日が辛丑の日、七の九月二十二日が辛巳の日で、八の九月二十五日が甲申の日であるのは、明の嘉靖・万暦年間ではいつの年であろうか。この点を、やはり鄭氏前掲書に見てみると、以上の干支はすべて、実に隆慶五年（一五七一）だけがこれに符合することが判明した。

次に、七十九回になると、とうとう西門慶が亡くなる。続く八十回には応伯爵による追悼文が見え、ここにやはり干支の記載が見られる。

九、八十回　その文に曰く「維《こ》に重和元年、歳は戊戌、二月戊子の三日庚寅、……」

其文略曰「維重和元年、歳戊戌二月戊子朔、越初三日庚寅、……」

さて、ここでこの重和元年（一一一八）が戊戌の年であったというのも、正しい。では、ここでいう二月三日が庚寅の日であったというのは、明代のうちの嘉靖・万暦年間では、いつの年がこれに符号するであろうか。やはり、鄭氏前掲書を調べてみると、二月三日が庚寅であったのは、嘉靖六年（一五二七）・同二十五年（一五四六）・隆慶六年（一五七二）・万暦三十一年（一六〇三）であったことがわかる。

以上をまとめると、別表のようになる。

これは、この表を一見して見当がつくことであるが、既に、三から八までが隆慶五年（一五七一）ということからして、一と二は嘉靖四十年（一五六一）を指している可能性が高く、最後の九は、隆慶六年である可能性が高いことになる。

別表

	日付(干支)	該当する年
一	4月21日(庚戌)	嘉靖4・40・41の各年、万暦20・46の各年
二	4月23日(壬子)	嘉靖4・40の各年、万暦20・46の各年
三	8月23日(壬子)	隆慶5年
四	8月27日(丙辰)	隆慶5年
五	9月17日(丙子)	隆慶5年
六	10月8日(丁酉)	隆慶5年
	10月12日(辛丑)	隆慶5年
七	9月22日(辛巳)	隆慶5年
八	9月25日(甲申)	隆慶5年
九	2月3日(庚寅)	嘉靖6・25の各年、隆慶6年、万暦31年

日本では、伝統的にある年を表すのに干支を用いることがあったが、日時を干支で表示することはなかった。しかし中国では、殷の甲骨文を見てもわかる通り、年月日時のすべてを表すのに干支を使った。特に日の表示には、例外なく干支が使われた。そしてこの殷以降、広く暦の年月日の表示に干支が使われてきたのであった。

ところで、上記の三から八までの例が、すべて隆慶五年に相当するというのは、まったくの偶然であったのだろうか。筆者は、とても偶然だとは思えない。これは、作者がこの小説を執筆していた時の生活時間を、そのまま作品に盛り込んだ為だったのではないかと思えてならない。もし、この推論が正鵠を得ているとしたら、次に、以下のことが考えられるであろう。

すなわち、それは、『金瓶梅』のうち、五十二回・五十三回のあたりは、嘉靖四十年（一五六一）に、五十九回から六十四回にかけては隆慶五年（一五七一）に、八十回あたりは、隆慶六年（一五七二）に、それぞれ書かれたのではないかという推測である。

この推測が正しいならば、少なくとも『金瓶梅』は、嘉靖四十年（一五六一）から隆慶六年（一五七二）の十数年をかけて書き上げられたことになる。また、『金瓶梅』の作者の候補者の一人としてあがっている李開先は、隆慶二年（一五六八）に亡くなっているので、候補者からはずさなければならなくなる。また、この外の候補者もある程度限定されてくることになるであろう。

一篇の小説が十数年もかけて書かれるというのは、万事につけ忙しい現代からすれば、なんとも間の抜けたような感じがするかもしれないが、日本近世の読本作者滝沢馬琴による大作『南総里見八犬伝』が前後二十八年の年月を費して執筆されたことなどを考えあわすならば、別に異とするにたらぬであろう。

さて、本小考の結論は、以上の通り、作品に見える三人の人物、すなわち官哥・李瓶児・西門慶の死亡日時における記載から、この小説は、嘉靖末から隆慶にかけての約十数年の間に書きあげられたのではないかというものであるが、終りに、干支の記載にいいかげんな所もあることを書き添えておこう。

それは、三十回で、官哥の生まれた年月日を、「宣和四年戊申六月廿一日」としていることである。もし宣和四年（一一二二）なら、本当は壬寅でなければならない。実は、この点について小野忍氏も注をされている通り、五十九回では、「政和六年丙申六月二十三日」に改められている。これは、話の展開からしても、政和六年（一一一六）でないとおかしいのである。官哥が丙申の年の生まれであることは、三十九回にもそのように見える。しかし、これは作者自身の誤りではなく、印刷時の誤りだったのかもしれない。『金瓶梅詞話』という本は、誤字・当て字の多いことで有名な本であるから、大いに考えられる所である。第一、戊と丙の両字は似ているし、宣と政とを印刷時にまちがえたのかもしれない。

（1）鄭振鐸「談《金瓶梅詞話》」（『文学』第一巻第一期、一九三三年七月）参照。
（2）呉晗「《金瓶梅》的著作時代及其社会背景」（『文学季刊』創刊号、一九三四年一月）参照。
（3）例えば、卜鍵『金瓶梅作者李開先考』（甘粛人民出版社、一九八八年）第三章を参照されたい。
（4）かつて、台湾の魏子雲氏は、『金瓶梅詩話』冒頭の書き出しの部分から、作者が本来書こうとしたのは、一人の皇帝とその跡継ぎをめぐる紛争の話ではなかったかと推論され、また、七十回から七十八回にかけて冬至と年号の記述において混乱があることに着目され、実はそこにこそ明の万暦・泰昌・天啓時代の投影が隠されているのであるとされ、以上のことからこの小説の執筆年代を泰昌・天啓初年であろうと推測された（同氏『金瓶梅的問世与演変』時報出版公司、一九八一年参照）。しかしその後同氏は、黄霖氏の唱えられた屠隆作者説に同調されるに至り、この説を再び唱えられなくなった。
（5）この外にも、執筆時代を考察した論文は、枚挙にいとまがないが、今二・三の例を挙げるならば、以下の通りである。例えば、徐扶明「金瓶梅写作時代初探」（『金瓶梅論集』人民文学出版社、一九八六年、二六～三八頁）では、『金瓶梅』に引用されている俗曲や戯曲から、この小説の成立を嘉靖中葉から万暦初年とする。また、葉桂桐「《金瓶梅》成書年代新綫策」（『北京師大学報』社会科学版、一九八八年四月号）では、『金瓶梅』に狄斯彬や凌雲翼等明代に実在した人物名が登場することに着目され、彼らが『金瓶梅』のモデルになり得た時代を彼らの生没年月より考えることによって、この小説の成立を万暦六年以降と結論づけている。あるいは、梅節「《金瓶梅》成書的上限」（『金瓶梅研究』第一輯、江蘇古籍出版、一九九〇年、八四~九二頁）では、『金瓶梅』六十六回で工部主事安忱が語る「南河南徙」の一語に注目され、南河つまり淮河が黄河に迫られて南に徙ったのは、万暦五年八月のことであることから、この小説の成立は万暦五年八月以降であると結論づけられている。また、黄霖「《金瓶梅》成書問題三考」（『復旦学報』社会科学版、一九八五年第四期）では、さまざまな証拠から、この小説は万暦二十年に書かれたのではないかとされる。

（6）台湾、増你智文化事業公司、一九八一年。

（7）台湾商務印書館、一九三六年初版。

第二章　『金瓶梅』の成立に関する一考察――特に八十一回以降について――

はじめに

袁宏道が『金瓶梅』の写本の半分を董其昌から借りて読んだのは、万暦二十四年（一五九六）のことであった。その後、この小説は、袁中道・沈徳符・謝肇淛・馮夢龍・李日華といった万暦時代の著名な文人達の注目する所ではあったが、何故かすぐには出版されず、現在の所一番早く出版されたものと思しき『金瓶梅詞話』は、万暦丁巳四十五年（一六一七）の刊行で、恐らく、それまでの約二十年間は、写本の形で天下に流伝していたと思われる。

ところで、『金瓶梅』の成立時代に関しては、従来、嘉靖成立説や万暦成立説があり、作者に関しては、個人創作説と複数創作説とが対立してきており、いまだいずれも完全なる決着を見ていないが、この問題を考える時、是非、この二十年近く写本の形で天下に流伝していたという事実をふまえるべきで、もし全編一括成立を前提に論ずるならば、結論として重大な誤りを犯すことになるであろう。つまり、最初に『水滸伝』の一節を借用してこの小説を構想した人間を一人想定できたにしても、この二十年間近く写本流伝の間に、何人かの別人の手が入った可能性は充分あるのである。事実、よく引用される『万暦野獲編』巻二十五によれば、蘇州で『金瓶梅』

が最初に出版された時、その直前まで五十三回から五十七回までが欠けていた為に、陋儒がこれを補うべく筆を執ったと書かれてあり、これに拠るならば、現存する『金瓶梅』は、すでに完全なる個人創作物ではないのである。

とは言え、最初に『金瓶梅』を構想した人間（原作者）と、最終的に写本をまとめて刊行しようとした人間がそれぞれいたと考えるべきで、筆者は、さきにこの原作者をX氏、また各種写本を編纂しこれを刊行した者をY氏と想定したことがある。(1)

現存する『金瓶梅詞話』を見ると、各所に成立過程より生じたと思われる傷痕が認められる。たとえば上述の五十三回から五十七回の他に、二十五回から二十七回にかけて明らかに誰かが書き補った為に生じた傷痕がある。(2)このように書写段階における思しき補筆・改筆の他に、そもそも原作者が初めから百回までのものを書き残したのだろうかという問題もある。『紅楼夢』の作者曹雪芹が当初百回までのものを企図しつつ筆を執ったと思しきも、結局八十回まで書いた所で命を亡くした為、高鶚によりこれに四十回書き加えられて百二十回として完成したように、『金瓶梅』の場合も、原作者は、やはり百回ぐらいを構想していたが、実際に八十回ぐらい書いた所で何らかの事情で筆を断たねばならず、あとの約二十回は、別人がこれを補って完成したということも考えられるのではあるまいか。

本小考は、この『金瓶梅』後二十回別人補足説に立って、その裏付けを主に作品構成上の観点から見てみようとするものである。よって以下はこの約二十回の作者を仮に続作者と称することにする。

一　先人による示唆

この問題については、すでに先人の気付く所であり、二三の示唆があるので、まず、それを見ておきたい。

（一）　澤田瑞穂氏は、「『金瓶梅』の構想は、『水滸伝』で知られた武松復讐譚を起点として、驕児西門慶の放恣無慚な物欲淫慾の生涯を描くといわれている。それならば、一夜の淫慾による主人公の頓死（第七十九回）を以て、この小説は実質的には完結する。それが蜿蜒と百回まで西門一家の崩壊と離散とを叙して飽きなかったのはなぜか。最初から作者の構想だったのか、それとも予定を変えて漫然と後を書き継いだのか。あるいは中国長編小説によく見られる別人の続作部分が附加されているのか。主人公の死を頂点に不等辺三角形をなす『金瓶梅』の構成は、もっと慎重に考え直すべき問題を含んでいるようだ[3]」と指摘し、

（二）　志村良治氏も、「全体的に作品を貫く思想・制作意図、全篇のそれによる統一、言語層の均質性、あるいは、会話の文が押韻していて、語り物の痕跡がみられるところなど、ほかにも具体的に検討すべき問題がある。たとえば七十九回以後（西門慶の死後）、叙述はにわかに簡略になり、粗雑になる。作者の制作態度や意識において、次元の異なる異質性があらわれると私はかんがえる。七十九回までは誰か一人の手になり、続作として別の誰かが後を続け、ちょうどきりよく百回にしたかと考えられる[4]」と指摘する。

二　七十九回以降の展開

果たして、二氏が指摘するように後約二十回が別人によるものであるか、この問題を考える前に、まず七十九回以降の筋・展開を見ておこう。

七十九回　西門慶死す。呉月娘　孝哥を産む。
八　十　回　西門慶の出棺埋葬。李嬌児が廓に戻ったのち張二官の妾となる。
八十一回　揚州から戻った韓道国　西門慶の死を聞いて、夫婦して呉服の売り上げ金を着服して都東京に逃亡。月娘　来保夫婦が財を盗んだので追求する。
八十二〜八十三回　陳経済　潘金蓮と情交を通じ、秋菊これを月娘に進言。
八十四回　呉月娘　泰山へ焼香にゆき、碧霞宮で殷天錫に手込めにされそうになる。普静和尚に孝哥の出家を約する。帰途、月娘　清風寨で再び難に遭うも、宋江によって救われる。
八十六回　春梅　周守備の側室となり、金蓮　王婆に引き取られ、王潮とできる。
八十七回　武松が戻って来て、金蓮と王婆を殺害して兄の仇をとる。雲離守　西門家の遺産めあてに娘を孝哥の許婚とする。
八十八回　春梅　金蓮の屍をひきとり永福寺に葬る。
八十九回　月娘　西門慶の墓参りで永福寺に赴き、偶然そこで春梅と再会する。
九　十　回　清明節に、孟玉楼　知事の息子李衙内に見初められる。孝哥が高熱をだす。孫雪娥　来旺とでき、西門家のものを盗んで駆け落ちするも、盗品より足がつき、捕らえられた後官売に付され、守備府の春梅に買われて炊事係となる。
九十一回　孟玉楼　李衙内に嫁ぐ。
九十二回　陳経済　綿布屋を開くも、ちっとも正業に力を注がず、厳州府に孟玉楼に逢いにゆき、彼女を自分のものにしようとして逆に捕らえられ、その間に船荷など財産の大半を番頭の楊大郎に奪われる。陳経済　月娘に訴えられ一文無しとなる。

九十三回　乞食にまでなった陳経済　父の旧友王杏菴に救われ、彼の紹介で任道士の弟子となり陳宗美と改名する。

九十四回　春梅　周守備の子を産み本妻となる。春梅　雪娥を追放、雪娥　騙されて女郎となる。

九十五回　月娘　玳安と小玉の二人を結婚させる。平安　質草を盗み遊廓に遊ぶも、呉巡検に捕まる。

九十六回　春梅　西門慶の三周忌に西門家に来る。陳経済　水月寺の作業員になっていた所を、張勝に捜しだされて、守備府に迎え入れられる。

九十七回　周守備　宋江征伐に出立。留守中春梅　経済と私通。経済　春梅の配慮により翠屏を娶る。

九十八回　周守備　山東都統制に昇任。陳経済　楊兄弟を告訴し、臨清の大酒楼を乗っ取り自ら経営する。

九十九回　後、この酒楼に韓道国親子三人がころがり込み、経済と再会する。経済　韓道国の娘愛娘と通ずるも、後、張勝の恨みをかい殺される。

百　　回　周統制戦死。春梅　下僕周義と私通し、腹上死する。金兵　入寇し、徽宗・欽宗を北へ連れ去る。呉月娘　呉二舅・玳安・小玉・孝哥を連れて、済南府の雲離守のもとに向かうが、途中、普静和尚に再会し、因果を諭され孝哥を弟子としてさしだす。

以上七十九回より百回までの筋展開を大ざっぱに言うと、西門家の崩壊の様を描いていると言えるが、もう少し細かく見ると、八十一・九十・九十一・九十五の各回は崩壊を描き、八十二〜八十三回、八十五〜八十九回の各回は主に潘金蓮が武松に殺されるまでの経緯を書いた潘金蓮物語の部分、これに対し九十二〜九十四回、九十六〜九十九回の各回は、陳経済のいきさつを主に書いた陳経済物語とも言うべき部分である。

この八十回より百回までの二十回を読んで、それ以前の各回と比べて感ぜられる点は、

（一）　前八十回は、当然のことながら西門慶という男を中心に描かれているが、七十九回でこの男が亡くなったあとは、周秀と彼が勤める守備府のことがよく書かれるようになること。

（二）　前八十回では、西門家のある清河県が話の舞台であったが、後二十回では、晏公廟や謝家酒楼のある臨清に話の主たる舞台が変わっている。

（三）　何よりも不自然なのは、九十七回で春梅が陳経済のことを自分のいとこだと言って守備府に迎え入れるが、周秀はこれに対してなんら訝しがる様子を見せないことだ。なんとなれば、周秀は八十回以前にもたびたび西門家に出入りしていたのであるから、西門慶の娘婿の陳経済のことを知っていてよいはずだからである。

以上が、まず感ぜられる八十回の前と後との相違だが、これ以外にも何か違いがあるのかないのか、次に、(1)先行話本よりの安易な多用、(2)筋・内容の重複、(3)話の展開の速さ、(4)筋・展開の継続と断絶、の四観点から、これを検討してみよう。

三　八十回前後の相違

(1)　先行話本の多用

このことについては、かつて一度論じたことがあるので[5]、詳細は指摘しないが、以下に各回とそれぞれがあおいだと見られる素材とを表にしてみた。

回	素材
一回	『清平山堂』刎頸鴛鴦会、『水滸伝』二十三回、『京本通俗小説』巻十三
二〜五回	『水滸伝』二十四、二十五回
八回	『水滸伝』四十五回
十回	『京本通俗小説』巻十二、十三
十五回	『大宋宣和遺事』宣和六年の条
二十六回	『水滸伝』七回
三十四回	『清平山堂』戒指児記
四十七〜四十八回	『百家公案』巻五十
五十一回	『笑府』巻十　巨卵
五十六回	『笑府』巻二　謁孔廟
七十一回	『水滸伝』八十二回
七十三回	『清平山堂』五戒禅師私紅蓮記
八十二回	『西廂記』三本二折
八十四回	『水滸伝』七、三十二、五十二回
八十七回	『水滸伝』二十六回
八十八回	『京本通俗小説』巻十三
九十回	『清平山堂』楊温攔路虎伝
九十二回	『古今小説』巻三十八
九十三回	『杜子春伝』？
九十六回	『古今小説』巻三、二十九
九十八回	『古今小説』巻三
百回	『京本通俗小説』巻十三

表を見れば一目瞭然だが、殊に八十回以降、何らかの素材による傾向が強まっているのが看取される。(6)

（2）筋・内容の重複

八十回以降は、筆運びが粗略な上に、筋・内容の重複が目立つ。次にその主なるものを挙げてみると、まず八十四回、この回は、続作者が呉月娘をして普静和尚に孝哥の後日の出家を約束させ、百回結末の伏線として設けた回だが、前半部で呉月娘が泰山に焼香にゆき、碧霞宮で殷天錫にあわや手込めにされそうになることを叙しながら、後半部では、泰山からの帰り清風寨でまた捕まり、王英に手込めにされそうになる一段を設けている。これは、素材の『水滸伝』に安易に依った為で、読んでいていささか煩瑣でくどい感じを与える。「崇禎本」の改筆者も筆者と同感だったと見えて、早速、清風寨の一件はこの回からは削除している。

くどいと言えば、九十二回もそうである。この回では、陳経済が再婚した孟玉楼を我がものにせんと厳州府に赴くが、ことは露見して、逆に捕まり裁判にかけられる。裁判官徐嵒の明察によって釈放されるが、清河に戻るや、妻西門大娘との喧嘩が絶えず、それがもとで大娘を自殺に追いやる。それで呉月娘により、その不行状を裁判所に訴えられてしまう。陳経済はこの裁判で死刑こそ免れたものの、結局、無一文になってしまうが、このように同じ回で陳経済が二度も裁きを受けるという風に書いているのは、小説の筋展開上いささかくどく、よって筆運び拙しと言うべきであろう。

発想がワンパターンと目されるのは、陳経済が、八十六回で王婆の家にひきとられていた金蓮に逢う為に、金蓮の弟だと偽って会い、九十二回では、李衙内に嫁いだ孟玉楼に逢う為にやはり弟だと偽り、九十七回では、周守備に嫁いだ春梅に母方のいとこだと偽って逢いに行っている。これらはすべて発想が似通っている。

九十回では、呉月娘が清明節に墓参りに出かけるが、帰宅後、孝哥が高熱を出した為、劉婆をよぶ一段がある。これは明らかに四十八回李瓶児が清明節墓参の帰り、官哥の高熱に劉婆をよびこれを治そうとした筋展開の再述である。

九十九回、劉二が陳経済の経営する謝家大酒楼にやって来て王六児を蹴倒すなど狼藉を働く一段は、九十四回、この時は晏公廟の道士であった陳経済が謝家大酒楼に来て女郎の馮金宝としばしの逢瀬を楽しんでいる所を、劉二がやって来て二人を殴りつけた上に守備府につき出した一段の焼き直しである。

（3）話の展開の速さ

八十回を境としてその前と後とでは、話の展開の速さにおいても相違が認められる。

第十回で武松が李外伝を殺害した為、裁判にかけられ孟州送りとなるが、その判決文に政和三年八月とあるので、それから逆算するとこの小説の第一回は政和二年（一一一二）九月頃に始まり、七十九回で西門慶が死亡するのは重和元年（一一一八）一月二十一日、八十回の西門慶の出棺埋葬は、同年の二月二十日である。従って、一回から八十回までは約六年間のことを叙したと言える。これに対して、百回の設定は建炎元年（一一二七）ということになっているので、八十回から百回までは九年間のことを叙していることになる。物理的時間の経過の速度からしても、後二十回の展開は、前八十回より速くすすむように設定されている。

しかし、後二十回は単に時間経過のスピードばかりではなく、何か筆運び・筋展開に余裕が感じられない。そのことを九十回と九十四回における孫雪娥転落の人生を叙した部分より見てみよう。

九十回、今や大黒柱の西門慶を亡くし没落する一方の西門家に、かつて西門慶に謀られて徐州へ追放された来旺が、今度は細工物屋となって現れ、孫雪娥をかどわかし、西門家内にあった金目のものを奪って駆け落ちして逃げる。実は、来旺と孫雪娥はすでに二十五回でできていた。来旺が杭州へ品物の買い付けに行っている間に、西門慶が彼の女房の宋恵蓮に手をつけ密通をしていた。この秘密を杭州から戻った来旺に告げ口したのが孫雪娥であり、このことから二人は急速に親密となり、それで他人ならぬ仲となっていたのである。従って、この九十回で、久しぶりに西門家に現れた来旺に孫雪娥が易々と応じ、駆け落ちするだけの下地は充分にあったわけである。もし、八十回以降が原作者とは別の続作者の手になるとしたら、この続作者は、この点に関し八十回以前の内容との照応に気を配ったものと思われる。

それはともかく、目立つのはその後の話の展開の早さである。西門家から手に手をとって駆け落ちした来旺と孫雪娥の二人は、来旺の提案でとりあえず東門外細米港に住む彼のおばの屈婆の家に身を寄せる。ところが、この屈婆に屈鏜というドラ息子がいて、ある日孫雪娥等が西門家から盗んできた髪飾りなどの金目のものを着服して、それで博打をしている所を当局に捕まる。結局、屈鏜の所持していた贓品より足がつき、来旺と孫雪娥も捕えられ屈鏜ともども判決をうけ、孫雪娥は公売に付されることになる。そして、この公売の話を耳にした守備府の春梅は、かつての恨みを晴らす為に彼女を買いとって守備府の炊事婦として使う。こと孫雪娥について言えば、僅か一回の中で西門家の第四夫人の地位から一気に守備府の炊事婦にまで身をおとすという話の展開のこの早さは、七十九回以前ではたえて見られなかった所である。

また九十四回もやはり孫雪娥をめぐる話である。臨清で女郎屋を経営している劉二が、晏公廟の道士の陳経済が女郎の馮金宝を一人占めしているのを聞いて立腹し、謝家大酒楼でしばしの逢瀬を楽しんでいた二人を捕まえて守備府につきだす。陳経済が守備府のお白洲で裁きを受けていると、春梅が彼だと気付き、夫の周秀にこの道士は実は母方のいとこだと言って見逃してもらう。春梅としては、陳経済を釈放させたあと折を見て彼を守備府にひきとるつもりであった。さていざひきとるとなると、かつての陳経済のことを知悉している孫雪娥が守備府にいつまでも居たのでは都合が悪いと春梅は考え、ある日、孫雪娥の作ったスープに難くせをつけ彼女を怒らせ、それを口実に守備府から追放し、その身柄を周旋婆の薛嫂にひきとらせる。孫雪娥はしばらく薛嫂の家で再婚先を捜していたが、ある日、隣りの張婆が今山東の綿商人の潘五という男が後妻を捜している、条件も良いのでいかがかという縁談を持ち込んできた。孫雪娥にしてみればこれは渡りに船とばかりこの話に応じ、その潘五という男に嫁ぐが、実はこの男は女衒で、孫雪娥が男に従って臨清まで来るや、たちまちある女郎屋に売り飛ばされてしまった。

さて、この回での孫雪娥をめぐる話の展開も急である。守備府の炊事婦から急転直下、女郎にまで身を落とすという急変ぶりである。このように筋だけを追って、登場人物の心理や情景描写までに筆が及ぶ余裕などないのも、八十回以降の特徴である。

（4）筋・展開の継続と断絶

『金瓶梅』三十一回で、西門慶が番頭の呉典恩に百両貸す一段ののちに作者介入文(7)として、次のようなものがはいっている。

ところで皆さんお聞き下さい。のち西門慶が死ぬと、家はすっかり衰える。呉月娘は後家を通し、小玉を玳安と娶わせる。小者の平安は質屋の質草を盗み出して南瓦子で女郎を買う。すると、呉駅丞はこれを捕らえて、たたくやら、はさむやらして痛めつけ、その口から月娘と玳安が密通しているといわせて、月娘を無実の罪におとしいれ、お上から売り出そうとしたのです。つまり恩を仇で返したわけですが、これは後の話。

ここで作者が介入して述べている事柄は、そっくり九十五回の内容とぴったり一致する。この点より見れば、八十回以降も同一の原作者の手になるのではないかとも考えられる。しかし、このことは同時に続作者が八十回以降の筆をとるにあたって、七十九回以前を丁寧に読んだ上、注意深くこれと照応させようとした為かとも考えられるのである。

では次に、登場人物について、八十回を境としてその描かれ方に継続性があるかどうか、また、八十回以降に初めて登場する人物で筋展開上重要な働きをする者がいるかどうかについて考えてみよう。

八十回を境としてその描かれ方の継続性に問題があると思われる者のうち、ここでは、張勝と苗青、それに王四峰の三人をとりあげてみたい。

まず張勝だが、彼は過街鼠と渾名される町のやくざ者で、十九回で西門慶にたのまれて、蔣竹山を脅す。ところで、同回に見える作者介入文によれば、「皆さんお聞き下さい。のち西門慶は、果たして張勝を守備府に推薦してお側仕えにしましたが、それはのちのことで云々」とあるが、その後作中で西門慶がかれを守備府に推薦したという個所は絶えて見えない。ところが八十八回で彼が再登場した時には、いつの間にか李安という男とともに彼は周守備の側用人となっているのである。

このことをどう考えるか。『金瓶梅』のような百回に亙る長編小説で、都合六百人を超える人物を登場させる作品であってみれば、西門慶や潘金運といった中心人物ならともかく、たまにしか登場しない張勝のような周辺人物でその描写にうっかりとしたほころびがあっても不自然ではなく、原作者がうっかり西門慶が張勝を周守備に推薦した一段を書き落としたということも考えられないこともない。しかし、この張勝の場合も、八十回以降の筆を執った続作者が七十九回以前との照応を意識するあまり、自ら気付かぬほころびを出したとも考えられる。

次は苗青について考えてみる。この男は四十七回に登場し、主人を殺してその財産を奪うが、あとで事が露見して捕まり、あわや死刑になるところを西門慶にワイロを送ってそれを免れる。この男を仮にＡとする。『金瓶梅』ではこのあとこの苗青がどうなったか、どうもはっきりと書かれていない。以下、苗青らしき男のあとを追ってみよう。まず五十一回、西門慶が番頭の韓道国と崔本の二人を揚州に派遣し塩をとりにやらせ、ついでに揚州《ママ》に住む苗青を捜しだして渡してほしいと一通の手紙を二人にことづけている。この苗青を今仮にＢとする。次に六十七回、この時も西門慶が韓道国ら五人を江南に派遣して品物を仕入れに行かせ、やはりついでに揚州の苗小湖宛の手紙を彼等にことづけている。この苗小湖を仮にＣとする。次に七十七回を見ると、番頭の崔本らが湖州で絹物を仕入れてきて清河県に戻り、西門慶にむかって帰る途中で揚州の苗親家の家に泊ったと報告している。この苗親家をかりにＤとする。

以上のＢ・Ｃ・Ｄが、Ａと同一人物であるかどうかも判然としない。ただ、Ｂ・Ｃ・Ｄは、いずれも揚州に住んでいる者なので、同一人物のようである。しかも西門慶がしばしば番頭らに手紙を持たせている所を見ると、必ずや以前から付き合いのある人物のようである。そこで想像を逞しくすれば、西門慶によって釈放された苗青Ａが主人より奪った財産をもとに揚州に戻って金持ちとなり、苗小湖と名乗り、しばしば西門慶と手紙のやりとりをするうちに親戚付き合いにまでなったのかもしれないという推測がつく。もしそうならばＢ～Ｄは、Ａと同一人物ということになる。

ややこしいのは、五十一回登場の苗員外である。この人物を仮にＥとしよう。西門慶が蔡太師の誕生祝いに上京した折、太師邸内でこのＥに出会う。このＥは揚州第一の大金持ちで、かねてから西門慶と面識のある人間という設定になっている。揚州の金持ちなら、Ａ～Ｄと同一人物かとも思えるが、書きぶりからすれば、どう考えても四十七回で主人を殺してその財産を奪った男と同一人物のようには考えられない。そこで本考ではとりあえず、A～DとEとは別人物とする。

ところが、八十一回に登場する苗青は、急にはっきり書かれている。この苗青をFとする。この回で韓道国らがやはり南で品物を仕入れて北に戻る途中、揚州のFの家に寄って、この時も主人西門慶からことづかってきた手紙をFに渡す。Fはこの時、手紙の差し出し主は「命の恩人であることを思い出した」となっている。この命の恩人のこととは、ワイロにより死刑を免除してくれたかの一件を指す以外にはかんがえられない。従って、このFはAと同一人物であることは明らかである。AよりEまで判然としない書きぶりであったものが、Fで急にはっきりと書かれるということは何を意味するのであろうか。筆者は、これこそ続作者が意識的に七十九回以前との照応に気を配ったからではないかと考えるのである(8)。

同じことが、王四峰についても言えるように思われる。詳しい説明をやめるが、彼はこの小説の中では一度も直接登場することはなく、すべて地の文でのみ登場するが、初め二十五回揚州の塩商人として読者に紹介される。彼は、何らかの商売上の不正を行った為に安撫使に捕らえられ獄に繋がれる。そこで、ワイロを都の太師蔡京に贈ってその釈放を実現せんと西門慶に働きかけてくるという設定になっている。ところが二十七回になると、塩商人王四峰という呼称のほかに山東滄州の塩商人王霽雲などと書かれる。また三十回では、滄州の商人王四とも見える。いずれも前後の関係から二十五回に登場した塩商人と同一人物のつもりで書いていることのようである。名前の王四峰が王霽雲になったり王四になったりしていいかげんだが、最も混乱しているのは、揚州の商人がいつの間にか山東滄州の商人になっていることである。ところが八十一回では、また、揚州の塩商人王海峯と書かれるのである。王四峰とあるべきところを王海峯となっている点が相変わらずいいかげんだが、筆者が注目したいのは、八十一回で再び揚州の塩商人に戻っていることである。この王四峰の場合も、続作者が七十九回以前との照応にことさら気を配った為かと考えられるのである。

次に、八十回以降に始めて登場する人物の作中における働きについて考えてみよう。

この点に関しては、特に厳四郎と陸秉義の二人の人物について考えてみたい。

まず厳四郎。彼は八十回にのみ登場し、韓道国と同じ牛皮街に住む人物という設定になっている。八十回で韓道国が江南で品物を仕入れ、船で清河県に戻る。一方、この厳四郎は用事でやはり船で南へ下る。この両者の乗った船が臨江ですれちがう。たまたま船の舳先に立っている韓道国の姿を認めた厳四郎が、すれちがいざまに彼に西門慶の死を伝える、と八十回では僅かこれだけの描写にすぎない。

また陸秉義という男は、九十八、九十九回で陳経済の昔馴染の者として登場する。彼はたまたま街で久しぶりに出会った陳経済の口から、かつて使っていた番頭の楊光彦に船荷を盗まれたことを聞くや、裁判をおこして財産を取り戻すようアドバイスする。

さて、この厳四郎と陸秉義両人の筋展開上の働きを考えてみると、実に重要な働きをしていることが解る。正に、この厳四郎の一言により、韓道国がこのあと南方で仕入れた品物を着服して妻とともに都東京に高飛びすることになるし、また、陸秉義のかのアドバイスにより、陳経済は楊光彦から謝家大酒楼を乗っ取り、一時羽振りを利かすが、またこれが、九十九回で楊光彦の義兄の張勝から殺される遠因ともなっている。

厳四郎は韓道国の近所の人間、また、陸秉義は陳経済の昔馴染ということならば、七十九回以前にも登場していても不思議ではないが、一度も出ないで八十回以降に忽然と現れるのは、この小説を読む者にとって唐突の印象はまぬがれない。しかも、彼等の言動がその後の筋展開に重大な影響を与えることになっているとすれば、八十回以降に筆を執った続作者が自分の都合で作り出し書き添えた人物と考えざるを得まい。

おわりに

以上見てきたところによれば、八十回を境として、大分その作風に変化のあることが判明した。その作風の相違の主なるものは、

（一）八十回以降、ことに先行話本を素材として用いることが多くなること
（二）八十回以降、同じような筋・発想を重複して出してもこれを避けなくなること
（三）八十回以降の話の筋が目まぐるしく展開するようになること
（四）八十回以降に始めて現われ、その後の筋展開に大きな影響を与える人物を登場させていること

等が挙げられるかと思う。これらの特徴は、一言で言えば、〝安直な作風〟と言うことができよう。

以上のことを以て、八十回以降は続作者の手になるとするには、いささか証拠に乏しいとしなければならないかもしれない。しかし、同一の作者が八十回以降も筆を執ったにしては、あまりにも作風が違いすぎると断ぜざるを得ず、よって筆者は、続作者が筆を執った可能性は充分にあると考える。この続作者は、八十回以降の筆を執るにあたって、張勝や苗青・王四峰といった人物の描写に関して、七十九回以前との照応に大いに気を配っておりながら、九十七回で春梅が陳経済のことを自分のいとこだと言って守備府に迎え入れる時に、周秀が何ら訝る様子を見せないという不自然さを残している。

さて、もし八十回を境として作者が違うなら、言語的にその前後を区別する何かメルクマールとなるようなものがないだろうかと誰しもが考える所であろう。この点に関しては、実は現在調査中で、まだその作業が終了していない。よって、この方面からのアプローチは、稿を改めて論ずる予定である。

（1）拙稿「『金瓶梅』各回の回目と標題詩について――『金瓶梅』の作者像をめぐって――」（『佛教大学文学部論集』第八十四号、二〇〇〇年三月）を参照のこと。

（2）二十五回より二十七回にかけて、来保と呉典恩とが西門慶の使いとして、王四峰の釈放方斡旋の為と、蔡京の誕生祝いの品を届ける為に二度にわたって都東京に向かっているが、叙述上混乱があり、人の手が入った可能性がある。ことは、鳥居久靖「金瓶梅詞話編年稿」覚えがき（『天理大学学報』第四十二輯、一九六三年十二月）に詳しく指摘されている。

（3）澤田瑞穂「『金瓶梅』の研究と資料」（大阪市立大学中国文学研究室編『中国の八大小説』平凡社、一九六五年）。

（4）志村良治「豪商と淫女――『金瓶梅』の世界――」（内田道夫編『中国小説の世界』評論社、一九七〇年）。

（5）拙稿「『話本』と『金瓶梅』」（『長崎大学教養部紀要』人文科学篇、第三十巻第二号、一九九〇年一月、本書第二部第二章）を参照のこと。

（6）『水滸伝』『清平山堂』『大宋宣和遺事』は、『金瓶梅』に先行する「話本」と言えるかもしれないが、たとえば、『古今小説』は天啓元年の刊本と推定されているので、厳密にいえば、先行話本と称すべきでないのかもしれない。しかし、『古今小説』の中には宋元以来の話本にもとづくものが相当含まれていることも間違いない所で、ここでは、『金瓶梅』の続作者が『古今小説』がもとづいた「話本」によった可能性もあるだろうというぐらいの認識で挙げてあることをお断りしたい。

（7）作中、看官聴説で始まる作者の言葉を、かつて寺村政男氏が作者介入文と称されたので、ここでもこの呼称を使用する。寺村政男「『金瓶梅詞話』における作者介入文――看官聴説考――」（『中国文学研究』第二期、一九七六年十二月）。

（8）しかし、この続作者も完全無欠の人ではない。上手の手から水が漏れるように話は破綻を見せている。それは、七十七回でDが西門慶に楚雲という娘を贈ると崔本に約束しておりながら、八十一回では、Fが韓道国らに楚雲のことは一言も言わない所に見ることができる。流石に「崇禎本」の改作者は、この点の不自然さに気がついたらしく、Fは西門慶からの手紙を見て命の恩人であることを思ったのち、韓道国らを極力もてなし、また韓道国らという娘も買ってこれを恩返しに西門慶に贈ることにしたと書き添えている。また、Dの苗親家というのも、「崇禎本」では単に苗青に書き改めている。

第三章　『金瓶梅』と楊継盛――小説と戯曲との関係から見た――

はじめに

沈徳符の『万暦野獲編』のうち、『金瓶梅』のことについて書かれた記事に、以下のような個所がある。

これは（『金瓶梅』をさす）、嘉靖間の大名士の手筆になり、時事を指斥し、蔡京父子の如きは、分宜（厳嵩のこと）を指し、林霊素は陶仲文を指し、朱勔は陸炳を指し、その他も、各々モデルがあると言われている。中郎（袁中郎のこと）は、「さらに『玉嬌李』なる小説があり、やはり、この名士の手になり、前書（『金瓶梅』）と各々応報因果の関係にあり、武大が転世して淫夫となり、潘金蓮も河間の婦となり、極刑にはてる。西門慶は愚夫となり、妻妾が間男を作っても坐視する。そして、輪廻の違《たが》わないとする話である」と言っていたが、中郎も誰かから聞いていたので、まだ（この小説を実際に）見ていないのである。

去年、首都（北京）に行った時、工部の邱志充（万暦四十一年の進士）の所で、たまたまこの書（『玉嬌李』）を見たが、僅《わず》かに首巻だけであった。内容は穢《けが》らわしく、倫理にも悖《もと》っていて、ほとんど読むに忍びない。作中の帝は、完顔大定と称し、また、貴渓（夏言をさす）と分宜（厳嵩をさす）とが互いに搆陥しあうのも暗にこれを寓した部分もある。嘉靖辛丑（二十年）の庶常（庶吉士）諸公に至っては、その姓名を直書しているのは、殊に驚くべきことだ。だからほっておいて再び開いて見ることはしなかったが、然し、筆鋒は縦横自在を極め、『金瓶梅』より一層勝れているようだ。邱氏が他所に転出したので、この書の行方がわからなくなってしまった。

（巻二十五、詞曲の条）

これによれば、『金瓶梅』に同じ作者の手になる『玉嬌李』なる続書があったと言う。大変惜しいことに、この『玉嬌李』はついぞ出版されることなく散佚し今に伝わらない。

ところで、この沈徳符の記述を信ずるならば、この『玉嬌李』なる小説は、実に不思議な小説だったと言わなければならない。なぜならば、『玉嬌李』が『金瓶梅』の続書ということであるならば、話の時代背景は、北宋末あるいは南宋初ということになるはずである。従って、作中に完顔大定と称する金の皇帝が登場するまではまだ納得できるが、しかし、次に言う、内に明・嘉靖年間の大学士の夏言と厳嵩の政争を暗示する個所があったり、ましてや、作中に嘉靖二十年に庶吉士となった人々の名前が出てくるというのは、一体どういうことなのであろうか。

この小説が亡んで今見ることができないので、詰まる所どういうことなのか本当の所はわからないが、ストーリー上、何らかの形で南宋初と明の嘉靖年間とが二重写しとなっていたものと思われる。更にこの沈徳符の記述を信ずるならば、この小説の作者は『金瓶梅』の作者と同一人物だと言うのである。もしそうであるならば、既に『玉嬌李』が二重写しの作品であり、『金瓶梅』も表向きは北宋末の時代の話としていながら、また同時に別の時代のことを二重写しに描いている作品だったとは考えられないだろうか。

もし、『金瓶梅』が表向きの北宋時代のほかに別の時代のことを写した作品だったとすれば、さて、その別の時代とはいつのことであろうか。

実は、『金瓶梅』とほぼ同時代に現われた戯曲に「鳴鳳記」というものがあり、また、清初には、『金瓶梅』と『玉嬌李』を見て書いた思われる丁耀亢が作った作品に、小説『続金瓶梅』と戯曲「表忠記」とがある。このうちの戯曲の「鳴鳳記」と「表忠記」は、ともに嘉靖期における厳嵩親子の専権誤国と、この親子に対して死を賭して反対する正義派官僚達のことをテーマとしている点で共通する。

筆者は、かつて「『金瓶梅』に描かれた役人世界とその時代」(2)という論文で、『金瓶梅』に投影された時代を嘉靖時代ではなかったかとした。本考でも、楊継盛という実在の人物を通じて、『金瓶梅』と『続金瓶梅』との、あるいは「鳴鳳記」と「表忠記」とのつながりに着目しつつ、『金瓶梅』に反映されている時代はやはり明の嘉靖時代ではなかったかと言うことを、改めて論じてみたい。

一　『続金瓶梅』及び戯曲「鳴鳳記」「表忠記」について

『金瓶梅』と『続金瓶梅』、それに「鳴鳳記」「表忠記」の両戯曲がどのような関係にあるのか、まず見てみたい。その前に、『続金瓶梅』「鳴鳳記」「表忠記」それぞれの内容を簡単に紹介した上で、それぞれの成立年代と作者とに関し、今日まで判明していることについてまとめておこう。

(1)『続金瓶梅』について

まず、この梗概というのは、次のようなものである。

話は、『金瓶梅詞話』第百回の普静師推抜群冤の段をうけて始まる。まず西門慶は、都東京の金持沈通の子金哥に生れ変わり、李瓶児は、やはり東京の袁指揮の娘で常姐に生れ変わる。また潘金蓮は山東の黎指揮の娘の金桂に、春梅は東京の孔千戸の娘で梅玉という者にそれぞれ生れ変わる。

さて、この小説の冒頭は、金兵が大挙して山東を侵略し、天下は大いに乱れ、人は争って南へ逃げることから話が始まる。呉月娘も、孝哥と下男の玳安・小玉夫妻を連れて、家を棄てて南をめざして逃げることにした。ところが、逃げる途中、月娘と小玉の二人は、玳安と孝哥の二人を見失う。一方玳安と孝哥の二人は、月娘らとはぐれた後しばらく一緒に逃げていたが、やがて、この二人もはぐれてしまい、幼い孝哥は途中で出会った応伯爵の手を経て、普静和尚のもとにひきとられ、髪を剃って出家し了空と名乗る。他方、呉月娘も、金兵から逃げる途中、准安の一小尼寺で剃髪して、慈静という尼になる。

さて、李瓶児の生れ変わりの袁常姐は、ある日、徽宗の寵愛を受けている名妓の李師々に見いだされ、李師々の下で妓女となり名も銀瓶と変える。銀瓶は、洛陽の金持翟員外に水揚げされ一時その妾となるが、鄭千戸の息子で花子虚の生れ変わりの鄭玉卿と恋愛関係に陥り、二人は翟員外の目を盗んで駆け落ちする。ところが、この恋の逃避行の途中、薄情な鄭玉卿の心変りにより、彼女は揚州の塩商苗青に売り渡されてしまう。この苗青の正妻は嫉妬深く、たび重なる虐待に銀瓶は耐えられず、とうとう自縊して死ぬ。また、西門慶の生れ変わりの沈金哥も、金兵の侵入後、次第に没落して、最後は乞食となって死ぬ。春梅の生れ変わりの梅玉は、富貴を慕って金将の息子の金哈木の妾となるが、この金哈木の正妻というのが、実は孫雪娥の生れ変わりの粘太々という女で、やっぱり梅玉につらく当り、その虐待に耐えられず、梅玉も出家して梅心という尼になる。潘金蓮の生れ変わりの黎金桂は、前生にひきつづいて美人に生まれ変わったが、彼女の許婚《いいなずけ》というのが実は陳経済の生れ変わりで山西守備の息子の劉朝という男であった。彼は足に障害のある不具者で金桂は不満であったが、許婚というのでしぶしぶ結婚する。しかし間もなく我慢ができなくて離婚し、結局、金桂も大覚寺で出家して蓮浄という尼になる。

さて、月娘と孝哥は、その後普静禅師の導きにより、南海普陀落山で再会し、後、月娘は仏に仕え八十九才で亡くなり、十数年後には、孝哥も坐化したまま成仏し、母子ともども正果を得るというもの。

さて、この『続金瓶梅』の作者は、名は丁耀亢、字は西生、号は野鶴・紫陽道人・木鶏道人といろいろある。山東は諸城の人である。その生卒年代については、これまで諸説あったが、今では万暦二十七年（一五九九）に生れ、康熙八年（一六六九）に七十一才で没したが定説と見てよいだろう。(3)

この小説が執筆された時代ないし刊行された時代については、諸説ある。

まず①一九八七年に発表された伊藤漱平氏による説で、恐らく丁耀亢がかねてより交わりのあった浙江左布政使の張縉彦の財政援助をうけて、順治十三年（一六五六）に杭州で刊行したものだろうとする説。(4)

②一九八八年に発表された黄霖氏による説で、『続金瓶梅』六十二回末には、作者丁耀亢の前生と前々生に関する三度転世の小挿話を載せるが、その中に「下野鶴、棄家修行、至六十三歳、向呉山頂上結一草庵、自称紫陽道人」と見えるを以て、この小説は、作者が六十三歳、つまり順治十八年（一六六一）の時に書きあげたものだろうとする説。(5)

③一九九一年に発表された大塚秀高氏による説で、前記黄霖説をうけて、順治十八年にこの小説が刊行されたであろうとする。ただ執筆時代については、順治十二年から同十五年までの四年間の詩作の量が他の時期に比べて甚しくすくないので、恐らく丁耀亢はこの時期に詩作以外のもの、つまりこの小説の執筆に精を出していたのではないかとする。(6)

④一九九一年に石玲氏が発表した説で、この小説の執筆時期は順治十七年、刊行は順治十八年、蘇州の陳孝寛が出版したとする説。(7)

伊藤・大塚両氏の論文は博引旁証で、筆者は、今これを上まわる材料を持ちあわせていないが、理性的に判断するならば、やはり黄説の如く、この小説は、順治十七年ないし同十八年に書きあげられたものと見るべきであろう。(8) 勿論、この小説の構想は、後述の如く、それよりずっと前から作者の胸中にあったであろう。大塚説のように、この順治十八年に刊行されたのかもしれない。その可能性は充分にある。

(2) 戯曲「鳴鳳記」について

まず、その梗概というのは、次のようなものである。

時は、明の嘉靖帝の御世（一五二二〜一五六六）、折から国の北と南とでは、所謂「北虜南倭」の侵寇があり、人民がこれに苦しんでいるというのに、都では、嘉靖帝が道教にうつつを抜かして、政治を一切省みなかった。その間隙を縫って、厳嵩とその子厳世蕃の専権誤国の賄賂政治が行われていた。この戯曲は、鄒応龍や林潤といった正義派の官僚を主人公とし、彼らが科挙に合格して政界入りしてから、何度かの試練を経て、遂に厳嵩弾劾に成功するまでのことを描く。

鄒応龍は、科挙受験を目指す受験生である。杭州の報国寺に先輩の挙人の郭希顔がいると聞いて、彼の所を訪れ、その時やはり同じく科挙をめざして勉強中の林潤と出会い義兄弟となる。鄒と林の二人は受験を前にして、霊験あらたかな神をまつる福建仙游県に詣でにゆき、そこでまた陝西の挙人の孫丕揚とも識り合う。そして三人は、その仙游の神廟で神から未来を暗示する口占十二句を授かる。やがて、鄒と林の二人は、めでたく科挙に合格する。そして、たまたまその時彼等の座主であった郭希顔とともに、夏言及び楊継盛夫妻の墓に参詣し、その忠烈の霊を弔う。その後、厳嵩は鄒・林の二人を自分の門下に入れようと誘うが、二人がこれを断った為に厳嵩は怒り、鄒を山西道御史に、林を雲南の行人としてそれぞれ左遷させた。更にその後、礼部主事の董伝策・兵部郎中の張狆・工部給事中の呉時来の三人が連名して厳父子を弾劾する。しかし、この時三人は、いずれも嘉靖帝の勘気を蒙り、辺遠の地に謫戌される。後に鄒は任務を果して、北辺より帰京するや、懲りずに厳父子を弾劾し、たまたまこの時、刑科給事中をしていた孫丕揚も期を同じくして厳父子を弾劾した。そこでさしもの嘉靖帝もようやく目が醒めて厳父子の悪事に気が付き、とうとう命を下して、厳家の全財産を没収し、厳嵩は免官の上養老院に収容し、厳世蕃は死刑に処することにする。かくして、鄒と林は、功により各々昇進するというもの。

なおこの間に、内閣大学士の夏言が厳嵩との政争において敗北し死刑に処せられる話や、楊継盛が厳嵩を弾劾して逆に罪を得、獄に下ったのち処刑されて死ぬ話、あるいは、倭寇の襲来の話等を挿入している。

この「鳴鳳記」の作者については、古来、①作者不明説（明・呂天成『曲品』）、②王世貞説（清・黄文暘『曲海總目』）、③王世貞の門人説（清・焦循『劇説』巻六、清・無名氏『曲海総目提要』巻五）と様々ある。このうち、作者王世貞説ないし王世貞の門人説は、『金瓶梅』の作者に関する伝説に似ている。なお、③王世貞の門人説に近い説に、同じ太倉の人で唐儀鳳という人物がこれを作った説もある。それは、『民国太倉州志』巻二十七に見えるもので、「唐儀鳳は、州鳳（王世貞をさす）里の人なり、才あるも遇に艱なり、『鳴鳳伝奇』を撰して、椒山公（楊継盛をさす）等の大節を表す。書成るや、之を弇州（王世貞のこと）に質《ただ》す。弇州曰く、『子の塡詞は、甚だ佳し、然れども書子より出ずと謂わば則ち伝わらず、我より出ずとせば乃ち伝わらん。吾れ美を掠《うば》わんと欲するに非ず。正に以て子の美を成さんとするのみ』と。儀鳳之を許す。弇州乃ち贈るに白米四十石を以てす。而して刊するに己の編する所と為せり。然れども、吾が州、皆な唐より出ずるを知るなり。」と。

この話は、大変生生しく興味をそそられる記事であるが、むしろその点、真偽のほどが疑われる。結局のところ現状では、『曲品』の言うように作者不明とすべきであろうが、ただ、この戯曲の中に嘉靖時の実在の人物が沢山登場しているのに、王世貞だけ登場しない点、却って、王世貞説ないしその門人説も捨てがたい所がある。

次に、この製作時代について考えてみよう。まず、張慧剣氏『明清江蘇文人年表』を見ると、「銭牧斎年譜」に依るとして、万暦十五年（一五八七）に常熟「鳴鳳記」伝奇が上演されているとあることから、この万暦十五年が、この戯曲の製作年代の下限である。ところが、張氏同年表を見ると、万暦二年（一五七四）の条に、前掲の『太倉州志』巻二十七を挙げ、唐儀鳳がこの戯曲を作ってこれを王世貞に売り渡したのがこの年のこととされている。(9) さらに、焦循の『劇説』巻六を見ると、「王弇州史料中、楊忠愍公伝略は伝奇と合わず、相伝う鳴鳳伝奇は、弇州門人の作にして、唯だ法場一折は是れ弇州自ら塡詞すと。詞初めて成りし時、（弇州）優人に命じて之を演ぜしめ、県令を邀《むか》えて同観す。令色を変じて起って謝し、亟《すみや》かに去らんと欲す。弇州徐ろに邸報を出し之に示して曰く『嵩父子は、已に敗せり』と、乃ち宴を終る」と見え、青木正児氏は、『支那近世戯曲史』の中で、この記事に依り、厳父子が誅に伏したのは嘉靖四十四年（一五六五）のことだから、この戯曲もその頃に成立したものだろうと推測されている。(10)

以上をまとめると、「鳴鳳記」は、厳父子が失脚してから間もなくの嘉靖末より隆慶・万暦初年に成立したものと推測され、作者については、古来、王世貞説あるいはその門人説があったが、結局のところ不明ということになるであろう。

（3）　戯曲「表忠記」について

「表忠記」、正しくは、「楊忠愍蚺蛇胆表忠記」という。例によって、まずその梗概を示すならば、以下の通りである。

容城の人楊継盛は、兄夫妻に迫られて已むなく野に出て放牧をするが、志はいずれ科挙に合格後、国政の場で正義を貫く所にあったので、いつも手から書物を離さなかった。そこへ通りかかったのが折から科挙受験の為に上京してきた王世貞であり、二人は話を交わすうちに意気投合して、義兄弟の契りを結ぶに至る。

丁度その頃、都の朝廷内では、俺答《アルタン》の手から河套《オルドス》の地を奪還するか否かで、内閣大学士の夏言と厳嵩とが激しく争っていた。だが、結局夏言がこの政争に破れ、詔獄に下ったのち処刑されて死ぬ。

さて、科挙受験の為に一歩遅れて都入りした楊継盛は、都の報国寺に下宿している王世貞を訪ね旧交をあたためるとともに、その場に居た鄒応龍と林潤とも識り合い義兄弟となる。やがて楊継盛は科挙に合格し、南京吏部験封司の職を拝命し、まず南京に赴く。丁度その頃朝廷は、北のモンゴル族との間に屈辱的な馬市という貿易を行うことを決定したので、職が兵部車駕司員外に変わり都に戻ることになった楊継盛は、国の行く末を憂えてこの馬市に反対する旨の上奏をする。この上奏文を見た嘉靖帝は、一時心を動かすが、厳嵩に言いくるめられ、為に楊継盛は、狄道県典史として辺遠の地に左遷させられる。楊が狄道県で善政を行っている間にも、都では厳親子はますますのさばっていて、王世貞の父の王忬を陥れて殺すなどしていた。その後、楊は山東青州府諸城県知県や南京戸部主事をへて、兵部武選司員外としてまた北京に戻ってくる。厳親子の専権にもう我慢のできなくなった楊継盛は、とうとう厳親子を弾劾する上奏文を出す。しかし、この上奏文中に二王の文字があり、これが嘉靖帝の勘気にさわり、楊継盛は今度こそ生きて再び帰れぬ詔獄に下ることになる。

楊継盛のことを聞き知った王世貞は、獄中にいる楊に蚺蛇胆という霊薬や酒の差し入れをして彼を励ます。しかし、厳嵩は楊継盛の名前を倭寇防備で失敗した総督張経の部下の名前に紛れ込まして、張経らとともに処刑を決行してしまう。

後に、監察御史の鄒応龍と兵科給事中の林潤とが連名で厳親子を弾劾する上奏を行い、この時ようやくその上奏が認められて、厳親子は出身地の江西まで引き回しの上、かの地にて処刑し、家財は一切没収すべしという聖旨が下る。おしまいは、王世貞の上奏により楊継盛の名誉回復が図られるというもの。この間に、大同総兵仇鸞の売国奴的行為や、厳世蕃の色と金に塗《まみ》れた堕落した生活、さらに厳親子に逆らってその毒牙にかかり殺された錦衣衛経歴の沈錬の話などが織り込まれている。

以上、さきの「鳴鳳記」が鄒応龍と林潤を中心に描くのに対して、この「表忠記」は、楊継盛を中心に話を展開させている。

この戯曲の作者は丁耀亢で、同戯曲冒頭に附された順治十六年（一六五九）に書かれた敦棨（字芝仙）の序によれば、作者がこの戯曲を書くに至ったいきさつは、次の通りである。

　時の順治皇帝は、「鳴鳳記」戯曲を忠臣を勧め佞臣を斥くるとして大変評価されていたが、ただ鄒応龍や林潤を中心にすえている点が不満であった。それで、時の宰相の馮銓と戸部尚書の傅維鱗の二人は、皇帝の意を体して、丁耀亢に、戯曲を夏言や楊継盛を中心にすえるものに書き換えてほしいと依頼した。(11)

つまり、丁耀亢がこれに筆を執ったいきさつは、始めは、皇帝の命をうけた勅撰の戯曲だったのである。しかし、この劇ができあがった後、馮と傅の二人にこれを見せると、二人は、第二十二齣の後疏中の文句の中に皇帝に対して差し障りの部分のあることを認めたので、耀亢にこの部分の書き直しを迫り、耀亢は、それで結局の所、この戯曲を皇帝に呈上しなかったとも、この序の中で書かれている。

この戯曲が書かれたのは、この戯曲の第三十六齣に、金甲神が登場し「今順治十四年に当り、大清国の聖明天子、御筆もて親しく表忠御序を題し、天下に頒行したもう。上帝大いに喜び、此れより風調い雨順い、国泰民安なり云々[12]」とあることから、さきの郭棻の序が書かれた順治十六年より二年前の順治十四年（一六五七）のことであったことがわかる。

二　『金瓶梅』と『続金瓶梅』並びに戯曲「鳴鳳記」「表忠記」との関係

以上長々と、『続金瓶梅』と戯曲「鳴鳳記」「表忠記」の梗概と作者、さらにその成立時代を考察してきたのは、これら小説・戯曲と『金瓶梅』との四者の関係を明らかにし、ひいては、『金瓶梅』の作者が『金瓶梅』で真に描こうとした時代がいつだったのかを明らかにしようとする為に外ならない。

ではさっそく、『金瓶梅』とその続書たる『続金瓶梅』との関係について考えてみよう。実は、『金瓶梅』の続書は、『続金瓶梅』のみではない。冒頭に挙げた『万暦野獲編』に見える『玉嬌麗（李）』[13]もそうである。蘇興氏は、その論文「《玉嬌麗（李）》の猜想と推衍」の中で、『金瓶梅』第百回で小玉が永福寺に現われた亡霊達の語った所を聞いた内容と、冒頭で示した『野獲編』の記事とから、『玉嬌麗』の内容を大胆に予想している。それによれば、作品は徐州の貧民范家の子として生れ変わった武大は、社会変動により都東京に入り、不当な大財を得て次第に西門慶風の大官となり、淫乱な生活をすることを中心として、当時の朝臣の権力争いや、官僚と市井の人間の結びつき具合を描いたものではなかったかと推定している。因みに、『野獲編』にいう顔完大定とは、金の世宗雍（在位一一六一～一一八九）を指し、表面的には金の社会を描いているようにみせかけて、実際は、明の世宗嘉靖帝の時代のことを描いた「借古喩今」の小説ではなかったかともする。

もし、『野獲編』の言うように、この『玉嬌麗』の作者と『金瓶梅』の作者とが同一人物なら、『金瓶梅』も、「借古喩今」の小説として作られた可能性は充分にあろう。

では、この『玉嬌麗』と『続金瓶梅』の関係はどうなっているのだろうか。実は、沈徳符の言う『玉嬌麗』の所持者丘志充は、山東諸城の人であって、かつ彼の息子の丘石常は、『続金瓶梅』の作者丁耀亢と同郷の親友であったことが已に判明している。このことから、かつて馬泰来氏がその論文「諸城丘家と金瓶梅」の中で、丘家に例の『玉嬌麗』なる小説が伝わっていて、丘石常を通じて丁耀亢がこれを見たということも考えられる。従って『玉嬌麗』が『続金瓶梅』の藍本であるかどうか、すこぶる検討に値するとされた(14)。

しかし、『玉嬌麗』と『続金瓶梅』は、ともに『金瓶梅』の続書であることだけは間違いないが、『続金瓶梅』は、『玉嬌麗』とは本来別の本で、この『玉嬌麗』から影響を受けたことがないとする説(15)もある。実際、現存する『続金瓶梅』を見るかぎり、武大が始め貧民の范家に生れた後、淫乱の金持になるというような筋立にはなっていない。しかし、例えば次表でもわかる通り、人名の点において、『続金瓶梅』は、『玉嬌麗』が基づいたとする『金瓶梅』第百回で幽霊達が語る所とおおむね一致する。

	『金瓶梅』百回	『続金瓶梅』
西門慶	東京の富家沈通の次子沈鉞に生れ変わる	東京の富家沈鉞の息子金哥に生れ変わる
花子虚	鄭千戸の息子に生れ変わる	鄭千戸の息子鄭玉卿に生れ変わる
潘金蓮	東京の黎家の娘に生れ変わる	東京の黎千戸の娘黎金桂に生れ変わる
春　梅	東京の孔家の娘に生れ変わる	東京の孔千戸の娘孔梅玉に生れ変わる
李瓶児	東京の袁指揮の娘に生れ変わる	東京の袁指揮の娘袁常姐に生れ変わる

従って、黄霖氏も指摘されるように(16)、『玉嬌麗』を所持していた丘志充の丘家と、丁耀亢の丁家とは山東諸城の

名宦の家柄でかねてより付き合いがあり、丘志充が都を去った万暦四十七年（一六一九）には、息子の石常は十四才、丁耀亢は二十才にもなっていたから、丘石常と丁耀亢の二人が直接その『玉嬌麗』を見ることができなかったにしても、父の丘志充から粗筋ぐらいは聞いていたことも充分に考えられ、『続金瓶梅』の藍本が、『玉嬌麗』だとは言えないにしても、この二つの小説がまったく関係ないとも言えないとするのが妥当なのではあるまいか。

また、これは証拠はないが、『諸城県志』によれば、丁耀亢が、万暦四十八年（一六二〇）、二十一才の頃、江南に行き、董其昌の門下に遊び、陳古白・趙凡夫・徐闇公らと文社を作ったと見えることから、董其昌が所持していた『金瓶梅』抄本をこの時に見た可能性もあると推定する説もある。(17) 丁耀亢が、万暦四十八年のその時期に、たとえ抄本や刊本で見なかったとしても、その後のいずれかの時期にかならず世に出まわっていた『金瓶梅』の刊本を一度は見たはずである。そしてその作風を学んだに相違ない。その作風とは何か。それは、「借古喩今」の作風だと私は言いたい。

丁耀亢は、康熙四年（一六六五）に『続金瓶梅』を作ったかどで捕えられ獄に下った。『続金瓶梅』が禁書になった表向きの理由は、それが「淫書」だったからという伝統的なものだったが、実際は、内に丁耀亢の強烈なる民族感情と反清の傾向があると清の当時の統治者が感じとったからだと考えられている。(18) 作中、宋と金との戦争のことを描いていて、実際は、これに明清易代のことを重ねていることは充分に知られている事実である。つまり、宋を以て明を、金を以て清を実際には描いている。その証拠に、作中このことを暗示する語句がちりばめられている。例えば、六回・十九回に見える「廠衛」「錦衣衛」は、明代に置かれた役所名。二十八回・三十五回に見える「藍旗営」「旗下」は、清朝の八旗制度で金にはなかった。五十三回で金が揚州を占拠した後に見える「満江紅」の一詞には「清平三百載(19)　典章文物　掃地倶休」と見えるが、この「三百載」は、明らかに前後二百七十六年間続いた明王朝を指しており、僅かに百七十六年しか続かなかった北宋王朝を指していない。しかも、六十二回には「朱頂雪衣」の鶴を以て自ら喩え、自らを明人だと称し、十四回には、大明万暦年間金陵の状元朱之蕃の故事を出して、清朝開国の頃に先朝のことを大胆不敵にも大明と書いていることなどが挙げられている。

そして、特に冒頭の一回と二回、更に五十三回には、金軍の残忍さと大量殺戮と暴行を生生しく描写して、実際には清の中国侵略の時のことを描いているともされる。このような「借古喩今」の作風は、『金瓶梅』の作風を継承したものと想像される。

次に、「鳴鳳記」と「表忠記」との関係について見てみたい。まず、両戯曲ともテーマはまったく同じで、嘉靖朝における厳嵩・厳世蕃の専横と淫乱な生活ぶりと、それをとり巻く奸臣達、かたやこの厳親子の誤国の罪を暴き、彼等を失脚せしめんと弾劾の上奏を行う官僚の攻めぎあいを描くものである。小説と異なり、実際の史実や歴史上実在の人名を直書している点も共通する。ただ少し違うのは、「鳴鳳記」が鄒応龍と林潤を中心に描くのに対し、「表忠記」はあくまでも楊継盛を中心としたものになっていることである。すでに見た「表忠記」冒頭に附された郭棻の序からも明らかなように、時の順治帝の意を受けた高官が、丁耀亢に「鳴鳳記」を書き換えて楊継盛を中心としたものにしようとしたのであり、従って、「鳴鳳記」は、「表忠記」の藍本と言えるであろう。

では、『金瓶梅』と「鳴鳳記」あるいは『続金瓶梅』と「表忠記」の関係はいかがであろうか。この点を考察する前に、まず明末清初の俗文学には、小説と戯曲の両面で活躍した人が多く[20]、同一題材を小説にしあるいは戯曲にする。また、小説を戯曲化したり、逆に、戯曲を小説化したりすることが多かったことを指摘しておかなければならない。例えば、馮夢龍は、小説『警世通言』巻十八〝老門生三世報恩〟を戯曲化して「三報恩伝奇」を作ったことは、その序に「余向《さき》に老門生小説を作り、政《まさ》に少《わか》くして矜《ほこ》るに足らず、而して老にして慢《あなど》る可からず、目前の短算者の為めに一眼孔を開かんとす」とあることからして明らかであり、また、李玉の「眉山秀」劇も、『今古奇観』巻十七の〝蘇小妹三難新郎〟の話に依っていることが判っている。かつて鄭振鐸も、この劇に跋文を書いて「李玉『眉山秀』劇……述蘇氏父子兄妹事。以『今古奇観』之『蘇小妹三難新郎』話本為依据。明清之際、伝奇作家、毎喜取材于『話本』、此亦其一種」と指摘している。

まず、『金瓶梅』と「鳴鳳記」との関係について考えてみる。

『金瓶梅』の方は、北宋末のことを描きつつ明代のことを投影させているのに対し、「鳴鳳記」は、明瞭に嘉靖朝の政事を描き、内容的にも直接は関係しないが、関係するとすれば、次の二点ばかりを挙げることができる。まず第一は、ともに、伝統的に王世貞ないしはその門人が作ったとする説のあることである。「鳴鳳記」に王世貞作者説ないしその門人作者説のあることは、先述の如くだが、『金瓶梅』も王世貞ないしその門人が作ったという説は、明清両代を通じて広く一般に信じられていた。しかし、一九三一年から三四年にかけて呉晗の発表した論文によって、一時徹底的にこの王世貞説ないしその門人説が否定されたかに見えた。ところが、その後よく呉晗論文を読み直してみると、同論文は、王世貞作者をめぐる伝説を否定したにすぎない。つまり、①王世貞父子と厳世蕃父子とが仇同志になった原因は、伝説に言われるような「清明上河図」とは無関係なこと。②唐順之や厳世蕃が、『金瓶梅』を通じて王世貞に毒殺されたという伝説は荒唐無稽の作りごとであったことの二点が証明されただけで、王世貞ないしその門人説そのものを否定するには、呉晗氏のあげている材料は不足していることなどが指摘されるようになってきた(21)。従って、王世貞ないしその門人による創作説は、まだ完全には否定されていないのである。しかし、『金瓶梅』の作者が誰かについては、いまだ決着のついていない大問題であり、今ここでこれを論ずるのは、やや本論文の論旨とずれるので、これの追求は他日に譲るとして、今は『金瓶梅』も「鳴鳳記」も、これまでに同じく王世貞ないしその門人が作ったとする説が伝統的にあり、その点で、両作品は似ていると指摘するのみにとどめたい。

『金瓶梅』と「鳴鳳記」の関連する第二の点としては、どちらも、ほぼ同じ頃の嘉靖末より万暦初年に執筆成立した作品ではなかったかということである。「鳴鳳記」の成立は、厳父子が失脚して間もなくの嘉靖末より万暦初年にかけて成立したもののようであることは、先に述べた。ところで、筆者は、『金瓶梅』もほぼ同じ頃の嘉靖末より万暦初年に執筆されたものと考えている。このことについては、既に、登場人物の服装や、日付けの干支などからこのような推定を発表したことがあるので[22]、ここでは再述しない。要するに、『金瓶梅』と「鳴鳳記」は、ほぼ同じ頃に執筆されていたのではないかと考えるのである。

『金瓶梅』と「鳴鳳記」との関係は、以上のように、ともに王世貞ないしその門人がこれを作ったという伝説があることと、ほぼ同じ頃に書かれたものと推定されることの二点が関連する点として挙げられる。

次に、『続金瓶梅』と「表忠記」との関係について考えてみよう。

この両作品における関係する点としては、次のようなことが考えられる。まず、どちらも作者は同じ丁耀亢であることが挙げられよう。またその執筆時代も、すでに見たように、「表忠記」は順治十四年に完成、『続金瓶梅』は順治十八年頃に完成したが、その構想はその数年前から立てられていたと考えられ、これまた大体同じ頃にこれを執筆していたと言ってもよいことも関連点として挙げられよう。

ところで、丁耀亢は、何故「表忠記」を書いたのであろうか。直接的には、順治年間の大官であった馮銓と傅維鱗の二人から、この戯曲の執筆を依頼された為であったことはさきに触れた。しからば、馮と傅の二人が、「鳴鳳記」の改作は余人をおいて外になしとして、丁耀亢に白羽の矢をあてこれを依頼したのは、何故だったのだろう。

実は、丁耀亢は楊継盛に対し、殊の外親しみと尊敬の念を懐いていたと思われる。それと言うのも、楊継盛は、短期間であったが一時期、丁耀亢の生れ故郷である山東諸城の知県を勤めているし、丁耀亢は、順治十一年（一六五四）から同十五年（一六五八）まで、つまりこの「表忠記」を執筆していた時、容城教諭の任にあったが、この容城こそ楊継盛の故郷だったのである。それ故にこそ、丁耀亢は「表忠記」第十八齣末に「亢は、諸（城）に産して、（楊）先生に私淑し、久しくして官を容（城）に得たり、（楊）先生の為めに其の生面を絵くは、豈に偶然ならずや」と評をつけている。

内容的には、『続金瓶梅』が北宋末から金にかけてのことを描きつつも、実際は明清の際のことを作中に投影させているのに対し、「表忠記」の方は、明確に明の嘉靖朝における厳嵩の専権とそれを批判する楊継盛のことをテーマとしており、直接的には何の関係もない。しかし、『続金瓶梅』では至る個所において、北宋滅亡の原因――それは同時に明滅亡の原因でもあるが――というものの考察に及び、凡そその原因として、①徽宗皇帝ら凡庸な皇帝による贅沢、②蔡京ら佞臣寵臣による誤国、③張邦昌・劉豫・蔣竹山・苗青ら漢奸による売国行為、以上の三点ぐらいを作中において繰り返し考察しこれを述べている。一方、「表忠記」は、歴史上の人物や事件に基づく戯曲で、いわば上記のうちの②佞臣寵臣による誤国というものを明らかにしようとしたものと言える。かく考えるならば、丁耀亢における『続金瓶梅』と「表忠記」との関係は、いわば補充と照応の関係にあると言うこともできるのではないか。『続金瓶梅』と「表忠記」との関係は以上の通りである。

小説の『金瓶梅』と『続金瓶梅』、それに戯曲の「鳴鳳記」と「表忠記」の以上四作品の関係について、これでいささか明らかにしえたと思う。

ところで、さきに『金瓶梅』は「借古喩今」の小説として作られた可能性があると言ったが、では、その「今」とはいつのことなのであろうか。筆者は、その「今」というのが、戯曲「鳴鳳記」や「表忠記」に描かれた明・嘉靖朝のことと考えており、今これを、『金瓶梅』の作品中より検証してみたいが、その前に、この嘉靖朝というのはどんな時代であったかを概観しておこう。

三　嘉靖という時代について

明の第十二代皇帝世宗嘉靖帝の治世（一五二二〜一五六六）に著しい特徴を三点挙げるとするならば、①所謂「北虜南倭」の禍のあったこと、②道教に心酔し政治をかえりみない嘉靖帝にかわって、政治の実権を大学士厳嵩が握り、前代未聞の賄賂政治が繰り広げられたこと、③楊継盛や海瑞といった、嘉靖帝に対して死を賭して諫め、また厳嵩を弾劾しようとする勇気ある官僚が続出したことの三点が挙げられよう。しかも、これらの特徴に附随して、この時期実に魅力的な人物が多数輩出した。

まず倭寇鎮圧には、胡宗憲・兪大猷・戚継光らの名前を挙げることができる。この倭寇はなんとか鎮圧したのに対し、北虜たるモンゴル族の侵入と、「馬市」と称する通商の要求には、嘉靖年間を通じて、終始明朝廷は悩み通しであった。まず、大学士夏言とともにモンゴル族の手より河套《オルドス》の地を奪還せねばと主張し、嘉靖帝と厳嵩からいたずらに辺釁《きん》を開いたとして処刑された曾銑、嘉靖二十九年（一五五〇）の所謂「庚戌の変」で、その北夷に対する及び腰を批判されて処刑された丁汝夔《き》らは、いわば悲劇の俳優である。これに対し、終始自らの作戦上の失敗をひたすら糊塗することにあけくれた仇鸞《らん》や趙文華、また嘉靖帝の道教狂いに乗じて、我が身の出世を図った邵元節や陶仲文ら道士、嘉靖帝からの寵幸を得て太保という異例の出世を遂げた陸炳、あるいは、厳嵩の義子となって天下に様々な流毒を流しつづけた趙文華や鄢懋卿《えんぼうけい》らとなると、これらはみな嘉靖朝において悪役を演じた者達である。

かたや、厳嵩やその取り巻きの一党に対して身を賭して批判した者に、周天佐・沈錬・楊継盛・徐学詩・王宗茂・呉時来・張翀・董伝策・鄒応龍・林潤らと夥しい人物名を挙げることができ、またその道教狂いと政治をかえりみないことについて嘉靖帝を批判した者に、楊最・楊爵・海瑞等がいる。まこと嘉靖年間は、剛直で正義を貫き通した官僚の沢山輩出した時期であった。彼らの多くは、『明史』巻二百九と巻二百十にその伝が見えるが、この両巻の末につけられた賛がまさにこの時期の人材の特徴を言いあてていると思われるので、次に引用したい。

まず、巻二百十末の賛文は、

世宗は庸懦の主に非ざるなり、（厳）嵩相たること二十余年、貪饕たること盈貫す。言う者、踵《しきり》に至り、斥逐罪死され、之に甘んずること飴の若し、而るに君心の一悟を得る能はず。

また、巻二百九の賛には、次のように見える。

語に之有り。「君仁なれば則ち臣直なり」と。世宗の代にあたり、何ぞ直臣の多きや。重き者は顕戮《りく》、次は乃ち長繫《けい》、最も幸なる者すら貶斥《へんせき》を得、未だ苟全なる者有らざるなり。然れども、主威愈々震い、而るに士気衰へず、批鱗碎《さい》首さるる者踵《くびす》を接して遏《や》む可からず。其の難を蒙るの時を観るも、之に処するに泰然たり、頑懦をして興起する所を知らしむるに足る。斯れ百余年培養の效也。

さて、以上のように、この時期には実に魅力的な人材が多く輩出し、しかも後世から見ると、これらの人々の多くが、割と容易に善玉と悪玉とにふり分けることができるのも、またこの時期の特徴ではなかったかと考えられるのである。

四　『金瓶梅』に投影された時代

さて、では次に、『金瓶梅』に投影された時代とは一体いつのことで、それはどの部分から窺えるのだろうか。それには、筆者はなによりも、『金瓶梅』の作者が作中に宋代や明代の実在の人物名を挙げている部分を見るべきであると考える。そして、作中に宋代あるいは明代の実在の人物名が出てきて、かつそこから、この作者が表向きは北宋末のことを描いているようにみせて、実際に描きたかったのはどの時代なのかを窺うことができる重要な個所としては、なによりも以下の二個所を挙げるべきであると考える。

（一）　第十七回兵科給事中宇文虚中の上奏の個所

（二）　第六十五回で都から花石綱を受け取りにくる勅使六黄太尉を出迎える山東の役人達を描く個所

まず、（一）の十七回の宇文虚中の上奏文について。このことについては、かつて筆者は、この上奏文には嘉靖二十九年の所謂「庚戌の変」の投影が見られるとした[23]が、その後この説を修正して、次のように論じた。再度拙論を引用することをお許し願いたい。

十七回の宇文虚中の弾劾と楊戩の失脚をどう見るか。かつて筆者は、これは嘉靖二十九年の庚戌の変の投影ではないかと論じたことがあるが、冷静によく考えてみると、このように一つの事件に結びつけることにはやや無理があると考えられるので、ここでは、もっと広く考えてみることにしたい。つまりこれには、河套の地を回復すべきか否かで、結局嘉靖帝の同意を得られず失脚し殺されるに至った嘉靖二十七年の曾銑・夏言の事件、または庚戌の変の責任から殺されるに至った同二十九年の丁汝夔《き》・楊守謙の事件、あるいは蒙古軍が灤《らん》河を越えて深く中国の地に侵入した責任をとって殺されることになった同三十八年の王忬《よ》の事件等、

北方の遊牧民との間に惹起された一連の事件の漢たる投影がこの宇文虚中の弾劾ではなかったかと筆者は考える。(24)

この結論は、今でもあまり変える必要はないものと筆者は考えている。ただ、ここで新たに述べたいのは、宇文虚中の上奏文と嘉靖三十二年（一五五三）に出された楊継盛による厳嵩弾劾文との関係である。

その前に、十七回に見える宇文虚中による蔡京ら三奸臣に対する弾劾文を挙げておこう。それは、次のようなものである。

兵科給事中宇文虚中等一本、懇乞宸断、亟誅誤国権奸、以振本兵、以消虜患事。①臣聞夷狄之禍、自古有之。周之玁狁、漢之匈奴、唐之突厥、迨及五代而契丹浸強、又我皇宋建国、大遼縦横中国者已非一日。②然未聞内無夷狄、而外萌夷狄之患者。諺云、霜降而堂鐘鳴、雨下而柱礎潤。以類感類、必然之理。③譬猶病夫至此、腹心之疾已久、元気内消、風邪外入、四肢百骸、無非受病、雖盧扁莫之能救、焉能久乎。④今天下之勢、正猶病夫尫羸之極矣。⑤君、猶元首也。輔臣、猶腹心也。百官、猶四肢也。陛下端拱於九重之上、百官庶政各尽職于下、⑥元気内充、栄衛外扞、則虜患何由而至哉。

今招夷虜之患者、莫如崇政殿大学士蔡京者、⑦本以憸邪奸険之資、済以寡廉鮮恥之行、讒諂面諛、上不能輔君当道、賛元理化、下不能宣徳布政、保愛元元。徒以利禄自資、希寵固位、樹党懐奸、蒙蔽欺君、中傷善類、忠士為之解体、四海為之寒心。聯翩朱紫、萃聚一門。⑧邇者河湟失議、主議伐遼、内割三郡。⑨郭薬師之叛、失陥卒致、金膚《ママ》背盟、憑陵中夏。此皆誤国之大者、皆由京之下職也。⑩王黼貪庸無頼、行比俳優。蒙京汲引、薦居政府、未幾謬掌本兵、惟事慕位苟安、終無一籌可展。⑪廼者張達残於太原、為之張皇失散。今虜之犯内地、則又挈妻子南下、為自全之計。其誤国之罪。可勝誅戮。楊戩本以紈袴膏粱、叨承祖廕、憑藉寵霊、典司兵柄、濫膺閫外。大姦似忠、怯懦無比。此三臣者、皆朋党固結、内外萌蔽、為陛下腹心之蠹者也。数年以来、招災致異、喪本傷元、役重賦煩、生民離散。盗賊猖獗、夷虜犯順。天下之膏腴已尽、国家之紀綱廃弛。雖擢髪不足以数京等之罪也。臣等待罪該科、備員諫職、徒以目撃奸臣誤国而不為皇上陳之、則上辜君父之恩、下負平生所学。伏乞宸断、将京等一干党悪人犯、或下廷尉、以示薄罰、或寘極典、以彰顕戮、或照例枷号、或投之荒裔、以禦魑魅。庶天意可回、人心暢快。国法已正、虜患自消。天下幸甚、臣民幸甚。

この上奏文は、『新刻繡像批評金瓶梅』の眉評にも、「絶妙の議論なり、当に『名臣奏疏』中に選入すべし」とあるように、なかなかの出来ばえであり、筆者は、少なくとも上奏文を一度ぐらい書いたことのある人でないとこれだけは書けないのではないかと考える。それはともかくとして、この奏文は、すでに指摘したように、いろんな素材を利用して作られている。例えば、②の部分は、『大宋宣和遺事』前集末尾につけられた「宣和講篇」中の語句をほぼそっくり引用したものである。

更に、①の「夷狄の禍は古よりこれあり」という文句は、北辺防備に関する上奏文における常套文句だったようで、例えば『明経世文編』（陳子龍等選輯）をひらくと、至る所にこの文句を見ることができる。例えば、巻二百六十五胡宗憲の「題為献愚忠以裨国計事疏」には「臣聞夷狄之為中国患、自古有之」と見え、巻二百八十三王忬の「條陳末議以賛修攘疏」には、「臣聞夷狄之患、自古有之」とあり、巻三百十六王崇古の「再奉明旨條議北虜封貢疏」には「夫夷狄之為中国患、従古以来云々」、また巻三百二十一方逢時の「審時宜酌群議陳要実疏」には「臣聞自古為中国之患者、莫甚於夷狄」と枚挙にいとまがない。

また、③と④の部分は、嘉靖二十年（一五四一）に出された楊爵の「慰人心以隆治道疏」の「方今天下大勢、如人衰病之極、内而腹心、外而百骸、莫不受病、即欲拯之、無措手之地」に似ている。また、このように現下の趨勢を人体の不調にたとえて述べるのも、上奏文において一般的であったと思われ、例えば、先に引いた王忬の「條陳末議以賛修攘疏」では、「竊観京師猶人腹心也、通州涿州昌平密雲、猶人四肢也。腹心以運四肢、四肢以衛腹心」。また、張居正が嘉靖二十八年（一五四九）に上疏した「論時政疏」には、「臣聞天下之勢、譬如一身。人之所恃以生者、血気而已。血気流通而不息、則薫蒸灌漑乎百肢、耳目聡明、手足便利而無害。一或壅閼、則血気不能升降、而臃腫痿痺之患生矣。臣竊惟今之事勢、血気壅閼之病一、而臃腫痿痺之病五、失今不治、後雖療之、恐不易為力矣」（『張居正集』巻十五）と見える。

さて、②と⑥の部分の主旨は、国内に奸臣がのさばって悪い政治をしておれば、いくら北夷を攘おうとしてもだめだとするものだが、これは、既に指摘した通り、嘉靖二十九年（一五五〇）に出された徐学詩による次の厳嵩弾劾文にその主旨は大変似ている。

大奸柄国、乱之本也。乱本不除、能攘外患哉。外攘之備、在于内治。内治之要、在于端本、今大学士嵩、輔政十載、奸貪日甚、内結勲貴、外比群臣。

ところが、この徐学詩の弾劾文に非常によく似ているのが、嘉靖三十二年（一五五三）に出された楊継盛による「請誅賊臣疏」という厳嵩弾劾文である。同弾劾文は相当に長文であるので、全文を引用することは控えることとし、この宇文虚中の上奏文の②と⑥の部分の主旨に似ていると想われる部分のみを挙げると、次の通りである。(25)

方今在外之賊、惟辺境為急、在内之賊、惟厳嵩為最。賊寇者、辺境之盗、瘡疥之疾也。賊嵩者、門庭之寇、心腹之害也。賊有内外攻、宜有先後、未有内賊不去而可以除外賊者。故臣請誅賊嵩、当在剿絶賊寇之先。

……除外賊者、臣等之責、而去内賊者、則皇上之事。

冒頭にも挙げたように、『金瓶梅』における蔡京のモデルは、明・嘉靖朝における厳嵩であると『万暦野獲編』

以来目されてきた。楊継盛は、同弾劾文の中で、厳嵩の大罪を十数えあげている。今その十大罪を煩をいとわずに挙げるならば、以下の通りである。

（1）明の太祖が丞相を廃止して、臣下よりの建言は直接皇帝にすべしとされたが、今の厳嵩は、実質丞相の権力を握ってしまって、祖法を壊している。

（2）厳嵩は、皇帝の決裁の言葉を予め用意するいわゆる「票擬」に与《あずか》ることによって、皇帝の大権を盗んでいる。

（3）厳嵩は、『嘉靖疏議』なる書を刊行して、皇帝の聖論のうち、善い施策はすべて自分が考えだしたもののように世に広めている。

（4）「票擬」の内容も、往々厳嵩の一族郎党に漏れている。

（5）辺境の守りに対する論功功賞の基準がはっきりせず、往々、厳嵩の一族郎党のみ功賞に与っている。

（6）仇鸞が厳親子に賄賂を贈って大将になったことは周知の事実。厳親子が背徳の奸臣をかくまで登用出世させた罪は重い。

（7）嘉靖二十九年のいわゆる「庚戌の変」の時、兵部尚書丁汝夔を唆して、軍機を誤まらせ、結果、都に逼った北夷の狼藉を黙過せしめた。

（8）京官や外官の成績を考察して黜陟《ちゅっちょく》する時、自分にへつらう者は昇進させ、自分に批判的な者はしりぞけ、天下の善類をいためつけた。

（9）賄賂政治を行って、天下の人心を失ってしまった。

（10）利ばかりを重んずる賄賂政治のおかげで、淳朴な風俗が悪化した。

今長々と厳嵩の十大罪を挙げたが、これらは、宇文虚中の上奏文の⑦の部分の主旨に大体の点において一致している。今、大体の点において一致すると書いたが、これは、『金瓶梅』の作者はなかなかの曲者で、この部分に楊継盛の上奏文をにおわせつつも、読者には容易には悟られないようにしたこの作者一流の目くらまし法を使った為であると筆者は考える。

さきに、この『金瓶梅』を「借古喩今」の作品だとしたが、概して、この作者はこの「今」を示す場合、極めて慎重であり、さまざまな手を使ってすぐには判らぬようにしている。その手法の二、三を示すならば、

(1)宋の事件と明の事件ないし宋人と明人を混ぜて一つにする。

例えば、宇文虚中上奏文中の⑧の「河湟云々」の個所は、明らかに、明の河套奪還の計画を重ねて言っている。北宋時代、宋は北の遼との間には燕雲十六州の問題を、西北の国境では、西夏との間に青海地方の領有をめぐって争いがあったが、時の皇帝神宗は、熙寧三年（一〇七〇）に王韶の平戎三策の建言を納れて、彼に青海地方の河湟の土地の奪還を命じた。しかしその結果、西夏のみならず、周辺の遼や吐蕃との間にも緊張をもたらすことになり、結局この計画は失敗し、鄯州・湟州の地を建中靖国元年（一一〇一）に吐蕃に手渡している。

一方、河套の問題とは、「靖難の役」以来モンゴル族の掌中にあり、中国侵入の拠点となっている河套の地の奪還は、明朝廷積年の課題であったが、嘉靖二十七年（一五四八）にこれを主張する大学士の夏言と陝西三辺侍郎の曾銑の二人は、遂に嘉靖帝の賛意を得られないで、捕えられ処刑されている。「河湟には議を失って」とは、河湟の地奪還ということがすでに朝廷の君臣の関心から離れてしまった宣和七年（一一二五）あたりのことを言っていると同時に、やはり、河套問題が廷臣らの口の葉にのぼらなくなった嘉靖末年のことを重ねているのであろう。また「遼を伐たんことを主議し」とは、金と密約を結んで遼を挾撃しようとした宣和四年（一一二二）のことをさ

していたのであろう。更に「内より三郡を割く」とは、太原・中山・河間の三鎮を金に割譲した靖康元年（一一二六）のことを指すものと思われる。[26] そのように考えれば、次の⑨の個所の、郭薬師が宋を裏切って、金が宋への侵攻を開始したのが宣和七年（一一二五）十二月であることとも、時期的にあう。

また、⑪の「張達は云々」の個所は、次に「太原にやぶれて」とあることから、これは明らかに、宣和七年十二月の金軍の突然の侵攻に驚き、守備していた太原をすてて都に逃げ帰った童貫のことを言っている。一方、上奏文に言う張達とは、嘉靖時代においてその勇名赫々たる人物で、嘉靖二十九年の所謂「庚戌の変」の時、大同を守っていた総兵官であった彼が、オイラートのひきいるモンゴル軍との戦いで名誉の戦死を遂げ、死後、朝廷から左都督の位を追贈された人物である。

（2）目くらまし法のその二は、歴史上の真実とデタラメとをやはり混ぜて一つにする手法である。

例えば⑩の「王黼は官職を貪る無頼にして云々」のうち、「行俳優のごとし」の部分は、まことに歴史上の真実で、彼は蔡京の息子の蔡攸とともに宮中で演劇の催しがあると、共に顔に白粉を塗り、紅で隈取りをつけ、俳優の中にまじって道化役を務めて、宮中の人々から喝采を博した人物であったことは、『宋史』巻四百七十二蔡攸伝[27]によっても知られる。しかし、彼が兵部尚書になったことは一度もなく、この部分はまったくのデタラメである。

以上、宇文虚中の上奏文と、楊継盛の厳嵩弾劾文との関係について考えてみた。さて、ここで味わうに足ると思われることに、『金瓶梅』では、この宇文虚中の役職名を兵科給事中としていることである。この職名自体すでに宋代のものでなく明代のものであるということは今はさておくとして、かの楊継盛が厳嵩を弾劾した時の官職名はと言うと、兵部員外郎だったのである。給事中と員外郎とは異なるが、同じ兵部というのは、気になる所であろう。また更に指摘しておきたいことは、王世貞がその文中に楊継盛の厳嵩弾劾文をそっくり引用して「楊継盛行状」文を書いたのが、隆慶二年（一五六八）十二月[28]であり、これは、筆者が『金瓶梅』や「鳴鳳記」が執筆されたと推定する時期とほぼ一致していることである。

次に（二）の六十五回に見える山東八府の役人達の登場とその意味について考えてみよう。このことについては、筆者はかつて「『金瓶梅』に於ける諷刺と洒落について」という一文[29]において専ら論じたので、細かい考証などはすべて同文を参照願うこととし、ここでは結論だけを指摘することにしよう。その前に、この六十五回の状況を簡単に説明することを兼ねて、拙稿の一部を次に再び引用してみる。

北宋末のこと。時の徽宗帝が都の宮城の東北に鬼門を塞ぐべく艮《ごん》嶽という築山の造営を計画し、朱勔《しゅめん》に命じて江南から運河を通じて珍木奇石のいわゆる花石綱を都に運ばせようとした。その第一便の船が淮上まで到着するや、都から勅使の六黄太尉なる者がこれを受取りに山東にまでやって来る。この時、この花石綱輸送の責任者であった宋喬年は、友人の黄葆光を通じて、西門慶にこの勅使の接待を依頼する。ところがこの時西門慶は、丁度第六夫人の李瓶児に病死されたばかりで、その葬式もひかえている時ではあったが、勅使の接待というのは極めて名誉なことなので、結局これを引き受ける。勅使の一行が清河県に入るや、山東八府の大小の役人達が勢ぞろいしてこれを出迎える。

まず、山東巡撫都御使の侯蒙と巡按監察御史の宋喬年、続いて山東左布政の龔《きょう》共、左参政の何其高、右布政の陳四箴《しん》、右参政の季侃《かん》、左参議の馮廷鵠《ふうていこう》、右参議の汪伯彦、廉訪使の趙訥《とつ》、採訪使の韓文光、堤学副使の陳正彙《い》、兵備副使の雷啓元、さらに続いて東昌府の徐崧《すう》、東平府の胡師文、兗《えん》州府の淩雲翼、徐州府の韓邦奇、済南府の張叔夜、青州府の王士奇、登州府の黄甲、萊《らい》州府の葉遷といった人々が、これを出迎えている。

このうちの少なくとも、侯蒙・宋喬年・汪伯彦・陳正彙・胡師文・張叔夜の六人は、宋代に実在した人物名であるのに対して、少なくとも、趙訥・凌雲翼・韓邦奇・黄甲の四人は、明代に実在した人物名であった。

それで、結論としては、

①宋人と明人とを混在して登場させていること

②歴史上における肯定的人物と否定的人物とを混在させて登場させていること

③時には、歴史上の実像とはその立場や行為があべこべな人物を描いていること

④これら歴史上実在した人物の描写は、いずれも寸描にとどめ精しくは描かないこと

とまず以上の四点を導き出し、次に、恐らく作者は、読者に少なくとも次の二つの層を予想していたのだろうと結論づけた。つまり、作中に歴史上の実在人物が書き込まれ、それが往々歴史上とはまったく逆に描かれていることに気がつく作者と同程度の教養のある読者層と、そんなことには全然気がつかない読者層の両種の層である。さて、この論文で導き出した四つの結論もまた、これまで説明してきた宇文虚中の上奏文において見られたものと同様、作者による目くらませ法だったと言える。

ところで、やはり気になるのが、ここで登場する凌雲翼であり、さらに、彼及び四十八回の狄斯彬、四十九回の曹禾の三人が、みな同年の嘉靖二十六年（一五四七）の進士であることである。また、この『金瓶梅』に何故か絶えて出てこない王世貞や楊継盛も、やはり同年の進士であることも気になる点である。

何故作者は、作中に嘉靖二十六年の進士の名前を書き入れたのか、その真の意図は、今もってわからない。しかし、彼らの名前から少なくとも判ることは、『金瓶梅』に描かれているのが北宋末としながらも、実際は、明代の時事を描いており、しかも明代は明代でも、それは嘉靖時代ではなかったかということである。

『金瓶梅』という作品の中で、時事にふれた部分はすくなく、従って、なかなかその時事に対する作者の意図はわかりづらいのであるが、筆者は、この『金瓶梅』の作者は、楊継盛や楊継盛の事件に対して何か特別の感情をいだいていた人間ではなかったかと考える。ついでながら、この六十五回に徐州府知事として登場する韓邦奇は、一時、楊継盛の師であり、楊に天文・地理・音楽・兵法などを教えたことがある人物である。判明しているのは、これぐらいで、一体何故作者が韓邦奇なる人名を出しているのか、一切判らない。諸賢の教示伏して願うものである。

おわりに

李開先の「林沖宝剣記」と『金瓶梅』の類似点については、卜鍵氏らの詳細な考証があり(30)、そのあまりの類似点の多さに、論の赴くところ『金瓶梅』の作者も李開先ではなかったかとされるが、筆者は、『金瓶梅』の作者は、確かに「宝剣記」の愛読者であったと言えるものの、作者とまでは言えないのではないかと考えている。この点については、いずれ稿を改めて論じたい。

ところで、戯曲の「宝剣記」「鳴鳳記」「表忠記」の三作品は、すべて中央の大官による専権誤国がテーマである点で共通する。中でも、「鳴鳳記」と「表忠記」は、直接嘉靖朝の大官厳嵩の横暴とそれに身を賭して反対する官僚達の戦いを活写する歴史劇である。「鳴鳳記」も『金瓶梅』も、久しく王世貞ないしその門人による作とされ、また「表忠記」は、『続金瓶梅』と同じく丁耀亢による作である。

本小考は、小説と戯曲、また原作と続作との関係から、『金瓶梅』に実際に投影された時代を探り、それは明の嘉靖年間だろうと結論する。今、未解決の問題があまりにも多く、かつ立論とその展開またその論証において極めて粗雑であることは充分に承知の上だが、あえてここに一文を草したのは、所謂「拋磚引玉」の意から出たものに他ならない。諸賢の教示を待つものである。

（1） この人物については、不明。しかし、蘇興「《玉嬌麗（李）》的猜想与推衍」（『社会科学戦線』一九八七年一月）によれば、この人物は、完顔大定と言うからに、明らかに金第五代の王世宗（在位一一六一～一一八九）完顔雍のことだ。しかし、この帝は小堯舜とも称せられ、家臣にも賢臣が多く、彼の治世には何の権力争いもなかった。これは金を描いているとみせて、実は明の世宗（つまり嘉靖時代）を書いているのであろう。厳嵩と夏言の争いを描き、嘉靖二十年（一五四一）の庶常の名を直書するに至っているのは、「借古喩今」であることは明らかだとする。

（2） 拙稿「『金瓶梅』に描かれた役人世界とその時代」（『活水日文』第二十二号、一九九一年三月、本書第三部第三章）。

（3） 張慧剣『明清江蘇文人年表』（上海古籍出版社、一九八六年）による。また、大塚秀高「丁耀亢をめぐる小説と戯曲――明末清初における文学の役割について――」（『埼玉大学紀要・教養学部』第二十七巻、一九九一年）にも、同じ説を力説しておられる。なお、大塚同論文は、北京図書館所蔵の『丁野鶴集』にもとづいてなされた丁耀亢の文業とその生涯についての精しい御論考で、今回教えられる所は少なくなかった。

（4） 伊藤漱平「李漁の戯曲小説の成立とその刊刻――杭州時代における張縉彦・杜濬・丁耀亢らとの交友を軸として見た――」（『二松』第一集、一九八七年三月）。

（5） 『金瓶梅続書三種』（斉魯書社、一九八八年八月）の黄霖氏による前言に見える。

（6） 大塚前掲論文、注(3)参照。

（7） 石玲「《続金瓶梅》的作期及其他」（『金瓶梅芸術世界』吉林大学出版社、一九九一年）。

（8） 恐らく伊藤前掲論文は、黄氏による前掲論文を見た後だと結論が変わっていたのではないかと筆者は推測する。同氏は前掲論文の中で、張縉彦こそ李漁や丁耀亢の著作出版に援助を与えたパトロンではなかったかとされるが、彼が真に丁耀亢の著作物出版のパトロンであったか否かという点は、いささか証拠材料が不足していると筆者は考える。例えば、同論文の中で、「出資者をその交遊圏内に求めるとすれば、……張縉彦を措いてほかに考えられまい」（一八七頁）として、王鐸・劉正宗・龔鼎孳などはいずれもパトロンたりえなかったとされるが、では、順治十八年より康熙五年にかけて工部尚書にまでなった傅維鱗はどうなのだろうか。因みにこの傅は、『明書』全百七十一巻の撰者として名高い人物であるのみならず、順治十四年に丁耀亢に「表忠記」の執筆を依頼しているのである。証拠は一切ないが、この傅だって、丁氏へのパトロンの候補たり得たのではあるまいか。また、伊藤氏同論文で、『続金瓶梅』の執筆は、「丁氏が謂わば豹変して『表忠記』の執筆にかかる順治十四年以前と見た方がよかろう」（一八四頁）とあるが、この推定の論拠もその明示がなく、根拠薄弱と言わねばならない。一方、黄霖氏発見による『続金瓶梅』六十二回のかの挿話の部分は、一度刊行された後、重刊された時に付加されたことも可能性としてはないではないが、『続金瓶梅』に関して考えるならば、今傅惜華所蔵原本を見る時、このような本が順治十三年から同十八年にかけての極めて短い間に重刊されたとは甚だ考えにくい。従って、この小説の刊行年は、順治十八年以降と考えるのが妥当ではあるまいか。

（9）張氏が依ったのは、『民国太倉州志』とのことだが、筆者の手元にこの書がなく、同書の同個所については、筆者には、趙景深・張増元編『方志著録元明清曲家伝略』（中華書局、一九八七年）六二頁を見る便しかもちあわせていないが、この書によるかぎり、この記事が万暦二年のことだとはどこにも書いていない。よって、張氏はいかなる材料により万暦二年と判断したものか、現在のところ不明である。

（10）青木正児『支那近世戯曲史』（『青木正児全集』第三巻、春秋社、一九七二年）一六五頁。

（11）郭棻の序のうちこの部分の原文は、以下の通り。

曩如鳴鳳諸編、亦足勧忠斥佞。独是以鄒林為主脳、以楊夏為鋪張、微失本旨。今上幾務之暇、覧観興歎、思以正之。嗣以辞曲、非本朝所尚、慮有旁啓、未渙綸音。相国馮公、司農傅公、相顧而語曰「此非丁野鶴不能也」。于是礼属殷重。

（12）この部分の原文を挙げると、以下の通り。

今当順治十四年、大清国聖明天子御筆親題表忠御序。頒行天下。上帝大喜、従此風調雨順、国泰民安云々。

（13）蘇興前掲論文（注（1）参照）によれば、『玉嬌李』と『玉嬌麗』は同一書で、たぶん『玉嬌李』が誤りで、『玉嬌麗』が正しい書名だったであろうとされる。その理由として、『金瓶梅』も、潘金蓮・李瓶児・春梅の三女性の名前の一字をとって作られた書名であるであるから、『玉嬌麗』も恐らく三女性の名前から作られたものだろう。もしそうならば、麗は名前に用いられるが、李となると姓にしか用いれない。よって、麗の方が正しいと考えられるとする。

(14) 馬泰来「諸城丘家と《金瓶梅》」(『中華文史論叢』三輯、一九八四年)。

(15) 王汝梅『金瓶梅探索』(吉林大学出版社、一九九〇年)、第六講『金瓶梅』一書的前後一、『玉嬌麗』(即『后金瓶梅』)之謎、一三六～一四一頁参照のこと。

(16) 黄霖前掲論文、注(5)参照。

(17) 大塚前掲論文(注(3)参照)では、抄本ではなく、恐らくそのとおりに刊行されたばかりの『金瓶梅詞話』を手にとる機会もあったことであろうと推測されている。

(18) これは、黄霖前掲論文(注(5)参照)の外に、周鈞韜「《続金瓶梅》の思想と芸術」(『金瓶梅研究』第三輯、一九九二年)にも同様の指摘がある。

(19) この「三百載」は、陸合・星月校点『金瓶梅続書三種』(斉魯書社、一九八八年、これを校点本と称する)によった。傅惜華所蔵本(『古本小説集成』第一輯所収)を見ると、この個所は、「三百戦」となっているが、前後の文脈からして、校点本の方がよいと思われる。

(20) 増田渉著・大坂市立大学文学部中国文学研究室編『中国の八大小説』(平凡社、一九六五年)二七頁。伊藤漱平氏の一文では、李漁などがこの典型だとしてこの点を指摘されている。

(21) 精しくは、周鈞韜「呉晗対《金瓶梅》作者〝王世貞説〟的否定不能成立」(『江蘇社会科学』、一九九一年一月)、または顧国瑞「《金瓶梅》中的三個明代人――探討《金瓶梅》成書年代与作者問題的又一途径――」(劉輝・杜維沫編『金瓶梅論文集』斉魯書社、一九九八年)を参照されたい。

(22) 拙稿「『金瓶梅』補服考」(『長崎大学教養部紀要』第三十一巻一号、一九九〇年七月、本書第三部第五章)ならびに拙稿「『金瓶梅』執筆時代の推定」(『長崎大学教養部紀要』第三十五巻一号、一九九四年七月、本書第一部第一章)を参照されたい。

(23) 拙稿「『金瓶梅』十七回に投影された史実――宇文虚中の上奏文より見た――」(『漢学研究』第六巻第一期、一九八八年六月、本書第三部第二章)。

(24) 前掲論文注(2)を参照されたい。

(25) 同上奏文は、『楊忠愍集』巻一の外に、同巻四王世貞による「楊継盛行状文」の中に引用されているもの、『明経世文編』巻二百九十三「早誅奸険巧佞賊臣疏」に見えるもの、更に『明史』巻二百九楊継盛伝中に引用されたものとさまざまな資料において見ることができるが、各々字句に精粗があり、みな微妙に異なる。ここは、『楊忠愍集』巻一によった。

(26) 小野忍・千田九一訳『金瓶梅』（平凡社版）の注には、「河湟は、黄河および湟水両河流域の地。『河湟に議を失い云々』とは、河湟に進出して来た吐蕃（チベット族）と和議を講ずることに失敗して、遼を伐つことを主張し、河湟の三州（湟・鄯・廓の三州。甘粛西寧府境内にあり）を吐蕃に割いた、という意であろう」とあるが、吐蕃に湟州等を渡したのは、一一〇一年のことであり、時期的に、次に言う金の宋への侵攻開始の時と合わない。また、「三郡を割く」と割譲の割という字を使っているところからも推察するに、これは、金への三鎮割譲をさし、三郡は三鎮の誤りと考えられる。

(27) 『宋史』巻四百七十二蔡攸伝「蔡攸……与王黼得預宮中秘戯、或侍曲宴、則短衫窄袴、塗抹青紅、雑倡優侏儒、多道市井淫媟謔浪語、以蠱帝心」。

(28) 『楊忠愍集』巻四に見える同行状文の文末には、「隆慶戊辰冬十二月同年生呉郡王世貞謹撰」とある。

(29) 拙稿「『金瓶梅』に於ける諷刺と洒落について」（『国語と教育』第十九号、一九九四年、本書第二部第五章）を参照されたい。

(30) 卜鍵『金瓶梅作者李開先考』（甘粛人民出版社、一九八八年）。

〔附記〕本稿は、一九九五年度文部省科学研究補助金による研究「戯曲資料から見た金瓶梅の作者とその描かれた時代についての研究」の研究成果の一部である。

第二部　『金瓶梅』の素材と創作手法について

第一章　『金瓶梅』の素材（1）――俗曲・「林冲宝剣記」・『大宋宣和遺事』について――

はじめに

『金瓶梅』の作者は誰であったかという研究が今は盛んである。確かに、作者はいつどこの人で、どんな時代環境を生き、そしてその人生観・人間観・政治観はどうであったかを突き止めることは興味あることであり、そして、小説研究において、この作者素姓の探求は、避けて通れるものではない程重要な位置を占めるものである。それ故にこそ、かくも作者の探求に力が注がれているのであろうが、しかし、今は『金瓶梅』の中に見える詩文や曲辞と類似のものが、某文人の作ったものの中にあるからと言って、安易にその某文人を『金瓶梅』の作者ではないかと断ずる、いささかせっかちな論調があまりにも横行しすぎるように思われる。

出版物の量がそれ以前に比べ格段に増えた明代にあっては、他人の詩文を印刷物で見ることは相当可能であったはずであるし、また、これは当然のことながら著作権のなかった当時のことであるから、他人の詩文のうち自分の気に入った部分を、適宜自己の小説の中に盛りこむことなどはおおいにありえたのである。そこでここに、『金瓶梅』で使われている素材について研究する必要性が生じてくるのである。

但し、この素材の研究が意味をもつためには、一つの前提が必要である。それは、確かにこれら素材を選び、自己の作品にもり込んだ作者が想定されねばならないことである。民間にあった金瓶梅語りを集めたものという立場にたついわゆる集団創作説では、この研究は、ほとんど意味をなさない。筆者の立場は、もちろん個人創作説による。誰だかはわからぬが、『水滸伝』中の武松物語の一節から想を得て一篇の雄篇を作ろうと考えた人間が、かならずいたはずである。一旦創作された後、抄本筆写の段階や版を重ねてゆく段階において、別人による加筆・改筆の手が入ることは、過去の中国小説（いわゆる「旧小説」）にあっては珍しくないことであったから、この意味において、「旧小説」のうち純粋に個人創作作品と言えるものは皆無に近いであろう。『金瓶梅』も例外ではなく、原作の上に数人による加筆・改筆の手の加わっていることが推定されている。(1) しかし、この作品を最初に構想した人はやはりいて、これを個人と考えるほうが妥当だと思う。最近の『金瓶梅』の作者を論ずる人々も基本的にはこの立場にたって論じており、このかぎりでは賛成である。

さて、『金瓶梅』の作者がこの小説を作るにあたって利用した素材には、『水滸伝』の外にどんなものがあったのであろうか。実はこれまでに、『金瓶梅』に用いられた素材についてかなり広範囲に研究を行なった学者がすでにいる。それは英国人のパトリック・ハナン氏で、"*Sources of the Chin P'ing Mei*"(2) と題する論文がこの研究である。これは非常に重厚な研究で、これには長年月の探求による成果を含むものと考えられる。しかし極論するならば、かかる素材の研究にきりなどないとも言える。どれだけ追求しても、なにがしかの見落しのあるのはやむをえないのである。筆者はこれまで筆者なりに素材の探求を続けてきた。そしてすでにハナン氏が未だ指摘していない点もいくらか発見している。そこでここに、この素材の研究をより精密なものにせんがために、本稿を執筆せんとするものである。

『金瓶梅』に使われている素材を調べてゆくと、作者は実に多くのそして多様な素材を駆使していることがわかる。このことから、作者の最も腕をふるった所は、文辞においてというよりも、むしろ沢山ある中からこれらの素材を選びだし、そしてそれを適宜作品の各所に配置し、一篇の長編を構成するにあったとすら考えられるのである。

さて、いざ素材を研究するという段になると、さまざまな困難に逢着する。まず第一に逢着する困難は、追求者の読書量にはいつも限度があって、今述べたように常に見落す部分が生じてしまうことである。その第二は、素材が二種以上の文献に出てきた場合、究極の源はどれであったのか確定しがたいことが多いことである。更にその第三は、これはおおいにありうることであるが、作者が利用した素材が文献として現代に伝わっていない場合、その部分が結局追求不可能となることである。しかし、このような困難は予想されるにしても、可能なかぎり源泉は追求されねばならない。かぎりなくその全面的解明に向って接近することは可能なのである。

素材の考察から予想される成果は、けっして小さくはない。まず第一に予想される成果は、作者がどんな素材を選び、それをどのように作品中に盛り込んでいるかを見ることによって、小説『金瓶梅』が、どのようにして作られたかということを知ることができるということである。第二に予想される成果としては、使用されている素材を検討することによって、『金瓶梅』の成立年代や作者の素姓の解明もある程度期することが可能であろうということである。

今回は、『金瓶梅』に使われている素材のうち、作中に引かれている詞曲の出典についてと、『金瓶梅』の素材としての戯曲「林冲宝剣記」と『大宋宣和遺事』とについて考えてみたい。

一　『金瓶梅』引用の俗曲

『金瓶梅』引用詞曲の出典の考察は、これまで何人かの先達によってなされている。そのうち主な成果としては、以下のものがある。

一、パトリック・ハナン、前掲論文

二、馮沅君、『古劇説彙』五、〝金瓶梅詞話中的文学史料〟

三、趙景深、『銀字集』〝金瓶梅詞話与曲子〟

四、姚霊犀、『瓶外卮言』〝金瓶詞曲〟

以下の表は、これらの成果の上にたって、筆者が調査した所をも含めて、その出典を示したものである。但し、すでに指摘ずみの出典については、いちいち誰が最初に指摘したものであるかを明示することはしなかった。亦、調査対象は原則として『金瓶梅』に見える俗曲についてであるが、中には、詩句であっても、出典のわかるものについても、できるだけ指摘した。なお、以下の通り略称を用いた。「雍熙」は『雍熙楽府』の略、「詞林」は『詞林摘艶』の略である。

一回

「丈夫隻手把呉鈎……」　——　〝題蘇小楼〟（眼児媚）『古今合璧事類備要外集』巻五十七、『全宋詞』二四八一頁宋・卓田作。

四回

「動人心紅白肉色……」（沈酔東風）　——　〝相思士女〟「雍熙」巻十七、二十九b。

六回

「冠児不戴懶梳粧……」（両頭南調児）――〝閨情〟「雍熙」巻十六、二十三ａｂ、「詞林」巻一、二十一。

八回

「凌波羅襪……」（山坡羊）――〝思情〟「雍熙」巻二十、七ａ。

「喬才心邪……」（山坡羊）――〝思情〟「雍熙」巻二十、七ａ。

「将奴這知心話……」（寄生草）八十二回再出――〝相思〟「雍熙」巻十九、二十ｂ（類似）。

「当初奴愛你風流……」（綿搭絮）――〝思情〟「雍熙」巻十五、三十五ｂ。

十一回

「陥人坑……」――〝嘲子弟〟（水仙子）「雍熙」巻十八、四十九ａ。

「瑠璃鐘、琥珀濃……」――李賀詩巻四「将進酒」。

「挙止従容……」（駐雲飛）――「玉環記」第六齣。

十二回

「黄昏想……」（落梅風）――「雍熙」巻二十、〝相思〟三十五ａ、〝夜憶〟三十五ｂ。

「這細茶的嫩芽……」（朝天子）――〝嘲妓名茶〟「雍熙」巻十八、二十一ａ。

十五回

「霽景融和」七十八回再出――〝春景〟「雍熙」巻十二、五十七、「詞林」巻五。

十六回

「喜遇吉日」（十三腔[3]）三十一回再出――〝慶寿〟（三十腔）「雍熙」巻十六、八ａｂ、〝祝寿兼生子〟（商調三十腔）「詞林」巻二。

十九回

「我見他斜戴花枝……」（折桂令）五十二回再出――〝題情〟「雍熙」巻十七、四十三ｂ、〝憶多情〟『霓裳続譜』巻一（類似）。

二十回

「喜得功名完遂」（合笙）――〝合家歓楽〟「雍熙」巻十六、三十二ｂ、〝綵楼記〟「詞林」巻十、『群音類選』北腔巻六、一九七一頁。

二十一回

「佳期重会」（南石榴花）　〝閨怨〟『群音類選』清腔巻一、二〇六七～二〇六八頁。

「寒風布野」（絳都春）　〝冬景〟「雍熙」巻十六、五十一b、「詞林」巻七。

二十二回

「三弄梅花」（粉蝶児）六十八回・七十三回再出　〝春夜帰思〟「雍熙」巻六、九十六b、〝閨情〟「詞林」巻三陳鐸作、『群音類選』清腔巻六陳鐸作、二三〇〇頁。

二十七回

「赤帝当権燿太虚」（雁過沙）　〝納涼〟「雍熙」巻三、六十一b、「詞林」巻二。

「向晩来雨過南軒」（梁州序）　「琵琶記」第二十一齣。

「清宵思爽然……」（梁州序）　「琵琶記」第二十一齣。

三十回

「人皆畏夏日」（一封書）　〝夏宴〟「雍熙」巻十六、四十五b、〝納涼〟「詞林」巻二。

三十一回

「嘆浮生有如一夢裡」（集賢賓）　〝嘆世〟「雍熙」巻十四、二十六a、「詞林」巻七　呂止菴作。

「雖不是八位中紫授臣……」（一枝花）　「雍熙」巻九、四十三a～四十五b、「詞林」巻八、「金水橋陳琳抱粧盒雑劇」（元曲選）二折（類似）。

「想人生最苦是離別」（普天楽）　〝憶別〟「詞林」巻一、元・劉庭信作。

（三十腔）　既出。十六回を見よ。

三十二回

「花遮翠擁」（八声甘州）　「雍熙」巻四、四十七b、「詞林」巻四、賈仲名作。

「馬蹄金鋳就虎頭牌」（水仙子）　〝栄貴〟「雍熙」巻十八、四十五b。

三十五回

「残紅水上飄……」　〝四景閨情〟『群音類選』清腔巻七、二三九〇頁、李日華作、『南九宮詞』正宮。
「新荷池内翻……」　〃
「東籬菊綻開……」　〃
「漫空柳絮飛……」　〃

以上すべて（玉芙蓉）	
「可人心二八嬌娃……」（折桂令児）	〃題情〃「雍熙」巻十七、四十六b。
三十六回	
「花辺柳辺……」（朝元歌）	邵璨「香嚢記」六齣。
「十載青灯黄巻……」（朝元歌）	「香嚢記」六齣。
「恩徳浩無辺……」（画眉序）	「玉環記」十二齣。
「弱質始笄年……」（画眉序）	「玉環記」十二齣。
「紅入仙桃……」（錦堂月）	「香嚢記」二齣。
「難報、母氏劬労……」（錦堂月）	「香嚢記」二齣。
三十八回	
「悶把幃屏来靠……」	〃閨怨〃「詞林」巻一、〃題情〃「雍熙」巻十五。
「聴風声嘹喨……」	〃
「懶把宝灯挑……」	〃
「懊恨薄情軽棄……」	〃
「論殺人好怨……」	〃
「常記的当初相聚……」	〃
「悶下無聊……」	〃
以上すべて（江児水）	
四十一回	
「翡翠窓紗……」（套曲）（闘鵪鶉）	元・喬吉「両生姻縁」三折（類似）、〃玳筵夙会〃「雍熙」巻十三、六十a～六十一a、「詞林」巻十、李開先「詞謔」。
四十二回	
「鳳城佳節賞元宵……」（套曲）（新水令）	〃燈詞〃「雍熙」巻十一、三ab、〃元宵〃「詞林」巻五。
四十三回	

「繁花満月開……」（套曲）（金索掛梧桐）
「寿比南山」（春雲怨）
「花月満春城」（画眉序）四十六回再出

四十四回

「惜花人何処……」（金字経）
「悶倚欄杆……」（駐雲飛）
「自従他去添憔瘦……」（耍孩児）
「楊花心性……」（桂枝香）
「弾涙痕……」（金字経）
「嗏、書寄両三番……」（駐雲飛）
「你那裡偎紅倚翠綃金帳……」（耍孩児）

四十六回

「懨懨瘦捐」（八声甘州）
「雪月風花共裁剪……」（黄鍾酔花隠）
「花月満春城」（画眉序）
「東野翠烟消……」（套曲）（好事近）

五十二回

「思量你好辜恩……」（套曲）（伊州三台令）
「新緑池辺……」（花薬欄）
「我見他戴花枝……」（折桂令）

〝牽掛〟『雍熙』巻九、七十a～七十一b、〝春思〟『呉騒合編』巻三、『呉歈萃雅』亨集。

〝慶寿〟『雍熙』巻十六、十八ab、〝金台景〟『詞林』巻二。

〝元夜〟『詞林』巻二陳鐸作、『南宮詞紀』巻二、『群音類選』清腔巻三、二一四一頁。


〝小山〟『雍熙』巻十九、五十三b。

〝閨麗〟『詞林』巻一陳鐸作、〝題情〟『雍熙』巻十五、五a。

〝閨怨〟『詞林』巻三明・唐復作。

〝四時〟『雍熙』巻十五、十五a。

〝小山〟『雍熙』巻十九、五十三b。

〝閨麗〟『詞林』巻一陳鐸作。

〝閨怨〟『詞林』巻三明・唐復作。


『西廂記』第二本一折、『雍熙』巻五、八a～十一a。

〝思憶〟『雍熙』巻一、十a～十一a、〝思情〟『詞林』巻九。

既出、四十三回を見よ。

〝賞春〟『詞林』巻二、〝春遊〟『群音類選』清腔巻一李子昌作、『南宮詞紀』巻二、『呉歈萃雅』亨集、〝賞春〟『詞林』巻二、『呉騒合編』巻二、『南音三籟』散曲上四十七a高東嘉作、南戯『子母冤家』。


〝拋悶〟『雍熙』巻十六、三十九b～四十a、『詞林』巻二、南曲〝怨別〟（趙景深）。

〝送別〟『雍熙』巻二、三十七b～三十九a、〝残春〟『詞林』巻六、『群音類選』清腔巻六、二三一七～二三二〇頁。

既出、十九回を見よ。

五十三回

「紅馥馥的臉襯霞……」（錦橙梅）

「麟鴻無便……」（降黄龍衮）

五十四回

「抛着俺老母情……」（水仙子）

「記得初相守……」（荼蘼香）

「風雨替花愁……」（青杏児）

「門外紅塵滾滾飛……」（小梁州）

五十六回

「一戴頭巾心甚懽……」（戯文）

五十八回

「夜去明来……」（鬪鵪鶉）

「暑纔消大火即漸西……」（集賢賓）

五十九回

「兜的上心来」（好事近）

六十回

「混元初生太極」（紅衲襖）

「一個姐児十六七……」（清江引）

「転過雕闌正見他……」（清江引）

六十一回

「秋香亭」（正宮端正好）

「半万賊兵」（中呂粉蝶児）六十八回再出

「紫陌紅径……」（套曲）（折腰一枝花）

『太和正音譜』巻下、張小山作。

『太和正音譜』巻上、関漢卿作。

鄭徳輝「倩女離魂」四折、『太和正音譜』巻上、〝栄帰〟「雍熙」巻一、二十九ａ。

『太和正音譜』巻上、関漢卿作。

『太和正音譜』巻上。

『太和正音譜』巻上、張鳴善作。

『開巻一笑』（『山中一夕話』）巻五。

「雍熙」巻十三、十六ｂ。

〝慶七夕〟「雍熙」巻十四、十四ａ～十五ａ、〝七夕〟「詞林」巻七、元・杜善夫作。

『群音類選』清腔巻一、陳鐸作二〇五六～二〇五八頁、〝閨怨〟『南九宮詞』中呂。

〝祝太平〟「雍熙」巻九、七十二ａ～七十四ａ、〝祝讃〟「詞林」巻八、曹孟修作。

「蕩気廻腸曲」巻中（馮沅君）。

「蕩気廻腸曲」巻中（馮沅君）。

白樸「韓翠顰御水流葉雑劇」三折、〝御溝紅葉〟「雍熙」巻二、三十二ａ、「詞林」巻六、〝紅葉題情〟『群音類選』北腔巻五、一九二二頁。

「西廂記」第二本二折、「雍熙」巻七、八ｂ、『群音類選』北腔巻一、一七六七頁。

〝失約〟「雍熙」巻十六、十一ａ～十二ａ、〝四季閨情〟「詞林」巻二、〝四景閨

「懨懨病転濃……」（羅江怨）

情〃『群音類選』清腔巻二、二〇七九～二〇八一頁。〃相思〃「雍熙」巻十五后集、九ａｂ、〃四夢八空〃「詞林」巻一。

六十五回

「官居八輔臣……」（南呂一枝花）
「洛陽花、梁園月……」（普天楽）

〃栄貴〃「雍熙」巻八、四ａｂ、〃上文臣〃「詞林」巻八、明・朱有燉作。〃詠世〃「詞林」巻一、元・張鳴善作、『盛世新声』戊集。

六十七回

「柳底風微」（朝元楽）

「雍熙」巻十二、七十七ａ、〃閨情〃「詞林」巻五、贅者劉百亭作。

「寒夜無茶……」（駐馬庁）

李開先「林冲宝剣記」第三十三齣。

「四野彤霞……」（駐馬庁）

李開先「林冲宝剣記」第三十三齣（類似）。

六十八回

「游芸中原」（仙呂点絳脣）

「西廂記」第一本一折、「雍熙」巻五、七ａ。

「半万賊兵」

既出、六十一回を見よ。

「三弄梅花」

既出、二十二回を見よ。

七十回

「官居一品、位列三台……」

李開先「林冲宝剣記」第三齣。

「享富貴、受皇恩……」（套曲）（正宮端正好）

李開先「林冲宝剣記」第五十齣、〃武臣享福〃「雍熙」巻三、二ａｂ（類似）、〃上太師〃「詞林」巻六、明・丘汝成作（類似）、〃臣道〃『群音類選』北腔巻五（類似）一九二〇～一九二二頁。

七十一回

「水晶宮、鮫綃張……」（套曲）（正宮端正好）

羅貫中「龍虎風雲会雑劇」第三折、李開先「詞謔」、「雍熙」巻二、三ｂ～六ａ、「詞林」巻六。

「這帝皇果生得堯眉舜目……」

『大宋宣和遺事』十八[4]

七十二回

「翠簾深、小房櫳……」（套曲）（新水令）

劉兌「月下老定世間配偶」雑劇四折、〃冬景〃「雍熙」巻十一、二十七ｂ～二十九ａ。

七十三回

「憶吹簫玉人何処也……」(套曲)(集賢賓)	〝秋懐〟「雍熙」巻十四、九～十a、〝秋懐代人作〟「詞林」巻七、陳鐸作、『群音類選』北腔巻五、陳鐸作、『呉騒合編』巻四。
「教人対景無言……」(瓦盆児)	〝感旧〟「雍熙」巻十六、二十五b～二十六b、〝閨情〟「詞林」巻二、〝閨怨〟『群音類選』清腔巻一、賈仲名作、二〇七七～二〇七八頁。
「三弄梅花」	既出、二十二回を見よ。
「鴛鴦浦蓮開」(酔花陰)	〝盼郎貴顕〟「雍熙」巻一、十九b、〝閨情〟「詞林」巻九、〝女相思〟『群音類選』北腔巻六、一九八〇頁。

七十四回

「第一来為圧驚……」(套曲)(宜春令)	李日華「南西廂記」第十七齣。
「玉驄轎馬出皇都」(新水令)	「西廂記」第五本四折、驄字作鞭。
「更深静悄……」(月中花)	〝風情〟「雍熙」巻十五、十三b～十四a、〝麗情〟「詞林」巻一、明・張善夫作。

七十七回

「想多嬌、情性児標……」(套曲)(青衲襖)	〝別思重会〟「雍熙」巻九、七十八～七十九、〝思情〟「詞林」巻八。

七十八回

「霽景融和」	既出、十五回を見よ。

八十回

「恨杜鵑声透珠簾……」(折桂令)	〝題情〟「雍熙」巻十七、四十四b～四十五a。

八十二回

「将奴這銀絲帕……」(寄生草)	既出、八回を見よ。
「入門来将奴摟抱在懐……」(河西六娘子)	〝約会〟「雍熙」巻二十、四十二a。
「両意相投情掛牽……」(河西六娘子)	〝約会〟「雍熙」巻二十、四十二a。
「仮認做女婿親厚……」(紅繍鞋)	〝十有〟「雍熙」巻十八、三十a(類似)。
「待月西廂下……」(五絶詩)	「西廂記」第三本二折。

八十三回

「動不動将人罵……」(寄生薬)　――〝相思〟「雍熙」巻十九、二十四b～二十五a。
「央及春梅好姐……」(河西六娘子)　――〝約会〟「雍熙」巻二十、四十二a(類似)。
「将奴這桃花面……」(寄生草)　――〝相思〟「雍熙」巻十九、二十b。
「赤緊的因些閒話……」(四換頭)　――〝題情〟「雍熙」巻二十、四十a(類似)。
「会雲雨風般疎透……」(紅綉鞋)　――〝十有〟「雍熙」巻十八、三十b。

八十五回

「祇廟火焼皮肉……」(紅綉鞋)　――〝十有〟「雍熙」巻十八、三十b。
「我為你躭驚受怕……」(紅綉鞋)　――〝題情〟「雍熙」巻十八、二十九b。

九十三回

「涙双垂、垂双泪……」(普天楽)　――〝思情〟「雍熙」巻十八、四十九b。

九十四回

「前生想着、少欠下他相思債……」(四塊金)　――〝憶別〟「詞林」巻一。

以上が、現在までに判明した所のすべてである。まだ分からない部分に、かならず素材があるとはかぎらず、中には作者自身が作った曲もあろうかとは思われるが、これまで見てきたように、作者の素材に依存する度合がかなり高いことが感じられるので、今後ともこの出典不明の俗曲については、継続して追求されなければならない。

さて、この表を見て気づかれる点が、若干あるので以下に附記しておきたい。

その一は、このように大量の当時流行していたと思われる俗曲を作品中に収めているのは、作者のこれら俗曲に対するなみなみならぬ愛好を示すものであろうということである。作品中では、潘金蓮が俗曲に精しい人間として描かれている。七十三回で、月娘は金蓮のことを、「どんな唄でもみんな知っていて、始めをちょっとうたえば、すぐおわりまでわかるって調子なんですよ」と言っているが、或いは、この潘金蓮は、作者の一面を伝えるいわば作者の分身なのかもしれない。

そして、注目されることは、十回までは、主に『水滸伝』の各所から取材していること、また、五十三・五十四の両回は、主に『太和正音譜』から取材しているようであること、更にまた、八十二・八十三回に見られるように、回目を越えて、『雍熙楽府』の同一部分から取材していることなどから、作者は、これら大量の俗曲を、単に耳から聴き頭で憶えていたものから取材しているだけではなく、書物――恐らく『雍熙楽府』のような当時通行していたと思われる俗曲集――から、かなり取材していたのではないかと思われることである。(5)

その二は、遂にその出典をつきとめることのできなかった俗曲についてである。筆者は、今回、主に『雍熙楽府』と『詞林摘艶』について調査を行なったから、この出典不明の俗曲は、これらの俗曲集に収集されたものの範囲外の俗曲であろうことがまず考えられる。そこで、これら出典不明の俗曲を見ると、これには、次の二種類のもののあることが分かる。その第一のものは、これら両種の俗曲集が出版された後に流行したであろう曲で、これには、七十三回の「鬧五更」(6)などが挙げられよう。その第二のものは、恐らく、その内容がやや下品なために、これら両種の俗曲集に収められなかったものである。或いは、こうした卑猥で通俗的な内容のもののみを収めた俗曲集が、当時別に通行していて、作者も、そうした本を所持していたのかもしれない。これには、十回や十六回の「臨江仙」、十七回の「西江月」等が挙げられるかと思う。表より、考えられる所は以上である。

二　素材としての「林冲宝剣記」と『大宋宣和遺事』について

以下に指摘するように、金瓶梅の作者は、李開先の戯曲「林冲宝剣記」と編者不明の『大宋宣和遺事』の両書を確かに参照しており、作品中には、作者の意匠の網を通して、この両書に登場する人物や文章、さらにはプロットなどを、あるものはそのままに、あるものは少し姿を変えて、各所に使っている。このうち、前者、つまり「林冲宝剣記」の『金瓶梅』との関係は、つとにハナン氏の注目する所で、氏の前掲論文中において、その『金瓶梅』の素材としての重要さが強調されている。しかし、『大宋宣和遺事』との関係については、未だ言及されていない。

まず、李開先「林冲宝剣記」について、このうちのどの部分が『金瓶梅』の素材として用いられているかを考えてみたい。

初めに、ハナン氏がすでに指摘している点から見てみよう。それは、以下の四点である。

（1）『金瓶梅』六十七回に見える次の二首の俗曲、「寒夜無茶云々」（駐馬庁）と「四野彤霞云々」（駐馬庁）は、いずれも「林冲宝剣記」第三十三齣に見えるものであること。

（2）『金瓶梅』七十回に見える「享富貴、受皇恩云々」（端正好）の套曲は、「林冲宝剣記」の第五十齣に見えること。また、このうちの最初の方の一部は、第三齣にも見えるものであること。

（3）『金瓶梅』六十一回には、病に倒れた李瓶児の診察に趙龍崗というやぶ医者が呼ばれ、次から次へと見当違いの見立てを述べては西門慶をいらだたせる一段があるが、これは、「林冲宝剣記」第二十八齣の再現であること。ちなみに、「宝剣記」劇のこの部分は、時の寵臣高俅の養子高朋が、東嶽廟で会った婦人（実は父の部下林冲の妻張氏）に一目惚れし、恋わずらいの床につく。そこへ、趙太医というやぶ医者が来て脈を見、やはり見当ちがいの見立てを言って高朋をいらだたせるという段なのである。

（4）『金瓶梅』七十九回では、西門慶が危篤状態になるや、呉神仙が来て、彼の死は避けられないことを占い告げる段があるが、これは、「林冲宝剣記」第十齣の再現であること。ちなみに、「宝剣記」劇のこの部分は、林冲が不祥の怪夢を見て不安になったので、算命先生を家に呼び夢占いをしてもらう場面である。この算命先生の占いの結果もやはり良くなく、不幸は逃れられないことが申しわたされるということになっている。

以上が、ハナン論文で指摘するところである。このハナン氏に継いで「林冲宝剣記」の『金瓶梅』との関係を論じた人に、徐朔方氏がいる。彼は、その論文「《金瓶梅》的写定者是李開先」(7)の中で、『金瓶梅』の作者が李開先であるという論を展開し、その論拠として、この「宝剣記」劇との類似点を二・三挙げている。徐氏が指摘しているの点は、すでにハナン氏が挙げている(2)の外に、『金瓶梅』四十一回に見える「翡翠窓紗云々」（闘鵪鶉）の套曲と、同七十一回「水晶宮、鮫綃張云々」（端正好）の套曲の各々全文が、李開先が戯曲を論じた書物「詞謔」にも選録されているという点である。しかし、この両首の套曲は、すでに前節において見たように、どちらも、『詞林摘艶』と『雍熙楽府』の両書に収められており、この両書のうちのどれかから取材した可能性もありうるし、また、直接元曲の「両世姻縁」雑劇や「龍虎風雲会」雑劇から取材したのかもしれない。各書を校合してみても、みな微妙に字句の差異が見られて、作者が一体このうちのどれから取材しているのかを確定することができない。ともあれ、以上がこれまで指摘された点である。

これ以外で、「宝剣記」劇のうち『金瓶梅』の素材として用いられたと思われるものに、どんな点があるのだろうか。これには、次のような点が挙げられるかと思う。

（1）『金瓶梅』十四回に登場する開封府知府楊時の素材となったものは、恐らく「宝剣記」第十八齣に登場する開封府府尹の楊清ではないかと思われる。ともに正義感のあるいわゆる「正面人物」として描かれており、ともに同姓の楊と名前も似ている。因みに『水滸伝』の方を見ると、開封府の長官は、滕府尹とまず姓がちがっており、さらにこの長官は、事件を充分に調べもせずに、唯々諾々と高俅の頼みを入れて林冲に死罪を申しつけようとする「反面人物」となっている。ところが、剛直な部下の孫定によってこのもくろみは阻まれ、結局林冲は、滄州送りとなる。『水滸伝』八回におけるこの滕府尹と孔目孫定の人物形象は、むしろ『金瓶梅』二十六回、西門慶の罠にはまって罪人にされた来旺を裁く提刑夏龍渓と孔目陰騭の両者に受け継がれている。

さて、「宝剣記」では、開封府長官楊清は、林冲の冤罪なることを認め彼が復職せんことを乞う上奏をするが、高官の高俅や童貫らの反対にあい、結局主張を曲げ、林冲には滄州充軍という判決を下すことになっている。つまり、「正面人物」が「反面人物」の圧力に屈することになっているが、実は、『金瓶梅』十四回に登場する楊時も、やはりその力に限界のある人物として描かれているのである。彼は、花子虚兄弟の財産相続のもめごとを裁くが、やはりかつての恩師の蔡京と高官の楊戩の圧力に屈して、結局、西門慶に有利なように判決を下してしまう。この結果、西門慶は花家の莫大な財産を獲得することとなり、さらにその財力を増大させるのである。「宝剣記」における楊清と、『金瓶梅』における楊時とは、このようにその政治力において限界を持つ人間として描かれている点においてもよく似ている。

なお、『金瓶梅』において見られる構造の一つに、作中、肯定的に描かれている官吏と否定的に描かれている官吏との対立の構造が見られることと、前者がいつも後者にその政治力において凌げないという構造となっている点が挙げられるかと思う。今挙げた楊時は、勿論前者に属している。作中、このグループに属する者としては、彼の外に十回の東平府長官陳文昭、三十五回の山東巡按御史曾孝序、九十二回の厳州府長官徐崶らが挙げられる。いずれも進士出身の正義感のある官吏で、地方長官が多い。逆に否定的に描かれている官吏としては、二回の太尉朱勔、三回の禁軍提督楊戩、十回の太師蔡京、十七回の兵部尚書王黼等が挙げられよう。このような構造は何を意味するのであろうか。

一体、実際の歴史のうちの何かを反映しているものかどうかなど詳しいことは、今後の解明に待たなければならないが、或いは、このことは、作者の官歴とその政治的立場とが関係しているのかもしれない。つまり、作者は官界の経験者であり、利害得失のうずまく渦中に身を置いた人間ではなかったかと思われるのである。筆者はさきに、『金瓶梅』中の朱勔[8]というのは、実は錦衣衛指揮使というものを念頭におかれて描かれているのではないか、作者は錦衣衛の存在を殊の外好ましく思っておらず、西門慶の所業を描くことによって、錦衣衛の役人に対して批判を加えようとした、この点にこの小説の隠された主題があるのではないかということを論じた[9]が、作者の官界にあっての立場は、或いは、この小説中で肯定的に描かれている官吏の立場に似たものであったのかもしれない。

（2）　やはり人名に関してである。「宝剣記」で高朋の取り巻きに陸謙と傅安という二人の人間が出てくるが、もしここに大胆なる憶測が許されるならば、『金瓶梅』の作者はもしかすると、これらの人物名から、翟謙・傅銘・玳安の三人の人物名を案出したのではあるまいかと疑われる。『水滸伝』七回では、一人は虞候の陸謙、今一人は太鼓持ちの富安ということになっており、人名の類似という点では、「宝剣記」のほうが、ずっと『金瓶梅』に近い。ところで「宝剣記」では、陸謙と傅安の二人ともに虞候ということになっている。虞候とは、隋唐より宋代まで使われた武官の一呼称であり、『水滸伝』中の陸謙は確かにかかる一武官として描かれている。ところが「宝剣記」では、不思議なことにこの二人は、定職につかず高朋のご機嫌をうかがう取り巻きのようであり、時には、商人のまねまでする人間として描かれているのである。

「宝剣記」第二十五齣に、陸謙が傅安に従って江南にゆき品物を仕入れては商売をしていたことを高朋に打ち明けている個所がある。知られる通り、『金瓶梅』では、傅銘や玳安でこそないが、番頭の韓道国や崔本・来保らが、しばしば江南の揚州や湖州に行って絹等の品物を仕入れることになっている（三十七回〜三十八回、五十一回〜五十八・六十回、六十七回〜七十七・八十一回等）。このことから、少なくとも、「宝剣記」中の傅銘に、後の『金瓶梅』中における西門家の番頭の原形があるように思われる。さらによく観察すると、「宝剣記」中の陸謙と傅安の二人の人物形象のうち、取り巻きの要素は、『金瓶梅』では応伯爵にうけ継がれているし、また、「宝剣記」中の高朋の好色で、強引な手段で人妻を手中に収めようとする性格の一面は、『金瓶梅』中の西門慶にうけ継がれているということにも気付かれる。このように見てくると、『金瓶梅』の作者は、その作中人物のうちの何人かを、「宝剣記」中の人物より案出しているのではないかと思われるのである。

『金瓶梅』において、作者が「宝剣記」より着想を得たり、または直接素材として利用していると思われる部分は以上である。ハナン氏の所説を補うというには、あまりにも乏しい成果だが、あと一点、『金瓶梅』七十四回に引用されている「黄氏女巻」の冒頭の一部分が、ほとんど字句も違わずに「宝剣記」第四十一齣に出ていることを指摘しておきたい。但し、「宝剣記」ではその一部だけ出ていて、『金瓶梅』では、ほぼ全文引用されていることからみて、後者が前者を素材として引用したというよりも、李開先も『金瓶梅』の作者も、同じ素材を使っていたと言うべきであろう。なお、『金瓶梅』に引用されたこの宝巻は、かつて澤田瑞穂氏が、本格的古宝巻の体裁をそなえているとされているもの(10)である。

次に、『大宋宣和遺事』（以下『宣和遺事』と略称する）と『金瓶梅』との関係を見てみよう。『金瓶梅』の作者が『宣和遺事』より素材として利用していると思われる点も少なくなく、その活用度は「宝剣記」に優るとも劣らない。その利用の仕方としては、次の三通りの仕方が看取できる。

その一は、文章・字句をほとんどそのまま素材として用いる仕方、
その二は、話・筋の展開において、その発想をまねる仕方、
その三は、登場人物名を素材として借用する仕方、
である。

一、『宣和遺事』の文章・字句を素材として借用している個所は、七十一回に見える次の二ヶ所である。

（1）『金瓶梅』七十一回において、徽宗帝のことを描写している部分は、『宣和遺事』前集の徽宗帝即位の段における文章をそのまま踏襲している。

『宣和遺事』十八
説這箇官家、才俊過人、口賡詩韻、目数群羊、善写墨君竹、能揮薛稷書、通三教之書、暁九流之典。朝歓暮楽、依稀似剣閣孟蜀王、論愛色貪杯、彷彿如金陵陳後主。……即位了二十六年、改了六番年号、改建中靖国、改崇寧、改大観、改政和、改重和、改宣和。……

『金瓶梅』七十一回
這帝皇果生得堯眉舜目、禹背湯肩。若説這個官家、才俊過人、口工詩韻、目類群羊。善写墨君竹、能揮薛稷書。道三教之書、暁九流之典。朝歓暮楽、依稀似剣閣孟商王、愛色貪盃、彷彿如金陵陳後主。従十八歳登基即位、二十五年、倒改了五遭年号、先改建中靖国、後改崇建、改大観、改正和。……

（2）前条に続いて、蔡京が進み出て、帝の徳をほめたたえる頌を言上する次の段は、やはり『宣和遺事』前集の宣和五年の条によっている。

『宣和遺事』百十二
文武百官聚集於宮省。等候天子設朝。須臾、香毬撥転、簾捲扇開。但見、明堂坐天子、月朔朝諸侯、浄鞭三下響、文武両班斉。皇帝駕坐。不多時、有殿頭官身穿紫窄衫、腰繋金銅帯、踏著金階、口伝聖敕道、「有事但奏、無事捲班。」言未絶、見一

『金瓶梅』七十一回
当下駕坐宝位、静鞭響罷、文武百官、九卿四相。……進上表章。已有殿頭官、自穿紫窄衫、腰繋金廂帯、歩着金堦口、伝聖勅道、「……」言未畢、斑首中閃過一員大臣来、朝靴踏地響、袍袖列風生。……視之、乃左丞相崇政殿大学士兼吏部尚書太

人出離班部、倒笏躬身、口称、「万歳、万歳、誠惶誠恐、頓首頓首、死罪。臣有表章拝奏。」……

師魯国公蔡京也。幞頭象簡、俯伏金堦叩首、口称「万歳、万歳、万万歳、臣等誠惶誠恐、稽首頓首、……」……蔡太師承旨下来、殿頭官口伝聖旨、「有事出斑早奏、無事捲簾退朝。」言未畢、見一人出離斑部、倒笏躬身、……

二、発想の点で、『宣和遺事』に基づいていると思われる箇所は、以下の（3）〜（6）においてである。

（3）『金瓶梅』の冒頭で、項羽と劉邦の話を載せ、この二人は確かに英雄であったけれども、ともに女色に迷って身を破滅させたことを述べているのは、『宣和遺事』の冒頭に載せる女色に迷った歴代皇帝の話に似ており、恐らく、『金瓶梅』の発想は、ここより得たものであろうと思われる。

（4）『金瓶梅』六十四回で、薛内相が朝廷の変事を語るが、その言葉の中に「さる立冬の日に、太常寺博士で方軫という方が、朝、太廟を掃除しておられると、御殿の東北で床が一ヶ所落ちていた。云々」と述べていることは、『宣和遺事』七十九、重和元年十二月の条に「ある日、徽宗が宣和殿に出御するや、地がにわかに陥没した」と書かれていることに類似しており、恐らく、ここより発想されたものと思われる。

（5）同じく『金瓶梅』六十四回における薛内相の言葉の中に「太廟の煉瓦の隙間から血が出ていた」と述べていることは、『宣和遺事』八十一の宣和元年の条に、「ある日、神宗皇帝廟室便殿の石畳から鮮血がにじみ出て、拭くに随って出て、数日にしてやんだ」と書かれてあることに類似しており、やはりここからヒントを得て書かれたものと思われる。

（6）『金瓶梅』百回、永福寺で、普静和尚の読経により西門慶ら今は亡き亡霊達が次から次へと現われ、各自自身の因果を語るという段があるが、『宣和遺事』二百五十六を見ると、よく似た一段がある。靖康の変で金に捕えられた欽宗帝は燕京に拉致されてゆく途中、平水鎮のある古寺に一泊するが、真夜中隣室よりの二人の僧が問答を交わし、欽宗ら皇帝家一族の因果を語るのを帝が聞くという段である。『金瓶梅』百回の一段は、或いはこれよりヒントを得て書かれたものかと思われる。

三、登場人物名を借用したと思われる例としては、以下のものが考えられる。

周秀……『金瓶梅』では武官で、守備府長官、後に山東都統制と出世する人物。『宣和遺事』百十八・百十九では、名妓李師師のいる妓楼の向いに店を構える茶房の主人で、後に、徽宗帝より泗州の茶提挙（正式の官名は、提挙茶塩司、専売の茶塩の私販等を取り締まる任務をもつ）の官職を賜る。

周忠……『金瓶梅』では、守備周秀の執事として、八十七・九十八・九十九の各回に登場する男。『宣和遺事』二百三十六では、金に虜囚となった徽宗・欽宗の二帝が霊州より西汗州に移動する途中、一人の漢人に出会い、彼から、宋は今後江南で再び栄えるであろうことを聞かされ励まされるが、この男の父は、かつて延安鈐轄《けんかつ》をつとめた周忠という名前であったということになっている。

道堅……『金瓶梅』では、周守備の菩提寺である永福寺の住職として登場する。[11]『宣和遺事』百四十二では、林霊素と法を闘って敗れる仏僧の一人として出てくる。

六黄太尉……『金瓶梅』六十五回では、江南より積み出された花石綱を受けとりに都から勅使として派遣された太尉として登場する者だが、『宣和遺事』百四十八では、宣和六年元宵節の夜、楊戩・王仁・何霍らとともに、宣徳門に登って群がる民衆に向ってお金をばらまいた四人の高官の一人として出ている。

孫栄と竇監……『金瓶梅』では、どちらも七十回に登場し、孫栄の方は捉察使、竇監の方は緝察皇城使でともに朱勔の部下ということになっている。『宣和遺事』百十九では、孫栄は捉殺使、竇監は緝察皇城使として登場し、こちらはともに高俅の部下となっている点が注目される。[12]

尹大諒……『金瓶梅』では、七十回において工部の上書中に推挙されるべき人物の一人として書かれ、身分は山東巡撫監察御史というふうに書いてある。『宣和遺事』百六では、南洛県（今の河北省南楽県）知県という身分で、生辰綱をだましとった孫立ら盗賊を逮捕する責任者として登場している。

『金瓶梅』の作者が、『金瓶梅』を作るうえにおいて『宣和遺事』より素材として利用したと思われる点で、現在まで判明している所は以上である。

『金瓶梅』の作者は、以上見てきた所からして、確かに「林冲宝剣記」と『大宋宣和遺事』の両書を手元にもっており、『金瓶梅』を創作した時にこれらを参照したものと考えられる。

では次に、『金瓶梅』の作者が実際に「林冲宝剣記」や『大宋宣和遺事』を見ることができ、素材としてこれを利用することが可能であったかどうか、書誌学的にこれを確かめてみることにしたい。だがその前に、やはり『金瓶梅』がいつ書かれたものかが確定していないと、この問題を考える上で不都合である。『金瓶梅』はいつ書かれたものか、作者とともに今もって定論を見ない。中国の徐朔方氏のように、作者は李開先で嘉靖年間の成立を主張する人[13]もいるかと思えば、台湾の魏子雲氏のように、天啓年間成立説を主張する人[14]がいる。筆者は、『金瓶梅』の作者が、嘉靖末年から隆慶年間にかけての十数年間に筆を執って、この小説を書いたものではないかと考えるものである（本書第一部第一章「『金瓶梅』執筆時代の推定」を参照されたい）。従って、本稿では、以下にこの嘉靖末隆慶年間成立説に立って論ずることにしたい。

まず、「林冲宝剣記」の方であるが、これには、嘉靖二十六年（一五四七）の雪簑漁者と姜大成の序がついており、『金瓶梅』が作られたのはこれ以降のことであるから、この作者は充分この戯曲本を見ることができたと言える。

では、『大宋宣和遺事』の方はいかがであろうか。『金瓶梅』の作者がもし参照していたとするならば、見ていたであろう『宣和遺事』は現存するのであろうか。

『宣和遺事』の現存するもののうち一番古いのは、孫楷第氏の『中国通俗小説書目』に見える璜川呉氏旧蔵二巻本で、これは明末の刊本らしい。この本はもと中国科学院図書館にあったが、一九四九年に台湾に持ち去られて、今は中国にはないとのことである。(15) 現在一番通行しているのは、清末の人黄丕烈が、嘉慶十三年（一八〇八）に銭曾旧蔵の『宣和遺事』二冊を手に入れ、また翌年杭州でもう一本を手に入れ、この両書を校定して一書にし、士礼居叢書に収めたものである。この書の末尾に附された黄丕烈自身の手になる跋文によれば、原文の中で惇という字に欠筆があり、悖となっているからして、この原本は宋刊本に相違ないとしているが、その原本自体を見ることが出来ない以上、この黄氏の発言を簡単に信用するわけにはゆかない。また別に一本、呉郡修綆山房刊本があるが、この書も、周紹良氏によれば、その封面に「悉照宋本重刊」の六字があるにもかかわらず、うちに清・道光帝の諱を欠字にしてある所があることから、道光年間の刊本であろうとのことである。(16) このように見てくると、どうやら『金瓶梅』の作者が手にしていたのと同じ版本の『宣和遺事』は、今や現存していないようである。しかし、『金瓶梅』が執筆された頃、確かに『宣和遺事』の一書が通行していたことは、次の書目や随筆類より知ることができる。

『文淵閣書目』巻六、『宣和遺事』一部一冊、闕。

高儒『百川書志』(17)、『宣和遺事』二巻、載徽・欽二帝北狩二百七十余事、雖宋人所記、辞近瞽史、頗傷不文。

晁瑮『宝文堂書目』巻中、『宣和遺事』。

周弘祖『古今書刻』(18)上編、福建書坊、『宣和遺事』。

郎瑛『七修類稿』巻四十六事物類、徽欽被擄略の条、宋徽・欽北擄事迹、刊本則有『宣和遺事』。云々。

胡応麟『少室山房筆叢』巻四十一、荘嶽委談下、世所伝『宣和遺事』極鄙俚、然亦是勝国時閭閻俗説。中有南儒及省元等字面。云々。


『文淵閣書目』に著録されている書は、或いは元代より伝えられたものかもしれないが、惜しいかな、闕との注があり、また一冊とあるところから欠本であったようである。しかし、『宝文堂書目』『古今書刻』『百川書志』等の書目にいずれも著録されていることから、確かに嘉靖から万暦にかけて、『宣和遺事』の刊本が通行していたことが察せられる。『金瓶梅』の作者は、恐らくそのうちのいずれかの刊本を手にしていたものと思われる。

以上からして、作者は、『金瓶梅』を執筆の際、確かに「林冲宝剣記」と『大宋宣和遺事』を参照することが可能であったと思われるのである。

おわりに

今回はとりあえず、ハナン氏等の研究のうちの欠けている部分を補強しつつ、一応、以上の結論を指摘するにとどめる。

さて、これまで一般に、作者は作品の時代を北宋末に設定しつつも、その中に自分が生きていた嘉靖・万暦間におこったさまざまな事件を投影させていると考えられているが、この作品の執筆時に作者の脳裏を去来したものは一体何であったのだろうか、それは多分に時事に関するものであったろうと筆者は想像する。

そこで、次の第三部では、『金瓶梅』に使われている素材のうち、この作者と同時代におきたさまざまな事件と

『金瓶梅』との関連についての考察に及ぶことにする。

（1）沈徳符『万暦野獲編』巻二十五で指摘されて以来、五十三回より五十七回までは三文文士が補ったとする説がある。ハナン氏の「金瓶梅版本考」（Patrick D. Hanan, The Text of the Chin P'ing Mei, Asia Major, New Series, Vol. IX, Part I, London, 1962）は、この沈説の立場にたって、この五十三回より五十七回までが、他の諸回とどんな点で脈絡がつかないかを指摘し、沈説を補強した。最近、朱徳熙氏が「漢語方言里的両種反復問句」（『中国語文』一九八五年第一期）で、この五回にみられる疑問文の句法に南方語の句法が集中的に用いられていることから、やはり他の諸回と異なる事を指摘している。またかつて、志村良治氏は「七十九回以降、叙述はにわかに簡略になり、粗雑になる。作者の制作態度や意識において、次元の異なる異質性があらわれると私は考える」（「豪商と淫女――「金瓶梅」の世界――」、内田道夫編『中国小説の世界』評論社、一九七〇年）として、七十九回以降は後人による続作である可能性をほのめかされた。

（2）Patrick D. Hanan, *"Sources of the Chin P'ing Mei"*, Asia Major, New Series, Vol. X, Part I, London, 1963.

（3）馮沅君、前掲論文注一〇一にも言うように、この十三腔は、三十腔の誤りと思われる。

（4）士礼居刻本に目録がついており、全篇が二百九十四節に分けられている。漢数字は、この節の番号である。以下同じ。

（5）『雍熙楽府』巻十八、三十ａ～三十一ｂに見える紅綉鞋の曲と、同巻二十、四十二ａｂに見える河西六娘子の曲は、八十二・八十三の両回にまたがって引用されている。

（6）沈徳符『万暦野獲編』巻二十五時尚小令の条に、「嘉靖から隆慶にかけて『鬧五更』『寄生草』『羅江怨』『哭皇天』『乾荷葉』『粉紅蓮』『桐城歌』『銀紐絲』の曲が興り、両淮から江南にかけて流行した」と見えることからして、「鬧五更」は、嘉靖四年の序をもつ『詞林摘艶』や、同四十五年の序のある『雍熙楽府』などが編纂された後流行した曲と思われる。なお、かつて趙景深氏が「金瓶梅詞話与曲子」（『銀字集』一九四六年）なる一文で、呉晗氏の「金瓶梅詞話の中には、万暦末に流行した打棗竿・掛枝児の二曲が見えないので、この小説は万暦中期の作品と考えられる」（「金瓶梅的著作時代及其社会背景」）の説に駁して、七十四回に「掛真児」なる曲名が見えるではないか（実は、この曲名は次の七十五回にも見える）とされているが、この「掛真児」は、万暦末に流行した「掛枝児」とは別のもので、南曲の南呂宮調引子に属する詞の曲名の一つである。従って、この「掛真児」の一詞を以て、『金瓶梅』が万暦末成立の小説であるとする証拠にはならない。
（7）『杭州大学学報』〝社会科学版〟一九八一年第一期。
（8）『金瓶梅』中の朱勔には、作者によって特別の意味がこめられていることが認められる。それは、『水滸伝』中の林冲物語や「宝剣記」におけるいわば敵役は、いずれも高俅なのに対し、「宝剣記」五十出で、高俅の所業を批判する内容の正宮端正好の套曲が、『金瓶梅』七十回では、朱勔を諷刺するものとして用いられていることからも判るように、『金瓶梅』においては、朱勔に変化していることから窺われる。
（9）拙稿「『金瓶梅』における諷刺――西門慶の官職から見た――」（『函館大学論究』第十八輯、一九八五年、本書第三部第四章）を参照されたい。
（10）澤田瑞穂「『金瓶梅詞話』所引の宝巻について」（『中国文学報』第五冊、一九七五年）参照。
（11）『金瓶梅』五十七回だけは、どんなわけかはわからないが、道長老と名前が変わり、生れも西インドの人となっている。ハナン氏はこれを、五十三回より五十七回まで三文文士が補ったからであろうとする。
（12）注（8）を参照のこと。
（13）注（7）を参照のこと。
（14）魏子雲『金瓶梅的問世与演変』（台北時報出版公司、一九八一年）参照。
（15）周紹良「修綆山房梓『宣和遺事』跋」（『紹良叢稿』斉魯書社、一九八四年）参照。
（16）注（15）を参照のこと。
（17）晁瑮は、嘉靖二十年（一五四一）の進士であるから、この『宝文堂書目』も嘉靖後期に編纂されたものと思われる。
（18）周弘祖は嘉靖三十八年（一五五九）の進士。『古今書刻』は、島田翰『古文旧書考』に附載されている。また、一九五七年、古典文学出版社刊の『百川書志・古今書刻』もある。『古文旧書考』末尾に附された島田氏の跋文によれば、この書目は、隆慶から万暦にかけて編纂されたものであろうとのことである。

第二章　『金瓶梅』の素材（2）——話本について——

はじめに

本章では、『金瓶梅』の作者が「話本」を素材としてどのように駆使しこの作品を作りあげたか、またその結果、その創作手法上の特色はどうであったかを明らかにしてみたいと思う。

知られる如く、これまで『金瓶梅』は、『三国演義』『水滸伝』『西遊記』とともに、「四大奇書」の一つに数えられてきているが、その成立の仕方が他の三書と大いに異なる。つまり『三国演義』『水滸伝』『西遊記』の三小説は、いずれも初めから読者を意識して執筆されたものではなくて、宋の講釈師による語り物に由来し、彼等の間で語り継がれているうちに話に尾ひれがつき、次第にその話の量をふくらませ、明代で集大成されたものばかりである。これに対し『金瓶梅』は、『水滸伝』の二十三回から二十五回までの西門慶と潘金蓮物語に由来している。ここで興味深いことは、誰だか未だ分からぬが、この『水滸伝』の一節にヒントを得て、一篇の長篇の作品即ち『金瓶梅』を作ろうとした人間のいたことが想定できることである。勿論、『三国演義』『水滸伝』『西遊記』においても、最終的に現在の姿にまとめあげた人物がいたと思われる。しかし、彼らの功績は、主に宋以来の話を集大成し、それを明代になって急速に発達した口語表記の文体によって著した点にある。これに対し『金瓶梅』は、明代以前の発達の歴史をもたない。ある作者の創意と工夫とによって明代に忽然と現われた作品であるといえる。まことに、中野美代子氏がかつて指摘されたように、『金瓶梅』こそ、聴衆ではなく読者を予想した一人の作者が書いたもので、作者と読者の一対一の関係が成立した中国で最初の小説である。その意味において『金瓶梅』は、民国の魯迅以降の近代小説の先駆的な存在であり、(1)この点で、中国小説史上特筆すべき作品と目されるのである。

さて、本題に戻ろう。この作者は、一体どのようにして『金瓶梅』を書きあげたのであろうか。先にも述べたように、まず作者は、ストーリーの発端を『水滸伝』の西門慶・潘金蓮物語に求めている。さらに、パトリック・ハナン氏の研究に依れば、この作者は『金瓶梅』の中でこの『水滸伝』の外に、口語の短篇小説や戯曲・俗曲等を素材として駆使しているということが明らかになっている。(2)筆者もかつて、『金瓶梅』の素材となったもののうち、俗曲と戯曲「林冲宝剣記」、それに『大宋宣和遺事』について調査し、『金瓶梅』の作者が使ったであろうと思われる個所を指摘したことがある。(3)それで今回は、主に『水滸伝』を含む各種「話本」(4)からどれだけ作者が素材をあおいでいるかについて考察してみたい。

結論から言うならば、作者は、『金瓶梅』を作るにあたって、恐らく手元で見ることのできた各種「話本」から多く、その話の筋や着想、人物形象についてヒントを得ているのみならず、甚だしくは、その「話本」に使われている詩詞・駢語(5)の類いを直接借用している。この傾向は、『水滸伝』からにおいて甚しく看取されるものである。以下、『金瓶梅』における「話本」からの影響を、一、筋や着想面における影響、二、詩詞・駢語における鈔襲の傾向の二方面から見てゆくことにしたい。

一　筋・着想面における話本からの影響

『金瓶梅』の作者がもとづいたであろう「話本」についても、前記パトリック・ハナン氏をはじめとする幾多の学者によって既に指摘ずみの点が多い。しかし、本稿では繁雑になることを避けていちいちこれを注記することはしないことを、まず予めお断りしておきたい。では、『金瓶梅』の作者は、この小説を創作するにあたって、その筋や登場人物の人物形象に関し、いかなる「話本」のどの個所からヒントを得ているか、一回から見てゆくことにしよう。

まず、一回書きだしの一詞「眼児媚」とそれに続く情と色との談義は、『清平山堂話本』刎頸鴛鴦会の書きだしの部分をほぼそのまま踏襲している。次の項羽と劉邦の話は、一代の英雄豪傑といえども、女色に迷って身を亡ぼすことを述べて、さきの「眼児媚」詞の説明としているが、この部分は、恐らく『大宋宣和遺事』冒頭に書かれている歴代の無道皇帝を述べた所よりヒントを得ているのではないかと疑われる(6)。

次に本題に入って、最初の話である景陽岡における武松の虎退治の一段は、明らかに『水滸伝』の二十三回を踏襲している。ここで注目されることは、次の二点である。

その一は、武松が虎を退治した後、猟師らとともに土地の旧家に向かうが、『水滸伝』では、この土地の旧家のことを「本郷上戸」と書いている所を、『金瓶梅』ではすべて「里老人」と書き換えていることである。知られる如く、里老人とは、明代、郷村社会の秩序維持の為に選ばれた徳望家で、勧農教化の任務をもった人のことである。「上戸」を「里老人」に書き換えているということは、やはり、明代のある人間が『水滸伝』からヒントを得て『金瓶梅』を創作したもので、この『金瓶梅』が、けっして『水滸伝』等と同じような宋講釈より発展してきたものではないことの一証拠となるであろう。

注目されることの二は、武松の出身地を、『水滸伝』の清河県から、『金瓶梅』では陽谷県に変えていることである。この事実については、すでにハナン氏や、魏子雲氏[7]らの注目する所となっているが、このことがどのような意味をもつかについては、未だ明確な結論が得られていない。ただ言えることは、作者は、この後の西門慶・潘金蓮物語の舞台を、陽谷県ではなく清河県に設定したかったからだろうと言えることぐらいであろう。このことに関連して指摘しておきたいことは、武松が虎を退治した後に掲げられている一篇七言古詩である。この詩の句中に「清河壮士酒未醒」の一句があるが、『金瓶梅』では、すでに武松を陽谷県出身の人間に変えているのだから、ここもさしずめ「陽谷壮士酒未醒」と改めるべきであったと思われるが、実際は『水滸伝』で使われているものをそのまま借用している。後にも触れたいと思うが、このような安直さは、『金瓶梅』以外の白話小説にも広く普遍的に見られる傾向であるとはいえ、ここは『金瓶梅』の作者の創作態度として見逃せない点の一つであろう。

次いで、『金瓶梅』きっての妖婦潘金蓮の登場となるが、まず、彼女の生い立ちが述べられている。それに依れば、彼女は元々清河県南門外の潘仕立屋の娘で、幼くして父と死別し暮しが成り立たないので、まず王招宣の屋敷に売られた。後にその王招宣が亡くなると、今度は金持ちの張旦那に転売された。ところが、張家では奥様の嫉妬に遇い家を追い出され、遂にただ同然で武大の嫁となったということになっている。ところで、この個所は、まったく『警世通言』巻十六小夫人金銭贈年少に依っている。この「話本」は、張士廉という金持ちが、六十歳をすぎても子供がいないのを嘆き、二人の仲人婆さんに頼んで、一人の若いお妾をもらうということから話が始まっているが、第一、このお妾というのが、やはり王招宣の屋敷の女中上がりであるという点で『金瓶梅』に似ているし、また、この張旦那がこのお妾をもらってから体にさまざまな不調をきたすという点も似ている。

二回から五回までは、王婆の手引きによる潘金蓮と西門慶の不義密通、更には、金蓮と王婆とによる武大毒殺の話であるが、これらはすべて『水滸伝』の二十四・二十五の両回によっていることは、論を俟《ま》たない。このうち、口達者な王婆の人物形象は、今挙げた『警世通言』巻十六中の王婆にも一面通じる所がある。また妻が自分の不義の発覚を恐れて夫を毒殺するという話は外にもあり、例えば、『警世通言』巻二十四玉堂春落難逢夫にも見られる。この作品でもやはりその毒殺を助ける王婆という老女が登場する。(8)

八回になると、武大の霊を弔う為の法要が行われる段となる。この法要には報恩寺から数人の僧侶が招かれるが、この時僧達が金蓮の妖艶な容姿にすっかり心を乱す個所は、『水滸伝』の二十四・二十五回には見えず、却って同四十五回の楊雄の妻潘巧雲と報恩寺の僧裴如海の不義密通の段に似る。『金瓶梅』は明らかにこの部分を踏襲している。第一、報恩寺という寺の名前も一致しているし、看官聴説以下に見える僧侶こそ色欲が旺盛であるという『金瓶梅』の談義も、『水滸伝』に見えるそれと論旨においてそっくりである。

十回では、後で西門慶の第六夫人に納まる李瓶児の、花子虚の妻になるまでの経歴が書かれてある。その経歴というのは、李瓶児はもと太名府長官梁中書の妾であった。ところが、梁の正夫人という人はとても嫉妬ぶかくて、妾や女中を叩き殺しては死骸を奥庭に埋めていた。政和三年上元節の夜、梁山泊の豪傑の一人李逵が大名府を襲撃し梁一家皆殺しに及んだ時、李瓶児は梁家にあった宝物、西洋真珠百個等を盗んで逃げ、都東京の親戚の家に身を寄せたなどというものである。ところが、「話本」の中にもこれと似た話がある。『警世通言』巻十四一窟鬼癩道人除怪は、幽霊妻にまとわりつかれた呉洪という一書生の話であるが、この話の結末で一道人が現われ、術を使って幽霊の正体を明らかにする。それによって、「呉先生の奥さんの李楽娘は、秦太師府の三通判のお妾で、通判の種をやどし、出産で死んだ亡霊、女中の錦児は、通判の正夫人に嫉妬されて折檻を受けたために、われとわが首を刎《はね》て死んだ者であった」ことが判明する。この話に出てくる嫉妬深い通判の正夫人は、『金瓶梅』の中の梁中書の正夫人に似ている。また既に挙げた『警世通言』巻十六小夫人金銭贈年少は、張士廉の妾が若い番頭の張勝に好意を抱き、彼に百八個の西洋真珠でできた数珠を渡すが、あとでこの数珠は、その妾がかつて仕えていた王招宣の屋敷から持ち出したものであることが判るという話であるが、この話に出てくる数珠は、李瓶児が盗み出した西洋真珠に似ている。恐らく『金瓶梅』の作者は、李瓶児の前歴を設定するにあたって、これら二つの「話本」からヒントを得たであろうことは大いに考えられることである。

十回では武松の事件を裁く陳文昭が登場し、また十四回では花子虚の事件を裁く楊時の登場となり、それぞれ清廉潔白の役人であることを説明する駢語が見えるが、これらはそれぞれ『水滸伝』二十七回の陳文昭と同十三回の時文彬のひととなりを説明するに使われる文とほぼ同じものである。

さて、十四回の楊時は、号が亀山であると書いていることから、一見、実在の人物で北宋の儒者である楊亀山先生をモデルにしているかのようであるが、その出身といい、その経歴といいまったくのでたらめである。もっともおかしいのは、彼のことを蔡京の門下生としていることである。歴史上の楊時は、蔡京ら新法党を口を極めて批判しており、(9)蔡京の門下生であろうはずがない。ところが『醒世恒言』巻十三勘皮靴単証二郎神を見ると、この「話本」では、楊時を蔡京の門下生だとしているのである。このことは、楊時を蔡京の門下生とする説が、宋時、講釈師の間で広く行なわれていたということを示すのではないかと考えられないこともないが、ひょっとして、『金瓶梅』の作者は、この『醒世恒言』巻十三のもととなった「話本」を、どこかで見ていたのではあるまいか。ちなみに、同「話本」の中に、五岳観の潘道士という道士が登場するが、『金瓶梅』六十二回にも、五岳観の潘道士という者が登場している。なお、この『醒世恒言』巻十三と『金瓶梅』との関係は、あとで再びまとめる予定である。

十五回になると、呉月娘らが獅子街の李瓶児の家の二階で、灯籠見物をする段となる。『金瓶梅』はこのあと、二十四回と四十二回から四十三回にかけて、そして七十八回と都合四回元宵節の様子を描いているが、この十五回の描写が一番臨場感がある。ところで、元宵夜の灯籠市のにぎやかさは、「話本」でもよく描かれる所である。例えば、すでに挙げた『警世通言』巻十六や、『清平山堂話本』戒指児記、また『熊龍峯四種小説』張生彩鸞灯伝等は、いずれもその話の時代が北宋となっていて、元宵夜における若い男女の出会いを描くものであった。『金瓶梅』の作者の生きていた明代においても、元宵夜はにぎやかであったと思われるが、この作者は現実に取材するよりも書物に取材する傾向の強かった人かと思われる。この回で鰲山について言及しているが、この部分も、『大宋宣和遺事』宣和六年の条あたりをこの作者は参照している可能性が強い。ちなみに『金瓶梅』四十六回冒頭にかかげる元宵節のことをうたった一詞は、『大宋宣和遺事』宣和五年の条に見えるものと同じである。また、同回に見える灯籠市の眺めを説明する長い駢語は、その書だしを『水滸伝』三十三回において、宋江が花栄とともに清風寨で灯籠市を見物する時に使われている一文を利用している。

二十回から二十六回までは、来旺の妻宋恵蓮の物語であるが、このうち、二十六回西門慶が計を設けて来旺を陥れ提刑所に送りこむ局面は、『水滸伝』七回高俅が白虎堂で林冲を陥れる段に学んだものと思われる。

宋恵蓮の自殺後、これに続く二十七回、西門慶と金蓮との翡翠軒での御乱行の一段との間に、大暑についての一談義が突如として挿入されている。このようにいささか唐突ぎみに新たな話や談義を展開させている個所は、大抵、作者が何か素材に依っている個所と思われる。例えば、後の四十七回で、突如として苗天秀の話が出てくるが、これは、『百家公案』に依っていることは知られている所である。この談義も、『水滸伝』十六回、楊志ら一行十四人が、蔡京への誕生祝いの宝物を運搬して黄泥岡にさしかかった時、折からの暑さを述べる段に見える一文にもとづいている。

さて三十回に至り、西門慶は、山東清河提刑所副千戸という役人となり、警察官兼裁判官のような地位に就くが、三十四回で阮三の事件を手がける。ところで、この阮三の事件の顚末は、まったく『清平山堂話本』の戒指児記そのものであることは、すでに幾多の学者による指摘がある。

四十七回から四十八回にかけては、苗天秀の物語であるが、これはすでに指摘したように、『百家公案全伝』巻五十判琴童代主伸冤と題する話に基づいていることは、ハナン論文以来よく知られている所である。

六十二回、李瓶児の病が篤くなると、魔除けのために五岳観の潘道士が西門家によばれる。ところで、「話本」には、主人公に女の妖怪が取り付くが、結末で一道士が現われて、術を使ってこれら妖怪を取り除くという一類の話があったようで、現存する「話本」のうち、『清平山堂話本』の西湖三塔記や洛陽三怪記、『警世通言』の巻十四や同巻二十八、『熊龍峯四種小説』の孔淑芳双魚扇墜伝などは、いずれもよく似た話で、同じような結末、つまり道士が現われて妖怪を除くという結末で話がむすばれている。『金瓶梅』のこの個所は、道士の操る神将の描写をはじめとしてその多くを、『警世通言』巻十四の文章に依っている。また、前に述べたように、五岳観の潘道士という固有名詞は、『醒世恒言』巻十三のもとになった話本より借用したものと思われる。

七十一回になると、西門慶は正千戸に昇進し、謝恩のために上京する。この回では、徽宗皇帝に対する百官朝賀の様子が描かれているが、ここで使われている文章のほとんどが、実は『水滸伝』八十二回、梁山泊の豪傑達が招安に応じ、都で皇帝に拝する段からの借りものである。

七十三回に見える薛尼の語る五戒禅師と紅蓮の物語は、『清平山堂話本』五戒禅師私紅蓮記の話を、簡略にして作品中に取り込んだものであることは、既に先人により指摘されている。

七十九回になって、西門慶が荒淫のため体を壊して死ぬが、このあとの八十回以降は、それまでと異なって、にわかに先行文学にその着想を借りることが多くなっているように見えるのは何故だろうか。話の舞台も、清河県から臨清に移る傾向もみられ、この八十回を境として筆さばきにおいても、何か異質なものが認められるが、これは作者とは別の人が八十回以降の筆をとった為か、それとも八十回の前と後とではその執筆時期が大部異なっていた為なのかといろいろと疑われる。しかし、この点に関する詮索は、稿を改めて論ずるとして、ここでは筋、着想における先行文学からの影響、ことに「話本」からの影響について、更に考察をさきにすすめたい。

まず八十二回で、陳経済が金蓮と茶蘼棚の下で密会する個所は、これは「話本」からではないが、明らかに雑劇「西廂記」第三本三折から影響をうけていることを指摘せねばならない。

八十四回、呉月娘が泰山に参拝して殷天錫という男に強姦されそうになる段は、既にハナン氏の指摘された通り、『水滸伝』七回で高俅の義理の息子高衙内が林冲の妻を誘惑しようとする段から着想を得ている。また、殷天錫という人名は、『水滸伝』五十二回からとってきたもので、州の太守高廉の妻の弟という点で一致している。

続いて、月娘は清風山の王英に捕われ、やはり強姦されそうになるが、これは『水滸伝』三十二回の一段からとってきている。但し、『水滸伝』では、王英に強姦されそうになるのは呉月娘ではなく、清風鎮の奉行劉高の細君ということになっている。なお、この回での泰嶽廟のたたずまいを描く駢語は、『水滸伝』七十四回、燕青が東嶽廟で任原と相撲をとる段に使われているものをそっくり使っている。また、「碧霞宮」の女神の容姿を描く駢語は、なんと『水滸伝』四十二回、宋江に天書を授ける九天玄女の容姿を描くものをそのまま使っている。

八十六回になると、呉月娘がとうとう陳経済と潘金蓮との不義の関係を悟り、二人をひき離す為に、金蓮を王婆に引き取らせる。陳経済はこれを知って悔しがり、なんとかまた会いたいものと、王婆の家へ行って自分は金蓮の弟だと偽って会おうとする。九十二回では、同じこの陳経済が、李衙内のもとに嫁した孟玉楼のもとに、やはり「弟だ」と偽って会いにゆき、九十七回では、守備周秀のもとに嫁した春梅のところに、「母方のいとこ」(姑表兄弟)だと偽って会いにいっている。すべて話の発想が似かよっているが、恐らくこれも何か「話本」から得たものではないかと疑われる。『古今小説』巻三十八任孝子烈性為神は、これとよく似た話である。主人公の任珪は聖金という妻を娶るが、実はこの聖金は結婚する前に周得という男と関係があった。この話では、結婚して任珪のもとにいる聖金の所に、周得がやはり母方のいとこ(姑表兄弟)だと言って会いにゆくことになっている。『金瓶梅』の作者は、果してこの話に直接ヒントを得たかどうかは分らないが、このような類話が「話本」の中にあって、作者がそこから着想を得たことは、大いに考えられることであろう。なお、この『古今小説』巻三十八は、後述するように、やはり『金瓶梅』と何がしか関係のある小説と考えられる。

八十七回、武松が再び清河県に戻ってくるや、金蓮を殺して兄の仇を討つが、この段は、明らかに『水滸伝』二十六回に基づいていることは論を俟たない。

ついで次の八十八回、金蓮がもう死んでいるとは夢にも知らず、彼女を身請けすることのみを心にいだいて王婆の家の門前に立つ陳経済は、そこで王婆のみならず金蓮までも死体となって埋められているのを見て大層驚くが、この個所は、明らかに『警世通言』巻十六からその着想を得たものと思われる。『金瓶梅』では、陳経済は、すでに王婆の家の門が二本の槍で閉ざされており、おまけに門上には一枚の掲示がしてあるのに気付く。彼はそれを読もうとした矢先、背後より怒鳴りつける人の声に驚くということになっているが、『警世通言』の方も似ていて、張勝という若者が、元宵節の夜、かつて仕えた張員外の家の前を通りかかると、その門が十字に竹竿で閉じられ、さらに張り紙が張ってある。何が書いてあるか読もうとしたところ、突然背後から怒鳴る声に驚きその場を去るというもので、以下のように、文章まで相当似ている。

『警世通言』巻十六	『金瓶梅』八十八回
……迤逓信歩行到張員外門前、張勝喫驚、只見張員外家門便開着、十字両條竹竿、……照着門上一張手榜貼在。張勝看了、読得目睜口呆、罔知所措。張勝去這灯光之下、看這手榜上写着道、「……」方才読到不合三個字、兀自不知道因甚罪？則見灯籠底下一人喝声道、「你好大胆、来這裏看甚的！」……	（経済）来到紫石街王婆門首。可霎作怪、只見門前街旁、埋着両個尸首、上面両桿鎗《ママ》交叉、上面挑着個灯籠。門首掛着一張手榜、上書「……」這経済仰頭還大看了、只見従窩舗中、鑽出両個人来、喝声道「甚麼人、看此榜文做甚？……」……只見一個人頭戴万字巾……説道「哥哥、你好大胆、平白在此看他怎的？」

九十回になると、李貴、諢名山東夜叉という武芸者が登場するが、この人名はすでにハナン氏の指摘された通り、『清平山堂話本』楊温攔路虎伝より借用したものであろう。ところで、同じこの回に登場し、墓参帰りの孟玉楼を見初める李衙内という人物形象も、『水滸伝』七回で林冲の妻を誘惑しようとしたやはり同名の李衙内であろうと思われる。次いで、この後、家に戻った呉月娘らは、孝哥が高熱を出してグッタリしているのに気付き、急いで劉婆というヤブ医者を呼ぶことになっているが、これは四十八回の、やはり清明節の日墓参からの帰り官哥が高熱を出し劉婆を呼ぶ段の再述である。

九十三回になって、陳経済が乞食にまで落ちぶれる所と、父の旧友である王杏菴老人に三度救われる個所は、それぞれ唐代伝奇小説の傑作「李娃伝」と「杜子春伝」からの影響が感じられるが、いずれも確証はない。また同回で、臨清随一の大酒楼を描写する駢語が出てくるが、これがなんと、『水滸伝』三十九回、宋江が酔ってその壁に反詩をしるした江州の酒楼潯陽楼を描写したものをそのまま使ってある。

九十六回には、城南の水月寺という寺名が出てくるが、これは女犯の僧の物語である『古今小説』巻二十九月明和尚度柳翠や同巻三新橋市韓五売春情からとってきたものであろう。

九十七回で、陳経済は、春梅のいとこだと偽って守備府に入り、九十八回では、周守備の御威光によって今述べた大酒楼を乗っ取る。その後、韓道国夫妻とその娘愛姐の三人がこの酒楼にやって来て、楼の主人たる陳経済の許しも得ぬまま勝手に家財道具を運び込む一段が続くが、この部分は、既に明らかになっているように、『古今小説』巻三の呉山と韓金奴の話の焼き直しである。物語のストーリーのみならず、幾個所か字句まで鈔襲に及んでいることは、これまで幾多の学者によって指摘されているので、ここではその説明を省かせていただく。

最後の百回になると、陳経済も死に、性欲を持て余した春梅は、下男の李安に目をつけ、乳母の金匱を通じてこの若者にこっそり五十両の大元宝を渡す段が見えるが、この個所は、やはり『警世通言』巻十六の張員外の妾と張勝の話にヒントを得たものであることは間違いないことと思われる。

以上をまとめてみると、『金瓶梅』は『水滸伝』の二十三回から同二十五回までの西門慶と潘金蓮物語に由来しているので、そこから直接多くの筋や発想を借りてきているのは当然の事だが、実際には、これ以外の諸回からも意外に多くの着想を得ていることが、以上から明らかになったと思う。『水滸伝』以外の「話本」では、今見たように⑴刎頸鴛鴦会（『清平山堂話本』）、⑵小夫人金銭贈年少（『警世通言』巻十六）、⑶戒指児記（『雨窗集』、『古今小説』巻四）、⑷一窟鬼癩道人除怪（『警世通言』巻十四）、⑸五戒禅師私紅蓮記（『清平山堂話本』、『古今小説』巻三十）、⑹楊温攔路虎伝（『清平山堂話本』）、⑺新橋市韓五売春情（『古今小説』巻三）の以上七種が『金瓶梅』に影響を与えていると見られ、またこのことはこれまで先人によって指摘されてきたところでもある。しかし筆者はここで、以上七種の「話本」の外に、恐らく『金瓶梅』の作者がそれを参照し、その執筆にあたって着想を得たであろう「話本」に、次の両「話本」があったのではないかということを指摘したい。それは(8)任孝子烈性為神（『古今小説』巻三十八）と(9)勘皮靴単証二郎神（『醒世恒言』巻十三）である。以下にそれぞれ『金瓶梅』への影響関係についてまとめておこう。

(8)任孝子烈性為神（『古今小説』巻三十八）

　話は、南宋の光宗の紹熙年間のこと、都臨安に張という人の経営する薬屋があって、そこの手代の任珪が、傘職人梁公の娘の聖金を娶ったことに始まる。ところがこの聖金は、かねてから近所の職人の息子の周得とできていて、任珪に嫁いだ後も周と密通を重ねていた。それで話は、あとでこのことを知った任珪が、周得・聖金の姦夫姦婦のみならず、聖金の下女の春梅、さらには聖金の両親の梁公夫妻の計五人を殺すに至るというものである。

　この作品と『金瓶梅』との関係は、まず先にも指摘したように、周得がすでに任家に嫁いだ聖金の所に、いとこだと偽ってたずねている個所は、『金瓶梅』九十七回で、春梅の所に陳経済がいとこだと偽って会いにゆく段に極めて似ていることである。同じ陳経済が八十六回で金蓮のもとに「弟だ」と言って会いにゆき、九十二回では、孟玉楼のもとにやはり弟と偽って会いにゆくのも似ている。また、この作品の冒頭には、「参透風流二字禅……」で始まる七言律詩があるが、この詩は、『金瓶梅』五回冒頭にかかげるものに似ている。またこの作品は、『金瓶梅』によく使われているものとよく似た固有名詞が多く出てくることも注目される。まず人名では、作品の初めの方に出てくる張員外は、『金瓶梅』一回の張大戸に似ている。また、聖金の下女の春梅は、名前も同じだが、主人の家に姦夫の周得の手引きをしている点で、『金瓶梅』中の春梅に似る。また地名でも、臨安府清河坊は、『金瓶梅』の「清河県」に、牛皮街は、『金瓶梅』三十三回に見える牛皮小巷に似ている。また、作品では臨安府銭塘門に晏公廟があったとなっているが、『金瓶梅』九十三回には臨清にある廟として同じ廟名が出てくる。

(9)勘皮靴単証二郎神（『醒世恒言』巻十三）

話は北宋末のこと、韓玉翹という人が選ばれて宮中に召され夫人となったが、徽宗帝の寵愛を賜わることのないまま病気となり、療養の為に殿前大尉楊戩のもとに下った。ところがこの韓夫人のもとに、毎夜二郎神廟の廟官の孫神通という男が二郎神に化けて現れて情を通じる。後で、孫が落としていった片方の皮の靴から足がつき逮捕されるというものである。

この作品と『金瓶梅』との関係が疑われるのは、次の二点に関してである。その一は、作品では、韓夫人の所にやってくる妖怪の正体を明らかにするために一人の道士が呼ばれるが、その道士を五岳観の潘道士だとしていることである。『金瓶梅』六十二回にも五岳観の潘道士が登場することは、既に指摘した。次に二は、これも既に述べたように、楊時（亀山先生）を蔡京の門下生だとしていることである。この点『金瓶梅』十四回と一致する。この外に、『金瓶梅』三十回で、「看官聴説、那時徽宗天下失政、奸臣当道、讒佞盈朝。高・楊・童・蔡四個奸党、在朝中売官鬻獄、賄賂公行」と述べて、北宋末における四人の奸臣を指摘しているが、この「話本」冒頭でも、「時許侍臣蔡京、王黼・高俅、童貫・楊戩・梁師成縦歩遊賞。時号宣和六賊」とあって、六人の奸臣を述べるあたりすこぶる似ていること等が挙げられる。

さて、現存する「話本」で『金瓶梅』と関係が考えられるのは以上の九編だが、実際には、作者はこれ以外の話本からもその筋や発想に利用していたことが大いに予想されているので、[10]「話本」と『金瓶梅』との関係に関するこれ以上の追求は相当に困難かと思われる。

最後に、以上の九編のうち(4)と(6)を除いた外の七編の「話本」に一つの共通点の認められることを指摘しておきたい。それは、いずれの「話本」も、男女の不義密通とか、荒淫で身を亡ぼすということをその内容としているということである。『金瓶梅』でも、西門慶が最も寵愛した潘金蓮と李瓶児は、いずれも西門家に入る前に別の男の人妻だった女性達であり、後に西門慶がその触手をのばす宋恵蓮や王六児もまた西門家の下男や番頭の人妻である。してみると、『金瓶梅』もまた不義密通を扱った小説であると言える。そこで考えられることは、作者が『金瓶梅』を作るにあたって、その頃まで流伝していた「話本」のうち、これから書こうとするこの小説のテーマに近い、これら不義密通を扱った「話本」を広く集め、そこからいろんな着想を得たのではないかということである。

二　詩詞・駢語における鈔襲の傾向

『金瓶梅』に特徴的なことは、おびただしい素材をある時はそのままで、ある時は少し加工して使い、作品の各所にちりばめていることである。このことは、所謂、駢語ないし「挿詞」といわれるものや、作中に挿入されている詩詞に、『水滸伝』をはじめとする「話本」ですでに使われたものと同じものを沢山使っていることからも言えるであろう。駢語とは、多くの「話本」の中で、人物の容姿や風景ないしある情景を描写する時に使われている多分に類型的な文章のことである。例えば、『警世通言』巻十四では、日の暮れゆく様を描いて、次の駢語が使われている。

紅輪《ひ》は西に墜ち、玉兎《つき》は東に生ず。佳人は燭を秉《と》って房に帰り、江上の漁人は釣を罷む。漁父は魚を売って竹径を帰り、牧童は犢《こうし》に騎りて花村に入る。

であるが、これと類似する駢語は、『清平山堂話本』洛陽三怪記や、『警世通言』巻十六にも見える。このことから、これら駢語は大体類型的であって、本来宋代の講釈師がそれぞれ決った文句を暗誦していて、話の適当な局面で使ったものと思われる。『金瓶梅』においても、このようないわば伝統的な駢語が相当多く使われている。ではこのことは、『金瓶梅』も『水滸伝』等と同じくかつて何篇かの話本であって、それが集大成されたものであることを意味するのであろうか。結論から言うと、『金瓶梅』はけっして「話本」を集大成したものではない。ある一人の人が、主に『水滸伝』を素材として用いて書いたものであること。しかも、この作者には『水滸伝』中の駢語や詩詞を極めて安易に鈔襲する傾向が見られること等を指摘することができる。以下において、これらの点について明らかにしたいと思う。

まずは、この作者がどれだけ「話本」中の駢語や詩詞を利用しているか、表にあげてみる。表中、すでにハナン論文で指摘ずみのものも多いが、どれが指摘ずみのものであるかここではいちいち注記しない。なお、調査した「話本」のうち、『大宋宣和遺事』は「宣」、『水滸伝』は「水」、『清平山堂話本』は「清」、『雨窗集』は「雨」、『古今小説』は「古今」、『警世通言』は「通言」、『醒世恒言』は「恒言」、『韓湘子全伝』は「韓」、『大唐秦王詞話』は「秦」とそれぞれ略称した。（類）とは類似の略である。また『金瓶梅』の頁数は、一九五七年文学古籍刊行社刊『金瓶梅詞話』の頁数を、『水滸伝』の頁数は一九五四年人民文学出版社刊『水滸全伝』の本の頁数をそれぞれ示す。

一回

1．「丈夫隻手把呉鈎…」四七頁

「清」〝刎頸鴛鴦会〟、もと宋・卓田作の〝題蘇小楼〟詞（「全宋詞」三二四八一頁）

2．「無形無影透人懐…」（七絶詩）五五頁

「清」洛陽三怪記・陳巡検梅嶺失妻記、「水」二十三回三四六頁、（類）「通言」巻十四

3.「景陽崗頭風正狂…」（七言古詩）五七～五八頁　「水」二十三回三四七頁
4.「柔軟立身之本…」（西江月）六三～六四頁　（類）「水」七十九回一三〇三頁
5.「金蓮容貌更堪題…」（七絶詩）七〇頁　「水」二十四回三五六頁
6.「叔嫂萍踪得偶逢…」（七絶詩）七四頁　「水」二十四回三五八頁
7.「可怪金蓮用意深…」（七絶詩）七六頁　「水」二十四回三五九頁
8.「武松儀表甚搊捜…」（七絶詩）七七頁　「水」二十四回三五九頁
9.「万里彤雲密布…」七八～七九頁　「水」二十四回三六〇頁
10.「潑賤謀心太不良…」（七絶詩）八三頁　「水」二十四回三六二頁
11.「雨意雲情不遂謀…」（七絶詩）八六頁　「水」二十四回三六三頁

二回

12.「苦口良言諫勧多…」（七絶詩）九一頁　「水」二十四回三六五頁
13.「他黒鬒鬒賽鴉翎的鬏児…」九五頁　（類）「水」四十四回七二三頁、（類）「古今」巻三十六
14.「風日清和漫出遊…」（七絶詩）九七頁　「水」二十四回三六七頁
15.「開言欺陸賈…」一〇三～一〇四頁　「水」二十四回三六九頁、（類）「古今」巻三十三、「通言」巻十六
16.「西門浪子意猖狂…」（七絶詩）一〇八頁　「水」二十四回三七一頁

三回

17.「色不迷人人自迷…」（七律詩）一〇九頁　（類）「水」二十一回三〇七頁
18.「両意相投似密甜…」（七絶詩）一一六頁　「水」二十四回三七三頁
19.「阿母牢籠設計深…」（七絶詩）一二〇～一二一頁　「水」二十四回三七五頁
20.「水性従来是女流…」（七絶詩）一二六～一二七頁　「水」二十四回三七七頁
21.「従来男女不同筵…」（七絶詩）一二九頁　「水」二十四回三七八頁

四回

22.「酒色多能悞国邦…」（七律詩）一三五頁　「水」二十四回三五五頁

23.「交頸鴛鴦戯水…」一三七頁
「水」二十四回三七九～三八〇頁、(類)「清」五戒禅師私紅蓮記、「国色天香」巻十上段張于湖記

24.「好事従来不出門…」(七絶詩)一四五頁
「水」二十四回三八〇頁

五回

25.「参透風流二字禅…」(七律詩)一五一頁
「水」二十六回四〇五頁、「古今」巻三十八、(類)「古今」巻三

26.「虎有儔兮鳥有媒…」(七絶詩)一五六頁、十二回再出
「水」二十五回三九五頁

27.「雲情雨意両綢繆…」(七絶詩)一六二頁
「水」二十五回三九七頁

28.「油煎肺腑…」一六六頁
「水」二十五回三九九頁、「秦」六十一回

六回

29.「可怪狂夫恋野花…」(七律詩)一六九頁
「水」二十五回三九三頁

30.「色膽如天不自由…」(鷓鴣天詞)一七五頁
(類)「水」二十六回四〇七頁

31.「烏雲生四野…」一七九頁
(類)「水」五十二回八六六頁

八回

32.「密雲迷晩岫…」二二六～二二七頁
(類)「水」三十七回五八〇頁、「古今」巻三十六

33.「班首軽狂　念仏号不知顛倒…」二三一頁
「水」四十五回七三四頁

34.「一個字便是僧…」二三二頁
「水」四十五回七三四頁

35.「不禿不毒　不毒不禿…」二三二頁
「水」四十五回七三四頁、「古今」巻三十、「恒言」巻十二

36.「色中餓鬼獣中狨…」(七絶詩)二三二頁
(類)「水」四十五回七三九頁

九回

37.「色膽如天不自由…」(七律詩)二三七頁
(類)「水」二十六回四〇七頁

38.「眉似初春柳葉…」二四〇頁
「水」二十四回三五七頁

39.「無形無影　非霧非烟…」二四六～二四七頁
「水」二十六回四〇九頁

十回

40.「朝看瑜伽経…」(五言律詩)二五七頁
「水」四十五回七三一頁、「古今」巻三十四

41.「平生正直　稟性賢明…」二六〇頁
「水」二十七回四二四頁

十一回

42.「羅衣畳雪　宝髻堆雲…」二八九〜二九〇頁　「水」五十一回八四〇頁

十二回

43.「一箇不顧綱常貴賤…」三〇八頁、(類)八十三回再出　(類)「水」四十五回七三九頁

44.「虎有倀弓鳥有媒…」(七絶詩)三一一〜三一二頁、五回既出　(類)「水」二十五回三九五頁

十四回

45.「為官清正　作事廉明…」三六五頁　「水」十三回一九四頁

十五回

46.「山石穿双龍戯水…」三八八〜三八九頁　(類)「水」三十三回五一六頁

十八回

47.「堪嘆人生毒似蛇…」(七律詩)四五一頁　「水」五十三回八七四頁

48.「帰去只愁紅日短…」(七絶詩)四五八頁　「通言」巻十六

十九回

49.「花開不択貧家地…」(七律詩)四七五頁、九十四回再出　「水」三十二回五一三頁

二十回

50.「在世為人保七旬…」(七律詩)五〇七頁、九十七回再出　「水」七回一一〇頁

51.「淡画眉児斜挿梳…」(鷓鴣天詞)五一二頁、八十三回再出　「古今」巻三十五回、「清」簡帖和尚

二十七回

52.「頭上青天自恁欺…」(七律詩)六九五頁　(類)「水」八回一二三頁

53.「県官貪汚更堪嗟…」(七絶詩)六九七頁　(類)「水」三十回四六四頁

54.「祝融南来鞭火龍…」六九八頁　唐・王轂「苦熱行」詩、「水」十六回二三〇頁

55.「赤日炎炎似火焼…」(七絶詩)七〇〇頁　「水」十六回二三三頁

56.「四面雕欄石甃…」七一一頁　(類)「水」十九回二八一頁

三十回

57.「得失栄枯総是閑…」(七律詩)七六九頁 ——「秦」十八回

58.「盆栽緑草　瓶挿紅花…」七八〇頁、九十七回再出 ——「水」十三回一九三頁

三十九回

59.「青松鬱鬱　翠柏森森…」一〇二二～一〇二三頁 —(類)「水」五十三回八八二頁、「清」西湖三塔記・洛陽三怪記

四十二回

60.「万井人烟錦綉囲…」(七絶詩)一一〇三頁、(類)七十九回再出 ——(類)「水」三十三回五一六頁

四十三回

61.「眉分八道雪…」一一四二頁 —「古今」巻三十五、(類)「清」西湖三塔記

四十六回

62.「帝里元宵　風光好…」一一八七頁 ——「宣」宣和五年の条

63.「甘羅発早子牙遅…」(七絶詩)一二二二頁 ——「水」六十一回一〇二三頁、「通言」巻十三

五十九回

64.「湛湛青天不可欺…」(七絶詩)一六一九頁 ——「古今」巻二十六

65.「銀河耿耿　玉漏迢迢…」一六二四～一六二五頁 ——「水」二十一回三一二～三一三頁

六十一回

66.「面如金紙　体似銀條…」一七〇二頁 —「水」五十二回八五八頁、「熊」双魚扇墜伝

六十二回

67.「黄羅抹額　紫綉羅袍…」一七四〇頁 ——「清」洛陽三怪記、「通言」巻十四

68.「非干虎嘯　豈是龍吟…」一七四三頁 ——「通言」巻十四

六十六回

69.「星冠攢玉葉…」一八四七～一八四八頁 —「水」五十三回八八二～八八三頁

六十八回

70.「芳姿麗質更妖嬈…」一九二九頁 —「水」八十一回一三三五～一三三六頁

七十一回

71.「星斗依稀禁漏残…」(七律詩)二〇四一頁　――　(類)「水」八十二回一三四七頁

72.「九重門啓　鳴噦噦之鸞声…」二〇四一～二〇四二頁　――　「水」八十二回一三五八頁

73.「皇風清穆…」二〇四二～二〇四四頁　――　「水」八十二回一三五七～一三五八頁

74.「這帝皇果生得堯眉舜目…」二〇四四頁　――　「宣」建中靖国元年の条

75.「非干虎嘯　豈是龍吟…」二〇四八～二〇四九頁　――　(類)「通言」巻十四

七十二回

76.「寒暑相推春復秋…」(七律詩)二〇五一頁　――　(類)「秦」十二回、「韓」二十三回

七十五回

77.「万里新墳尽十年…」(七律詩)二一八一頁　――　「古今」巻二十九

七十九回

78.「太平時序好風催…」(七絶詩)二四〇三頁、(類)四十二回既出　――　(類)「水」三十三回五一六頁

八十一回

79.「二八佳人体似酥…」(七絶詩)二四一五頁　――　「水」四十四回七二三頁、「古今」巻三、「韓」五回

八十三回

80.「十字街熒煌灯火…」二四七八～二四七九頁、百回再出　――　「水」三十一回四七四～四七五頁

81.「淡画眉児斜挿梳…」(七律詩)二五二七頁、二十回既出　――　「古今」巻三十五

82.「一個不顧夫主名分…」二五三〇頁、(類)十二回既出　――　(類)「水」四十五回七三九頁

八十四回

83.「廟居岱岳　山鎮乾坤…」二五三七～二五三八頁　――　「水」七十四回一二四三～一二四四頁

84.「頭綰九龍飛鳳髻…」二五三九頁　――　「水」四十二回六七八～六七九頁

85.「八面嵳峩　四囲険峻…」二五四九～二五五〇頁　――　「水」三十二回五〇一頁

八十六回

86.「人生雖未有十全…」(七律詩)二五七七頁　――　(類)「韓」十四回

87.「荊山玉損…」二五八九頁　——「水」八回一二六頁

八十七回

88.「平生作善天加福…」(七律詩)二六〇七頁　——「水」二十七回四二三頁

89.「手到処青春喪命…」二六二五頁　——「水」二十一回三一七～三一八頁

八十八回

90.「上臨之以天鑑…」(六言詩)二六二九頁　——「水」三十六回五六三頁

八十九回

91.「風払烟籠錦旆揚…」(七律詩)二六五三頁、九十八回再出　——「水」三回四七頁、(類)「古今」巻三十六

92.「清明何処不生烟…」(七律詩)二六五八頁　——「通言」巻十六

93.「山門高聳　梵宇清幽…」二六六三～二六六四頁　——「水」六回一〇二頁、「恒言」巻三十一

94.「一個青旋旋光頭新剃…」二六六五頁　——「水」四十五回七三二頁

九十回

95.「報応本無私…」(五絶詩)二六九三頁　——「雨」曹伯明錯勘贓記

九十二回

96.「暑往寒来春復秋…」(七律詩)二七三一頁　——「水」三回四三頁、(類)「恒言」巻三十八、「韓」二十三回、「秦」十二回

九十三回

97.「山門高聳　殿閣峻層…」二七七四頁　——(類)「水」六回一〇二頁

98.「雕簷映日　画棟飛雲…」二七八三～二七八四頁　——「水」三十九回六一八～六一九頁

九十四回

99.「花開不択貧家地…」(七律詩)二七八九頁、十九回既出　——「水」三十三回五一三頁

九十七回

100.「在世為人保七旬…」(七律詩)二八六七頁、二十回既出(若干異なる)　——「水」七回一一〇頁

101．「盆栽緑柳　瓶挿紅榴…」二八七七〜二八七八頁、三十回既出 ――「水」十三回一九三頁

九十八回

102．「風払烟籠錦施楊《ママ》…」（七律詩）二八九九頁、八十九回既出 ――「水」三回四七頁、（類）「古今」巻三十六

九十九回

103．「一切諸煩悩…」（五言律詩）二九一七頁 ――「水」三十回四五八頁

百回

104．「勝敗兵家不可期…」（七絶詩）二九四八頁 ――「水」百十二回一六八四頁

105．「十字街熒煌灯火…」二九六〇頁、八十一回既出 ――「水」三十一回四七四〜四七五頁

『金瓶梅』で使われている駢語や詩詞のうち、『水滸伝』を含む各「話本」に関係を見出せたものは以上である。一見しても分かる通り『水滸伝』との関係が最も深い。以下、この表から判明しうる点を二三、指摘したい。

指摘しうる第一の点は、『金瓶梅』における各「話本」からの鈔襲の傾向である。多くの「話本」を見ると、どの作品にも似かよった駢語・詩詞が沢山使われていて、一見して『金瓶梅』とあまり事情が変らないように感ぜられる。だが「話本」の場合は、これら駢語の類は大抵講釈師の記憶に基づいて使われているのである。ところが『金瓶梅』の場合は、その使われ方がこれと明らかにちがう。駢語・詩詞の中には、作者の記憶によったものもあったであろうが、それにしても、このように沢山の駢語・詩詞を記憶していて、その都度引き出したとは考えにくい。やはり、その大半は、作者が手元に『水滸伝』をはじめとする各「話本」を置いていて、必要な時にそれらから抜き出し鈔襲してきたものと考えるのが妥当である。

例えば、七十一回で、西門慶ら地方官が上京し、百官とともに天子に拝謁する段で使われている駢語は、『水滸

伝』八十二回に見える駢語、それは徽宗皇帝が宣徳楼上から、招安に応じて上京してきた梁山泊の豪傑達を御覧になる場面で用いられている駢語、と同じものが駆使されている。前掲の表で言えば、72・73の駢語がそれにあたる。ところで、このうちの73は、全文五百余字に及ぶ長文の駢語である。これだけ長いものを作者が記憶していたとは、とても考えられない。明らかに『水滸伝』から鈔襲したものと考えるべきであろう。73について、『水滸伝』の駢語と比較してみると、少し書き換えられている所がある。それは、初めの方で光輝く宮殿を描写している個所で、『水滸伝』では、

文徳殿燦燦爛爛、金碧交輝。未央宮光光彩彩、丹青炳煥。

とある所を、『金瓶梅』では、

大慶殿・崇慶殿・文徳殿・集賢殿、燦燦爛爛、金碧交輝。乾明宮・神寧宮・昭陽宮・合壁宮・清寧宮、光光彩彩、丹青炳煥。

と書き換えられている。ここに掲げられた宮殿名のうち、未央宮と昭陽宮（これはたぶん昭陽殿の誤り）が漢時代の宮殿名であり、大慶殿が、北宋時代、都の宮城に実際にあった宮殿名である外は、すべてでたらめな名前である。(11)『水滸伝』では文徳殿と未央殿の二宮殿しかあげられていないのを、『金瓶梅』で大慶殿以下九宮殿に増加させているのは、作者が宮城の情景をよりもっともらしく描こうとしたためによるものと思われる。

この73の駢語に続いて、徽宗皇帝の容姿を描く74の駢語は、表に示した通り、『大宋宣和遺事』で徽宗が即位した個所で書かれている文章をそのまま鈔襲している。その鈔襲の目的は、やはり描写に臨場感を与え、表現をよりもっともらしいものにするにあったのだろうと思われる。

ところで、このように先行する文学にたより、その一部を鈔襲する傾向の見られることは、作者の文人として

の力量を大いに疑わせしむる材料の一つである。後述するように、この作者は果してすでに言われているような李開先とか屠隆といった一流の文人だったのだろうかという疑問が、このことからも湧き出てくるのである。

さて、「話本」からの鈔襲は、駢語に限らず、詩においても見られる。『金瓶梅』の各回冒頭には、主に七言律詩が掲げられていることが多く、その内容もそれぞれの回の内容と直接には関係しない教訓じみた処世観が述べられていることが多い。ところが、これも借りものが多いのである。従って、これらの詩を以て作者固有の思想と錯覚してはならない。四回・五回・六回・十回・十八回・十九回・二十回・二十七回・三十回・七十五回・八十七回・八十八回・八十九回・九十二回・九十四回・九十七回・九十九回のそれぞれ冒頭に掲げられている詩は、いずれも『水滸伝』をはじめとする各「話本」から鈔襲されたものであることは、表で示した通りである。「話本」の中には、散佚して今に伝わらないものも多いから、恐らく他の回に見える冒頭詩も、外からの借りものが多いのではという疑いが強くもたれる所である。

さて、上掲の表より指摘しうることの二点目は、素材の出所が、『水滸伝』を含めて二ヶ所以上ある場合には、おおむね、『金瓶梅』は『水滸伝』の方によっていることである。例えば、二回で、潘金蓮を描写する駢語として使われているのは、表の13番で、

黒鬒鬒賽鴉翎的鬢児、翠湾湾的新月的眉児、清冷冷杏子眼児、香噴噴桜桃口児、直隆隆瓊瑤鼻児、粉濃濃紅豔腮児、嬌滴滴銀盆臉児、軽嬝嬝花朶身児、玉纎纎葱枝手児、一捻捻楊柳腰児、軟濃濃白面臍肚児、窄多多尖趫脚児、肉奶奶胸児、白生生腿児、更有一件緊揪揪紅縐縐白鮮鮮黒裀裀、正不知是什麼東西。

とあるのがそれであるが、『古今小説』巻三十六では、張員外の家にいる一人の女性の容姿を描くものとして使われており、それには、

黒絲絲的髪児、白瑩瑩的額児、翠彎彎的眉児、溜度度的眼児、正隆隆的鼻児、紅艶艶的腮児、香噴噴的口児、平坦坦的胸児、白堆堆的妳児、玉纖纖的手児、細臬臬的腰児、弓彎彎的脚児。

とだけ見える。ところが、『水滸伝』四十四回では、楊雄の妻潘巧雲の容姿を描くものとして使われており、それには、

黒鬒鬒鬢児、細彎彎眉児、光溜溜眼児、香噴噴口児、直隆隆鼻児、紅乳乳腮児、粉瑩瑩臉児、軽嬝嬝身児、玉纖纖手児、一捻捻腰児、軟濃濃肚児、竅尖尖脚児、花簇簇鞋児、肉妳妳胸児、白生生腿児、更有一件窄湫湫、緊搊搊、紅鮮鮮、黒稠稠、正不知是甚麼東西。

と見え、明らかに『金瓶梅』の作者は、『水滸伝』の方によっていることが、これでわかるであろう。また、『金瓶梅』の駢語で、「軟濃濃白面臍肚児」以下、実際には目に入らぬ部分にまで筆が及んでいることが注目されるが、これも『金瓶梅』の作者の独創ではなく、すべて『水滸伝』から借りてきたものであることも判る。

この外、いちいち実例は挙げないが、表の番号で言えば、15・23・25・93の詩詞は、いずれも『水滸伝』の方によっていると考えられるものである。

なお、『金瓶梅』の作者が『水滸伝』のどの版本によったかについては、すでに大内田三郎氏による研究があり、それに依れば、『金瓶梅』の作者がよった版本は、『水滸伝』の現存する版本のうちでは最も古い万暦十七年の序のある「天都外臣本」か、またはその祖本とされる嘉靖年間刊行の「郭勛本」であろうとされている。[12]

次に上掲の表より指摘しうることの三点目は、鈔襲における杜撰《ずさん》さである。例えば、2の七絶詩第四句目は「人山推出白雲来」とあり、これは文意が通らぬが、『清平山堂話本』や『水滸伝』では、いずれもこの句は、「入山推出白雲来」となっており、こちらの方が文意が通る。また、47の七律詩の第一句目は、「堪嘆人生毒似蛇」と

あるが、『水滸伝』五十三回では、「堪嘆人心毒似蛇」となっており、『水滸伝』の方が文意が明確であることは言うまでもない。また、96の七律詩の第三句目は、「運去貧窮亦自由」とあるが、これでは文意が通らない。ところが『水滸伝』三回の同詩を見ると、「運去貧窮亦有由」とあり、これならば文意は通る。更に、103の五言詩の第五句目は「仏語戒無倫」となっているのに対し、『水滸伝』三十回に見える同詩では、この句は「仏語戒無論」となっている。これも、『金瓶梅』の「倫《たぐい》無きを戒め」より、『水滸伝』の「論《あげつらう》無かれと戒め」の方が文意が通る。いずれも鈔襲の際の杜撰な例である。今いちいち挙げないが、この外にも杜撰な鈔襲により文章が通らなくなったと思われる個所は少なくない。

　このような杜撰さは何に起因するのであろうか。かねてより、『金瓶梅詞話』というこのテキストは、極めて誤字の多いテキストであることで定評のある所であるから、今挙げた魯魚亥豕《ろぎょがいし》の類のすべてがこの作者の杜撰な態度によるものと考えるのは早計であり、手稿が上梓された際に生じたとも考えられないこともない。しかし、今の所これら杜撰な直接の原因が、作者によるものなのか、それとも刻工によるものなのか、それを判断するすべもないのである。だがもし、これが作者によるものだとしたら、作者の文人としての素養を大いに疑わざるを得ないことになるであろう。筆者の印象では、これまで見てきたように安易に素材によって鈔襲する創作手法からして、これは、作者による可能性が高く、よってこの作者を一流の文人とは考えがたい。

おわりに

　以上見てきた所によれば、

一、『金瓶梅』には、『水滸伝』を含む各「話本」より、その筋や着想面において様々なヒントを受けていたこ

とが認められた、

二、のみならず、作中これら「話本」より相当数の駢語・詩詞を鈔襲していることが認められた、

三、またその鈔襲は、「話本」の中でも、ことに『水滸伝』から行なわれていることの多いことが判明した、

という以上の三点が明らかになったが、ハナン氏の研究によれば、『金瓶梅』の素材は、これら「話本」の外に、文言の好色小説や犯罪小説、また戯曲や俗曲等からも広く認められるとされる[13]。恐らく、『金瓶梅』の作者の机上には、『水滸伝』をはじめとして、当時通行していた俗文学書が沢山積み上げられていたのであろう。

さて、すでに素材に借りものが多いとなると、今後『金瓶梅』を研究する上において、さまざまな問題が派生する。例えば、今後作中に出てくる固有名詞を考証する時には、大いに配慮を要することになる。例えば、『金瓶梅』九十三回に出てくる晏公廟は、臨清にある廟として書かれているが、この作者が、『古今小説』巻三十八のもとになった「話本」を参照して書いていたとするならば、臨安銭塘門附近の晏公廟より安易に名称だけ借用しているのかもしれず、そうであれば、舞台を山東省に限って考えなければならないこともなくなるのである。また、各回冒頭に見える七言律詩にも借りものが多いとするならば、やはり、これらの詩をもって作者の思想を論ずることは危険なこととなろう。いずれにせよ、『金瓶梅』という作品は、素材多用によりその性格をかなり複雑なものにしているといえよう。

最後に、この作者像について、私なりの推測を述べてみたいと思う。これまで縷々《るる》指摘してきたように、それが俗文学における伝統的手法とはいえ、作中に用いられている詩詞文辞のみならず着想までも先行文学から借りてきていることからして、どうもこの作者は一流の文人とは考えにくい。この点で、孫遜・陳詔両氏による「《金瓶梅》作者非〝大名士〟説——従幾個方面〝内証〟看《金瓶梅》作者——」(『上海師大学報』一九八五年三期)で示

された説に賛意を表したい。但し、筆者の主張は一流の文人ではないだろうというだけで、作者はそれなりの文筆力をもっていた人ではあったろうと考える。例えば、『水滸伝』の一段から全百回にわたる長篇小説を創作したその構想力や、潘金蓮や春梅、李瓶児等さまざまな女性の性格を鮮やかに描きわける描写力など並の文才の持ち主ではなかったこともまた争えない事実である。

ところで、世に作者李開先説というものがある。[15] その主たる根拠は、六十七回に見える駐馬庁の曲辞や、七十回に見える正宮端正好の套曲などが、いずれも李開先作の「林冲宝剣記」劇に出てくることである。また別に、作者屠隆説というものもある。[16] その主たる根拠は、五十六回に屠隆作と見られる戯文があるというものである。しかし、これら文名錚々《そうそう》たる文人達が、果して今回見たように、既存の「話本」等の文辞に安易に依って、それらを鈔襲したであろうか甚だ疑問である。『金瓶梅』の作中に李開先の戯曲「林冲宝剣記」にあるのと同じ曲辞が使われている事実を以て、作者を同じ李開先だと考えるよりも、むしろ『水滸伝』から沢山の素材をあおいでいるのと同じく、ある文人がやはり「林冲宝剣記」から引用したと考えるべきではなかろうか。屠隆の場合も同じことが言えるかと思う。

では、作者はどんな人物であったのであろうか。確かに言えることは、『水滸伝』やその外の『金瓶梅』で利用され素材となっている書物を容易に手にすることができる立場にいた人物であったということであろう。王利器氏の論文に依れば、『万暦野獲編』にいう蘇州でまず最初に『金瓶梅』を出版した人間は、『水滸全伝』百二十回本を出版した袁無涯であろうとされる。袁無涯が手にしていた抄本は、恐らくもと劉延伯家蔵もので、もともと五十三回から五十七回までの五回が欠けていた。それを袁小修の書写を経て袁無涯の手元に入ったものだろう。そしてその五回を補筆した人間も袁無涯であったろうとも推論されている。[17]『金瓶梅』を補筆刊行した人間が、真に袁無涯であったかどうかについては、今後更に確かめる必要があり、にわかには賛成しかねるが、清朝以前の所謂旧中国にあって、小説などを刊行する際、書店主などが勝手に文章に手を加えることがいくらでもあったというから、王氏のこの説も大いに考えられることと思われる。

ところで、ここで大胆な臆測を言うことが許されるならば、王氏のこの説を一歩すすめて、『金瓶梅』の作者も出版と何らかの関係をもっていた人ではなかったかと思われるのである。出版関係者であったなら、先に言った『金瓶梅』がよったであろう小説や戯曲・俗曲などを、当然容易に手にすることが可能であったはずである。ともあれ、この点に関しては、何も証拠がないので、今はこのような貧弱な推測を述べるに止める。

本考の最初にも書いた通り、『金瓶梅』は、ある個人の作者がいて、その彼が『水滸伝』から着想を得て執筆した中国における個人創作第一号の長篇小説である。この点で中国小説史上特筆すべき作品と言える。しかし、その作品をよく観察すると、作中各所で伝統的話本や戯曲を素材としており、古いものの残滓《ざんし》を沢山内包していた。このことは、作品の筋展開や文辞に至るまで、すべて個人による創作といった近代小説は、急には出現し得なかったことを意味しているように思われる。

（1）中野美代子『中国人の思考様式――小説の世界から――』（講談社、一九七四年）。
（2）Patrick D. Hanan, *"Sources of the Chin P'ing Mei,"* Asia Major, New Series, Vol. X, part I. London, 1963.
（3）拙稿「『金瓶梅』素材の研究（1）――特に俗曲・「宝剣記」・『宣和遺事』について――」（『函館大学論究』第十九輯、一九八六年、本書第二部第一章）。
（4）話本とは、本来宋の講釈師達が講釈をする時に使った台本のことである、この話本は、元々手控えのようなもので、印刷されたとしても、恐らく粗末な紙になされ、部数もそう多く刷られなかったもののようである。従ってこれが後世に伝えられることは難しかったとみえ、今日、正真正銘の話本というものは皆無である。ただ明代の中葉の嘉靖年間に洪楩という人が刊行した「六十家小説」の一部（『清平山堂話本』）が現存し、これが比較的忠実に宋代話本の原姿を伝えているものと一般には考えられている。本考で「話本」と称するのは、この洪楩の刊行した『清平山堂話本』等をさし、一部明末の人馮夢龍が刊行した所謂「三言」のうち、宋話本に由来すると思われる作品をも含めて言っていることを予めお断りしておきたい。また、ここで『水滸伝』を「話本」の中に含めて考察しようとするのは、羅燁の『酔翁談録』小説開闢の条にも見える通り、『水滸伝』も元は、個別の銘々伝たる話本から出発したものであり、それらが集大成されたものと考えられるからである。

（5）ここで駢語と称するのは、「話本」でよく「但見」の二字につづいて、人物の容姿や風景などを描写するときに用いられている一種の四六駢儷文を指している。これは、魯迅がその著『中国小説史略』第十五篇でこれを駢語と称したのによる。別に鄭振鐸は「明清二代的平話集」の中でこれを揷詞と称している。

（6）『大宋宣和遺事』の『金瓶梅』への影響関係については、拙稿前掲論文（注3）を参照にされたい。

（7）ハナン前掲論文（注2）、並びに魏子雲『金瓶梅詞話注釈』（増你智文化事業公司、一九八一年）を参照のこと。

（8）但し、王婆の人物形象は、直接『水滸伝』から持ってきたものであり、『金瓶梅』の作者が、この『警世通言』巻二十四が基づいたと思われる話本から影響を受けたとは考えにくい。

（9）『宋史』巻四百二十八楊時伝。

（10）実際に都の盛り場で講釈芸が行なわれていた南宋時代において、どれだけの話本があったのかわからないが、その大凡を『酔翁談録』小説開闢の条で知ることができる。南宋で作られた話本は、元以降恐らく時代を歴るに従って次第に散佚し、量的に減っていったものと思われる。それでも、明代中期の嘉靖時代ぐらいまでは、相当数伝存していたようで、晁瑮の『宝文堂書目』には、百種以上の話本の書名が見える。また恐らく話本の蒐収家であったと思われる洪楩は、家蔵の話本六十種を『六十家小説』として刊行している。しかし現存するものは少なく、譚正璧氏の『話本与古劇』によれば、『宝文堂書目』所載の話本のうち現存する「話本」は五十三種のみとする。また、洪楩刊行の『六十家小説』のうち、現存までに発見されたのは二十七種のみであり、その他は散佚したものと思われる。

（11）『宋史』巻八十五地理志。

(12) 大内田三郎「『水滸伝』と『金瓶梅』」(『天理大学学報』第八十五輯、一九七三年三月)、なお、同じ結論は、黄霖「《忠義水滸伝》与《金瓶梅詞話》」(『水滸争鳴』第一輯、一九八二年四月)や、王利器「〈金瓶梅詞話〉成書新証」(『金瓶梅研究集』、斉魯書社、一九八八年一月)でも示されている。

(13) ハナン前掲論文(注2)。

(14) この論文では、次の三点から、作者はとても大名士とは考えにくいとする。

(イ) 各回目の字数があわず、その文句も粗雑で、文人の作とは思われない。

(ロ) 『金瓶梅』中の詩のほとんどが劣作であり、詩句中に方言土語まで入っていたり、同じ詩が重出することもあり、また他人の詩を剽窃していることもあること。

(ハ) 登場人物に関し、朱勔や六黄太尉ら上層階級の人物の発言は一言も載せず、彼等に対する描写も平板なのに対し、韓道国・王六児・来旺・謝希大といった下層階級の人物の描写は却って生き生きしている。作者は、下層階級のことを熟知していた人物にちがいなく、大名士ではないであろうとするものである。陳詔氏には、別に『《金瓶梅》人物考――兼談作者之謎――』(『学術月刊』一九八七年三月号)があり、『金瓶梅』の登場人物から作者の素姓を推測され、同主旨の結論を出されておられる。

(15) 徐朔方「《金瓶梅》的写定者是李開先」(『杭州大学学報』〈社会科学版〉一九八〇年第一期)、日下翠「《金瓶梅》作者考証」(『明清小説論叢』第三輯、春風文芸出版社、一九八五年)、卜鍵『金瓶梅作者李開先考』(甘粛人民出版社、一九八八年)。

(16) 黄霖「《金瓶梅》作者屠隆考」(『復旦学報』〈社会科学版〉一九八三年三期)、同「《金瓶梅》作者屠隆考続」(『復旦学報』〈社会科学版〉一九八四年五期)、魏子雲『金瓶梅原貌探索』(台湾学生書局、一九八五年)、同『金瓶梅的幽隠探照』(台湾学生書局、一九八八年)。

(17) 王利器前掲論文(注12)参照。

第三章　『金瓶梅』の素材（3）——散曲について——

はじめに

『金瓶梅』七十三回で、呉月娘の潘金蓮を評した言葉の中に「この人（金蓮をさす）は、どんな唄だってみんな知っていて、はじめをちょっと唄えば、すぐおわりまでわかるって調子なんですよ。……私達とても手出しはできません」というのがある。この言葉から、潘金蓮という女性は頭が良くて、ことに流行歌に精通していたことがわかる。この流行歌のことを、当時の用語では散曲とよぶ。(1)

さて、残念なことにこの小説の作者が誰なのか未だ明らかになっていないけれども、恐らくこの作者も、潘金蓮に負けず劣らず散曲に精通していたのではないかと考えられる。その証拠に、本考で以下に述べるように、この作品中には、主に嘉靖年間（一五二二～六六）に流行していたと思われる散曲がかなり多く収録されている。散曲に精通しているという点で、潘金蓮は作者の分身だったのではないかと思えるほどである。

一体、『金瓶梅』には、散曲にかぎらず、直接の素材である『水滸伝』は勿論のこと、『金瓶梅』に先行する小説・戯曲・また宝巻の如き説唱文学等々、この小説が作られた時代に巷間に通行していたと思われるいわば〝文学的骨董品〟が随所にちりばめられており、パトリック・ハナン氏の言を借りるならば、それは「恰も明代文学の全スペクトルを見ているよう」[2]であるほど、引用された素材には多様なものがある。あまりにその素材が多様なので、研究者の中には、作者は一人ではなく、『三国志演義』『水滸伝』『西遊記』のように、文学となる前の長い伝承の過程を想定する人もいるが、筆者は、この立場をとらない。[3]やはり、『水滸伝』の一節を借用して、時代も北宋末に設定した上で、自分の生きた明という時代のことを書いた誰か一人の作者を想定すべきだと考える。

さて、この作者は、作中各素材をどのように駆使しているのであろうか。例えば、今素材として嘉靖年間に流行したと見られる散曲が作中に沢山挿入されていると言ったが、では、これら散曲は、どのように素材として挿入されているのであろうか。[4]

一　『金瓶梅』中の散曲

まず、どこにどのような散曲が素材として使われているかを見てみよう。これを表にすると、次の通りである。尚、表中、「詞」は『詞林摘艶』、「雍」は『雍熙楽府』、「全」は『全明散曲』（謝伯陽編、斉魯書社、一九九四年）の略である。

1、一　回　想当初、姻縁錯配（山坡羊）「全」頁二三五三笑々生作
2、四　回　動人心紅白肉色（沈酔東風）「雍」巻十七〝相思士女〟
3、六　回　冠児不戴懶梳粧（両頭南）「詞」甲集〝閨集〟、「雍」巻十六〝閨情〟
4、八　回　凌波羅襪（山坡羊）5、喬才心邪（山坡羊）「雍」巻二十元・湯式作〝思情〟
6、〃　　将奴這知心話（寄生草）「雍」巻十九〝相思〟
7、〃　　当初奴愛你風流（綿搭絮）「雍」巻十五〝思情〟

8、十一回　陥人坑（水仙子）「雍」巻十八元・湯式作〝嘲子弟〟
9、十二回　黄昏想（落梅風）「雍」巻二十〝相思〟、灯将残（〃）「雍」巻二〝夜憶〟
10、〃　這細茶的嫩芽（朝天子）「雍」巻十八〝嘲妓名茶〟
11、十三回　記得書斎乍会時（鷓鴣天）「全」頁二三六三笑々生作
12、十五回　這家子打和（朝天子）「全」頁五三九陳鐸作〝架児〟
13、〃　霽景融和（錦上花）「詞」戊集〝春景〟、「雍」巻十二〝春景〟
14、〃　在家中也閒（朝天子）「全」頁二三六二笑々生作
15、十六回　喜遇吉日（三十腔）「詞」乙集〝祝寿兼生子〟、「雍」巻十六〝慶寿〟
16、十九回　我見他斜戴花枝（折桂令）「雍」巻十七〝題情〟
17、二十回　喜得功名完遂（合笙）「詞」癸集、「雍」巻十六〝合家歓楽〟
18、〃　虔婆你不良、迎新送旧（満庭芳）「全」頁二三六三笑々生作
19、二十一回　佳期重会（南石榴花）『群音類選』頁二〇六七〝閨怨〟
20、〃　寒風布野（絳都春）「詞」庚集、「雍」巻十六〝冬景〟
21、二十二回　三弄梅花（粉蝶児）「詞」丙集陳鐸作〝閨情〟、「雍」巻六〝春夜帰思〟
22、二十七回　赤帝当権耀太虚（雁過沙）「詞」乙集、「雍」巻三〝納涼〟
23、〃　向晩来（梁州序）24、清宵思爽然（梁州序）、「琵琶記」第二十一出
25、三十回　人皆畏夏日（一封書）「詞」乙集〝納涼〟、「雍」巻十六〝夏宴〟
26、三十一回　嘆浮生有如一夢裡（集賢賓）「詞」庚集呂止菴作〝嘆世〟、「雍」巻十四〝嘆世〟

27、〃　雖不是八位中紫綬臣（一枝花）「陳琳抱粧盒伝奇」、「詞」己集、「雍」巻九

28、〃　想人生最苦是離別（折桂令）「詞」甲集元・劉庭信作〝憶別〟

29、〃　（三十腔）十六回既出

30、三十二回　花遮翠擁（八声甘州）「詞」丁集賈仲明作、「雍」巻四

31、〃　馬蹄金鋳就虎頭牌（水仙子）「雍」巻十八〝栄貴〟

32、三十三回　初相交在桃園児裡結義（山坡羊）33、我聴見金雀児花（〃）34、冤家你不来（〃）35、姐姐你在開元児家（〃）「全」頁二三五四〜二三五六笑々生作

36、三十五回　残紅水上飄（玉芙蓉）37、新荷池内翻（〃）38、東籬菊綻開（〃）39、漫空柳絮飛（〃）『南宮詞紀』〝題情〟、『群音類選』巻七李日華作〝四景閨情〟

40、〃　可人心二八嬌娃（折桂令）「雍」巻十七〝題情〟、「全」頁二八三朱有燉作

41、三十六回　花辺柳辺（朝元歌）42、十載青灯黄巻（〃）「香嚢記」第六齣

43、〃　恩徳浩無辺（画眉序）44、弱質始笄年（〃）「玉環記」第十二齣

45、〃　紅入仙桃（錦堂月）46、難報母氏劬労（〃）「香嚢記」第二齣

47、三十八回　悶把幃屏来靠（二犯江児水）48、聴風声嘹喨（〃）49、懶把宝灯挑（〃）50、懊恨薄情軽棄（〃）51、論殺人好恕《ママ》（〃）52、常記的当初相聚（〃）53、羞把菱花来照（〃）54、悶下無聊（〃）「詞」甲集〝閨怨〟、「雍」巻十五〝題情〟、「全」頁二三七一笑々生作

55、三十九回　一霊真性投肚内（耍孩児）「全」頁二三六四笑々生作

56、四十一回　翡翠窓紗（闘鵪鶉）元・喬吉「両生姻縁」第三折、「詞」癸集、「雍」巻十三、李開先『詞謔』

57、四十二回　鳳城佳節賞元宵（新水令）「詞」戊集〝元宵〟、「雍」巻十一〝灯詞〟
58、四十三回　繁花満月開（金索掛梧桐）「詞」己集、「雍」巻九、『群音類選』巻五、『呉歙萃雅』亨集、『呉騒合篇』巻三〝春思〟、「全」頁二三九三王子安作
59、〃　寿比南山（金雲怨）「詞」乙集、「雍」巻十六〝慶寿〟
60、〃　花月満春城（画眉序）「詞」乙集陳鐸作〝元夜〟、「詞」乙集、『群音類選』巻三、『南宮詞紀』巻二
61、四十四回　惜花人何処（金字経）62、弾涙痕、羅帕班（〃）「雍」巻十九元・張可久作〝小山〟
63、〃　悶倚欄杆（駐雲飛）64、嗏、書寄両三番（〃）「詞」甲集陳鐸作〝閨麗〟、「雍」巻十五
65、〃　自従他去添憔痩（要孩児）66、你那裡偎紅倚翠綃金帳（〃）「詞」丙集唐復作〝閨怨〟
67、四十五回　心中牽掛（柳揺金）68、常懐憂悶（〃）「全」頁二三六一笑々生作
69、四十六回　花月満春城（画眉序）四十三回既出
70、〃　東風料峭（好事近）71、東野翠烟（〃）「詞」乙集〝賞春〟、「雍」巻七〝遊春〟、『群音類選』巻六李子昌作〝春遊〟、『南音三籟』高明作〝春遊〟、『詞林白雪』謝讜作、南戯「子母冤家」
72、〃　子時那　這凄涼如何過（一江風）「全」頁二三五一笑々生作
73、四十九回　別後杳無書（漁家傲）74、中秋将至（下山虎）「全」頁二三六八笑々生作
75、〃　東風柳絮飄（玉芙蓉）76、風吹蕉尾翻（〃）77、黄花遍地開（〃）78、梨花散乱飛（〃）「全」頁二三五〇笑々生作
79、五十回　烟花寨委実的難過（山坡羊）「全」頁二三五四笑々生作

80、〃　進房来四下観看（山坡羊）「全」頁二三五五笑々生作
81、五十二回　思量你好辜恩（伊州三台令）「詞」乙集、「雍」巻十六〃拋閃〃
82、〃　新緑池辺（花薬欄）「詞」辛集〃残春〃、「雍」巻二〃送別〃、『群音類選』巻六〃残春〃
83、〃　我見他戴花枝（折桂令）十九回既出
84、五十三回　紅馥々的臉襯霞（錦橙梅）『太和正音譜』巻下張可久作
85、〃　麟鴻無便（降黄龍衮）『太和正音譜』巻上関漢卿作
86、五十四回　拋着俺老母情（水仙子）『太和正音譜』巻上鄭光祖「倩女離魂」第四折
87、〃　記得初相守（荼蘼香）『太和正音譜』巻上関漢卿作
88、〃　風雨替花愁（青杏児）『太和正音譜』巻上無名氏作
89、〃　門外紅塵滾々飛（小梁州）『太和正音譜』巻上張鳴善作
90、五十五回　小園昨夜放江梅（新水令）91、野徑疎籬（駐馬聴）92、我則見碧陰々西施鎖翠（雁児帯得勝令）「全」頁二三七七〜二三七八笑々生作
93、五十六回　書寄応哥前（黄鶯児）「全」頁二三五二笑々生作
94、五十八回　夜去明来　倒有個天長地久（闘鵪鶉）元・王実甫作、「西廂記」第四本第二折、「雍」巻十三
95、〃　暑纔消　大火即漸西（集賢賓）「詞」庚集元・杜仁傑作、「雍」巻十四〃慶七夕〃
96、五十九回　兜的上心来（好事近）元・王実甫作、「西廂記」第四本第一折、『群音類選』巻一陳鐸作〃閨怨〃
97、〃　叫一声青天（山坡羊）進房来（〃）「全」頁二三五六笑々生作
98、六十回　混元初　生太極（紅衲襖）「詞」己集曹孟修作〃祝讃〃、「雍」巻九〃祝太平〃

99、六十一回　秋香亭（端正好）「詞」辛集元・白仁甫「流紅葉雑劇」、「雍」巻二〝御溝紅葉〟
100、〃　半万賊兵（粉蝶児）「西廂記」二本二折、「雍」巻七
101、〃　一向来不曽和冤家面会（四不応山坡羊）「全」頁二二三五三笑々生作
102、〃　初相会　可意人（鎖南枝）「全」頁二二三五九笑々生作
103、〃　紫陌紅徑（折腰一枝花）「詞」乙集〝四季閨情〟、「雍」巻十六〝失約〟
104、〃　懨々病転濃（羅江怨）〝四夢八空〟、「詞」甲集〝閨情〟、「雍」巻十五〝相思〟、「全」頁二一五二孫楼作
105、六十四回　李白好貪杯（四塊玉）「雍」巻十八〝人自迷〟
106、六十五回　官居八輔臣（一枝花）「詞」己集朱有燉作〝上文臣〟、「雍」巻八〝栄貴〟
107、〃　洛陽花　梁園月（普天楽）「詞」甲集元・張鳴善作〝詠世〟
108、六十七回　柳底風微（西双合歌調）「詞」戊集劉守作〝閨情〟、「雍」巻十二
109、〃　寒夜無茶（駐馬庁）110、四野彤霞（〃）李開先「宝剣記」第三十三出
111、六十八回　游芸中原（点絳脣）「西廂記」第一本一折、「雍」巻五
112、〃　半万賊兵（粉蝶児）六十一回既出
113、〃　三弄梅花（粉蝶児）二十二回既出
114、七　十　回　享富貴　受皇恩（端正好）「詞」辛集丘汝成作〝上太師〟、「雍」巻三〝武臣享福〟、李開先「宝剣記」第五十出
115、七十一回　水晶宮　鮫綃帳（端正好）羅貫中「風雲会」雑劇第三折、「詞」辛集、「雍」巻二、李開先『詞

誰』

116、七十二回　翠簾深　小房櫳（新水令）劉兌「月下老定世間配偶」雑劇第四折、「詞」戊集、「雍」巻十一

117、七十三回　憶吹簫玉人何処也（集賢賓）「詞」庚集陳鐸作〝秋懐代人〟、「雍」巻十四〝秋懐〟

118、〃　教人対景無言（瓦盆児）「詞」乙集〝閨情〟、「雍」巻十六〝感旧〟、『群音類選』賈仲明作〝閨怨〟

119、〃　三弄梅花（粉蝶児）二十二・六十八回既出

120、〃　鴛鴦浦蓮開（酔花陰）「詞」壬集〝閨情〟、「雍」巻一〝盼郎貴顕〟、『群音類選』巻六〝女相思〟、
「全」頁二二八唐復作〝閨情〟

121、〃　彤雲密布剪（鬧五更）「全」頁二三七四笑々生作

122、七十四回　第一来為圧驚（宜春令）李日華「西廂記」二本二折

123、〃　玉驄轎馬出皇都（新水令）「西廂記」五本四折、「雍」第十二

124、〃　更深静峭（月中花）「詞」巻一張善夫作〝麗情〟、「雍」巻十五〝風情〟

125、〃　十二月児（掛真児）待考

126、七十五回　花家《ママ》月艶（江児水）「全」頁二三六〇笑々生作

127、七十七回　想多嬌（青衲襖）「詞」己集〝思情〟、「雍」巻九

128、七十八回　霽景融和（錦上花）十五回既出

129、七十九回　賢妻休悲（駐馬聴）「全」頁二三五〇笑々生作

130、八　十　回　恨杜鵑声透珠簾（折桂令）「雍」巻十七〝題情〟

131、八十二回　将奴這銀絲帕（寄生草）「雍」巻十九〝相思〟

132、〃　紫竹白紗甚逍遥（水仙子）「全」頁二三六七笑々生作
133、〃　入門来将奴摟抱在懐（六娘子）134、両意相投情掛牽（〃）「雍」巻二十〝約会〟
135、〃　当帰半夏紫紅石（水仙子）「全」頁二三六七笑々生作
136、〃　仮認做女婿親厚（紅繡鞋）元・曽瑞作、「雍」巻十八〝十有〟
137、八十三回　動不動　将人駕（寄生薬）「雍」巻十九〝相思〟
138、〃　我与他好似並頭蓮一処生（雁児落）「全」頁二三六八笑々生作
139、〃　央及春梅好姐（河西六娘了）「雍」巻二十〝約会〟
140、〃　我与《ママ》馬坊中（雁児落）「全」頁二三六八笑々生作
141、〃　将奴這桃花面（寄生草）「雍」巻十九〝相思〟
142、〃　赤緊的因些閒話（四換頭）「雍」巻二十〝題情〟
143、〃　会雲雨風般疎透（紅綉鞋）元・曽瑞作、「雍」巻十八〝十有〟
144、八十五回　牛膝蟹爪甘遂（西江月）「全」頁二三五一笑々生作
145、〃　祆廟火　焼皮肉（紅綉鞋）元・曽瑞作、「雍」巻十八〝十有〟
146、〃　我為你躭驚受怕（紅綉鞋）「雍」巻十八〝題情〟
147、八十九回　焼罷帋（山坡羊）「全」頁二三五八笑々生作
148、九十一回　告爹行（山坡羊）「全」頁二三五七笑々生作
149、九十三回　九臘深冬　雪漫天（粉蝶児）「全」頁二三七六笑々生作
150、〃　涙双垂（普天楽）「雍」巻十八〝思情〟

151、九十六回　冤家為你幾時休（懶画眉）152、冤家為你減風流（〃）153、冤家為你惹場憂（〃）154、冤家為你惹閒愁（〃）「全」頁二三五二笑々生作

二　散曲引用の仕方について

では、これら散曲は、どのように引用され、作中にあってどのように用いられているのであろうか、次に、この点について考えてみよう。

(1)　登場人物の心情を代弁する散曲

まず、目につくのは、作中の人物が自らの心理心情を散曲に託すというものである。今、その例を見る前にまず、『金瓶梅』の作者がこの種の散曲を引用する際には、一、作者が作中の人物の心情を代弁する為に引用している場合と、二、登場人物自身、作中で自らの心情を散曲に託して唱う場合の両種あることをまずおさえておきたい。それでは、登場人物の心情をうたった散曲の例を以下に見てゆくことにしよう。

まず八回、この回では、西門慶が孟玉楼と結婚して彼女を第三夫人とするが、それまで彼が熱をあげていた潘金蓮の所には、とんと無沙汰することになる。金蓮の方では、西門慶が結婚式を挙げていることなぞ露知らぬものだから、毎日のように今日来るか明日来るかと気をもみ、「恋うらない」などして慶のやって来るのを待っている。そこで「姿可愛いいとしの足に云々」（山坡羊）の曲（表4の曲）が挿入されている。この曲の挿入の仕方は、作者が金蓮の心情を代弁する形となっているので、さきに書いたうちの前者一の引用の仕方である。このあとで、たまたま金蓮の家の前を西門家の小者の玳安が通りかかる。この姿を目にした金蓮はこの小者をひきとめ「ねェ

玳安、こんな唄もあるのよ」と言って「ろくでなしのひどい人云々」（山坡羊）の曲（表5の曲）をうたうが、これは、後者二の引用の仕方である。唄の内容は、なかなか自分のもとに来ない主をひたすら待つ女の気持ちをうたったもの、前節の表でも示した通り、以上の二つの唄は、もともと同一の唄のそれぞれ一部で、ともに『雍熙楽府』に〝思情〟と注された唄からとられたものである。つづいて、金蓮は玳安をひきとどめて、一筆したため彼に慶への手紙をことづける。その手紙の中身も、やはり「わたしのまことの胸のうち云々」（寄生草）という『雍熙楽府』に〝相思〟と注のある散曲（表6の曲）を利用している。このように、『金瓶梅』の作者は、既存の流行歌の歌詞を自家薬籠中のもののように駆使している。勿論、それら歌詞の中には、作者自ら創作したものもあるのかもしれず、そのすべてが既存のものから借用したものとは言えないのかもしれない。しかし、調べてみると、その大部分のものが嘉靖時代に出版された散曲集である『詞林摘艶』や『雍熙楽府』に見えることから、この作者の場合は、自分では作らず、既存の流行歌を利用していることが多いと言えるであろう。

また、十二回では、慶は廓に入りびたり。またまたおあずけをくらっている金蓮が一人寝のさびしさをうたう「たそがれとなく昼となく云々」（落梅風）という散曲（表9の曲）に自らの気持ちを託し、これを書いたものを手紙として廓のもとにいる慶宛に送る。この手紙の歌をたいこもちの祝日念が大声で読むと、その場にいた妓女の李桂姐は嫉妬の気持ちから立腹するという一段がある。これも散曲に自らの気持ちを代弁させた例である。

十九回には、「ぼくが見た時あの人は云々」（折桂令）の散曲（表16の曲）が見える。この曲は、西門慶の娘婿の陳経済が潘金蓮に恋情をいだき、慶の不在の時をねらっては、金蓮といちゃつこうという時に決まって使用されるもので、五十二回でも同じような場面でほぼ同じ散曲が用いられている。この散曲は、『雍熙楽府』から引用したものだが、両者を対比してもわかる通り、『金瓶梅』においては『雍熙楽府』のもとの歌詞を若干変えて、陳経済と潘金蓮の場合にふさわしいように改められている。

作中に既存の散曲を引用して、登場人物の心理を代弁させている例は以上のみにとどまらない。西門慶の子供を生み、彼の心をとらえた李瓶児は六十二回で死ぬが、六十五回、西門慶は宴席で楽師の唱う「洛陽の花、梁園の月云々」（普天楽）（表107の曲）を聞いて涙ぐむ。この時彼は、この曲を聞いて亡き李瓶児を思い出したのである。元の唄は、元の張鳴善の作った小令で、その内容は、人生で死に別れこそが一番つらいというものである。西門慶が平素から抱いていた李瓶児への追慕の念が、この曲を聞いたことによって一層高まった。つまり、歌詞の内容が慶のこの時の心理状態を代弁するものであったということである。

この六十五回と同様に、唄を聞いて西門慶が亡き李瓶児を憶う個所がある。それは、七十三回、孟玉楼の誕生日に西門家において親戚知人を集めて盛大に玉楼を祝う席上でのことである。最初、正妻の呉月娘が歌手らに命じて「比翼成連理」の唄を唱わせようとしたところ、西門慶がこれを押し止めて、かわりに歌手達に「去りにし人はどこへやら云々」（集賢賓）（表117の曲）という組み曲を唱うよう命ずる。唄の文句が「わがために、裳《もすそ》に紅きほととぎす血を吐きし人よ今いずこ」という段になると、それまで傍で黙って聞いていた潘金蓮は、西門慶がまたもや李瓶児を追想していると察知して、唄の文句にかみついて、「生《き》娘でもあるまいし、二度目の女のどこから血が出るのよ」と言って腹を立てる[5]。金蓮にしてみれば、ここで亡くなって久しいにもかかわらずいまだかほどまで思われている李瓶児に対し強い嫉妬の心を起こさないわけにはゆかなかったのである。なお、金蓮がかみついた文句が出てくる唄の曲牌が「醋葫蘆」（嫉妬の瓢箪《ひょうたん》）というもので、ここに金蓮の気持ちが入っている。また、これは、この作者が作中往々使う手のこんだ洒落の一種である。

この他にも作中の人物の心情を托する為に散曲が引用されている例があるが、文章が冗漫となるので、以下は省くとし、次に話の展開に符合する散曲の引用について見てみたい。

(2)話の局面に符合する散曲

まず、十六回と三十一回に「三十腔」という曲調の唄(表15の曲及び、29の曲)の名が出てくる。十六回では、応伯爵の誕生祝いに応の家に西門慶ら十兄弟が集まった席でこの唄が唱われ、三十一回では、西門慶が山東提刑所理刑という官職に就くとともに、李瓶児との間に待望の一子をもうけるという二重の喜びを祝っての席上でこの唄が唱われることになっている。この「三十腔」という唄は、前節の表でも示したように、『雍熙楽府』では〝慶寿〟と注がつけられており、また『詞林摘艶』では〝祝寿兼生子〟と注がつけられてある。つまりこの曲は、誕生日の祝いや、男の子誕生の祝いにはもってこいのめでたい唄であったのである。この小説の作者が、散曲をその内容も吟味せずに勝手気儘に引用しているのではなく、話の場面や展開に気を配って、その場その場に最もふさわしいと思われる散曲を引用しているらしいことは、この「三十腔」からも窺われるであろう。ところで、ここで更に重要なことは、作品では曲調名の「三十腔」としか書いておらず、「めでたい人に遇った喜び」で始まるこの唄の歌詞自体を一切書いていないことである。これは作者が、読者が既にこの曲の内容を知っているものとして書いていることを示すものである。この点については、後にもふれる。

四十一回では、西門慶の嫡男官哥と喬家の娘喬長姐とを許嫁とする縁組みの宴が喬家でひらかれるが、その宴席で元曲「両生姻縁」に由来する「翡翠色した窓の紗《きぬ》云々」の組み曲(表56の曲)が芸妓二人によってうたわれる。何故この席でこの唄を唱うことが選ばれたかを考える時、まずこの戯曲の内容を知らなければならない。

その内容というのは、こうである。唐の中宗の臣韋皐が吐蕃を征しての帰途、旧知の荊州節度使張権の義女玉簫が亡妻に生き写しなのを見て言い寄る。張権は、韋皐の不行儀な振る舞いに怒り、宴席を解散させ、朝廷に訴える。結局、中宗直々の裁判により玉簫が韋皐の亡妻の生れ変わりということになり、二人は結ばれるというもの。

では、これをこの四十一回の局面とあわせて考えるとどうなるか。つまり、ここでこの唄を唱うことによって、西門官哥と喬長姐とは丁度韋皐と玉簫のように前生からという強い縁で結ばれていたカップルとしたいが為であったと考えられる。従って、ここもやはり話の局面にふさわしい散曲の用いられた例と考えられる。

また、六十回では、西門慶が新たに呉服店を開店し、その祝いの宴席に親しい人々をよぶ。そしてその席上では、三人の役者達によって「南呂紅衲襖」の曲調の唄（表98の曲）が唱われる。作品では、この唄の冒頭の「混元の初め、太極生じ」とだけ書いてあり、これだけでは何故この席でこの唄が唱われたのか読者には分からない。この唄は、もと前節でかかげた表からもわかるように『詞林摘艶』巻八には、〝祝讃〟と注する組み曲であったことがわかる。また、『雍熙楽府』ではこの曲に〝祝太平〟の注がついている。当該曲の内容は、天地おだやか天候も良好で、農作物も豊作、よって国民生活は安泰でそれを祝うというものである。そこで、この場面とのつながりを考えてみると、ここでは開店を祝いかつ将来の商売繁盛を祈ってこの曲が唱われたことがわかる。この小説が作られた当時、民間でこの唄は何か事業を開始したりする時に決まって唱われた唄であったのかもしれない。さきの「三十腔」の時と同じく、作者は読者がこれら散曲にある程度通じていることを前提として、筆を進めている。

さらにまた、この作品では、作中に描かれた季節に最も合致した散曲を引用している例も結構多く見られる所である。例えば、二十一回で西門慶は妻妾らと家で雪見の宴を開くが、この時、歌手の李銘に「寒風布野」の曲

（表20の曲）を唱わせ、六十七回では、西門慶が鄭春に「柳底風微」の組み曲（表108の曲）を唱わせ、応伯爵らとの酒令の席では、春鴻に「寒夜無茶」の曲（表109の曲）唱わせているのは、この二十一回と六十七回の両回では、いずれも冬の季節を叙述していたからであり、一方、散曲の出典を調べてみると、「寒風布野」の唄は、『雍熙楽府』には、〝冬景〟と注して見えるもの、「柳底風微」の方は、一人の女性が四季の景物を見て恋人のことを思う閨情の唄だが、うちに冬の雪景色を詠んだ部分があること、また「寒夜無茶」のほうは、李開先「宝剣記」第三十三出に見えるもので、草場を守っていた林冲が冬の夜大雪を冒して村に酒を買いに出かける折のもので、いずれも冬の景物を詠んだ唄である。つまり、すべて叙述された話の季節に合致した散曲を巧みに引用していることがわかる。

一方、二十七回では、西門慶が潘金蓮らと葡萄棚のもとでたわむれる段では、金蓮が「赤帝当権耀太虚」の唄（表22の曲）を唱う。もとの唄は、『雍熙楽府』や『詞林摘艶』のいずれにも載っており、どちらにも〝納涼〟と注があるものである。折から暑い盛りだったので、この唄の引用は時節にまったく合致しているものと言える。

また三十回では、西門慶が妻妾達と聚景堂の中で暑さを凌いでいた時、春梅らに「人皆畏夏日」の唄（表25の曲）を唱うよう命ずるが、これは字面からも容易に察しがつくが、時節にぴったりの曲である。因みに『雍熙楽府』を見ると、当該曲には〝夏宴〟という注がある。

（3）　嘲笑・諷刺・あてこすり・暗示の散曲

最後に、『金瓶梅』における散曲の引用の目的に、嘲笑・諷刺・あてこすり・暗示等があることを指摘したい。嘲笑・諷刺・あてこすりはわかるが、暗示はまた別ではないかとされるむきもあるかもしれない。しかし、ここでは説明する上において便宜上都合が良いので、とりあえず、一括して扱わさせていただく。

まず三十一回。西門慶は提刑所副千戸という役人となり、加えて李瓶児との間に一男子─官哥─をもうけるという二重の喜びの時、宴席を設けて、劉と薛の両宦官や、周守備・夏提刑といった同僚をよぶ。席上、所望の唄を求められた劉太監は、まず「あァ、世の中は夢なりや」という曲(表26の曲)を所望する。しかし、周守備からそれは浮世を嘆く唄であり、西門慶の今日のめでたい席で唱うわけにはゆかないとして別の曲をと促される。すると今度は、「八人の中の一人なる紫綬の臣にはあらねども」という曲(表27の曲)を要求する。それも、この席にはふさわしくないと言われて、劉太監はひっこむ。かわりに薛太監は、「あァ、人の世に別れほど苦しきものはなかりけり」という唄(表28の曲)を所望する。無論、この唄もこの場にはふさわしくないとして退けられる。結局、夏提刑の意見で、さきにも挙げた「三十腔」が唱われることになる。さてここで、二人の宦官達はいずれも場違いな曲を注文して道化役を演じ、結果、ここは滑稽な一段となっている。

それにしても、何故、彼ら宦官達がここで場違いな曲を所望したのだろうか。宦官も劉や薛のような高官ともなると万事につけ鷹揚で、平素から相手の顔色を一々窺って行動することがないが為に、時にこのような滑稽な言動をしてしまうものかとも考えられる。が、筆者はここにこの小説の作者の別の作為が感じられるので、以下に少しこの点について説明してみたい。

まず「あァ、世の中は夢なりや」の唄だが、これは、七十九回の西門慶の死以降、その富の大半が烏有に帰してしまう結末を暗示しているとは考えられまいか、そう考えれば、次の「あァ、人の世に別れほど苦しきものはなかりけり」の唄も、間もなく西門慶が折角もうけた子供の官哥やその母の李瓶児と死別することになるその伏線とも見られる。

また、「八人の中の一人なる紫綬の臣にはあらねども」の曲はどうかと言えば、これは、周守備も言っている通り「陳琳粧盒を抱く」雑劇に使われている曲である。では何故、劉太監がこの雑劇中の一曲を注文したのであろうか。今その意味について考える前に、やはりこの雑劇の梗概を知らなくてはならない。

この雑劇は、北宋王朝での宮室内の出来事を本題としている。宋の真宗と劉后との間には子供がなくそれが悩みの種であった。後に真宗は李美人を得て、彼女との間に一子（後の仁宗）をもうけた。しかし、劉后は嫉妬深くその子供を殺そうとするので、宮人の寇承御と内監の陳琳とが計を設けてこっそりその子供を粧盒の中に入れて宮廷の外に出し、楚王徳芳のもとに預ける。それでその後、その子供は楚王の子として育てられる。後に真宗の子供であることが判明し、真宗のあとを継いで仁宗になるというもの。

では、この雑劇の内容を、この三十一回の部分とつきあわせて考えてみるとどうなるであろうか。前回で西門慶は、李瓶児との間に待望の一子官哥をもうけている。ところが、この西門家にはこの李瓶児と官哥に対して激しい嫉妬をもやし、五十八回で自分の飼っていた猫をけしかけて官哥を殺してしまう潘金蓮という女がいる。このように考えれば、彼女は雑劇中の劉后とその立場が極似しているではないか。雑劇中の劉后は、実は潘金蓮の存在をなぞらえていると言ったら穿ちすぎであろうか。

劉太監がこの雑劇中の一曲を所望することによって、結果的にこの家の中に官哥のことを心良く思わぬ人間のいることをほのめかすことになっている。勿論、これらの曲を所望した劉や薛の両太監は、この家の中に生まれたばかりの男の子を心疎ましく思っている女性がいることや、ましてや、将来その子供と母とが相継いで死に、果ては西門家が没落する運命にあることも、この時は露ほども知らない。従って、彼等がこれらの曲を所望したのは、まさに偶然であり、むしろこれら太監らが所望する曲に意味をもたせようとしているのは、この小説の作者である。そもそも、この小説で、諷刺やあてこすり、暗示等が見られる場合は、さきに見た登場人物の心情をうたう散曲の場合と同じく、一、作者が作中人物に対して行う場合と、二、作中人物が別の作中人物に対して行う場合の二つのケースがある。この三十一回の場合は、前者の例であると筆者は考えている。

それにしても、真に作者がこれらの曲に暗示やあてこすりの意味をもたせようとしていたとしても、例えばこの「陳琳粧盒を抱く」雑劇中からの一曲の場合のように、読者がその内容を知らなければ、結局、作者の作為が読者に伝わらない恐れがあると考えられる。ところが、作者は読者も当然自分と同程度の戯曲や散曲に関する知識があるもののように書いている。例えば二十一回である。西門慶は家で妻妾らとともに雪見の宴を開く。すると、この宴に興を添えるべく春梅らが弦楽器を弾きながら、「佳期重会」という曲（表19の曲）をうたい始める。すると、西門慶が急に怒りだして「一体誰がこんな唄を唱わせたんだ」と怒鳴ると、玉簫が「五奥様（つまり潘金蓮）のおいいつけで唱いました」と答える。すると、西門慶は今度は金蓮にむかって「淫婦め、余計なことばかりに口出しおって」と言うと、金蓮は「さァ、どなたさんが唱わせるようにしたのかしら」ととぼける。

さて、この段で何故、西門慶が「佳期重会」という曲を聞いて怒ったのか、作中曲の文句が一切提示されていないので、読者にはこれだけのやりとりを読んだだけでは分からない。この曲は、前節でも示した通り、『群音類選』に〝閨怨〟として見える曲で、その内容というのは、なかなか来ぬいとしい人が、一刻も早く自分のもとに来るようにと月に祈る女性の気持ちを詠んだものである。実は、この二十一回の冒頭で、夜遅く廓から帰った西門慶が、呉月娘が月に祈っているのをこっそり聞いて感にうたれ、その夜久しぶりに夫妻がむつみ合ったことがあったのである。呉月娘は、一つには夫の廓通いの癖が直りますように、二つ目には、早く自分に後継ぎの子供ができますようにと月に願をかけていたのであった。その日西門慶は、廓に行きつくづくと芸妓の薄情さを思い知らされての後、家に戻って来てみると、自分の妻がこんな殊勝な願かけをしているのを耳にしたものだから、やっぱりたよるべきは妻だと悟ったのであった。以上の経過を孟玉楼の注進によって知っていた潘金蓮は、いわば西門慶をひやかす為に、春梅らに指図して「佳期重会」をうたわせたのである。さすがに慶は事の真相を見抜いていた。次は、翌日西門慶と孟玉楼との間に交わされた会話である。

西門慶「きのう女中に佳期重会なんぞ唱わせやがったのは、おれはあいつ（金蓮のこと）の仕業だとにらんでいる」

孟玉楼「佳期重会ってなんのことですの」

慶「あいつは、月娘がおれとちゃんとした会いかたをしないで、こっそり会った。つまり夜香を焚いたのは、おれを待つ下心があったんだといいたいのさ」

玉楼「マァ、潘ねェさんったら、いろんな唄をなんでも知ってますのね。私達は知らないのに」

後段に、このような会話を挿入していても、もし読者が「佳期重会」の曲の内容を知らなければ、この段の経過はなかなか解りづらいはずである。作者は、読者がある程度の曲に対する知識を有していることを前提としてこの部分を書いている。

六十一回では、西門慶が親戚知人達を家に招いて重陽節の宴席を設ける。この席で、妓女の申二姐が「病がにわかに重くなり」（羅江怨）という曲（表104の曲）を唱うが、間もなくこの曲を聞いていた呉月娘のもとに李瓶児付きの女中の綉春が息せき切って現れ、李瓶児が昏倒したことを知らせに来る。そしてその後、李瓶児はずっと寝たきりとなり、約一週間後に死亡することになっている。ここで申二姐の唱った羅江怨の唄は、丁度かつて漢や六朝時代に民間で、いとけない子供がなにげなくうたうわらべ歌の文句の中に、近い未来に起こる災いの重大な予言を含むと考えられた「詩妖」(6)のように、李瓶児のその後の病と死とを暗示するものになっている。申二姐もこの曲をなにげなく唱ったのである。

この羅江怨の曲は、結果的に暗示の働きをもつものであったが、作中、嘲笑・諷刺の意をこめたと思われる散曲も散見する。次にそれらの例を見てみよう。まず十一回で、西門慶が廓に遊女の李桂姐らに会いにゆく。その際に、作者がこんな唄がありますと言って「陥人坑は穴ぐらみたいに暗く」(水仙子)という散曲(表8の曲)を提示するが、その内容は、廓の万事につけ拝金主義であるひどさを述べたもので、『雍熙楽府』を見ると、当該曲には〝嘲子弟〟として嫖客を嘲笑する注がつけられているのと符合する。これは、作者が西門慶ら嫖客を諷刺しているのである。さらに十二回、廓で応伯爵が「これやこの銘茶の若芽」(朝天子)という曲(表10の曲)を唱う。この曲は、いわゆる「双関語」(二重の意味を含んだ言葉)を使ったもので、表面的には茶のことを唱っているようであって、実は、妓女を諷刺したものである。やはり『雍熙楽府』を見ると、当該曲には〝嘲妓名茶〟という注がついている。これは、散曲を使って登場人物が別の登場人物を諷刺した例である。

『金瓶梅』中散曲で諷刺した最も顕著な例といえば、やはり七十回で役者達が唱う「富貴極めたその上に、時の帝のお気に入り」(端正好)の曲(表114の曲)であろう。この曲は、太尉朱勔が新たに太保に任ぜられたとして、その出世を祝う宴席で唱われる。もともとこの曲は、明初の人丘汝成の作った〝上太師〟と注する武臣の良さを讃える曲であったが、李開先がその戯曲「林冲宝剣記」でこれをもじって、逆に武臣の悪さを諷刺するものに作り変えた。『金瓶梅』の作者は、恐らくこの「林冲宝剣記」からこの曲を引用してここに載せたのであろう。真にこのような内容の曲を唱って、当の朱勔が黙って大人しくこれを聴いているはずがない。実は、ここではこの小説の作者が、この散曲を使って登場人物の朱勔を諷刺していたのである。ここにこのような散曲が挿入されたことによって、結果的になんとも言えぬ滑稽味がかもしだされることになっている。なお、この端正好の曲の直前に引用された「位は一品、役目は三台云々」という駢語も、先程の「林冲宝剣記」第三出からの引用である。ただ、この駢語のおしまいの部分に「庭木庭石とりたてりゃ、江南淮北大困り、黄楊《つげ》の材木たてまつりゃ、国庫民財みな尽きる」の一句をつけ加えて、「林冲宝剣記」では高俅について述べたこの駢語を、朱勔についてのものに改めている。この作者は、器用な人だと言うべきである。

おわりに

以上、『金瓶梅』に引用された散曲の引用の仕方というものを、大変大まかではあるが見てきた。ここで、これまで指摘したきた所をまとめると、次のようになる。

一、作者は、戯曲や散曲の愛好者で、潘金蓮のように精しかった。

二、作者は、時に読者に対し、自分と同程度の曲に対する知識を有していることを前提として筆をすすめている。

三、作者は、既存の曲を、筋展開に意を用いながら、その場面場面に最も適切な曲を、恰も自家薬籠中のもののように駆使している。

四、散曲の引用の仕方には、（1）登場人物の心情をその散曲で代弁させている場合、（2）話の筋・展開に合致した散曲を用いた場合、（3）その曲で登場人物を嘲笑・諷刺、あてこすり等をしたり、また、後段の話の展開を暗示したりする場合の凡そ三通りの場合が考えられる。

ところで、一応散曲の引用の仕方を四のように分類したが、作中には、別に特に話の筋や展開ないし登場人物の心情などと関係がないと思われる散曲も少なくないので、最後にこの種の散曲について述べておこう。

この種の散曲を観察してみると、廓で芸妓が唱う唄が多いように感ぜられる。例えば、二十二回、廓の歌手李銘が春梅達に教える「三弄梅花」の曲（表21の曲）、四十三回、廓の芸妓韓玉釧らが灯籠見物の席で唱う「繁花満月開」の曲（表58の曲）、四十五回、芸妓呉銀児の唱う「心中牽掛」の曲（表67の曲）、四十六回、李銘と王柱とが唱う「雪月風花共裁剪」の曲、また同回で芸者郁大姐が唱う「子時那」の曲（表72の曲）、四十九回、西門慶が蔡・宋の両御史へのもてなしとして芸人達に唱わせる「東風柳絮飄」の曲（表75の曲）、五十九回、廓の芸妓鄭愛月が西門慶の前で唱う「兜的上心来」の曲（表96の曲）、六十八回、やはり廓の芸妓達が唱う「游芸中原」（表111の曲）や「半万賊兵」（表112の曲）等は、ほとんど前後の筋や登場人物の心情とは関係がなく、また、作者もこれらの曲に何らの意味もこめていないようである。恐らく、これは『金瓶梅』に描かれたと考えられる明嘉靖年間、廓で実際にこの種の散曲がよく唱われていたことの忠実な再現であろう。

更に、この種の曲の中でも、陳鐸作のものの多いのが目立つ。今、陳鐸作と思われるものを挙げるならば、十五回の「這家子打和」の曲（表12の曲）、二十二・六十八・七十三の各回に見える「三弄梅花」の曲（表21・113・119の曲）、四十三・四十六の両回に見える「花月満春城」の曲（表60・69の曲）、四十四回の「悶倚欄杆」の曲（表63の曲）、五十九回の「兜的上心来」の曲（表96の曲）、七十三回の「憶吹簫玉人何処也」の曲（表117の曲）と大変多い。陳鐸は、生没年は不明だが、凡そ成化〜正徳年間（一四六五〜一五二一）に活躍した人らしい。彼は、時に「楽王」と称されたこと、彼の作った散曲は、いずれもメロディーにぴったりあい、その情感のこもった歌詞は、沢山の人々の支持を得たこと、特に、嘉靖・万暦年間では、彼の曲、就中「三弄梅花」の曲は、巷に大流行したこと等は、万暦年間に刊行された『金陵瑣事』や『客座贅語』に伝える所である。[8] このようなことからも推察されるように、『金瓶梅』中、廓で芸妓が曲をうたう描写には、歴史的事実が忠実に投影されているものと考えられる。[7]

以上、『金瓶梅』中に引用された散曲の用いられ方について考察してきて、この点について一応の結論が得られたと思う。しかし、『金瓶梅』中の散曲に関して、まだまだ明らかにされなければならない問題がある。例えば、これら引用された散曲のうち、一番新しいものは何かという問題がある。これは、この作品が執筆された年代の問題と関連して考えられなければならないことであろう。これら残る問題は、別に稿を立てて論ずるつもりである。

（1）我国における散曲研究の第一人者である田中謙二氏の言を借りるならば、散曲とは「モンゴル族が支配する元朝を中心に行われた歌謡ジャンルであり、宋一代の文学を代表する詞と同じく、元来はわが端唄・小唄に類似する」ものだとされる（『中国詩文選』22〝楽府・散曲〟、筑摩書房、一九八三年）。

（2）Patrik D. Hanan, "*Sources of the Chin P'ing Mei*", Asia Major, New Series, Vol. X, Part I, London, 1963. 尚、同論文には拙訳がある。「金瓶梅の素材」（『長崎大学教養部紀要』・人文科学篇、第三十五巻第一号、一九九四年七月）。

（3）本書第三部第四章「『金瓶梅』における諷刺——西門慶の官職から見た——」（『函館大学論究』第十八輯、一九八五年三月）を参照されたい。

（4）この問題に関する先人の論考のうち、主だったものを挙げると、次の通りである。
・『金瓶梅鑒賞辞典』（上海古籍出版社、一九九〇年）〝戯曲・曲芸〟（徐扶明執筆）の条
・周鈞韜『金瓶梅素材来源』（中州古籍出版社、一九九一年）
・日下翠『金瓶梅——天下第一の奇書——』（中公新書、一九九六年）

（5）日下氏前掲書に依れば、西門慶に身をまかした時処女であった亡き李瓶児に対し、潘金蓮が嫉妬をした為だとされる。だが、実際の李瓶児は、西門慶と出会う前に、まず梁中書の妾、次に花子虚の妻であったのであり、処女であったはずがない。そこで日下氏は、この小説の作者には始め処女だった恋人があり、筆を進めるうちに、西門慶と作者、李瓶児とその恋人とを一体化させていった為に、ここで若干の小説構成上の破綻がでたのではないかとされる。大変おもしろい見方ではあるが、筆者はこの見解をとらない。まず第一に、歌の文句は借りもので、正しく西門慶と李瓶児とのこと

について唱ったものではない。潘金蓮が立腹したのは、あくまでも西門慶がいまだに亡き李瓶児のことを思っていることに対してであり、李瓶児が始めて西門慶と会った時、既に彼女が人妻であったことは、誰でもが知っていたことで「生娘でもあるまいし云々」と潘金蓮が言ったのは、単に歌の文句にケチをつけただけだと筆者は考える。

（6）志村良治「災異の歌謡」（『中国詩論集』志村良治博士著作集1、汲古書院、一九八六年）参照のこと。

（7）陳鐸のことについては、荘一払『明清散曲作家滙考』（浙江古籍出版社、一九九二年）ならびに、謝伯陽編『全明散曲』（斉魯書社、一九九四年）頁四四六に比較的に精しい。それに依れば、陳鐸、字は大声、号は秋碧。南直隷下邳（今の江蘇省邳県）の生まれ、南京に住んだ。家は世襲の済州衛指揮であった。著に「秋碧楽府」「梨雲寄傲」「可雪斎稿」「月香亭稿韻」「滑稽余韻」「公余漫興」「草堂余意」「詞林要韻」等があり、戯曲には「花月妓双偸納錦郎」「太平楽事」「鄭耆老匹配好姻縁」等三種がある。

（8）まず、『金陵瑣事』〝曲品〟に依れば、

陳鐸字大声、有秋碧楽府、梨雲寄傲、公余漫興、行於世。詠閨情「三弄梅花」一闋、頗称作家所為。散套穏協流麗、被之絲竹、審宮節羽、不差毫末。

と見え、また、『客座贅語』巻六〝髯仙秋碧聯句〟の条に依れば、

大声為武弁、嘗以運事至都門。客召宴、命教坊子弟度曲侑之。大声随処雌黄、其人拒不服、蓋初未知大声之精於音律者也。大声乃手攬其琵琶、従座上快弾唱一曲。諸子弟不覚駭伏、跪地叩頭曰、「吾儕来嘗聞且見也」。称之曰「楽王」。自後教坊子弟、無人不願請見者。帰来問餽、不絶于歳時。

と見える。

第四章　『金瓶梅』の素材（４）――駢語について――

はじめに

『金瓶梅』という小説が、どのようにして作られたかということを考えることは、大変興味深いことである。

この小説は、『三国志演義』『水滸伝』『西遊記』と同じく、宋の講釈に由来し、無数無名の人々の手を経て大成された小説だと考える人もあるが、(1)その内容が、『水滸伝』の二十三回から二十七回までの武松物語を敷衍して百回の小説になっていることからして、かならずや誰か『水滸伝』の一部を借用してそのパロディ作を作ろうと企図した人間がいたはずであり、私はその人を作者とすべきだと考える。

大変残念なことだが、まだこの作者が誰であったのかについては定論は見ていないが、この作者がどのようにしてこの作品を作ったか、その創作手法というものが次第に明らかにされつつある。

さて、この作者は『水滸伝』の外にも、これまでに実に様々なものを素材として用いてこの小説を作っていることがわかっている。ところで、ここで用いられている幾多の素材のうちでも、『水滸伝』の素材としての比重は、他のいずれの素材のそれよりも重いと言わなければならない。なんとなれば、まず、この小説の冒頭の部分は、二、三プロットのみならず文章までそっくり『水滸伝』から借用していることが挙げられる。この他にも、二、三プロットの借用があり、また、詩詞や駢《べん》語とよばれているものの借用、はては、一部の登場人物の人物像まで、いずれも『水滸伝』から借用された形跡がある。

ところで、このうちの駢語とよばれるものは、元来、古いと思われる話本ほどその作中によく見られるものであり、人物や情景の描写に使われた類型的なものであるが、『金瓶梅』においても、勿論この類《たぐ》いの駢語は少なくない。そこで、精しく調べてみると、これら駢語の大半も、やはり『水滸伝』から引用されたことが判明する。中でも『金瓶梅』で注目されるのは、『水滸伝』からの駢語を、本考で考察する連想により引用するケースの見られることで、これは、恐らく、『金瓶梅』独自のものと思われる。このような駢語の連想的引用の意味する所は何か、一体、何故作者はこのような引用の仕方をしたのかについて、少しく考えてみたい。

一 『金瓶梅』中の駢語

一九六三年に発表されたパトリック・ハナン氏の論文(2)によれば、『金瓶梅』に引用された素材は多種に及んでいるとし、『水滸伝』の外に、話本及び口語の短篇小説、『如意君伝』等好色小説、宋代に関する歴史書、戯曲、俗曲、説唱文学等をあげた。また、ハナン氏のこの論文が発表されてから後に発見された素材も少なくない。しかし、このハナン氏の論文後、そのあまりの素材の多種さにやや目が奪われて、『水滸伝』の素材としての重要さは看過されてきたのではないかと筆者は考える。

あらためて指摘するまでもなく、『金瓶梅』は、すでにストーリーの全体的骨格を、『水滸伝』の二十三回から二十七回までの武松・潘金蓮物語に取材している。特に、『金瓶梅』の第一回から六回までは、『水滸伝』からそっくり文章まで襲用している。また、九回で出張から戻ってきた武松が、武大の殺されたことを知って、西門慶に復讐しようと獅子街の酒楼に向かう個所や、八十七回で、呉月娘が泰山に参籠しての帰り、清風山の山賊の王英に拉致されあわや手ごめにされかけるのを、たまたまそこに居合わせた宋江がとめに入って事なきを得る個所などが、『水滸伝』からとられている。『水滸伝』のその素材としての重要性は論をまたないところであろう。

ところで、『金瓶梅』の作者は、『水滸伝』から、プロットや一部文章を借用するのみならず、『水滸伝』中に用いられている詩詞や駢語と称せられているものも多く引用していることが、黄霖氏の研究[3]によって明らかになっている。その後、筆者の発見をも含めて表にするならば、左記の表1のようになる。なお、『水滸伝』は「水」、『古今小説』は「古今」、『警世通言』は「通言」、『醒世恒言』は「恒言」、『清平山堂話本』は「清平」とそれぞれ略称した。また、(類)とは、類似の略である。さらに番号は、駢語にのみつけた。

〈表1〉

一回	
1、万里彤雲密布	「水」24回、(類)「古今」巻33、『西遊記』48回
二回	
2、黒鬢鬢賽鴉翎的鬢児	「水」44回。(類)「古今」巻36
四回	
3、開言欺陸賈	「水」24回、(類)「古今」巻33、「通言」巻16
4、交頸鴛鴦戯水	「水」24回、(類)「清平」五戒禅師私紅蓮記、『国色天香』巻十張于湖伝
五回	
5、油煎肺腑	「水」25回、『大唐秦王詞話』61回
六回	
6、烏雲生四野	(類)「水」52回

八回

7、密雲迷晩岫　(類)「水」37回、「古今」巻36

8、班首軽狂　(類)「水」45回

九回

9、眉似初春柳葉　「水」24回

10、無形無影　「水」26回

十回

11、平生正直　(類)「水」27回、『西遊記』97回

12、香焚宝鼎　「水」2・110回

十一回

13、羅衣畳雪　「水」51回

十二回

14、一箇不顧綱常貴賤　「水」45回

十四回

15、為官清正　「水」13回

十五回

16、山石穿双龍戯水　(類)「水」33回

二十七回

17、四面雕欄石甃　(類)「水」19回

三十回

18、盆栽緑草　「水」13回

三十九回

19、青松鬱鬱　(類)「水」53・120回

四十三回

20、屏開孔雀　(類)「水」119回

五十九回

21、銀河耿耿　「水」21回

六十一回

22、面如金紙　「水」52回、『熊龍峯四種小説』孔淑芳双魚扇墜伝

六十二回

23、頭戴雲霞五岳冠　(類)「水」15回

六十五回

24、和風開綺陌　(類)「水」82回

六十六回

25、星冠攢玉葉　「水」53回

七十一回

26、九重門啓　「水」82回

27、皇風清穆　「水」82回

28、非干虎嘯　(類)「水」19回、「通言」巻14

七十七回

29、漠漠厳寒匝地　「水」10回

七十九回

30、花面金剛玉体魔王　『国色天香』巻十張于湖伝

八十一回

31、十字街熒煌灯火　「水」31回

八十二回

32、情興両和諧　『国色天香』巻十張于湖伝、「古今」巻38、「清平」戒指児記

八十三回

33、一個不顧夫主名分　(類)「水」45回

八十四回

34、廟居岱岳　「水」74回

35、頭綰九龍飛鳳髻　「水」42回、(類)「水」1・15回

36、八面嵯峨　「水」32回

八十六回

37、荊山玉損　「水」8回

八十七回

38、手到処青春喪命　「水」21回

八十九回

39、山門高聳　「水」6回、(類)「恒言」巻31

40、一個青旋旋光頭新剃　「水」45回

九十三回

41、日影将沈　(類)「水」5回

42、山門高聳　(類)「水」6回

43、雕簷映日　「水」39回

九十四回

44、緋羅繳壁　「水」8回

九十六回

45、垣牆欹損　(類)「水」42回

九十七回

46、盆栽緑柳　「水」13回

九十九回

47、綉旗飄号帯　「水」52回

百回

48、十字街熒煌灯火　「水」31回

『金瓶梅』に使われている詩詞や駢語を調べていて気が付くことは、特に六回まで『水滸伝』からの詩詞の引用の多いこと（本書第二部第二章に掲載する表を参照されたい）と、それ以外の回では駢語の引用がめだつということである。この六回までに『水滸伝』からの詩詞の引用が多いのは、この部分において『水滸伝』の文章をそっくり襲用した為である。従って、六回までに関する限り大部分の詩詞は、『水滸伝』と同一個所の同一のことを叙する為に用いられているが、すべてが同じではない。

例えば、『水滸伝』二十四回で武松が兄嫁の金蓮に初めて会った時、金蓮の艶かしい容姿を描写する駢語は、『金瓶梅』の当該個所には用いられずに、『金瓶梅』九回で西門慶が潘金蓮を第五夫人として西門家に迎え入れた時、あらためてまじまじと彼女を眺めた時のものとして用いられている。また、潘金蓮が手をすべらせ窓から竿をおとし、これが西門慶の頭にぶつかるという、潘金蓮と西門慶の初対面の場面においては、『水滸伝』二十四回では単に、西門慶は竿をぶつけられて立腹し、ふとふりむいてみると、艶やかな女の姿を見て今し方の怒りをたちまち消し去って、笑顔に変えた、とあるが、『金瓶梅』二回では、『水滸伝』四十四回での楊雄の妻潘巧雲の艶かしい姿を描写した駢語をひっぱってきて、西門慶の潘金蓮に対する初対面の印象にしている。つまり、六回までにおいても、単に文章や詩詞を丸ごと、『水滸伝』から襲用したのではなく、作者の判断で種々の工夫がなされていたのである。差し当たって、ここで働いたであろう作者の判断というものを考えてみると、恐らく、この作者が西門慶と潘金蓮の出会いの場面を描くにあたって、『水滸伝』のように単に「艶やかな女の姿」を見たというだけではもの足りなかったものと思われる。ここは一つ西門慶が金蓮に対する初印象を書いた駢語を挿入する必要性を感じた作者は、とりあえず再び『水滸伝』中に適当なものをさがしたに相違ない。

ところで『水滸伝』には、もとより若い女性の姿を描く駢語は少なくないけれども、結局、ここで潘巧雲を描いた駢語が採用されたのは、いろんな駢語を逐一検討した末に選ばれたのではなく、この作者が『水滸伝』中の駢語をそらんじており、ほとんど直観的にこれを選んだものと想像される。ではなぜこの作者が潘巧雲を描くこの駢語を採用したかを考えるならば、この駢語には、衣服にかくれていて実際には目にすることのできない部分の描写まで書き及んであることから判断して、この作者は、この駢語を通じて、金蓮の容姿を見て感じた西門慶の欲望を書き添えたかったからと思われる。

では、これ以外の引用はどのようになされているのであろうか。本章では以下特に、『水滸伝』から引用された駢語に関してのみこれを考えてみたい。

二 『水滸伝』との関係について

駢語は、又は挿詞ともよばれるらしいが、本考では駢語という語で統一したい。これら駢語は、但見という二字に導かれて作中挿入されていることが多く、かつて小川環樹氏は、これを俗講における絵ときの名残ではないかと指摘されたものである。(4)

この駢語で扱われている内容は、登場人物の容姿やある風景もしくは情景であり、その表現は、おおむね類型的である。例えば、日没時の描写には、よく次のような駢語が使われている。

金烏西墜、玉兎東生。満空□霧照平川、几縷残霞生遠漢。漁父負魚帰竹径、牧童同犢返孤村。

この駢語は、『清平山堂話本』洛陽三怪記に見え、似たものとしては、『京本通俗小説』巻十二西山一窟鬼、同巻十三志誠張主管、『水滸伝』五回等に見える。

また、仙人の宮殿や妖怪の住処を描写する時には、よく次のような駢語が使われている。

金釘珠戸、碧瓦盈簷。四辺紅粉泥牆。両下雕欄玉砌。即如神仙洞府、王者之宮。

（『清平山堂話本』西湖三塔記）

この駢語は、同じ『清平山堂話本』洛陽三怪記に見える外に、類似のものとしては、『水滸伝』四十二回での九天玄女の宮殿、同百回での梁山泊の廟宇を描く駢語が挙げられる。

このように、駢語に類型的なものが多いのであれば、『金瓶梅』の作者は、駢語に関する限り、かならずしも『水滸伝』からだけ引用したとは言えないのではないかとも考えられそうだが、同じ駢語が『水滸伝』の他に、他の話本などにも同時に見られる場合は、おおむね、『水滸伝』の方によっていることがわかっている。例えば、前述の潘金蓮の艶やかな容姿を描く駢語は、『水滸伝』四十四回の他に、『古今小説』巻三十六宋四公大鬧禁魂張に見えるが、『水滸伝』の方が『古今小説』の方より、『金瓶梅』の駢語に近いことは、第二部第二章で示した通りである。

また、同じく『金瓶梅』二回に見える王婆の口のうまさを描く駢語は、『水滸伝』の他にも、『古今小説』巻三十三や『警世通言』巻十六等にも見えるが、やはり比べてみると、『水滸伝』の方が他のものよりはるかに『金瓶梅』に近い。

以上の二例からもわかる通り、『金瓶梅』の作者が何か駢語を引用しようと思ったときは、まず『水滸伝』を参照していることがわかる。さきに『金瓶梅』における素材としての『水滸伝』の比重が高いことを指摘したが（第二部第二章を参照のこと）、これは、この駢語引用の点からも確認できる。

このように、『金瓶梅』において、その素材を深く『水滸伝』に依存していることから判断して、私は、この小説の作者が、手元に『水滸伝』をもっており、随時これを見ることができたからだったと推測する。(5)

三　駢語引用の仕方について

そこで次に私は、『金瓶梅』における『水滸伝』からの駢語の引用の仕方を、(一)直接引用、(二)類似引用、(三)連想引用の三種類に分類してみた。それで、どの駢語がどの種類に属するものか大ざっぱに分類してみたのが次の表2である。なお、各駢語は、前掲表1につけた番号で示した。

〈表2〉

(一)直接引用	1、3、4、5、9、10、11、34、36
(二)類似引用	2、7、8、13、14、15、16、18、19、20、22、23、25、26、27、28、30、31、32、33、39、41、42、46、47、48
(三)連想引用	6、12、17、19、21、24、29、35、37、38、40、43、44、45

では次に、何を以て(一)(二)(三)と分類するかをちょっと説明してみたい。まず、(一)の直接引用というのは、『金瓶梅』において、『水滸伝』とまったく同じ状況の下における同じ人物・景物について描写する為に使われた駢語のことである。例えば、『金瓶梅』五回に見える毒を盛られて苦しむ武大の様子を描く5番の駢語が、『水滸伝』二十五回の同じ状況の下における同じことを描く駢語から引かれている例などが、これに相当する。この種の駢語が十回までに集中的に見えるのは、この部分が『水滸伝』に全面的に依っているから当然だと言える。

(二)の類似引用というのは、類似した人物ないし景物を描写するもので、描かれるものも、田舎の居酒屋であるとか、神仙の廟窟とか、祝宴のありさまとかと決まっている。いわばこれは、話本以来の類型的駢語の伝統的な用いられ方といえ、この例は、当然すこぶる多い。

さて、(三)の連想引用だが、これは、『金瓶梅』で用いられた駢語を『水滸伝』のそれと比べると、描かれる対象についてよく考えてみれば、共通点がないわけではないが、その使われている状況が大いに異なるので、往々にして『金瓶梅』と『水滸伝』の両者の関係がにわかには見抜けないもの、つまり突拍子もない引用のことを言う。

例えば、『金瓶梅』六十五回での李瓶児の葬式の行列を描く比較的長い駢語の書きだしの部分が、『水滸伝』八十二回での宋江らが招安を受け入れ都に入城する行列を描く、これまた比較的長い駢語の書きだしの部分と一致している24番の例などが挙げられる。中には、このような長い駢語の中で僅か冒頭の数句のみ一致することから、この両者は無関係なのではないかと考えられるむきもあるだろうが、『水滸伝』の方は、招安の場面であり、得意然として都に入城してくる百八人の豪傑達の様子を描くものであるのに対し、『金瓶梅』の方は、葬式の場面であり、豪華な野辺送りの行列の様子を描くものである。ところで、この両者に共通する外形的類似としては、盛大な行列という点だけで、あとはまったく状況のちがう異なった対象を描くわけだから、大部分の文辞が異なるのがむしろ当然だと言わなければならない。私は、『金瓶梅』の作者が李瓶児の葬式の行列を描写する駢語を書こうとした時、間違いなく『水滸伝』中の招安の行列を連想してこれを頭に浮かべたのだと思う。このような駢語を、ここでは連想引用の駢語と称することとしたい。『金瓶梅』にあっては決して多くはないが、この連想引用の駢語が特異なものとして注目される。

では、この連想引用の駢語について、何故『金瓶梅』の作者がこのような引用の仕方をしたのか、その意味するところは何かを、次に検討してみたい。

四　駢語引用における連想作用

ところで、前節で連想引用の駢語と類似引用の駢語を一応定義したが、実際に具体的な駢語を見ると、それが一体連想引用によるものなのか、それとも類似引用によるものなのか峻別することが困難なものも少なくない。そこで、明らかに連想引用の駢語と思われる次の六例、つまり、17番の「四面雕欄石甃」の駢語、21番の「銀河耿耿」の駢語、24番の「和風開綺陌」の駢語、37番の「荊山玉捐」の駢語、38番の「手到処青春喪命」の駢語、45番の「垣牆欹損」の駢語について、個々にこれがいかなる連想に基づいてなされたものか見てゆくこととしたい。

（1）17番「四面雕欄石甃」の駢語

『金瓶梅』二十七回

四面雕欄石甃、周囲翠葉深稠、迎眸霜色、如千枝紫弾墜流蘇、噴鼻秋香、似万架緑雲垂繡帯。縋縋馬乳、水晶丸裏浥瓊漿、滾滾緑珠、金屑架中含翠幄。乃西域移来之種、隠甘泉珍玩之労、端的四時花木襯幽葩、明月清風無価買。

『水滸伝』十九回

四面水簾高捲、週廻花圧朱闌。満目香風、万朶芙蓉鋪緑水、迎眸翠色、千枝荷葉遶芳塘。画簷外陰陰柳影、鎖窓前細細松声。一行野鷺立灘頭、数点沙鷗浮水面。盆中水浸、無非是沈李浮瓜、壺内馨香、盛貯着瓊漿玉液。江山秀気聚亭台、明月清風自無価。

『水滸伝』の駢語は、梁山泊のなかの水亭を描いたもので、梁山泊の寨主である王倫がこれからこの水亭で、晁蓋ら七人の豪傑をむかえて宴会を行うとする段に用いられているものである。ここの所を今少しく紹介するならば、これより先、晁蓋らは黄泥岡というところで、北京大名府留守梁中書が義理の父で都に住む太師蔡京の誕生祝いに送った沢山の金品（生辰綱）を巧妙な手段で奪ったが、ひょんなことから足がつき、官憲に追われて、この梁山泊に逃れてきていたのであった。ところが、寨主の王倫は狭量な人間で、晁蓋らが自分よりも貫禄のあるのをねたみ、この宴席で彼らの梁山泊への仲間入りを断わろうとする。しかしこの時、かねてより王倫の度量の小ささに業を煮やしていた林冲が激怒し、王倫をとり押えて殺してしまう。そして、この後晁蓋が皆に推されて寨主となる。いわば一種のクーデターによって梁山泊の寨主が変わるその舞台となるのがこの水亭で、今しもそのクーデターが起こらんとするその舞台を描いたのが、この駢語である。

一方、『金瓶梅』の駢語は、西門邸の庭園内にある葡萄棚を描いたもので、ここは、夏の暑い一日、西門慶が李瓶児・潘金蓮・春梅らの妻妾と戯れる一段である。西門慶は、まず庭園内にある翡翠軒という小亭で、李瓶児と情を通じるが、この時李瓶児は、間もなく子供が産れそうだということをこっそり知らせ、西門慶をすこぶる喜ばせる。ところが、この秘密の会話はすべて潘金蓮に聞かれていた。そしてこの後、この葡萄棚における西門慶と潘金蓮の乱交の一段にと話が移ってゆくのである。金蓮が西門慶を挑発して乱交に導いたのは、李瓶児と張り合って、西門慶の寵愛を独占したいが為であったが、この二人の乱交の舞台となるのがこの葡萄棚なのである。

一方が盗賊豪傑達の頭領の椅子をめぐる内輪もめの起こる舞台であるのに対し、一方が好色な一対の男女の奔放な性行為の舞台であって、一見しただけではこの間に何の関係もないように思われる。しかし、描かれている対象はどちらも一見平和そのものの夏の景物であり、またそれが、これから一騒動の起こる舞台である点で共通する。

『金瓶梅』の作者がこの葡萄棚の駢語を書こうとした時に連想したのは何であったろうか。私は、一つには、暑い時節という連想から、『水滸伝』の十六回から十九回にかけての生辰綱略奪事件前後を想い出し、二つには、間もなく一騒動が起こる舞台ということで、『水滸伝』十九回の梁山泊の水亭を描写する駢語を連想したに相違ないと考えるが、いかがであろうか。因みに、『金瓶梅』のこの回の冒頭で、世の中に暑さを怖れる人と怖れない人の一段の議論があるが、これも『水滸伝』十六回に見える文字を踏まえて、それを発展させたものである。他の例も見てみよう。

（2） 21番「銀河耿耿」の駢語

『金瓶梅』五十九回

銀河耿耿、玉漏迢迢。穿窓皓月耿寒光、透戸涼風吹夜気。雁声嘹喨、孤眠才子夢魂驚、蛩韻凄涼、独宿佳人情緒苦。譙楼禁鼓、一更未尽一更敲、別院寒砧、千搗将残千搗起。画簷前叮噹鉄馬、敲碎仕女情懐、銀台上閃爍灯光、偏照佳人長歎。一心只想孩児好、誰料愁来在夢多。

『水滸伝』二十一回

銀河耿耿、玉漏迢迢。穿窓斜月映寒光、透戸涼風吹夜気。雁声嘹喨、孤眠才子夢魂驚、蛩韻凄涼、独宿佳人情緒苦。譙楼禁鼓、一更未尽一更催、別院寒砧、千搗将残千搗起。画簷間叮噹鉄馬、敲碎旅客孤懐、銀台上閃爍清灯、偏照離人長嘆。貪淫妓女心如鉄、仗義英雄気似虹。

『水滸伝』の駢語は、夫婦とは名ばかりの宋江と閻婆惜とが、灯火のもとで互いに口もきかずに冷たい関係でいる夜のことを描写したものである。宋江の方は、他国でたのみとする夫に死なれて心細い気持でいるこの閻の母とその娘を不憫に思い、また婆惜の母の閻婆に懇願されて仕方なく結婚したものであるのに対し、婆惜の方では、心は既に宋江になく、もっぱら宋江の部下の張文遠という美男子に思いを寄せている。

一方『金瓶梅』の方は、人事不省となった我が子官哥を看病しながら送る李瓶児の不安な夜を描くものである。李瓶児が西門慶との間に官哥という男の子をもうけるや、これが潘金蓮の激しい嫉妬の対象となった。ある日官哥が、金蓮の飼っている雪獅子という猫に咬みつかれて、そのショックがもとで人事不省に陥るが、実はこれは金蓮が日頃から猫に訓練を施していて仕組んでいたものだった。間もなく官哥は死に、そのあとを追うようにして李瓶児も亡くなってしまう。

『水滸伝』の駢語と『金瓶梅』の駢語の違いは、僅かに末尾の二句「貪淫妓女心如鉄、仗義英雄気似虹」が、「一心只想孩児好、誰料愁来在夢多」に変っているだけで、あとはほとんど同じである。これを以てしても、『金瓶梅』の作者は間違いなく『水滸伝』のこの駢語を利用したものと思われる。しかし、『水滸伝』には、この外にも夜を描いた駢語がある。例えば、三十一回に見える「十字街熒煌灯火」や、五十六回に見える「角韻纔聞三弄」などである。ではなぜ、こちらの方を採らずに、特にこの二十一回の方の駢語を採ったのであろうか。結論から言うならば、『金瓶梅』の作者は、恐らく三十一回や五十六回に見えるような月並みの駢語では、ここでの李瓶児の心情には合わないと判断した為ではなかったか。一方は夫婦関係の危機を、他方は親子関係の危機をと状況こそ異なるが、『水滸伝』の場合も『金瓶梅』の場合も、ともに孤独感にさいなまされてなかなか寝られない人の心情を詠んだものである点で共通する。

（3） 24番「和風開綺陌」の駢語

一『水滸伝』八十二回

『金瓶梅』六十五回

和風開綺陌、細雨潤芳塵。東方暁日初升、北陸残煙乍歛。蓼蓼嚨嚨、花喪鼓不住声喧、叮叮噹噹、地吊鑼連宵振作。

……（中略）……

人々喝采、個々争誇。扶肩擠背、紛々不弁賢愚、挨覩並観、攘々那分貴賤。張三蠢胖、只把気吁、李四矮矬、頻将脚躧。白頭老叟、尽将拐捧拄髭鬚、緑鬢佳人、也帯児童来看殯。

和風開御道、細雨潤香塵。東方暁日初昇、北闕珠簾半捲。南薫門外、一百八員義士朝京。宣徳楼中、万万歳君王刮目。

……（中略）……

護国旗盤旋瑞気、順天旗招颭祥雲。重々鎧甲爍黄金、対々錦袍盤軟翠。有如帝釈引天男天女下天宮、渾似海神共龍子龍孫離洞府。正是、夾道万民斉束手、臨軒帝王喜開顔。

さきにも触れた通り、『水滸伝』の方は、宋江らが招安を受け入れて得意然として都に入城してくる百八人の豪傑の様子を描くものなのに対し、『金瓶梅』の方は、李瓶児の野辺送りの行列と、それを見物する沿道の人々の様子を描くものである。このように、描かれている状況が大分異なっていることから、この二つの駢語は無関係だと考えるむきもあるかもしれない。しかし、「和やかなる風は、綺陌（『水滸伝』では御道）を開き、細やかなる雨は、芳塵（『水滸伝』では香塵）を潤す」と、長い駢語のうちのほんの書き出しの部分が似ているにすぎないけれども、偶然にこのように書き出し部分が似てしまったとは、私には決して思えない。間違いなく、『金瓶梅』の作者が李瓶児の葬式の行列の駢語を書こうとした時に、『水滸伝』中の招安のシーンが頭に浮かんだのだと思う。もしそうだとしたら、李瓶児の葬式の行列と招安とを結ぶ何か共通点のようなものがなければならない。それは何であろうか。その共通点としては、次の二点が考えられるかと思う。

その一は、考えてみると『水滸伝』における招安といい、『金瓶梅』における李瓶児の死といい、いわば各作品においてストーリー上の重大な転換点とも言える出来事である。『水滸伝』における〝招安〟は、いうまでもなく宋江ら百八人がそれまでの反逆集団から、これを機に天子に忠節を尽す忠義集団に変わる転機となった大きな出来事であった。

では、『金瓶梅』六十五回はいかなる回かと考えてみると、西門慶はまずこの李瓶児の野辺送りをすます間もなく、山東両司八府の役人達を自宅に集め、都から花石綱を受けとりにきた勅使の六黄太尉を接待している。李瓶児の出棺行列の豪華さは沿道の人々の耳目を驚かせるが、これは西門慶の経済的力量の絶頂にあることを内外に示す為の、また、勅使の接待はその政治的力量のあるところを内外に示す為のものであり、いわばこの時が西門慶の絶頂期であったと言える。この李瓶児の死を契機として西門慶は下降運をたどる。それまで金・女・地位にと、自らの欲望の赴くままに行動してきた西門慶も、これ以降は、時には亡き李瓶児のことを憶い出して涙ぐむ感傷的な男にと変わるのである。七十回で山東提刑所の掌刑に昇任を果すが、七十九回ではとうとう房事過多により死亡して、八十回には彼自身の葬式と出棺のことが書かれてあるが、しかしその儀式と行列とは、すでに李瓶児の時の豪華さには遠く及ばなかったのである。

とにかく、この六十五回における李瓶児の出棺の個所が、ストーリー展開上の一大転換点であることは間違いないと思われる。このストーリー展開上の転換点という共通点により、『金瓶梅』の作者が、李瓶児の出棺行列の様子を描く駢語を書こうとして、『水滸伝』中の招安の場面を連想したものと思われる。

あと一点、この連想を助けたと思われるものに、ともに見物人達の目を意識しての晴れがましい行列であったという共通点がある。『水滸伝』の各豪傑は、それまでの賊軍が官軍となるわけだから、みな得意満面で入城する晴れがましい行列であったし、『金瓶梅』の方は、李瓶児を葬る悲しみの行列というよりも、西門慶の経済力を内外に誇る為の行列であったことは、前に述べた通りである。いやしくも葬式を晴れがましいと言うのは、やや相応しくないかもしれないが、ともに人の目を大いに意識した行列であったという点では共通するであろう。

（4） 37番「荊山玉損」の駢語

『金瓶梅』八十六回
荊山玉損、可惜西門慶正室夫妻、宝鑑花残、枉費九十日東君匹配。花容淹淡、猶如西園芍薬倚朱欄檀口無言、一似南海観音来入定。小園昨日春風急、吹折江梅就地拖。

『水滸伝』八回
荊山玉損、可惜数十年結髪成親。宝鑑花残、枉費九十日東君匹配。花容倒臥、有如西苑芍薬倚朱闌、檀口無言、一似南海観音来入定。小園昨夜春風悪、吹折江梅就地横。

『水滸伝』の方は、林冲が高俅の罠にかかって罪人となり、滄州流罪となった時に、愛妻張氏の将来を考えて林冲は離縁状を書く。そして、この離縁状を見てショックを受け人事不省となる張氏の様子を描くものである。

一方、『金瓶梅』の方は、陳経済が他人の前で、孝哥は自分の子のようだと言いふらしたので、呉月娘が怒り心頭に発して、人事不省になった様子を描くものである。陳経済とは、西門慶の先妻の娘西門大姐の夫で、呉月娘にとっては、娘婿にあたる。彼は、妻の大姐には目もくれず、もっぱらかねてから思いを寄せていた潘金蓮やその女中の春梅らと、しばしば密通に及んだが、このことは、間もなく呉月娘の知る所となっていた。日頃から娘婿の所業を腹にすえかねていた月娘が、この時、彼の悪ふざけを聞いて怒りの為に気絶したのであった。「孝哥が自分の子のようだ」と言うのは、経済が呉月娘と不義を犯したということを意味する。月娘にしてみれば、この根も葉もない中傷に立腹したのである。

『水滸伝』と『金瓶梅』の両者に共通するのは、御婦人の気絶ということである。『金瓶梅』の作者が呉月娘の気絶を描こうとした時、『水滸伝』中の林冲の妻のことを連想したことは想像するに難くない。ただ、駢語中に「枉げて九十日東君(春風)の匹配を費やす」つまり「仲人の努力を無駄にしてしまった」という言葉を、安易に『水滸伝』中から引用してしまっているが、これは、林冲と張氏のような本来夫婦関係にあった者達についてこそ使われる言葉であって、陳経済と呉月娘との関係について言うとなれば、やや不自然である。

(5) 38番「手到処青春喪命」の駢語

『金瓶梅』八十七回

手到処青春喪命、刀落時紅粉亡身。七魄悠悠、已赴森羅殿上。三魂渺渺、応帰無間城中。星眸緊閉、直挺挺屍横光地下、銀牙半咬、血淋淋頭在一辺離。好似初春大雪圧折金線柳、臘月狂風吹折玉梅花。這婦人嬌媚不知帰何処、芳魂今夜落誰家。

『水滸伝』二十一回

手到処青春喪命、刀落時紅粉亡身。七魄悠悠、已赴森羅殿上。三魂渺渺、応帰枉死城中。緊閉星眸、直挺挺屍横蓆上、半開檀口、湿津津頭落枕辺。小院初春、大雪圧枯金線柳。寒生庾嶺、狂風吹折玉梅花。三寸気在千般用、一日無常万事休。紅粉不知帰何処、芳魂今夜落誰家。

『水滸伝』の中でこの駢語が使われているのは、宋江が閻婆惜を殺した時の状況を描くためのものであり、一方『金瓶梅』の方は、武松が潘金蓮を殺した時のことを描くものである。『金瓶梅』の作者がなぜここで『水滸伝』中の宋江閻婆惜殺害の時の駢語を使ったかは、比較的容易に推察できることである。つまり、『水滸伝』二十六回の武松が潘金蓮を殺した段を見ると、そこには、この殺人の様を描く駢語は書き入れられてはいない。それで作者は、次に『水滸伝』のこの他の部分を広く見わたした所、ピッタリと状況の合う駢語が、宋江による閻婆惜殺害につけられたこの駢語だったということであろう。しかし、両者の類似は単にそれだけではなく、武松と宋江にはともに女心を解さない武骨者という共通点があり、また潘金蓮にも、浮気の相手ができると夫には見むきもしないという閻婆惜との類似点が見られる。そもそも、『金瓶梅』中の潘金蓮は、『水滸伝』中の人物像は勿論のこと、その他にも、閻婆惜や、四十四回の潘巧雲の一面を受け継いでいる。また、潘金蓮の出自と武大と結婚するまでのいきさつは、『京本通俗小説』巻十三志誠張主管中の小夫人と似ていて、彼女はこのような様々な女性の人物形象を受け継いでいる。『金瓶梅』八十七回における武松と潘金蓮には、以上のように『水滸伝』中の宋江と閻婆惜に類似する所があることから、その駢語の引用に及んだものと思われる。

（6） 45番「垣牆欹損」の駢語

『金瓶梅』九十六回

垣牆欹損、台榭歪斜。両辺画壁長青苔、満地花磚生碧草。山前怪石遭塌毀、不顕嵯峨、亭内涼床被滲漏、已無框檔。石洞口蛛糸結網、魚池内蝦蟆成群。狐狸常睡臥雲亭、黄鼠往来蔵春閣。料想経年人不到、也知尽日有雲来。

『水滸伝』四十二回

墻垣頽損、殿宇傾斜。両廊画壁長青苔、満地花甎生碧草。門前小鬼、折臂膊不顕猙獰、殿上判官、無幞頭不成礼数。供床上蜘蛛結網、香爐内螻蟻営窠。狐狸常睡紙爐中、蝙蝠不離神帳裏。料想経年無客過、也知尽日有雲来。

『水滸伝』の方は、荒れた九天玄女廟の有様を描く駢語である。宋江が梁山泊に入る覚悟を固めるや、鄆城県の故郷に一度帰り、父や弟を伴って梁山泊の仲間入りをしようとするが、この宋江の帰郷をてぐすねを引いて待ちかまえていた趙能・趙得の両都頭にあわや逮捕されそうになって、還道村の九天玄女の廟に隠れ難を逃れる。宋江は、その廟の中でいつの間にか一眠りをし、夢の中で玄女から天書三巻を授けられることになっている。ところが、これが『金瓶梅』九十六回で荒れはてた西門邸とその庭園の有様を描く駢語に引用されている。『金瓶梅』のこの段は、今や山東守備周秀の正妻となった龐春梅が、西門慶の三周忌に、かつて女中として働いた西門邸に再びやって来て、その荒れた様子を見て、その無常に心を傷める個所である。

『金瓶梅』の作者が西門邸の荒れた様子を描くにあたって、何故『水滸伝』中の九天玄女廟を描く駢語を引用したかを考えるならば、ここは単純に、両者には人が管理を怠り荒れはててしまった建物という共通点があったからであろうと思われる。なお『水滸伝』六回にも、荒れはてた瓦罐寺の様子を描く駢語があるが、『金瓶梅』が何故こちらの方を採らなかったかと考えれば、こちらの内容は、寺の荒れようのみ忠実に描くものであった為に、同じ荒れた様子でも西門邸を描く駢語にはふさわしくないと考えた為であろう。

おわりに

以上、『金瓶梅』の作者が、その駢語を書くにあたって、いかなる理由で『水滸伝』中のある特定の駢語を引用することを思い至ったかについて見てきた。あるものは、駢語の大半部分を引用し、またあるものは、極く一部しか引用していないと様々であったが、しかし、いずれにおいても、『水滸伝』で描かれた対象と『金瓶梅』でのそれとの間に、連想で結ばれた何らかの類似点があることを確認できた。

では次に、このような連想引用というものは、

一、『金瓶梅』の作者によって意識的になされたものなのだろうか、それとも否か、

二、意図的になされたものだろうか、それとも否か、

三、明代後期における白話小説全般に見られるものなのだろうか、それとも特殊なものなのだろうか、について考えてみたい。

まず一についてだが、既に個々について見てきた通り、この連想引用という行為は、やはり意識的になされたと見るべきであって、作者が気がつかないうちに、自然にこのような引用になったとは、断じて考えられない。最大の問題は、二の、このような連想引用が意図的になされたものか否かである。このことは、つまり、作者が予め読者にそれがどこからの引用で、更にそれが連想引用による駢語であるという「趣向」を見破ることを期待していたか否かを意味する。大変残念ながら、このことを証明する当時の記録、たとえばある小説の中に見える某駢語は、某小説から引用したもので、このようなおもしろ味があるなどと指摘する文献は見られない。このことは、後にもふれる通り、まだ『金瓶梅』出現の当時、『金瓶梅』の作者が用いたこの手法が一般的ではなかったことを意味しているのではないかと考えられる。しかし、もしかりに『金瓶梅』の作者が、『金瓶梅』中の一部駢語が『水滸伝』からの連想引用によることを読者によって見破られることを期待できるとしたら、少なくとも、読者の手元にも『水滸伝』があり、読者も『水滸伝』通であることが、その前提となるであろう。ここで思い起こされるのは、『金瓶梅』が版本となる前、比較的長い間、写本の形で流伝していた時期に、董其昌・袁宏道・袁中道・沈徳符・馮夢龍・李日華といった万暦時代の著名な文人達に、この写本が関心をよんでいたことである。私は、『金瓶梅』の作者は、少なくとも以上のような文人達に対しては、自分の作品に対する高度の鑑賞者であることを期待しえたのではないかと考える。また、『水滸伝』は、嘉靖から隆慶年間にかけて、文人や政治家の人々にとって極めてポピュラーな案頭の書であったことについては、胡応麟の次の指摘よりわかる。

嘉・隆間一鉅公、案頭無他書、僅左置「南華経」、右置「水滸伝」各一部。 (『少室山房筆叢』巻四十一)

以上よりすれば、『金瓶梅』の作者は、自分の行った駢語の連想引用について、これを見抜く一部の読者層を予期していたであろうことは、充分に考えられることであろう。

もし、『金瓶梅』の作者が意図的に一部の高度な鑑賞者を意識して駢語の連想引用をしたとするならば、次にそれは、何を目的としたものであったろうか。一部に安易に引用している面も見られないわけではないが、前節で個々に見てきたところからして、その目的として少なくとも考えられるのは、機智に豊んだ滑稽味をかもし出す効果をねらったものではなかったかということである。例えば、李瓶児の葬式の行列を描く駢語の書き出しの部分が、『水滸伝』の招安の行列を描く駢語から採られてきている所など、まったく意表を突いたものと言え、このことを知った読者にとっては、そこに、機智と滑稽味とを認めたことであろうことは充分に考えられる。

さて、最後に、『金瓶梅』が出現した明代万暦年間前後の白話小説において、この駢語の連想引用なるものが一般的であったか否かということだが、結論から言わせてもらうなら、このことは、極めて特殊なことだったと言ってよいのではないかと思われる。では何故『金瓶梅』においてこのような特殊なことがなされたかと言えば、まずもって、『金瓶梅』という小説が『水滸伝』の一部より換骨奪胎して作られた小説であったということを挙げなければならない。しかも、『金瓶梅』にとってはいわば親ともいえる『水滸伝』が駢語に豊んだ小説であったことも、このような駢語引用を可能にさせたと思われる。『水滸伝』は元々駢語に豊む小説であったことは、やはり胡応麟の次の証言からも窺われる。

余二十年前所見「水滸伝」本、尚極足尋味、十数載来、為閩中坊賈刊落、止録事実、中間游詞余韻、神情寄寓処、一概刪之、遂幾不堪覆瓿。

（『少室山房筆叢』巻四十一、荘嶽委談）

この「荘嶽委談」は、前につけられた序より、万暦十七年（一五八九）に書かれたものである。二十年前に読んだ『水滸伝』本には駢語が多く詩情豊かだったが、今の通行本は、これら駢語を削ってしまっていると嘆いているが、万暦十七年より二十年前となると、隆慶三年（一五六九）前後となる。恐らく、『金瓶梅』の作者は、胡応麟が若い時に見た駢語の多い『水滸伝』本を利用したのであろう。

駢語の連想引用というものが、『金瓶梅』においてのみの特殊なものだったとすれば、これは逆に言って、『金瓶梅』の創作手法上の一特色だったと言えるのではなかろうか。

（1）古くは、潘開沛「金瓶梅的産生和作者」（『明清小説研究論文集』人民文学出版社、一九五九年）の集団創作説がある。また、最近では、徐朔方「《金瓶梅》的写定者是李開先」（『杭州大学学報』第一期、一九八〇年）があり、『金瓶梅』の最終的編纂者が嘉靖時代の文人李開先だが、それ以前には宋元の講釈以来の長期にわたる不特定多数の人々による創作への参与があったに相違ないと主張する。

（2）Patrick D. Hanan. *Sources of the Chin P'ing Mei*. Asia Major, New Series, Vol. X, Part I, London, 1963.

（3）黄霖「《忠義水滸伝》与《金瓶梅詞話》」（『水滸争鳴』第一輯、一九八二年）。

（4）小川環樹『中国小説史の研究』（岩波書店、一九六八年）第四章変文と講史。

（5）大内田三郎「『水滸伝』と『金瓶梅』」（『天理大学学報』第八十五輯、一九七三年）に依れば、『金瓶梅』がもとづいた『水滸伝』は、万暦十七年天都外臣の序のある百回本『水滸伝』か、あるいは、その祖本である郭勛本『水滸伝』であるとされる。

第五章　『金瓶梅』の創作手法（1）——諷刺と洒落について——

はじめに

そもそも、中国の小説中における登場人物にはモデルのあることが多く、そのモデルとその作中における意味とが、その作品の価値のすべてであることが往々にしてある。例えば、明末の芸術家で女好きな男としても有名であった董其昌が、美人で評判の某諸生の小作の娘を無理矢理に奪って自分のものにしたことがあったが、この事を快く思わなかったある好事家が、「黒白伝」なる小説を仕立てて、瞽者に歌わせたところ、これが遠近の評判となり、その諷刺と洒落は、聞く者を抱腹絶倒させたという。(1) ここで、黒とは顔の色の黒かった諸生のことを指し、白とは字《あざな》が思白である董其昌を指す。

ところで、『金瓶梅』の中にも、宋代や明代に実在した人物の登場することがすでに知られている。では、これは一体どういう意図によるものだろうか。またこれらの人物の歴史上における言動と、小説中におけるそれとの間に何か差異が見られるのであろうか。もし差異があるとしたら、作者は何故そのようにしたのであろうか。

一　六十五回に見える山東八府の役人達

例えば、『金瓶梅』の六十五回には、宋代と明代の両時代に実在した人物が集中的に登場する。事の順序として、まずここの所の状況を説明しておきたい。

北宋末のこと。時の徽宗帝が都の宮城の東北に鬼門を塞ぐべく艮嶽《ごんがく》という築山の造営を計画し、朱勔《しゆめん》に命じて江南から運河を通じて珍木奇石のいわゆる花石綱を都に運ばせようとした。その第一便の船が淮上まで到着するや、都から勅使の六黄太尉なる者がこれを受取りに山東にまでやって来る。この時、この花石綱輸送の責任者であった宋喬年は、友人の黄葆光を通じて、西門慶にこの勅使の接待を依頼する。ところがこの時西門慶は、丁度第六夫人の李瓶児に病死されたばかりで、その葬式もひかえている時ではあったが、勅使の接待というのは極めて名誉なことなので、結局これを引き受ける。勅使の一行が清河県に入るや、山東八府の大小の役人達が勢ぞろいしてこれを出迎える。

まず、山東巡撫都御史の侯蒙と巡按監察御史の宋喬年、続いて山東左布政の龔《きよう》共、左参政の何其高、右布政の陳四箴《しん》、右参政の季侃《かん》、左参議の馮廷鵠《ふうていこう》、右参議の汪伯彦、廉訪使の趙訥《とつ》、採訪使の韓文光、堤学副使の陳正彙《い》、兵備副使の雷啓元、さらに続いて東昌府の徐崧《すう》、東平府の胡師文、兗《えん》州府の凌雲翼、徐州府の韓邦奇、済南府の張叔夜、青州府の王士奇、登州府の黄甲、萊《らい》州府の葉遷といった人々が、これを出迎えている。

ところで、これらのうちの少なくとも、侯蒙・宋喬年・汪伯彦・陳正彙・胡師文・張叔夜の六人が明らかに宋代に実在した人物の名前であるのに対して、奇妙なことに、少なくとも、趙訥・凌雲翼・韓邦奇・黄甲の四人は、明らかに明代に実在した人物名なのである。つまり、宋代と明代の実在人物がここでは同時に登場している。これは一体いかなることなのだろうか。『金瓶梅』の話として設定された時代は北宋末であるから、上記の宋代の六人が果して北宋末の人間だとすれば、ここに実在人物として登場したとしてもすこしも不思議なことではない。しかし、明代の人間がここに登場しているのは、いかにも奇妙である。そこで今この意味を探るべく、以上の人物が歴史上では一体いかなる人物であったのか、次に調べてみよう。

二　宋代に実在した人物

まず、宋代の人物から検討してみたい。

初めは勅使の六黄太尉だが、または黄太尉とも書かれる彼は、この六十五回だけでは正体不明の人物である。ところが、七十回に見える朝廷に艮嶽の工事完了を報ずる上書を見ると、その中に「朱勔・黄経臣は神運（花石綱輸送をさす）を督理し、忠勤を嘉《よみ》すべし、……経臣には殿前都太尉・提督御前人船を加へるべし、云々」とあり、たぶんこの上書中の文言《もんごん》から推察して、六黄太尉とはこの黄経臣のことと考えられる。では、黄経臣とは一体何者だろうか。

黄経臣の伝は、『宋史』には見えない。しかし、彼の事は、『宋史』巻三五一の鄭居中伝中、及び同巻三四五の陳瓘伝中に見える。彼はなんと宦官であった。まず、鄭居中伝に依れば、鄭はかつて、徽宗帝に説いて失脚中の蔡京を再び宰相の地位に戻したことがあったが、後日、逆に鄭が失脚の折、彼はかつての見返りとして蔡京に自分の元《もと》の地位回復の斡旋を頼んだところ、このもくろみが黄経臣によって阻まれ、結局事は不首尾に終ったとある。また陳瓘伝に依れば、陳瓘の子陳正彙が蔡京を弾劾した時、黄経臣がこれを裁き、陳瓘をその子とともに遠方に流したことが見える。『宋史』から知られる所は僅かに以上のことだけなので、黄経臣の正体は今一つ不明だが、ただ一時的ではあろうが、彼は枢密院に戻ろうとした鄭居中の動きを阻止できるほど不気味な権力を持っていた人間であったことがこれで判る。『金瓶梅』においても、六十五回で山東八府の役人達を勢ぞろいさせ自分を出迎えさせるだけの力をもった不気味な権力者として描かれていて、その人物像はほぼ一致していると言えよう。

次に宋喬年。彼は四十九回で、同期の進士蔡蘊とともに西門家を訪れ、西門慶と親交を結び、以後互いにその地位と立場を利用しあう。その後、蔡京を弾劾して逆に失脚した曽孝序の後任として山東巡按御史となり、花石綱の輸送を監督して功績をあげる。

歴史上の宋喬年については、『宋史』巻三五六宋喬年伝からその概要をうかがうことができる。それに依れば、彼はかつて宰相を勤めた宋庠の孫であり、また娘が蔡京の長男の攸に嫁いだことにより、都開封の尹や河南府長官にまで出世している。つまり、彼は時の権力者蔡京の親類縁者であった。『金瓶梅』に描かれている人物像も、時の権力者に近づいて賢く振る舞った人間として描かれており、歴史上のそれとほぼ一致している。

次に、東平府知事の胡師文。彼は西門慶と親しく、四十七回で彼は、主人公殺害の容疑者の苗青を西門慶が賄賂により無罪放免とした書類に同意する。では歴史上の胡師文はどうであったか。

胡師文の名前は、『宋史』巻四七二の蔡京伝に見える。それに依れば、

（蔡京）又兵柄士心皆己に帰さんことを欲し、澶・鄭・曹・拱州を建てて四輔と為し、各々兵二万を屯す。而して其の姻昵の宋喬年・胡師文を用いて郡守と為す。

とあって、胡師文も宋喬年と同じく蔡京と親戚関係にある人間であったことがこれで判る。また、『宋史紀事本末』巻四九蔡京擅国の条を見ると、蔡京が江南より運河を通じて都に穀物を運ぶのに伴う莫大な利益に着目して、

胡師文を発運使として業務に当らせ、後に戸部侍郎に抜擢している。このことにより、かつて王安石が意欲的に着手した均輸法が瓦解してしまったという。歴史上の胡師文が東平府知事を勤めたことはない。しかし、お金と権力の為なら不正をも敢えて行う人という点で、歴史上の彼は小説中の人物像とやはり極似していると言える。

次に汪伯彦。彼は六十五回で山東右参議として登場する外、七十七回で再登場し、兵部副使の雷啓元と工部郎中の安忱を伴って西門家を訪れ、西門慶に趙霆が大理寺丞に昇任したのでその祝いの宴を貴邸で開きたいと言っている。

歴史上の彼は、『宋史』巻四七三姦臣伝にその行跡が見える。それに依れば、彼は南宋の高宗帝からの信任厚く、大元帥や宰相にまでなった人間となっている。しかし、金に対しては一貫して講和策ばかりを主張し、その軟弱外交に世人の非難をうけ、遂には宰相の職を辞めさせられている。

また、この七十七回に出てくる趙霆も、宋代に実在した人物である。『宋史』巻二二徽宗本紀には、杭州知事として彼の名前が見える。ところが、宣和二年十二月に方臘《ろう》が反乱をおこし杭州を占拠すると、彼はこそこそと杭州から遁れ去ったことが見える。

この汪伯彦も趙霆も、『金瓶梅』ではほとんどその名前が出ているだけで、精しい人物描写にまでは至っていない。しかし、一人は山東右参議、今一人は大理寺丞と、北宋末徽宗朝を支える中堅の役人が、今見たように歴史上ではいずれも臆病なことで有名な人の名前であったことは注目に値する。

以上見てきた五人の歴史上での実像は、権力とお金の為なら敢て不正を犯すことも辞さぬ人物であるか、それとも臆病で頼りにならぬ人物であるかの、いわばすべて否定的人物だったと言える。そして、これらの人物の小説中における人物像も、あまり歴史上での実像と衝突しないように描かれていた。では、この他の人物もすべて歴史上の実像に忠実に描かれているのだろうか。次に、黄葆光・侯蒙・陳正彙についてこれを見てみよう。
まず黄葆光。五十一回で同年の進士安忱を伴い西門家を訪れ、西門慶と親交を結ぶ。後に宮殿の瓦を焼く工場の長官となる。『金瓶梅』では、安忱・蔡蘊・黄葆光・宋喬年の四人はすべて同年の進士で、またすべて時の権力者蔡京の門生になっている。またいずれも西門慶に近づき、互いに利用しあう関係になっている。つまりこのことからして、『金瓶梅』では彼等はいずれも現状肯定・没理想型の人間として描かれていることをまず指摘しておかなければならない。黄葆光も一人例外ではない。

では、歴史上の彼はどうであったのであろうか。彼の伝は、『宋史』巻三四八に見える。時の宰相蔡京は、官僚連中の歓心を買う為に大幅に官僚ポストを増加させていたが、黄葆光はこれに真っ向から反対し、行政改革で冗員を整理すべしとし、蔡京と厳しく対立している。してみると、時の権力者蔡京との関係において、小説中の黄葆光は、歴史上の彼と大きく異なっていると言える。

では次に、山東巡撫の侯蒙はどうであろうか。小説中では二十七回で登場し、蔡京の指示に従って山東滄州の塩商人の王霽雲らを釈放してしまっている。この王霽雲はたぶん二十五回で喬洪の言葉の中に出てくる王四峰と同一人物で、この塩商人が何らかの不正により安撫使に逮捕投獄されたので、二千両もの賄賂を蔡太師に贈って今釈放を願い出ている旨のことを喬洪がしゃべっている。ただこの王四峰は山東のではなく楊《ママ》州の塩商人となっている点、やや記述が混乱している。このように、小説中の侯蒙は権力者に従順なる人間として描かれているが、歴史上の彼はどうだったのだろうか。

侯蒙の伝は、『宋史』巻三五一に見える。それに依れば、かつて殿中侍御史であった時彼も冗員整理を提案し、その後刑部や戸部の尚書にまでなっている。またこれはいつのことか不明だが、ある日徽宗帝から「蔡京をどう思うか」と尋ねられて、彼は「蔡京の心根はなおしがたい」と答えたという。つまり、歴史上の侯蒙は蔡京のことを否定的に見ていたのである。侯蒙の場合も、小説と歴史との間でその人物像は大いに異なると言える。

また、陳正彙についても同じようなことが言える。彼は六十五回で山東提学副使として黄太尉を出迎え、七十七回では山東巡撫宋喬年の上書中に「提学副使陳正彙は、砥礪《しれい》の行を操《と》り、督率の条を厳にす」とほめられている。つまり小説中の彼は、蔡京傘下の人物と描かれているのだ。ところが歴史上の彼は、すでに黄経臣の所で見たように蔡京の失政を批判して、父とともに遠方に流されている。

以上、黄葆光・侯蒙・陳正彙をまとめるならば、彼等はいずれも蔡京の政策に批判的であったり、また直接批判したりする正義漢である。ところが小説中では、いずれも蔡京ら権力者に対する迎合者でなかったら追従者になってしまっている。いわばこれらの人物は、小説において歴史上とはあべこべに描かれていたと言える。

あべこべに描かれているのは、以上の三人だけにとどまらない。次に述べる安忱と楊時もそうである。

安忱は、三十六回で蔡蘊とともに西門家を訪れ西門慶と親交を結ぶ。安忱も蔡蘊もこの時科挙に合格したばかりであったが、合格発表の時に一つのハプニングが起きたことになっている。それは、試験では安忱が首席であったが、彼は時の権力者にとって反対派に属する者であった為に、状元のポストを蔡蘊に譲り、自分は次席になったとする。ところが『宋史紀事本末』巻四九を見ると、同じような記事が見える。

それは、崇寧二年の省試で李階が首席であったが、安忱が李階は旧法党の李深の子、陳瓘の甥だからふさわしくないと上奏した為、李階の進士合格はとり消され、代りに安忱が状元となったという事件である。『金瓶梅』の作者は、この事件に依ったにちがいない。すると、史実では安忱が他人に代って状元になっているのに対し、小説では他人に状元のポストを譲っており、史実と小説とではあべこべになっていることになる。

次に楊時。彼は、十四回で開封府知事として花子虚の家の遺産相続の紛争を裁く。彼は本来清廉な官吏だったが、蔡京の門弟だったので結局判決は蔡京の顔を立てて西門慶に有利なものを下すことになっている。しかし歴史上の楊時はこれとは大いに異なる。彼は宋代の高名な儒者で『宋史』巻四二八にその伝が見える。それに依れば、靖康元年（一一二六）、国子祭酒であった彼は、蔡京の施策を厳しく攻撃し、併せて新旧両法の争いの種をまいたのは王安石だとして安石の爵位を追奪するようにという上書を行っている。つまり、歴史上の楊時は小説中に見える彼とはその人物像を大いに異にしていたのである。

以上、宋代に実在した人物について見てみた。これを大ざっぱに総括すると、歴史上において正義感あふれる肯定的人物は、いずれも小説においてその正義感を消滅させてしまって、まったくあべこべの人物に描かれていることもあり、また時の権力者蔡京に対する態度において、この傾向が顕著であった。これに対して、歴史上否定的と見られる人物については、小説においてもおおむねその人物像を継承していることが明らかになった。

なお、ついでながら、これらの登場人物の大部分がほとんど名前だけ書かれ、注意深く読まなければ見落としてしまうように書かれているということも指摘しておかなければならない。

三　明代に実在した人物

次に、明代に実在した人物について見てみよう。

明代に実在した人物名が作中に登場するのは、六十五回に六黄太尉を迎える山東の諸役人の名前の中にのみならず、その他の回にも見える。今、回数に従ってこれを挙げるならば、十回の陳文昭、十七回の張達、四十八回の狄斯彬、四十九回の曹禾、そして六十五回の趙訥・凌雲翼・韓邦奇・黄甲、七十回の王燁《よう》、七十七回の温璽《じ》のすくなくとも以上の十名である。これらの人名も、宋代に実在した人物名と同じように、その大部分が作中名前だけを出し、気をつけて読まなければすぐに見逃してしまうくらいに書かれている。

例えば淩雲翼は、六十五回で兗《えん》州府知事としてその名前が出る以外は二度と登場しないし、四十九回の曹禾に至っては、蔡蘊の言葉の中でのみ「小生久しぶりに朝廷に出たところ、意外にも曹禾の為に弾劾されて、小生と同期の史館に在職していた十四人の者が一時に全部地方にまわされてしまいました。云々」と出てくるにすぎない。実は、これらの明代に実在した人物名が、何故作中に書かれているのか、また明代あまたの人々の中から何故これらの人々のみが書き加えられたのか、また、そもそもこれらの人名が果して明代に実在した人物を意識して書かれたものかどうか等について全面的に明らかになっているわけではない。従って、これらの人名の分析を軽々しく行うべきでなくむしろひかえるべきであろうが、今回は明らかにしうる点についてのみ、以下に述べることにしたい。

さて、先に挙げた十名のうち、最も出世し万暦時代のしかるべき読者がその名前を見ただけですぐ気付いたと思われるのが韓邦奇と淩雲翼とで、彼等はともに南京兵部尚書にまでなっている。すでに見たように、この二人は六十五回に見え、韓邦奇は徐州府知事、淩雲翼は兗州府知事として登場する外、韓邦奇の名は、七十七回の宋喬年の上書中に再度見え、「徐州府知事韓邦奇は、志は清修に務め、才は廊廟に堪えたり」とある。実はこれだけ見ても、作者の意図が何なのかまったく見えてこない。ここは一つ歴史上における彼等の言動と対照してみる必要がある。

まず、韓邦奇だが、彼の伝は、『明史』巻二〇一、『明儒学案』巻九、『国朝献徴録』巻四十二等に見える。それらに依れば、彼は正徳三年の進士で、吏部主事を皮切りに山東参議や大理寺少卿、また右副都御史として河道の監督にあたり、最後には南京兵部尚書になっている。彼の名前を有名にしたものに、宦官の害を非難して逆に訴えられて詔獄に下った事件がある。それは正徳末年のこと、この時彼は浙江僉事として杭州にいたが、同じ頃都より王堂等四人の宦官がこの地に派遣されてきていて、勅令と称しては様々なものに法外な税をつけこれを取り立てた為、浙江の人々は皆これに苦しんでいた。これら人々の苦しみを見た韓邦奇は、彼等に同情し宦官らを非難する歌を作った。これが王堂の耳に入るや、これは朝廷の徴税行為を阻害するものだとして訴えられ、遂に彼は詔獄に捕えられてしまった。この事件により、民衆側に立ち時の権力を批判した正義漢として彼の名前が天下に知れわたった。恐らく、『金瓶梅』の作者も彼のことを熟知していたに相違ない。ところが小説中では、この韓邦奇を徐州府知事として登場させ、都から来た勅使の宦官を平身低頭で迎えさせている。これはまったく歴史上の人物像とあべこべにしているというべきである。

次に凌雲翼だが、彼の伝は『明史』巻二二二に見える。それに依れば、彼は嘉靖二十六年（一五四七）の進士で、万暦三年（一五七五）から兵部侍郎として両広軍務を提督し、羅旁を鎮圧している。続いて同六年からは総督漕運として大運河の漕運の治政に大いなる業績をあげ、おしまいは南京工部尚書及び南京兵部尚書にまで至っている。この凌雲翼の経歴を見て、その正義感から時の権力者にたてついたなどということはたえて見られない。むしろその晩年は、横暴ということで世人からの評判が悪く、万暦十五年（一五八七）には家人の肩をもって、某諸生に箠辱《すいじょく》を加えたとか殴《おう》死に至ったとかして世人から非難されている。

『金瓶梅』の作者が何故彼の名前を作品中に書き入れたのか、正直なところよく分らない。ただ、狄斯彬や曹禾も同年の進士であること、しかもこの三人は出身地もほぼ同じで、凌雲翼が太倉生れ、曹禾が平湖生れ、狄斯彬が溧《りつ》陽生れと、いずれも太湖の周辺の出身と奇妙な偶然が見られる。ひょっとすると『金瓶梅』の作者もこの嘉靖二十六年の進士と何らかの関係があり、またこの太湖周辺の人間なのかもしれない。因に、清朝以来久しく『金瓶梅』の作者と目されてきた王世貞も嘉靖二十六年の進士で、太倉出身なのである。

なお、同じ嘉靖二十六年の進士の中に、嘉靖朝における大奸臣厳嵩《げんすう》の政策を口を極めて批判し、遂に詔獄に下って刑場の露と消えた楊継盛がいる。念の為に言うならば、現在『金瓶梅』に出てくる蔡京はこの厳嵩をモデルにしたものであるという見方がほぼ定着している。ところで、この嘉靖二十六年の進士の中には、この楊継盛の外にも厳嵩を批判した人間は少なくなく、王宗茂や王遴それに宋儀望らがいる。このように考えて来ると、凌雲翼という名前の陰に『金瓶梅』の作者の影がしきりと見えかくれするが、これ以上のことはわからない。

次に、狄斯彬について見てみよう。彼の名前は、作中四十八回と六十五回に出てくる。四十八回では陽谷県県丞として苗天秀殺害の事件を担当し、天秀の死体を慈恵寺より発見している。この部分の素材であったと思われる『百家公案』第五十回〝判琴童代主伸冤《えん》〟では、この死体を発見するのは北宋における伝説的名裁判官包拯《ほうしょう》である。では、『金瓶梅』の作者は何故包拯を狄斯彬なる名前に変えたのだろうか。

狄斯彬の伝は、『明史』巻二〇九馬従謙伝の中に見える。それに依れば、嘉靖三十一年（一五五二）に光禄寺少卿の馬従謙が宦官杜泰の不正横領を摘発して、却って嘉靖帝の御機嫌をそこね錦衣衛獄につながれたことがあった。この時、従謙と同郷の給事中の孫允中《いん》と御史の狄斯彬とが従謙をかばい、ために狄斯彬は孫允中とともに遠方に左遷させられている。先にも述べた通り、歴史上の狄斯彬は嘉靖二十六年の進士で、かつここでも見た通り不正を黙ってはおられず即座に損得抜きの行動を起こす正義漢である。小説では「この人は、河南舞陽の人で、人となりは頑固一徹、金はほしがらないが、取調べが間が抜けているので、人から狄混《ばか》と呼ばれております」と書かれている。ここで言う頑固一徹という点が、実際の狄斯彬と一脈通ずるように思われるが、何故よりによってここで狄斯彬という名前が使われたかについては、さきの凌雲翼同様、今一つ分らない。

次に王燁《よう》について見てみよう。七十回で朱勔が新たに光禄大夫太保に命ぜられたのにあたり、これを祝う祝賀の宴が朱勔の邸宅で行われ、これに大小の位の役人が集るが、それら役人の中に京営八十万禁軍を総督する隴西公王燁の名前が見える。この王燁に続いて総兵官太尉の高俅が轎に乗って到着したと書いてある。この高俅は、北宋末に実在した人物で、『水滸伝』では、蔡京・童貫・楊戩《せん》らと並び称せられた有名な奸臣である。

では、隴西公王燁とは一体何者なのか。各種人名辞典を調べてみても王燁という人名は見当らない。しかし王曄という人名はある。燁という字は曄とも書くので、今度は、王曄を調べてみると、明代に同名の人がいたことが判明する。彼の伝は、『明史』巻二一〇に見える。そもそも明代という時代は、さきの楊継盛のように、命懸けで巨悪に立ち向かい、その正義を貫きとおしたまことに魅力的な官僚の続出した時代であった。彼もどうやらそのような正義漢の一人であったらしく、嘉靖十四年（一五三五）の進士で、吏科給事中であった時、同僚数名とともに、厳嵩・厳世蕃親子の不正を弾劾している。また同じ頃、やはり不正をおこなった地方官三十九名を弾劾して彼等のすべてを罷めさせ、その直言ぶりは一時天下にその名が知られたという。

『金瓶梅』の作者がこの王曄を意識して王燁という名前を使ったという証拠はどこにもない。しかし、嘉靖末から万暦初年にかけてこの小説を執筆していたと思われるこの作者が、その当時権勢をほしいままにし飛ぶ鳥を落とすような勢いだった厳親子を弾劾したこの王曄のことを知らぬはずはなく、やはりこの彼を意識して王燁という名前を使ったと考える方が妥当なのではあるまいか。もしそうだとしたら、それはどういうことになるだろうか。

作者は、朱勔のことを「位は一品、役目は三台……まつりごとなどわかりゃせず、ごきげんとりができるだけ」

と言い、また朱勔の家来達のことも「みんな成り上がり者で、好色貪財の徒輩」と言ってそれぞれ侮蔑しきっている。その朱勔が太保に位のついたことを祝って集まった役人の中に、この王煒が、これも『水滸伝』中での悪玉の代表格である高俅とともに登場することにしているのである。つまり、小説では王煒を好色貪財の徒輩の一人にしてしまっている。もしこの王煒が今見た明代の王曄を意識したものだとしたら、これは、歴史上の正義感あふれる人物像とは逆のあべこべのものにしてしまっていると言ってよいのではないだろうか。

最後に、陳文昭について見てみたい。陳文昭は、十回に東平府知事として登場し、兄の仇を討とうとして誤って李外伝という別人を殺害した武松の事件を扱う。彼は本来清廉な官吏で正義漢でもあったが、蔡京の門弟であった為に、蔡京の圧力から武松を孟州に流罪とし、他方、西門慶と潘金蓮の罪は不問に付してしまう。この蔡京の圧力から判決を曲げる点、先に見た楊時に厳似する。

実は、同姓同名の人物がやはり嘉靖朝にいた。今暫く嘉靖の陳文昭とはどんな人物であったかを見てみることにしたい。その人は、山東濮《はく》州の人で、正徳九年（一五一四）の進士である。『明史』に伝はないが、『濮州志』巻四続郷賢志を見ると彼のことが書いてある。それに依れば、彼もやはり正義漢で、戸部員外郎として不正を見たら許さず、たとえ相手がどんなに高官であっても直言して憚らなかったという。時に厳嵩が幅をきかしていたのでこれを批判し、ある時勢い余って厳嵩の頬を殴ろうとし、それであわや詔獄に下されそうになったが、楊継盛の取り成しによって下獄は免れた旨のことが書かれている。

歴史上の彼は、正義の為なら命をも顧みない熱血漢である。もしモデルが彼だとすれば、それが小説では現状に妥協し事を穏便におさめる常識家に変えられたということになる。この傾向は、さきに見た韓邦奇や王煒の場合とほとんど一致している。

ところで、ここまで読んで、あるいはこの陳文昭は『水滸伝』二十七回に既に登場しており、『金瓶梅』の作者は単にそれをそのまま借用したにすぎないのではないかという人がいるかもしれない。確かに『水滸伝』と『金瓶梅』とを比べてみると、武松を裁く東平府知事が陳文昭で、彼の人となりを紹介する駢語もそっくりそのままである。しかし、『金瓶梅』の作者が、『水滸伝』中の人名を採用しながら、同時に歴史上の陳文昭との名前の一致に着目し、この名前に嘉靖の人物像を投影させ、これにあべこべという意味を持たせようとしたと考えることだって可能なのではあるまいか。

以上、韓邦奇・淩雲翼・狄斯彬・王燁・陳文昭の五人について、作中における描写と実際の歴史上における行状との間にいかなる相違があるかを見てきた。これ以外の人物についても見てみたいが、紙数の関係上それを許されないので、ここは差し控えたい。

さて、以上を極く大ざっぱにまとめてみると、明代に実在した人物のうち淩雲翼以外は、ほとんど正義に燃える熱血漢である。韓邦奇と狄斯彬は宦官の横暴に対し、また王燁と陳文昭は厳親子の横暴に対し、それぞれ損得を顧みずこれに抗議している。ところが小説では、韓邦奇はあべこべに都から来た宦官の勅使を平身低頭で迎える一地方官に、陳文昭は蔡京の圧力に屈して裁判を曲げてしまう地方官にそれぞれ書きかえられている。また、狄斯彬は間抜けな県丞に、王燁は成り上り者連中の中にその名前を連ねることになっている。このような歴史上における実像と小説中における人物像との違いは、宋代に実在した肯定的人物の書かれ方に大変似かよっている。

おわりに

どうやら、作者の創作態度の一端が見えてきたようだ。ここらあたりでまとめに入ることにしたい。これまで、六十五回で朝廷から来た勅使の六黄太尉を迎えた山東の役人達を中心として、この小説中に見られる宋代と明代に実在した人物について、歴史上における人物像と小説中におけるそれとの相違について見てきた。そこで明らかになったことを、箇条書きに挙げるならば、以下の四点が挙げられるかと思う。

一、宋人と明人とを混在して登場させていること
二、歴史上における肯定的人物と否定的人物をやはり混在させて登場させていること
三、時に、歴史上の実像とはその立場や行為があべこべな人物を描いていること
四、これら歴史上実在した人物の描写は、いずれも寸描にとどめ、精しくは描かないこと

では、作者は、何故このような書き方をしたのだろうか。先に四から考えてみると、まず考えられるのは、小説中に歴史上実在した人物を用いることは政治的諷刺を含むことになることが多く、いろいろと憚りがあり、卒爾に読んだのではわからぬようにする為ではなかったかということである。特に憚りがあったと思われるのは、宋代の人物よりも明代の人物を引用する時だったと思われる。しかし、すでに述べたように、明代の沢山の人物の中から何故作者が上記十名ばかりの人名を選んでそれを作品中に書き入れたのか、残念なことにこれが全面的な解明は未だなされていない。

次に、三について考えてみるならば、これは、まず歴史上の正義漢がいずれも小説では権力者の圧力に屈する人間になっていることからして、作者はこの小説で絶望的政治状況の社会を書きたかった為だったと考えられる。しかし単にそれだけではなく、筆者はまたこれを、作者による戯れ精神の表れとも見たい。作者と同程度ぐらいの知識を持った読者なら、本考で見てきた人物がすべて歴史上実在の人物であるということは読めばすぐわかったであろうし、その歴史上の実像と作中での人物像との落差に気付いた時には、そこに無限の滑稽味を感じたこ

とであろう。

　これと関連して、例えば二十六回で、西門慶の計略にかかって下男の来旺が郷里の徐州に追放される段で、この来旺を見送る近所の人の中に、賈仁清と伊面慈という二人の人物が登場する。これはまったくの洒落で、賈仁清は假人情と同音、伊面慈は一面慈と同音で、どちらも、表面的には親切づらをしながら心からはしない人の意味である。これも、作者が人名に込めた戯れだと思われる。今いちいち挙げないがこの外にも人名の洒落は少なくない。

　最後に、一と二の点について考えてみるならば、これは以上に述べた諷刺と洒落のどちらかの理由からこのようにしたものと考えられる。

　思うに『金瓶梅』の作者の予想した読者には、大きくわけて次の二通りの読者がいたと思われる。その一は、低級な一般の読者で、文字をかろうじて読めるくらいの庶民か、あるいは文盲だが芸人の語る語り物を聴くことでその内容を知るかなり広範囲の層である。このような層の人々からは、『金瓶梅』は、恐らく明末の当時大変流行していた好色本の一種ぐらいに考えられたであろう。今一つの読者層は、いわば高等な読者層で、登場人物の中に歴史上実在した人名が用いられていることも、それに込められた政治的諷刺や洒落のおもしろさも味わうことのできた層である。

　知られる通り、『金瓶梅』は、万暦二十四年（一五九六）ごろから、明代の文人達の間でその存在が知られるようになり、同四十五年（一六一七）に『金瓶梅詞話』が出版されるまでの約二十年間は写本で流伝するが、この流伝の過程には、董其昌・袁宏道・袁中道・沈徳符・馮夢龍・李日華といった万暦時代の著名な文人の名前が出てくる。これら文人は、恐らく作者と同程度かあるいはそれ以上の教養のある人であったと思われる。また恐らく、彼らは何故作中に嘉靖時代に実在した人名が出てくるのかその意味がわかっていたに相違ない。あるいはもっと想像を逞しくすれば、彼らの中にこの小説の作者の真姓名を知っていた者がいたのかもしれない。大木康氏の「明末江南における出版文化の研究」(3)によれば、明代官界において役人同志、贈答用に刻された「書帕本」という書籍をやりとりする風習があり、またこの「書帕本」として小説が刻されることがあったという。このようないわば仲間うちの「書帕本」においては、当然読者も限られており、また作者と読者の教養の程度が近いことが予想される、董其昌の狼藉を揶揄非難する為に何者かによって「黒白伝」なる小説が作られ、その内容が近隣の人達の間で大変評判になったことについては、冒頭で述べた。

『金瓶梅』の登場人物名に込められた意味について、特に明代に実在した人物名の意味についていまだ全面的な解明がなされていないが、筆者は、これは『金瓶梅』が当初、仲間うちの間でのみ理解しあえるような小説として作られた為ではなかったかと考える。いずれにしても、真作者の名前とともに、これが解明の待たれるところである。

（1）ことは、曹家駒『説夢』巻二黒白伝の条に見える。また福本雅一『明末清初』〝まず董其昌を殺せ〟（同朋舎出版、一九八四年）にも言及がある。

（2）張岱『陶菴夢憶』巻四によれば、著者張岱の知人の一芸人が「北調で『金瓶梅』の一劇を語り、人々を絶倒させた」とあることから、『金瓶梅』は、明末の当時、語り物として語られていたことがわかる。

（3）『広島大学文学部紀要』第五〇巻特輯号、一九九一年。

第六章　『金瓶梅』の創作手法（2）——娯楽性と政治性について——

はじめに

『金瓶梅』百回は、ご存知のとおり、『水滸伝』の二十二回から二十七回までの武松物語をベースにして作られている。

では、『金瓶梅』の作者は、なぜ『水滸伝』を用いたのだろうか。かつて小野忍氏は、その理由として、『水滸伝』の中で、西門慶と潘金蓮の話は唯一の情話で、プロットもおもしろいし、描写も出色で、ことに王婆が西門慶にくどきの術を授けるくだりは、とびぬけてすばらしい。そこで、この小説の作者は、ここに着目したのではないかということと、そもそも、明代の小説では、既成の作品から着想や素材をえることが一般的であり、『金瓶梅』の作者もその慣例に従ったまでではないかという二点を挙げられた。(2)

では、このことは『金瓶梅』の創作動機から考えてどうだったのだろうか。また、小野氏のようにたとえ作者が『水滸伝』中の西門慶と潘金蓮物語のプロットがおもしろいからこれを素材として使おうとしたにしても、『金瓶梅』の最初の箇所において、まったく安易なまでに、『水滸伝』を抄襲することはなかったのではないか。

筆者は、この作者が『金瓶梅』を書こうとした真のねらいは、明代の自分が見聞したところを、いわゆる「借古諷今」の手法で書こうとしたものと見ている。その際、先行する幾多の小説のうち、『水滸伝』に描かれた北宋末という時代が、自分がこれから書こうとする時代に酷似していることに着目したのではないかと考えている。いうまでもなく、中国文学には古来〝諷喩〟の伝統があり、このことは詩文において顕著であったことが知られているが、白話小説においても、この伝統とまったく無関係ではなく、なかでも『金瓶梅』において、この諷喩の要素を無視すべきでないと筆者は考えている。

では次に、この小説は、北宋の古に材を借りて、今の何を諷喩しようとしたのかが問題となるであろう。このことを明らかにする一つの方法として、『金瓶梅』の作者がこの小説を作るにあたって用いた素材に着目して、それら素材をどのように用いているか、素材と作品との比較から、これを明らかにすることができないだろうか。ご承知の通り『金瓶梅』には、おびただしい素材が使われている。それら素材を、この作者は、自分独自の創作意識によりいささか変えて作中に採用しているが、今回は特に、作中の人物描写について、素材と作品がどうへだたっているかを見てみたい。

一　明人の『金瓶梅』に対する見方

知られる通り、『金瓶梅』は万暦二十四年（一五九六）頃から、董其昌・袁宏道・袁中道・沈徳符・馮夢龍などと言った当時の一流の文人達の間でその存在が知られ始め、万暦四十五年（一六一七）『金瓶梅詞話』が刊行されるまで、これら文人達によって、この小説に関していろんな評価がなされてきた。

その評価は大きく言って、①淫書である、②社会の暗黒面を暴露した諷刺小説である、の二つの評価に分かれる。このうち、②について、では明代のいつごろのいかなる暗黒面を諷刺したものとしているかと言うと、これ

はいずれもよく引用されるものだが、

(1)沈徳符『万暦野獲編』では、「聞くところに依れば、これは嘉靖間の大名士の手筆になり、時事を指斥し、蔡京父子の如きは分宜（明の厳嵩のこと）を指し、林霊素は陶仲文を指し、朱勔は陸炳を指し、その他も各々モデルがあると言われている」。

(2)屠本畯『山林経済籍』では、「伝える所に依れば、嘉靖の頃、ある人が都督の陸炳に誣奏され、朝廷からその家を没収され、その人は冤罪に沈んだ。そこで、そのことを『金瓶梅』に託した」。

(3)謝肇淛「金瓶梅跋」では、「伝える所に依ると、世宗の治世に金吾の職にあった者が、その身分と権力を嵩に淫蕩を極めた。ところで、その家で食客となっていた者が、これを苦々しく思いつつも、材料を選び、毎日の行事を集めて一冊の本とし、西門慶を主人公とした」。

(4)廿公『金瓶梅』跋文では、「金瓶梅伝は、世廟の時の一鉅公の寓言たり。蓋し刺る有るなり」と見える。このうち(1)～(3)がいずれも、「伝える所に依ると」と伝聞の形をとっているものの、以上すべて、『金瓶梅』は嘉靖時代のことを諷刺したものであると言っているのがわかる。

では、以上、沈徳符・屠本畯・謝肇淛・廿公と、『金瓶梅』が創作され、それが世間に公開されて間もない明代の人々が、何を以てこの作品が「借古諷今」の作風による作品であり、実際に諷刺しているのは、嘉靖年間の暗黒面であると感じとったのであろうか。

また、以上の明人の指摘が真に的を得たものなのであろうか、つぎに、このことについて考えて見てみたい。

二　『金瓶梅』の創作動機について

『金瓶梅』の作者がどのような意図でこの小説を書いたかは、彼が駆使したおびただしい素材の使い方からも窺える。『金瓶梅』におびただしい素材が使われていることは、パトリック・ハナンの研究以来、周知の事実である[3]。

このうち、この際この作品の創作動機を窺うのに有効だと見られるのは、次の個所であろう。

（1）二回の朱勔――（素材）『水滸伝』二十四回
（2）十回の陳文昭――（素材）『水滸伝』二十七回
（3）十四回の楊時――（素材）「林冲宝剣記」十八出・『醒世恒言』巻十三
（4）四十八回の狄斯彬――（素材）『百家公案』五十回

以下、それぞれについて見てゆきたい。

（1）二回の朱勔の場合

ここは、景陽岡における虎退治で勇名をはせた武松が、ある日県知事から都に金品を届けてほしいとたのまれる個所である。まず原文を見てみよう。

『水滸伝』二十四回のこの個所は、

却説本県知県自到任已来、却得二年半多了。撰得好些金銀、欲待要使人送上東京去、与親眷処収貯、恐到京師転除他処時要使用。却怕路上被人刼了去、須得一個有本事的心腹人去便好。猛可想起武松来。（中略）当日便喚武松到衙内商議道、「我有一個親戚、在東京城裏住、欲要送一担礼物去、（中略）你可休辞辛苦、与我去走一遭。回来我自重重賞你。」

とある。これに対して『金瓶梅』二回のこの個所は、

却説本県知県、自従到任以来、却得二年有余、転《ママ》得許多金銀。要使一心腹人、送上東京親眷処収寄、三年任満朝覲、打点上司。一来却怕路上小人、須得一個有力量的人去方好。猛可想起都頭武松、（中略）当日就喚武松到衙内商議道、「我有個親戚、在東京城内做官、姓朱名勔、見做殿前大尉之職。（中略）你休推辞辛苦、回来我自重賞你。」

とある。これに依れば、『金瓶梅』は、『水滸伝』と同様、武松が都に届けることになった金品は、県知事が任期が満ちて転任するにあたり、よりよい転任先を獲得する為の運動費だったわけだが、『金瓶梅』の作者がここでただ一つ明らかに『水滸伝』から離れ、この小説を彼の創作意図に沿うように改めている個所がある。それは、『水滸伝』では、その金品を単に都にいる親戚に預け、いずれ都に戻った折、知事自らそれを使って好い転出先を獲るべく運動するとあるのに対し、『金瓶梅』では、知事の都での親戚を殿前大尉をつとめる朱勔としており、届ける運動費も直接この朱勔宛に届けられることになっていることである。

朱勔は実在の人物で、『宋史』巻四七〇にその伝がある。それに依れば、彼は蘇州生まれで、時の徽宗帝が都の東北に艮嶽という人口の造園を計画した時、天下の珍木奇石を集めて都に運ぶいわゆる〝花石綱〟の責任者となった。そしてこれにより、世人の恨みを買い、宣和七年には太学生陳東が唱えた「六賊」の一人に数えられる。不思議なことに、この朱勔は『水滸伝』では登場しない。

ところで、朱勔の就く殿前大尉という職は、殿前司（禁衛の官署）の長官のことで、武官の最高位で正二品の職

である。勿論、歴史上の朱勔はそのような大官についたこともなく、せいぜい防禦使（従五品）になったにすぎない。

なお、殿前大尉と言えば、『水滸伝』では、第一回で龍虎山上清宮の伏魔殿を無理やりひらかせて百八の妖魔を逃がしてしまう洪信が殿前大尉ということになっており、また、『醒世恒言』巻十三、勘皮靴単証二郎神では、楊戩が殿前大尉になっている。要するに、小説で殿前大尉とくると、往々陸軍大臣のような絶大な権力の保持者という設定なのである。

『金瓶梅』では、七十回・七十一回の両回に再びこの朱勔を登場させている。そこでは、朱勔が新たに太子太保に任ぜられたというので、礼部・吏部の大臣や皇族の方々も祝いに集まり、またこの時、金吾衛衣正千戸に昇進した西門慶が同僚の夏延齢とともに上京し、この朱勔を自分達の上司として拝謁している。この『金瓶梅』に描かれた朱勔は、既に歴史上の朱勔ではなく、明代における錦衣衛指揮使であった陸炳あたりを念頭に置いて描かれていることは、既に論じた通りである(4)。

さて元に戻って、『金瓶梅』の作者が、ここで『水滸伝』から離れて、わざわざ県知事の都にいる親戚として以上のような権勢を有する朱勔にと設定を変えているのは、字数にして僅かな改変だが、内に含まれる意味合いには重大なるものがある。

(2)　十回の陳文昭の場合

次に、(2)を見てみよう。これは、陳文昭という府知事が武松を裁く個所である。

『水滸伝』二十七回では、武松が兄の仇を討つべく、西門慶と潘金蓮の二人を殺すことになっているが、『金瓶梅』十回では、この時武松は下級役人の李外伝を西門慶と間違えて殺してしまい、西門慶と潘金蓮の二人はこのあとも生き延びることになっており、ここが大きな相違点である。そして、この武松を裁く府知事の陳文昭についても『金瓶梅』で次のように若干書きかえられている。

まず、『水滸伝』二十七回では、

且説、陳府尹哀怜武松是個有《ママ》義的烈漢、如常差人看覤他。因此節級牢子、都不要他一文銭、倒把酒食与他吃。陳府尹把這招藁巻宗都改得軽了、申去省院詳審議罪。却使個心腹人、賷了一封緊要密書、星夜投京師来、替他幹弁。

とあるのみだが、『金瓶梅』十回では、

早有人把這件事報到清河県、西門慶知道了、慌了手脚。陳文昭是個清廉官、不敢来打点他。走去央求親家陳宅心腹、幷家人来旺、星夜来往東京、下書与楊提督。提督転央内閣蔡太師、太師又恐怕傷了李知県名節、連忙賷了一封緊要密書帖児、特来東平府下書与陳文昭、免提西門慶、潘氏。這陳文昭原係大理寺寺正、陞東平府府尹、又係蔡太師門生、又見楊提督乃是朝廷面前説得話的官、以此人情両尽了、只把武松免死、問了個背杖四十、刺配二千里充軍。

とある。東平府の陳文昭という人は、いたって清廉な官吏であり、武松の裁判では、武松に同情しできるだけ罪を軽くしようとする所のみ、『金瓶梅』は『水滸伝』を踏襲したが、『金瓶梅』には、今見たような更なる大幅な追加の部分がある。それは、

1．自分にも司直の手の及ぶことを予め察知した西門慶が、

2．下男に手紙をもたせ、都の顕官で遠い親戚にあたる楊戩のもとまで届けさせる。その手紙を見た楊戩は、

この件を朝廷での最高権力者の蔡京に依頼する。

3．同僚のたのみを断わるわけにもゆかない蔡京は、これをひきうける。好都合なことに、蔡京にとって陳文昭は門生であったから、こっそり手紙を認《したた》めて陳文昭に西門慶らの罪を不問に付すよう申し渡す。

4．かつての座主で今は朝廷での最高権力者からの要請を受けた陳文昭は、やむなく蔡京の顔を立てて西門慶らの罪は一切問わぬこととし、他方、武松に対しては、せいぜい死罪にせずに孟州への流罪という処置にする。

と以上、1から4までを追加している。

これらの追加部分には、(1)と同様に『金瓶梅』の作者による強い作意が働いていると見なければなるまい。つまり、中央政界に賄賂や情実によって政治をねじまげる巨悪がいて、世の中にたまに清廉で正義感のある役人が居たとしても、いずれも巨悪の前ではほとんど無力であるとする世界を描こうとする作意である。

『金瓶梅』三十回では、西門慶がこの蔡京に誕生祝いの金品を贈ってその歓心を買い、山東提刑所副千戸という官職を得ることになっているし、五十五回では、西門慶がやはり太師の誕生祝いに上京し、願って蔡京の義理の息子にしてもらっている。一方、陳文昭のように清廉で正義感の強い役人は、彼の他にも、十四回の楊時、二十七回の侯蒙、三十五回の曽孝序など居ないわけではないが、楊時は陳文昭と同じく蔡京の門生なので、蔡京の顔を立て妥協し、侯蒙も蔡京の依頼をうけて不正を行った塩商人を釈放する。曽孝序だけが蔡京に最後まで楯突くが、結局、事実無根のことで罪をきせられ嶺南に流されてしまうことになっている。

つまり、『金瓶梅』全体が蔡京を頂点とする反面人物達の跳梁する世界であり、陳文昭ら正面人物はその正義感を発揮することなく後退を余儀なくされ、時には、妥協を余儀なくされることになっている。

『金瓶梅』の作者は、このような暗黒の情実腐敗の政治社会を描こうとしていることを、明らかに見て取ることができる。

ところで、ここに登場する都の巨悪蔡京は、この小説が世に通行しだした時からすでに、嘉靖時代の厳嵩がそのモデルと目されてきた人物である。実は、この陳文昭と同姓同名の人物が、明代のそれも蔡京のモデルとされる厳嵩の時代に実在していた。

その歴史上の陳文昭なる人物は、『明清進士題名碑録索引』に見え、

陳文昭、山東濮州人。明　正徳九年榜二甲第二十八進士

とある。さらに、宣統元年刊『続濮州志』巻四巻続郷賢志を見ると、

明・陳文昭、字明甫。正徳癸酉解元、甲戌進士。仕至戸部員外郎。正色立朝、弾劾不避権貴。時閣臣厳嵩専横、文昭抗論之、且奮怒欲批其頬、以此下獄、廷臣楊継盛稔其忠直、疏救得免。

とある。これによれば、明の戸部員外郎であった陳文昭なる人物は、曲がったことが嫌いで、ある時、厳嵩の専横に怒ってその頬をなぐろうとして獄につながれたが、かの有名な楊継盛のとりなしでことなきを得たとあり、なかなかの正義漢である。

この人物が『水滸伝』や『金瓶梅』のモデルかどうか本当の所はわからない。そもそも、小説はあくまでも小説であって、歴史そのものではなく、小説と歴史をごっちゃにすると、初期の『紅楼夢』研究がモデル詮索にとどまったのと同様、結局不毛の結論をもたらすという意見がある。(5) 今も日・中の一部の学者の間で、『紅楼夢』索隠研究の失敗にこりて、いささか羹に懲りて膾を吹くような傾向が残っているのではないか。確かに小説は虚構であり、それ全体を史実と見るべきではないのは当然だと思うが、筆者は、作中に作者がこっそりと政治的諷刺などを含むしかけを組み入れていたということは大いにありえたことと素直に考えてよいのではないかと思って

いる者である。

小説中の陳文昭は、蔡京の門生となっているのに対し、歴史上の陳文昭はと言えば、蔡京のモデルとされる厳嵩の専横に立腹して、その頬をなぐろうとした男であり、おおいに異なるが、小説上と歴史上の陳文昭は、厳嵩という人物でつながっている。

あるいは、『金瓶梅』における陳文昭は、『水滸伝』をそのまま踏襲しただけではないかと考える人もあるかもしれない。しかし、たとえば万暦四十二年に刊行された袁無涯刊行『李卓吾批評忠義水滸全伝』の当該部分の眉批に「陳文昭留名」（陳文昭の名がここに残った）の五字が見える。この眉批を書いた人は袁無涯かどうか判らぬが、すくなくともこの批評者もこの陳文昭という人名に何か特別の関心をもっていたことがこれで判り、また読者にもこの人名についてこれで注意を促していたのである。

『水滸伝』の作者がどういうつもりでこの人名を使ったかはともかく、『金瓶梅』の作者はこの人名を見て、自分の知っている明代の陳文昭を投影させようとしたとも充分に考えられるところである。もし、筆者のこの推測が的を得ていて、『金瓶梅』の作者が作中の陳文昭に、嘉靖時代の陳文昭を投影させているとしたら、これはどう考えたらよいのであろうか。当然作者は、自分のこの作品の読者として、陳文昭についてなにがしかの知識を有している者を想定したであろう。もし作者がこのような読者を想定して、確かに歴史上の陳文昭を十回のこの人物のモデルとしていたとしたら、なぜ作者が十回のように師の顔を立てて現実的対応をとる人物に書き改めたのだろうか。考えられることとして、

(1)　正義感が強く、ややもすれば事の前後をわきまえず行動する硬骨漢から、その純粋さ一途さといういわば牙を抜いてしまって、どこにでも居そうな利口者に書き変えることによって、読者の失笑をみちびきだそうとし

た可能性、

(2) たとえ世の中にどれだけ正義漢がいようとも、それを押しつぶすコネと賄賂による暗黒の世界を描こうとした可能性、

の以上二つの可能性が考えられる。

(3) 十四回の楊時の場合

次に(3)を検討してみよう。『金瓶梅』十四回登場の楊時も、陳文昭と同じく清廉な役人だが、昔の恩師の蔡京の顔を立てて裁判をしてしまうことになっている。

この十四回は、西門慶の取り巻きの一人の花子虚が親の財産相続をめぐって兄弟から訴えられる個所である。この花子虚の妻が李瓶児で、この時すでに西門慶とは不義の密通関係にあったが、その李瓶児は夫の裁判のことが心配で、ある日、このことについて西門慶に相談する。すると西門慶は、都の高官に遠縁の親戚にあたる人で楊戩という方がいらっしゃるので、そこから手をまわしてもらって、子虚君に有利な裁判となるよう働きかけましょうと言う。ここの所、『金瓶梅』十四回の原文は、

西門慶(中略)差家人上東京。一路朝登紫陌、暮践紅塵。有日到了東京城内、交割楊提督書礼、転求内閣蔡太師柬帖、下与開封府楊府尹。這府尹名喚楊時、別号亀山、乃陝西弘農県人氏。由癸未進士陞大理寺卿、今推開封府裏、極是個清廉的官。况蔡太師是他旧時座主、楊戩又是当道時臣、如何不做分上。

とある。これによって判る通り、上記開封府長官の楊時も清廉な役人ではあったが、蔡京の門生であったため蔡京の顔を立て、その依頼通りの裁きをつけることになっている。

この開封府府尹楊時の素材は、何だったのだろうか。筆者は、たぶんその素材は現存する『醒世恒言』巻十三、勘皮靴単証二郎神の祖本だと考えるが、それに及ぶ前に、しばらく『水滸伝』を見てみたい。『水滸伝』八回に開封府府尹として滕府尹という人物が登場し、林冲の事件を扱う。そして太尉高俅の要請をうけて、林冲を死罪に処そうとするが、部下の孫孔目にはばまれて、滄州への流罪にしてしまう。この『水滸伝』中の林冲物語を戯曲化したものに、李開先の「林冲宝剣記」がある。これによると、その第十八出に開封府府尹として林冲の事件を扱う楊清字孝簾という者を登場させている。ここでの楊清は、高官の高俅と童貫から林冲を死罪にするよういろいろと圧力をうけるが、彼は、その正義感からそれをはねかえして、滄州への流罪に決する。

『水滸伝』に見える滕府尹は、見識がなく、高官に言われれば言われたとおりの裁きをする人間だが、李開先の「林冲宝剣記」に見える楊府尹は、見識と正義感があり、高官の要請をはねかえしている。『金瓶梅』中の楊府尹は「林冲宝剣記」から取材したもののようにも考えられる。事実、これまで『金瓶梅』中に「林冲宝剣記」からとられたと思われる曲辞等が見られることからこの両者の関係が指摘されてきている(6)。名前も楊清と楊時とすこし違うが、姓は同じ楊である。しかし、『醒世恒言』の方は、次に引用するように、正に楊時であり、蔡京の門生とする点でも酷似する。

却有一個門生、叫做楊時、便是亀山先生、与太師極相厚的。陞了近京一個知県、云々。（『醒世恒言』巻十三）

この作品の末尾に「原係京師老郎伝流」の八字が見えることから、もともとこの話は南宋の講釈師によって語られていた可能性が高い。また、譚正璧氏もかつて羅燁の『酔翁談録』〝小説開闢〟の条に見える「聖手二郎」がこの作品だろうと推測した(7)。『金瓶梅』の作者がこの『醒世恒言』巻十三の祖本を参照したかどうかは判らないが、講釈や通俗文芸の世界では、宋の大儒楊時を蔡京の門生だとする設定の話が結構あって、『金瓶梅』の作者は、そうしたものの中から楊時が蔡京の門生だとする設定を採用したのかもしれない。

ところで、この楊時は、いわずと知れた北宋の大儒者であり、『宋史』巻四二八にその伝が見える。それに依れば、楊時は福建将楽の生まれ、熙寧九年の進士。程顥に師事し学を深め、人々から亀山先生とよばれ尊敬された。徽宗帝より国子祭酒に任命された時、蔡京の施政を痛烈に批判し、その政治の大本が王安石であるとして、その王安石の爵位を追奪することを上奏している。

この『宋史』の記述から明らかなように、歴史上実在の楊時は、蔡京の門下生であったこともなく、むしろ、蔡京の施政の批判者であった。この点、『醒世恒言』や『金瓶梅』の楊時についての設定は、まったく正反対の人物設定にしていると言える。さらにまた、さきに見た歴史上の陳文昭と小説上の陳文昭の人物設定が正反対であったのと軌を一にしている。しかも、この十四回の楊時もさきの陳文昭と同じように座主であり中央の権力者たる蔡京には頭があがらず、結局太師の顔を立てて、花子虚のみ多大な遺産にありつける判決を下す。そして、その遺産はほどなくすべて西門慶の懐に入ることになっているのである。

では次に、『金瓶梅』の作者が、なぜここに楊時という人名をこのような設定において使ったかについて考えるならば、陳文昭と同様、やはり次の二通りの可能性が考えられよう。
(1)王安石の新法に反対し、その末流の蔡京の施政を厳しく批判した大学者楊時を、蔡京の門下生にして、彼の言うことを忠実に実行する人間に変えることによって、読者の笑いを誘おうとした可能性。
(2)陳文昭と同様、時の権力者の失政を批判したことで有名な楊時でも、権力者の門生にしてなんでも言いなりになる人物に書き変えることによって、光明の見出せぬ絶望的な役人世界を描こうとした可能性。

（４）　四十八回の狄斯彬の場合

最後に、（４）の『金瓶梅』四十八回の狄斯彬について見てみよう。

話は、揚州の素封家苗天秀なる者が、ある日都で通判を勤める従兄の黄美から誘いをうけ、都見物がてらに上京し、ついでに立身出世をはかるべく就職運動をしに、船をやとって揚州を出発するところからはじまる。ところが、この時連れていた下男が悪者で、旅の途中で船頭二人とグルになり、苗天秀を殺した上、その死体を水中に投げ、一緒にいた小者も水中にたたきおとしてしまう。その後、主人の天秀が都での就職運動資金として用意持参していた金銀を三人で山分けをする。小者は、幸いにも一船頭に水中から救い出され一命をとりとめ、他方、苗天秀の死体は、岸に流れ着いて近くの慈恵寺の僧に発見され埋葬されるというものである。

この個所は、『百家公案』から取材されていることは、すでにパトリック・ハナンの研究で明らかである。(8)そこで、この『百家公案』と『金瓶梅』とを比較すると、『金瓶梅』において若干書き変えられている個所が認められる。それは、主に次の二点においてである。

(1)人名の改変

揚州の素封家で上京の途中で殺される人を、『百家公案』では、蔣寄字天秀としているのに対して、『金瓶梅』では、苗員外字天秀にしている。妻は、『百家公案』では始め李氏と書き、後で張氏とあって混乱しているが、『金瓶梅』では李氏となっている。上京の途中悪船頭とグルになって主人を殺害する下男は、『百家公案』では、董家人とあるところを、『金瓶梅』では苗青にしている。同じく、主人と同行してあわや殺されそうになるも一命をとりとめた小者は、『百家公案』では琴童だったところを、『金瓶梅』では安童にしている。そして、なによりも違うのは、怪しいつむじ風の導きでそれまで埋められてあった素封家の死体を発見する下級役人を、『百家公案』ではかの有名な包拯の部下で張龍という者にしているのに対し、『金瓶梅』では陽谷県県丞の狄斯彬ということにしていることである。

(2)筋・展開の改変

『百家公案』では、一命をとりとめた小者の琴童が、ある日街で仇の船頭二人を発見し、その時たまたま清河県の役所に逗留中であった包拯にこのことを訴え出る。すると包公はさっそく役人を派遣してこの二人の船頭を逮捕したが、残る董家人の行方は杳としてわからなかった。後日、董家人は主人の財を元に巨商となったものの、その後まもなく揚子江で盗賊に会い全財産をすっかり奪われるという筋立てだが、この部分『金瓶梅』の方は大いにこれと異なり、次のようになっている。

1．一命をとりとめた小者の安童が、ある日街で仇の船頭二人を見つけ、このことを守備府に訴え出る。

2．提刑所の役人が二人の船頭を逮捕する。

3．追求の手が自分に及ぼうとしていることを予め察知した苗青は、人伝てに西門慶に賄賂を贈り、犯人一味のリストから自分の名前を除いてもらう。

4．安童が上京し、主人の親戚で通判の職にあった黄美に主人を殺害された経緯を訴えるとともに、同じことを巡按察院にも訴え出る。巡按山東監察御史の曽孝序は、清廉で正義感あふれる役人であったから、黄美と安童の訴状を見てただちに事の真相を察知し、弾劾文を書いて西門慶らの不正を糾弾する。

5．邸報で自分が弾劾されたことを知った西門慶は、都の太師蔡京邸に下男の来保らをおくって、この弾劾文が皇帝の手に渡る前ににぎりつぶすよう頼みに行かせる。

大きく改筆された部分は以上の通りである。

まず、人名について検討してみたい。人名の改変でなによりも注目されるのは、前述した通り、殺害された商人の遺体を発見する役人が、『百家公案』の張龍が『金瓶梅』では狄斯彬になっていることである。

この狄斯彬については、しばしばこれまで指摘されてきたように、明代に一人同姓同名の者がいる。(9)その人物は、『明史』巻二〇九、馬従謙伝に見える。

馬従謙字益之、溧陽人。（中略）稍進光禄少卿。提督中官杜泰乾没歳鉅万。為従謙奏発、泰因誣従謙誹謗。巡視給事中孫允中、御史狄斯彬劾泰、如従謙言。帝方悪人言醮斎、而従謙奏頗及之、怒下従謙及泰詔獄。所司言誹謗無左証、帝益怒。下従謙法司、以允中・斯彬党庇、謫辺方雑職。法司擬従謙戍遠辺。帝命廷杖八十、戍煙瘴、竟死杖下。

つまり、宦官の杜泰という者が巨万の官費を横領していることに対し、光禄少卿であった馬従謙や巡視給事中の孫允中、御史の狄斯彬らがこれを告発弾劾した。ところが弾劾された杜泰は、逆に馬従謙の上奏文の中に嘉靖帝のいわゆる醮斎（道教の神々を祭る儀式）に関する言及のあることを摘発した。怒った嘉靖帝は馬従謙を詔獄にとらえた上、廷杖を加えて殺してしまう。また、孫允中と狄斯彬の二人には、馬従謙に同調した罪で遠方に左遷を命ずる決定がなされた。時に嘉靖三十一年十二月のことである。

狄斯彬・孫允中はともに嘉靖二十六年の進士であり、また、斯彬は馬従謙と同郷の生まれである。清、嘉慶『溧陽県志』巻十一官蹟を見ると、

狄斯彬字文仲、冲従子也。嘉靖二十六年登進士第、授行人、擢御史。会光禄少卿馬従謙以奏論中官杜泰乾没光禄銀、座誹謗。斯彬劾泰如従謙言。竟下従謙法司、而謫斯彬遠方雑職。得宣武典史、尋擢南京兵部主事。云々。

とある。『金瓶梅』の作者がなぜこの四十八回で狄斯彬という人名を出してきたのだろうか。この狄斯彬は本当に今挙げた明人の狄斯彬を念頭においたものだろうか。たまたま同姓同名だったということもかんがえられる。また、ことに『金瓶梅詞話』本には誤字が多い事で知られているが、人名においても誤字である可能性も否定できない。(10) しかし、これまた指摘してきた所だが、『金瓶梅』にはこの狄斯彬の他に、四十九回の曹禾、六十五回の凌雲翼と、いずれも明実在の人物で、しかもすべて嘉靖二十六年の進士の名前が出てくる。これは単なる偶然とは考えにくく、従って、この狄斯彬も同姓同名の他人とは考えにくい。しかも、狄斯彬という人名はそうざらにある名前ではなく、例えば、試みに『二十四史人名索引』などを引いてみても、『明史』に上記の人名が見える以外はこの人名は見えない。

では、『金瓶梅』の作者がもし本当にこの狄斯彬という人名を、今挙げた明実在の人物を念頭において書き換えているとしたら、そこにいかなる意図が考えられるだろうか。

『金瓶梅』四十八回では、狄斯彬のことを次のように書いている。

府尹胡師文見了上司批下来、慌得手脚無措、即調委陽谷県県丞狄斯彬、本貫河南舞陽人氏、為人剛而且方、不要銭、問事糊突、人都号他做狄混。(中略)正行之際、忽見馬頭前起一陣旋風、(中略)那公人真個跟定旋風而来、七八将近新河口而止、走来回覆了狄公話。狄公即拘了里老来、用鍬掘開岸上深数尺、見一死屍、宛然頸上有一刀痕。

これに対して、このもとになったと思われる『百家公案』の方を見ると、

是時包公因往濠州賑済、事畢回転東京、経清河県過。正行之際、忽馬前一陣旋風起処、哀号不已。拯疑怪、即差張龍随此風下落、張龍領旨随旋風而来、(中略)掘開岸上視之、見一死尸、宛然頸上傷一刀痕。

ともにつむじ風に導かれて死体を発見する設定はおなじだが、『百家公案』では張龍の人となりについて何も書いてないのに対して、『金瓶梅』の方は、狄斯彬のことを、わざわざ「頑固一徹、金は欲しがらず取り調べがまぬけているので、人からバカの狄とよばれている」と書いているのである。

すでに『溧陽県志』でも見たように、歴史上実在した狄斯彬は、正義感にあふれ、また、政治家として倭寇対策に適切な手段を講じたとか、県税の軽減を提言して、その策が当局に採用されたとかと有能な政治家であった旨同書に書かれている。ところが、小説中の狄斯彬は、身分も県丞と低い上さらに「間抜けの狄」ということになっている。この点をどう考えたらよいのだろうか。もし、たとえ歴史上実在の人物を念頭においてこの部分を書いたとしても、これはあまりにもその人物像において違いがあるのではないかと言えるかもしれない。しかし筆者は、この狄斯彬の場合もこれまで見てきた陳文昭や楊時と同様、正義感あふれる真面目な実在の人間を、小説においてはきわめて凡庸で権威によわく、またこの狄斯彬のように間抜けで馬鹿な人間に書き変えることによって、読者の笑いをさそうことをねらったものではないかと考えている。

また、筋・展開の改変に関しては、『金瓶梅』における西門慶が賄賂を得て苗青を見逃すことや、巡按御史曽孝序の弾劾文を都の大官蔡京がにぎりつぶすことなどは、素材と目される『百家公案』にはまったく見えない所である。このことからも、『金瓶梅』の作者はこのように改変することによって、これまで見てきた陳文昭や楊時と同様、都に巨悪のボスがいて、あらゆる不正や犯罪が賄賂によって闇にほうむられるといった、社会全体のどこにも光明の見出せない世界を描こうとしたと考えるべきであろう。

おわりに

以上見てきたように、『金瓶梅』に関する素材の取材と、その作品化についての一般的傾向を帰納化するならば、次の二点にまとめられるかと思われる。

1.『金瓶梅』では、往々歴史上実在の人物を登場させている。そして、その登場人物は、歴史上では、政治家として有能であったり、正義感にあふれる人間だが、作品中では、これと異なり現実にすぐ妥協する人物、ないし無能者のように描かれる傾向が見られた。

このように登場人物が実際真面目で正義感あふれる人物であればあるほど、彼が作中で平凡無能な人物に書き変えられることによって、そこに底知れぬ滑稽味が出る。『金瓶梅』の作者は、この効果をねらったものではないかということがまず考えられる。なお、この効果を出すには、読者もその人物についてある程度知識のあることを前提とする。また、作者もその人物についてなにがしかの知識をもっている読者を想定して、この小説を書いていることになる。つまり、これは作者と読者とがその身分や教養あるいは経歴においてもあまり隔たりのない可能性を意味する。作者と読者の身分・教養・経歴があまりにも似ていると、その作品は極端な場合、作者と読者の内緒話ということすら想定しうる。『金瓶梅』は内緒話とまでは言えないにしても、まだ、謎が多い。例えば、作品の時代設定が北宋末である『金瓶梅』において、なぜ作中明代実在の人物名がみえるのか、しかも、なぜ嘉靖二十六年の進士の名前が見えるのか、皆目判らない。作者が想定した読者なら、この間の事情を即座に判ったはずであろうが、惜しいかな、時間的にも空間的にもあまりにも離れてしまった我々には、今まだ、これらの真相が判らない状態にある。

２．素材と作品の対比から浮かび上がる今一つの傾向は、作品に見られる強い政治性である。『金瓶梅』は表面上は淫猥な文章で綴られているが、そのかげで一本の政治性の伏線が埋めこまれている。すでに見たように、二回で武松が知県の命令で都に赴くが、素材の『水滸伝』では、単に任が満ちたあと次の有利なポストを獲得する運動資金を都の親戚の家に預ってもらう為とあったものが、『金瓶梅』では、その美職獲得の為の運動資金を都の大官朱勔に届けさすことにしている。この朱勔のモデルが錦衣衛指揮使の陸炳だと明代からすでに考えられていた（『万暦野獲編』）。この小説は開巻部分からすでに賄賂情実政治を描こうとしている姿勢がここから読み取れるのである。

この後、十回の武松裁判、十四回の花家の遺産相続裁判、また十七回の宇文虚中による楊戩・陳洪らへの弾劾、二十六回の賄賂による塩商人王四峰の釈放、四十八回の賄賂による苗青の釈放、四十九回の巡按御史曽孝序による弾劾等々いずれの場合においても、西門慶は下男の来保を上京させ、執事翟謙を通じて太師蔡京に便宜をたのんでいる。その為には、毎年かかさず蔡京の誕生日には祝いの金品を届けたり、五十五回のように、西門慶自身上京して蔡京に義理の息子になることを願い出てゴマをすっている。このゴマすりが効を奏して、三十回では、それまで一介の商人にすぎなかった西門慶は蔡京より山東提刑所理刑という官職をもらう。この山東提刑所理刑は錦衣衛の役人を暗示するものであることは、すでに論じた所である(11)。いわば西門慶の住む清河県と都東京との間は、賄賂と情実政治のホットラインである。

一方、『金瓶梅』に登場するのはすべて悪辣な役人や悪徳商人ばかりではなく、なかには、陳文昭や楊時といった清廉な役人が登場する。しかし彼等は、いずれも史実と異なり都の巨悪蔡京の門生にして京には頭が上がらない人間として描かれている。さらに、蔡京や西門慶の不正を敢然と弾劾する曽孝序の弾劾文は、天子の目に触れる前にいともたやすく握りつぶされてしまうばかりか、孝序自身も遠方に左遷されてしまう。また狄斯彬のように、歴史上の実在人物像とは全然違って間抜けな人間に書き換えられている。

以上のことから言えることは、『金瓶梅』の作者がこの作品で描きたかったことは、蔡京を頂点とする反面人物の跳梁する世界であり、かつ陳文昭や曽孝序ら一部正面人物も登場することはするが、すべて反面人物に圧殺されて、その正義感を存分に発揮できない世界をも描きたかったものと思われる。

かくも前途に希望のもてない暗黒の社会は、いずれは亡国へと導かれること必然である。ストーリーの時代を北宋末に設定するこの小説は、歴史の教える所に従い、金軍が都を包囲し、徽宗・欽宗の二帝を北に連れ去り、それまでの国が亡ぶ事を以て最終回を結んでいる。

これまで見てきたように、『金瓶梅』の作者は、この作品において、やがて金に滅ぼされてしまう北宋末に時代相の類似を感じとって明の嘉靖時代のことを描いたとすれば、いずれこの明も近い将来何かによって滅ぼされるということを予感していたのだろうか。

この小説は、遅くとも万暦二十四年（一五九六）頃までには完成して世に出ており、それから約五十年後に明は清に滅ぼされている。そして、これまで『金瓶梅』の作者と目されてきた李開先は隆慶二年（一五六八）に、王世貞は万暦十八年（一五九〇）に、賈三近は万暦二十年（一五九二）に、李先芳は万暦二十二年（一五九四）に、屠隆は万暦三十三年（一六〇五）に、王穉登は万暦四十年（一六一二）と、いずれも万暦四十五年『金瓶梅詞話』が出版される前に亡くなっている。再三説くように、いまだ真の作者は確定していないが、恐らく、真の作者も自分のこの小説が出版される前に亡くなっていたであろうことが充分に考えられる所である。このように考えると、もしこの作者が万暦年間中に亡くなっていたにもかかわらず、この小説を書きながら、近い将来祖国・明の亡ぶ予感を感じ取っていたとするならば、この人は、まことに鋭い時代認識の持ち主であったと思われるのである。

（１）『金瓶梅』の作者に関する説には、大きく言って個人創作説と集団創作説の二説があり、個人創作説は、更に、無名の下層文人説と有力文人説とにわかれる。有力文人説には、王世貞や李開先・屠隆・賈三近等二十数人の有力候補が挙がっているが、いまだ定論をみていない。

また、筆者がかつて指摘したように、『金瓶梅』に投影された時代と『金瓶梅』が執筆された時代、『金瓶梅』が出版された時代は、混同して論ぜられるべきではない（拙稿「『金瓶梅』執筆時代の推定」『長崎大学教養部紀要』人文科学篇第三十五巻第一号、一九九四年、本書第一部第一章）という前提に立って、この小説の成立を考えて見ると、『金瓶梅』に投影された時代が、これまた、これまで指摘してきたように、明・嘉靖年間（一五二二～一五六六）だとして（拙稿「『金瓶梅』と楊継盛――小説と戯曲との関係から見た――」『長崎大学教養部紀要』人文科学篇第三十六巻第二号、一九九六年、本書第一部第三章）、この小説が出版されたのは、現存最古の版本は万暦四十五年の『金瓶梅詞話』本であるから、これは嘉靖の世が終わってから既に約五十年も経っている。この間は時間的にあきすぎであるから、現存する『金瓶梅』が原作者の書いた原作そのものかどうかということも当然疑われる。

（２）中国古典文学大系『金瓶梅』（平凡社、一九六二年）に見える小野忍氏による解説。

（３）Patrick D. Hanan, "*Sources of the Chin Ping Mei*", Asia Major, New Series, Vol. X, Part I, London, 1963.

（４）拙稿「『金瓶梅』における諷刺――西門慶の官職から見た――」（『函館大学論究』第十八輯、一九八四年、本書第三部第四章）を参照されたい。

（５）前掲小野氏解説（注２）の他に、鄭培凱「酒色財気与『金瓶梅詞話』的開頭――兼評『金瓶梅』研究的素隠派――」（『台港『金瓶梅』研究論文選』江蘇古籍出版社、一九八六年）を参照のこと。

（６）たとえば、卜鍵『金瓶梅作者李開先考』（甘粛人民出版社、一九八八年）を参照のこと。

（７）譚正璧『話本与古劇』（上海古籍出版社、一九八五年）〝三言両拍本事源流述考〟の条を参照のこと。

（８）P. D. Hanan 氏前掲論文（注３）。

（９）劉中光「『金瓶梅』人物考論」（『金瓶梅』作者之謎』寧夏人民出版社、一九八八年）の他に、拙稿「『金瓶梅』に於

ける諷刺と洒落について」（『国語と教育』第十九号、長崎大学国語国文学会、一九九四年、本書第二部第五章）を参照のこと。

(10) 明らかに人名の誤字と認められるのは、以下の通りである。
四十八回の韓侶は、正しくは韓梠（『宋史』巻四七一）、六十四回の譚積は宦官で、正しくは譚稹（『宋史』巻四六八童貫伝）、六十五回の狄斯朽は正しくは狄斯彬、七十回の賈祥も宦官で、正しくは賈詳（『宋史紀事本末』巻五〇）、同回の何沂も宦官で、正しくは何訢（『宋史紀事本末』巻五〇）である。

(11) 前掲拙稿（注4）参照のこと。

第三部　『金瓶梅』に投影された史実

第一章　『金瓶梅』に見える明代の用語について

はじめに

『金瓶梅』という小説は、話の時代的背景は一応北宋末に設定されているけれども、実際に描かれているのは、この小説を執筆した作者が生きていた明代のそれであることは、周知のことである。

かつて呉晗氏は、この小説中に、「太僕寺馬価銀」とか、「皇庄」「皇木」といった明代の用語が使われていることを発見され、これらのことから、この小説に書かれている時代は明代のうちでも万暦初年であるとされた(1)。ところが、この小説を注意深く読んでみると、この外にも明代の用語が数多く使われていることがその後わかり、そのことは、陳詔氏をはじめとする少なからぬ学者によって指摘されてきた(2)。

本稿では、これらの明代の用語にはどのようなものがあるか、これまで指摘されてきているものの外に、筆者の発見したものも含めてまず提示することを最大の目的とし、併せて、これら明代の用語から判明しうることについて考察することを次の目的とする。

結論から言うと、本小説に投影されている時代は、やはり嘉靖末から万暦初年にかけてであること、作者は高位高官ではないが、官界のことにある程度の知識を有していた人物であったであろうこと、また、山東省のかなり細かい地名まで書き込まれていることから、作者は山東に住んでいたことのあった人であろうということ等、二、三の点を指摘することとしたい。

なお、本稿で明代の用語と言う場合、一般用語の外に、地名・官職名等固有名詞も含めていることを予めおことわりしておきたい。

これまで『金瓶梅』に使用されている明代の用語で、これまで判明したものは以下の通りである。無論、これだけではまだ充分ではなく当然見落しがあり、それらは今後の研究の進展に伴って明らかにされてゆく必要があるであろう。とりあえず以下は、『金瓶梅』に見られる明代の用語を、一、一般用語、二、官職名、三、官署名、四、地名の順に見てゆくこととしたい。なお、用語のあとにつけたアラビア数字は、その用語が出てくる回を示したものである。

一　明代の一般用語

(a) 冠服類

(1) 補子（円領）31・35・38・39・40・41・43・68・70・72・75・76・77

「補子」とは、官服の前胸および後背に、金糸や彩糸で刺繍した品級をあらわすしるしのことで、このようなしるしのついた官服のことを「補服」と称し、明代に始まった制度である。文官は鳥を刺繍し、武官は獣を刺繍した。また官位によってその柄が異なっていた。詳しくは、拙稿「金瓶梅補服考」（『長崎大学教養部紀要』人文科学篇、第三十一巻第一号、一九九〇年七月、本書第三部第五章）を参照されたい。「円領」とは、円襟の官服のことで、やはり明代官人がつけた服のことである。

（2）麒麟補子　7・40・78

公侯伯駙馬といった天子にとって勲戚の者か、あるいは錦衣衛の長官たる指揮使の補服にのみつけることが許されたしるし。

（3）獅補（獅子補子）　39・70

武官の一品ないし二品の者にみとめられたしるし。

（4）白鷴補子　51・72

白鷴とは「きじ」のことで、文官五品の者がその補服につけることのできたしるしである。

（5）蟒衣玉帯　14、蟒衣　70

蟒とは「うわばみ」のことで、これが補服としてデザインされると、龍とよく似たものになる。蟒衣も玉帯も、天子が特に功績のあった閣臣ないし宦官に下賜されたもので、独り錦衣衛指揮使のみが、祭服として着用を許されており、この外の者は滅多なことでこれの着用を認められてはいなかった。

（6）飛魚衣　71・73・78

飛魚は、よく飛ぶことのできる魚とされる伝説上の魚で、これが補服のデザインとなると、やはり龍に似たものになる。やはり錦衣衛指揮使のみが祭服として着用する外は、勝手な着用は許されていなかった。

（7）斗牛補子円領　70

斗牛も龍に似た架空の動物で、龍とちがうのは、龍が爪五つなのに対し、斗牛は爪三つである点である。斗牛補服は、やはり天子から功臣に対して下賜された賜服であり、平素その勝手な着用は許されていなかった。

（8）坐龍衣　70

坐蟒衣ともいう。やはり蟒衣のことである。

『万暦野獲編』巻一〝蟒衣〟の条、「今撰地諸公多賜蟒衣、而最貴蒙恩者、多得坐蟒。……」
(9)　忠靖冠　38・46・55・61・69・72・77
『明史』巻六十七輿服志では、忠静冠に作る。嘉靖七年（一五二八）、文淵閣大学士張璁の上奏によって定められた官吏の普段服ならびに冠で、京官にあっては七品以上の文官、地方官にあっては布政使及び府州県の長官や儒学の教官、武官にあっては一品の都督のみ、これの着用が許された。

以上(2)〜(7)、及び(9)について、詳しくは、拙稿前掲論文を参照されたい。
(10)　瓦楞帽　8・34・97
「瓦楞鬃帽」ともいう。嘉靖初年には、府州県学の学生たる生員がこれをかぶっていたが、嘉靖中期の二十年代になると、布衣の金持ちまでがこれをかぶり、万暦時代になると、貧富を問わず広く一般の人々がこれをかぶった。事は、范濂の『雲間拠目鈔』巻二〝記風俗〟の条に見える。ここには、嘉靖から万暦にかけての風俗の推移が書かれている。但しその風俗は、江南松江におけるものであって、『金瓶梅』の舞台である山東におけるものでないといううらみは残るが、一応参考になると考えられる。

『雲間拠目鈔』巻二「瓦楞鬃帽、在嘉靖初年惟生員始戴。至二十年外則富民用之。然亦僅見一二、価甚騰貴。……万暦以来、不論貧富、皆用鬃、価亦甚賤。」
(11)　網巾　3・5・79・95、網子　56、新網新帽　95
網巾とは、網ネットのようなかぶりもののこと。網子も新網新帽も同じ。明の太祖朱元璋がある日、一道士がこれをかぶっているのを見てから天下に流行したとされる。

郎瑛『七修類稿』巻十四〝平頭巾網巾〟の条「今里老所戴黒漆方巾。乃楊維禎入見太祖時所戴。上問曰、此巾何名。対曰。此四方平定巾也。遂頒式天下。太祖一日微行、至神楽観。有道士於灯下結網巾。問曰、此何物也。対曰、網巾。用以裹頭、則万髪倶斉。明日、有旨召道士、命為道官。……至今二物永為定制、前世之所無。」

（12）方巾　42

「四方頭巾」とも「四方平定巾」ともいう。

王圻『三才図会』衣服巻一、「方巾、此即古所謂角巾也。制同雲巾、特少雲文。相伝国初服此、取四方平定之意。」

なお、上項『七修類稿』の記事も参照のこと。

（13）過橋巾　68

姚霊犀「金瓶小札」では、これは、『雲間拠目鈔』にいう橋梁絨線巾のことだとする。

『雲間拠目鈔』巻二、「余始為諸生時、見朋輩、戴橋梁絨線巾。……」

この著者の范濂が諸生であった頃というのは、一体いつのことなのだろうか。彼の伝記ははっきりとはわからないが、[3]この書の最初に、万暦二十一年（一五九三）の高進孝の序があり、この〝記風俗〟の条も嘉靖から万暦にかけて著者が実際に目睹したことが書かれてあることから推察すれば、范濂が諸生であった頃とは、嘉靖時代のことと考えてまちがいないであろう。つまり、嘉靖時代、松江の生員の間では、この過橋巾をかぶることが流行していたのである。

（14）桃牌　63

明代、五品六品官の妻、つまり命婦の常服の冠の飾りで、挑珠牌に同じ。

『明史』巻六十七輿服志三「命婦冠服、……五品、……常服冠上小珠翠鴛鴦三、鍍金銀鴛鴦二、挑珠牌。……六品、……常服冠上鍍金銀練鵲三、……挑小珠牌。……」

（15）丁香児　42

丁香の花の形をした珠玉をはめた耳飾りのこと。姚霊犀氏は「金瓶小札」の中で、これは、『雲間拠目鈔』に見える次のものに相当し、隆慶・万暦初頭の風俗だとする。

『雲間拠目鈔』巻二「婦人頭髻、……髪股中、……装綴明珠数顆、謂之鬢辺花。挿両鬢辺、又謂之飄枝花。耳用珠嵌金玉丁香。」

（16）満池嬌分心　20

分心とは、同じく姚氏『金瓶小札』の中で、これは、『雲間拠目鈔』に見える「挑心」のことであろうとする。もしそうであれば、分心とは、婦人の髷飾りの一種であり、隆慶年間、松江一帯で流行していたものということになる。

『雲間拠目鈔』巻二「婦人頭髻、在隆慶初年、皆尚円褊、頂用宝花、謂之挑心。」

（b）呼称類

（17）寅侍教生　70、侍生帖　54

侍教生とは、身分のあまりちがわない者同士が互いに名刺を交わす時に、自らの名前の上につける脇付の語。嘉靖中期以降用いられるようになった。寅とは、つつしむの意で、相手に対する敬意を示す。侍生帖の侍生も同じ。侍生帖とは、ここでは任医官を呼ぶ呼び状のことである。

王世貞『觚不觚録』「御史于巡撫、尚猶投刺称晩生侍坐也。辛卯（嘉靖十年）以後則僉坐矣。尋称晩侍生正坐矣。又称侍教生矣。」

(18)　大巡　48

巡按御史をさす。巡按御史については後述。

(19)　大郷望　36・78

郷紳。つまり退職した官僚で郷里にいる者のこと。

(20)　公祖　65

知府以上の地方官のこと。

王士禎『池北偶談』巻二十六〝曾祖父母〟の条「今郷官称州県官曰父母、撫按司道府官曰公祖。治明世之旧也。」

(21)　正堂　27

明清時代、知府や知県のことをさしていった。

『辞海』一九六五年新編本「旧時官府聴政的大堂、明清称知府・知県為正堂。別于佐弐官而言。」

(22)　軍門　97

文臣が総督軍務あるいは提督軍務の任についた時、軍門とよばれた。

朱国禎『湧幢小品』巻八〝総督総兵〟の条「文官至総督、方称軍門。……」

(23)　坐営　35

明代における京営（都を守る禁軍のこと）の武官のこと。

『明史』巻七十六職官志五「京営、永楽二十二年置三大営、曰五軍営、曰神機営、曰三千営。……其諸営管哨、

軍都督府の長官たる都督のことであるとする。

王利器主編『金瓶梅詞典』（吉林文史出版社、一九八八年）頁三十六によれば、衛主とは、全国の衛所を統率する五

(24) 衛主　70

掖官、曰坐営、曰坐司。」

(c) 詞曲類

(25) 鎖南枝　25・44・61

宣徳・正統年間（一四二六〜一四四九）から、弘治年間（一四八八〜一五〇五）にかけて流行した俗曲。

沈徳符『万暦野獲編』巻二十五〝時尚小令〟の条「自宣正至成弘後、中原又行『鎖南枝』『傍粧台』『山坡羊』之属。……自茲以後、又有『耍孩児』『駐雲飛』『酔太平』諸曲、然不如三曲之盛。嘉隆間、乃興『鬧五更』『寄生草』『羅江怨』『哭皇天』『乾荷葉』『粉紅蓮』『桐城歌』『銀紐絲』之属。自両淮以至江南。……比年以来、又有『打棗竿』『掛枝児』二曲。其腔調約略相似。則不問南北、不問男女、不問老幼良賤、人々習之。亦人々喜聴之。以至刊布成帙。挙世伝誦、沁人心腑。」

(26) 山坡羊　1・44・50・59・61・74・75・89・91

やはり、宣徳年間から弘治年間にかけて流行した俗曲。

(27) 羅江怨　61、鬧五更　73

ともに嘉靖年間（一五二二〜一五六六）から隆慶年間（一五六七〜一五七二）にかけて流行した俗曲。

(28) 掛真児　74・75

『万暦野獲編』にいう掛枝児のことであろう。『明清民歌時調集』[4]〝掛枝児〟冒頭に見える関徳棟氏の序文に依れば、一、明刊戯曲選集の『万曲長春』中欄に選録されている掛枝児は、目次では掛枝児とあるが、実際に選録されている巻四の標題では、掛真児になっていること。二、清初の琵琶譜『太古伝宗』附刊の『絃索調時劇新譜』巻上の「小妹々」と「崔鶯々旧詞」の中に、それぞれ一首ずつ掛枝児があげられているが、ここでも標題が掛真児と書かれていること。以上のことから同氏は、掛真児は掛枝児の異名だろうとされる。もしそうだとすれば、上記沈徳符の記述からして、これは万暦年間に流行していた俗曲ということになる。

(29)　小天香半夜朝元記　78

朱有燉（一三七九～一四三九）の作る雑劇。宣徳年間（一四二六～一四三五）の原刊本が、呉梅の輯めた『奢摩他室曲叢』に収められている。

(30)　香嚢記　36

邵燦の作る南戯。邵燦の生没年は不明だが、荘一払『古典戯曲存目彙考』では、成化年前後（一四六五～一四八七）在世とある。本南戯は、『六十種曲』に収められている。

(31)　双忠記　74

姚茂良の作る南戯。正式には「張巡許遠双忠記」という。姚茂良もその生没年は不明だが、荘一払前掲書では、やはり成化年前後在世とある。『古本戯曲叢刊』には、富春堂刊本が収められている。富春堂とは、金陵で、主に戯曲を出版した書肆のことで、その出版活動時代は、万暦年間に集中している。

(32)　四節記　76

沈采の作る南戯。沈采も生没年不明ながら、荘一払前掲書では、やはり成化前後在世とある。

（33）　韓湘子昇仙記　32、韓湘子度陳半街升仙会雑劇　58
陸進之の雑劇。陸進之は、荘一払前掲書によれば、洪武中前後在世とある。また、杜信孚の『明代版刻綜録』[5]によれば、やはり前記の富春堂が万暦年間に『韓湘子九度文公昇仙記』二巻を出版している。かつて鄭振鐸氏は、このことを以て、『金瓶梅』が万暦年間の作品である証拠だとした。[6]しかしながら、この劇は現存しない。
（34）　玉環記　36・63・64
楊柔勝の戯曲である。楊柔勝は、荘一払前掲書によれば、「万暦十年前後に在世」とある。また、別に同名の戯曲が『六十種曲』中に収められている。
（35）　海塩戯　49・64・72、海塩子弟　48・49・63・72・74〜76
海塩とは、浙江省の地名で、この地に興った南曲のメロディーを海塩腔と称し、このメロディーにあわせて演じられる南戯を海塩戯、これを演ずる役者を海塩子弟とそれぞれ称した。その最盛期は、崑曲が現われるやや前の嘉靖・隆慶年間のことで、流行の中心は、浙江省であった。事は、青木正児『支那近世戯曲史』（『青木正児全集』第三巻、春秋社、一九七二年）第七章〝崑曲の興隆と北曲の衰亡〟の章に詳しい。但し、宴会の席上、海塩戯の子弟をよんで演じさせたのは、万暦以降の風習であるとは、章培恒氏がその論文「論金瓶梅詞話」（『復旦学報』社会科学版、一九八三年第四期）で指摘されるところである。
（36）　「三弄梅花」の曲　22・68・73
三弄梅花は、陳鐸、字大声、号秋碧の作った曲である。嘉靖年間に刊行された選曲集の『雍熙楽府』巻六には〝春夜帰思〟と題して、同じく嘉靖年間に刊行された『詞林摘艶』巻三には〝閨情〟と題して載っている。陳鐸は、荘一払前掲書では、「正徳年間（一五〇六〜一五二一）に在世」と見える。陳鐸の作った曲はこの外にも、『金瓶梅』

に多く採用されている。ついでながら記すと、次の通りになる。

43・46回の「花月満春城」の曲は、『詞林摘艶』巻二に〝元夜〟と題して、44回で韓玉釧や李桂姐の唱う「駐雲飛」の曲は、『詞林摘艶』巻一に〝閨麗〟と題して、59回の「兜的上心来」の曲は、『群音類選』清腔巻一に〝閨思〟と題して、73回の「憶吹簫玉人何処也」の套曲は、『雍熙楽府』巻十四に〝秋懐〟と題して、それぞれ収められている。

なお、この外にも『金瓶梅』には、嘉靖時代に刊行された『雍熙楽府』や『詞林摘艶』に見える曲が多数収められており、中でも、70回「享富貴、受皇恩」で始まる正宮端正好の套曲が、李開先（一五〇二〜一五六八）の戯曲「林冲宝剣記」第五十出に見えるものと一致する外、李開先の作った曲が外にも多数『金瓶梅』中に見えることが注目される。詳しくは、拙稿「『金瓶梅』素材の研究(1)――特に俗曲・「宝剣記」『宣和遺事』について――」（『函館大学論究』第十九輯、一九八六年三月、本書第二部第一章）参照のこと。

(d)　そ　の　他

(37)　太僕寺馬価銀　7

かつて呉晗氏が、その論文「《金瓶梅》的著作時代及其社会背景」の中で、この語を以て本小説に投影されている時代は、万暦年間のそれであるとする証拠の一つとしてあげているもの。但し、その後、日下翠氏がその論考「『金瓶梅』成立年代考――呉晗氏『金瓶梅的著作時代及其社会背景』批判」(7)の中で、谷光隆氏『明代馬政の研究』を引用され、『世宗実録』によれば、嘉靖時代からすでに、本来買馬の費用に充てられるべき馬価銀が、北辺の軍事費に充当されることがあったとし、この語を以てかならずしも、万暦時代の投影とは言えないという指摘がある。

(38) 太医院　17・61

宮中と百官の医療を行う。黄本驥『歴代職官表』巻三に依れば、宋では「医官院」、遼では「太医局」、金では「太医院」、元では「提点太医院」、明では「太医院」とある。よって、「太医院」は、金・明の呼称である。

(39) 白米～石　18・26・67・75・76

白米とは、賄賂の白銀をさす隠語。

陳洪謨『治世余聞』上篇巻二「太監李広以左道見寵任、権傾中外、大臣多賄求之。……(後及李広死)……上意其蔵必有奇方秘書、即令内侍捜索。奉命者遂封其外宅、捜得一帙納賄簿、首進之。簿中所載某送黄米幾百石、某送白米幾千石、通計数百万石。黄米即金、白米即銀。上因悟広贓濫如此、遂籍没之。」

(40) 監生　21

国子監の学生のこと。

『明史』巻六十九選挙志一「学校有二、曰国学、曰府州県学。府州県学諸生入国学者、乃可得官。不入者不能得也。入国学者、通謂之監生。」

(41) 織造　25・27

明清時代に政府宮廷所用の絹織物を政府機関で生産することをいう。参考、『アジア歴史事典』巻四、平凡社、一九六〇年、頁四二九、織造の項。

(42) 女番子　28、土番　95

番子とは、明代の特務機関である東廠や錦衣衛が街へ派遣したスパイで、土番もこの番子のことである。呉晗氏は、やはりこの語を以て万暦初年の状況が反映されたものであるとした。

『明史』巻九十五刑法志三「東廠之属無専官、掌刑千戸一、理刑百戸一、亦謂之貼刑。皆衛官。……其下番子数人為幹事。」

(43)　皇庄　31、35、63、78

皇室の荘田のこと。明代中期以降この皇荘の増大が民を苦しめたことは、『明史』巻七十七食貨志一に精しい。

(44)　皇木　34・49・51・66

宮殿造営の為に伐採され、宮中に納められる木材をいう。呉晗氏は、この語にも、たびたび宮殿火災のあった万暦時代の投影が見られるとするが、宮殿火災は、嘉靖時代にもあったので異説も多く、戴不凡氏は(8)『金瓶梅』49回で、工部主事安忱が荊州まで皇木を徴集にいっていることが書かれているのは、むしろ嘉靖帝が、嘉靖二十年（一五四一）に、それまで荊州にあった実父の墓を北京に移したことの投影と見るべきであるとされる。

(45)　書帕　34・35・36

明代、官界において書籍に手帕（ハンカチ）をつけて贈答する習慣があった。この贈答用の為に刻された書籍を手帕本と称し、この風習は、隆慶から万暦初年にかけて盛んであった。

葉徳輝『書林清話』巻七「明時官吏奉使出差、回京必刻一書。以一書一帕相餽贈。世即謂之書帕本。」

(46)　鈔関　47・58・67・74・81

船舶往来の内河水路の要衝地に置かれた航行船舶に対する収税官庁のこと。宣徳四年（一四二九）に始まり、運河沿いの七ケ所に置かれた。臨清はそのうちの一ケ所であった。

『万暦会典』巻三十五戸部二十二鈔関の条「国初止有商税、未嘗有船鈔。至宣徳間、始設鈔関。凡七所……河西務・臨清・九江・滸墅・淮安・揚州・杭州。」

(47) 錦衣　30・57

錦衣衛の略称。西門慶が30回で拝命する「金吾衛衣左所副千戸」という官職名に、錦衣衛の役人という意味が暗示されていることについては、拙稿「『金瓶梅』における諷刺——西門慶の官職から見た——」（『函館大学論究』第十八輯、一九八五年三月、本書第三部第四章）を参照されたい。

『万暦野獲編』巻二十一〝陸劉二緹帥〟の条「景陵陸武恵炳、領錦衣最久。……」

(48) 大元宝　11・14・100、元宝　62

元宝・大元宝とは、元宝銀のこと。馬蹄銀ともいう。馬のひづめの形に似ているのでこの称がある。明清時代に公私の取引に広く使用され、一元宝は、銀五十両に相当した。参考、宮下忠雄氏『中国幣制の特殊研究』日本学術振興会、一九五二年。

(49) 不応罪　67・86

明清時代の刑法用語。殺人罪を除くこれといった名称をつけがたい罪の総称。法律に条文がないため、罪名がはっきりしない。法律によらず条理によって罰をきめる。

『六部成語註解』〝不応重例〟の条「除殺人等案之外、凡一切難以名称之罪、概名之曰不応。」

(50) 闘葉子　86

紙牌（紙のカルタ）を用いて遊ぶ葉子戯のこと。明代の中葉ごろ、蘇州府太倉州においてこの遊びが確かに流行していたことは、陸容（一四三六〜一四九四）の次の記述からもわかる。

陸容『菽園雑記』巻十四「闘葉子之戯、吾崑城上自士夫、下至僮豎皆能之。予遊崑庠八年、独不解此、人以拙嗤之。近得閲其形製、一銭至九銭各一葉、一百至九百各一葉、自万貫以上、皆図人形。……」

(51)　晏公廟　93

水神の平浪公晏公敦を祀ったもので、明の太祖が神として祀ったことに始まる。

『留青日札』巻二十七〝晏公廟〟の条「太祖渡江、取張士誠。舟将覆、紅袍救上、且指之以舟者。問何神、曰晏公也。後猪婆龍攻崩江岸。神復化為老漁翁。示以殺鼉之法。問何人。又曰晏姓也。太祖感之、遂封為神。……今江海著霊甚顕。」

(52)　手本　31・49・51・65・70・97

下級官吏が上官に見える時、又門生が初めて座師に見える時、差し出す名刺のことで、折本の形をしている。劉鑾『五石瓠』〝手本名帖〟の条「官司移会、用六扣白束、謂之手本。万暦間、士夫刺亦用六扣、然称名帖。後以青殻、粘前後葉、而綿紙六扣、称手本。為下官見上官所投、其門生初見座師、則用紅綾殻、為手本。亦始万暦末年。」

(53)　盒子会　45

明代、南京の妓院にあった風習で、妓女が二十人三十人と組になって姉妹の契りをし、佳節ごとに美しい器にご馳走を綺麗につめあって競いあうことを、盒子会という。精しくは、余懐『板橋雑記』下巻の〝盒子会〟の条を参照のこと。

(54)　乾生子　55

乾児ともいう。政治権力などを有する人の義理の子のこと。嘉靖時代の厳嵩は沢山の乾生子をもったことで有名で、悪名高い鄢懋卿もその乾生子の一人である。

『留青日札』巻三十五〝厳嵩〟の条「厳嵩……仕至少師太子、太師、吏部尚書、華蓋殿大学士。詐偽百端、貪酷万状、結交内侍、殺戮大臣、乾児門生布満天下。……」

(55) 頭水船 67

王利器主編『金瓶梅詞典』によれば、明代において、春、氷を割って最初に運河を通行する船のことだとする。

(56) 神運 66・70

皇木（前掲44参照）の輸送のこと。朱国禎『湧幢小品』巻四〝神木〟の条に精しい。

(57) 搗喇小子 64

前掲『金瓶梅詞典』によれば、倒刺小厮ともいい、明代宦官が使っていた少年劇役者のことだとする。『万暦野獲編』巻二十五〝俗楽有所本〟の条「都下貴璫家作劇。所用童子名倒刺小厮者。」

(58) 糖五老座児 58

前掲『金瓶梅詞典』によれば、明代、宴席上において陳列された糖で作った人形のことだとする。

(59) 金華酒 23・35・45・70・72・75・78

『金瓶梅』における金華酒については、これまで様々に論じられてきたが、最近、陳詔氏は、その論文「従民俗描写看《金瓶梅》的時代背景」(9)の中で、『雲間拠目鈔』や『留青日札』等を見ると、金華酒は浙江金華地区の特産であり、嘉靖時代北方の人々からも愛好されていたが、万暦時代に入ると三白酒があらわれ、人々の人気を奪ってしまったことがわかるとし、従って、『金瓶梅』に金華酒が多く出てくるのは、嘉靖時代の投影であるとされる。

(60) 慶成宴 70

明代、宮中でめでたい祭祀典礼が無事終了した時に行う宴会のこと。『湧幢小品』巻二十一〝父子与慶成宴〟の条「嘉靖四年、郊祀慶成宴、大学士楊廷和子慎、左司馬姚鏌子淶皆為脩撰。……」

二　明代の官職名

(61)　里正　1、里老人　1・20

里正・里老人とは、明代、勧農教化にあたった里内での徳望家のこと。参考、鶴見尚弘氏「明代における郷村支配」(岩波講座『世界歴史』12、岩波書店、一九七一年、頁七十六〜七十七)

(62)　千戸　2・11・17・26・28・30・31・35・36・43・48・49・51・64・69〜72・74〜79・87・93

明代の軍隊の編制に、衛および所があり、兵五千六百人よりなるものを衛とし、千百二十人よりなるものを千戸所、百十二人よりなるものを百戸所とした。千戸とは、兵千百二十人を統率する長のことである。参考、山崎清一氏「明代兵制の研究」(『歴史学研究』第九十三号、一九四一年十一月)

(63)　提督　3・10・14・18・70

軍政を統轄する最高責任者。明代中期以降、文官が地方を巡撫する際、提督軍務を兼領させることが多くなった。しかし常設の官職ではない。

瞿蛻園「歴代職官簡釈」(10)「明代京営設有提督、文臣武臣与宦官並用。……文臣之巡撫地方者亦或兼提督軍務之名。……」

(64)　守備　7・8・10・12・14・17・29・31・32・34・40・47・58・59・61・64・65・69・72・73・76・77・

86～91・94～98・100
明清時代の官職名。常駐化した辺鎮における一城一堡の統轄にあたる者をいう。主として遊撃将軍が任命された。
瞿蛻園「歴代職官簡釈」「守備之名起於明代、清制為正五品武官。……」

(65) 太監　10・11
遼・元では、太府監の長官を太監といった。しかし未だかならずしも、宦官の別称ではなかった。これが宦官の称になったのは、明代になってからのことである。

『明史』巻七十四職官志三「宦官、十二監。毎監各太監一員、正四品。……」

(66) 鎮守　10・20
鎮守太監ともよばれる。明代宦官の職名。この名称が正式に定まったのは、洪熙元年（一四二五）のこととされる。初めは軍事を監視するにとどまっていたが、のちには地方の政治や民情まで監視し、天下各地において兵民を害すること甚大であった。丁易『明代特務政治』（中外出版社、一九五一年）に精しい。

(67) 総兵　28・29・31・70・75・76・78
総兵官ともいう。一路の鎮軍を指揮統轄した。明初においては戦時の特設官であったが、明中期以降、常置の官となり、公・伯・都督など高位高官がこれになった。

(68) 参将　11・38
総兵官の下にいて、各地を守分する武官。
瞿蛻園「歴代職官簡釈」「参将、明制。総兵官之下有参将。分守各地。」

(69)　兵科給事中　17

給事中とは、天子の傍にあって、天子を諫めたり、上奏文を批判したりする職務の者を指していう言葉で、古くからあったが、明代では、はじめてこれが吏戸礼兵刑工の六科に分かれて、それぞれの専門の諫官となった。位は、従七品。

(70)　科道官　17・18・64

先の六科給事中と十三道監察御史をあわせて称した略称。十三道監察御史は、地方官の不正を糾弾するのがその任務で、位は、正七品。

(71)　本兵　17

兵部尚書の異称で、明代の用語である。

『湧幢小品』巻八〝本兵〟の条「洪武中更本兵二十三人、……嘉靖中更二十六人、……此外大抵再歳不一歳、隆万両朝、亦未有及七年者。」

(72)　序班　24・41・42

明清の官名。鴻臚寺に属し、百官朝見の際の班次をつかさどった。位は従九品。

『明史』巻七十四職官志三「鴻臚寺。卿一人、……鳴賛四人、序班五十人。……」

(73)　巡撫　27・30・65・69・70・74〜76・78・91・99・100

本来は、巡行撫民の意で、皇太子や都の高官が地方に出て民政を視察することであったが、明代中期より常駐の地方長官にとその性格を変え、この職には都察院の都御史が任命されることが多かった。

(74)　駅丞　30・33

明代、地方の駅務をつかさどった下級の地方官。

『明史』巻七十五職官志四「駅丞、典郵伝迎送之事。……」

(75) 巡按（御史） 35・36・48・49・51・52・65・67・69・70・73・75〜78・91、監察御史 70

十三道監察御史のこと。地方行政の監察を職務とする。位は正七品。

(76) 指揮使僉事 35・76

京営指揮使司に属する官職。位は正四品。

『明史』巻七十六職官志五「京衛指揮使司、指揮使一人、正三品。指揮同知二人、従三品。指揮僉事四人、正四品。……」

(77) 屯田兵備道 35、兵備副使 65・77

兵備道とは、地方に置かれ、その地方の安寧秩序を維持する任務をおびた官職のこと。

『明史』巻七十五職官志四「整飾兵備道。浙江寧紹道、……山東臨清道、……福建兵備道。」

(78) 都御史 48・64・65・70・98・99

明代になってそれまでの御史台にかわって設立された都察院の長官で、位は正二品、百官の不正を糾弾することを任務とする。

『明史』巻七十三職官志二「都察院、左右都御史、正二品。……」

(79) 巡塩御史 48、両准巡塩 48

巡塩とは、巡塩御史のこと。製塩場を巡視することを任務とする。

『明史』巻七十五職官志四「永楽十四年、初命御史巡塩。景泰三年罷長蘆・両准巡塩御史、命撫・按官兼理。」

（80）　三辺総督　55
三辺総制のこと。明の憲宗の成化十年（一四七四）、王越に命じて、延綏・甘粛・寧夏の三辺を守らせた時の官名。

『明史』巻十三憲宗紀「成化十年春正月……癸卯、王越総制延綏・甘粛・寧夏三辺、駐固原。」
（81）　山東布政　65・77、山東参政　65、山東参議　65
明では、全国を十三の行政区に分け、それぞれに布政使司を置いて、各省の民政を担当させた。布政使は長官で、位は従二品。参政は次官で、位は従三品。その下が参議で、位は従四品である。

『明史』巻七十五職官志四「承宣布政使司。左右布政使各一人、従二品。左右参政、従三品。左右参議、無定員、従四品。」
（82）　提学副使　65・77
地方の学政を掌る。黄本驥の『歴代職官表』巻五第四十六表によれば、宋では提挙学事司、金では提挙学校官、元では儒学提挙司提挙、明では提学御史のもとに提学副使がある。よって、提学副使は明代の呼称である。
（83）　都水司郎中　66・70
都水司は、正式には都水清吏司と称され、明代に置かれた。工部に属し、水利・漕運・織造・量衡のことを掌った。郎中とは、そこの官職名の一つである。尚、宋代では水部郎中と称した。

『明史』巻七十二職官志一「工部。……洪武二十九年、又改四属部、為営繕・虞衡・都水・屯田四清吏司。」
（84）　大錦堂　36・66
姚霊犀『金瓶小札』ならびに前掲『金瓶梅詞典』では、いずれも錦衣衛の役人に対する尊称であるとする。

（85）　堂上官　70・72

明代において、各衛門の長官を、堂官ないし堂上官と呼んだ。

『明史』巻六十七輿服志三「其視牲、朝日夕月、耕耤、祭歴代帝王、独錦衣衛堂上官、大紅蟒衣。……」

『辞源』「明清時、称中央各衛門長官為堂官。」

（86）　京堂　66、京堂官　70

都の堂上官のこと。

（87）　貼刑　70・72、理刑　70・76

ともに、錦衣衛の役人をいう。作品では70回で、西門慶が掌刑に、何永寿は貼刑になっているが、実はここが、二人がともに錦衣衛の役人であることを暗示している部分かと思われる。

『明史』巻九十五刑法志三「東廠之属無専官、掌刑千戸一、理刑百戸一、亦謂之貼刑。皆衛官。」

（88）　冬曹　68

工部の異称である。工部は伝統的には、冬官とよばれていた。冬曹という用語が真に明代に始まった用語であるか否かについては、やや自信がないが、焦竑『国朝献徴録』巻五十一に見える工部右侍郎陸杰の墓志銘によれば、彼は常に天子から実際の名前では呼ばれず、冬曹大臣とよばれた旨が見える。一応ここでは明の用語としておく。

焦竑『国朝献徴録』巻五十一、工部右侍郎贈本部尚書陸公杰墓志銘「（上）称（公）曰冬曹大臣而不名。又欲擢公、為兵部尚書、未果。……」

（89）　僉都御史　70

都御史・副都御史の属官で、位は正四品である。

(90)　義官　75・76・77
お金を出して就く官職のこと。明中期以降、このような売官が盛んになった。

王錡『寓圃雑記』巻五〝義官之濫〟の条「近年補官之価甚廉、不分良賤、納銀四十両即得冠帯、称義官。……長洲一県、自成化十七年至弘治改元、納者幾三百人、可謂濫矣。」

(91)　漕運総兵官　78
永楽二年（一四〇四）創設。漕運運営の最高責任官であったが、景泰二年（一四五一）漕運総督の新設後は、これと協力してその地位を保った。隆慶以後、巡漕御史の進出に伴い、冗官視されるに至った（『明史食貨志訳註』頁三一八の注による）。

(92)　大理寺正　10
大理寺は、刑獄を掌る官署名で、遠くは北斉よりある。しかし、黄本驥『歴代職官表』巻二第十八表によれば、宋は大理寺正と称し、遼金は大理正、明は大理寺正とあり、よって明の呼称である。位は正六品。

三　明代の官署名

(93)　惜薪司　20・23
宮中の薪炭の事を掌った役所で、宦官が任ぜられた。

『明史』巻七十四職官志三「宦官。四司。惜薪司、掌印太監一員、……監工倶無定員、掌所用薪炭之事。」

(94)　都布按　48、布按両司　73・74、布按三司　65

明代における地方行政を司る三つの役所をさしている。都は都指揮司で各省の軍事を、布は布政使司で各省の行政を、按は提刑按察使司で各省の監察裁判をそれぞれ司る。

(95) 衛　2・31・46・49・64・76・78・87

明代における軍隊の単位の一。兵五千六百人よりなる軍隊の地方組織を衛と称した。

(96) 山東守禦府　95、守禦府　97

『金瓶梅』の全篇を通じて、守備府なる正体不明の役所名が頻出し、そこの長官が西門慶と交際のある周秀ということになっている。ところが、どういうわけだか、この95回と97回の両回にのみ、守禦府という役所名が守備府と同義に使ってある。この守禦府とても依然として正体不明の役所名だが、明代には、守禦千戸所というのがあり、軍事的に重要な所におかれた千戸所の一である。或いはこれに因んで名付けたものかもしれない。それで一応、明代の官署名としてあげておく。但し、山東守禦千戸所なるものはない。勿論、架空の官署名ではある。

(97) 内閣　10・70

明代に起った政治機関。明の太祖は、それまでの中書省を廃して、自ら大政を統べようとしたが、万機を親裁することは容易でなかったので、内閣を宮中に置き大学士を任じて、腹心として機務に参与させた。

(98) 宗人府　70

皇室に関する事務を行う役所。

瞿蛻園「歴代職官簡釈」「宗人府。管理皇室宗族事務的機構。名称始於明代。」

(99) 三法司　17・18・98

司法に関する三衛門。つまり、刑部、都察院、大理寺をいう。明清時代、極めて重大な犯罪事件については、この三衛門が合同審問した。

『明史』巻九十四刑法志二「三法司。曰刑部・都察院・大理寺。刑部受天下刑名、都察院糾察、大理寺駁正。」

四　明代の地名

(100)　十三省　70・78

全国を十三の省に分けたのは、明になってからのことである。

(101)　山東一省　64

山東省なる概念がうまれたのも、明代になってからのことである。

(102)　蘇州府　31

呉元年（一三六七）よりこの称がある。

『明史』巻四十地理志一「蘇州府、太祖呉元年九月、曰蘇州府、領州一県七。」

(103)　東昌府　36・48・49・65・67・77・79・99・100

宋・金は博州、元は東昌路と称した（『読史方輿紀要』巻三十四、山東五による）。

『明史』巻四十一地理志二「東昌府、洪武初為府、領州三県十五。」

(104)　兗州府　65・78・79

洪武十八年（一三八五）より、この称がある。

『明史』巻四十一地理志二「兗州府、洪武十八年升為兗州府。領州四県二十三。」

(105)　青州府　65・84・100

呉元年（一三六七）より、この称がある。
『明史』巻四十一地理志二「青州府、太祖呉元年為青州府、領州一県十三。」
(106) 登州府　65
洪武九年（一三七六）より、この称がある。
『明史』巻四十一地理志二「登州府、洪武九年五月升為府。領州一県七。」
(107) 萊州府　65
洪武元年に一度府となるも、同六年に州に降格し、後同九年（一三七六）に再び府となった。

『明史』巻四十一地理志二「萊州府、洪武元年升為府。六年降為州。九年五月復升為府。領州二県五。」
(108) 済南府　97〜100
呉元年に府となった。
『明史』巻四十一地理志二「済南府、太祖呉元年為府、領州四県二十六。」
(109) 臨清州　99
弘治二年（一四八九）、それまでの県を州に昇格させた。
『明史』巻四十一地理志二「臨清州、……弘治二年升為州。」
(110) 厳州府　82・92・96
宋初は睦州、宣和三年には厳州、咸淳元年には建徳府、元は建徳路といった。厳州府になったのは、洪武八年（一三七五）からである（『読史方輿紀要』巻九十浙江二による）。
(111) 懐慶府　69・70

洪武元年（一三六八）より府となる。

『明史』巻四十二地理志三「懐慶府、洪武元年十月為府、……領県六。」

(112) 広済閘大橋　93

作品では、臨清の街にかかる橋ということになっている。東洋文庫蔵の『臨清州志』十二巻（清・乾隆十五年序刊本）の巻三城池志を見ると、確かに、明代臨清には広済橋なる橋のあったことが書かれている。

『臨清州志』巻三城池志「広済橋、亦名浮橋。在新城衛河中。明弘治八年、兵備副使陳璧創。……」

これによってみれば、同橋は、弘治八年（一四九五）にかけられたものであることがわかる。

おわりに

『金瓶梅』に使用されている明代の用語で、これまで判明しているものは、以上の通りである。では、これらの用語は、明代のいつ頃に使われていたものであろうか。一口に明代と言っても前後約三百年もあるから、この間に言葉の中には、はやりすたりもあったであろう。また、土地広大にして、現代の日本とちがって、交通や情報の手段がはるかに劣っていた十五・六世紀の中国にあっては、使われていた用語にも、地域差といったことのあったことも、当然考慮に入れなければならない。ところが、文献より知れる知識には限度があり、用語における厳密なる時代差や地域差の解明は容易ではない。今、地域差というものを考慮に入れないで、今まで見てきたところの明代の用語のうち、時代の比較的はっきりしているものをリストアップしたのが、次の表である。

さて、これらの用語を細かく観察すると、明らかになってくることがある。それは、まず『金瓶梅』に描かれた時代がある程度推測できることと、これらの言葉を駆使した作者についても凡その見当がついてくることであ

洪武年間 (1368～1398)	都察院(洪武15年～) 都御史 巡撫(洪武24年～) 晏公廟	弘治年間 (1488～1505)	臨清州(弘治2年～) 広済橋(弘治8年) 白米～石(弘治10年) 「鎖南枝」「山坡羊」
建文・永楽 洪熙年間 (1399～1425)		正徳年間 (1506～1521)	
宣徳・正統 年間 (1426～1449)	鈔関(宣徳4年創設)	嘉靖年間 (1522～1566)	慶成宴(嘉靖4年) 忠靖冠(嘉靖7年) 金華酒、瓦楞帽、乾生子 書帕、海塩戯、「羅江怨」
景泰・天順 年間 (1450～1464)	皇庄(天順8年～)	隆慶年間 (1567～1572)	満池嬌分心
成化年間 (1465～1487)	馬価銀(成化2年) 三辺総督(成化10年)	万暦年間 (1573～1619)	富春堂「韓湘子昇仙記」「双忠記」を刊行。 楊柔勝(万暦10年前後在世)の「玉環記」 手本、「掛真児」

明代の用語の時代別表

る。

まず、『金瓶梅』に描かれた時代について言えば、上に提示した表を一見してもわかる通り、凡そ嘉靖年間に用語が集中している。確かに、万暦年間にも富春堂刊行の戯曲だとか、俗曲「掛真児」とかといったものがあるが、これらは、いずれもあまりはっきりとした決め手にはならないと思う。それは、戯曲の場合について言うならば、富春堂が刊行する前にすでに別の書肆によって刊行されていたかもしれないからである。例えば、姚茂貞の「双忠記」について言うならば、姚茂貞はすでに見たように成化年間(一四六五～一四八七)の人である。ところが、万暦(一五七三～一六一九)になって富春堂からこの戯曲が刊行されるまで約百年の年月があるのであり、この間に全然当該戯曲が印刷物にならなかったとは考えにくい。また俗曲の流行について言えば、俗曲というものは、いつとはなしに流行しだし、またはやらなくなるもので、せいぜい某時代前後に流行していた曲とぐらいしか言えない。つまり、年代の確定にはあまりたよりにならないのである。従って、用語から見る限り、嘉靖から万暦初年あたりが、この小説の時代背景となっていると言うぐらいが妥当な所ではなかろうか。

次に、やはりこれまでの用語から、作者の素姓をいささか探ってみたい。すでに見てきたように、本作品には、本兵とか冬曹・京堂といった官界用語がよく使われていることがまず注目される。このことから作者は官界のことにある程度の知識を有していた人物ではなかったかと思われる。92回に、呉月娘が女婿陳経済の無法を清河県庁に訴えでる段がある。知県の霍大立が白洲に出てみて呉月娘の姿を観察してみると、

身には白絹の上着をまとって、下に喪の裙子をつけた位五品の官吏の夫人、端正な顔だちに閑雅な姿をしていた

と書いてある。作者は、呉月娘の亡夫西門慶のついていた千戸職の位が五品であることを知っていたことが、これで判る。

この外にも、かつて筆者が論じたように、作者は、明代の補服制度のことにも暗くなく、また作品の各所に点描されている官界諸官の動向も整然と書かれていることからして(11)、作者は、自らが官途経験者であったか、それとも官途の経験こそないけれども、何らかの理由で相当官界のことに通じていた人だったのではないかと推測されるのである。

次に、地名から作者の素姓に迫ってみよう。まず、65回に提学副使として登場する陳正彙の本籍が、河南鄆城県であるとしている点に注目したい。実は、鄆城県とは、山東省東昌府濮州治下の地名で、河南とはまったく関

係がない。他方、陳正彙とは、実在の人物で、有名な陳瓘の息子である。『宋史』巻三四五にはこの親子の伝記がある。それを見ると、二人の本籍は南剣州（福建）となっているのである。つまり、河南鄄城県を陳正彙の本籍だとする作者は、二重の誤りを犯しているわけだが、しかし、実にこのことからして、作者は鄄城県という山東省のうちの細かい地名を知っていたということが判るのである。また99回には、臨清州なる地名が突如として一ケ所現われる。それまでこの小説では、58回・77回・81回・93回と、いずれも臨清とのみ書かれていた。それをここであらたまって、臨清州と正式の地名を書いているのは、この部分を筆をとって書いた者が、或いは臨清に住んでいたことのあった人間ではなかったかということを疑わせしめるものである。また、93回にこの臨清の街にかかる橋として広済閘大橋なる語が見えるが、已に見たように、『臨清州志』により果たして明代に臨清の街に広済橋なる橋のあったことが確認された。この事実からしても一層、作者臨清在住の疑いが深まるのである。

臨清という街は、運河の発達に伴い、明代中期以降急速に発展した街で、税関が置かれていたこともすでに述べた。作者は、山東省のかなり細かい地名も知っていたと同時に、運河沿いの地名もよく知っていて、作中書き加えている。例えば、68回、工部郎中の安忱の言葉の中には、瓜州・南旺・沽頭・魚台・徐（州）・沛（県）・呂梁・安陵・済寧・宿遷・臨清・新河等の地名が出てくるのがそれである。また作中には、これとは別に、鈔関とか、頭水船とか、漕運総兵官といった漕運に関する専門の用語が使われているのは、すでに見た通りである。これらのことからして、作者は、漕運に関して何がしかの知識を持っていたことが疑われるのである。

但し地名に関しては、おかしな点とかいいかげんと思われる点も少なくない。今思いつくままに二・三の例を挙げると、まず、30回・39回・48回に、山東清河県なる地名がでてくるが、清河県が山東省に属したことは一度もなく、実際には京師広平府（今の河北省）の所属であること。また、65回に朝廷からの勅使を迎えるために西門家に山東省八府の長官が勢揃いするが、その八府というのが、一東昌府、二兗州府、三済南府、四青州府、五登州府、六萊州府、七東平府、八徐州府ということになっている。ところが、明代では実際は東昌府から萊州府までの六府しかなく、七の東平府は宋代の呼称、八の徐州は実は一度も府になったことのない地名であった。また、71回で、西門慶が都東京から山東清河に戻る途中、沂水県八角鎮で大風にあって難儀するが、沂水県といえば山東半島の付け根に位置する地名であり、西門慶が何故遠まわりをして沂水県まで行ったのか、理解に苦しむ所である。

このようなおかしな点のあることから、作者は山東省の地理に不案内な人ではなかったかと考える人もいるが、全体として見た場合、やはり、作者は山東地方の地理にけっして暗くはなかったと考えるべきであろう。

『金瓶梅』に見られる明代の用語から考えられることは、以上の通りである。『金瓶梅』の成立と作者との問題に関しては、まだまだ不明な点が多い。今後、更に作品の内部にひそむ用語を手懸かりに、この方面の解明に努めたいという抱負を述べて、本稿の筆を擱きたい。

（1）呉晗「《金瓶梅》的著作時代及其社会背景」（『文学季刊』創刊号、一九三四年一月）。

（2）この方面に関する主たる論考には、以下のようなものがある。
姚霊犀「金瓶小札」（『瓶外卮言』天津書局、一九四〇年）。

戴不凡「《金瓶梅》零札六題」（『小説見聞録』浙江人民出版社、一九八〇年）。

魏子雲『金瓶梅詞話注釈』（増你智文化事業公司、一九八一年五月）。

孫遜「関于《金瓶梅》的社会歴史背景」陳詔「《金瓶梅》小考」（以上の二編はともに『《紅楼夢》与《金瓶梅》』寧夏人民出版社、一九八二年所収）。

王利器主編『金瓶梅詞典』（吉林文史出版社、一九八八年十一月）。
陳詔「従民俗描写看《金瓶梅》的時代背景」（『寧波大学報』一九九〇年一月）。
（3）姜亮夫『歴代人物年里碑伝綜表』では、范濂は、嘉靖十九年（一五四〇）生まれということになっている。但し何に基づいたか依る所を記してはいない。
（4）上海古籍出版社、一九八六年二月。この本の冒頭に書かれている出版説明に依れば、本書は、一九五九年から一九六二年までの間に、中華書局上海編輯所から出版された『明清民歌時調叢書』の再版とのことである。
（5）江蘇広陵古籍刻印社、一九八三年五月。
（6）鄭振鐸「談《金瓶梅詞話》」（『文学』第一巻第一期、一九三三年七月）。
（7）『東方』第三十四号、一九八四年一月号。
（8）戴氏前掲論文、註（2）参照されたい。
（9）陳氏前掲論文、註（2）参照されたい。
（10）この「歴代職官簡釈」は、黄本驥編『歴代職官表』（上海古籍出版社、一九八〇年）に収められている。
（11）拙稿「金瓶梅補服考」（『長崎大学教養部紀要』第三十一巻第一号、一九九〇年七月、本書第三部第五章）、及び「『金瓶梅』に描かれた役人世界とその時代」（『活水日文』第二十二号、一九九一年三月、本書第三部第三章）を参照のこと。

〔附記〕本稿は、一九九一年度文部省科学研究補助金による研究「時事的素材より見た『金瓶梅詞話』における創作手法と創作意図に関する研究」の研究成果の一部である。

第二章　『金瓶梅』第十七回に投影された史実——宇文虚中の上奏文より見た——

はじめに

沈徳符の『万暦野獲編』以来、『金瓶梅』が単なる虚構の小説ではなく、「時事を指斥したもの」、つまり作品にはある時代のある事柄が投影されており、この小説は、そのことを批判的に書いたものであるという見方が存在する。もしこの見方が正鵠を得たものであるとしたら、それでは、この小説には一体どの時代のいかなる時事が投影されているのであろうか。

本小考は、第十七回の宇文虚中の上奏文より、この点について考察を試みたものである。

結論から言うならば、『金瓶梅』の作者は、歴史家ではないので、厳格に史実に則っているわけではないが、第十七回の宇文虚中の上奏文には、表面上は北宋末の状況を描いているように見せて、実際には、嘉靖年間における北虜の禍、特に嘉靖二十九年の所謂「庚戌の変」の投影が見られることを指摘したい。

一　第十七回の作品中にあっての位置

知られる通り、『金瓶梅』の十回までは、その筋、内容ばかりか、文辞までが、『水滸伝』の二十三回から二十六回までに依拠しており、西門慶が蒸しパン売りの武大の妻潘金蓮を奪って自分の妻としようとする段に始まり、その武大の弟武松が、兄の仇を討とうとして失敗し、おまけに罪を得て孟州道に流されるというところまでをその内容とする。

ところが、十一回からは、それまで全面的に依存していた『水滸伝』から離れ、作者は彼の独創になる筋、内容へと話を展開させている。つまり、西門慶は、潘金蓮につづいて、今度は花子虚の妻李瓶児にねらいをさだめ、子虚が病死するや、花家の財産をとりこむとともに、李瓶児を娶り、これを第六夫人に納めようとする。だがその矢先のこと、都では兵科給事中の宇文虚中が楊戩らを弾劾し、この為に楊戩の親戚筋にあたる陳経済夫妻が倉皇と清河県の西門家に逃がれ来て身をひそめる。西門慶は県庁で、この宇文の上奏文の写しを見て驚き、このことによって、李瓶児誘惑の企ても一頓挫をきたしてしまうという展開になっている。この十七回の宇文虚中の弾劾文は、三十回の西門慶が蔡太師より、金吾衛衣左所副千戸山東等処提刑所理刑という地位と職務を授る段、及び、七十回の西門慶らが太保に任じられた朱勔を謁見しに朱家を訪れる段等とともに、作者がこの作品に時代背景を盛り込もうとした部分として注目される個所である。筆者が、この十七回宇文虚中の上奏文を重視する所以である。

二　歴史上における宇文虚中の上奏文

では、その宇文虚中の上奏文とはいかなる内容のものであるか、次に見てみよう。

兵科給事中宇文虚中等一本。懇乞宸断、亟誅誤国権奸、以振本兵、以消虜患事。臣聞夷狄之禍、自古有之。周之獫狁、漢之匈奴、唐之突厥、迨及五代而契丹浸強、又我皇宋建国、大遼縦横中国者已非一日、然未聞内無夷狄、而外萌夷狄之患者。諺云：霜降而堂鐘鳴、雨下而柱礎潤。以類感類、必然之理。譬猶病夫至此、腹心之疾已久、元気内消、風邪外入、四肢百骸、無非受病、雖盧扁莫之能救、焉能久乎。今天下之勢、正猶病夫尫羸之極矣。君、猶元首也、輔臣、猶腹心也、百官、猶四肢也。陛下端拱於九重之上、百官庶政各尽職於下。元気内充、栄衛外扞、則虜患何由而至哉。今招夷虜之患者、莫如崇政殿大学士蔡京者、本以憸邪奸険之資、済以寡廉鮮恥之行、讒諂面諛。上不能輔君当道、賛元理化、下不能宣徳布政、保愛元元。徒以利禄、自資希寵固位、樹党懐奸、蒙蔽欺君。中傷善類、忠士為之解体、四海為之寒心。聯翩朱紫、萃聚一門。邇者河湟失議、主議代遼、内割三郡、郭薬師之叛失陥、卒致金虜背盟、憑陵中夏。此皆誤国之大者、皆由京之不職也。王黼貪庸無頼、行比俳優、蒙京汲引、薦居政府、未幾謬掌本兵、惟事慕位苟安、終無一籌可展。迺者張達残《ママ》於太原、為之張皇失散。今虜之犯内地、則又挈妻子南下、為自全之計、其誤国之罪、可勝誅戮。楊戩本以紈袴膏梁、叨承祖廕、憑藉寵霊、典司兵柄、濫膺閫外、大姦似忠、怯懦無比。此三臣者、皆朋党固結、内外萌蔽、為陛下腹心之蠹者也。数年以来、招災致異、喪本傷元、役重賦煩、生民離散、盗賊猖獗、夷虜犯順。天下之膏腴已尽、国家之紀綱廃弛、雖擢髪不足以数京等之罪也。臣等待罪該科、備員諌職、徒以目撃奸臣誤国、而不為皇上陳之、則上辜君父之恩、下負平生所学。伏乞宸断、将京等一干党悪人犯、或下廷尉、以示薄罰、或寘《ママ》極典、以彰顕戮、或照例枷号、或投之荒裔、以禦魑魅。庶天意可回、人心暢快、国法已正、虜患自消、天下幸甚、臣民幸甚。

一読してわかる通り、北方武備に関して何らかの失敗によって、その最高責任者たる蔡京と王黼・楊戩の三人を弾劾していることがわかる。では具体的にどの時代のいかなる失敗について言っているかを考えるならば、上奏文中に、「郭薬師之叛失陥、卒致金虜背盟、憑陵中夏」とある所から判断して、金将粘没喝と斡离不とが、それぞれ雲中と平州より大挙して中国領土に侵入した宣和七年（一一二五）十月と、郭薬師が燕山を以て金に降った同年十二月のことを指しているかのようである。もしそうであれば、この宇文虚中の上奏文の前に見える陳洪（陳経済の父）の西門慶宛の手紙の中で「茲因北虜犯辺、搶過雄州地界」という「北虜」とは金のことになる。だがこの部分を読んでも、金の侵攻を目前にした北宋末の危機的な時代の雰囲気が感じられないのは何故だろうか。

この十七回を読んでも、北宋末の緊迫した様子が一向に窺えないのは、この部分はまだ西門慶とその妻妾との享楽的な物語が始まったばかりで、七十九回西門慶が死ぬまでに、二十四回・四十三回・七十八回と三回も元宵節のにぎわいを述べる描写があり、本当に筋展開の上から、金が宋本土に侵攻するのは、百回においてという設定になっているからであろう。

『金瓶梅』各節の事件が、実際の歴史ではいかなる時代の何年に相当するかという表がこれまでに作られているが[1]、そのいずれもがこの十七回を、政和五年（一一一五）のことに相当するとしている。だとすると、作者は十年も異なる歴史的事件を突如としてこの十七回にもち込んだことになる。

作者が、十七回でこの宇文虚中の弾劾文を書こうと思った時、彼の念頭にあったのは、本当に宣和七年の金の侵攻であったのだろうか。この点について考えてみる前に、宇文虚中は実際にこのような上奏を行なったものかどうか、まずこのことについて考えてみよう。

宇文虚中は北宋末に活躍した実在の人物で、『宋史』巻三七一・『金史』巻七九にその伝が見える。それに依れば、彼は成都華陽の人、大観三年（一一〇九）の進士で、起居舎人・国史編修官・中書舎人等を歴任し、宣和の初年、中書舎人であった時、一つの上奏を行なっている。『宋史』に見えるその上奏文は、次のようなものである[2]。

用兵之策、必先計強弱、策虚実、知彼知己、当図万全。今辺圉無応敵之具、府庫無数月之儲、安危存亡、係茲一挙、豈可軽議。且中国与契丹講和、今踰百年、自遭女真侵削以来、嚮慕本朝、一切恭順。今捨恭順之契丹、不羈縻封殖、為我蕃籬、而遠踰海外、引強悍之女真以為鄰域。女真籍百勝之勢、虚喝驕矜、不可以礼義服、不可以言説誘、持卞荘両鬥之計、引兵踰境。以百年怠惰之兵、当新鋭難抗之敵、以寡謀安逸之将、角逐於血肉之林。臣恐中国之禍未有寧息之期也。

つまり、宋が金と結んで遼を滅ぼし、燕雲の地を回復しようとしている動きを批判して、百年以上の交わりのある遼をふり捨てて、礼儀節度のない金と手を結ぶことは危険であること、用兵は慎重であるべきこと等を言っている。宣和七年、金将の粘没喝と斡离不とが大挙入寇し、もはや如何ともし難い状況となるや、徽宗は己を罪する詔を発して位を太子桓にゆずるが、この時この詔文の草案を書いたのは、この宇文虚中である。靖康二年（建炎元年・一一二七）、金が徽宗・欽宗の両帝及び后妃・宗戚等三千人を連れて北に去るが、翌建炎二年、宇文虚中は資政殿大学士として徽宗・欽宗の返還を請うために金に派遣される。金では彼の教養を重んじ、彼を抑留し帰順させ、すぐに翰林学士や太常卿に任じ「国師」とよんであがめたという。しかし彼には才にたのんでおごるところがあり、往往金人をあなどることが多かったので、金の貴人高官達の間に彼に対する不満がつのり、遂に謀反の企てがあると誣告され殺された。『宋史』『金史』に見える宇文虚中の伝のあらましは、以上の通りである。

さて、かの金と手を結んで、遼を滅ぼすことの不可なることを論じた宇文虚中の上書はいつ提出されたものなのであろうか。『宋史紀事本末』巻五三「復燕雲」の条に依れば、この上書は、宣和四年（一一二二）三月に提出されたことになっている。

宇文虚中の上奏は、この外にもなされたのであろうが、主なる史書には、この宣和四年のものだけが載せられているのである。また内容的には同じく北方武備に関するものであるから、『金瓶梅』第十七回のかの上奏文のモデルは、たぶんこの宣和四年の上奏文であることは容易に察することができる。しかしこの両者には相当異なる点がある。実際の宇文虚中の上奏は宣和四年になされたのに対して、『金瓶梅』のそれは、すでに見たように宣和七年の金の大侵攻の直後になされたもののようである。従って内容も大いに異なり、実際の上奏文は、今述べた通り、金と手を結んで遼を滅ぼそうとする危険性について指摘しているだけだが、『金瓶梅』におけるそれは、すでに金の入寇をまねいた軍の最高責任者の責任を追求するものとなっている。何故このような差異があるのだろうか。勿論、小説は史書ではないのだから、その叙述に際し、かならずしも歴史に忠実にならねばならぬ必要性はどこにもないが、もし作者が表向きは北宋末に取材しているようにみせて、実は別の時代のことをそれに投影させようとしていたとしたら、どうしてもそこにある種の無理が生じ、その為にこのような差異ができたとも考えることも可能なのではあるまいか。

三　宇文虚中の上奏文に投影された時代

再び宇文虚中の上奏文を見るならば、その文中に「迺者張達残《ママ》於太原、為之張皇失散」とある。史書に依れば、靖康元年（一一二六）九月、金はそれまでなかなか陥落できなかった太原をようやく陥れ、知府の張孝純を生け捕る。この部分は、恐らく靖康元年のことをさしていると思われるが、この時、宋の守将の中に張達という者がいたとは、史書にしるされていない[3]。

では、張達とは一体いかなる人物であるかと言えば、明の嘉靖二十九年（一五五〇）八月、北の蒙古族のアルタン（俺答）による大侵攻で、数日間北京城を包囲する事件があり、これは「庚戌の変」とよばれているが、筆者は張達とはこの時大同近辺で戦死した一総兵官の名前であろうと考える[4]。

アルタンとは、この頃蒙古族の中で一番勢力をもっていたタタール部（韃靼部）の酋長のことで、彼は明国にしばしば通交を求めたが、いつも拒否された為、嘉靖九年（一五三〇）頃から毎年北辺に侵入をくりかえしていたのであった。その侵入の最大のものが、嘉靖二十九年の「庚戌の変」である。この年の六月にアルタンが精兵をひきいて大同近辺を侵した。そしてこの時、この地方を守っていた総兵の張達と副総兵の林椿とが戦死した。嘉靖帝は、この二人の忠義に感じ、張達には左都督の位を、林椿には都督同知の位をそれぞれ追贈した上、各々祠を立てさせ、春や秋にこの二人の霊を祀らせたという。この時、アルタンは一たんひきあげ、同年八月に再び古北口より侵入し、明国を侵すこと約一ケ月、北京城を囲むこと数日間に及んだ。そしてこれによって兵部尚書の丁汝夔と兵部侍郎の楊守謙の二人が、この責任をとって死刑となった。

この「庚戌の変」における張達の事蹟は、さまざまの史書に見え、まず『明世宗実録』巻三六一・三六二の嘉靖二十九年六月の条は勿論のこと、『明史紀事本末』巻五九「庚戌之変」の条、『明史』巻三二七韃靼伝等のいずれにも見える。このことからして、張達という人物は一総兵官とはいえ、嘉靖から万暦にかけて、相当その名が世間に知られた人物であったことが想像される。恐らく作者が『金瓶梅』に筆をとり、第十七回宇文虚中の上奏文にまできてふと彼の頭の中に記憶にあった「庚戌の変」の張達をまぎれこませたものと考えられる。だがもしそうだとしたら、話が北宋末に設定されている中に突如明代の人物名が入っていることになるが、これは一体いかなることなのだろうか。また、このような時代錯誤は、果して作者の故意によるものだったのか、それとも過失によるものだったのだろうか。

筆者の判断によれば、これは作者が故意に、つまり意識して張達なる明代の人名をこの上奏文に盛り込んだものと考える。もっと言うならば、作者がこの上奏文を作り上げた時、彼の頭に去来していたのは嘉靖年間における「庚戌の変」ではなかったかと考えるものである。

このように判断する理由を挙げるならば、以下の通りである。

第一に、『金瓶梅』の中には、この張達の外にも明代に実在した人物名、ことに嘉靖から万暦年間にかけて活躍した政治家の名前が書き込まれていることを発見することができ、一人張達だけが特別ではないという事実がある。では一体いかなる政治家名が見えるかと言えば、四十八回の狄斯彬、四十九回の曹禾、六十五回の凌雲翼・韓邦奇・黄甲を挙げることができる。

まず狄斯彬から検討してみよう。『金瓶梅』四十八回では彼は陽谷県のバカ県丞として登場し、苗天秀の事件を捜査して、結局天秀の死体を発見することになっている。この苗天秀事件の顚末は、ハナン（韓南）氏の研究ですでに明らかにされているように、『百家公案全伝』に取材するものである。(5) ところで、この『百家公案全伝』を見るならば、天秀の死体を発見するのは包拯であって、狄斯彬なる者とはしていないのである。ここで筆者が興味をおぼえるのは、『金瓶梅』の作者がなぜ包拯のかわりに狄斯彬という人物に変えたのかという点である。

実は、狄斯彬と同名の人が明嘉靖年間の政治家として史書に見える。その人は、嘉靖二十六年の進士で、同三十一年十二月に光禄寺少卿の馬従謙が宦官杜泰の不正横領を摘発して却って獄に下った際、この時御史であった彼がこの馬従謙を擁護して、為に辺地に流されている（『明史』巻二〇九馬従謙伝）。この狄斯彬なる人名は、特殊な名前らしく、『四十七種宋代伝記索引』や『遼金元伝記索引』その他の索引を見ても、この明代嘉靖の御史の外は出てこない。従って『金瓶梅』の作者は、この嘉靖の狄斯彬という人名を何かで知っていて、これを使った可能性が極めて大きいと考えられる。

次に曹禾であるが、作品では四十九回で、蔡蘊が両淮の巡監御史を拝命して任地に赴く途中、西門家に寄り、西門慶にこれまでの経過を語る言葉の中で彼の名前が出てくる。ところでこの曹禾の場合にも、史籍を繙いてみると、明嘉靖二十六年の進士に同名の人物がおり、この人は『掖垣人鑑』巻十四によれば、嘉靖二十九年から同三十三年にかけての工科給事中である。

凌雲翼・韓邦奇・黄甲の三人は、作品ではいずれも六十五回で山東省各府の知府として登場している。この時、都から花石綱の受け取りの勅使として六黄太尉が清河県の西門家に到着するが、彼等三人は、山東省の他の知府らとともに、この太尉に謁見する為に西門家を訪れている。この時、凌雲翼は兗州府知府・韓邦奇は徐州府知府・黄甲は登州府知府ということになっており、張叔夜も済南府知府として登場している。張叔夜は、北宋末の著名なる武将で、済南府知府も勤めたこともあるので（『宋史』巻三五三による）、この点は史実に忠実であると言える。けれども史書を繙いても凌雲翼・韓邦奇・黄甲の三人の名前は北宋末の人物としては見えなくて、却ってこの三人の場合も、明の嘉靖年間に活躍した人物に同姓同名の人物を発見することができる。まず凌雲翼だが、彼もやはり嘉靖二十六年の進士で、万暦六年から同八年にかけて、南京兵部尚書、南京工部尚書を歴任した高官である。また韓邦奇は、正徳三年の進士で、嘉靖二十六年から同二十九年まで南京兵部尚書、太子少保にまでなった嘉靖の高官の一人である。また黄甲については、嘉靖二十九年の進士に同名の人物がいる。

ところで一体、これら狄斯彬・曹禾・凌雲翼・韓邦奇・黄甲等は、真に今見てきたような嘉靖時代の人物だったのだろうか。いつの世でも同姓同名の人物はいるものであるから、これまで見てきた人々についても、たまたま嘉靖時の人物に同姓同名の者がいただけではないかと考えられる人もあるかもしれない。だが、たとえば、狄斯彬・曹禾・凌雲翼の三人とも嘉靖二十六年の進士であるというのは、偶然の一致なのだろうか。筆者にはどうもそうとは考えられない。作者がこれらの人名を使った時、これは間違いなく嘉靖年間のことが念頭にあったものであり、従って宇文虚中の上奏文中に見える張達なる人名も、けっしてでたらめに挿入されたものではないと考えるのである。

宇文虚中の上奏文に庚戌の変などの嘉靖時代のことを盛り込ませているのではないかと判断する第二の理由は、この上奏文の最初の部分、

譬猶病夫至此、腹心之疾已久、……四肢百骸、無非受病、雖盧扁莫之能救、焉能久乎。今天下之勢、正猶病夫尩羸之極矣。

は、嘉靖二十年二月に出された監察御史楊爵の上奏文の次の個所に甚だ似ることである。

今天下大勢、如人衰病已極。腹心百骸、莫不受患。即欲拯之、無措手地。（『明史』巻二百九楊爵伝）

楊爵のこの上奏文は、嘉靖帝の政治姿勢を批判したもので、帝が夏言や郭勛などの佞臣をことさらに寵愛したり、宮殿を新築するなど大土木工事を頻繁に行なったり、道教にこって政治をかえりみなかったり、諫臣の忠告をことごとく退けたりしていると、人心が離れ、しまいには天下が乱れるであろうという内容のものである。内容は北辺の武備に関するものでこそないが、今見たように一部文章は酷似する。

実は、宇文虚中の上奏文は、この部分のみならず、いろんな書物の中から適当な文章を剽窃することによって作られている。たとえば、この部分のすぐ前の

然未聞内無夷狄、而外萌夷狄之患者。諺云：霜降而堂鐘鳴、雨下而柱礎潤。以類感類、必然之理。

は、『大宋宣和遺事』前集末尾にある「宣和講篇」中の文字をほぼそっくりもってきたものである。因みに「宣和講篇」では次のように書かれてある。

自古未有内無夷狄、而外蒙夷狄之禍者。……霜降而豊鐘鳴、雨至而柱礎潤。以類召類、此理之所必至也。

また、宇文虚中の上奏文中の

元気内充、栄衛外扞、則虜患何由而至哉。今招夷虜之患者、莫如崇政殿大学士蔡京者、本以憸邪奸険之資、済以寡廉鮮恥之行、讒諂面諛。上不能輔君当道、賛元理化、下不能宣徳布政。

は、嘉靖二十九年十月に提出された徐学詩による厳嵩弾劾の次の上奏文にその主旨はよく似る。

「大奸柄国、乱之本也、乱本不除、能攘外患哉」「外攘之備、在于内治、内治之要、在于端本。今大学士嵩、輔政十載、奸貪日甚、内結勲貴、外比群臣」　（『明通鑑』巻五十九）

恐らく、この外にも基づく所があるかもしれない。

以上のことからして、作者は恐らく『皇明疏鈔』など奏議の文章を集めた書物より楊爵の文章を発見し、この宇文虚中の上奏文に利用したのではないかと筆者は考える(6)。もしそうだとしたら、このことからも、作者の目はいつも北宋末と明嘉靖年間とに向けられていたし、宇文虚中の上奏文は、表向きは金の侵攻のことを言っていながら、実は明代における北虜すなわち蒙古族の侵入を暗にこれに投影させていたと考えられるのではなかろうか。

第三に、宇文虚中の上奏文の中で批判を受けている人物の一人楊戩は、提督の地位にあった人で、何らかの理由で人から弾劾され獄に下り、獄中で死んだ明代のある人物を念頭において書かれたものではないかという疑いのあることである。この楊戩は『金瓶梅』では直接登場することがないが、まず三回、西門慶の言葉の中で、東京八十万禁軍提督として初めてその名前が現われる。そして十七回では、宇文虚中によって蔡京や王黼らとともに弾劾され獄に下る。その後六十六回で、翟謙の西門慶宛の手紙の中で、すでに彼が獄死していることが知らされることになっている。では、歴史上の楊戩はどうであったのだろうか。『宋史』巻四六八に楊戩の伝が見える。それに依れば、彼は宦官であって、政和四年に彰化軍節度使となり、おしまいには太傅にまで出世し、宣和三年に死ぬが、死後太師と呉国公の位と称号をもらっている。つまり『金瓶梅』中の楊戩は、歴史上の人物とは随分異なるのである。『金瓶梅』中の楊戩は、東京八十万禁軍提督だったとする。元来提督なる呼称は、明清を通じて行われた官名で、宋ではけっしてなかった呼称である。明代では、京営の長官つまり都を守る軍隊の長官を提督と称した。そして、おおむねこの職には、公・侯・伯・都督等の重臣が任用されたとする。(7)

以上のように考えてくると、楊戩は歴史上の楊戩ではなくて、明代提督の位についていた人で、なんらかの理由で人から弾劾され獄に下り、獄中で死んだ人物を念頭において書かれているのではないかという疑いがでてくる。それは一体誰であろうか。提督という地位からしてけっして無名の人ではないと考えられる。しかし今はその人を特定するのは暫くおくこととしたい。

ところで、何よりも不思議なのは、北辺防備における失敗に、政治の最高責任者たる蔡京や、兵部尚書とされる王黼がその責任を問われるのは理解できるが、東京八十万禁軍提督だとする楊戩がなぜ責任をとり獄に下らなければならなかったかということである。

確かに、宇文虚中の弾劾文中には、いささかも首都が夷狄に囲まれたといったようなことは書かれていない。だがもし、この弾劾文が「庚戌の変」を念頭として書かれたのであるならば、先述の如くこの時北京城は数日間、アルタンの率いる蒙古族にとり囲まれたのであるから、禁軍の最高責任者たる提督がその責任を問われるのは当然であり、これでこの謎が解けるのではあるまいか。

以上のことから、宇文虚中の上奏文は、明嘉靖年間の北辺におけるある緊張を意識して書かれているのではないか、特に嘉靖二十九年の「庚戌の変」あたりを念頭において書かれているのではないかと推論するものである。

おわりに

『金瓶梅』は、北宋末徽宗帝の時事に託して、実際には明嘉靖朝の時事を書いたものであるという説が少なくない(8)。今はそれらの説を再述しないが、実際に北宋徽宗年間と明嘉靖年間は類似点が多いのである。まず、北宋末は蔡京、蔡攸親子が政界を牛耳るが、嘉靖時代は厳嵩・厳世蕃親子が一時政界を牛耳ったのに似ている。また、徽宗帝と嘉靖帝はともに道教尊崇者である。そしてなによりも北宋徽宗朝でも明嘉靖朝でも、ともに北方の脅威があった点で大変よく似ている。北宋末のそれは金の侵入であるのに対し、嘉靖朝のそれは蒙古族の侵入であった。しかも、北宋末の童貫、嘉靖朝の仇鸞は、それぞれ各朝の辺境防衛の任に当った最高責任者であるが、この二人とも、これら北方からの侵入者に対して軟弱な態度をとっている。また、ともにこれら北方の脅威に対し、朝廷内で議論を二分する争点があった点も似ている。徽宗朝においては、金と和議をすすめるかどうかで和議派と反和議派に分かれたのに対し、嘉靖朝においては、蒙古族の要請をいれて馬市を開くかどうかで議論が分かれ、馬市開催の賛成派と反対派に分かれた。従って、『金瓶梅』には明万暦時代の投影があるという説もあるが、今見たように嘉靖時代の投影があるとする方が当を得ていると思われる。

　では何故、作者は宇文虚中の上奏文に明嘉靖時代北辺の脅威を投影させたのであろうか。『金瓶梅』では、この十七回の宇文虚中の上奏文の外にも、北辺の緊張を描いた個所は少なくない。例えば、六十四回で、薛内相が朝廷における変事を語る言葉の中に、

　昨日大金遣使臣進表、要割内地三鎮。依着蔡京老賊、就要許他、掣童掌事的兵馬、交都御史譚積《ママ》、黄安十大使節制三辺兵馬、又不肯、還交多官計議。

と見える。また九十九回では、

不料東京朝中徽宗天子、見大金人馬犯辺、搶至腹内地方、声息十分緊急。天子慌了、与大臣計議。差官往此《ママ》国講和、情願毎年輸納歳幣金銀彩帛数百万。一面伝位与太子登基、改宣和七年為靖康元年。宣寡《ママ》号為欽宗皇帝在位。徽宗自称太上道君皇帝、退居龍徳宮云云。

また百回では、

不想此《ママ》国大金皇帝、滅了遼国。又見東京欽宗皇帝登基、集大勢番兵、分両路寇乱中原云云。

と見える。このことからして、作者は、北方武備に不安を抱いていた人ではなかったかと想像される。それ故に、逆に軍の責任者に対しては厳しい目をもっており、ことに都の錦衣衛の長官を投影したと思われる朱勔については、批判的に描いている(9)。

また、これは、この作品がいつ頃書かれたかという古くて新しい問題ともかかわってくることだが、何故作者が、作品中に嘉靖時代に活躍した人物名を盛り込んだかという問題があろうかと思われる。この点については、甚だ自信がないが、製作時代に関しては、作品に投影されている時代相が、明の嘉靖時代のそれだとしても、かならずしもその製作時代まで嘉靖時代であると断じなければならぬ必然性はどこにもない。たとえば、凌雲翼などは、前述の如く万暦初年の高官であるが、黄霖氏も指摘されるように、これらの人名を、現役の時に引用したと見るよりも、一線を退いた後に引用したと見る方が妥当である。凌雲翼は万暦十五年に給事中や御史の弾劾をうけて官職を退いている(10)。但し、その引用は引退後かなりの年月を経てからというよりも、むしろ人々の記憶にまだ生々しく残っていて、読書人が読めば、それとなくいろんなことに気付くことが可能であった頃に書かれたと見るべきであろう。

それにしても、嘉靖時代に活躍した人名を作品に盛り込んでいるとしたら、それは一体何を意味するのだろうか。この点については、正直言って不明である。これはひょっとしたら嘉靖二十六年の進士が多いのと何か関係があるのかもしれない。

恐らく作者が予想した読者は、極く限られた人達であったに違いない。まさか四、五百年後の現代にまで読み伝えられ、しかも外国の人々にまで読まれるなどとは夢想だにしなかったに相違ない。また作品中に嘉靖時代に活躍した実在の人物名を盛り込んだのは、これら限られた読者への暗号ではなかったかと筆者は想像する。ただその暗号[11]によって作者が読者に何を伝えようとしていたのかは、残念ながら、今のところ不明である。

（1）　鳥居久靖「金瓶梅詞話編年稿」覚えがき（『天理大学学報』第四十二輯、一九六三年十二月）、魏子雲「金瓶梅編年紀事」（『台湾日報』一九八〇年）、朱一玄「金瓶梅詞話故事編年」（『明清小説研究』第一輯、一九八五年八月）等。

（2）　『宋史紀事本末』巻五十三「復燕雲」の条には、さらに精しく載っている。

（3）　張達なる人名は、『金史』巻七十九張中孚伝にも、

張中孚字信甫、其先自安定徙居張義堡。父達、仕宋至太師、封慶国公。中孚以父任補承節郎。宗翰囲太原、其父戦歿、中孚泣涕請迹父尸、乃独率部曲十余人入大軍中、竟得其尸以還。云々、

と見え、北宋末の統制で後に金に降った張中孚の父が張達という名であったとある。宗翰（粘罕のこと）が太原を囲んだ時、そこで戦死したとあるから、宇文虚中の上奏文中の張達とは、或いはこの人物のことかとも考えられる。が、筆者は、恐らくこの人物ではないであろうと考える。その理由は以下の通りである。

まず、この張中孚の父たる張達の素姓が怪しいことである。宋で太師の位にあり、しかも慶国公の称号を与えられていた人物が、どうして『宋史』その他の文献にその名が見えないのだろうか。これがその疑問の第一である。更に宗翰が太原を陥落したのは靖康元年九月のことである。恐らくこの『金史』中の張達が戦死したのはこの時のことと思われるが、こんな時しかも金の攻撃が最も激しかった前戦基地太原に、太師の位にもあった人が何故いたかというのが疑問

の第二である。張中孚が金に降った時、自らを金に高くうりつける為に、父の位を詐称したのではないかと思われるが、これは待考。つまり『金史』に見える張達という人物の素姓が不明であるというのが理由の一つ。

第二の理由は、もし宇文虚中の上奏文中に見える張達が、『金史』の張達と同一人物であったならば、作者は『金史』によった可能性が高くなるが、明の嘉靖年間とも万暦年間ともされる『金瓶梅』の作者が、果して『金史』の記載を見ることができたであろうかということである。明三百年間、歴代の正史は宮中の秘府に深く蔵せられ、民間の人が容易に見ることができなかったことは、顧炎武『日知録』巻十八「秘書国史」の条に、

自洪武平元、所収多南宋以来旧本、蔵之秘府、垂三百年、無人得見。而昔時取士、一史三史之科、又皆停廃、天下之士於是乎、不知古。

と見えることからも推察できる。もっとも、『明代版刻綜録』巻三に依れば、『金史』については、嘉靖八年南京国子監よりの刊本があり、作者がこれを見ていた可能性や、或いは、『金史』が基づいた史料のうちの何かを見ていた可能性がないわけではない。しかし、いずれもその可能性は低いと考える。

張達なる人名は、『金史』巻七十九の外に、『宋史』では、巻四十七の都統張達、巻四七七李全伝の統制張達、巻四五八代淵伝中の張達と三人の張達が見えるが、いずれも南宋末の人物である。また『明史』には巻二九四忠義伝に、興山（湖北省の地名）典史の張達の名が見えるが、これは明末の崇禎年間の人名で、いずれも宇文虚中の上奏文中の張達のモデルとは到底考えられない。

（4）小野忍・千田九一両氏による日本語訳の注にも「張達、明代の軍人。嘉靖年間、大同の守備に当たっていたとき、俺答《アルタン》が入寇し戦死した。『宋史』の中には張達という名は見当らない。これも宋と明を混同した一例であろう」との指摘がある（平凡社刊中国古典文学大系巻三十三『金瓶梅』上第十七回の注13）。

（5）『百家公案全伝』巻五十「判琴童代主伸冤」と題する話に見える。なお、ハナン（韓南）氏の研究は、P. D. Hanan, *Sources of the Chin P'ing Mei*, Asia Major, New Series, Vol. X, Part I, London, 1963. である。

（6）『皇明疏鈔』（孫旬編、万暦十二年）の巻二十五に、楊爵「慰人心以隆治道疏」として見える。『明史』と若干文字が異なるので、当該部分のみを示すと、次のようになる。

方今天下大勢、如人衰病之極、内而腹心、外而百骸、莫不受病、即欲拯之、無措手之地。云々、

（7）山崎清一「明代兵制の研究」（『歴史学研究』第九三・九四号、一九四一年）による。

（8）戴不凡「《金瓶梅》零札六題」（『小説見聞録』一九八〇年）、孫遜「関于『金瓶梅』的社会歴史背景」（『紅楼夢与金瓶梅』一九八二年）。

（9）拙稿「『金瓶梅』における諷刺――西門慶の官職から見た――」（『函館大学論究』第十八輯、一九八五年、本書第三部第四章）を参照されたい。

（10）黄霖「《金瓶梅》成書問題三考」（『復旦学報』一九八五年第四期）。

（11）一九八八年八月九日、台北で挙行された明代戯曲小説国際研討会において、本考を発表した折、魏子雲教授より、狄斯彬・曹禾・凌雲翼・韓邦奇・黄甲らは、それぞれ作品中に一度しか現われず、従って彼らは作品に対して何らの影響力も持たない。よって彼等のことを論じてもあまり意味がないのではないかという御指摘をうけた。確かに彼らの名前は一度しか現われず、注意を払わないと見おとしてしまうくらいに容易に気付かれないように書き込まれているが、筆者の考えに依れば、正にこのことこそ、作者の意図ではなかったかと考える。作品中に何度もその名が現われ、重要な活躍をする登場人物であったならば、「暗号」にはなりえないと考える。

第三章　『金瓶梅』に描かれた役人世界とその時代

はじめに

『金瓶梅』は、西門慶という一商人が手段を選ばず金儲けをし、その金力にものを言わせて政界に近づき、いったん政治権力を手に入れるや、その権力を足場にして更に富み栄える、他方、沢山の妻妾に囲まれて淫蕩な生活を送るという話である。

また、これら叙述の合間合間に、都の権力者蔡京を中心とする中央政界の動向とか、山東における大小諸役人の動き、更には、西門慶も属する武官諸官の動向等が織り込まれており、これらの描写が、背景となった時代の雰囲気を読者に伝えるのに重大な働きをしている。

『金瓶梅』には、上は蔡京のような太師から、下は清河県の下級官吏に至るまで約百五十人ばかりの役人が登場するが、これら官吏の動向は、注意深く読むと、(一)物語の展開とともに官僚集団が蔡京を中心とするものに変りつつあること、(二)しかもその諸官の動きが整然としていて、かなり緻《ち》密な構想のもとに作られていること、が判明する。本稿の目的は、『金瓶梅』に描かれた役人世界のこのような動向を明らかにすることを主目的とし、併せて、そこに描かれた役人世界が表面上は北宋末のそれだが、実際には明の嘉靖時代のそれを描いているのではないかということについて論及することとしたい。

一　『金瓶梅』における官界の動向

まず、『金瓶梅』の初めの方から、主に官界の動きについて書いてあることについて、回を追ってみることにしよう。

表Ⅰ　『金瓶梅』における官界の動向

回	動　向
10	武松の事件発生。知事李達天らは西門慶からの賄賂を受けて武松を死刑にしようとするが、東平府知府陳文昭のはからいにより孟州流刑となる。
14	花家財産相続事件発生。開封府知府楊時は清廉官だが、蔡京らの要請を受けて、西門慶の罪を不問に付す。
17	兵科給事中宇文虚中の弾劾文が提出される。結果、楊戩《せん》が失脚する。西門慶は都の高官李邦彦に賄賂を贈り一命を取り留める。
27	蔡京は西門慶からの賄賂を受けとり、山東巡撫侯蒙に命じて山東滄州の塩商人の王霽《せい》雲を釈放させる。
30	西門慶は蔡太師に誕生祝いの品を贈る。太師はその見返りとして慶に山東提刑所副千戸の官位を与える。
36	状元の蔡蘊《うん》と次席の安忱《ちん》の二人が西門邸に一泊し、これ以降西門慶との交際が始まる。
47	苗天秀殺害事件発生。西門慶は賄賂を受け下手人の苗青を逃す。
48	山東巡按御史曽孝序、西門慶ら提刑官の不正を弾劾する。蔡太師、七件の政治提言を上奏する。
49	曽巡按、蔡京に逆らった為、解職の上嶺南に放逐される。
65	神運石の輸送に際し、西門邸で六黄太尉ら勅使一行を接待する。この時、侯蒙ら山東の高官が一堂に会する。

70	西門慶、正千戸掌刑に昇進。謝恩上書の為に上京する。
71	西門慶、文武百官の朝賀に参し、龍顔を拝する。
77	山東巡按御史宋喬年が山東諸官に関する挙劾の上奏を行い、荊忠らを昇進させる。
79	西門慶死す。
98	陳経済は、臨清で韓道国親子と再会。親子の話から、都では蔡京ら高官六人が太学士陳東に弾劾され失脚したことを知る。

以上が、『金瓶梅』に見られる官界の極くおおざっぱな動向であるが、では、作中登場の大小諸官はどのように描かれているのであろうか。今、話の展開にそって、各官職における人事異同の有様をまとめてみたのが、次の表Ⅱである。

これらの表を見てすぐ判明することは、所々誤字、誤植によるかと思われる人名の不一致が見られる外は、かなり大きな構想のもとに、これら諸役人の異同のありさまが緻密かつ整然と組み立てられていることを看取することができることである。

次に気付かれる事は、49回まで曽孝序が勤めていた山東巡按御史の職を、それ以降は宋喬年に代わったり、10回で陳文昭が勤めていた東平府知府の職が、遅くとも42回頃までには胡師文に代わっていたりしている点から見て、徐々に、中央地方を問わず、官界が蔡京とよばれる人物の息のかかった人間達によって占められていっていることを看取できることであろう。

以下、これらの点についてもっと精しく見てみよう。まず、表Ⅰを見ると、全篇を通じて、恐らくそれによって官界を大いに震撼《しんかん》させたと思われる注目すべき事件に、（一）17回の宇文虚中の弾劾と、（二）48回の曾孝序の弾劾の二つの事件が挙げられるかと思う。

まず（一）の宇文虚中の弾劾文は、今ここにその全文を提示するスペースがないので省くが、その内容は、直接的には北方の異民族が中国に深く侵入し、沢山の兵民を殺したので、この侵入を許した軍の最高責任者たる王黼《ほ》と楊戩《せん》らの責任を追求するものである。そしてこの弾劾はこれにとどまらず、かかる夷狄の侵入を容易にしたのは、内政の弛緩《しかん》に遠因が求められるとして、内政の最高責任者たる蔡京の責任を追求するものになっている。この弾劾の結果、皇帝が下した裁断により、蔡京の罪は不問に付され、王黼と楊戩の二人だけが裁判にかけられることになる。王黼は、この回にのみその名前が見え、これ以降現われることがないが、楊戩については、すでに1回で四奸の一人にあげられており、66回では、蔡京の執事翟謙の西門慶宛の手紙の中で、彼は最近獄中で亡くなった旨が見えることから、久しく獄中にあったことが判明する。

この弾劾の波紋は、楊戩と縁つづきであった西門慶にとって極めて大きな衝撃であった。折から花子虚の未亡人李瓶児を家に迎え入れ第六夫人に据《す》えるつもりでいた彼は、急に自重して家にひきこもり、他方下男の来保と来昭の二人に金品をもたせ都の礼部尚書李邦彦の所にやって助命の嘆願をさせている。しかしこの弾劾の衝撃は西門慶のみにとどまるものではなく、太師や兵部尚書が弾劾され、その結果兵部尚書が下獄されたのであるから、恐らく都の官界では大きな衝撃があったとは想像されるが、小説ではこの点については、何ら触れていない。

とにかく、この宇文虚中の弾劾は、一言で言うと辺政の失敗に関するものであり、その結果、楊戩という政界の実力者の失脚をまねくに至ったものであったということができる。この時追求を逃がれた蔡京は、これ以降着々と独裁の地歩を固めてゆく。

表Ⅱ　各官職人事異同表

東京八十万禁軍提督 楊　戩(17回) ↓ 王　燁(70回)	兵部尚書(正二品) 王　黼(17回) ↓ 余　深(48回) ↓ 李　綱(99回)
(山東布政使司) 山東左布政(従二品) 龔　其(夬の誤り)(65回) ↓ 陳四箴(77回)	工部尚書(正二品) 林　攄(70回)
山東右布政(従二品) 陳四箴(65回)	工部主事(正六品) 安　忱(36回) ↓ 黄葆光(51回)
山東左参政(従三品) 何其高(65回)	吏部尚書(正二品) 王祖道(70回)
山東右参政(従三品) 李　侃(65回)	礼部尚書(正二品) 李邦彦(18回) ↓ 蔡　攸(18・98回)
山東左参議(従四品) 馮廷鵠(65・77回)	山東巡撫(正二品) 侯　蒙(27回) ↓ 張叔夜(98回)
山東右参議(従四品) 汪伯彦(65回)	山東巡按御史(正七品) 曽孝序(35～49回) ↓ 宋喬年(49～77回)
(山東提刑所) 提刑所掌刑(正千戸)(正五品) 夏龍渓(12回) ↓ 西門慶(70回) ↓ 張懋徳(80回)	陝西巡按御史(正七品) 宋　盤(49回)
提刑所理刑(副千戸)(従五品) 賀　金(17回) ↓ 西門慶(30回) ↓ 何永寿(70回)	巡塩御史(正七品) 蔡　蘊(36～80回)

清河県県丞（正八品）
楽和安（10回）
↓
銭　労（10回）＝銭　成（32回）
?
＝銭斯成（65回）
?

清河県主簿（正九品）
華何禄（10回）
↓
任廷貴（32回）＝任良貴（65回）
?

清河県典史（未入流）
夏恭基（10〜65回）
↓
臧不息（92回）

陽谷県知県（正七品）
狄斯朽（65回）

陽谷県県丞（正八品）
狄斯彬（48回）＝狄斯朽（65回）
?

東昌府知府（正四品）
徐　崧（65回）＝徐　松（77回）
?
↓
達天道（99回）

東平府知府（正四品）
陳文昭（10回）
↓
胡師文（42・47・65・77回）

済南府知府（正四品）
張叔夜（65・77・97・98回）
※但し97回のみ、済州府知府になっている

兗州府知府（正四品）
凌雲翼（65回）

徐州府知府（正四品）
韓邦奇（65・77回）

莱州府知府（正四品）
葉　遷（照の誤り）（65・77回）

青州府知府（正四品）
王士奇（琦の誤りか？）（65回）

登州府知府（正四品）
黄　甲（65回）

清河県知県（正七品）
李達天（10回）
↓
李拱極（65回）
↓
李昌期（88回）
↓
霍大立（92回）

(二)の曽孝序の弾劾というのは、一つではなく、二件の弾劾上奏からなっている。一は、48回に見えるもので、これは主人殺害の大罪を犯した苗青という男を賄賂を得て釈放した山東提刑官夏延齢と西門慶の不正を弾劾するものである。また、二は、49回に見えるもので、こちらの方は、蔡京が上奏した七件の政治上の提言はいずれも国力民力を疲弊せしむるだけのものだとして、これら提言にことごとく反対したものである。このうち前者の弾劾文は、蔡京と兵部尚書の余深の二人によって握りつぶされてしまう。また後者の弾劾文については、蔡京はこの上奏が出されたことを知るや、徽宗皇帝に曽孝序の批判こそ当らないと奏上、皇帝の力により、彼を初め陝西慶州の知事に左遷させた後、次に陝西巡按御史で息子蔡攸の妻の兄にあたる宋盤に命じて、曽の私事を弾劾させ、ありもせぬ罪状をおっかぶせて、結局は嶺南に追放してしまうことになっている。

ところで、蔡京の出した七件の政治提言ならびに曽孝序の反論は、いずれも歴史上の事実である。但し、七件の提言は一度に出されたものではなく、そのうちの一部は曽孝序が嶺南に追放された後に出されたものもある。このあたり、小説は歴史通りにはしていない。また、歴史上実際に蔡京の命をうけて曽を弾劾したのは、御史の宋聖寵であり、息子蔡攸の妻の兄というのは、次に登場する宋喬年のことである。つまり宋盤とは、『金瓶梅』の作者が曽孝序を弾劾した宋聖寵と蔡攸の妻の兄の宋喬年の二人を混ぜ合わせて作りだした架空の人物だということになる。

ところで小説では、曽孝序が嶺南に追放されたあと、西門慶ら提刑所の武官が山東の諸役人らとともに新任の巡按御史の宋喬年を東昌府に出迎える段に筆が移っているが、この宋喬年こそそれまで蔡京を批判してきていた曽孝序の後任だったのである。

さて、『金瓶梅』に描かれた政界の動向のうち、この49回での曽孝序の失脚のもつ意味は極めて大きい。それはこの時を境として蔡京のもつ政治的指導力が飛躍的に増大し、天下には蔡京党がはびこるに至るように描かれているからである。何を以てこれを言うか。それは、少なくとも49回までは蔡京やその一門の政策に反対する人物が登場するが、それ以降は皆無となるからである。蔡京やその一門の政策に反対する人物というのは、清廉官ないしは正義漢と言っていいかと思うが、そういった人達は、次の二種類のグループに分けられる。その第一のグループは、蔡京やその一門の政策に反対しこれと正面きって対決する人達で、17回の宇文虚中、48回の曽孝序、49回の曹禾らがこれに該当する。第二のグループは、第一のグループのように公然と蔡京やその一門を批判するまでには至らないが、根は正義漢でそれぞれの立場上できる範囲で精一杯その正義を実現しようとする人達で、10回の陳文昭、14回の楊時、26回の陰隲《しつ》、さらには92回の徐峙もこのグループに入るかと思う。このうち徐峙を除いて外はすべて49回までに登場する人物である。

まず第一のグループだが、宇文虚中と曽孝序についてはすでに触れたので、ここでは曹禾について考えてみたい。曹禾のことは、49回で蔡蘊が同年の進士宋喬年を伴って西門家を訪れたおり、彼が西門慶にむかって一別以来のことを語る言葉の中に出てくる。それは次のような内容だ。

学生在家、不覚荏苒半載。同来見朝。不想被曹禾論劾、将学生敝同年一十四人之在史館者、一時皆黜授外職。学生便選在西台、新点両淮巡塩宋年兄便在貴処巡按。他也是蔡老先生門下。

この蔡蘊の発言から様々なことが判る。まず宋喬年は蔡蘊と同年の進士であること。またともに蔡京の門下生であり、かつて一緒に史館に勤めていたこと。更に史館にいた時、曹禾という人に弾劾されて、その時史館にいた十三人の仲間とともに地方に左遷されたこと等である。但し、曹禾という人はどういう人で、何故史館に属していた人達を弾劾したかという点については一切ふれられていない。だがしかし、次のような推測は可能であろう。蔡蘊や宋喬年はともに同年の進士で蔡京の門下生と名乗り、西門慶との親交を深め互いに利用しあう関係を作っていることからして、彼等は蔡京派だとすることができる。すでに蔡蘊や宋喬年が蔡京派なら、この時の史館はこの蔡京派で占められていた可能性が極めて強い。このように考えてくると、曹禾という人は蔡京派の政策を批判する側の人物ではなかったかと推測される。曹禾は曽孝序と同じ立場の人であって、しかも曽孝序が蔡京や西門慶を弾劾したのとほぼ時を同じくして史館にいた蔡蘊ら十四人を弾劾したのではあるまいか。その弾劾の内容は、恐らく蔡蘊らの科挙及第が政治的に決められ、結果的に合格者は蔡京派によって占められることになった事に対する批判であったのかもしれない。

次に第二のグループについて考えてみよう。このグループは、陰隲を除いて外の三人、すなわち陳文昭、楊時、徐葑らはいずれも知府であり、彼等はすべて裁判に当っては賄賂を一切受け取らず、事の正否を正しく判断して、弱者や冤《えん》罪にまきこまれそうな人をできるだけ救おうとする人物である点で似ている。恐らく彼らのような人物形象は、宋代講釈のうちの公案物の出し物の中で民衆の支持により創り出されてきて、発展定着し、元曲を経て明代小説に受け継がれてきたものだろうと思われるが、この人物形象の問題はやや論点がずれるので、ここではこれ以上論じない。さて元に戻って、このグループの人物の特徴を更に見てみよう。例えば10回で武松の事件を扱う陳文昭は、次のように描かれている。

這東平府府尹、姓陳双名文昭、乃河南人氏、極是個清廉的官。

として、武松を直々に尋問して事の真相を知るや、清河県に指示して西門慶ならびに潘金蓮と王婆をも召し捕って尋問するように下知する。一方このことを予め察知した西門慶は、下男の来保を都にやって楊戩や蔡京に穏便なとりなしをたのむ。すると蔡京は、陳文昭宛に一通の重要密書をしたためて、西門慶と潘金蓮の罪を不問に付すよう指示する。ここの所『金瓶梅』では、次のように描かれている。

這陳文昭、原係大理寺寺正、陞東平府府尹、又係蔡太師門生、又見楊提督乃是朝廷面前説得話的官、以此人情両尽了。只把武松免死、問了個脊杖四十、刺配二千里充軍。

かくして、陳文昭は、蔡太師の顔をたてて西門慶らの罪を不問に付してしまう。つまり、陳文昭は正義漢ながら、最終的には蔡京ら権力者の圧力に屈して妥協してしまうことになっているのである。

ところで、この陳文昭は、『水滸伝』27回にも登場し、やはり武松の裁判に当っている。では『水滸伝』ではこの陳文昭をどのように描いているのだろうか。この点については、かつてハナン氏も指摘されたことであるが(1)、『水滸伝』では、この時既に西門慶自身が武松に殺されてしまっているので、もとより彼が都の権力者にたのむ筋立てなどあり得ないのだけれども、武松の孟州への追放という処置はあくまでも陳文昭独自の判断によってなされたように描かれ、蔡京ら高官の裁判への容喙《かい》など一切書かれていなかったのである。すでに『水滸伝』という小説自体、北宋末における中央政界の腐敗を描いたもので、そうした腐敗についてゆけず義憤により一般社会から飛び出した者達が梁山泊に集まり、時の権力者と対峙《じ》するとするもので、極めて政治的要素の強い小説である。しかし、この陳文昭の例から見られるように、『金瓶梅』は、この『水滸伝』以上に政治的腐敗と世の悪を暴き出して、それをより直視しようとする傾向の強い小説であるということができよう。

この陳文昭の一バリエーションと思われるのが、14回に登場して花家の遺産相続をめぐる事件を裁く楊時である。彼はやはり陳文昭と同じく根は清廉な官吏だが、蔡京の門弟であるが為に京の顔を立てて、結局西門慶に有利な判決を下してしまう。開封府府尹になる以前は大理寺の役人であった点まで陳文昭に似ている。

また27回に登場し、不正を働いて捕えられていた塩商人の王霽雲(2)を釈放する侯蒙も、このグループに入れることができるかと思う。それは、この釈放には裏で西門慶が賄賂で動き、最終的には蔡京の指示によってなされることになっているからである。但し小説中における侯蒙は、地の文にのみ登場し直接登場することがないので、陳文昭や楊時のような清廉官であったのかどうか、その人となりはどうだったのかよくわからない。しかし、賄賂によっていとも簡単に正義を曲げてしまう巨悪が都で最高の地位にあり、その巨悪の指示によって裁判が曲げられるといった構図は陳文昭や楊時の場合と一致している。

ところで、今挙げた楊時も侯蒙もともに北宋末における実在の人物で、楊時は時の大儒、侯蒙は徽宗帝から厚い信任を得ていた能吏であり、歴史上の二人はともにその性格からして、いくら蔡京からの圧力があったからといって自らの良心を暗ますようなことをするはずのない人間である。『金瓶梅』では、このように作中に往々歴史上の人物を登場させ、小説の中では歴史上とはまるであべこべの性格を担わせたり、あべこべのことを行わせたりしていることが多い。ここに『金瓶梅』における戯筆の要素を発見できるわけだが、この点に関しては、別に稿を立てて論ずるつもりなので、ここではこれ以上は論じない。

さて、これまで蔡京やその一門の政策を批判したり、賄賂を受けつけなかったりする正義派人物のことについて見てきたが、ではこれら正義派の人物の描写に共通する点は何であったろうか。

凡そその共通点は、次の二点に整理することができるかと考える。その一は、正義派の人物はいずれも全篇中ただ一度しか登場せず、それも読者の目の前をかすめて過ぎるように軽く書き流してあることの多い事である。その典型は、49回の曹禾である。彼の名前は後にも先にもこの49回の蔡蘊の言葉の中に出る以外にはまったく出てこない。この外の正義派人物も大同小異である。では何故このような描かれ方になっているのだろうかと考えてみるに、一つには、この小説が蔡京派の側から描かれているからだということが挙げられよう。今一つの理由は、次節でも述べるように、作者にはこの小説の実際の時代的背景を隠そうという意図があったからであろう。共通点の今一つの点は、曽孝序の一件で端的にわかるように、『金瓶梅』に描かれた政治世界は、蔡京を頂点とする悪の勢力が絶大で、正義の人士はその下に圧殺されている世界であるということである。ではこのような世界はまったく作者の空想の産物であったのだろうか。次節でこの点について考えてみたい。

二　『金瓶梅』に描かれた時代

さて、これまで見てきたような『金瓶梅』に描かれた役人世界は、設定されている時代は確かに北宋だが、実際はどの時代のことが描かれているのであろうか。明代以来、この小説は話を北宋末に設定しているが実際は作者が生きていた明代の某時期のことを描いているというのが定説となっている。ではその某時期とはいつのことか、以下は、まずこれまでにこの問題に関して論及した説を紹介した後、筆者の考えを示すこととしたい。

まずよく引かれる資料だが、沈徳符『万暦野獲編』巻25では、次のように書かれている。

聞此為嘉靖間大名士手筆、指斥時事。如蔡京父子則指分宜、林霊素則指陶仲文、朱勔則指陸炳。其他各有所属云。

とあり、伝聞であるとはしながらも、沈徳符自身もこの小説に実際描かれているのは嘉靖の頃のことだと信じていたらしい。このことは、次にその続作『玉嬌李』のことを紹介して、この続作では時代背景を金か南宋に設定してあるが、作中嘉靖時代の人名を堂々と書き加えてあり、実際にはやはり嘉靖時代のことが描かれている小説だと言っている(3)ことからも明らかである。

ところが、『金瓶梅』に描かれている時代は、実は万暦中期頃のことだとしたのが、有名な呉晗論文「《金瓶梅》

的著作時代及其社会背景」である。(4)氏は『金瓶梅』に描かれている仏教隆盛の様子や、太監の羽振りの良さの様子、また作中に太僕寺馬価銀とか、皇荘・皇木・女番子なる語が見えることから、万暦時代のことが書かれているとした。

これに対して、孫遜氏は「関于《金瓶梅》的社会歴史背景」(5)で、『金瓶梅』に描かれている蔡京のような人物は、万暦時代には登場しないこと、また作中北辺防備に関する憂慮の念がしばしば書かれてあるが、万暦時代には蒙古族との間に貢市が開かれ、その国王俺答《アルタン》を順義王に封ずるなど北方民族との友好関係がうちたてられ辺患はなかったとして、やはり作中に投影されているのは、嘉靖時代をおいて外にないとし、また呉晗氏の挙げた証拠もそれぞれ拠るに足らずとしていちいち反論があげられている。

この孫氏と同じく『金瓶梅』に投影されている時代はやはり嘉靖時代であるとするものに、戴不凡と陳詔の二氏の論文がある。まず、戴氏は「《金瓶梅》零札六題」(6)の中で、『金瓶梅』49・51回で工部主事安忱が皇木の運搬を監督して荊州にむかっていること、64回薛内相の言葉の中で雷が内裏の凝神殿におち鴟尾の球を壊したことに言及していること、87・88回で東宮が決定されて大赦が実施されることが書かれてあること、71回で太師蔡京が群臣朝賀のおり帝徳を称《たた》える頌を献ずることが書かれてあること等は、すべて嘉靖時代に拠る所があるとしている。また、陳氏は『《金瓶梅》小考』(7)の中で、作中に見える高楊童蔡四個の奸臣（1回）とか、蔡太師の義子（36回）とか、生辰扛（27・30・55回）とか、沈万三（33回）とかという語から、作品は厳嵩が国柄を握っていた嘉靖時代を投影したものであろうとされる。

『金瓶梅』に投影されている時代がいつなのかという問題は、作者が誰で、いかなる作為から作ったかにかかわってくることなので、これまで作者を論ずる論文では必然的に触れざるを得ない問題であった。なかでも、蔡京のモデルを嘉靖の厳嵩だとするのが時代背景嘉靖説をとる研究者の一般的傾向で、上述の中でも、孫氏・戴氏・陳氏らはいずれもこの見方に立つ。ただ、作者李開先説をとる学者呉暁鈴・卜鍵の各氏[8]は、李開先が官職を辞めなければならなかったのは夏言による所があるので、個人的恨みから蔡京に借りて罵倒しているのは厳嵩ではなくて夏言だとする。この外にも様々な説があるが、紙数の関係上ここでいちいち紹介している余裕がないので、次には、筆者の見解を述べることとしたい。

まず指摘したい点は、前節において、作中に描かれている諸官の動向が整然としていて、かなり緻密な構想のもとに作られていることを見てきたが、このことはひとえに作者の持つ想像力の高さによるというよりも、現実の政治に準拠したからこのようになったのではないかということである。ではその現実とはいつの現実かと言うと、やはり嘉靖時代だとしたい。その理由は、なによりも北宋末と明嘉靖時代とには類似点が多いことが挙げられる。主要なる類似点としては、次の三点が挙げられるかと思う。まず、類似点の一は、北宋徽宗帝も明嘉靖帝もともに異常なる道教尊崇者であったということ。類似点の二は、いずれの時代にも政界のボスがいて、北宋末の蔡京はまさに明嘉靖の厳嵩であり、ともにその賄賂政治の悪弊を天下に流したこと。類似点の三は、いずれの時代にも北辺の脅威が存在したことである。また、沈徳符『万暦野獲編』の記述も無視できない所である。かつて魏子雲氏が指摘されたように、この『野獲編』における『金瓶梅』に関する記述には様々な矛盾点も多く見られるが[9]、伝聞の形をとっているとはいえ、沈徳符自身も『金瓶梅』で実際に描かれているのは嘉靖時代だと思っていたらしいことは先述の通りである。次に、作中に登場する人物の中には明代に実在した同名の人物が登場することがあり、それも嘉靖時代の人物が比較的多いことも、この作品の時代背景が嘉靖ではないかと判断する理由の一つである。今『金瓶梅』に登場する人物で、『明史』に同名の人名が見られる例を挙げてみると、以下のようになる。

陳経済（万暦八年進士）、陳文昭（正徳九年進士）、周秀（嘉靖二十九年進士）、陳洪（隆慶頃の宦官）、張達（嘉靖の軍人）、董升（成化の軍人）、黄玉（正徳の宦官）、任廷貴（嘉靖八年進士）、胡慥（嘉靖二十年進士）、狄斯彬・曹禾・凌雲翼（いずれも嘉靖二十六年進士）、徐鳳翔（万暦三十五年進士）、何其高（嘉靖十一年進士）、趙訥（嘉靖三十八年進士）、韓邦奇（正徳三年進士）、王士琦（万暦十一年進士）、黄甲（嘉靖二十九年進士）、羅万象（嘉靖間の奸人）、王煒（正徳十六年進士）、王佑（成化十七年進士）、尹京（正徳六年進士）、王曄（嘉靖十四年進士）、葉照（嘉靖二年進士・同十七年進士）、温璽（成化十七年進士）、王寛（景泰五年進士）、屈銓（正徳間の人）、李貴・王宣・周宣（以上三人は、該当者が沢山いて特定できない）

これによってもわかる通り、嘉靖時代の人物、特に嘉靖二十六年の進士の多いことが判る。沈徳符はかつて『金瓶梅』の続作である『玉嬌李』を見て、話は表向き時代を金ないし南宋に設定されているが、作中、嘉靖二十年の庶吉士の名前が公然と書き入れられてあることに驚いたとしているが、同じように、ここは『金瓶梅』にも嘉靖二十六年の進士の実名が書き入れられていると考えるべきではなかろうか。もし、作者が意識的に嘉靖二十六年の進士の名前を書き加えているとしたら、一体何故書き加えたのか、その意味する所は何であるかが問題になるであろう。

このいわば謎に対し、今の所いかなる明確な答えも出されていない。だがもしここで大胆なる憶測を述べることが許されるならば、筆者は、ひょっとして『金瓶梅』の作者がこの嘉靖二十六年の進士全九十三名のうちの中にいるのかもしれないと考えている者である。中国旧社会にあっては、同年の進士は任官した後も互いに特別な関係を持ちつづけたといわれるので(10)、作者が嘉靖二十六年の進士であればこそ、作中に思わず知らず同年の及第者の名前を盛り込んだとは考えられはしまいか。

ところで、この嘉靖二十六年の進士の中に、清朝以来長くこの小説の作者と目されてきている王世貞のいることを附記しておきたい。王世貞作者説は、呉晗氏以来否定されつづけてきて、近年になり朱星氏により再び持ち出されたりしたが、(11)未だ一般に支持されるには至っていない。しかし、屠本畯『山林経済籍』や謝肇淛「金瓶梅跋」では、抄本流行初期の段階において一時期王世貞の家に『金瓶梅』の完本が蔵されていたということが書かれてあることからしても、王世貞作者説を完全に否定することはできないと思う。たとえ王世貞が作者ではなかったとしても、彼自身作者が誰であったかを知っていたのではないかとさえ疑われる。だが『金瓶梅』の作者が誰なのかという問題は、四百年来の謎で、そう簡単に決着がつくはずのものではないと思われるので、ここで軽々しく断を下すことは避けたいと思う。

本題に戻ろう。筆者は以上のような理由から、『金瓶梅』に投影されている時代を嘉靖時代であると考える。しかし念の為に書き添えるが、これは即執筆の時代を意味するものではない。我が国の滝沢馬琴は『南総里見八犬伝』を書きあげるのに前後二十八年もの長年月を要したことは夙《つと》に有名だが、『金瓶梅』のような大作になると、やはりその構想段階から実際に執筆にとりかかり書きあげるまで、相当の年月を要したことは想像に難くない。また、嘉靖時代の政界の有様をある程度知っていた作者が、北宋末の嘉靖時代との上述の如き類似点に着目して、実際に執筆したのは隆慶、万暦初年のことだったと考えてもなんら不自然なことではないと考えられる。

では、『金瓶梅』に投影された時代が嘉靖時代だとしたら、前節でみた官界の動きは、具体的にはどのような事件と符合するかについて次に考えてみたい。しかし、小説中の某事件は、具体的に嘉靖某年の某事件に拠っているのではないかなどと指摘することは実際には極めて困難である。それは、まず作者が意図的に読者に作品に投影されている時代をわからせないようにしている外に、宋と明の地名や官職の混用、さらには宋と明の事件をまるで夢の中で見ているかのように混然と書き混ぜているからであり、従って明確なる証拠を提示しがたい情況にある。従って以下は、極く莫然と指摘するにとどめる。

まず、小説中の蔡京はやはり厳嵩の投影であると考えるべきであろう。歴史上の蔡京は、失脚と復起とを繰返しているが、小説中の彼は却って一貫して最高権力者のポストに居つづけているように描かれている。この点から見ても彼は厳嵩の投影と見るべきであろう。

さて、すでに見てきたように、小説では回を追うにしたがって政界が徐々に蔡京党で占められてゆく様子が描かれていたが、蔡京が厳嵩の投影したものとすれば、この小説には、厳嵩が南京礼部尚書から北京の礼部尚書に移った嘉靖十五年十二月あたりから、厳嵩の義子鄢懋卿が副都御史として天下の塩政を総理し、彼の行なった大々的な賄賂政治に天下の非難が集中した同三十九年頃までのことが投影されているものと考えられる。この間、厳嵩はたえず幾多の人々から弾劾をされはしたが、その度ごとに嘉靖帝による特別の庇護によってその失脚を免れている。厳嵩を弾劾した主なる人間を時代順に挙げるならば[12]、

嘉靖十五年の桑喬と胡汝霖、
同十九年の謝瑜、
同二十年の葉経、
同二十一年の沈良材・童漢臣・王燁・陳詔・伊敏生、
同二十二年の周怡、
同二十七年の厲汝進、

同二十八年の沈束、
同二十九年の徐学詩、
同三十一年の王宗茂、
同三十二年の楊継盛と趙錦、
同三十七年の呉時来・張翀・董伝策、

となろう。いずれも弾劾した者が逆に罪を得て失脚しているが、『金瓶梅』48回に見られる曽孝序の弾劾とその失脚や、全篇を通じて蔡京を頂点とする悪が終始清廉官より優位に立っているように描かれているのは、これら厳嵩の失政に対する無数の批判弾劾とその挫折の象徴的投影ではなかったかと筆者は考える。

では、17回の宇文虚中の弾劾と楊戩の失脚をどう見るか。かつて筆者は、これは嘉靖二十九年の庚戌の変の投影ではないかと論じたことがあるが(13)、冷静によく考えてみると、このように一つの事件に結びつけることにはやや無理があると考えられるので、ここでは、もっと広く考えてみることにしたい。つまりこれには、河套の地を回復すべきか否かで、結局嘉靖帝の同意を得られず失脚し殺されるに至った嘉靖二十七年の曽銑・夏言の事件、または庚戌の変の責任から殺されるに至った同二十九年の丁汝夔《き》・楊守謙の事件、あるいは蒙古軍が灤《らん》河を越えて深く中国の地に侵入した責任をとって殺されることになった同三十八年の王忬《よ》の事件等、北方の遊牧民との間に惹起された一連の事件の漠たる投影がこの宇文虚中の弾劾ではなかったかと筆者は考える。作者が往々にして登場人物を兵部尚書にする傾向のあることも(14)、作中に見られる北辺武備に対する危惧の念と恐らく無関係ではなかろうと考えられる。

おわりに

『金瓶梅』に描かれた時代が、実際には明の嘉靖年間であるとしても、作者がなぜそのことを隠し読者の目を晦《くら》ます必要があったのか。好色小説の作者であることを明らかにされ、千古にその悪名が残ることを恥じ恐れた為なのか。はたまた作中に政治諷刺をこめたので、時の権力者からの迫害に身を守る必要があった為なのか。また究極のところこの小説の執筆動機は一体何だったのか。作品の中に描かれていることの分析からのみ、これらの問題を明らかにしようとすると、これまで見てきたところが恐らく限界であろう。真の解決は、やはり作者が誰なのか定まらないと無理であろう。果して作者が嘉靖二十六年の進士の一人であるか、またそれが誰なのか。極めて大きな問題ではあるが、筆者の今後に残された最大の課題としたい。

(1) Patrick D. Hanan, "*Sources of the Chin P'ing Mei*", Asia Major, New Series, Vol. X, part I, London, 1963.

(2) 25回では王四峰とあり、ここでは王霽雲となっており若干の混乱があるが、同一人物であろう。尚、25回では楊州の塩商人となっているが、27回では山東の塩商人となっている。いずれも『金瓶梅』によく見られる叙述上の混乱の一つである。

(3) 『万暦野獲編』巻25の当該個所は次のように書かれてある。
中郎又云、「尚有名玉嬌李者、亦出此名士手、与前書各設報応因果。……」……其帝則称完顔大定而貴渓分宜相構、亦暗寓焉。至嘉靖辛丑庶常諸公則直書姓名、尤可駭怪云々。

(4) 『文学季刊』創刊号、立達書局、民国二十三年(一九三四)一月。

(5) 『紅楼夢与金瓶梅』寧夏人民出版社、一九八二年八月。また、日下翠氏の「『金瓶梅』成立年代考――呉晗氏『金瓶梅的著作時代及其社会背景』批判――」(『東方』第三十四号、一九八四年一月)にも、孫氏と同主旨のことが論じられている。
（6）『小説見聞録』浙江人民出版社、一九八〇年二月。
（7）『紅楼夢与金瓶梅』寧夏人民出版社、一九八二年八月。
（8）呉暁鈴「金瓶梅作者新考――試解四百年来一個謎――」（香港『大公報』一九八二年六月十二日～十四日）所載。卜鍵『金瓶梅作者李開先考』甘粛人民出版社、一九八八年六月等にこの見解が示されている。
（9）魏子雲『金瓶梅探原』巨流図書公司、一九七九年四月。
（10）宮崎市定『科挙』中公新書15、中央公論社、一九六三年、一八四頁参照。
（11）朱星『金瓶梅考証』百花文芸出版社、一九八〇年十月。
（12）以下は、谷応泰『明史紀事本末』巻54〝厳嵩用事〟の条に依った。
（13）拙稿「『金瓶梅』十七回に投影された史実――宇文虚中の上奏文より見た――」（『漢学研究』第六巻第一期、一九八八年六月、台北、本書第三部第二章）を参照されたい。
（14）17回の王黼、48回の余深、99回の李綱は、作中いずれも兵部尚書とする。彼等は歴史上の人物だが、実際には兵部尚書としての経歴はない。

〔付記〕本稿は、一九九〇年度文部省科学研究費補助金による研究「時事的素材より見た『金瓶梅詞話』における創作手法と創作意図に関する研究」の研究成果の一部である。

第四章　『金瓶梅』における諷刺——西門慶の官職から見た——

はじめに

『金瓶梅』において、西門慶が主要登場人物であることには、誰しも異論のない所であろう。この小説の三十回で、それまでは一介の商人にすぎなかった西門慶が、中央の顕官蔡京に取り入り、彼より、金吾衛衣左所副千戸、山東等処提刑理刑という官職を頂戴することになっている。この後西門慶は、一方では公職にありながら、他方従来どおり商売の方にも手を拡げるといったように、二足の草鞋を履いてはさまざまな悪事を働き良民を苦しめるのだが、ところで、西門慶が蔡京よりもらったこの官職は一体なんであったのであろうか。少し考えると、これは実に妙な官職であることが解ってくる。それは、この官職前段の金吾衛衣左所副千戸のうちの千戸が明代軍人の官職名であるのに対して、後段の山東等処提刑理刑は、明代各省に置かれた司法官と考えるべきだからである。

この小説は、明代の爛熟期に生きたある人が、『水滸伝』の一節を借用し、時代も北宋末に設定した上で、自分の生きている時代を書いたものと思われ、この点、同じく「四大奇書」といっても、他の三書、即ち『三国演義』『水滸伝』『西遊記』のいずれもが、宋の講釈に起源をもち、話が漸次発展し集大成されたものとは本質的にその成立の仕方が異なる。[1]では、明代の某作家が、何故このような小説を書き、西門慶にこのような官職を与えることにしたのだろうか。たとえ虚構であるにしても、頭から荒唐無稽な官職など考えられるものではない。その場合でもかならず発想のもとになった現実があるはずである。実は、この官職名には作者に含む所があったと思われる。即ち、当時都にあって皇帝に直属し禁衛を守護する極めて特異な軍隊に錦衣衛なるものがあったが、西門慶に与えられた官職はこの錦衣衛の役人を暗示しているものと筆者は考える。なお同様の指摘をすでに陳詔氏が「《金瓶梅》小考」[2]の中でされている。本稿で更に同じことを論ずるのは、いささか屋上屋を架する感のないわけでもないが、私なりに久しく考えてきた所でもあり、陳説を補強することにもなろうかと思い、ここに一筆草するものである。

現在までの所、この『金瓶梅』について、いつ誰が、どのような意図をもって書き、その稿本がどのように流伝し、その初版はいつで、誰によって刊行されたかといった問題については、未解決なままで残っている。ことにこのうちの創作動機の問題については、従来金と色と権勢に貪欲な一政商・西門慶とその家庭の醜悪な諸相を通じて、明代社会の腐敗面を写実的に描き、それによって読者に本格的な娯楽小説を提供したものという見方が一般的である。しかし、単に同時代の明代にどこにでも見られた市井の成り上り者の行状について書き、その不届きな点を暴露するだけがその動機であるならば、何故時代をことさらに北宋末に設定しなければならなかったか、時代を前代に設定することは当時の小説家の常套手段ではあったとはいえ、いささか不明の感をまぬがれない。ここに何かはばかる所があったのではないか、創作動機は、実はもっと複雑で外にもあったのではないかという疑いがもたれる。

ところで台湾の魏子雲氏による一連の論考によれば、当初、写本段階の『金瓶梅』の内容は、現存万暦四十五年序『新刻金瓶梅詞話』（以下これを「詞話本」とよぶ）のそれとは大いに異なり、神宗万暦帝の鄭貴妃溺愛を諷刺するものであったが、当時の政治状況からこれらを大幅に改作せざるを得ず、「詞話本」が刊行された後も、作中における政治的に差し障りのある部分が削除され、『新刻繡像批評金瓶梅』（以下これを「崇禎本」とよぶ）が作られたとする。(3) 所論は、大胆で非常に興味あふれるものではあるが、その写本自体が発見されていない現在、これは推論の段階にすぎないものと断ぜざるを得ない。だが、現在「詞話本」と「崇禎本」とを比較してみて「崇禎本」において、「詞話本」に若干見られた政治的諷刺の要素を削除した形跡が窺えることは確かであり、このことより推測するならば、写本段階にあったいわば原『金瓶梅』の内容が、「詞話本」より政治諷刺の要素に富むものであったであろうことは充分に予想されることである。

本小考では、西門慶の官職の意味する所を考察し、『金瓶梅』における政治的諷刺の側面を少し考えてみようとするものである。

一　作品中に見られる西門慶の職務

まず、作品の中で、西門慶の官職と実際の職務についてはどのように描かれているかを見てみることにしたい。

（1）于是、喚堂後官《ママ》、擡書案過来、即時僉押了一道空名告身箚付、把西門慶名字填註上面、列銜金吾衛衣左所副千戸、山東等処提刑所理刑。（三十回）

西門慶は、都の権力者蔡京の誕生祝いに贈り物をすると、その見返りとして、肩書が金吾衛衣左所副千戸で、実際の職務は山東等処提刑所理刑という官職をもらい、又、実際に上京し蔡京に贈り物を届けた呉典恩は清河県の駅丞、来保は鄆王府校尉となる。西門慶の得たこの官職の等級は五品であった。

（2）西門慶……説「太師老爺擡挙我、陞我做金吾衛副千戸、居五品大夫之職。」（三十回）

西門慶は理刑ないし貼刑と称せられ、掌刑の夏延齢が彼の上司であったことは、次の曽孝序の弾劾文(3)や、兵部の上書(4)より判る。

（3）巡按山東監察御史曽孝序一本。……参照山東提刑所掌刑金吾衛正千戸夏延齢、闒茸之材、貪鄙之行。……理刑副千戸西門慶、本係市井棍徒、夤縁陞職、濫冒武功。……（四十八回）

（4）兵部一本。……山東提刑所正千戸夏延齢、資望既久、才練老成、……宜加奨励、以冀甄陞、可備鹵簿之選者也。貼刑副千戸西門慶、才幹有為、……宜加転正、以掌刑名者也。（七十回）

この兵部の上書により、夏延齢は都の鹵簿指揮使に昇進し、かわりに西門慶が提刑所掌刑となる。又西門慶の後任には、何太監の甥の何永寿がなる。

（5）翟謙道「親家。……你与本衛新陞的副千戸何太監姪児何永寿、他便貼刑、你便掌刑。与他作同僚了。……」（七十回）

この提刑官というのは、全国十三省に正副それぞれ一人ずつおり、彼等を中央にあって統率する最高責任者が朱勔らしいことは、次の部分から窺われる。

（6）見一人出離斑部、倒笏躬身、緋袍象簡、玉帯金魚、跪在金堦、口称「光禄大夫掌金吾衛事太尉太保兼太子太保臣朱、引天下提刑官員事、後面跪的両淮・両浙・山東・山西・河南・河北・関東・関西・福建・広南・四川等処刑獄千戸章隆等二十六員、例該考察、已更陞補、繳換箚何《ママ》、合当引奏、未敢擅便、請旨定奪。」聖旨伝下来「照例給領。」（七十一回）

これは、政和七年（一一一七）十一月、崇政大殿にお陞りになった徽宗帝に文武百官が朝賀する一段である。では、この提刑理刑とはどんな職務を担っていたものであろうか。
（7）西門慶自従到任以来、毎日坐提刑院衙門中陞庁画卯、問理公事。（三十一回）
（8）西門慶道「大小也問了幾件公事、別的倒也罷了、只吃了他貪濫蹹婪的、有事不問青水皂白、得了銭在手裡就放了、成什麽道理。我便再三扭着不肯。你我雖是個武職官児、掌着這刑条、還放些体面才好。」（三十四回）
提刑所では、往々賄賂によってでたらめな裁判が行なわれていたことがこれによって判る。又、西門慶らは武官の身分でかつ裁判を行う立場にあったことが注目される。同じことが、次の部分からも確認される。
（9）夏提刑道「……你我雖是武官、係領勅衙門、提点刑獄、比軍衛有司不同。……」（三十五回）
そして、その日々の案件は、おおむね、姦通・殴り合い、賭博・窃盗など、街の瑣末なもめ事に関することであった。
（10）那日清閒無事、且到衙門里升堂画卯、把那些解到的人犯、也有姦情的、鬪欧的、賭博的、窃盗的、一一重問一番。（五十五回）
以上（7）より（10）までを統合して考察するならば、提刑理刑とは、地方における警察ないし裁判官の任務を担っているものとして描かれていることがわかる。又、
（11）白来搶道、「哥、這衙門中也日日去麽。」西門慶道「日日去両次、毎日坐庁問事。到朔望日子、還要拝牌、画公坐、大発放、地方保甲番役打卯。……無片時閒暇。」（三十五回）
これより見れば、提刑理刑は、町方や保甲などを監督・指導する任務をもっているものと推察される。ところが『金瓶梅』を通覧すると、こと裁判に関するかぎり、すべての事件がこの提刑所で扱われるということにはなっていない。例えば、以下の事件の場合には、すべて県庁や府庁で扱われている。

(12) 武松が西門慶と間違えて李外伝を殺害した事件は、清河県知事の李達天や、東平府知事の陳文昭がこれを裁く。(十回)

(13) 二十七回、下男来旺の妻宋恵蓮が、主人西門慶との不義の関係を夫に知られこれを恥じて縊死するや、彼女の父親宋仁は、その死因に不審な点があると言って死体を焼かせようとしない。そこで西門慶が県庁にわたりをつけて、事実無根の罪をでっちあげて宋仁を逮捕の上、県庁で拷問を加えさせる。

(14) 武松が潘金蓮と王婆を殺害した事件は、清河県知事の李昌期が扱う。(八十八回)

(15) 九十回で、来旺と孫雪娥が西門慶のものを盗んで駆け落ちしようとするところを捕まる。これを裁くのも、清河県知事である。

(16) 西門大姐が夫の陳経済に失望して自縊して死ぬや、呉月娘は経済の不法を県に訴え裁きを申しでる。(九十三回)

では次に、提刑所では具体的にいかなる事件を扱っているかを見てみよう。まず、西門慶が提刑所の役人になる以前では次のような事件を扱っている。

(17) 十九回には、西門慶が李瓶児をとられた腹いせに蔣竹山をいじめる一段があるが、この時、西門慶はまずならず者を使って、竹山の薬店に行って不当な言い掛かりをつけさせ、他方、町方と提刑所の夏延齢に頼んで竹山を捕えて提刑所で痛めつけさせている。

(18) 二十六回で、やはり西門慶が下男来旺を無実の罪に陥れ、提刑所の夏延齢に頼んで彼を亡き者にしようと謀る。

西門慶が提刑所の理刑官になってからは、彼自身次のような事件を処理している。

(19) 番頭韓道国の女房王六児は、義弟韓二とかねてより不義の仲であった。ある日、街の不良少年達がこの二人の密通の現場を押さえたといって騒いでいるので、西門慶は韓二と不良少年達を提刑所に捕えて尋問する。(三十三・三十四回) 又、その後も韓二が王六児を誘惑しようとするので、遂に彼をこそ泥にしたてあげ、提刑所で拷問し、以後一切彼女に手出しできないようにしている。(三十八回)

(20) 林夫人の依頼により、息子王三官の悪友達を捕えて提刑所で拷問にかけ痛めつける。(六十九回)

西門慶の死後においては、

(21) 周守備の依頼をうけた何提刑等は、陳経済の品物を盗み大層羽振りをきかしている楊光彦兄弟を捕え、提刑所で彼等に拷問を加える。(九十八回)

以上より言えることは、県や府では殺人事件などかなりまともなものを扱うのに対して、提刑所は、街の瑣末なもめ事に首を突っ込み、往々提刑官の都合により法を枉げ、あたかも私怨を晴らし、いずれか一方を懲らしめようとする所のように書かれているということである。

さて、西門慶が提刑官として行った犯罪的行為の最たるものが、四十七回、主人を殺害した上その財産を横領した苗青という男を、賄賂を得て釈放したことである。ここで、このような訴訟を扱う役所として、県・府や提刑所の外に、更に守備府なる役所名がでてくる。

(22) 当下※安童将情具告到巡河周守備府内、守備見没贓証、不接状子。又告到提刑院、夏提刑見是強盗劫殺人命等事、把状批行了。(四十七回) ※(原文では、当下の次に落の一字が入っているが、意を以て改め、今は加えない)。

安童とは、殺された揚州の素封家苗天秀の小者で、主人が殺害された現場に居あわせており、自らもすんでの所で殺されかけた者のことである。ところで、ここに出てくる守備府とは一体いかなる役所なのであろうか。この一段から察するに、同じように殺人事件などを扱い裁きを行う役所のようではあるが、では提刑所との職務上の関係はどうなっているのだろうか。実は、この守備府も提刑所と同様、『金瓶梅』においては正体不明の役所なのである。(4)

以上『金瓶梅』において裁判を行う役所として、(一)県庁・府庁、(二)提刑所、(三)守備府の三ヶ所のあることが確認された。では、このうち(二)の提刑所とはいかなる司法機関をモデルとした役所であるか、次に実際の史実に照してこれを考えてみよう。

二　歴史上における西門慶の官位

西門慶の得た肩書のうち金吾衛衣左所副千戸の千戸とは、元来軍人の位を示す言葉である。知られる如く、明は衛所制度とよばれる独特の兵制をしいた。衛とは兵農一致を理想とする兵制上の基本的単位で、これには、兵部属下の親軍衛、五軍都督府（略して五府と称する）直属の京衛、各都指揮司（略して都司と称する）を通じて五府に属する外衛の三種があり、その数は、洪武二十六年（一三九三）で都司十七、内外衛三百二十九、嘉靖十八年（一五三九）以降では、都司二十一、内外衛四百九十三であったとされる。(5)一衛は五千戸所よりなり、指揮使のもとに五千六百人の兵士が統率され、一千戸所は十百戸所よりなり、千戸のもとに千百二十人の兵士が統率され、一百戸所は百戸の下に二総旗・十小旗と百人の兵士が統率されていた。従って、千戸とは、元来千百二十人の兵隊を統べる隊長を意味する。

小説中には、この衛ないし千戸所につながりをもつ人々が数人登場している。まず、西門慶の後妻である呉月娘は、清河左衛(6)呉千戸の娘ということになっており、その兄の呉鎧（通称呉大舅）は、父親が死んだ後、その跡を継いで現に千戸の職に就いている。又、謝希大は、やはり清河衛千戸の跡取り息子ではあったが、放蕩して西門慶の取り巻きとなり、同じく取り巻きの雲離守は、あとで参将であった兄の戦死に伴い清河右衛指揮同知となることになっている。

ところで、西門慶が蔡京より授かった副千戸という肩書は、今挙げた人々の官職、例えば、呉鎧のそれとまったく同様に、千戸所の副隊長を意味するのであろうか。『明史』巻七十一選挙志によれば、武官職に世襲職たる世官と、そうではなくその都度適当な人が任命される流官の二種の別があったことがしるされており、衛や所の指揮同知や正副千戸は、このうちの世官の一つに挙げられている。してみれば、呉鎧や雲離守の場合は、正にこの世官たる指揮同知なり千戸だといえる。だが、西門慶の場合は、新たに任命されたのであるから、同じ副千戸といってもこれは流官の扱いであり、作者は呉鎧等と同じ職とは考えていなかったことが分かる。しかも、すでに前節における引用文(9)において明らかなように西門慶の職務は、実際には裁判官のようなものだったのであり、呉鎧等が従事する一般的軍務とは本質的にその職務内容が異なっていたと考えるべきである。

では歴史上において、西門慶のこのような職務はなんと称されるものであったろうか。次にこの点について考察してみたい。

まずこの小説に書かれている時代の北宋時代から検討してみるならば、この時代には、各州各路にほぼ一名提点刑獄公事という官職があり、同じ地方において転運使が民政を、安撫使が兵制をそれぞれ統べるのに対して、これは裁判・治安のことを担当している。提点刑獄公事は提刑とも略称されたので、西門慶のついた官職はこの提点刑獄公事ではなかったかとも疑われる。

事の当否の詮議は暫くおくとして、では次に、この小説が書かれた時代の明ではどうであったかを考えてみたい。明では、全国十三の各省に一つずつ、軍事を掌る都指揮司、行政を掌る布政使司、監察や裁判のことを掌る提刑按察使司というこの三つの役所が鼎立していた。うち提刑按察使司はやはり略して提刑と称せられたが、この役所には掌刑とか理刑という役職はなく、按察使をその長とし、その下に副使・僉事・経歴・知事・照磨・検校・司獄等の役職が配置されていた。(7)省の下部に位置する行政機構としては、道・府・州・県があり、それぞれにおいて所轄地区における裁判を行ったが、提刑按察使司はそれらの上位に位置する役所であった。

さて次に検討すべきは、西門慶の官職のうちの山東等処の部分だが、これは明初より行政区域を示す用語として用いられてきたものであり、おおむね山東省一省を指すものと考えてよい。問題なのは、冒頭の金吾衛衣左所で、これは一体いかなる役所であるか、次にこれについて考えてみよう。まず金吾とは近衛のことであるから、この点より追及するならば、この金吾は、さきに述べた明代における三種の衛のうちの親軍衛がこれに該当する。親軍衛とは、侍衛・宮城守備・皇陵護衛・皇城巡察などの任務を帯びたもので、明の太祖が漢の南軍・唐の北衙禁軍に倣って十二の衛を設けたことから、当初上十二衛とも称せられた。のち永楽年間になって、更に天下の精兵を選んでこれに編入した結果、二十二衛となった。当初設けられた上十二衛とは、『明史』巻九十兵志によれば次の通りである。

金吾前衛　金吾後衛　羽林左衛　羽林右衛　府軍衛　府軍左衛　府軍右衛　府軍前衛　府軍後衛　虎賁左衛

錦衣衛　旂手衛

後の二十二衛は、以上の十二衛の外に、金吾左衛・金吾右衛以下十衛が増設されている。これらの衛は、全国各地におかれている外衛と同じく軍隊の組織の一つであったから、それぞれに指揮使や千戸などの官が置かれていた。ところが、外衛における千戸は、時代が降るに連れて段々世の軽んずる所となったのに対して、(8)この親軍衛の軍官は、時代が降っても独自の勢力を保持しつづけていた。中でも錦衣衛は別に特別の任務を帯びた特殊な組織であった。そしてこの錦衣衛の実権を握った者は、しばしば実際の歴史に登場し、相当の政治力を発揮したことはよく知られる所である。(9) このように錦衣衛は、組織的には軍隊の一部をなしながら、しかも独自の獄をもち人を収監し裁くことを任務としている点は、西門慶が拝命したものに酷似する。どうやら提刑所理刑とは、宋代の提点刑獄公事でも、明代の提刑按察使でもなく、この錦衣衛と何か関係がありそうである。従って、次節において錦衣衛について更に精しい考察に及びたい。

三　錦衣衛について

錦衣衛は、初め拱衛司と呼ばれていたが、洪武二年（一三六九）には親軍都尉府、同十五年（一三八二）に錦衣衛となったもので、天子の行幸の際、身辺の警護をとることをその主務としていた。錦衣衛の下部機構には南北両鎮撫司と十七の所があった。錦衣衛には、その長たる指揮使と、その下に大将軍や校尉・力士といった官が置かれ、又、所属の所には、千戸・百戸・総旗・小旗等の官があった。

錦衣衛に関する文献(10)を総合して考えると、これら錦衣衛の役人の人数には、特に定めがなく時々に応じて増減があったらしい。明の中葉の正統以降、これら錦衣衛の役人には皇族や宦官ないし功労者の子弟が名目上任ぜられることが多くなったり、校尉や力士には、民間で罪を犯した前科のある無頼漢を任ずる傾向があったという。(11)

錦衣衛に課せられた任務は、単に皇帝の護衛のみにとどまらず、宮中の内外における妖言や不穏な動きを密かに探り皇帝の耳目となる特務の使命があった点で、永楽帝の時に設けられた東廠とともに極めて不気味な役所であった。もし皇帝ないし錦衣衛の長が不穏な動きを察知すると、駕帖とよばれる逮捕状により、疑いのある人々を有無を言わせずに根こそぎ捕え、彼等を詔獄とよばれる錦衣衛独自の獄につないだのである。この詔獄は、残虐な刑の執行で有名であり、一度この獄に落ちた者で生きて日の目を見ることのできた人は極めて稀であったという。(12)

一方、東廠も同じ任務をもち、成祖永楽帝以降、錦衣衛と勢力を二分し特務の仕事に専念した。ただここの役所の錦衣衛と異なる点は、その長官である提督東廠(13)がかならず宦官で占められた点であり、よって当然ここが一般士人に対する宦官勢力の拠点となった。そしてこの錦衣衛の指揮や東廠の提督となった者は、往々その地位を利用して政敵を倒そうとする傾向があった。従って、明人でこの錦衣衛の存在に悩む者が多く、『明史』巻九十五刑法志三冒頭では「刑法に之を創むること明よりにして、古制に衷《かな》わざるものあり、廷杖・東西廠・錦衣衛・鎮撫司獄是れのみ。この数者は、人を殺すこと惨に至り、法に麗《つ》かず。踵《つ》いで之を行うは、末造に至りて極れり。朝野を挙げて命をば一に之を武夫・宦竪の手に聴くは、良《まこと》に歎ずべきなり」とあって、錦衣衛とその獄詔獄の弊害を述べており、又、明末、嘉興県の諸生であった沈起が『明書』を書こうとした時に「明は流寇に亡んだのではなく、廠衛に亡んだ」とまで極言したという。(14)

ところで、ここで再び西門慶の官位の問題に戻るならば、実は、この金吾衛衣左所副千戸とは以上のような特異な役所である錦衣衛の千戸ではなかったかと筆者は考えるものである。このように判断する根拠を以下に挙げよう。

第一に、西門慶の拝命した金吾衛衣左所副千戸、山東等処提刑理刑という官職は、一見兵制上の官職と司法上の官職とが混同されているようであるが、これを矛盾なく一つの官職として理解できるのは錦衣衛副千戸を除いて外には考えられないこと。又、元来金吾衛衣左所などという衛所は存在せず、これは金衣衛をほのめかしたものと考えられること。

第二に、七十回において、それまで西門慶の上司であった夏延齢が都の鹵簿《ろぼ》に出世することになるが（二九五頁引用文（4）を参照のこと）山東等処提刑所を山東という一地方の提刑按察司と考えるよりも、むしろ親軍衛の錦衣衛と考えるならば、夏延齢の転任は同じ職場内の極く自然な配置転換にすぎないことになり、このように考える方がより合理的であること。

第三に、同じく七十回で、西門慶は夏延齢の後任として正千戸に出世し、そのまた西門慶の後任には太監何沂の甥の何永寿がこれになるが、これは既に述べた如く、錦衣衛の役人には皇族や宦官の子弟が任ぜられることが多かったという傾向に一致すること。

第四に、同じく七十回で、翟謙の言葉の中に「何永寿、この人が貼刑、あなたが掌刑です」という個所（二九五頁引用文（5）を参照のこと）がある。既出の理刑という言葉とともに、ここに出てくる貼刑という言葉と掌刑という言葉に注目したい。『明史』巻九十五刑法志三によれば「東廠之属無専官、掌刑千戸一、理刑百戸一、亦謂之貼刑、皆衛官」とある。つまり、東廠には専属の役人をもたず、錦衣衛から派遣された掌刑千戸一名と理刑百戸一名を使っていたというのである。ここにいう貼刑というのが、理刑百戸の別称なのか、それとも掌刑千戸と理刑百戸の総称なのか、刑法志のここの文章からは判断しかねるが、丁易氏はその著『明代特務政治』の中で、貼刑を掌刑千戸と理刑百戸の総称と解しておられる（同書頁二十七）。いずれにしろ、掌刑・理刑・貼刑という名称は、錦衣衛の役人に対して称せられた呼称であったことがわかる。

第五に注目したいのは、やはり七十回で、西門慶が正千戸掌刑に出世するのは、兵部の上書によっているのに対し、呉鎧は山東巡撫監察御史宋喬年の上書によって昇進をはたし、指揮僉事になっていることである。これによって見れば、同じ千戸でも昇進の手続きが少し異なるのである。

今しばらく、明代における官吏の昇進の仕方を考えてみると次のようになる。過去の中国にあっては、役人に対し定期的な勤務評定が行われ、これを考課と称した。明清ではまたこれを大計とも称した。大計には、在京間の勤務評定を行う京察と、地方官の勤務評定を行う外察とがあり、又、武官には軍政という勤務評定があった。これらの勤務評定をどのように実施するかについては、明初より変遷があったが漸次整備され、成化・弘治頃にはほぼ定まった。京察は六年に一回、巳と亥の年に実施、外察は三年に一回、辰・戌・丑・未の各歳に実施、軍政は五年に一回実施と決まった。

西門慶らは武官職にある者であるから、次に軍政についてのみ考えるならば、その方法は、まず五府の長官である都督や、錦衣衛の長官、総兵官クラスは、自薦上奏して皇帝の勅裁を仰ぐ(15)。これら以下のクラスの場合は次の通りである。外衛に属する武官の場合は、直属上官の推薦を得て撫按官が三年ごとに上奏するのに対し、錦衣衛等親軍衛の武官の場合は、衛の長官と兵部とが合同で審議して適任者を上奏するということが行われた(16)。してみると、呉鎧の場合は確かに地方外衛の世官である千戸より指揮使に出世したものと考えられるが、西門慶の場合は都の親軍衛所属武官の人事異動の扱いをうけていると考えられるのである。

以上の諸点より、作者は西門慶を実質錦衣衛千戸の位にある人物として想定し描いていたふしが感ぜられるのである(17)。

さて、西門慶の就いた官職が、実は錦衣衛千戸であったとするならば、では七十回で現われる朱勔とは一体いかなる立場の人物をモデルにしたものであろうか。

まず、彼は二回に清河県知事の言葉の中で登場し、この時の彼の肩書は殿前太尉であった。しかるに三十回では金吾衛太尉と肩書が変わっていることが注目される。どちらもいわば近衛軍の長官というぐらいの意味で使っているのであろうが、前者は宋代の官名であるのに対し、後者は明代の呼称である。知られる通り、『金瓶梅詞話』の一回より六回までは『水滸伝』に基づき、プロットのみならず文章まで踏襲しているのであるが、『金瓶梅』二回に相当する部分を『水滸伝』について見てみると、そこでは、陽穀県知事が都の親戚にお金を送る為に武松にその運び役を頼むことになっていて、朱勔とか殿前太尉とかという言葉は一切出てこない。しかも、宋代における太尉とは武官の最高位で正二品の大官であるが、『宋史』巻四百七十朱勔伝によれば、彼は実際には防禦使（従五品）になったにすぎない。従って『金瓶梅』の作者がこの朱勔に何かを投影させていると考えざるを得ないのである。

次に見なければならないのは、七十・七十一の両回における朱勔の描かれ方である。七十回、西門慶は昇進に伴い、夏延齢とともに上京し天子への謝恩の上書をすます。この後彼は彼等の上司である朱勔を拝謁している。折しもこの朱太尉が新しく太子太保に任ぜられたというので、礼部・吏部の大臣や皇族の方々を筆頭に、彼に祝いの挨拶をしようとして集まった人々が群れをなしていた。まずこの個所より、朱勔は歴史的事実以上の大層な権勢をもつ立場の人間として描かれていることがわかる。最も注目すべきは、西門慶が新任の何千戸とともに朱勔を拝する段における描写である。ここの個所で朱太尉が座っている大広間を描写して次のように書かれている。

上面朱紅牌扁、懸着徽宗皇帝御筆、欽賜執金吾堂斗大小四個金字。乃是官家耳目牙爪所家緝訪密之所、常人到此者処斬。（上には徽宗皇帝御筆の「執金吾堂」という一斗枡ほどの大きな四個の金文字を入れた紅い扁額がかかっております。つまりここは、天子の耳目となって方々の秘密をさぐる隠密の集う所で、一般の人で故なくしてここに来た者は斬り殺される所なのでございます。）

これによって見れば、朱勔は天子より執金吾（近衛）と官家耳目（スパイ）の任務を与えられていることがわかる。このような立場の官庁ということになれば錦衣衛をおいて外にはなく、朱勔はそこの長官であるから、錦衣衛指揮使というものを念頭において彼が描かれていることがわかる。沈徳符が『野獲篇』巻二十五で、朱勔のモデルは錦衣衛指揮陸炳だとしているのも故なしとしない。いずれにせよ、作者は朱勔のような立場にいた人々に対して侮蔑と憎しみの感情を抱いていたであろうことは、この七十回に集中的に表現されている所から窺われる。

例えば、朱太尉が南壇の祭天より帰ってくる個所で、朱勔に従ってやって来る金吾衛の武士達を描写して「端的人如猛虎、馬賽飛龍」とか「那伝道者都是金吾衛士、……個個貪残類虎、人人那有慈悲。」とか「後約有数十人、……都是官家親随掌案書弁書吏人等。都出于袴養時話、驕自己好色貪財、那暁王章国法。」と彼等を散々謗っている。又、朱勔が到着し、先刻より彼の帰宅を待っていた六人の太尉達と酒杯を交わすや、芸人達が出てきて「正宮端正好」の組み唄をうたうが、その文句内容は、

享富貴　受皇恩　起寒賤　居高位　秉権衡威振京畿　惟君恃寵　把君王媚　全不想存仁義（ここでは冒頭の一曲のみを引用する）

とあって、成り上がり者を諷刺する内容になっている。そもそも、太子太保にまで出世した人のおめでたい席で、その出世を祝う祝宴の席によばれた芸人達がこのような内容の曲を唄えるはずがない。この元の曲は、恐らく『雍熙楽府』巻三に見える「武臣享福」と題する武官を讃える次の曲で、『金瓶梅詞話』では、これを諧謔的にもじったのであろうと思われる（同じく、冒頭の一曲のみを引用する）。[18]

享富貴受皇恩　陳綱紀明天道　貫胸襟虎略龍韜　威儀楚楚全忠孝　文共武皆奇妙

筆者は、この七十回のこれらの個所は、作者がこの小説を書くに到った作意を知る上で、極めて興味深くかつ

重要な部分であると考える。

以上のことから判断するに、『金瓶梅』の作者は、日頃錦衣衛の役人を好ましく思っておらず、この小説で西門慶という人物の所業を通じて、暗に彼等に批判を加えていたのではあるまいかと考える。作中、西門慶は性の対象を選ばず、下男の妻にまで手をのばす男として描かれ、時にはその荒淫奢侈なる生活を過度とも思える程に描かれている。又、既に見たように、西門慶の職場である提刑所は、まともな事件を扱う役所としてではなく、その事件のとり組み方が意識的とも思える程にわい小化され、あたかもならず者の所業のように描かれている。筆者は、これは作者がこれらの描写によって、自らの錦衣衛の役人に対する蔑視の感情を表現したものではなかったかと考えるものである。

実は、今挙げた七十回の諷刺性に富む組み唄の文辞は、「詞話本」の改訂版である「崇禎本」においてすっかり削除されている。これはいかなる意味をもつものなのであろうか。

「詞話本」と「崇禎本」とを対照してみると、まず大きく異なる点としては、

(一)各回の表題および各回冒頭の詩が違うこと、

(二)第一・五十三・五十四の各回の内容がまったく異なること、

(三)「詞話本」第八十四回における清風山の一段が「崇禎本」では削除されていること、

の三点が認められる。

この外に更に細部について見ると、「崇禎本」における改筆には凡そ次の三通りの傾向のあることが認められる。

その一は、筋展開に直接関係のない芝居や唄、宝巻や説経講釈、上奏文や祈禱文、食べ物や着物に関する説明

等はほとんど削除されていること。

二は、「詞話本」で前後撞着している部分や脈路のつかぬ部分をできるだけ合理的に訂正し書き改めていること。

三は、時事に関する個所をできるだけ削っていることである。(19)

「崇禎本」七十回におけるかの削除は、これらのうちのどの傾向に属するものと考えてよいのであろうか。「詞話本」には随所において豊富な俗曲を収めるが、「崇禎本」ではそれらの大半が削除されている。これよりすれば、この七十回の場合もその一つであって、今挙げた傾向のうちの一のものに相当すると考えることができるかもしれない。しかし両版本の相違を、試みに同じ七十回において、この「正宮端正好」の套数以外の部分を見てみるならば、まず先に挙げた朱太尉に従って南壇の祭天より帰ってくる武士達に対する批判的・侮蔑的描写は、「崇禎本」においてすっかり改められ、単に轎子に乗った朱勔のいでたちの描写だけに変えられている。更に注目すべきは、これも先に引用したものだが、西門慶が朱勔に拝謁する部分で「詞話本」では「乃是官家耳目牙爪所家緝訪密之所、常人到此者処斬、両辺六間廂房、堦墀寛広、院宇深沉。朱太尉身着太紅、在上面坐着」として、この朱勔の正体が錦衣衛の長官であることをここで暗示するが、「崇禎本」ではこの四十八字をすっかり削除している。以上より判断されることは、「崇禎本」七十回に見られる改筆には、時事諷刺の要素を極力削るという傾向があるということである。従って、筆者は「崇禎本」七十回におけるかの諷刺性濃厚な套数の削除もこの傾向に沿ったものであろうと判断するものである。

では次に、何故「崇禎本」において時事諷刺の要素を削ったかということになるが、これは当然特務機関たるこの錦衣衛をはばかり、その詮索を避けんがためであったかと思われる。

先にも述べたように、錦衣衛の任務は、東廠とともに天子の耳目となって官界・民間を問わず不穏の動きをいち早く察知してこれを取り締まることにあった。錦衣衛の役人はこれをどれだけ検挙したかによってその昇進や賞罰が決まったから、勢いその捜査にゆきすぎが生じ、無実の人をも収監することが多かったという。その情報のことを「起数」と称し、その情報の重要度に応じて支払われるお金のことを「買起数」と称したという[20]。やくざ者は往々私怨をたばさんで誣告し、無辜の民を罪に落とすことも多かった。又、錦衣衛の役人も取り調べがいい加減で、姓名が似ているとか、郷里が同じであるというだけで人を逮捕したり、甚しきは、白蓮教等の宗教団体を取り締まるのに、予め布教の和尚と連絡を取りあっており、何も知らずに布教の場に集まった民衆を一網打尽に捕えることがあったといい、このような捕え方を「種妖言」と称したという[21]。錦衣衛や東廠が怪しいと思った言論は妖言と称され、怪しいとにらんだ人物は妖人で、怪しいと思われる文書は妖書と称せられた。最も悪らつなやり方としては、予め罪に陥れようと思う人物の身辺に、その内容が当時の政情に照して何か問題がありそうであったり、又明らかにその内容が違法なものであったりする書物をばらまいておいてから、その書物を証拠としてその人物に罪をきせることもあったという[22]。

『金瓶梅』の作者はこのようなやり口とその恐さを熟知していた。それ故に錦衣衛には強い批判をもちつつも、その詮索を避けんが為に、原作にこめていただろう諷刺の牙を徐々に抜いていったのであろう。「詞話本」より「崇禎本」への改筆傾向は、こうした流れの中で考えるべきである。従って、写本段階にあった原『金瓶梅』には、もっと露骨で鮮明なる錦衣衛批判がこめられていたであろうことは充分に考えられるのである。

おわりに

この小説が錦衣衛の役人を批判する内容を具えているらしいことは、万暦後期の頃、一部の人々が既に気付いていた。謝肇淛の「金瓶梅跋」（『小草斎文集』巻二十四所収）には「伝える所によると、世宗の治世に金吾の職にあった者がその身分と権力を嵩に淫蕩を極めた。ところで、その家で食客となっていた者が、これを苦々しく思いつつも、材料を選び毎日の行事を集めて一冊の本とし、西門慶を主人公とした」とあり、又『山林経済籍』には「伝える所によれば、嘉靖の頃、ある人が都督陸炳に誣奏され、朝廷から其の家を没収され、その人は冤罪に沈んだ。そこでこのことを『金瓶梅』に託した」という屠本畯の発言を載せる。いずれも作者は錦衣衛を好ましく思わない人で、嘉靖時代に筆をとりこれを創作したとする点で一致する。沈徳符『万暦野獲編』ではやはり当時の噂を載せ「これは嘉靖間の大名士の手筆になり、時事を指斥し、蔡京父子の如きは分宜（厳嵩のこと）を指し、林霊素は陶仲文を指し、朱勔は陸炳を指し、その他も各々モデルがあると言われている」とし、朱勔のモデルは陸炳だとしている。『明史』巻三百七陸炳伝によれば、彼は嘉靖十八年（一五三九）世宗が河南衛輝府に行幸中、行宮より出火したおり、身を挺して帝を救い出したことから、お上の覚えめでたくなり、都督僉事に抜擢され、後錦衣衛に君臨し、厳嵩と組んで夏言の失脚をしくんだりしたこと等が書かれている。この経歴と地位は『金瓶梅』の中の朱勔のそれに類似する。

しかし、作者が『金瓶梅』を創作した時、果たしてこのような西門慶や朱勔の具体的モデルがあったのであろうか。もしあったのなら、それは一体誰を念頭において描いていたのであろうか。この問題は、この作品がいつ書かれ、話の時代を北宋末に設定しているが実際に描かれているのは明代のいつ頃のことかという、いまだに決着のつかぬ問題とかかわってくるので、相当困難な問題である。しかし、このことはこの作品の創作動機を考える上で看過できない問題である。この点、冒頭で紹介した魏氏の所論[23]とかかわりをもつので、ここで彼の意見を検討してみたい。

魏子雲氏は、

一、写本段階の『金瓶梅』は、恐らく神宗万暦帝の鄭貴妃溺愛を諷刺する内容のものであった。

二、折からの万暦帝の後継者決定をめぐる争いと妖書事件の影響をうけて、この小説を印刷にふすることが出来なかったことはもとより、作品自体も大幅なる改作を余儀なくされた。かくて改作して、時の皇帝を諷刺する内容を単なる市井の一商人の物語にしたのが「詞話本」であったが、この段階ではまだ原作にあった政治的隠喩が若干作品中に残った。

三、この書には、万暦丁巳の年の序がついているけれども、実際に刊行されたのが天啓初年であった。

四、「詞話本」は、発行部数の関係からかあまり流布せず、それから間もなく同じ天啓年間に、一層その政治的要素を刪除した「崇禎本」が刊行された。

とされる。氏の提起された問題は多岐にわたるので、個々についての論評をここで述べることはさしひかえるが、作者が当初考えた原『金瓶梅』の姿が、魏氏の所説の通りで、万暦帝を諷刺するものであったかどうかは、まだ問題があるように思う。

氏の論拠は、「詞話本」冒頭にある漢高祖の戚夫人溺愛物語が本題の西門家物語の入話としてふさわしくなく、本来天子を主人公とする物語の入話ではなかったかとするにある。又、このように考えるならば、万暦二十四年に袁中郎が董其昌宛の手紙の中で『金瓶梅』の内容を評して「枚乗の七発よりよい」と言っていることと話が符合するし、折から神宗の後継決定をめぐる朝野あげての紛糾や、二度にわたる妖書の事件のあったことと考えあわすならば、その後当時の文人が『金瓶梅』に関して発言しているにもかかわらず二十年以上も印刷されることがなかったことも、その理由をよく理解することができるとされる。しかし「詞話本」の入話には、魏氏が強調される高祖戚夫人物語のほかに、項羽と虞姫の話も書かれているのである。これら入話の本旨は、項羽や劉邦のような英雄豪傑ですら、女色に負けてしまうものである。まして市井の極く平凡な男ならなおさらであると言わんとしているのであり、氏の如く本題の入話としてふさわしくないとは断じて考えられない。よしや作者の当初の構想が氏の言われる如く神帝万暦帝物語であったとしても、それを書き改め西門慶物語としたとすれば、それはもはや改作というものではなく別の一創作物と言うべきものであろう。なによりも疑わしいのは、万暦二十四年（一五九六）袁中郎が読んだ小説の名がやはり『金瓶梅』というものであったということである。知られる如く、この書名は現行本の内容の西門慶をとりまく三女性、潘金蓮・李瓶児・春梅のそれぞれ一字をとってつけたものである。もし袁中郎の読んだ小説が神宗万暦帝であったのなら、この書名とその内容とがどう結び付くのであろうか。

もし、この写本段階の内容が錦衣衛武官の物語であって、現行「詞話本」以上にこれに対する痛烈な批判がこめられているものであったとしたらどうであろうか。錦衣衛は正に妖書の取り締まりを重要な任務の一つとしていた役所であったから、もし『金瓶梅』が出版されれば、けしからぬ小説と考え妖書の対象としてこれを摘発したかもしれない。又、『金瓶梅』が写本として流通していた時期（万暦二十四～同四十五年）が、ちょうど妖書事件発生の時期（万暦二十六年・同三十一年）とも一致している。恐らくこうした理由から、作者の当初の構想によるいわば原『金瓶梅』をそのまま出版することができず、二十年近く写本のままであることを余儀なくされ、又、出版に際しても大幅に改作をせざるを得なかったのではないか。山東提刑所という架空の役所名を作り出して西門慶が地方官であるかのように書いているのも、当局を欺く為からであろうと筆者は考える。『金瓶梅』稿本の初期の持ち主として、沈徳符『万暦野獲篇』では劉承禧を挙げ、謝肇淛「金瓶梅跋」や屠本畯『山林経済籍』では王世貞を挙げている。前者は錦衣衛指揮であり、後者は「錦衣志」「中官考」の撰者であることを考えれば、どちらも錦衣衛の内情に詳しい人間である。このことは偶然の一致とは考えられず、この小説の本質と何らかの関係があるように思える。

さて、この作品が元来錦衣衛批判の小説であったという我が説がもし成立するとしても、次にそれは明代のいずれの時代の錦衣衛の実態を描写したものであるかという問題が依然として残るであろう。この作品の成立に関しては、従来より大きく言って、嘉靖成立説と万暦成立説との二説がある。だが、『金瓶梅』に書かれている北宋末という時代と似ているのは、万暦年間より嘉靖年間の方が断然似ている。つまり徽宗帝と嘉靖帝はどちらも道教尊崇者であること、どちらの時代にも政界のボスという者がいて、北宋末の蔡京は嘉靖朝の厳嵩に似ていること、又、ともに北方民族の侵攻に苦しみ、北宋では金の、嘉靖朝では俺答《アルタン》のそれぞれ侵入に苦しめられている等の点において似ている。北宋末と万暦時代との類似点としては、前者の花石綱に対する後者の鉱税使の派遣ぐらいである。この問題に関して、今筆者が考えているごく大まかな見通しを述べるならば、『金瓶梅』が書かれた時代は万暦初年だとしても、『金瓶梅』に書かれた時代というのが複雑で、表向きは北宋末であるが、実際は嘉靖時代ではなかったか、作者はこの両時代の類似点に着目して創作しているのではないかと筆者は考える。

いずれにせよ、この問題は大問題で、そう簡単に解明されるものとも思わないし、これ以上の深入りは本稿の課題とも若干逸脱するので、別に機会を得てこの点について精しく考察してみたいものと念ずるものである。

（1）『金瓶梅』の成立に関しては、大きく言って個人創作説と集団創作説の両説がある。最近、前者の立場に立つものとして、賈三近説（張遠芬「蘭陵笑笑生即明代嶧県文学家賈三近」『抱犢』一九八二年第二期）、李開先説（徐朔方「《金瓶梅》

的写定者是李開先」『杭州大学学報』一九八〇年第一期）、屠隆説（黄霖「《金瓶梅》作者屠隆考」『復旦学報』一九八三年第三期）と様々な意見が出されているが、いずれも未だ充分に納得のゆくものとは思われない。後者の立場に立つものとしては、潘開沛「金瓶梅的産生和作者」（『明清小説研究論文集』人民文学出版社、一九五九年）や、鳥居久靖「金瓶梅詞話編年稿」覚えがき（『天理大学学報』第四十二輯、一九六三年十二月）等の論文がある。しかし、集団創作説の概念自体がすでに曖昧であり、筆者の考えは、前者に近い。これらの問題は重要ではあるが、本論と直接には関係しないので、ここではこれ以上ふれないこととし、いずれ別に機会を得て、詳細に論ずることとしたい。

（2）陳詔「《金瓶梅》小考」（『紅楼夢与金瓶梅』寧夏人民出版社、一九八二年）。

（3）魏子雲『金瓶梅的問世与演変』（台北時報出版公司、一九八一年）参照。

（4）周秀が就いている守備という官職は、実は漕運官を念頭において書かれているのではないかと筆者は考える。それは次のことより推察することができる。

一、四十七回で、安童が苗天秀殺害事件について、夏提刑の所へ訴え出る前に、巡河の周守備の所に訴え出ていること。（本節引用文(22)を参照）

二、九十五回に、西門家の小者平安が呉巡検に捕まり彼の取り調べをうけた時、周守備が呉巡検をよびつけ彼のこの越権行為を叱りつける一段があるが、この時の周秀の言葉の中に、守備の職掌について「我欽奉朝廷勅命、保障地方、巡捕盗賊、提督軍門、兼管河道」と述べていることなど。

従って、守備府のモデルは漕運府ではなかったかと思うものであるが、なお、この問題は稿を改めて論ずる予定なので、ここではこれ以上深入りすることはさしひかえたい。

（5）『明史』巻九十兵志二参照。

（6）『明史』巻九十兵志によれば、山東郡司の領する衛所の中に清河衛、清河左衛ないし清河右衛なる衛名は見えない。これは小説家の虚構であろう。

（7）『明史』巻七十五職官志四参照。

（8）元来、武官の最高職として総兵官なるものがあったが、後に武官職乱造により、その上に立ってこれを指揮するものとして総督・巡撫などが常置されるに至り、漸次その秩位を低くし、附随的にそれ以下の官職が総て低くなってきたこと、衛所制度の経済的基盤であった屯田制度が崩壊し、困窮した衛兵が相次ぎ逃亡し、いずれの千戸でも実質千人の兵をもてなくなった為、ますますその位を低くした。精しくは、山崎清一「明代兵制の研究」(『歴史学研究』第九十三・九十四号)並びに呉晗「明代的軍兵」(『読史劄記』一九五六年)を参照されたい。

(9) 顕著なる者に、永楽年間の紀綱、天順年間の門達・逯杲、正徳年間の銭寧・江彬・劉瑾、嘉靖年間の陸炳、天啓年間の魏忠賢等がいる。精しくは『明史』巻三百七佞倖伝、丁易『明代特務政治』(中外出版社、一九五一年)等を参照されたい。

(10) 『明史』巻七十六職官志・同巻八十九兵志・同巻九十五刑法志、『大明会典』巻二百二十八、『春明夢余録』巻六十三、王世貞「錦衣志」(『紀録彙編』所収)等参照。

(11) 『明史』巻八十九兵志一に「校尉・力士、僉民間丁壮無悪疾、過犯者。」と見える。

(12) 事は、丁易氏前掲書第五章第二節(三)十八層地獄─詔獄に精しい。

(13) 正式名称は、欽差総督東廠官校弁事太監である。

(14) 朱彝尊『静志居詩話』巻二十二沈起の条に「嘗擬撰『明書』、謂明不亡于流寇、而亡手廠衛」と見える。

(15) 『明史』巻七十一選挙志三参照。

(16) 『明会典』巻一百十九に、「凡錦衣衛官、成化十三年、令見任管事、有係中官幷文武大臣弟男子姪及各衛欽陞者、兵部会同該衛堂上官、厳加考選、果廉能可用、仍旧、不堪者、倶令帯俸」とある。

(17) このようにあいまいに断ぜざるを得ないのは、作者が官職名を、恐らく故意にあいまいにしていると思われるからである。清の昭槤は『嘯亭続録』巻三で、『金瓶梅』の作中、宋明二代の官名が混用されていることを指摘し、作者は、商輅の『宋元通鑑』すら見ていないのだから正史は勿論参照していない。だから王世貞が作者などとんでもないと言っているが、作中宋と明との官名が混用されているのは勿論のこと、ここでも分かるように、西門慶の立場からすれば、京官であるから都にいなければならないのに、山東という地方官にしている。つまりここに京官と外官との混乱がある。又、すでに見たように世官と流官との混乱も見られるのである。これは、作者のミスによるものではけっしてなく、意図によるものであることは明らかである。

(18) この組み唄が、李開先の戯曲「宝剣記」第五十齣に見えるものをすっかり借用したものであることや、その作品中における諷刺的作用については既に、P. D. Hanan, *"Sources of the Chin Ping Mei"*, Asia Major, New Series, Vol.X, Part I, London, 1963で指摘されている。

(19)「詞話本」と「崇禎本」の相違については、既に寺村政男氏に「『金瓶梅』詞話本より改訂本への改変をめぐって」(『中国古典研究』第二十三号、一九七八年)なる論考があり、おおまかな改変傾向はここで指摘されている。この論文に補足したい点は、「崇禎本」には、外に、できるだけ筋・展開が前後脈絡のつくように合理的な運びになるよう改めている傾向と、時事に関する個所を削って、時代背景や諷刺的要素を消そうとしている傾向とがあることである。

前者については、例えば「詞話本」では、五十八回以降西門家に南曲をうたう春鴻という小者がいることになっているが、この本によるかぎり、彼がどのような事情で西門家に来たのかが不明であるのに対し、「崇禎本」では、五十五回で、揚州の苗員外が西門慶に送った歌童の一人だとしていること。又、「詞話本」七十・七十一回、西門慶が昇進謝恩の上書のため上京する段で日付上の矛盾が見られるが、「崇禎本」ではこれを正そうとしていること。この点については、鳥居久靖氏前掲論文(注(1)参照)に精しく、これを参照されたい。この傾向にそった改変例は、枚挙に暇がなく、いちいちの例示はここでは省くことにしたい。

後者の傾向例は、主にこの七十回において見られるものであるが、この回以外では、七回における「馬価銀」という言葉が「崇禎本」で削除されていることが挙げられる。この言葉は、かつて呉晗が「金瓶梅的著作時代及其社会背景」でこれを『金瓶梅』が万暦年間に作られたとする証拠の一つとしてあげたものである。

(20)『明史』巻九十五刑法志三に「東廠之属無専官、……其隷役悉取給於衛、……役長曰檔頭。……得一陰事、由之以密白於檔頭、檔頭視其事大小、先予之金。事曰起数、金曰買起数。」と見える。

(21)『明史』巻百九十二安磐伝に「磐言……其緝妖言也、或用番役四出捜愚民詭異之書、或購奸僧潜行誘愚民弥勒之教、然後従而掩之、無有解脱、謂之種妖言……」と見える。

(22)夏燮『明通鑑』巻三十三、成化十三年三月の条に「時西廠旗校以捕妖言図官賞、多為贋書誘愚民而後捕之」と見える。又『明史』巻九十五刑法志三に引用する隆慶初年の給事中欧陽一敬の上奏文の中にも同様の主旨の指摘が見られる。

(23)注(3)を参照されたい。

第五章　『金瓶梅』補服考

はじめに

『金瓶梅』というこの小説では、それまで一介の商人でしかすぎなかった西門慶という男が、時の権力者の蔡京に媚《こ》び入り、とうとう提刑所理刑という官職を獲得し、その後は、その地位・権勢を利用して一層金と色の欲を逞《たくま》しくするということになっている。ところで、役人としての西門慶の服装は、三十一回に書かれてあり、それは次の通りである。

毎日騎着大白馬、頭戴烏紗、身穿五彩洒線揉頭獅子補子員領、四指大寛萌金茄楠香帯、粉底皁靴、排軍喝道、張打着大黒扇、前呼後擁、何止十数人跟隨、在街上搖擺。……………………………………（1）

（毎日、大きな白馬にうちまたがり、頭には黒い紗帽をいただき、身には五色の絹糸で獅子の補子をぬいとった丸襟の官服に、大幅のぴかぴかした伽南香の帯、白底の黒長靴。軍卒ども、先払いの声よろしく、大きな黒扇子をうちひろげ、前に呼ばわり、後ろを守り、十数人以上も引き連れて、街をねりあるいたものです[1]）

頭に烏紗帽をかぶり、身には員領を着、帯をしめて、馬にまたがった様は、正真正銘の明代官員の身なりと言える。

さて、ここに補子というのは、後に説明するように、官位を示す衣服の紋のことで、胸と背中につけた。これは明代から始まった制度で、清朝でもこの制度が引き継がれた。西門慶がつけている獅子の補子は、実は、武官の一品ないし二品の身分の者にして始めて、その服につけることが許されたものである。ところが、西門慶が実際に得た官職は、提刑所副千戸であるから従五品だったのである。本考は、従五品の者が、どうして獅子の補子のついた衣服を着られたのか。またこの矛盾をいかに考えたらよいかという点に問題をしぼって考察を試みてみたい。

実は、西門慶の服装については、すでに陳詔氏による御考察がある。氏は、七十三回で西門慶が、応伯爵の前で、飛魚の補子のはいった蟒衣を得意げに着ている個所に着目されて、このことをもって、西門慶は、表面的には山東提刑所理刑とあるものの、実際には、皇帝の近衛兵たる錦衣衛の属官であることを暗に示しているのではないかとされた(2)。

果して、西門慶の服装から、このようなことが言えるかどうかについても考察してみよう。

一　作品中に描かれた西門慶の服装

ではまず、作中西門慶は、いかなる身なりで登場しているか、始めの方から見てみよう。

1．まず二回。潘金蓮が落した掛け竿が、たまたまそこを通り過ぎようとした西門慶の頭にぶつかる。竿をあてられた西門慶は、カッときて怒鳴りつけようと見あげると、そこに美しく色っぽい女の姿を見たものだから、今しがたの怒りもどこへやら、たちまち笑顔になるという、ここは有名な西門慶と潘金蓮の初対面の場面である。この個所では、西門慶の身なりは、次のように書かれている。

也有二十五、六年紀、生的十分博浪。頭上戴着纓子帽児、金玲瓏簪児、金井玉欄杆圏児。長腰身、穿緑羅褶児。脚下細結底陳橋鞋児、清水布襪児。腿上勒着両扇玄色挑糸護膝児、手裏搖着洒金川扇児、越顕出張生般龐児、潘安的貌児、可意的人児。……………………………………………………（2）

（年のころ二十五六の遊冶郎《ゆうやろう》、纓《ふさ》つき帽子をかぶって、きらきら光る金簪《かんざし》――その頭が金の井戸に玉の欄杆をめぐらした形の環になっている――をさし、長身に緑の薄絹の上着を着て、足には陳橋の靴に清水布の靴下、脛《すね》には黒地にぬいとりした護膝《ひざあて》を結びつけ、手には金模様の四川扇を持ち、張生のような顔、潘安のような面輪《おもわ》が、まことになんとも好いたらしい、水のしたたるような男）

因みに『水滸伝』二十四回には、西門慶の身なりを写すこのような描写はない。

2．三十一回。西門慶は、山東等処提刑所理刑という役職を拝命すると、さっそく役人の衣服を準備する。その個所は、

話説西門慶、次日使来保提刑所、本県下文書、一面使人做官帽。又喚趙裁率領四五個裁縫、在家来裁剪尺頭。攢造衣服。又叫了許多匠人、釘了七八条、都是四尺寛玲瓏雲母犀角鶴頂紅玳瑁魚骨香帯。………………（3）

（さて、西門慶はあくる日、来保を提刑所にやって、書類を差し出させる一方、官帽をあつらえ、また仕立屋の趙にいいつけ仕立職人を四五人、家へ連れて来させたうえ、反物を裁《た》って衣装を仕立てさせ、それからまたおぜいの職人を呼び寄せて、帯を七八本つくらせました。どれも広幅の、きらきらした雲母だの、犀《さい》の角だの、鶴の丹頂だの、鼈甲《べっこう》だの、魚骨香だのの帯です）

3．同じく三十一回。西門慶があつらえた帯を、応伯爵が賛《ほ》める個所。

虧哥那裏尋的、都是一条賽一条的好帯。難得這般寛大。別的倒也罷了、自這条犀角帯幷鶴頂紅、就是満京城

拿着銀子也尋不出来。不是面奨、説是東京衛主老爺玉帯金帯空有、也没這条犀角帯。這是水犀角、不是旱犀角。旱犀不値銭、水犀角号作通天犀。…………………………………………（4）

（兄貴でなくちゃ、とても手にはいらない品ですなぁ。いずれ劣らぬ見事な帯だ。こんな幅の広いのはまったく珍しいですよ。ほかのぶんはともかく、この犀の角のと鶴の丹頂のとは都じゅう金を持ちあるいたって、手にはいるもんじゃありません。お世辞じゃないが、東京衛の長官のとこにだって、玉の帯や金の帯はあっても、こんな犀の角の帯はありゃしません。これは水にいる犀の角で、陸にいる犀の角じゃありません。陸にいる犀の角は値うちがないが、水にいる犀の角は通天犀っていうんです。……）

4．提刑所理刑に就任してから後、西門慶の役所への出勤のさまは、すでに挙げた（（1）を参照のこと）。

5．三十八回。西門慶が同僚の夏提刑の家に招かれて酒を飲んで、帰宅した後李瓶児の部屋にむかう個所では、次のように見える。

西門慶穿着青絨獅子補子、坐馬白綾襖子、忠靖段巾、皁靴棕套、貂鼠風領。…………………………（5）

（西門慶は黒糸で獅子の補子を入れた乗馬用の白綾子の上着、緞子の忠靖冠、黒の長靴に棕梠《しゅろ》の毛の靴おおい、貂《てん》鼠のえり巻といったいでたち）

6．三十九回。西門慶が息子官哥の願解きで玉皇廟におもむく時のいでたちは、

西門慶従新換了大紅五彩獅補吉服、腰繫蒙金犀角帯。…………………………………（6）

（西門慶は新しく緋色の地に五彩の獅子の補子のついた吉服に着替え、腰には金をかぶせた犀の角の帯を着けて……）

7．五十六回。庭で妻達と遊ぶ時のみなりは、

只見西門慶頭戴着忠靖冠、身穿柳緑緯羅直身、粉頭靴児。……………………………………（7）

（見れば、西門慶は、頭には忠靖冠をかぶり、身には、緑の絽《ろ》の直裰《じきとつ》に、白靴をはいております）

8．五十九回。廓の愛人鄭愛月の所にむかういでたちは、

頭上戴着坡巾、身上穿青緯羅暗補子直身、粉底皁靴。…………………………（8）

（頭には頭巾をいただき、身には黒絽の無補子の直裰を着け、白底の黒長靴をはき。……）

9．六十一回。韓道国夫妻が西門慶を酒宴に招くが、この時の慶のいでたちは、

頭戴忠靖冠、身穿青水緯羅直身、粉底皁靴。…………………………（9）

（頭には忠靖冠を戴き、身には黒絽《ろ》の直裰を着け、白底の黒長靴といういでたち。……）

10．六十八回。再度、廓の鄭愛月の所にむかう。その時のいでたちは、

回到庁上、解去了冠帯、換了巾幘、止穿紫絨獅補直身。…………（10）

（西門慶は広間に引き返すと、冠帯をとって巾幘に換え、着物も獅子の補子のはいった紫の毛織の直裰だけになり、……）

11．六十九回では、王招宣の未亡人の林夫人に招かれ、彼女の家にむかう。その時のいでたち。

頭戴白段忠靖冠貂鼠暖耳、身穿紫羊絨鶴氅、脚下粉底皁靴…………（11）

（頭に白緞子の忠靖冠を戴き、貂《てん》鼠の耳おおいをつけ、身には紫色の羊毛の裘《けごろも》をまとい、足には白底の黒長靴をはき、……）

12．七十三回。孟玉楼の誕生日に、その祝いの席で西門慶は何太監からもらった衣服を着て、みんなをびっくりさせる。そのみなりは、

晩夕孟玉楼与西門慶遞酒、穿着何太監与他那五彩飛魚蟒衣、白綾襖子、同月娘居上。…………（12）

（晩になると、孟玉楼が祝いの酒を差すというので、西門慶は何太監からもらった五色の飛魚の補子のはいった裘《けごろも》に白

綾子の上着をつけ、月娘とともに上手《かみて》にすわれば、……）

13．同回。応伯爵が西門慶にごまをすって言うには、

伯爵灯下看見西門慶白綾襖子上、罩着青段五彩飛魚蟒衣、張爪舞牙、頭角崢嶸、揚鬚鼓鬣、金碧掩映、蟠在身上、諕了一跳。問、「哥、這衣服是那里的？」……伯爵方極口誇奨、「這花衣服、少説也値幾個銭児。此是哥的先兆、到明日高転、做到都督上、愁玉帯蟒衣？何況飛魚、穿過界児去了！」…………（13）

（灯の下で見てみると、西門慶は白綾子の上着の上に、五色の飛魚の補子のはいった黒緞子《どんす》の蟒衣《ぼうい》をはおっておりましたが、その飛魚ときたら、牙を張り爪をふるい、巍然《ぎぜん》として頭を突き立て、鬚《ひげ》をぴんと張って鬣《たてがみ》をなびかせ、金碧《べき》の色どりもまぶしくからだの上にわだかまっておりますので、伯爵はびっくりして、「兄貴、その着物はどこで手に入れたんです」とたずねると、……「そんなにきれいな着物だったら、いくら少なく見つもっても、かなりな値打ちものですぜ。こいつは、兄貴がそのうち都督にまでのぼるという前ぶれだ。蟒衣玉帯はおろか、飛魚のやつを着ちゃってるんだもの」）

14．七十七回で、また廓の鄭愛月のもとにむかう、その時のかっこう。

一面分付備馬、就戴着毡忠靖巾、貂鼠暖耳、緑絨補子褂褶、粉底皁靴。…………（14）

（西門慶は馬の用意をいいつけると、毛の忠靖頭巾に、貂《てん》鼠の耳おおい、補子のはいった緑の毛織の上着に、白底の黒長靴といったいでたちで、……）

15．七十八回で、また、林夫人のもとにむかう、その時のかっこう。

這西門慶一面喚玳安脱去上蓋、裏辺穿着白綾襖子、天青飛魚氅衣、粉底皁靴、十分綽耀。…………（15）

（西門慶は玳安を呼んで外套をぬがせます。中は白綾子の上着に、飛魚の補子のはいった濃紺の裘《けごろも》、それに白底の黒長靴といういでたちで、まことに輝くばかりです）

以上が、西門慶の身なりについて描写しているおおよその個所である。

こうした服装について書かれている個所は、文面を読んだだけでは、一体どんな身なりなのかちっともわからぬうらみがあるが、ただ一つだけ確かにわかることは、恐らく、西門慶が役人になる前とその後とでは明らかにそのかっこうが異なるということであろう。

このうちの(1)は、西門慶が役人となって、始めて意気洋々と出勤する時の様子を描くものだが、ここで、烏紗帽といい、員領（円領のこと）の補服といい、帯といい、すべて明代の役人の典型的な服装であったことは、『明史』巻六十七輿服志（三）に

文武官常服。洪武三年定、凡常朝視事、以烏紗帽・団領衫・束帯為公服。

とあり、また『留青日札』巻二十二、我朝服制の条に、

洪武改元、詔衣冠悉服唐制。士民束髪于頂。官則烏紗帽・円領・束帯・皁靴。……

とあることからも、明らかである。円領とは、円えりの官服のことで、団領とも、盤領ともいった。では、この代表的な明代官人の服装とは具体的にどのようなものであるかについては、図1を参照されたい。百聞は一見に如かずである。

図1　明代官人の烏紗帽と円領
（周錫保著『中国古代服飾史』より）

ではここにいう補服とは、一体いかなるものであろうか。次にこれを考えてみたい。

二　明代官員における官服制度

補服とは、明代に始まった独特の官服で、前胸および后背に、金糸や

采糸で刺繡した「補子」または「背胸」とよばれる品級をあらわすしるしをつけた服のことである。文官は鳥を刺繡し、武官は獣を刺繡した。『明史』巻六十七輿服志（三）や、『万暦大明会典』巻六十一によれば、洪武二十四年（一三九一）に補服について、次のような規則が定められている。すなわち、公・侯・駙馬・伯は補子として麒麟《きりん》ないし白澤《はくたく》（獅子に似た神獣）を、文官一品は仙鶴を、同二品は錦鶏《きんけい》を、同三品は孔雀を、同四品は雲雁《がん》を、同五品は白鷴《かん》（きじ）を、同六品は鷺鷥《ろし》（さぎ）を、同七品は鸂鶒《けいちょく》（水鳥）を、同八品は黄鸝《り》（うぐいす）を、同九品は鵪鶉《あんじゅん》（うずら）を、雑職は練鵲《じゃく》（かささぎ）を刺繡するものとした。また、監察官たる都御史や按察使は獬豸《かいち》（人の不正を知り、不正な者をこらしめるという神獣）をそれぞれ刺繡するものとする。また、武官一品と二品は獅子を、同三品と四品は虎豹を、同五品は熊羆《ひ》（ひぐま）を、同六品と同七品は彪《ひょう》を、同八品は犀牛を、同九品は海馬を、それぞれ刺繡するものとするというもので、官位によって柄が異なっていた[3]（図2を参照されたい）。当然、官吏はそれぞれ、その官位と異なる補子をつけることは許されていなかった。

またこの外にも、その衣服に、玄・黄・紫の三色の色を使うことや、龍や鳳凰の刺繡をすることなどは禁ずるという細かい規定があり、規則違反の服を着用した者のみか、そのような衣服を製造した者までも、発覚すれば罰せられることになっていた。玄・黄・紫の三色や、鳳龍の刺繡を禁じたのは、それが天子専用の色やデザインであったからであった。景宗の景泰四年（一四五三）より、公・侯・伯・駙馬の外に、都にあって天子の身辺を護衛する近衛兵のその長官たる錦衣衛指揮使が、正三品ながら、特に許されて、麒麟の補服を着ることができるようになった。

ところが、この官吏の服装に関する定めが大いに乱れたのは、武宗正徳帝の時である。正徳十一年（一五一六）には、都の護衛兵たる東・西両官庁軍の軍士の外套に、従来固く禁ぜられていた黄色が使われ、これを契機とし

図2 No.1

公・侯・駙馬・伯の補服のデザイン

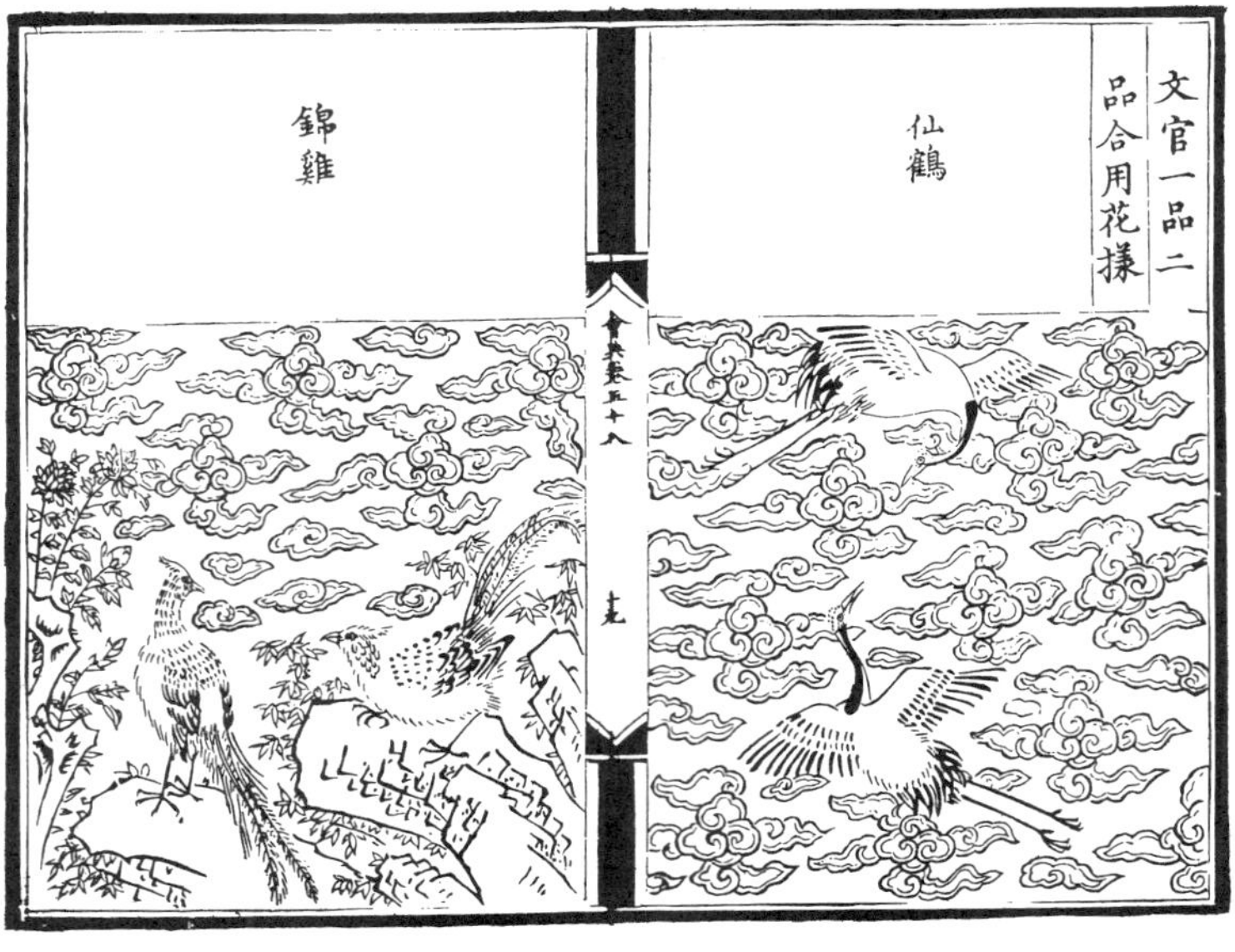

文官二品の補服のデザイン　文官一品の補服のデザイン

図2

No.2

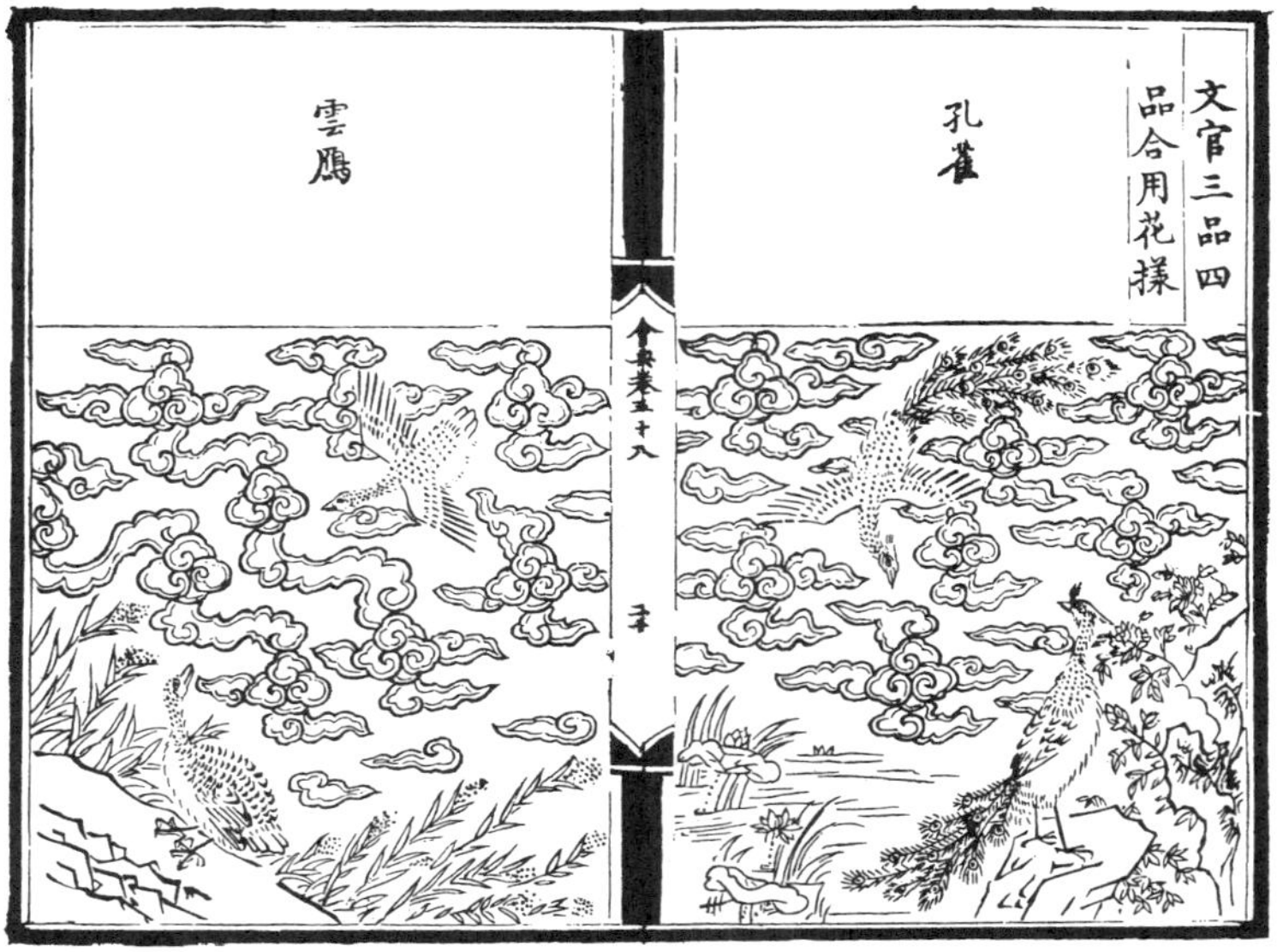

文官四品の補服のデザイン　　文官三品の補服のデザイン

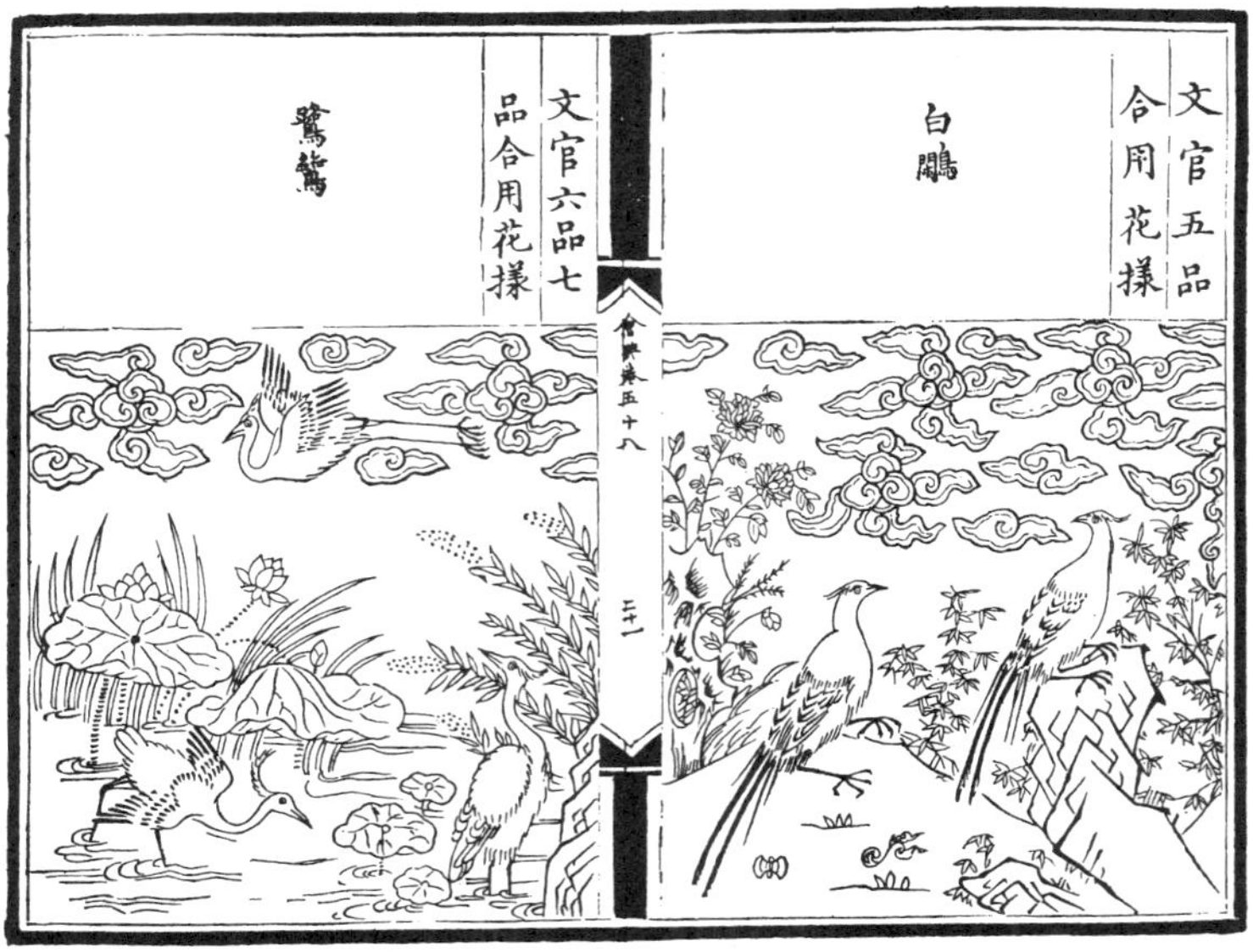

文官六品の補服のデザイン　　文官五品の補服のデザイン

図2

No.3

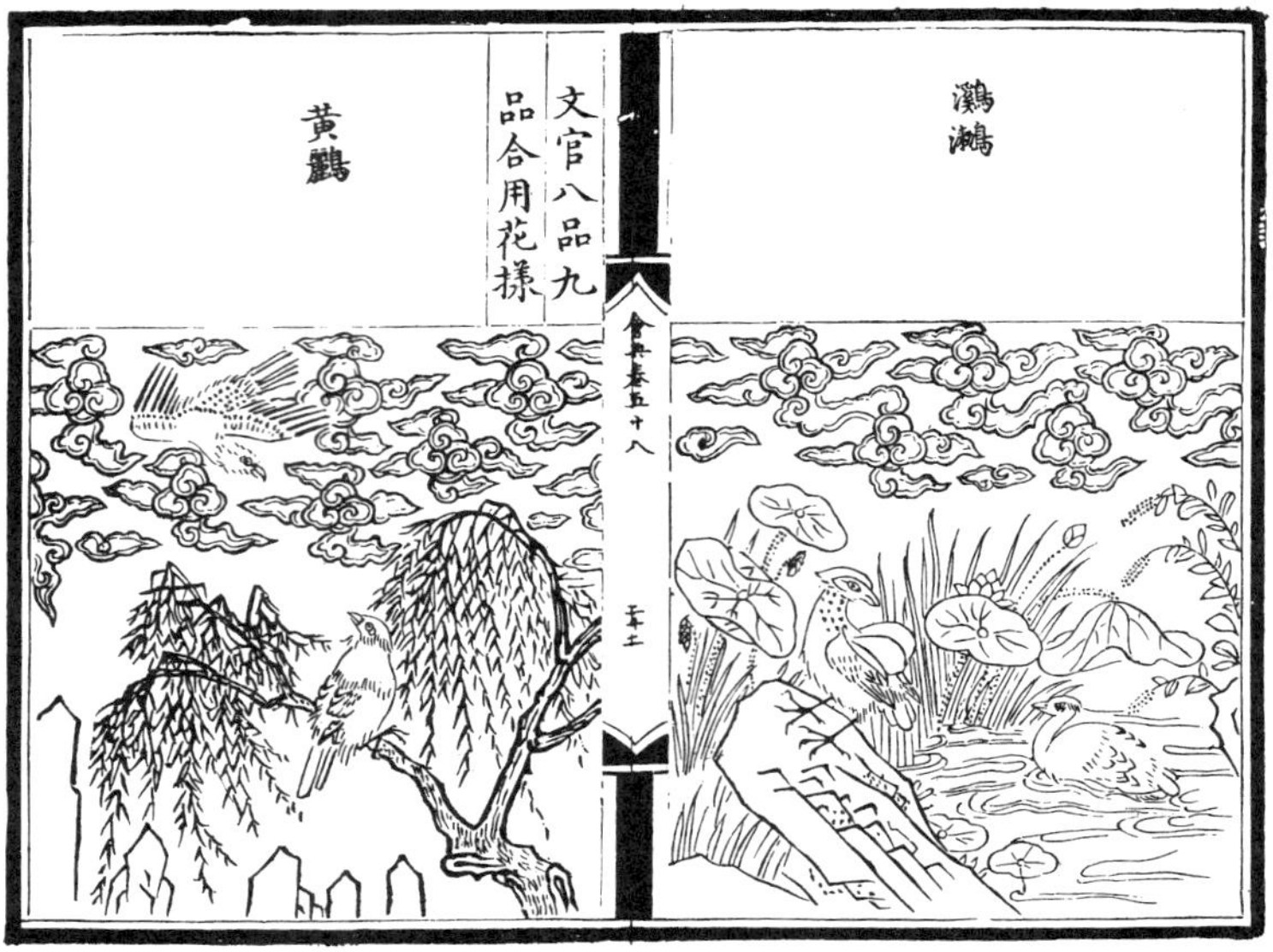

文官八品の補服のデザイン　　文官七品の補服のデザイン

文官雑職の補服のデザイン　　文官九品の補服のデザイン

図2
No.4

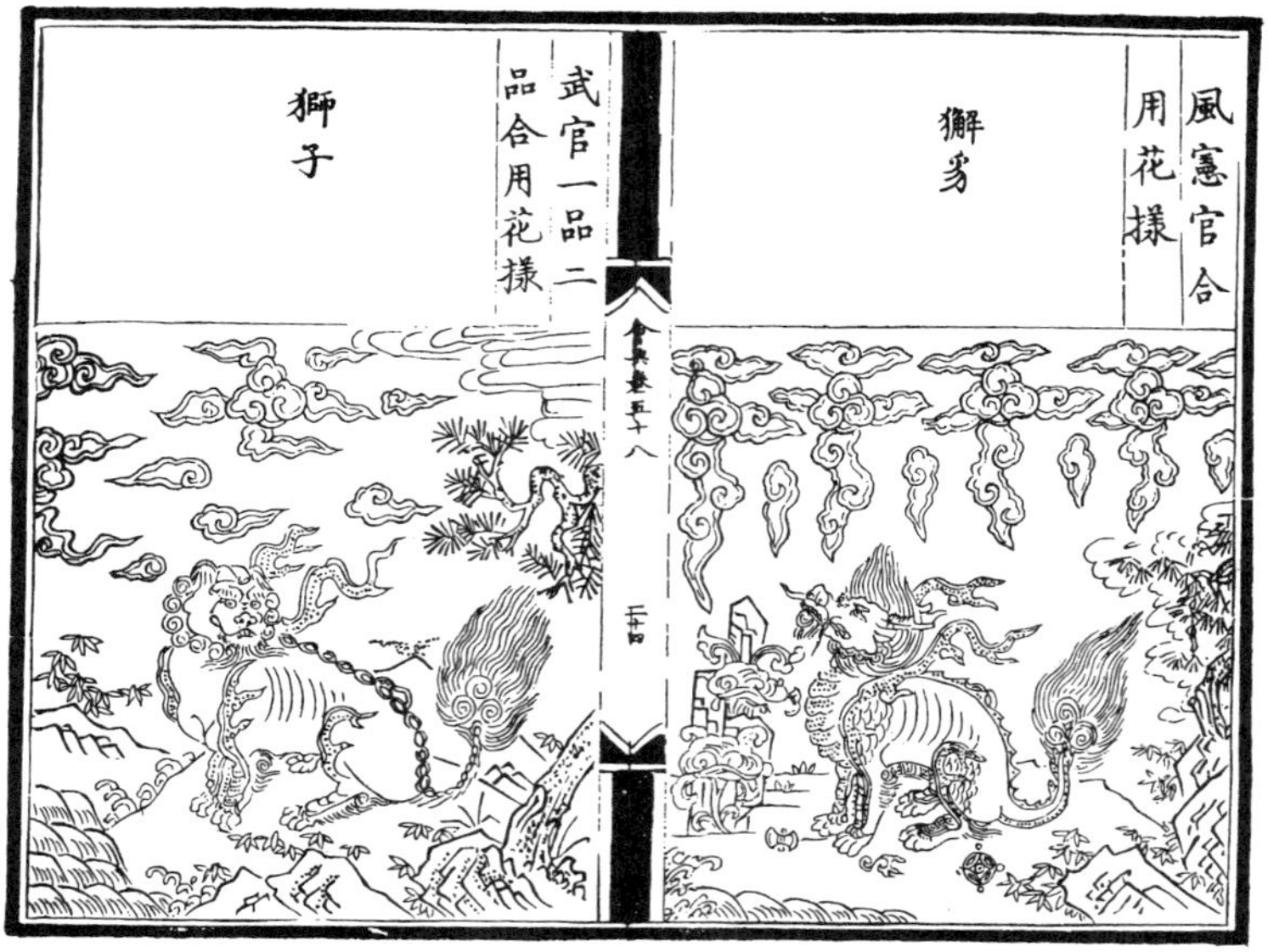

武官一品二品の補服のデザイン　　　監察官の補服のデザイン

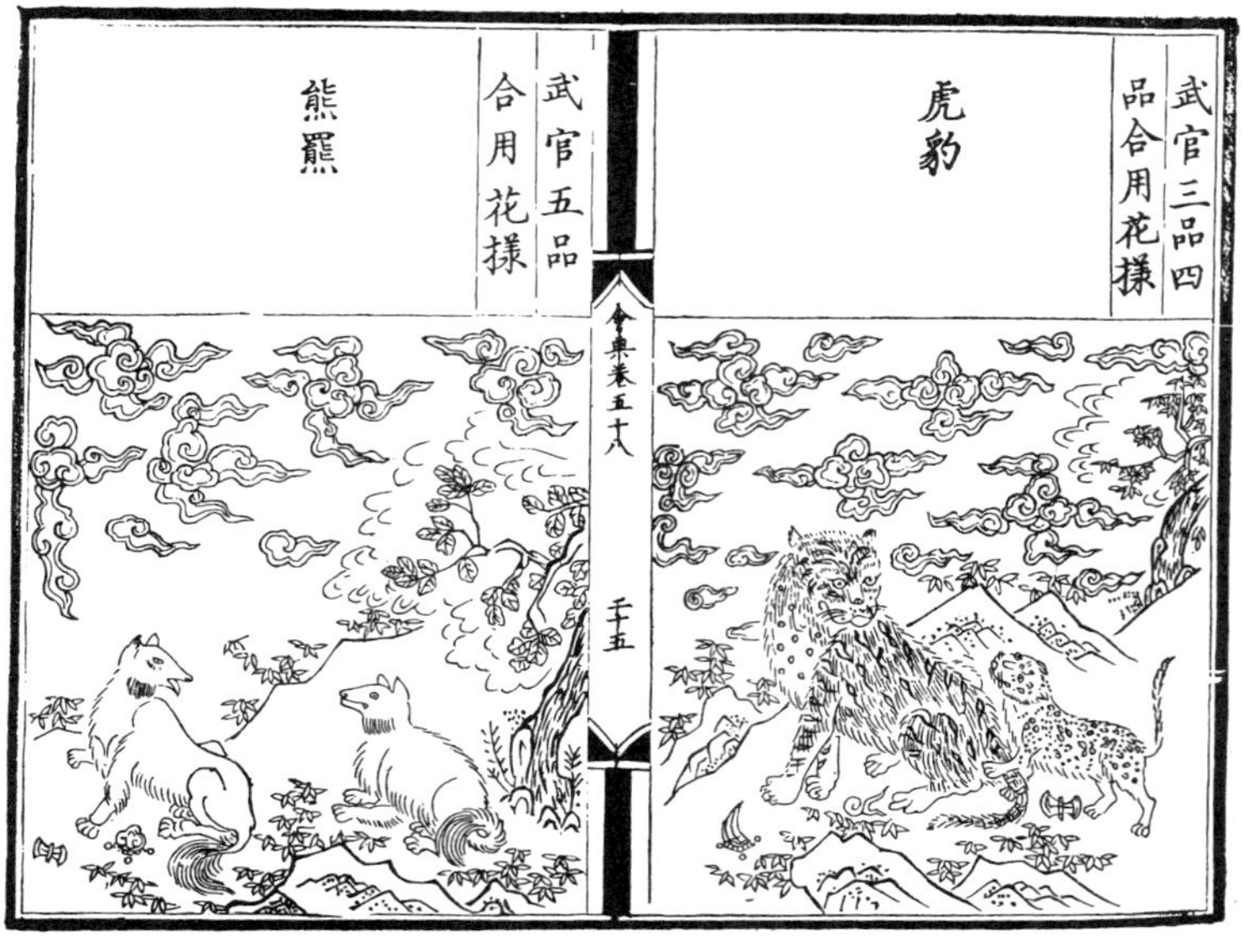

武官五品の補服のデザイン　　　武官三品四品の補服のデザイン

図2

No.5

武官八品の補服のデザイン　　武官六品七品の補服のデザイン

武官九品の補服のデザイン

て一般庶民までが、黄色の服を着るようになったという。(4) ところで、この正徳帝は、好んで軍装をし、自ら「総督軍務威武大将軍総兵官大師鎮国公朱寿」などと号して、各地を巡幸して歩くのが好きであったが、都に帰る時には、百官を出迎えさせた。正徳十三年（一五一八）、この時出迎えに出た百官に対して、大紅紵絲羅紗の衣服を賜うたが、それらの衣服につけられてあった補子は、極めて異例であって、文武をとわず、一品の者には斗牛の、二品の者には飛魚の、三品の者には蟒《うわばみ》の、四品五品の者には麒麟の、六品七品の者には虎と彪のそれぞれ補子がついていた。

では、ここに言う斗牛とか飛魚とか蟒とは、一体いかなる紋だろうか。

斗牛とは、龍によく似た架空の動物で、ただ龍とちがうのは角がまがっていることと、爪が三つである（龍は爪が五つ）所がちがっているとする（図3を参照のこと）。飛魚も伝説上の動物で、よく飛ぶことのできる魚のことで

図3
（明・王圻『三才図会』より）

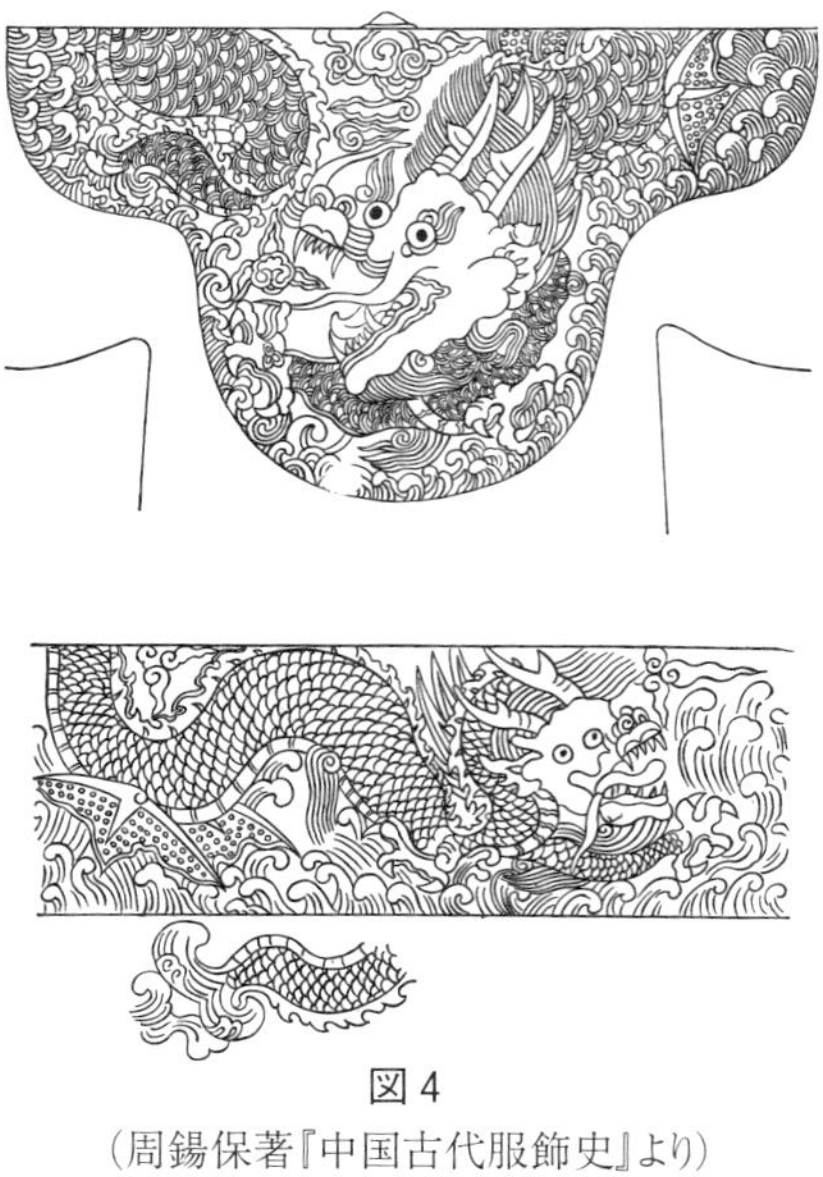

図4
（周錫保著『中国古代服飾史』より）

ある。雷も畏れないとされ、この為に、宮殿の屋根瓦にこれをかたどったものが使われたという。(5) 本身は魚だが、周錫保氏『中国古代服飾史』（中国戯劇出版社、一九八四年、頁三九〇）に引用されている山西省博物館蔵の飛魚服のデザインは、まったく龍に似ている（図4参照）。蟒とは、大蛇、うわばみのことだが、服装のデザインとなると、俄《が》然龍に似たものとなる。

『万暦野獲編』補遺巻二によれば、

蟒衣、為象龍之服。与至尊所御袍相肖、但減一爪耳。

と見え、龍とちがうのは、僅かに爪が龍より一つすくない四つであるというだけである（図5を参照のこと）。

要するに、正徳十三年に、群臣が武宗から賜った服は、斗牛にしろ、飛魚にしろ、蟒にしろ、すべて天子の服の専用デザインである龍に極めて似かよったものであったし、更に平素は、公侯伯駙馬といった勲戚の者ないし錦衣衛の長官たる指揮使にのみ、その着用が許されていた麒麟の補服が、四・五品の官僚に下賜されたことになる。これは、かなり異常なことであって、従って『明史』巻六十七輿服志（三）にも、「時文臣服色亦以走獣、而麒麟之服逮於四品、尤異事也」と見える。

図5　十一世臨淮侯李邦鎮の画像
（周錫保著『中国古代服飾史』より）
頭には烏紗帽をかぶり、身には蟒衣玉帯をつけている。

正徳十六年（一五二一）三月に、この無軌道皇帝の武宗が病死するや、いとこの厚熜が跡を継いで、世宗嘉靖帝となった。この世宗は、その晩年には政務を放棄し道教に心酔して、邵元節や陶仲文といった道士の教説を妄信するに至るが、始め帝位を嗣いだ頃は、それでも革新の気に燃えていて、武宗の時にすっかり乱れた典礼制度の立て直しに意を用いていた。それは『明史』輿服志に引用されている次のエピソードからも見て取れることである。

嘉靖十六年（一五三七）二月に、世宗が、天寿山の麓《ふもと》にある太祖洪武帝以来の墓地（今の十三陵である）を参拝にいった時のことである。この時、兵部尚書の張瓚が蟒衣を着ているのが帝の目にとまり、帝は激怒し、武英殿大学士の夏言をよびつけて、「尚書は官位二品のはず、なにゆえ蟒衣を着用することができるのか」と詰問した。すると夏言はこれに答えて、「張瓚の着ているのは、実は、お上より頂戴した飛魚服でありまして、蟒衣に似ているだけのことです」と言った。すると、帝はすかさず、「飛魚ならば、なぜ角が二つあるのか。今後きつくこれを禁ずるように」と命じたという。尚書は正二品であるから、規則からすれば錦鶏の補子をつけなければならなかったのである。これ以降、百官がみだりに蟒衣や飛魚・斗牛の服を着ることは、固く禁ぜられるようになった。ただし、天子が天地をまつる祭りの際、これに従う臣下のうち、独り錦衣衛指揮使のみが、祭服として大紅蟒衣や飛魚服を着用することが許されていた(6)。

これより先、嘉靖七年（一五二八）には、文淵閣大学士張璁の上奏により、官吏の普段着に関する定めが作られ、範を周代の礼服たる玄端にのっとり忠靖冠服を製り(7)、礼部を通じて忠靖冠服図が天下に示された（図6参照）。そして、この忠靖冠服は、百官のうち、都で勤める者は七品以上の役人、ないしは翰林院・国子監・行人司では八品以下(8)であっても、また地方官にあっては、布政使及び府州県の長官、更に儒学の教官がこれを身につけるべきであるとした。

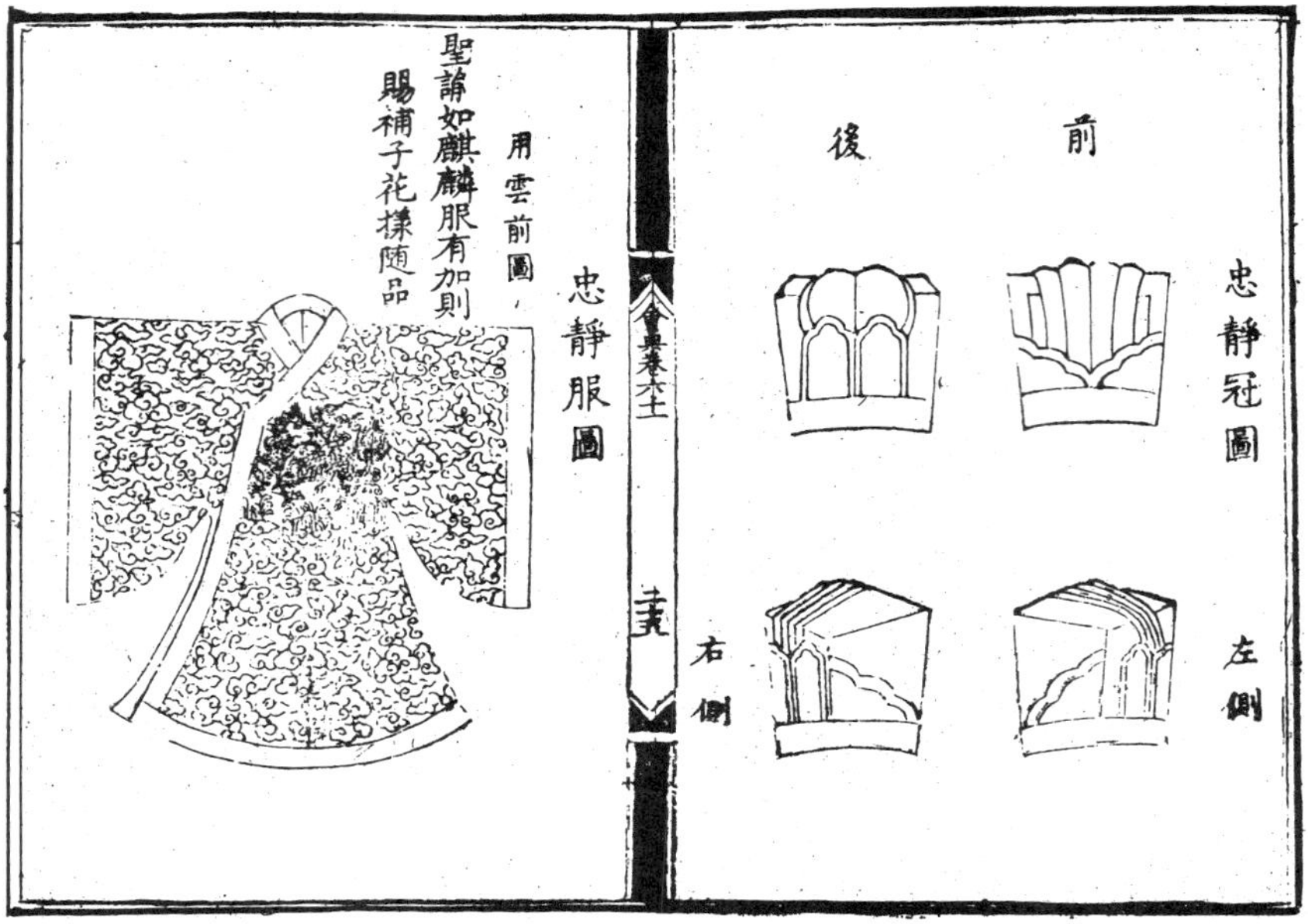

図6　『大明会典』に描かれた忠静冠の図

では、皇帝が臣下に名誉ある服を下賜することが嘉靖以降なくなったかと言うと、そうではない。先にもふれた通り、嘉靖帝は道教に心酔していたので、道教の祭祀の時に用いる祭文の青詞をよく撰したという功により、厳訥・李春芳・董份らが、彼等の身分はいずれも五品ながら、文官一品の者にのみその着用が認められた仙鶴の補服を帝より下賜にあずかったという。(9) この外にも、麒麟の補服は、厳嵩や徐階がたびたび下賜を受けている。これによって見れば、皇帝より特別に目をかけられたごく一部の者に限られてはいたが、身分不相応の衣服の着用を許された者もいたのである。

なお、特別の功績のあった者に対して皇帝が玉帯を下賜することは、洪武年間の学士羅復仁に始まること、内閣の閣臣が皇帝より蟒衣の下賜を受けることは、弘治年間の劉健・李東陽に始まること等は、『明史』巻六十七輿服志（三）歴朝賜服の条に精しく、また、蟒衣の下賜は、恐らく閣臣よりも宦官の方が先で、正統年間の司礼監太監だった王振や、成化年間の御馬監太監汪直らがその始まりではなかったかとの説は、沈徳符の『万暦野獲編』補巻二、閹臣賜蟒之始の条に見える。(10)

最後に、この節をおえるにあたって、官僚の身につける帯に関しても定めがあるので、一言つけ加えておきたい。百官の公務執行中においては、その帯の装飾にもその官位により以下のような定めがあった。即ち、文官武官にかかわらず一品の者は帯に玉をつけ、二品の者は花犀、三品の者は金鈒《そう》花（金でちりばめ花模様にしたもの）、四品の者は素金、五品の者は銀鈒花、六七品の者は素銀、八九品は烏角をそれぞれつけることになっていた。

さて、これまで長々と明代官員における服飾制度を説明してきたのは、『金瓶梅』において西門慶が着用している服がいかに僭越無法なものか説明するためである。

三　西門慶の服装における矛盾点

では、西門慶の着用している衣服のいかなる点が規則に違反し、それがいかに僭越なる行為であるかについて、次に見てみよう。

まず先に見たように、三十回で山東等処提刑所理刑になってからの西門慶は、獅子の補子のついた官服を着用している（先にあげた例示文のうち、（1）（5）（6）（10）がこれに該当する）。ところで、獅子の補服を着用できたのは、先にも説明した通り、武官の一品二品の者に限られていた。武官の一品二品の者をもっと具体的に言うと、五軍都督府の都督（正一品）、同都督同知（従一品）、同都督僉事（正二品）、留守司の正留守（正二品）、都指揮使司の都指揮使（正二品）、同都指揮同知（従二品）となる。これらの地位にある者だけが、獅子の補服の着用が許されていたのである。ところが最初西門慶が三十回で手に入れた副千戸という官位は、位従五品であり、七十回で正千戸に昇進するが、それでも正五品の位である。規則の上からすれば、武官五品は、熊羆の補子をつけるべきで、獅子のそれをつけるべきではなかったのである。千戸の職が五品であることは、作者もよく承知していた。その証拠に、九十二回で、西門慶の正妻の呉月娘が婿の陳経済の乱暴狼藉《ろうぜき》に関し県に訴えでる段では、次のように書かれている。

這霍知県在公座上看了状子、又見呉月娘身穿縞素、腰繋孝裙、係五品職官之妻。生的容貌端荘、儀容閑雅。……

（霍知事は席について訴状を読みおわると、こんどは月娘を眺めましたが、身には白絹の上着をまとって、下に喪の裙子をつけた位五品の官吏の夫人、端正な顔だちに閑雅な姿をしておりますので、……）

以上のように、呉月娘を五品官吏の夫人としているのである。このことからして、作者が当時の官吏の品級と補子との関係について無知あるいは無頓着であったとはとても考えにくい。では作者が敢て獅子の補服を身につけた西門慶を描いたのは何故だろうか。今この追求を暫くおくとして、ここではこの外に西門慶が身分不相応な服装をしている個所はないだろうか、まず先にこれを見ておこう。

七十回以降、西門慶は都で識り合った何太監からもらった飛魚の補服をよく着て、まわりに虚勢を張っている（先にあげた例示文のうち、(12)(13)(15)が該当する）が、これも規則違反の僭越な行為であることは言うまでもないことである。なんとなれば、飛魚の補服は、先述した如く、天子の着用する龍のデザインによく似た模様であり、正徳年間に、二品の官僚が時の皇帝であった武帝から下賜を受けたことの外は、極く一部の極めて大きな功績のあった官僚や宦官のみが、皇帝から褒美の形で受ける賜服の模様の一つであったからである。

また、西門慶は、外出の際、よく忠靖冠をかぶっている（先にあげた例示文のうち(5)(7)(9)(11)(14)がこれに該当する）が、これも身分不相応ないでたちであろう。なんとなれば、これまた先述の如く、この忠靖冠は、武官においては都督にだけこの着用を許されていたものだからである。

また、西門慶が腰にしめている帯に目を転ずると、不届きにも、規則の上からは二品の官位の者にのみ許される犀角で作った帯をつけていることに気がつく（先にあげた例示文のうちの、（4）（6）がこれに該当する）。規則からすれば、五品官たる西門慶は、銀鈒花の装飾帯をつけるべきであることも先述の通りである。

五品の者が、忠靖冠をかぶり、獅子の補服を着て、犀角帯を締めるとは、何と僭越倣慢な行為であろうか。それにしても何故西門慶にこのような行為が許されたのであろうか。これについて、陳詔氏の説があるので、次にそれを紹介しよう。

四　陳詔説とその若干の反論

陳詔氏の説は、①「《金瓶梅》小考」（『紅楼夢与金瓶梅』寧夏人民出版社、一九八二年）と、②『金瓶梅之謎』（書目文献出版社、一九八九年）の第十章〝《金瓶梅》民族描写特点之謎〟の条に見える。今煩瑣を嫌って、便宜上、以下にはこれら説の出所を、①・②と略称する。

まず①では、先に挙げた例示文のうちの⒀を提示され、更に『明史』輿服志（三）の記事数条を挙げられた後、次のように断じておられる。

飛魚蟒衣は、明朝で二品大官か錦衣衛の堂上官にして始めて着用できたものである。道理からすれば、西門慶は山東提刑所掌刑千戸でせいぜい五品官にすぎず、飛魚蟒衣を着る資格はない。これは一種のおごりの行為である。……『金瓶梅』での描写と『明史』輿服志の記載とをつきあわせて見ると、西門慶は実際上錦衣衛の属官と断定してよい。しかしまた、朝廷ではたびたびの禁令にもかかわらず、身分の低い者が身分不相応の服を着用することがよくあったようで、そのことは『万暦野獲編』巻五の〝服色之僭〟の条に見える。（傍点筆者）

また②のうち「応伯爵がなぜ西門慶の腰帯と飛魚蟒衣をたたえようとしたか」の条にも、これと同主旨のことが述べられている。

冠については、やはり①の中で忠靖冠という一項を立てられ、西門慶が平素外出の時にはいつも忠靖冠をかぶっていたとし、ついて『明史』輿服志や田芸蘅の『留青日札』の記事をあげ、「このことからも、忠靖冠服は役人が着用するものであった。西門慶が掌刑千戸であったから、忠靖冠をかぶっているのだ」とされている。

更に②の中で同氏は、王世貞の『觚不觚録』中の一条を引用されて、このような服装の乱れは、嘉靖末年の情況を投影したものであるとされている。

以上が、陳氏の所説の大要である。同氏は、「《金瓶梅》小考」の別の所でも、西門慶は山東提刑所理刑としながら、実は錦衣衛の属官ではなかったかということを論じておられ、また、『金瓶梅』に描かれている時代は、万暦年間のそれではなく、嘉靖年間のそれであるとされているので[11]、以上のような説になっているものと思われるが、このようなことがすべて言えるかどうか、次に考えてみたいと思う。

陳氏の指摘されるように、西門慶が身分不相応な服装をしていることはおごりの精神のあらわれであるとされている点については、大いに賛成できることである。しかし、二三の点で認めがたい点があるので、以下に指摘してみたい。

まずその第一は、飛魚蟒衣を二品大官が着ることができたとされている点である。既に説明したように、公式の記録としては、正徳十三年に巡幸よりもどった武宗帝が、これを出迎えた官僚のうち二品官の者に飛魚服を与えたというのがあるのみで、嘉靖以降は、蟒龍・飛魚・斗牛の紋様のある服が禁ぜられたのは、すでに見た通りである。従って、二品大官の者が飛魚服を原則的に着られたわけではない。

その第二は、忠靖冠についてである。忠靖冠は役人がかぶったもの、西門慶は役人であったから、これをかぶることができたのだと陳氏は説明されるが、なによりも西門慶は武官であったということをこの際わすれてはならない。忠靖冠は武官一品の都督のみこれが着用を許されていたことはすでに説明した通りである。[12]西門慶は五品の武官であったから、これをかぶるのは規則違反の僭越な行為であったのである。

また、これは或いはささいなあげつらいかもしれないが、陳氏は、西門慶の僭越な服装として飛魚の蟒衣のみをあげておられるが、それをあげるならば、むしろ獅子の補服をあげるべきではなかったかと思う。それは、三十回以降、もっぱら西門慶が着用するのは獅子の補服であって、西門慶が七十回以降時に着用する飛魚服は、彼自らあつらえたものではなく何太監からもらったものであるからである。

五　私の解釈

では、西門慶の服装に見られるこれまでの矛盾をどう解釈したらよいであろうか。結論から先に言うならば、次の二点が指摘できるように思われる。

1. 明代中期以降、補服の制度が乱れ、特に武官や宦官において実際の身分以上の服を着用する傾向が広まった。『金瓶梅』で西門慶が獅子の補服を着ていることを描くのは、『金瓶梅』に実際に描かれている時代とされる嘉靖から万暦にかけての風俗風潮を忠実に描写したものであること。そして、その時代をかならずしも嘉靖年間にのみ限定できないこと。
2.『金瓶梅』の作者は、西門慶の服装を通じて彼の無法僭越な行為を描こうとした。また、その服装をいく分誇張して描き、その俗物性を強調しようとしたこと。
まず、1の点に関して、若干の史料についてこれを考えてみよう。明代の随筆類をみると、明代中期以降官服の制度を乱す者に武官と宦官とが多かったことを伝える記事が散見する。

例えば、謝肇淛の随筆『五雑組』巻十二には次のように見える。

国朝服色之最濫者、内臣与武臣也。内官衣蟒腰玉者、禁中殆万人。而武臣万戸以上即腰金、計亦不下万人。至於辺帥緹騎、冒功邀賞腰玉者、又不知其幾也。

内臣とか内官というのは、宦官のことである。ところで制度上帯の飾りに玉をつけることが許されていたのは、先述の如く一品官の者に限られていた。しかるに宦官で最も位の高い者でも太監の四品がせいぜいで、規則の上からは、宦官が玉を腰にすることはできなかったのである。ところがこれにもあるように、宮中でこの禁を犯す者が一万人いたというから、この随筆が書かれた頃はほとんど服飾に関する規則がないがしろな状態になっていたことがこれで判る。謝肇淛は万暦二十年（一五九二）の進士で、『五雑組』の刊本のうちその刊行年がはっきりわかるのは、潘膺祉の如韋館が刊行した万暦四十四年（一六一六）であること[13]から、ここに書かれてある状況は、万暦時代のことと考えてよいであろう。

また、沈徳符『万暦野獲編』補遺巻三、武弁僭服の条には、
今武弁所衣繡胸、不循欽定品級。概服獅子、自錦衣至指揮僉事而上、則無不服麒麟者。人皆謂起於嘉靖間、後乃知事在景泰四年、錦衣指揮同知畢旺、疏援永楽旧例、謂環衛近臣、不比他官。概許麟服、亦猶世宗西苑

奉玄、諸学士得衣鶴袍、猶為有説。至於獅子補、又不特卑秩武人。今健児荷刀戟者、無不以為常服。偶犯令輒和衣受縛、宛転於鞭撻之下、少頃、即供役如故。孰知一二品采章、辱褻至比。

と見える。『万暦野獲編』が完成したのは万暦三十四年（一六〇六）、同続編が完成したのは同四十七年（一六一九）であるから、いずれにしても、この記事に書かれている状況もまた、やはり万暦時代のことと考えてさしつかえないであろう。武官であれば位の高下にかかわらず獅子の補服を着ていたというのは、正に『金瓶梅』中の西門慶がそうであった。このことからして、『金瓶梅』は、明代中期以降の風潮を極めて忠実に描いていたことがわかる。しかも、このような服飾の乱れは、陳氏の言われるような嘉靖末年にのみ見られたわけではない。氏は王世貞の『觚不觚録』を論拠とされたが、同じ『觚不觚録』の別の所で、次のような記述もある。

独「会典」所載服色、武職三品以下、有虎豹熊羆彪海馬犀牛之制。而今則通用獅子略不之禁、此不可暁也。

（傍点筆者）

やはり、武臣における、身分にかかわらず獅子の補服を着用する風潮に言及している。ここで今と称しているのは、この書全体から判断して、万暦年間を指していることは明らかであり、従って、万暦年間に入っても武臣における服装の乱れはあったのであり、むしろ甚しくなっていたのである。

2について考えてみよう。陳詔氏は、先に挙げた例示文のうち(13)番を引用されて、これをもって、西門慶が錦衣衛の属官であることを示すものであるとされる。確かに氏の指摘されるように、金吾衛衣左所副千戸、山東等処提刑理刑という曖昧奇妙な官職名は錦衣衛を暗示し、また七十八回で宋喬年が西門慶にあてた手紙の中に「大錦衣西門先生玉案下」とあり、八十回で朗僧官の偈文の中にも「故錦衣武略将軍西門大官人」とみえることから、この小説の作者は、西門慶を錦衣衛の属官として想定していたふしのあることも確かなことである。筆者もこのことについてかつて論じたことがあるが、[14] しかし、この(13)番の個所から、錦衣衛の属官であることを論ずるのには少々無理があるように思われる。

先にも指摘したように、そもそも西門慶がここで着用する飛魚服は、七十一回で宦官の何太監からもらったもので、自らあつらえたものではなく、しかも、公務の時に着ている獅子の補服と違って、時々それを羽織って見せてまわりを驚かしているのにすぎない。従って、陳説のように、この飛魚の蟒衣を着ていることを以て西門慶を錦衣衛の属官と断ずるよりも、ここは、作者が西門慶のおごりの態度を誇張して描こうとしている個所であるとは考えられはしまいか。いくら補服制度の乱れが、嘉靖以降に見られるからと言っても、西門慶如き成り上がり者が、錦衣衛の堂上官か一部の功臣しか天子から賜ることのない飛魚の補服を着られるわけがない。また何太監にしても、軽々しく飛魚服を他人に与えるべきではなかったのである。ちなみに、「第一奇書」本のここの個所で、張竹坡が次のような評を書いている。

写何太監送飛魚衣、真是末世無礼之極。

このように歎いているのは、もっともなことである。では、ここで『金瓶梅』の作者が五品の一武官が飛魚服を着るという、ありうべからざることを書いているのは、何故だろう。この際、味わうに足ると思われるのは、先に挙げた例示文のうちの(15)番の箇所である。七十八回のこの個所は、由緒ある武門の家で空閨を守る未亡人の林夫人のもとに、情を通じにゆく時の好色の徒西門慶の身なりを描く。この段を読む人はひとしく、一応役人の端くれにはなっているが、教養などまったくなく「富めども詐《いつわり》多き奸邪の輩《やから》、善を圧し良を欺《あざむ》く酒色の徒」(六十九回中の語)が、ふてぶてしくも御法度の飛魚服を身につけて女のもとにむかうことの異常さ・滑稽さが感じられるにちがいない。また、本来ならば身分が格段にちがう男女が私通に及ぶというこの段の状況こそ、正に

「末世無礼の極」と言わずして何であろうか。作者がこのように描くのは、明らかに、西門慶の不遜な態度を誇張するこ とによって、その俗物性をよりきわだてようとした為に外ならないであろう。

六　西門慶以外の人物の服装

次に、西門慶以外の人物の服装がどのように描かれているか見てみよう。まず、提刑官としては西門慶の先輩格にあたる夏龍渓は、三十五回では次のように描かれている。

穿着黒青水緯羅五彩洒線猱頭金獅補子円領、翠藍羅襯衣、腰繋合香嵌金帯、脚下皁朝靴。……

（黒の横絽に、五色の糸で獅子の補子をぬいとった丸襟の官服、それに翠藍の絽の肌着を着て、腰には金をちりばめた帯をつけ、足には礼式の黒長靴をはき、……）

また、西門慶の後輩にあたるのは何永寿で、彼の身なりは七十回で、次のように描かれている。

穿着五彩粧花玄色雲絨獅補員領、烏紗皁履、腰繋玳瑁蒙金帯。……

（五彩の模様と獅子の補子のはいった黒の毛織の丸襟の服、黒い紗帽、黒長靴といったいでたちで、腰には金で縁どった玳瑁の帯をつけております）

獅子の補服をつけていたのは、西門慶ばかりでなく、夏龍渓や何永寿のような武官はいずれも獅子の補服を着ているこ とがこれで判る。では、文官はどうであろうか。

まず、宋喬年ら監察官は、だいたい獬豸の補服を着ており、これはおおむね規則通りである。

四十九回、新たに両淮巡塩御史となって任地に赴く蔡蘊《さいうん》は、山東巡按御史の宋喬年とともに、途中西門家に寄る。この時の二人のかっこうは、

宋御史与蔡御史、都穿着大紅獬豸繡服、烏紗皁履、鶴頂紅帯。……

（宋御史も蔡御史もともに、緋の獬豸の刺繡服に、黒紗の短靴、鶴の丹頂の帯をつけていて、……）

とあり、二人とも獬豸の補服をつけている。また、七十六回で、監察御史の宋喬年は、山東巡撫で都御史の侯蒙が太常寺正卿に転任するその送別会を西門家で行う。その時の宋喬年と侯蒙のかっこうは、

侯巡撫穿大紅孔雀、戴貂鼠暖耳、渾金帯。……宋御史亦換了大紅金云白豸員領、犀角帯。……

（侯巡撫が、孔雀模様のはいった緋色の服を着て、貂《てん》鼠の毛皮の防寒帽をかぶり、総金の帯をつけ、……宋御史も、金の雲に白の獬豸《かいち》の模様のはいった緋の丸襟の服に、犀角の帯といったいでたちで、……）

とあって、宋喬年は監察官なので、やはり獬豸の補服をつけている。ところが、侯蒙も都御史だから獬豸の補服でよいと思われるが、ここは、或いはすでに太常寺正卿（正三品）のかっこうをしているのかもしれない。なんとなれば、孔雀の補服は、文官の三・四品の者が着用することになっているからである。ところが、この外の文官に関する補服の描写は、あまり厳密ではない。

五十一回では、工部主事を拝命した安忱が、任地の荊州に赴く途中、友人で磚廠主事の黄葆光を伴って西門家を訪れるが、その時の二人の服装は、

都是青雲白鷳補子、烏紗皁履。……

（二人とも青雲に白鷳《きじ》の補子のはいった着物に黒い紗の長靴といったいでたち、……）

と見え、二人はともに工部主事で正六品であるから、本来ならば鷺鷥の補服をつけるべきところを、ここでは、文官五品の者でなければ着られない白鷳の補服を着ている。

このうち安忱は、六十八回で再度西門家を訪れている。ところがこの時彼はすでに工部郎中（正五品）に出世

しているのだが、今度はあべこべに、次に見えるように、文官六七品の者が着る鷺鷥の補服で登場する。

安郎中穿着粧花雲鷺補子員領、起花萌金帯。……

（安郎中は、雲に鷺《さぎ》の補子のはいった丸襟の服に、模様入りの金帯といういでたち、……）

七十二回で、三度目にやってきた時に始めて規則通りの服装で描かれている。

安郎中食経正等丞的俸、繋金厢帯、穿白鷳補子。……

（安郎中、寺丞の俸を食んでおりますから、金縁の帯をつけ、白雉の補子のはいった服を着て、……）

この時、安忱は、依然として工部郎中（正五品）であったから、白鷳の補子でよいのである。

また、次の個所も描写がおおまかで厳格ではない。それは七十回、太尉の朱勔が新たに光禄大夫太保に任ぜられたというので、その太尉邸に、皇族ならびに各大臣が祝いにやってくる場面である。それらの人々の中に礼部尚書の張邦昌と、同侍郎の蔡攸の姿があったが、この二人の服装については、次のように描かれている。

尚書張邦昌与侍郎蔡攸、都是紅吉服孔雀補子、一個犀帯、一個金帯。……

（尚書張邦昌と侍郎蔡攸が、孔雀の補子のはいった紅い吉服を着て、一人は玉帯[15]を、一人は金帯をつけておりました）

とあって、二人とも文官の三・四品の者が着用する孔雀の補服を着ている。尚書は正二品、侍郎は正三品であるから、帯の装飾と蔡攸の服装は、規則通りだとすることはできるが、張邦昌の服装はすこしおかしいことになる。

以上見てきたような、文官の官位と補服との微妙な錯誤は、一体何により、またそれは何を意味するのであろうか。これについては、一応次のような二・三の解釈が考えられうるであろう。

A．作者は、補服制度のことをある程度知りつつも、実際にこの小説を書く時には、制度には無頓着で、厳格に制度通りに描こうとはせず、なによりも彼のねらいは、もっともらしく描くことにあった。

B. 作者は、官界に生きていた人で、勿論補服制度のことを熟知していたが、小説であまりにも生生しく書くと、何かと差し障りがあると考えて、意識的に時には誤りをおかしたり、時にはぼかした表現で書いた。

C. 作者は、実は官界に縁が薄く、従ってそのことに暗く、もっともらしく役人の服装の描写をしはしたが、知識のなさから時々誤りをおかした。

このうち、Aの解釈が最も妥当であろう。(16) Bの解釈については、若干の可能性を残しつつも、このように断定するには、外にもっと証拠がほしいところである。Cの解釈の可能性は、最も低いと思われる。作者が西門慶の千戸職が五品官であるということを知っていたことは、すでに指摘した。従って官界のことに通じていなかったとは思えない。更にまた、例えば四十九回で、西淮巡塩御史として任地に赴く途中西門家に立ち寄る蔡蘊は、久闊を叙した後、次のように言う段がある。

……回来見朝、不想被曹禾論劾、将学生敝同年一十四人之在史館者、一時皆黜授外職、学生便選在西台、新点両淮巡塩。宋年兄便在貴処巡按、他也是蔡老先生門下。

(「……それから朝廷に出たところが、意外にも曹禾《そうか》のために弾劾されて、小生と同期の史館に在職していた十四人の者が、一時に全部地方にまわされ、小生はこんど御史に任ぜられて南淮の巡塩になるし、宋年兄は御地の巡按というわけなんで、あの人もやはり蔡老先生の門下生です」)

ここに言う、曹禾は、一体何を弾劾したのか、この小説では明らかにせぬが、少なくともこの発言から、官界に何らかの人脈と対立のあったことを読みとることができる。私は、官界のことに暗く無知である人がこのようなことを書けるはずがないと思う。

ところで、明の嘉靖二十六年の進士に、この曹禾と同名の実在人物がおり、しかも曹禾の外にも、この作品中には、狄斯彬とか淩雲翼といった同じ嘉靖二十六年の進士の名前が見える。これは、偶然の一致なのかもしれない。しかしもし作者が実在の人物名を意識的に書き込んでいるとしたらば、私が先に挙げたBの解釈、すなわち作者は官界に生きた人で、しかもこれら嘉靖二十六年の進士たちと何らかのつながりがあった可能性も強くなってくるのである。だがもしそうだとしたら、何故作者が実在人物名を書き込んだのかということになる。現在の所、この点に関してはまったく不明である。また、このことは偶然の一致である可能性も充分にあり、今後解明されるべき問題であろう。いずれにしろ、作者は自ら官途経験者であったか、それとも、官途の経験こそないけれど、相当官界のことに通じていた人だったと言えるのではないかと考える。

　最後に女性の服装についても見ておきたい。

『金瓶梅』では、西門慶の六人の夫人をはじめとして、女中や廓の遊女達とたくさんの女性を登場させている。従って、それぞれの女性の服装に関する描写も、当然おびただしい個所になるが、ここでは補服についてのみ見てみることにしよう。

　まず、西門慶の正妻である呉月娘の服装を見てみよう。四十三回の元宵節の日に登場する彼女のいでたちは、

　呉月娘這裏、穿大紅五彩遍地錦、白獣朝麒麟段子通袖袍児、腰束金鑲宝石閙粧、頭上宝髻巍峩、鳳釵双挿、珠翠堆満、胸前繡帯垂金、頂牌錯落、裙辺禁歩明珠。

　（呉月娘は、緋の金襴に五彩をあしらい、麒麟の補子のついた広袖仕立ての長上着を着て、腰には金に宝石を嵌《は》め込んだ飾りをつけ、頭には髷を高々とのせて、鳳釵を二本挿し、真珠や翡翠をちりばめ、胸の前にぬいとり帯が金糸をきらめかせ、首飾りが垂れ下がり、裙子の縁には珠をつけといったいでたち）

とあって、なんと呉月娘は、麒麟の補服を着用しているのである。実は、明代では、西門慶のような官吏の妻、

つまり命婦の衣服についても細かい規則がある。それは、『明史』巻六七輿服志（三）に見える。洪武二十四年（一三九一）に定められた命婦の衣服の模様に関するきまりは、次のようである。

公侯及一品二品、金繍雲霞翟《てき》文。

三品四品、金繍雲霞孔雀文。

五品、繍雲霞鴛鴦文。

六品七品、繍雲霞練鵲文。

つまり、規則からすれば、呉月娘は五品官の命婦だから、彼女の衣服の模様は鴛鴦《おしどり》の紋でなければならなかったのである。それを、ここで月娘が麒麟の補服を着ているのは、大変な規則違反ということになる。実は、この作品を見ると、この呉月娘の外にも麒麟の補服をつけて登場する女性が三人もいる。

その一人は孟玉楼である。七回、西門慶に嫁いで第三夫人におさまる時のいでたちがそうである。

婦人出来、上穿翠藍麒麟補子粧花紗衫、大紅粧花寛襴。頭上珠翠堆盈、鳳釵半卸。

（女の姿があらわれ出ました。身には麒麟の紋章のはいった翠藍の紗のひとえ上着を着て、その上に緋色のゆったりしたうちかけをはおり、頭には、真珠や翡翠がうず高く、かんざしを半ば垂らしている）

今一人は、西門慶の同僚何千戸の妻藍氏で、七十八回にその服装が描かれている。

頭上珠翠堆満、鳳翹双挿。身穿大紅通袖五彩粧花四獣麒麟袍児、繋着金箱碧玉帯、下襯着花錦藍裙。……

（頭には真珠や翡翠をうず高くちりばめ、鳳翹の簪を両鬢に挿し、身には金襴の袖口のついた五色の麒麟の模様のある緋の長上着を着、金の縁のついた碧玉の帯をつけ、下には錦の藍の裙子をぴっちりとつけております）

と麒麟の補服を着ている。

最後の一人は、龐《ほう》春梅で、九十六回、周守備の正妻になった後、西門慶の三周忌に西門家にやってくる。その時の身なりもやはり麒麟の補服なのである。

身穿大紅通袖、四獣朝麒麟袍児、翠藍十様錦百花裙。……

（身には、金襴の袖口のついた、四獣が麒麟にあいさつしている模様のはいった緋の長上着に、百花模様のはいった翠藍の錦の裙子をまとい、……）

呉月娘と藍氏は、ともに提刑所千戸の妻であり、また春梅は、守備の妻である。一方孟玉楼は、金持の呉服商の未亡人であることを考えると、彼女らの着ている麒麟の補服は、あるいは権力や金力の象徴として描かれているのかもしれない。だがそれにしても、このような規則違反の服装をどう理解したらよいであろうか。ところが、ここにまた、この点を理解する上において格好の材料がある。それは『万暦野獲編』巻五〝服色之僭〟の条で、次のように書かれてある。

天下の服飾のうち、身分の下の者が分を越えて身分の上の者のまねをする者に、以下の三種の人達がいる。其の一は、公侯伯子ら勲戚である。彼らは、散騎舎人として、其の官位は八品にとどまり、かつ職につかず家にいる者であるが、皆衣は麒麟を着、金帯をしめ、褐蓋を頭にかぶり、自ら勲府と称している。（中略）其の二は、内官（宦官）である。在京の宦官で富める者は、服は蟒にも斗牛にも似たものを着て、草獣だと称している。それを着ていると、その金碧はまばゆいばかりで、それを着て長安大道を歩いていても、誰も敢て見とがめようとはしない。（中略）其の三は、婦人である。都の外にいる士人の妻が袍帯を襲用しているのは、固より天下の通弊である。都では、その異常さが極まっている。至賤極まりない長班（?）や、至穢極まりない教坊の人間でも、そこの婦人が外出する時は、首には珠をつけ、身には、白沢・麒麟・飛魚・坐蟒等の刺繡のある衣服をつけ輿に乗り、簾から顔を出して、道で閣部公卿の行列に会っても平気で、行列を前駆する者も、これをしかって止めるようなことはせず、大老もまた詰責しない。これはまったく天地の間の大災孽である。（以下略す）

すでに、武官と宦官とに服飾違反の傾向のあったことは、先述の通りだが、更に勲戚と婦人にもその傾向があったことを、この記事は伝えている。恐らく、これは物質的に豊かになり、万事につけ贅沢になった嘉靖から万暦にかけての風潮であったのであろう。従って、『金瓶梅』は女性の服装に関しても、この小説が書かれたと考えられている嘉靖末年から万暦初年にかけての風俗を忠実に描写していたということができよう。

おわりに

西門慶は、成り上がり者である。道楽事はなんでも一通りできるが、教養は微塵もない。そんな男が、その金力にものを言わせて、提刑所千戸、五品の官職を手に入れる。役人になってからはさらにのさばって、頭には忠靖冠をかぶり、身には獅子の補服を着、腰には犀角帯を締める。外面をいくら飾っても、中味は依然として元のままで、「富めども詐多き奸邪の輩、善を圧し良を欺く酒色の徒」であった。まさに「沐猴而冠」（猿に烏帽子）とはこのことであろう。作者がこの作品において描こうとしたのは、単に官員の服装の乱れた当時の風潮を忠実に描写しようとしたのにとどまらない。ことに西門慶に対しては、その僭越な服装をいささか誇張して描くことによって、彼の俗物性を強調しようとしていることが、これまでの考察によって明らかになったことと思う。また、西門慶以外の人物については、その服装を極力もっともらしく描こうとする傾向のあることも判明したように思う。

最後に一点だけよくわからなかったことがある。それは、西門慶がいつも履く粉底皁靴のことである。小野・千田訳では、〝白底の黒長靴〟と訳されており、その実物は、恐らく「崇禎本」附図のうち、七十八回の西門慶と葉五児あるいは如意との淫行の様を描いた図に描かれているものがそうであろうが、問題は、この長靴が果たして錦衣衛の属官（校尉）の履く靴と関係があるかどうかということである。錦衣衛の属官（校尉）のうち、専ら街の偵察の任にあたった者は、ひとしく白皮靴を履いていたので、当時の人々は、この白皮靴をみるとひどく怖がったという。また、これら校尉のうち偵察に功のあった者は昇進すると、今度は黒靴を履いたという。事は、沈徳符『万暦野獲編』巻二十一〝舎人校尉〟の条に見える。

今錦衣所隷衛士、亦称校尉。至数万人、即外衛之軍丁也。其白靴者為緝事人、有功則陞黒靴。……古来校尉、未有如此之冗而賤者。

果たして、西門慶の履く粉底皁靴がこの校尉の靴と関係があるかどうか、もし関係ありとすれば、西門慶の服装に錦衣衛の役人のそれが投影されているとする陳詔説もあながち否定できなくなるが、この点について甚だ自信がない。ここに附記して、博雅の士の教えを乞いたいと切に思う。

（1）訳は、平凡社版『中国古典文学大系』巻三十三～三十五の小野忍・千田九一訳による。以下同じ。
（2）陳詔「《金瓶梅》小考」（『《紅楼夢》与《金瓶梅》』寧夏人民出版社、一九八二年）。また、『金瓶梅之謎』（書目文献出版社、一九八九年）（十）《金瓶梅》民俗描写特点之謎の条。
（3）この図は、『正徳大明会典』（汲古書院、一九八九年）巻五十八よりとった。
（4）『明史』巻六十七輿服志（三）に、「正徳十一年設東・西両官庁、将士悉衣黄罩甲。中外化之。金緋盛服者、亦必加此於上」とあり、また『明通鑑』巻四十六、正徳十一年二月の条に、「(東西両官庁) 諸軍悉衣黄罳甲、中外倣之、雖金緋

盛服、亦必加此于上、下至市井細民亦皆披之」と見える。

（5）明・万暦刊『三才図会』鳥獣巻六の飛魚の条の説明文に「騩《き》山河中多飛魚、状如豚、赤文有角佩之。不畏雷霆、亦可禦兵」と見え、『山海経広注附図』（康熙六年刊）にも、同じような説明文がある。

（6）『明史』巻六十七輿服志（三）に、「凡親祀郊廟・社稷、文武官分献陪祀、則服祭服。……独錦衣衛堂上官、大紅蟒衣、飛魚、烏紗帽、鸞帯、佩繡春刀」とある。

（7）『明史』巻六十七輿服志（三）では、忠静冠服に作る。

（8）『明史』巻六十七では八品以上になっているが、『世宗実録』巻八五ないし『万暦大明会典』巻六十一では、すべて八品以下になっているので、ここはこれに従った。

（9）『明史』巻六十七輿服志（三）による。

（10）『明史』巻六十七輿服志（三）による歴朝賜服の条。

文臣有未至一品而賜玉帯者、自洪武中学士羅復仁始。衍聖公秩正二品、服織金麒麟袍・玉帯、則景泰中入朝拝賜。自是以為常。内閣賜蟒衣、自弘治中劉健・李東陽始。麒麟本公・侯服、而内閣服之、則嘉靖中厳嵩・徐階皆受賜也。仙鶴、文臣一品服也。嘉靖中成国公朱希忠、都督陸炳服之、皆以玄壇供事。而学士厳訥・李春芳・董份以五品撰青詞、亦賜仙鶴。尋諭供事壇中乃用、於是尚書皆不敢衣鶴、後勅南京織閃黄補麒麟・仙鶴、賜厳嵩、閃黄乃上用服色也。又賜徐階教子升天蟒。万暦中、賜張居正坐蟒、武清侯李偉以太后父、亦受賜。

『万暦野獲編』補遺巻二、閣臣賜蟒之始の条。

正統初、始以賞虜酋。其賜司礼大璫、不知起自何時。想必王振・汪直諸閹始有之、而閣部大臣、固未之及也。自弘治十六年二月、孝宗久違予獲安。適大祀天地、視朝誓戒、時内閣為劉健・李東陽・謝遷、俱拝大紅蟒衣之賜、輔弼得蟒衣自此始。最後賜坐蟒、更為僭擬。嘉隆間、閣臣徐・張諸公、俱受賜、至三至四、沿襲至今、此前代所未有也。

（11）西門慶は錦衣衛の属官であるという説は、「《金瓶梅》小考」のうちの、〝西門慶官職〟の条と、〝執金吾堂〟の条に見える。また、『金瓶梅』の時代背景は嘉靖年間であるとする説は、同考のうちの、〝高楊童蔡、四個奸臣〟の条と、〝蔡太師乾児子〟の条に見える。

（12）但し、嘉靖末から万暦初にかけて、まだ科挙に合格しない官吏としては一人前ではない挙人や、監生・生員らの間でひそかに忠靖冠をかぶることが行われたらしいことは、『明史』巻六十七輿服志㈢に、「万暦二年、禁挙人・監生・生儒僭用忠靖冠巾、錦綺鑲履及張傘蓋、戴煖耳。違者五城御史送問」とあることによっても窺われる。

(13)　ここは、杜信孚纂輯『明代版刻綜録』巻六による。

(14)　拙稿「『金瓶梅』における諷刺——西門慶の官職から見た——」(『函館大学論究』第一八輯、一九八五年、本書第三部第四章)を参照されたい。

(15)　本来ならば、犀帯と訳すべきところである。ここは、小野忍・千田九一訳をそのまま出した。実は、小野・千田訳は、平凡社版の解説に、訳は『金瓶梅詞話』を底本とした旨明記しているが、何故かわからないが、所々「第一奇書」にもとづいて訳されている個所がある。ここもその一つである。

(16)　七十回で、十三省提刑官という言葉がでてくるが、その十三省の中味については、次の通り、実際とは微妙にちがう。まず『金瓶梅』の十三省は、両淮・両浙・山東・山西・関東・関西・河南・河北・福建・広南・四川。では、実際はどうであったか。『万暦大明会典』巻十四によれば、浙江・江西・湖広・福建・山東・山西・河南・陝西・四川・広東・広西・雲南・貴州である。やはり、ここもねらいはもっともらしく描くことにあったと思われる。

第四部　崇禎本『金瓶梅』考

第一章　新刻繡像批評『金瓶梅』（内閣文庫本）の出版書肆について

はじめに

知られるように、現存『金瓶梅』には大きく言って、
（一）万暦丁巳（四十五）年の弄珠客序をもつ『金瓶梅詞話』本、
（二）崇禎年間に刊行されたとおぼしき『新刻繡像批評金瓶梅』本、
（三）康熙年間に刊行された張竹坡批評による『第一奇書』本、
の三種類の版本が存する。今仮に、一の版本を「詞話本」、二の版本を「崇禎本」、三の版本を「康熙本」と称することにしたい。既に明らかにされているように、「詞話本」と「崇禎本」との間には、
一、「詞話本」にある欣欣子の序と開場詞は、「崇禎本」にはない、
二、「詞話本」においては、題目の字数や対偶に不揃いなものがあるが、「崇禎本」ではこれを改め、字数を揃え対偶の整うようにしている、
三、第一回の話の出だしが全く異なる、
四、第五十三回より第五十四回までの全文がまったく異なる、

五、「詞話本」第八十四回に見える、呉月娘が泰山に参籠した帰り山賊に襲われそうになった時、宋江により救われるといういまだ『水滸伝』の影響から抜けきれない部分が、「崇禎本」では削られている、

六、「詞話本」には山東方言が多いが、「崇禎本」では、これを改めたり削ったりして読みやすくしている、

といった相違がある。[1] また、「崇禎本」と「康熙本」との間には、「康熙本」において、題名を第一奇書と改め、冒頭に謝頤《い》の序、竹坡間話、苦孝説等を加え、本文には張竹坡による批評文を加えた外は、本文自体さしたる相異はないとされるが、[2] 相異点は果してこれだけか、この点について今後精密に調査される必要がある。

さてこれまでの金瓶梅研究は、以上のような版本の問題以外では、専ら『金瓶梅』の素材についてや作者の探求に力がそそがれてきた。ところが以上の「詞話本」「崇禎本」「康熙本」がそれぞれいかなる書肆によって刊行されたかは、あまり問題にされたことがなかったように思う。筆者は、明代の小説研究には、『金瓶梅』一書に限らず、出版書肆の研究はなおざりにできぬ問題と考えている。それは、すでに『中国の八大小説』第一部中国近世小説序説で伊藤漱平氏が書いておられるように、[3] 小説の作者や改作者を探求する上において、出版書肆は彼等と深い繋がりをもっていたと考えられるからである。

さて話を『金瓶梅』に戻すと、「詞話本」については、最近台湾の魏子雲氏がその著『金瓶梅探原』[4] の中で、確証は挙げられていないが、

一、この丁巳の年の序をもつ「詞話本」こそ『金瓶梅』の初刻本であること、

二、これだけの本を出せる財力のあった出版家としては、袁中郎の家集『袁石公集』や楊定見の叙をもつ『水滸全伝』を出版した袁無涯であろう、

と推測されている。しかしこれはあくまで推測にすぎない。当時あまたあったと思われる書肆のうち特に袁無涯

と特定するには、それなりの説得材料がなければならないし、丁巳序本は北方刊本に相違ないとする鄭振鐸の説もある。魏説は今後なにかもっとしっかりとした手掛りを得て精細に検討されてゆくべきであろう。なお、魏氏は同書で、さまざまな資料の子細な吟味を通じて、『万暦野獲編』に見える『金瓶梅』に関する記事は信憑性の薄いものだとして断じている。そして疑いの及ぶ所、『野獲編』の撰者沈徳符こそ「詞話本」の作者ではないかとも推測している。『野獲編』中の『金瓶梅』に関する記事は、これまで『金瓶梅』が出版されるに至る経過をものの語るものとして重要な資料として考えられてきたものである。同氏の所論はこれからの金瓶梅研究に極めて興味深い示唆を与えたものとして注目されるが、今後尚も精密に検証され所論が深められる必要がある。

さて「崇禎本」だが、現存するものに以下の五種類がある。

一、新刻繡像金瓶梅　北京首都図書館本
二、新刻繡像批評金瓶梅　内閣文庫本
三、新刻繡像批評金瓶梅　東京大学東洋文化研究所本
四、新刻繡像批評金瓶梅　天理大学本
五、新刻繡像批評金瓶梅　北京大学図書館本

これらはいずれも「崇禎本」ながら、鳥居久靖氏によれば、二と三は同版の外、その他は本文字句等にそれぞれ微妙な相異がみられるとのことである。(5)このうち日本で見られるのは、言うまでもなく、この内閣文庫本と三の東大本、四の天理大本の三種だが、筆者が手にとって閲覧したのは、このうちの二の内閣文庫本と三の東大本のみである。この度この両所に足を運んだ筆者は、この両本はやはりこれまで言われてきたように寸分もちがわぬ同版であることを確かめたのであるが、同時にまた内閣文庫本において極めて興味深い事実を発見した。内閣

文庫本には、かつては封面・東呉弄珠客序・廿公跋と図五十葉百面などがついていたとされる。ところがこれらは疎開などのどさくさの最中に失われたという。今はこれら以外の部分である全一百回が二十冊の線装となって現存する。

一　『金瓶梅』(内閣文庫本)書葉中より発見された襯紙について

ところで筆者の発見というのは、この現存二十の冊子に何かの印刷物が襯紙として使われていたということである。これまでこのことに気付かれた方がいないようなのでこの際発表し、ついで博雅の士の教えを受けたいと思う。因みに東大本にはこの事実はない。さて印刷を施された面には何も印刷されていない紙一枚が張りつけられてあるので、直接これはいかなる印刷物なのかわからないのであるが、透かして見ると辛うじて印刷物の字が見えるのである。何かの手掛りが得られるかもしれないと思い、透かして見ながら印刷されているもののうちの特徴と思える部分を以下のように抜き書きしてみた。

1　一冊目裏　曹因墓銘
2　二〃裏　逸品繹函目録巻之
3　三〃表　孟子
4　〃裏　春秋大全二十一巻
5　五〃表　忝補邱魯心印　中庸
6　〃裏　論種麦奏　董仲舒
7　六〃表　論語

8　七〃表　書函　上書類　下巻六十五　与張大理　丘時可
9　八〃表　啓函　候問啓　上巻七十一
10　〃裏　論語序
11　九〃表　（左伝の一部が印刷されている）
12　裏　読古文　六巻　漢書
13　十〃表　子函　准南子精神訓　三巻九十四
14　裏　……蓀文止類　西湖魯重民孔式纂
15　十一冊目表　両漢鴻文　巻十一　書十四
16　〃裏　孟子
17　十二〃裏　易経大全
18　十三〃裏　中庸二巻
19　十四〃表　論語一巻
20　十五〃表　論語八巻
21　〃裏　孟子四巻
22　十六〃表　十三経類語巻之三　豫章　羅万蓀文止類西湖魯（以下欠ける）
23　十七〃表　孟子五巻
24　十八〃裏　□古文四巻　西漢文

※注、表中、□の部分は、印刷不鮮明の字であることを示す。又傍線の部分は魚尾に書かれてある部分であることを示す。

さて一体、これらの印刷物は何なのであろうか。考えられることは、次の二つの場合であろう。

Ⅰ、一度製本されていたのが後に書葉がボロボロになったので、後世の誰かがこのような印刷物を襯紙として使って書葉を補強した。

Ⅱ、製本時に出版書肆が自分の所で出した、または出していた印刷物のうち刷りが粗悪ゆえ廃棄されるはずであった反故を以て襯紙にした。

この両説のうち、後に説くように筆者にはⅠの説は成立しにくいように思われるので、ここではⅡの説の立場にたって以下考えてみよう。すると、ここで比較的明瞭な手掛りと思える2の『逸品繹函』（以下に目録と続くから、これは書名の如く考えられる）と、22の『十三経類語』の二書が、この内閣本『金瓶梅』と同じ書肆の手になる出版物ということになるはずである。再び『内閣文庫漢籍分類目録』をひらいてみると、2の『逸品繹函』とは、〔八品函〕と称するものの一部をなすものであること、また『十三経類語』なる書物も二種類蔵せられていることが判明した。早速この両書をとり出していただき見てみると、まず〔八品函〕なる書物は、全十九冊よりなるもので、うち、一冊目より三冊目までが詩函、四・五冊目が賦函、六・七冊目が文函、八・九冊目が書函、十・十一冊目が四六函（題簽にはかく記されているが、内をひらくと啓函とある）、十二冊目より十五冊目までが史函、十六冊目より十八冊目までが子函、最後の十九冊目が逸函という構成になっている。それぞれの函首には陳仁錫の序と目録がつけられている。内容は古今の名文を内容形式別に分け、各函に納めたもの。元明以降大量に出版された通俗類書の一種と思われる。

さて、この書物をかの『金瓶梅』の表紙に使われている印刷物と比較すると、ぴったり一致したのである。すなわち、2の部分は〔八品函〕十九冊目の目録冒頭に、また8は同書九冊目に、9は同書八冊目に、13は同書十八冊目にそれぞれ一致した。次に『十三経類語』であるが、両書はどちらも全十四巻で七冊、これに明・何兆聖編と記す『十三経序論選』一巻一冊の計八冊よりなるもので、明の羅万藻編、魯重民注とあり、崇禎十三年の序がつけられてある。十三経を内容別に一百三十四に分類して収めたもので、やはり通俗的な書物のようである。〔八品函〕と同様に、やはりこれと『金瓶梅』の襯紙に使われている印刷物とを比較すると、やはり14は、この書五冊目の巻三、立教類一とある部分とぴったり一致し、また22も同じ頁の一部であることが分かった。かくして『金瓶梅』の襯紙の一部には〔八品函〕や『十三経類語』を印刷した余りの反故が使われていたことが判明したのである。

二　陳仁錫について

〔八品函〕に見える陳仁錫は、『明史』巻二八八、文苑伝にその伝が見える。それに依れば、字は明卿といい、父允堅も進士であった。彼も天啓二年の進士にあげられ翰林編修となったが、魏忠賢にさからい一時おとしめられた。だが年号が崇禎と改元されるや復官し、南京国子祭酒にまで出世する。著述を好んだとある。『東京大学東洋文化研究所漢籍分類目録』には、彼自身の著書のみならず彼が別の人の書物に評をつけたものをも含めて、この人が係わった書物として実に三十二種もの多くの書籍が挙げられている。今は煩にたえないのでいちいちはここでは挙げないが、この中には恐らく、書賈が売らんかなの為に彼の名前を借りたものもあるであろう。『四庫全書総目提要』（以下これを「四庫提要」と略す）巻二十三①『重訂古周礼』六巻の条にも、この書の撰者を陳仁錫としつつも、「其註釈多剽窃朱申句解、体例尤為猥雑、殆庸劣、坊賈託名、未必真出仁錫也」と結んである。「四庫提要」にはこの外に彼の著書として、

②「繫辞十篇書」十巻（「四庫提要」巻八）
③「易経頌」十二巻（同巻八）
④「四書考」二十八巻（同巻三十七）
⑤「史品赤函」四巻（同巻六十五）
⑥「性理綜要」二十二巻（同巻九十六）
⑦「性理標題彙要」二十二巻（同巻九十六）
⑧「蘇文奇賞」五十巻（同巻百七十四）
⑨「古文奇賞」二十二巻、「続奇賞」三十四巻、「三続奇賞」二十六巻、「明文奇賞」四十巻（同巻百九十三）
⑩「古文彙編」二百三十六巻（同巻百九十三）

の都合十種類のものを収めている。

このうち⑤の「史品赤函」四巻は、かの〔八品函〕の一部と一致するものではないだろうか、書名が類似するのみならず巻数も一致している。

知られる如く、清朝が大量の学者を動員して『四庫全書』とその提要を作るべく全国の書物を集めだしたのが乾隆三十七年（一七七二）からのことである。これによって、当時清朝に都合の悪いことが書かれているとして葬られた書物も相当あったとされる。しかし、通俗小説本等を除いた外は相当広範囲にしかも周到に本が集められたのであるから、この「四庫提要」なる書物は乾隆年間において現存した、ないし通行した書物のかなり信頼のおける書目ということができるであろう。もしさきの「史品赤函」とは〔八品函〕の一部に相当するものであるならば、「四庫提要」に「史品赤函」のみ著録するという事実は、明滅亡後百二十年のこの時期すでに〔八品函〕

は稀覯本となっており、「史品赤函」以外は見ることができなくなっていたということを意味すると考えてよいのではないか。ところで今問題にしている内閣文庫本の襯紙に使われている印刷物には「史函」の部分こそなかったが、先に見たように「書函」「子函」「啓函」「逸函」とさまざまな部分が使われているのである。さきに筆者はこの『金瓶梅』の襯紙が後世の人が取り替え整本しなおしたとは考えにくいとしたのは、実はこの点を考慮に入れてのことなのである。

次に羅万藻なる人物だが、その伝はやはり『明史』巻二八八、艾南英伝の所に見える。それに依れば、字は文止で、江西の人。天啓七年の挙人で、福王の時に上杭県知県になっている。同郷の艾南英・章世純・陳際泰らとともに豫章社を主宰し、世人より「江西の四家」と称せられたこと、また無欲恬淡であったと「四庫提要」巻百三十八の『十三経類語』の条と、同巻百八十『此観堂集』の条に見える。何兆聖については、何ら手掛りとなるものをつかめないでいる。

三　出版書肆魯重民について

残るは魯重民一人である。「四庫提要」巻百三十八『十三経類語』の条には魯民重となっているが、これはやはり魯重民の誤りであろう。『東京大学東洋文化研究所漢籍分類目録』をひらくと、彼がかかわりあった書物として、『十三経類語』の外に

『官制備攷』二巻、明李日華撰、明魯重民補訂、崇禎元年武林魯氏刊本、四六全書之一

なる書物が挙げられている。これより見れば魯重民とは明らかに明末杭州で出版業を営んでいた書肆の名前に相異ない。また『京都大学人文科学研究所漢籍目録』を検すると、やはり『十三経類語』十四巻（景印岫廬現蔵罕伝

善本叢刊本）の外に、『輿図摘要』十五巻、明李日華撰、明魯重民補訂（四六全書の一）なる一書が書かれてあった。これによって見れば、魯重民とは少なくとも『十三経類語』『輿図摘要』『官制備攷』の三種の書物に手を加えて刊行した明末における杭州の書賈であったことが判明する。李日華（一五六五～一六三五）の本を出している所から察して、何かしら李日華と関係をもっていた本屋であったことも判る。そして恐らくこの人が内閣文庫本『金瓶梅』の刊行者ではなかったか、しかもその刊行年代は明の命脈いまにも尽きなんとする崇禎十三年（一六四〇）ないしその直後のことと察せられる。

おわりに

かつて鄭振鐸氏は、「崇禎本」に附された二百面の図のそれに署されてある劉応祖・劉啓先・洪国良・黄子立・黄汝耀らの刻工名から、「崇禎本」の刊行年が崇禎年間であり、刊行地は杭州であることを見抜かれたが、この指摘は今度の著者による調査とぴったり一致することになる。[6] 今更ながら鄭氏の着目の鋭さに感じいる次第である。「崇禎本」を出した書肆が杭州の魯重民であると判明した後は、やはり「詞話本」をこのような「崇禎本」の形にしたのは誰なのかが明らかにされなければならぬであろう。魏子雲氏は、「詞話本」の作者が崇禎年間まで生き長らえていて、改訂の為に筆を執った可能性もあるとされるが、鄭振鐸氏は、当時杭州にいた一人の無名の文人が「詞話本」の所々に見える山東方言を南人にも分りやすく直し、削るべき所は大なたを振るったに相違ないとしている。果して鄭氏のこの漠然とした指摘が正鵠を得ているものであるかどうか、これらは今後「詞話本」と「崇禎本」の細かな校合による分析から確認されるかもしれない。

（1）「詞話本」と「崇禎本」の異同については、これまで沢山の人々が指摘してきているが、ここでは主に、鳥居久靖「金瓶梅版本考」（『天理大学学報』十八輯、一九五五年十月）と小野忍『金瓶梅』解説（『中国古典文学大系』33、平凡社、一九六七年）を参照した。
（2）鳥居氏前掲論文。
（3）『中国の八大小説』（平凡社、一九六五年）二六～二八頁の注一。
（4）台北巨流図書公司、一九七九年四月。
（5）鳥居氏前掲論文。
（6）鄭振鐸「談《金瓶梅詞話》」（『文学』創刊号上、北京・生活書店、一九三三年七月）。

第二章　崇禎本『金瓶梅』各回冒頭詩詞について

はじめに

知られる通り、現存する『金瓶梅』には、大きく言って、
（一）万暦丁巳年東呉弄珠客の序のある『金瓶梅詞話』本（以下これを「詞話本」と称する）、
（二）『新刻繡像批評金瓶梅』本（この本は、崇禎年間に刊行されたものと推定されているので[1]、以下これを「崇禎本」と称する）、
（三）清朝になって張竹坡が批評を加えた本で、康熙乙亥の年の謝頤の序のある『第一奇書金瓶梅』（以下これを「康熙本」と称する）、
の以上三種類の版本がある。このうち「康熙本」は、「崇禎本」の本文に張竹坡の批評を加えた本だということが明らかになっており、従って、基本的には「康熙本」も「崇禎本」と同一系統の本と見做すことができるので、極く大ざっぱに言うならば、現存『金瓶梅』には「詞話本」と「崇禎本」の両種の版本のみ存すると言うことができる。

「詞話本」は、作中、誤字・誤写・衍文・欠文、さらには前後の話の脈絡がつかない部分が少なからず見られる

版本として知られるが、(2)「崇禎本」では、これらの誤りが大体改められ、大変読みやすくなっている。では、「崇禎本」に筆を執ってこのように改めた人は一体誰だったのであろうか。「詞話本」の作者とともに、現在に至ってもなお明らかになっていない。かつて、鄭振鐸氏は、ある無名の杭州の文人が「詞話本」に大斧鉞を加えたものではないかと推測し（「談《金瓶梅詞話》」『文学』創刊号、一九三三年）、また最近では黄霖氏が、確証はないが、「三言」の編者で有名な馮夢龍ではないかと推測されている（「『新刻繡像批評金瓶梅』評点初探」『成都大学学報』、一九八三年）。しかし、いずれも推測にすぎない。この改作者が誰なのかその実姓名の一日も早い解明が待たれるところである。

ところで本稿は、「崇禎本」各回の冒頭につけられている詩詞の出典を手懸りとして、この改作者の周辺を探ってみようと試みたものである。結論から先に言うと、「崇禎本」の各回の冒頭に引用された詞の中に、万暦年間の文人の王穉登や馮琦の作がみられることから、この改作者は、これら万暦の文人集団のうちの一人であるか、あるいは、万暦を去ること遠からぬ時期の人で、万暦の文人の作った詞を見ることのできた人であろうことが考えられる。依然として、改作者が誰なのかを判明しえたわけではないが、以上のことが改作者の素姓を考える上での一応の手懸りになりうると考えられるので、ここに以下小考を草するものである。

一　「詞話本」と「崇禎本」の相違

まず、「詞話本」と「崇禎本」との間にはどのような違いがあるかを見ておこう。凡そ、この両版本の間には、次のような相違がある。

一、小説の冒頭第一回の書き出しがまったく違う。「詞話本」では、まず武松の虎退治の話から始まるが、「崇禎本」では、西門慶が応伯爵・謝希大らの遊び仲間と義兄弟の誓いを立てる話から始まっている。
二、第五十三回・第五十四回の大部分が違う。「詞話本」では、この部分で叙述上大きな混乱があるが、「崇禎本」では、それが大いに整理されている。
三、「詞話本」の第八十四回では、呉月娘が泰山参籠の帰り、清風山で山賊の頭目王英に拉致され、あわや〝手ごめ〟にされそうになる所を、たまたまその時その山塞に居合せた宋江によっておしとどめられ事無きを得る一段があるが、「崇禎本」では、この部分がまったく削られている。
四、各回の表題および各回冒頭の詩詞が互いに違う。
五、「詞話本」では、山東方言が多いが、(3)「崇禎本」では、それが削られるなどして改められている。
六、「詞話本」には、明代の俗曲や宝巻、長い上奏文や道士の祈禱文、食物・着物・芝居の情景等の丁寧な説明、「看官聴説」以下の作者の読者に対する語りの言葉等、様々なものが書き加えられているが、「崇禎本」では、凡そそれらの筋や話の展開と直接関係がないような部分は削り去られている。
以上が、「詞話本」と「崇禎本」との主なる違いである。これらを総合して考えるならば、「崇禎本」は、「詞話本」を底本として、それに手を加えて成った改訂本であると考えるほうが妥当であって、現在一部の学者が唱えるように、この両版本がそれぞれ別の稿本に基づいてできた別系統の版本であるとは考えにくい。(4)

さて以上のような違いは、どうしてできたのであろうか。「崇禎本」が「詞話本」の改訂本であるとすれば、「詞話本」に筆を加えて「崇禎本」にした人は、何故このように改めたかということになる。「詞話本」の第一回と第八十四回は、それぞれ『水滸伝』の巻二十三と巻三十二からの借用であることからすれば、一と三の改筆は、『水滸伝』からの影響から脱して、『金瓶梅』をより一つのまとまりのある独立した作品として完成させようとする意図によるものと考えられる。また、二の叙述上の混乱を改めたり、五の山東方言等を削るなどする傾向は、読み物としてより読みやすくしようとする意図に出たものに相違あるまい。六の傾向については、故小野忍氏の言を借りるならば、

総じて「詞話本」は、戯作調が強いのであるが、「改訂本」（本稿でいう「崇禎本」）では、それが弱められている。それだけ写実に近づいているともいえるが、「詞話本」の戯作調には棄てがたいものがある。(5)

とあって「詞話本」の方が総じて「崇禎本」よりすぐれているとされるが、おそらくこの「崇禎本」の改作者の意図としては、やはり、作中あまりに長たらしい戯作的個所があったのでは、間延びしてしまうと考え、それらを削ったもので、同じく読者の便を考え読みやすくせんとの意図にでたものであろう。

さて、では四の改修は、いかなる理由に因るものだろうか。表題については、ほとんど同じで変えていないものもあるが、例えば次の七十二回のように「詞話本」での字数の不揃いを改めたものも結構ある。

（詞話本）王三官拜西門慶為義父、応伯爵替李銘解寃

（崇禎本）潘金蓮摳打如意児、王三官義拜西門慶

ところが、各回冒頭の詩詞となると、「詞話本」と「崇禎本」がまったく同じで変えていないのは五、七、十四、十六、二十四、三十九、四十二、五十一の各回における八例にすぎず、あとの九十二回はすべて変えているのである。これは一体いかなる理由に因るものであろうか。

二　「詞話本」冒頭詩詞の特徴

この理由を求める前に、まず「詞話本」における各回冒頭詩詞の特徴を見ておこう。その特徴としては、以下

の四点が考えられる。

まず言える第一の特徴は、教訓詩、人生訓詩、格言詩と見られるものが比較的に多いことである。二、三例を挙げるならば、

一、二十回の冒頭詩(6)

在世為人保七旬　何労日夜弄精神
世事到頭終有悔　浮華過眼恐非真
貧窮富貴天之命　得失栄華隙里塵
不如且放開懐楽　莫使蒼然両鬢侵

(訳7)

人のいのちも七十年
齷齪《あくせく》なさるな日ごとに夜ごと
何をしたとて悔いがくる
派手な暮らしも嘘《うそ》の皮
富むも富まぬも運賦に天賦
栄耀《えいよう》栄華は隙間《すきま》の塵《ちり》さ
いっそ気ままに楽しんで
白髪《しらが》ふやさぬ算段なされ

二、四十九回の冒頭詩

寛性寛懐過幾年　人死人生在眼前
随高随下随縁過　或長或短莫埋怨
自有自無休歎息　家貧家富総由天
平生衣禄随縁度　一日清閑一日仙

（訳）

浮世幾年ゆったり暮らせ
死ぬも生きるもつい目の先よ
高いも低いも運賦《うんぶ》にまかせ
短い長いで泣きごというな
有っても無くても溜息《ためいき》つくな
富むも貧乏もお天道しだい
着もの食べものみな縁のもの
のんびり暮らせばその日が仙人

この外にも、これに類した教訓的詩詞を各回の冒頭に掲げていることが少なくない。言うまでもなく、『金瓶梅』というこの小説には、性行為に関する描写が頻繁かつ執拗《しつよう》になされている。それ故に、久しい間、「淫書」と目されてきた。そうした小説にとって、これら欲望を否定し、道家的人生哲理を鼓吹しようとするが如き詩詞は、一見して大変な矛盾のように思われるかもしれない。しかし、人間とは、本来矛盾に満ちた存在なのである。時には欲望を肯定していながら、また時にはこれを嫌悪するものである。誠に「詞話本」冒頭にある欣欣子の序に言う「房中の事の如きは、人皆之を好み、人皆之を悪《にく》む」は、蓋し至言である。とは言え、この「詞話本」の作者の場合は、やや特異であると思われる。察するに、この人は元来欲望の強い人であり、それ故にこそ、その欲望が否定されなければ、心の安寧は到底得られないこともよく知っていた人にちがいない。

「詞話本」の各回冒頭詩詞の特徴の二は、『金瓶梅』に先行する「話本」や「小説」からの引用の多いことである。その中でも、特に、『水滸伝』からの引用が顕著である。ことは、すでに拙稿「『話本』と『金瓶梅』」(『長崎大学教養部紀要』第三十巻第二号、一九九〇年、本書第二部第二章)で指摘したが、今、重複を厭《いと》わずに再び掲げるならば、次の通りである。

一回「丈夫隻手把呉鈎……」(眼児媚詞)……『清平山堂話本』〝刎頸鴛鴦会〟
三回「色不迷人人自迷……」(七律詩)……(類似)『水滸伝』二十一回
四回「酒色多能悞国邦……」(七律詩)……『水滸伝』二十四回
五回「参透風流二字禅……」(七律詩)……『水滸伝』二十六回、『古今小説』巻三・同巻三十八
六回「可怪狂夫恋野花……」(七律詩)……『水滸伝』二十五回
九回「色胆如天不自由……」(七律詩)……(類似)『水滸伝』二十六回
十回「朝看瑜伽経……」(五律詩)……『水滸伝』四十五回、『古今小説』巻三十四
十八回「堪嘆人生毒似蛇……」(七律詩)……『水滸伝』五十三回
十九回・九十四回「花開不択貧家地……」(七律詩)……『水滸伝』三十三回
二十回・九十七回「在世為人保七旬……」(七律詩)……『水滸伝』七回
二十七回「頭上青天自恁欺……」(七律詩)……『水滸伝』八回

三十回「得失栄枯総是閑……」（七律詩）……『大唐秦王詞話』十八回
四十六回「帝里元宵、風光好……」（詞）……『大宋宣和遺事』前集
七十二回「寒暑相推春復秋……」（七律詩）……『大唐秦王詞話』十二回
七十五回「万里新墳尽十年……」（七律詩）……『古今小説』巻二十九
八十七回「平生作善天加福……」（七律詩）……『水滸伝』二十七回
八十八回「上臨之以天鑒……」（六言詩）……『水滸伝』三十六回
八十九回「風払煙籠錦旆揚……」（七律詩）……『水滸伝』三回
九十二回「暑往寒来春復秋……」（七律詩）……『水滸伝』三回
九十九回「一切諸煩悩……」（五律詩）……『水滸伝』三十回

このように、「詞話本」各回の冒頭詩詞に『水滸伝』からの引用が多いことは、「詞話本」がプロットのみならず、文辞においても『水滸伝』に深く依存していたことの証《あかし》である。

「詞話本」各回の冒頭詩詞における特徴の三は、同じないし類似の詩詞を再三使うことのある点である。例えば、十九回の次の七言律詩は、すでに挙げたように九十四回冒頭にも使われている外に、四十八回末にも類似の詩が用いられている。

花開不択貧家地　月照山河処処明
世間只有人心歹　百事還教天養人
痴聾瘖啞家豪富　伶俐聡明却受貧
年月日時該載定　算来由命不由人

（訳）

貧しき家にも花は咲き
山にも川にも月は照る
人の心がわるいだけ
これもやっぱり天のわざ
のろまの家は栄えても
かしこい人はびんぼする
生まれた月日で万事がきまり
よろず何事運次第

同様の例としては、十三回の七言律詩は、八十六回冒頭に再度用いられ、十七回の七言詩は、八十二回の冒頭に類似詩を、また十三回末にも類似詩が掲げられている。また二十回冒頭の七律詩は、九十七回に再度用いられ、二十二回冒頭の七律詩も、やはり七十三回に再び用いられている。さきの先行小説（特に『水滸伝』）からの詩詞の借用といい、この同じ詩詞の重複使用といい、これらのことは、みなこの小説制作上における、ある種の安直さを示していると思われる。ことに、七十九回以降に詩詞の重複使用が目立つのは、叙述の点においても、この回を境としてにわかに簡略かつ粗雑になっている点とを考え合わすならば、この回以前とそれ以降とでは作者を異にしているのではないかという疑いを抱かせるものであるが、この問題に関しては、別に稿を立てて論ずるつもりなので、ここではこれ以上深入りはしない。

「詞話本」各回の冒頭詩詞の特徴の四は、往々の内容が莫然としていて、その回の内容との関係がどこにあるか理解に苦しむものの少なくないことである。例えば、次の四十七回冒頭の七言律詩が、そうである。

　風擁狂瀾浪正顛　孤舟斜泊抱愁眠
　離鳴叫切寒雲外　駅鼓清分旅夢辺
　詩思有添池草緑　河船天約晩潮昇
　憑虚細数誰知巳《ママ》　惟有故人月在天

（訳）

　旅寝の枕は波の上
　しばし船とめまどろめば
　雲をつんざく鳥の声
　夢にドロロン時太鼓
　岸辺の緑目にしみて
　暮れりゃ夕潮あげて来る
　身は天涯《てんがい》の孤客にて
　しるべはひとりお月さま

この詩は、旅にあって心細い旅人の気持を詠んだ詩と思われるが、この四十七回の内容、即ち、苗天秀殺害事件とは直接にはなんら関係がない。しかし、苗天秀がどこで殺されたかを考えるならば、彼が仕官を求めて上京する途中、旅先で殺されているのである。さすれば、「詞話本」の作者は、この旅に因んでこの回の冒頭にこの詩を掲げたものと思われる。しかし、いささか牽強附会《けんきょうふかい》の憾《うら》みなしとしないであろう。また、七十回冒頭の詩は、辺塞の情景を描いたものと思われるが、この回は西門慶が昇進謝恩の為上京するので、やはり旅に因《ちな》んで掲げた詩であると思われる。更に、八十九回や九十八回の冒頭詩詞は、その回に描かれた時節に因むものと思われ、また、六十八回の七律詩は、孟昭連氏によれば、李瓶児の死を暗喩するものだとされる(8)が、いずれも、その回との関係が大変分かりづらい。

「詞話本」各回の冒頭詩詞における特徴は、凡そ以上の通りである。

三　冒頭詩詞における両版本の相違

では、これら「詞話本」各回の冒頭詩詞が「崇禎本」ではどう改められているのであろうか。次にこの点に関して、二、三の実例につき、これを見てみよう。

三十一回は、西門慶が初めて提刑官という役人になり、かつ宿願の一子を儲けるという前回をうけての段であるが、この回の「詞話本」の冒頭詩詞は、次のようである。

家富自然身貴　逢人必讓居先
貧寒敢仰上官憐　彼此都看銭面
婚嫁専尋勢要　通財邀結豪英
不知興廃在心田　只靠眼前知見

(訳)
富めば自然に地位もでき
人もかならず先をば譲る

貧者は目上に情けを仰ぎ
誰でも彼でもお金で動く
お嫁にいくなら幅利く人に
金をまくならおえらい方に
浮くも沈むもお心次第
けれど目先をあてにする

この詩は、所謂「浮世の人情、金次第」ということを言おうとしている。しかしこの回の内容とのかかわりで考えてみると、この詩は、今やお金の外に地位までできた西門慶の一子官哥の生後一ケ月の祝いに西門邸にかけつけた幾多の武官や宦官達を嘲笑しているものであることは明らかである。では、同じ回の「崇禎本」における冒頭詩詞はどうなっているのか、と言うと、次の通りである。

幽情憐独夜　花事復相催
欲使春心酔　先教玉友来
濃香猶帯膩　紅暈漸分腮
莫醒沈酣恨　朝雲逐夢回

（訳）
一人寝のわびしき思い
花だより相継ぎやまず
わが心酔はんとすれど

かの君のいずこにありや
濃き香いたくかおりて
頬は火照り慕いかつ恋う
めぐりあい恨みを伝えど
その夢の醒めし苦しさよ

一読して、孤閨の情を述べた詩であることがわかる。一体誰の情を想定したものであろうか。この回の内容とあわせて考えるならば、直ちに潘金蓮の立場に立って詠まれたものであることが分かる。李瓶児が一子官哥を産んでからというもの、西門慶は金蓮から遠ざかり、瓶児のもとにばかり行く。そこで、金蓮は空閨に嘆くのである。この例でもわかる通り、「詞話本」の冒頭詩詞が、道家的人生哲学や教訓をその内容とするものが多いのに対し、「崇禎本」のそれは、人間の心情、特に女性の空閨の情を詠んだものが多く、そうしたものに改められている。

今一例見てみたい。第十五回の冒頭詩詞は「詞話本」では、次のようになっている。

日墜西山月出東　百年光景似飄蓬
点頭纔羨朱顔子　転眼翻為白髪翁
易老韶華休浪度　掀天富貴等雲空
不如且討紅裙趣　依翠偎紅院宇中

（訳）
西に日が入りゃ東に月と
めぐる月日も夢うつつ

若い若いといってるうちに
いつか白髪《しらが》のお爺さん
しぼむ花なら盛りを惜しめ
溜《た》めたお金が何になる
どうせ浮世よ色香をもとめ
廓遊びといくがよい

この回の後半に、西門慶が応伯爵ら取り巻き連中と一緒に廓にいって遊ぶ段があるので、この詩のうちのおしまいの二句が、これと関連する。しかし、全体の内容は、やはり〝無常迅速〟なる人生哲理を詠んでいる。これに対して、「崇禎本」の方は、どうなっているのであろうか。

楼上多嬌艶　当窓并三五
争弄遊春陌　相邀開綉戸
転態結紅裾　含嬌入翠羽
留賓乍払絃　托意時移柱

（訳）

二階に居並ぶ綺麗どこ
三三五五と窓に倚り
春の小路を浮かれて来た客を
さぁいらっしゃいと招じ入る

今日めかして紅《べに》の裳《もすそ》をつけ
愛嬌振り撒《ま》き青い羽根のマントをかぶる
客を留めんと爪弾く琴の
ねじめの調整のべつたのむかな

これは、この回の前半において、月娘ら西門慶の妻妾らが、李瓶児の家で、元宵節の灯籠見物を行う一段に因んでいることは明らかである。このように、「詞話本」の詩詞には人生観を込めたものが多く、詠みこまれている内容も時には大きすぎて、ややもすれば当該の回の内容との関係が薄くなりがちである。これに対し「崇禎本」では、できるだけ回の内容に即したものに変えようとしていることが多い。では、これら以外の回ではどのように変えられているのであろうか。

今、これを、その詩詞が当該の回の内容と関係のあるものかどうか、また教訓的であるかどうか、更には詩かそれとも詞かという観点に立って、この両版本の相違をまとめようとしたのが、次の一覧である。これまで見てきたように、中にはその詩詞が当該の回の内容と関係があるのかどうか判断に苦しむものも少なくなかったが、一応ここでは、牽強附会と思えるものでもすべて関係ありとした。なお、アラビア数字は、回数を示したものである。

a、「詞話本」と「崇禎本」が同じ
5・7・14・16・24・39・42・51……八例

b、「詞話本」教訓的な詩──→「崇禎本」その回の内容に即した詩
3・10・19・28・76・86・87・88・90・92・93・94・95・98・100……十五例

c、「詞話本」教訓的な詩──▶「崇禎本」その回の内容に即した詞
13・20・22・29・30・49・73・79・97……九例

d、「詞話本」教訓的な詩──▶「崇禎本」その回の内容と無関係の詩詞
33・43・48・75・91・99……六例

e、「詞話本」その回の内容と無関係の詩──▶「崇禎本」その回の内容に即した詩詞
36・37・44・59・66・70・71・85・96……九例

f、「詞話本」その回の内容に即した詩詞──▶「崇禎本」その回の内容と無関係の詩詞
11・12・21・80……四例

g、「詞話本」も「崇禎本」もその回に即した詩詞
1・2・4・6・8・9・15・17・18・23・25・26・27・31・32・34・35・38・40・41・46・47・50・52・53・55・56・57・58・60・61・62・63・64・65・67・69・77・78・81・82・83・84・89……四十四例

h、「詞話本」も「崇禎本」もその回の内容と無関係の詩詞
45・54・68・72・74……五例

これによっても分かる通り、「崇禎本」では、まず、(一)教訓的な詩詞を排除しようとしていること、(二)できるだけ、その回の内容に即したものに改めようとしていること、が分かる。

では詩と詞の割合はどうなっているのであろうか。この点について見てみると、「詞話本」は、詩(格言を含む)九十八首、詞二首なのに対し、「崇禎本」では、詩五十二首、詞四十八首、と圧倒的に「崇禎本」において詞が増加していることが分かる。しかもその詞の内容のほとんどが閨房の情を詠んだものである。このような違いは、

恐らく作者と改作者の好みの相違によるものと思われる。現在までの所、作者も改作者もまだ不明であり、可能性としては作者と改作者が同一人物であったことも考えられるのであるが、この冒頭詩詞に関して考えるならば、道家的人生訓の好きな「詞話本」の作者と、孤閨の情を内容とする詞を好む「崇禎本」の改作者とでは、まったく別の人物であったと考える方が妥当であろうと考えられる。

四　「崇禎本」各回冒頭詞の出典について

前節で、「崇禎本」における各回冒頭の詩詞においては、「詞話本」のそれに比べて、その回の内容に即した詩詞になっていることと、詞の増加、わけても婦女の心の内面、即ち閨情を詠んだ詞が増えていることについて見た。「詞話本」にあっては、主に『水滸伝』からの借用の作が多かったので、時にはそれぞれの回の内容にそぐわない傾向があったのも、やむを得ないことであった。では「崇禎本」各回の冒頭詩詞は、この改作者自身の作だったのだろうか。実は、案に相違して、詞の大部分が他人の作の借用であることが今回判明した。以下は、各冒頭詞の詞牌名の出典、それに作者名をしるしたものである。

二回（孝順歌）芙蓉面、氷雪肌、……『呉騒集』巻四、目録では、明・王寵作、本文では、明・梁辰魚作。『梁辰魚集』所収「続江東白苧」には、〝孝南歌〟として収めるも、文字若干異なる。

十回（踏莎行）八月中秋、涼飇微逗、……『草堂詩余新集』[9]巻二、明・唐寅作、題〝秋閨〟。

十三回（山花子）綉面芙蓉一笑開、……『続選草堂詩余』巻上、北宋・李清照作、題〝閨情〟。

十八回（柳梢青）有個人人、海棠標韵、……『草堂詩余正集』巻一、北宋・周邦彦作、題〝佳人〟。『草堂詩余後集』下巻ならびに『全宋詞』三七四二頁では、宋・無名氏作。

二十回（帰洞仙）歩花径、闌干狭。……『南宮詞紀』巻一ならびに『呉騒合編』巻三14b〝幽閨女郎〟では、明・梁辰魚作。『梁辰魚集』所収「続江東白苧」。『南音三籟』散曲上では、明・王九思作、題〝女郎〟。

二十一回（少年遊）并刀如水、呉塩勝雪、……『全宋詞』六〇六頁ならびに『草堂詩余正集』巻一では、宋・周邦彦作、題〝冬景〟。

二十二回（桂枝香）今宵何夕、月痕初照。……『呉騒合編』巻一、明・王穉登作、題〝歓会〟。

二十五回（点絳唇）蹴罷鞦韆、……『詞的』巻一では、北宋・周邦彦作。『詞林万選』巻四では北宋・李清照作。『全宋詞』六三〇頁・九三四頁ならびに『花草粋編』巻一では、無名氏作。

二十七回（好女児）錦帳鴛鴦、繡衾鸞鳳。……『草堂詩余新集』巻三、明・楊慎作、題〝佳人〟。

三十三回（意難忘）衣染鶯黄。愛停板駐拍、……『全宋詞』六一六頁、北宋・周邦彦、作題〝美詠〟。

三十四回（川撥棹）成呉越、怎禁他巧言相闘諜。……『南宮詞紀』巻一では、明・鄭若庸作、題〝大掲帖〟。『呉騒集』巻三では、明・王穉登作。『南音三籟』散曲下では、明・高明作。『南九宮詞』『呉騒合編』巻四『詞林摘艶』巻二では、無名氏作。

三十七回（薄倖）淡粧多態、更的的、頻回眄睞。……『草堂詩余正集』巻五、北宋・賀鋳作、題〝春情〟、一題〝憶故人〟。『全宋詞』五一三頁、宋・賀鋳作。

四十一回（満庭芳）瀟洒佳人、風流才子、……『草堂詩余正集』巻三、宋・胡浩然作、題〝吉席〟。『全宋詞』三五三七頁、胡浩然作。

四十三回（満庭芳）情懐。増悵望、新歓易失、……『全宋詞』四五八頁、北宋・秦観作。

四十四回（満江紅）昼日移陰、攬衣起、……『草堂詩余正集』巻三、北宋・周邦彦作、題〝春閨〟。『全宋詞』五九八頁、周邦彦作。
四十五回（玉蝴蝶）徘徊。相期酒会、……『草堂詩余正集』巻四、北宋・柳永作、題〝春遊〟、『全宋詞』四十頁、柳永作。
四十六回（浪淘沙）小市東門欲雪天、……『花間集』巻四、南唐・張泌作。
四十八回（桂枝香）碧桃花下、紫簫吹罷。……『唾窓絨』明・沈仕作、題〝閨怨〟。
五十回（菊花新）欲掩香幃論繾綣、……『全宋詞』三八頁、北宋・柳永作。
五十四回（浪淘沙）美酒斗十千、更対花前。……『草堂詩余別集』巻二、呉遵巌作、題〝賞芙蓉〟。
五十五回（喜遷鶯）師表方眷遇、魚水君臣。……『全宋詞』一三〇四頁、南宋・康与之作、題〝丞相生日〟。
五十八回（帝台春）愁旋釈、還似織、……『草堂詩余正集』巻四、北宋・李甲作、題〝春恨〟。『全宋詞』四九〇頁、李甲作。
六十回（臨江仙）倦睡懨々生怕起、……『草堂詩余新集』巻三、明・秦公庸作、題〝憶旧〟。
六十一回（菩薩蠻）蛩声泣露驚秋枕、……『草堂詩余正集』巻一、『草堂詩余前集』巻下、北宋・秦観作、題〝秋閨〟、一題〝閨怨〟、『全宋詞』四五九頁、秦観作。
六十六回（卜算子）胸中千種愁、……『草堂詩余正集』巻一、北宋・徐俯作、題〝春怨〟。
六十七回（蘇幕遮）朔風天、瓊瑤地。……『草堂詩余正集』巻二、宋・范希文作、題〝懐旧〟。
六十八回（翠雲吟）鍾情太甚、到老也無休歇。……『草堂詩余新集』巻四、明・林鴻作、題〝留別〟。
七十一回（蝶恋花）花事闌珊芳草歇、……『詩余選』巻一、北宋・蘇軾作、題〝離別〟。
七十三回（長相思）喚多情、憶多情、……『草堂詩余新集』巻一、明・祝允明作、題〝多情〟。

七十七回（望江南）梅共雪、歳暮闘新粧。……『草堂詩余新集』巻二、明・馮琦作、題〝梅雪双棲図〟。

七十八回（南歌子）鳳髻金泥帯、龍紋玉掌梳。……『草堂詩余別集』巻二、北宋・欧陽修作、題〝美人〟。『全宋詞』一四〇頁、欧陽修作。

七十九回（青玉案）人生南北如岐路、……『草堂詩余正集』巻二では、金・呉激作、題〝驚悟〟。『草堂詩余後集』巻下では、無名氏作、題〝驚悟〟。『全宋詞』三七四二～三七四三頁でも無名氏作とする。

八十二回（西江月）聞道双啣鳳帯、……『全宋詞』二八四頁、北宋・蘇軾作。

八十九回（翠楼吟）佳人命薄、嘆絶代紅粉、……『草堂詩余新集』巻四、明・丘濬作、題〝慰下第〟。

九十六回（人月円）人生千古傷心事、……『全金元詞』四頁、金・呉激作。

九十七回（鳳銜杯）追悔当初辜深願。……『草堂詩余続集』巻下、北宋・柳永作、題〝閨怨〟。『全宋詞』一八頁、柳永作。

九十九回（蘇幕遮）白雲山、紅葉樹。……『草堂詩余新集』巻三、明・劉基作、題〝傷往〟。

以上「崇禎本」各回冒頭詞全四十八首のうち、作者が判明したのは、実に三十七首にも及び、今回わからなかった残る十一首も、他人の作である可能性が大きい。

さて、これら作者のわかった三十七首のうち、明人の作が十四首もあるのが注目される。今、これら明の作詞家を時代順にならべると、次のようになる。

高明（字東嘉）生没年不明、元末明初の人。

林鴻（字子羽）生没年不明、明初の人。

劉基（字伯温）（一三一一～一三七五）

丘濬（字瓊山）（一四一八～一四九五）
祝允明（字希哲）（一四六一～一五二七）
王九思（字漾陂）（一四六八～一五五一）
唐寅（字伯虎）（一四七〇～一五二三）
王寵（字雅宜）（一四九四～一五三三）
楊慎（字用修）（一四八八～一五五九）
沈仕（字青門）約一五〇六年前後在世(10)
梁辰魚（字伯龍）（一五一九？～一五九一？）
鄭若庸（字虚舟）約一五三五年前後在世(11)
王穉登（字百穀）（一五三五～一六一二）
馮琦（字用韞）（一五五八～一六〇三）
秦公庸（公庸は秦士奇の字）、山東金郷の人、天啓五年（一六二五）の進士(12)

このうちの、王穉登と馮琦は、まさに万暦時代に活躍した人物である。「崇禎本」の改作者が、「詞話本」に筆を入れて、この改作を行なったのは、万暦末から天啓年間にかけてと予想されるので(13)、時間的には、勿論この改作者が彼等の詞を利用することは可能である。また、秦公庸が天啓年間の進士であるとなれば、この「崇禎本」出版時に更に近い人物ということになる。では、この改作者は、何故、いわば同時代と言ってもいい王穉登や馮琦あるいは秦公庸の詞を、「崇禎本」にとりこんだのであろうか。皆目分からないことばかりだが、少なくとも言えることは、この改作者は、詞の愛好者であったということである。更に言うならば、王穉登や馮琦の詞に日頃から親しんでいた人であったことが予想される。その人は、一体誰なのであろうか。残念ながら、今の所この人物の真姓名を知るてだてがない。

おわりに

二点ばかり、気になっていることで、未だ確証が得られないために、未解決のままになっている事柄を以下に書いて、諸賢の御教示を仰ぎたいと切に思う次第である。

その第一は、「崇禎本」の改作者が馮夢龍である可能性である。中国の黄霖氏が「崇禎本」の改作者を馮夢龍でないかと推測されていることは、冒頭でもふれた通りである。また、最近、台湾の魏子雲氏もやはり、馮夢龍が「崇禎本」の改作と出版に関与していたのではないかと主張されている。(14) 馮夢龍は、沈徳符の『万暦野獲編』によれば、万暦四十一年頃、当時沈徳符が所持していた『金瓶梅』の鈔本を見て驚喜し、出版社に出してこれを出版することをすすめたことは、周知の所である。また、これは証拠はないが、「金瓶梅序」を書いた東呉弄珠客とは、馮夢龍だという説がある。このように考えてくるならば、馮夢龍が『金瓶梅』に関与しなかったはずはないと考えられるのである。しかし、遺憾なことには『金瓶梅』の改作と馮夢龍とを結びつける明瞭なる証拠は、今の所なにもないのである。

ところで、今ここに一つのかすかなる手懸りを得た。実は、馮夢龍がやはり手を入れた戯曲「女丈夫」伝奇の第一折冒頭に、「人生南北如岐路、世事悠々等風絮。……」という青玉案詞が使われているのであるが、この詞は、すでに前節で見た通り、「崇禎本」第七十九回の冒頭にも使われており、『草堂詩余』によれば、この詞は、金の呉激の作ということになっている。『金瓶梅』七十九回は、西門慶が死ぬという、いわばこの小説のクライマックスの回である。「詞話本」のこの回の冒頭には、「仁者難逢思有常、……」という、北宋邵堯夫の「仁者吟」という七言律詩（『伊川撃壌集』巻六に収む）をのせるが、「この世のすべてに、頼れるものなぞない」という主旨の呉激のこの詞の方が、この七十九回にははるかにふさわしい。馮夢龍は、時間の人事にもたらす影響というものに殊の外興味をいだいていたと考えられるので、[15] 恐らく日頃から、呉激のこの詞が好きだったのではあるまいか。それで一方では『金瓶梅』七十九回の冒頭に、他方戯曲「女丈夫」第一折冒頭に、それぞれこの詞を用いたのではあるまいか、と考えるものである。勿論、「女丈夫」の方は、張鳳翼と劉晋充の原作に馮夢龍が手を加えているので、問題のこの詞が原作にすでに使われていた可能性も充分にある。もしそうであれば、この手懸りも烏有に帰してしまうことになるが、一応これに記して、諸賢の参考に供したいと思う。

その二は、「崇禎本」の改作者が、適当な冒頭詞を探すのに主に使った書物は、『合刻類編箋釈草堂詩余』[16] ないし、翁少麓刊『草堂詩余』ではなかったかということである。これは、前節で見た通り、「崇禎本」各回の冒頭詞の出典の大半が、これらの書から見出されるからである。『合刻類編箋釈草堂詩余』には、万暦甲寅（四十二）年の序がある。万暦四十二年と言えば、王穉登が編した『呉騒集』四巻が出版されたのも、この年のことである。従って、もし、この「崇禎本」の改作者が、真にこの『草堂詩余』を利用して改作を行なったとすれば、その行為は、万暦四十二年以降ということになる。しかし、当時この『草堂詩余』に類する別の書物（今は伝わらない）があり、それを利用していた可能性もないわけではない。いささか自信を欠くので、一応ここに記しておき、他日、明確なる証拠を得た時に、再びこれを論じたいと思う。

（1）『金瓶梅』登場人物のうち、「詞話本」において、花子由ならびに呉巡検として登場する人物の名前が「崇禎本」においては、それぞれ、花子繇ならびに呉巡簡に改められている。これは、思宗崇禎皇帝朱由検の諱を避けた為かと考えられており、このことから、この書は崇禎年間に刊行されたものと推定されている。

（2）「詞話本」に見られる叙述の混乱については、鳥居久靖「『金瓶梅』作者試探」（『中文研究』第四号、一九六四年）や、阿部泰記「『金瓶梅詞話』の叙述の混乱について」（小樽商科大学『人文研究』第五十八輯、一九七九年）において、具体的な指摘がなされている。

（3）「詞話本」に山東方言が多く見られるが、「崇禎本」ではこれが改められていると、最初に指摘したのは、鄭振鐸（「談《金瓶梅詞話》」一九三三年）であり、つづいて、呉晗（「《金瓶梅》的著作時代及其社会的背景」一九三四年）、魯迅（『中国小説史略』日本語訳序、一九三五年）、趙景深（「談『金瓶梅詞話』」一九五七年）、李西成「『金瓶梅』的社会意義及其芸術成就」（一九五七年）、張鴻勛「試談『金瓶梅』的作者・時代・取材」（一九五八年）らも、同様の指摘を行い、遂に、中国科学院文学研究所編の『中国文学史』（一九六三年）でも、「作者は、山東方言の運用に熟練していた」と書くに至った。しかし、この間、具体的に「詞話本」のうちのどの言葉が山東方言なのかを指摘されることが絶えてなかった。最近になって、張遠芬が、『金瓶梅』の作者は山東嶧県の人で賈三近であろうとされ、その証拠として、「詞話本」より八百条にわたる嶧県方言を抽出し、これを発表した（『金瓶梅新証』一九八三年）。これに対し、李時人が、嶧県方言を他と明確には区別できないとして、嶧県方言という概念自体科学的でないとした（「賈三近作『金瓶梅』説不能成立」一九八三年）。これより先、朱星は、一口に山東方言と言っても、膠東、淄博、済南では、明確な違いがあるので、山東方言という言い方も極めてあいまいな言い方であるとした（「『金瓶梅』的作者究竟是誰」一九七九年）。これらの意見に対し、「詞話本」の中に北方方言に混じって、呉語があると指摘したのは、戴不凡が始めだった（「『金瓶梅』零札六題」一九八〇年）。同様に、「詞話本」中に呉語が見えることを指摘し、かつこの作者はむしろ呉語に慣れた人ではなかったかとしたのが、黄霖であった（「『忠義水滸伝』与『金瓶梅詞話』」一九八二年、「『金瓶梅』作者屠隆考続」一九八四年）。

　このように、八十年代に至り『金瓶梅』に使用されている方言に関して様々な意見が提出されるに至った。この中にあって、次の言語学者による研究が注目される。

　その一は、やや古いが藤堂明保の「明代言語の一側面――言語からみた小説の成立時代――」（『日本中国学会報』十六集、一九六四年）で、「詞話本」に見える詩の押韻に-in と-ing の混用が見られることから、『金瓶梅』の作者を、嘉靖年間に活躍した山東南部の人ではないかとする。

その二は、張恵英の「『金瓶梅』用的是山東話嗎」（一九八五年）である。それに依れば、『金瓶梅』には、確かに北方方言が多く用いられている。しかしそのうちのどれが、山東方言であるかを特定することは困難である。更に作中呉方言も見られる。従って、『金瓶梅』に用いられている言語は、北方語を基礎として、その外に他の方言、特に呉方言、をまじえた、いわば南北混用の言語であるとする。

その三は、朱徳熙の「漢語方言里的両種反復問句」（一九八五年）で、語法の観点から「詞話本」の文章を見たものである。それに依れば、まず中国語の疑問句法に、凡そ(一)北方方言で用いられる「ＶＰ不ＶＰ」型と、(二)江淮方言で用いられる「可ＶＰ」型の両種があるが、同一方言中にこの二つの型が併用されることはないとし、この観点から『金瓶梅』を見てみると、全篇の大部分が「ＶＰ不ＶＰ」型の句型が用いられているが、五十三回から五十六回までの四回のみ、「可ＶＰ」型の句型が集中的に用いられている。このことから、この四回だけは、南方の人が補筆したのではないかとする。

（4）梅節氏が「全校本『金瓶梅詞話』」（香港星海文化出版公司、一九八七年）の前言で、十巻本（即ち「詞話本」）は、二十巻本（即ち「崇禎本」）のあとに出版された可能性があるとされる。これに対し、黄霖氏は反論し、「崇禎本」の巻六や巻九のタイトルには、「新刻繡像批点金瓶梅詞話巻之……」と「詞話本」の要素が残存していること、また、「詞話本」で誤刻した字を「崇禎本」でも踏襲していることなどから、「崇禎本」は、「詞話本」に基づいて改作されたものに相違ないとされる（黄霖「関于『金瓶梅』崇禎本的若干問題」（『金瓶梅研究』第一輯、江蘇古籍出版社、一九九〇年）。

（5）平凡社版中国古典文学大系『金瓶梅』解説による。

（6）「詞話本」九十七回の冒頭詩も、若干の違いがあるが、ほぼ同じ詩である。参考までに書くと、次の通りである。

在世為人保七旬　何労日夜弄精神
世事到頭終有尽　浮華過眼恐非真
貧窮富貴天之命　得失栄枯隙裡塵
不如且放開懐楽　莫待無常鬼使侵

（7）平凡社版中国古典文学大系『金瓶梅』の小野忍・千田九一訳による。以下「詞話本」の詩詞の訳文は、すべて同書訳による。

（8）孟昭連『金瓶梅詩詞解析』（吉林文史出版社、一九九一年）。

（9）翁少麓刊本『草堂詩余』二帙二十冊（東京大学東洋文化研究所蔵）によった。同書は、『正集』六巻七冊、『続集』二巻二冊、『別集』四巻六冊、『新集』五巻五冊よりなる。新集には専ら明人の作を収めている。以下すべて『草堂詩余』は、この本によった。

（10）譚正璧『中国文学家大辞典』（上海書店、一九八一年）による。

（11）譚氏前掲書による。

（12）楊廷福・楊同甫編『明人室名別称字号索引』（上海古籍出版社、二〇〇二年）の他、『全明詞』（中華書局、二〇〇四年）一四二七頁によった。

（13）謝肇淛の「金瓶梅跋」（『小草斎文集』巻二十四）に言う。

　金瓶梅の一書は、作者名代を著わさず。中略、書は凡そ数百万言にして二十巻なるも、始末は数年の事にすぎざるのみ。中略、此の書向《さき》に鏤版無し云々

つまり、謝肇淛が見た『金瓶梅』は二十巻とあるから、鈔本段階の「崇禎本」である。『小草斎文集』は、天啓年間に刊行されているので、遅くとも天啓年間までには、『金瓶梅』の改作が終っていたことが考えられる。

（14）魏子雲『金瓶梅的幽隠探照』（台湾学生書局、一九八八年）〝馮夢龍与《金瓶梅》〟の章。また同じく台湾の朱伝譽氏も同様の主張をされている。朱伝譽「明清伝播媒介研究——以『金瓶梅』為例——」（『金瓶梅研究』第一輯、江蘇古籍出版、一九九〇年）。

（15）拙稿「短篇白話小説の展開——『三言』に見られる人生観を中心として——」（『集刊東洋学』第三十七号、一九七七年）でこの点に論及したことがある。

（16）同書は、翁少麓本『草堂詩余』（注(9)参照、以下これを翁本と略称する）と比べると、選んである詞の大部分が同じだが、若干相互に出入りがあり、まったく同じではない。まず『草堂詩余』六巻は、翁本の『正集』に相当、『続選草堂詩余』二巻は、翁本の『続集』に相当、『国朝詩余』五巻は、翁本の『新集』にそれぞれ相当する。但し、翁本の

『別集』に相当する部分がない。

〔附記一〕　本稿は、一九九二年度文部省科学研究補助金による研究「時事的素材より見た『金瓶梅詩話』における創作手法と創作意図に関する研究」の研究成果の一部である。

〔附記二〕　本論文脱稿後、「崇禎本」第七十九回冒頭の「人生南北如岐路」で始まる「青玉案」の詞は、また、明・無名氏作の戯曲「鳴鳳記」第十九齣にも引用されていたことが判明した。なお、同戯曲の成立年代は、明の嘉靖末年から万暦初年にかけてであることが推測される。精しくは、本書第一部第三章の「「金瓶梅」と楊継盛――小説と戯曲との関係から見た――」を参照されたい。

第三章　崇禎本『金瓶梅』における五十三回より五十七回までについて

はじめに

よく引用される沈徳符『万暦野獲篇』巻二十五には、「袁中郎の『觴政』では、『金瓶梅』を『水滸伝』に配して外典としているが、私は残念ながら、これまでこれを見ることができなかった。丙午の年（万暦三十四年）私は、中郎と北京の彼の屋敷で会った。（中略）三年後（袁）小修が進士の試験を受けに上京した時、この本を持ってきていたので、私は借りて写し、その写しを持って故郷（蘇州）に帰った。蘇州の友馮猶龍（馮夢龍の字）が、これを見て大いに喜び、本屋に高値で買い取らせ出版させることを勧めた。（中略）しかし間もなく蘇州でそれが公にされた。ところが、その原本は、第五十三回から第五十七回までが欠けていた。広く捜し求めたが見つからず、陋儒（三文文士）が補った。もちろん浅薄低俗で、ところどころに蘇州語が混じり、前後の脈絡さえなく、一見して偽物とわかるものであった。云々」という箇所がある。

この記事は、それまで董其昌・袁宏道・袁中道・謝肇淛・王穉登・沈徳符・馮夢龍ら、万暦時代の著名な文人達の間で長い間写本の形で伝わっていた『金瓶梅』という小説が、初めて出版された時の経緯が生々しく記されている唯一無二の記事として、これまで研究者の間で注目されてきたものである。

しかし、この記事をよく読んでみると、「間もなく蘇州でそれが公にされた」とあるが、その「間もなく」とはいつのことか。「原本」とあるが、この原本とは一体何を指すのか。また、この原本と沈徳符の持っていた鈔本とは、どういう関係だったのか。そしてまた、その原本と今に伝わる「詞話本」や「崇禎本」との関係はどうだったのか。「広く捜し求めたが見つからず」と、まるで沈徳符が『金瓶梅』の出版にかかわったかのような書きぶりだが、一体全体、沈徳符と『金瓶梅』の出版元との関係はどうだったのか、と以上のような疑問が次々と湧いてくるのである。

現在伝わっている『金瓶梅』の版本で明代に刊行されたと思われるのは、万暦丁巳（四十五）年東呉弄珠客の序のある『新刻金瓶梅詞話』（全十巻百回）（以下これを「詞話本」と称する）と、各回二葉総二百葉の挿絵と批評とをつける『新刻繡像批評金瓶梅』（以下これを「崇禎本」と称する）の両種があるが、沈徳符が言っているのは、「詞話本」について言っているのだろうか、それとも「崇禎本」について言っているのだろうか、はたまた別の第三の版本について言っているのだろうか。また、沈徳符の言っているのは某版本だとしても、本当にその版本の五十三回から五十七回は、原作と違って浅薄低俗な内容かどうか。沈徳符の記事のうちこの箇所からは、ただちにまたこのような疑問が湧いてくるのである。

当然、この『金瓶梅』における五十三回から五十七回までと版本をめぐる問題は、これまで幾多の研究者によってとりあげられ論じられてきた。いわば手垢のついたこのテーマをここで改めて論じようというのは、いささか屋上屋を架す感なきにしもない。しかし本稿で自分なりにこの問題について考えてみたいと思ったのは、筆者がこれまでの研究者によるさまざまな結論のそのいずれにも全面的に賛成できるものがないと感じたからである。

一　これまでの研究

自説を展開する前に、今述べたように『金瓶梅』の五十三回から五十七回までに関して版本問題もからめて、これまで沢山の人々が論じてきているので、先にその主なる所を一瞥しておきたい。

このテーマに関する主なる論文を時代順にリストアップすると、以下のようになる。

①P. D. Hanan, *"The Text of the Chin Ping Mei"*（一九六〇年）
②寺村政男〝「金瓶梅」詞話本より改訂本への改変をめぐって〟『中国古典研究』第二三号（一九七八年）
③魏子雲〝「金瓶梅」這五回〟『金瓶梅研究』（第一輯）（一九九〇年）
④鄧瑞瓊〝再論「金瓶梅詞話」的成書〟『金瓶梅研究』（第二輯）（一九九一年）
⑤丁朗『「金瓶梅」与北京』頁一～四十（一九九六年）
⑥潘承玉『金瓶梅新証』頁一～三十七（一九九九年）
⑦梅節〝「金瓶梅詞話」的全璧与成書下限——今本詞話第五十三～五十七回証偽〟（二〇〇一年）
⑧黄霖〝「金瓶梅」詞話本与崇禎本刊印的幾個問題〟第五回国際金瓶梅学術研討会発表論文（二〇〇五年）

①は、五十三回から五十七回より見た「詞話本」と「崇禎本」の関係について論じたもので、ほぼ半世紀前に書かれた論文でありながら、今なおその生命力を失わず後世の研究者に様々な刺激を与えている論文である。

その主なる結論は、以下の三点に絞られる。

（1）「詞話本」においても「崇禎本」においても、その五十三回より五十七回は、原作ではなく、誰か別の人（但しそれは一人とは限らない）が補作した部分であること。

（2）原作の五十三回から五十七回までは失われたが、その回目だけは残っていた。現存する「詞話本」の五十三回から五十七回までの回目は原作にあった回目であって、この部分を補った人は、この回目に基づいて補作したであろうこと。

（3）「詞話本」と「崇禎本」の関係は、親子関係ではなく、兄弟関係である。この両種の版本の前に某版本があって、この版本から、この両種の版本が作られたであろうこと。

このうち（3）の説は、後に⑤の丁朗氏や⑦の梅節氏らの説に影響を与えている。しかし、現在「崇禎本」は「詞話本」に基づいて作られた改作本であるという説が大勢を占めており、小論の結論もこの立場である。

②は、特に五十三回から五十七回に限って論じたものではなく、広く「詞話本」と「崇禎本」（当該論文ではこれを改訂本と称する）の比較を、回目や、冒頭詩詞、さらに看官聴説に始まる作者介入文等について行ったものである。結論としては、「詞話本」は、まだ唄い物の影響を色濃く残した作品であったが、「崇禎本」は、改作者がこれら唄い物の残滓をできるだけ除き、近代小説に近づけるようにした作品であるとする。おおむね妥当な説であろう。

一九八五年に中国で初めて金瓶梅学会が結成されるや[1]、にわかに大陸中国で金瓶梅研究熱が起き、その後おびただしい論文が発表されることとなる。

③の魏子雲氏は、台湾で永年地道に金瓶梅研究を続けてこられた方で、大陸中国における金瓶梅研究熱の火付け役の一人である。氏のこの論文は、一九八九年徐州で開かれた第一回国際金瓶梅学会大会で発表され、専ら『金瓶梅』の五十三回から五十七回までの「この五回」について、「詞話本」と「崇禎本」の文章を比較論ぜられている。結論としては、

（1）「崇禎本」（当該論文では二十巻本と称する）は、「詞話本」（当該論文では十巻本と称する）に基づいて作られたものである。

（2）沈徳符の言った陋儒が補筆したというのは、「詞話本」についてではなく、「崇禎本」について言ったものである。

このうち（2）の説は、大変大胆なものであった。しかし、同年王汝梅氏にこれに近い言及がある[2]他は、管見の及ぶ所、その後この説に賛同する論文はないようである。ただ、小論でも明らかにするように、「詞話本」を改めたはずの「崇禎本」の五十三回から五十七回は、かならずしも出来が良くない。魏氏が（2）の結論に赴かれたのもいわれのないことではない。

④の論文の結論は、次の二点に集約される。

（1）氏はまず、「詞話本」の初刻として、万暦四十二（甲寅）年の刻本を想定されている。この本は勿論今に伝わらないが、現存する万暦四十五（丁巳）年本は、この甲寅本の翻刻本であろうとする。

（2）また、この甲寅本が出版された時、五十三回から五十七回まで欠けていたが、この時これを埋めるべく採用されたのは、五十三回と五十四回、五十五回、五十六回、五十七回の以上四種の民間伝承本であったであろうとする。

⑤この論文になって、論調が極めて微に入り細に入るものになっている。

丁朗氏の結論は、さきにも触れた通り、現存の「詞話本」と「崇禎本」は兄弟関係であって、この両系統共通の祖本として、今に伝わらない初刻「詞話本」というものを考えている点では、④の鄧氏論文と同じである。

さらに氏は、様々な材料から、この初刻「詞話本」の姿を推定している。そしてそれはやはり「詞話」と称した本であって、また、冒頭に東呉弄珠客の序のみついている全二十巻の本であったろうとされる。

また五十三回から五十七回は、「詞話本」も「崇禎本」もすべて後人が補筆した部分だが、ただ「崇禎本」の五十三回と五十四回のみは、ほぼ初刻「詞話本」の同部分をそっくり取り入れたものだろうとも推測されている。更に、原作における五十三回から五十七回は、本来はどのような話であったか、その手掛りをこの五回以外の回のプロットや題目から様々に探ることを試みられている。
⑥この論文では、まず③の魏子雲や王汝梅の説を否定し、やはり沈徳符のいう五十三回から五十七回までの補筆の話は、「詞話本」についてのこととする。その上で、「詞話本」における五十三回から五十七回までがいかに他の九十五回としっくりいっていないかを、プロットや登場人物、さらには言語面でと様々に異なることを、これまた実に細かく指摘されている。
まず、この陋儒は一人ではなく、少なくとも五十三・五十四の両回を補った者と、五十五回から五十七回までを補った者の二人がいたであろうことを想定すべきであるとしている。また、この五十五回から五十七回までを補った陋儒は、この部分の補作に照応させる為に、五十八回以降、常時節のことに関して少し書き加えた部分があったのではないかとも指摘している。

氏の論をここで詳しく紹介する余裕はないが、氏の指摘は実に微細な点にまでに及び、管見の及ぶところ「詞話本」の五十三回から五十七回までの「この五回」に見られる不自然さを指摘したものの中では、一番詳しいものになっている。
⑦梅節氏のこの論文でも、まず沈徳符のいう陋儒補筆は、「詞話本」について言ったこととされ、その証拠と陋儒補筆の傾向とを精しく分析されている。

次に氏は、『金瓶梅』成立の経過について、持論の大胆な説を展開されている。まず氏は、万暦初年における原百回詞話本（この論文ではこれを第一次本と称するも、これは刊本ではなく写本）というものを想定し、これは説書芸人の底本だったろうとする。だが、それから約二十年間、この写本が万暦の著名な文人たちの間で転写されてゆくうちに、当然説書芸人の風格が消えていったと思われるとし、遅くとも沈徳符が袁小修からこれを転録した万暦三十七年までには、その写本はすっかり文人改編本（これを第二次本と称する。また巻数は二十巻で、五十三回から五十七回までは欠けたままであったであろうと推定する）となったであろうとされる。さて万暦末年蘇州で初めてこの写本が印刷されて刊本となるが、この書は現存する「詞話本」ではなくて、その文人改編本に基づいて刊行されたもので、これを氏は第三次本と称する。この第三次本の特徴は、やはり二十巻本で、冒頭に弄珠客序のみついていたであろうとする。以上氏の称される第一次本から第三次本までは現存しない。それで、現存する「崇禎本」は、この第三次本の二代目であろうとされる。この「崇禎本」が出た後、民間の某出版社がどこかで昔の説書芸人用の原詞話本（所謂第一次本）を入手し、これに欠けていた五回を補い、さらに欣欣子序や廿公跋を加えて出版したのが、現存する「詞話本」で、これはいわば第四次本と称すべきであるとされる。

つまり、「詞話本」も「崇禎本」も、大本をたどれば原詞話本という第一次本から出たもので、この点で両版本は兄弟関係にあるが、出版されたのは「詞話本」より「崇禎本」のほうが早いとされる。

⑧この論文は、特に五十三回から五十七回までに的を絞って論ぜられたものではなく、主にハナン論文以来梅節論文に至るまでの「詞話本」「崇禎本」兄弟関係説に駁する目的で論ぜられたものである。実は梅節・黄霖両氏の論争はここ十数年来のもので、今に始まったものではない。黄氏は、まず『新刻金瓶梅詞話』の「新刻」の二字をとりあげ、これは初刻と言うことであって重刻ではないとして、明代の戯曲小説を例に出してこれを示し、

また明人の『金瓶梅』に言及したものはすべて「金瓶梅」であって、「金瓶梅詞話」と称したものがない点に関しても、これは簡称にすぎず、『三国志通俗演義』や『忠義水滸伝』を明人が単に「三国志」「水滸伝」と称するのと同様である。従って、以上を以て明代に「詞話本」が存在しなかったとは言えないとする。

また謝肇淛の書いた「金瓶梅跋」(3)に「この本は全部で数百万言よりなり、二十巻に分かれている云々」とあって、これを以て一部学者が、この跋文が書かれた万暦末天啓初年に通行していたのは二十巻の「崇禎本」であって、十巻の「詞話本」ではなかったのではないかとする説に対しても、全百回にわたる大作が伝鈔過程でどのように装丁されていたかはわからず、謝肇淛の言っている二十巻というのもあるいは二十冊と混同して書いていたとも考えられるとする。(4)ただ、何故明人は往々弄珠客の序についてのみ言及し、これに対して欣欣子序ならびに笑笑生作者説に言及する者が絶えてないことについては触れずに、「詞話本」刊行時に書房から求められて東呉弄珠客序を書き、次いで「崇禎本」刊行時に「詞話本」を書き換えかつこれに評点をつけたのは、あるいは馮夢龍であったであろうとされる。東呉弄珠客とは馮夢龍のことであり、「崇禎本」に改筆したのも彼であろうということは従来から推測されていることであるが、勿論証拠があることではない。

この「崇禎本」の弄珠客序には、「詞話本」の同序末についていたもののうち「万暦丁巳季冬……漫書於金閶道中」の十三字が削除されている。氏はこの点に着目されて、もし「崇禎本」より「詞話本」が後出ならば、何故わざわざ序の末尾に新たにこの十三字を付け加えるようなことをする必要があろうかとされる。そしてなによりも氏が「詞話本」の方が「崇禎本」より先に刊行された証拠とされるのが、「崇禎本」四十一回冒頭につけられた「新刻繡像批点金瓶梅詞話巻之九」の題名である。ここに「詞話」の二字があるのは(5)、この「崇禎本」を出版する際、それ以前に出ていた「詞話本」の巻の題を間違えて入れたためで、これこそ「詞話本」が「崇禎本」より前に出版されたなによりの証拠であるとされる。

以上長々と先行論文を紹介したが、簡単に要約すれば以下の二点に集約される。

(一)沈徳符の言う五十三回から五十七回までについて、陋儒が補筆したのは、「詞話本」について言っているとする説と、「崇禎本」について言っているとする説の二説にわかれる。

(二)「詞話本」と「崇禎本」の関係についても、「崇禎本」は「詞話本」に基づいて改作されたとする説と、「詞話本」と「崇禎本」にはともに母体となった某本があり、この両版本は、この某版本から出たものであるとする説の二説にわかれる。

筆者は、(一)については、陋儒が補筆したのはやはり「詞話本」で行ったのであり、(二)については、「崇禎本」は「詞話本」に基づいて改作されたものであるという立場をとりたい。そして、すでに「詞話本」における五十三回から五十七回までの分析は、⑥の潘承玉氏の論文で相当精しく指摘されているので、本小考では、主に「崇禎本」における五十三回から五十七回までの改筆（以下、書き改めることを改筆と称する）ぶりについて考えてみることとしたい。

二　五十三回より五十七回まで

「崇禎本」の五十三回から五十七回までの改筆ぶりを検討する前に、まず陋儒が五十三回から五十七回までにどのような話を書き入れているか大まかな所を眺めておこう。

1．西門慶が、安忱・黄葆光の両主事に招かれて、劉太監屋敷での酒宴に赴く。

2．呉月娘が子宝を求めて薛尼からもらった薬を飲んで、夜、夫の西門慶と交わる。

3. 官哥が人事不省となる（「詞話本」のみ）。
4. 李瓶児が体の不調を訴えたので、任医師を呼んで診てもらう。
5. 西門慶、応伯爵にうながされて御用商人の黄四と李三に銀五百両貸す。
6. 西門慶、応伯爵の招きで城外の庭で芸妓らと遊ぶ。
7. 西門慶、蔡太師の誕生祝いの為に上京する。
8. 西門慶、都で偶然旧友で揚州の大金持ちの苗員外と再会する。
9. 苗員外、西門慶宛に歌童二人を贈る。
10. 西門慶、常時節に銀を与えて住宅上の悩みを解いてやる。
11. 応伯爵、西門慶に祐筆として水秀才を推薦する。
12. 西門慶、永福禅寺に喜捨する。
13. 西門慶と月娘、王尼らの求めに応じて「陀羅経」印刷に喜捨する。

以上のおおよそ十三の話が五十三回から五十七回にちりばめられている。

筆者の立場は、先述の通り「詞話本」刊行時にある陋儒（一人とは限らない）が欠けていた五十三回から五十七回までをまず補い、次に「崇禎本」に改筆の筆をとった人は、その「詞話本」を見て書き改めたというものであるから、次に五十三回から五十七回までについて、「詞話本」との対比の上で「崇禎本」における改筆の出来不出来を見てみたいと思う。

以下回を追って「崇禎本」における改筆の様を見てゆくこととするが、類似の改筆傾向のある場合は、回を超えて以下のようにまとめて論ずることとする。

(1)「崇禎本」における大まかな改筆傾向
(2)西門慶と役人との会話
(3)挿入詞曲について
(4)黄四李三について
(5)官哥の不調と李瓶児の不調
(6)郊外に遊ぶ
(7)任医官による診察
(8)西門慶の上京
(9)春鴻と王経について
(10)陳経済と潘金蓮
(11)陀羅経印刷と永福禅寺の道長老について
(12)若干の文字上の改筆

(1)「崇禎本」における大まかな改筆傾向

「詞話本」五十七回の始めには、呉月娘が李瓶児の部屋に官哥の様子を見に行った帰り、陰で潘金蓮と孟玉楼の二人が自分のことを「子供を産めないものだから、他人の産んだ子供を追っかけている」と陰口をたたいているのを耳にし、それでなんとしても自分も子を産みたいと思う一段、字数にして約一千八百字の文章があるが、「崇禎本」では、ごっそりとこれが削られている。

これは「詞話本」と「崇禎本」とを比較してみるとすぐわかることであるが、概して「崇禎本」では「詞話本」の文章や文句を削って、分量で言って「詞話本」の約三分の二ぐらいになっている。この五十三回の冒頭のみならず、例えば、「詞話本」では五十六回に水秀才の書いた「別頭巾文」(6)を全文収めるが、「崇禎本」ではこれを省いている。又、「詞話本」五十七回に西門慶と薛尼による次の会話が見える。

薛姑子就説「……唯有西方極楽世界、這是阿弥陀仏出身所在、没有那春夏秋冬、也没有那風寒暑熱、常常如三春時候、融和天気。也没有夫婦男女、其人生在七宝池中、金蓮台上。」西門慶道「那一朶蓮花有幾多大?生在上辺、一陣風擺、怕不骨碌碌吊在池裏麼?」薛姑子道「老爹、你還不暁的。我依那経上説、仏家以五百里為一由旬、那一朶蓮花好生利害、大的緊!大的緊!大的五百由旬。……」

薛尼「……西方に極楽世界というものがある。これは阿弥陀仏のお生まれなさった所で、四季もなければ寒暑もなく、いつも春のような気候で、まことになごやかな天気ばかり、それに、夫婦や男女の区別もなくて、その人は七宝の池にある金蓮の台の上に生まれるわけです。」西門慶「でも、蓮の花がいくら大きいたって、その上に生まれて、風でも吹いた日にゃ、ころころっと池の中へ落っこっちゃうかもしれんじゃないか。」薛尼「旦那さまはまだご存知ないんです。このお経に書いてあるところによると、仏家は五百里を一由旬と申しておりますが、どの蓮の花だって、それはそれはとっても大きくて、大きいのは五百由旬もあるそうで、……」

だが、このように西門慶が薛尼を茶化す部分は、やはり「崇禎本」では省かれている。逆に「崇禎本」において文章や文字を増やしている例はまれである、これこそ「崇禎本」が「詞話本」に基づいて作られた改作本であると考えるべき第一の理由であろう。何故「崇禎本」で文章を削ったかは、恐らくハナン氏の言うとおり(7)、印刷経費をなるべく削減して儲かる書籍にしたいとする書肆からの要請によるものと考えるのが合理的である。

このあと「詞話本」では、西門慶が工部主事の安忱と黄葆光の招きによる劉太監屋敷での酒宴に赴くことになっているが、「崇禎本」五十三回は、この場面から始まる。

（2）西門慶と役人との会話

次に、西門慶と安・黄両主事との会話に移るが、まず「詞話本」の方から見てみよう。

那黄主事便開言道「前日仰慕大名、敢爾軽造、不想就擾執事、太過費了。」西門慶道「多慢為罪。」安主事道「前日要赴敝同年胡大尹召、就告別了。主人情重、至今心領。今日都要尽歓達旦纔是。」西門慶道「多感盛情。」

黄主事が口を開いて「先日はご令名をお慕いして、厚かましくも推参いたしましたが、思いがけなく過分のおもてなしにあずかりました。」と言えば、西門慶「なんの愛想もなく、失礼致しました。」と答え、安主事が「先日は同期の胡長官から招待を受けておりました為、すぐお暇致しましたが、ご主人のお志は、今もって銘記いたしております。本日は一同明け方まで歓を尽したいものです。」と言うと、西門慶「お志ありがとうございます。」と答えます。

ここで安・黄両主事が先日のお礼を言っているのは、五十一回で皇木運搬の監督の為に二人が蘇州に赴く途中、西門家に立ち寄った時のことを指している。[8]

さてここで、西門慶が二人の役人達に対して「多慢為罪」とか「多感盛情」と言っているが、これはいかにもぎこちない言い方で、三十回で彼が提刑所副千戸となり初めて役人の仲間入りをしたものの、まだ日が浅く役人づきあいも物言いも、どことなくぎこちない様子がここによく現れているように思われる。

では「崇禎本」では、ここの会話はどうなっているのであろうか。

劉太監……笑道「咱三箇等候的好半日了、老丈却才到来。」西門慶答道「蒙両位老先生見招、本該早来、実為家下有些小事、反労老公公久待、望乞恕罪。」

劉太監が笑いながら「私等三人が首を長くして待ってましたが、主賓がようやく見えられた。」と言うと、西門慶「お二人の先生のお招きにあずかったので、本来なら早く来るべきでしたが、ちと家用がありまして、劉太監殿にもお待たせ申し、かえすがえす申し訳ございません。」と答えます。

「詞話本」では、自分の屋敷で西門慶を招くのに家主の劉太監がちっとも姿を現さず、不自然の印象を免れなかったが、「崇禎本」では、まずここを改め、安・黄の両主事とともに劉太監も西門慶のやって来るのを待っているという風にしている。劉太監とは宦官で、皇宮の瓦を焼く工場の長官をしている。

さて、この短い会話から察せられる事は、西門慶が二人の工部主事や劉太監ら役人達とほとんど対等な調子で会話を交わし、「詞話本」のようなぎこちなさはいささかも感じられないことである。この点「詞話本」とは随分印象が異なる。

同様の改筆傾向は、五十四回における任太医(9)と西門慶との会話においても認められる。李瓶児が体の不調を訴えたので、西門慶によばれたこの任太医が診察にやってくる。

太医道「不知尊府那一位看脈、失候了、負罪実多。」……西門慶道「是第六個小妾。」

太医「御尊府のどなたかは存じませんが、診察遅れまして実に失礼致しました。」……西門慶「第六番目の妾です。」

このように任太医の言葉は硬く、二人の会話も幾分他人行儀な印象をうける。これに対して「崇禎本」ではどうなっているであろうか、見てみよう。

任医官便動問「府上是那一位貴恙?」西門慶道「就是第六個小妾、身子有些不好、労老先生仔細一看。」任医官道「莫不就是前日得哥児的麽?」西門慶道「正是。不知怎麽生起病来?」任医官道「且待学生進去看看。」

任医官「どなた様が御病気で?」西門慶「第六番目の妾ですが、いささか具合が悪いので、よく診て頂きたい。」任医官「この間お子さんをお産みになった方ではありませんか?」西門慶「左様、しかし何の病に罹ったのか?」任医官「とりあえず診させて頂きましょう。」

この任医官と西門慶の会話から感ぜられるのは、二人は旧知の中であって、実に親しげで会話もなめらかであるということである。しかも、さきの工部主事との会話同様、「崇禎本」において両者がほぼ対等に言葉を交わしている。

このように役人に対する言葉使いが「詞話本」と「崇禎本」とで異なるのは、「詞話本」の補筆者の考える西門慶像と、「崇禎本」の改筆者の考えるそれとが異なる為と考えられる。つまりこれは、「詞話本」における西門慶が、役人になりきれない本来の商人としての西門慶であるのに対して、「崇禎本」における西門慶に至っては、役人と対等の西門慶ないしは役人そのものの西門慶に変わったということであろう。このように人物像が違ったのは、それぞれの人物像を作り出した補筆者と改筆者の身分をも暗示するように思われる。これまで推測されている所によれば、「詞話本」の補筆者は陋儒であるという。恐らく、この人は「詞話本」を出版した書肆に雇われていた落第書生のようなものではなかったかと思われる。かたや「崇禎本」の改筆者は、役人連中と対等に付き合いできるような人間だったのではあるまいか。ただ、この「崇禎本」の改筆者が誰であったかについて論ずるのは本稿の目的ではないので、今はこれ以上の追及をひかえたい。

(3) 挿入詞曲について

また五十三回に戻る。さて西門慶が招かれたこの日の宴席には歌童も呼ばれており、歌を披露する場面がある。ところが「詞話本」と「崇禎本」を比較すると、歌童の歌う曲が違っていることにすぐ気付かれる。「詞話本」で歌童が歌ったのは、「錦橙梅」の曲と「降黄龍袞」の曲で、歌詞も全文収められている。「錦橙梅」の曲は、元の張小山の小令であり、「降黄龍袞」の曲は、元の関漢卿の作った套曲の一部であることがこれまでのところ判っている。(10) これに対して「崇禎本」では、歌童は「青陽候煙雨淋」(若葉の頃雨しとしとと)に始まる「宜春令」の套曲と、「桃花渓、楊柳腰」(桃花のみち柳腰の美女達と)に始まる「沽美酒」の時曲をうたうことに変えている。調査の結果、このうちの「宜春令」の套曲は、明の湯顕祖(または王穉登)作と判明した。(11) ただ残念なことに「沽美酒」の方は今なお判らない。

では何故「崇禎本」の改筆者はわざわざ歌童の歌う曲を変えたのだろうか。ひとつ手掛りと思えるのは、「崇禎本」で安主事がこの「宜春令」の曲を聴いて、「這一套曲児、做的清麗無比、定是一箇絶代才子。……」(この曲は、とても新鮮で美しい、定めし絶代の才子の作であろう。……)と絶賛していることである。この改筆者が、この曲が湯顕祖または王穉登の作と知って引用したかどうかはわからないが、恐らくこの曲は当時流行していてこの改筆者も好んでいた曲だったのであろう。

ここで思い出されるのが、丁耀亢の『続金瓶梅後集』凡例で、それによれば、小説類に詩詞あり、前集をば名づけて「詞話」となす。多く旧曲を用ふ。今題によりて附するに新詞を以て正論に参入せんとす。之を他作と較ぶれば、頗る佳句多く、套腐鄙俚の病有るに至らず。

とある。この凡例から、丁耀亢が『続金瓶梅』を作るにあたって基づいたのは「詞話本」であったと推定されている。もしそうだとすれば、丁氏はここで「詞話本」に収められている曲には古めかしいものが多かったので、この『続金瓶梅』を作るに際しては、題に応じて新しいものに換え、できるだけ陳腐常套の欠点をなくすことに心掛けたと言っていることになる。恐らく、「崇禎本」の改筆者もこの丁耀亢の考えと同じで、元人の作った詩曲をおさめるのは陳腐と考え、当時流行の曲とかえたのではあるまいか。

安・黄両主事との酒宴から戻った西門慶は、その夜、呉月娘の部屋にいってやすもうとするが、月娘は、翌壬子の日に薛尼からもらった薬を飲んで夫と交わると確実に子宝に恵まれると言われていたので、その日は「まだ月のものが残っているので明日にしてくれ」と言って追い出す。そこで慶は仕方なく潘金蓮の所に行って休む。翌四月二十三日は壬子の日で、月娘は朝から子宝を求めて天に祈る。

（4）　黄四李三について

「詞話本」ではこの段のあとに、西門慶は応伯爵にうながされて御用商人の黄四と李三に銀五百両を貸す展開になっている。実は、すでに五十一回で応伯爵が西門慶にこの二人向けに香木を買い付ける資金を貸してくれとたのんでいたのであるが、この五十三回で西門慶がこれに応じたというわけである。ところが、これはすでにいろんな人が指摘している所だが、五十六回を見ると応伯爵と西門慶との間になお次のような会話が見える。

伯爵道「前日哥許下李三黄四的銀子、哥許他待門外徐四銀到手、湊放与他罷。」西門慶道「李三黄四的、我也只得依你了。」

応伯爵「このあいだ兄貴が李三黄四に貸すとおっしゃったお銀、都合つけて貸してやって下さいよ。」西門慶「李三黄四の件は、やむをえん、あんたの言うとおりするよ。」

と、これではまだ実際に李三黄四に銀を貸してなかったかのような会話で、これは、さきの五十三回に五百両を貸したという話と矛盾する。

では、この件に関して「崇禎本」ではどの様に書き換えられているのだろうか。結論から言うと、「崇禎本」の改筆者は「詞話本」にみえる上記の矛盾を無くすように書き改めようとしたが、次に見るようにかなり煩瑣な展開にしてしまっている。

五十三回　四月二十三日の壬子の日に応伯爵がぶらりと西門家にやって来るが、西門慶と会話らしい会話もしないうちに安・黄両主事が昨夜のお礼にやって来たので帰ってしまう。翌四月二十四日に応伯爵は常時節とともにやってきて、黄・李の二人に銀を貸してやってほしいとたのむ。しかし、この時西門慶は手元に銀がないと言って断る。

五十四回　翌四月二十五日。応伯爵が西門慶ら遊び仲間を誘って、城外の内相の庭園に遊びに行き、その時伯爵は慶に再度「あの話は憶えているでしょうね。」と李三黄四の件を暗にもちだすと、西門慶は「誰が憶えているものか。」ととぼける。

五十五回　翌四月二十六日。応伯爵再び西門家に来て、李三黄四の件をたのむ。西門慶はしかたなく明日銀を揃えて渡すと約束する。翌四月二十七日、伯爵が李三黄四を連れてやって来たので、西門慶はここでようやく黄・李の二人に五百両を貸すということにしている。この間、西門慶は連日応伯爵から催促を受けたことになっている。

では、かの五十六回の箇所はどう改めたかと言えば、

伯爵道「……這幾日、不知李三黄四的銀子、曽在府裡頭開了些送来与哥麼?」西門慶道「……李三黄四的、又説在出月纔関。」

応伯爵「それはそうと、ここ数日中に李三黄四は、いくらか（借金を）返しに来ましたか?」西門慶「李三も黄四も（返済は）来月になると言いおった。」

という風に借金の返済があったかどうかの会話に変えている。

（5）官哥の不調と李瓶児の不調

さて「詞話本」の五十三回は、このあと官哥が人事不省になったというので、西門家は祈禱師をよんだり占い師をよんだりとてんやわんやという展開になるわけだが、「崇禎本」では、この部分を大きく改めて、まず李瓶児が西門慶に体の不調を訴えることにしている。ところが、これを聴いた慶は不思議なことに何故か李瓶児の病のことは一向に心配せずに、官哥の為にお経をあげるべく玳安を王姑子の所につかわしている。そしてやって来た王姑子に対して、西門慶は次のように言う。

西門慶道「因前日養官哥許下些願心、一向忙碌碌、未曾完得。托頼皇天保護、日漸長大。我第一来要酬報仏恩、第二来要消災延寿、因此請師父来商議。」

西門慶は言った「先日官哥の為に願掛けをしたが、その後忙しくてやりきれていない。ここは仏さまにお守りして頂いてすこやかに成長するよう、私からは、一つには日頃の仏恩にお礼をし、二つには災いをなくし

長寿を願って、そこで師父に来ていただき相談したくて呼んだのです。」

これでは、西門慶が李瓶児の体の不調のことなどまったく忘れたかのような言い草であって、読者としては甚だチグハグな印象をうける。

「崇禎本」の改筆者は何故このように改めたのであろうか。次の五十四回でも李瓶児が西門慶に体調不良を訴える段があるので、あるいは「崇禎本」の改筆者は、ここでその伏線のつもりで書き及んだのかもしれない。しかしその結果は、今見たようなチグハグな筋立てとなってしまっている。問題は、何故「崇禎本」において西門慶が李瓶児のことを放って置き、官哥の為に王姑子をよぶことにしているかであるが、この改筆者は五十三回の後半部における官哥の人事不省の話を一旦は消して、これを李瓶児の話に書き換えようとしたものの、頭の中ではまだ官哥重体のことが残っていて、官哥の不調と李瓶児の不調を混同した為にこのような不自然な改筆となったとは考えられないであろうか。もしこの推測が当たっているなら、このことがとりもなおさずこの改筆者は「詞話本」に基づいて改筆した証となろう。

王姑子は、西門慶に官哥のすこやかな成長のために、まず功徳を積み、お経をよむことをすすめる。そこで慶は功徳の具体的な積み方を王姑子に訊ねると、姑子は、「陀羅経」を印刷することが功徳を積むことになると言って慶にこれを勧める。「陀羅経」印刷については後述する。

(6) 郊外に遊ぶ

五十四回に移ろう。この回の前半部は、西門慶が応伯爵らとともに郊外に遊ぶことで占められ、後半部は、李瓶児の体調悪化の報せに接した慶が急ぎ帰宅し、任医官を呼び李瓶児を診察させる話となっていて、この筋展開は、「詞話本」でも「崇禎本」でも基本的には変わらない。但し「崇禎本」では微妙な点で書き改められている。郊外でのこの宴会は、応伯爵が日頃西門慶にお世話になっているお礼として、仲間や芸者それに歌童などを連れて行われるが、この宴会の描写においても「詞話本」と「崇禎本」とでは、場所や参加者といった舞台装置においてまず相違が見られる。

まず場所は、「詞話本」では劉太監の屋敷の庭園、「崇禎本」ではさる内相（宦官のこと）の屋敷の花園、と違う。

次に参加者は、「詞話本」では西門慶の他に応伯爵・常時節・謝希大・白来創ら取り巻き連中、また韓金釧・呉銀児ら芸妓と呉恵・李銘ら歌手、それに玳安・琴童ら小者の全部で十一名。[12] これに対して「崇禎本」では西門慶の他に、取り巻きは応伯爵と常時節の二人だけ、芸妓も韓金釧のみ、小者はたぶん玳安一人のみ、それに歌童二人、と全部で七人で、「詞話本」に比べてだいぶ参加者が少ない。この参加者のことはさておき、ここでは「崇禎本」において宴会の場所を劉太監の屋敷の庭園から某内相屋敷の花園に変えたことについてのみ考えてみよう。

まず「詞話本」の設定では、明らかに矛盾が生じている。

西門慶が安・黄両主事に招かれて劉太監の屋敷に行ったのは、四月二十二日の夜のことだった。翌二十三日に応伯爵がやって来て、西門慶に「兄貴、昨日の劉太監屋敷でのご宴会はいつまで続いたんですか?」と訊ねている。ところが、五十四回になると、応伯爵と西門慶との間に次のような会話がある。

伯爵道「我們到郊外去一遊、何如?」……西門慶問道「到那一家園上走走倒好?」応伯爵道「就是劉太監園上也好。」

伯爵「みんなで郊外に遊びに行きませんか?」……慶「どこがいいんだい?」伯爵「そりゃ、やはり劉太監の庭園がいいですよ。」

そこで四月二十六日に西門慶らが劉太監の屋敷の庭園で宴会するということにしている。しかしこれでは劉太監屋敷に西門慶がつい四日前の工部主事の招きでやって来ていたはずなのに、まるで初めて来た所であるかのような書きぶりである。それで「崇禎本」の改筆者は、この矛盾に気付き、同じ宦官屋敷の庭園でも劉太監屋敷のそれとは設定せず、某内相屋敷にしたものと思われる。

応伯爵道「原来哥不知、出城二十里、有個内相花園、極是華麗。……尽這一日工夫、可不是好？」

応伯爵「兄貴は知らないらしいけど、城外二十里に内相の花園があるのですよ。大層美しい庭だから、……ここで一日すごすのもよくはないですか？」

これは、改筆というほどもない僅かな字句上の手直しにすぎない。しかしここに「崇禎本」の改筆者の細かなことも見逃さず改めようとしている態度が窺える。

なお「詞話本」ではこの劉太監屋敷庭園での宴会の終わりの方で、芸者の韓金釧が太湖石の陰でしゃがんで小用をたしているのを応伯爵が発見して、これにいたずらする一段がある。「崇禎本」を見ると、韓金釧のお尻にいたずらしている応伯爵を更に常時節がこれを発見し、その後ろから伯爵を突き飛ばすという風にいささか脱線の度のすぎる所が見られる。ここからはこの改筆者の品性が窺えるが、これにはまた様々に淫らなものが流行した当時の風潮というのも考えねばならず、単に個人の品性だけで云々できないので、これを指摘するにとどめ、敢えてこれ以上の追求は控えることとしたい。

（7） 任医官による診察

「詞話本」では、西門慶が劉太監屋敷の庭園で遊び仲間と酒令などして遊んでいる最中、書童が慌ててやって来て西門慶に耳打ちし、李瓶児の体調の悪化を伝える。そこで慶は急ぎ帰宅し、任太医を呼び李瓶児を診てもらう。ところで、この任太医による診察は、この「詞話本」では五十四回末と五十五回初とで重複していることは、見ればすぐに判ることである。だが更に注意深く読むと、単に重複しているのみならず、五十四回と五十五回とでは、いろんな点でつながらないことが判る。このことについては、これまで幾多の人々によって指摘されているので、今それらの指摘をかいつまんで述べると、まず医師の任後渓のことを、五十四回では太医と称するのに対し、五十五回では医官と称している(13)。またこの任医師が西門家に診察にゆく時間帯も、五十四回では深夜なのに対し、五十五回の方はどうやら昼間のようである。更に診察の結果、この任医師の見立ても、五十四回では胃が弱っている為と言っているのに対し、五十五回では産後の保養をおろそかにした為だと言い、これも違う。

これに対して「崇禎本」では、「詞話本」に見られた以上の不連続点を注意深く丁寧に改めている。まず、五十四回末と五十五回初とは話が重複しないようにしている。任医師に対する呼称もどちらも医官で統一しているし、診察が行われた時間帯もどちらも昼間の設定のようである。また任医師による見立ては、話が重複していないので五十五回にのみ見え、これは産後の不養生のせいだとしている。

ここまで指摘すると「崇禎本」では、いかにも「詞話本」における矛盾点を改め、話の展開も自然なものにして、この改筆は成功しているかのようである。だが、実は「崇禎本」において、却って「詞話本」には見られなかった不自然な描写が二点新たにつけ加わっている。

その一は、西門慶が応伯爵らと郊外の某内相の庭園で遊んだあと帰宅し、その夜は李瓶児のところでやすむが、その夜李瓶児は西門慶に何も言わないで、翌朝になってようやく彼に向かって次のように体の不調を訴えていることである。

李瓶児和西門慶説「自従養了孩子、身上只是不浄。早晨看鏡子、兀那臉皮通黄了、飲食也不想、走動却似閃肭了腿的一般。倘或有些山高水低、丟了孩子教誰看管?」

李瓶児は西門慶に向かって言った「子供が出来たからずっと下のほうの血が止まらないの。朝鏡を見ると顔は黄色くつやがなく、食べたくも飲みたくもなく、歩く時も筋違えを起こしたようになってよく動けません。私にもしものことがあって子供を残して逝くようなことがあったら、あなた、子供を誰に見させるつもりなの?」

「崇禎本」ではこの話を聴いた西門慶は、すわ大変とばかり書童に言いつけて任医官を呼びにやらすということになっている。すでに「官哥の不調と李瓶児の不調」の条で、「崇禎本」五十三回でも一度李瓶児が西門慶におまるに座ると下血があると訴えている。にもかかわらずこの時の西門慶は李瓶児のことは放っておいて、官哥の為に王姑子を呼ぶという不自然な描写になっていることについては先に述べた。とすれば李瓶児に下血のあることはこの朝に始まったことではなかったはずである。西門慶が郊外から帰ったその夜自分の部屋にやすみに来た時に、李瓶児が彼に体調不良を打ち明けずに、翌朝になってようやく打ち明けているのは相当間が抜けているという印象は免れない。

不自然な描写のその二は、五十四回末で診察をおえた任医官に対して西門慶が笑い話などを引用して冗談を言っていることで、これは、「私にもしものことがあったら」と言って涙を流す李瓶児を見て驚いて任医官を呼んだ西門慶にしては、彼女の容態をちっとも心配してないかのような描写で、これも大変不自然である。ここの一段は、まず任医官が李瓶児の診察をおえてから西門慶に向かって盛んに自慢する。そもそも医師の診察には望・聞・問・切の四つが大事で、このどれ一つ欠けても駄目であるとか、前日王吏部夫人を診察し、夫人に自分が調合した薬を与え飲ませたところたちどころに治った、それで吏部公より「儒医神術」という四字の扁額を頂戴したとか、また自分は薬代も謝礼もとらぬ主義だなどと任医官が大言壮語するのである。このあと西門慶と任医官との間に、次のような会話を入れている。

西門慶聴罷、笑将起来道「学生也不是吃白薬的。近日有箇笑話児講得好、有一人説道『人家猫児若是犯了癩的病、把烏薬買来、喂他吃了就好了。』旁辺有一人問『若是狗児有病、還吃甚麽薬?』那人応声道『吃白薬、吃白薬。』可知道白薬是狗吃的哩!」那任医官拍手大笑道「竟不知那写白方児的是什麽?」又大笑了一回。任医官道「老先生既然這等説、学生也止求一箇扁児罷。謝儀断然不敢、不敢。」又笑了一回。

西門慶話を聴いて笑いながら言った「それがしもタダの薬を飲むつもりはありません。ところで近頃一つうまい笑い話があります。ある人が『もし猫が癩病になったら、黒い薬を買ってきて飲ませればよい。』というと、そばにいた人が『では犬が病気になったら、どんな薬を飲ませたらいいんです?』と訊くと、その人は即座に『白い薬（タダの薬の意）だ、白い薬だ。』と答えたという。ケチな人は医者に謝礼をしないようですな。」すると任医官は大笑い拍手して「では、その処方箋にはなんと書いてあったのですかな?」と言ってまたも大笑い、つづけて任医官「先生がそこまでおっしゃるなら、私も扁額でも一つ書いてもらいますかな。でも謝礼はとても受け取れません。」と言ってまたも大笑い。

この笑い話は、『笑府』巻八〝不謝医〟に出てくる話である。

『金瓶梅』には笑い話が少なからず引用されており、「詞話本」においてもこれが見られるが、この「崇禎本」の改筆者はことに笑い話が好きだったと見えて、この五十四回について言えば、全部で五篇もの笑い話を挿入している。このうちの四篇はすべて郊外での宴会で応伯爵が連発しているものである。それぞれの出典は次の通りである。
一、「一秀才上京、泊船在揚子江云々」（ある秀才が上京する為に船を揚子江に泊めた云々）は、『笑府』巻一の〝江心賦〟からの引用。
二、「孔夫子西狩得麟」（孔子様が狩で殺された麒麟を見て云々）は、同じく『笑府』巻一の〝麟〟からの引用。
三、「一箇小娘、因那話寛了云々」（あるおかみさんのあそこがゆるんで締りがなくなった云々）は、出典不明。
四、「一財主撒屁、幇間道『不臭』云々」（ある金持ちが屁をこくと、幇間が「臭くない」と言う云々）は、『笑府』巻八〝屁香〟に類似する。
一方、話が前後するが、「詞話本」では以上の五篇の笑い話を収めないが、やはり応伯爵が次の笑い話一篇を話すことになっている。

「当初有一個人、吃了世素云々」（昔ある人が、生涯精進料理ばかりを食べている云々）は、『笑府』巻十二〝吃素〟からの引用。

応伯爵のように宴席の座を盛り上げる為に笑い話を話すのは解るが、前に見た任医官に対する西門慶の笑い話は、李瓶児の病状なぞまるで心配していないかのようで、不謹慎な印象すら読者にあたえかねないものである。この点却って「詞話本」では、西門慶が李瓶児に任医師の薬を飲ませたあと、添い寝して休んでいることにしているが、こちらの方が余程西門慶が李瓶児のことを真剣に心配していることが感ぜられ、愛情あふれる描写である。「崇禎本」五十四回末に笑い話を引用したのは、この改筆者の失敗と言えるであろう。

（8）西門慶の上京

次の五十五回は、西門慶が蔡太師の誕生祝いの為上京し、太師の義理の息子となり、そこで揚州の素封家苗員外と再会する話でその内容の大半を占めている。ところで「詞話本」の書き出しは、次のようになっている。

且説、西門慶送了任一《ママ》官去回来、与応伯爵坐地。想起東京蔡太師寿旦已近。先期曽差玳安往杭州買弁龍袍錦繡、金花宝貝上寿礼物、倶已完備。即日要自往東京拝賀。

さて西門慶は、任医官を送り出して戻り、応伯爵とともに坐りましたが、この時ふと都の蔡太師の誕生日が近づいていることを思い出しました。さきに玳安を杭州にやって龍袍や錦絹、金花の彫刻の施された高級器物など誕生祝いの礼物を買ってこさせ準備ができていたので、すぐに都に出かけお祝いのご挨拶をしたいと考えました。

ここの西門慶が蔡太師の誕生日が近いことをふと思い出したというのは、取ってつけたような書きぶりで不自然な印象は免れない。またさきに玳安を杭州にやって誕生祝いの礼物を買い揃えてあったとあるが、この点もおかしい。なんとなれば、この五十五回以前に玳安が杭州に行ったとする話が絶えて見えないからである。しかも、そもそも玳安は西門慶側近の小者であって、遠方に品物を買い付けにゆく役目を担っていない。南方に品物を買い付けにゆく役は、宋恵蓮が自殺するまではその夫の来旺であり、その後来保や崔本であったり、また三十一回からは新たに雇った番頭の韓道国であったりするのであって、この点でも不自然な印象をうけるのである。

これに対して「崇禎本」では、これをどう改めているのであろうか。

まず来保が都から戻り、西門慶が依頼したことが首尾よくいったことを報告することから話をすすめている。西門慶が依頼したこととは何か。そもそも西門家では何か政治的に困ったことがあると、いつも来保を都に派遣し様々に運動させることになっていたが、実は五十一回において、西門慶の身の回りでは、都の六黄太尉の姪の婿である王三官があまりにも廓遊びばかりをして姪をかまわないというので、これを耳にして立腹した太尉が命を下して王三官を誘惑した廓の連中を一網打尽に逮捕するという事件が起きていた。しかも逮捕された者の中には、西門慶の遊び仲間の孫天化と祝日念の二人が含まれていたし、また当局の更なる追及を恐れて、廓の芸妓の李桂姐がしばし西門家に難を逃れにやって来ていたのであった。そこで西門慶は、今回も来保を都の蔡太師執事の翟謙の所にやって、事を穏便にするよう運動に行かせていたのであった。ところが「詞話本」では、この来保が都から戻り西門慶に報告するという一段がすっかり欠落していて、六十回を見ると、いつの間にか来保が戻っていて西門家に居ることになっている。当然「この五回」の中のどこかで来保が都から戻り事の首尾を西門慶に報告する一段が本来はあったはずである。「崇禎本」では、まずここを改め、五十五回で来保が都から戻ったことにしている。この時来保は翟謙からの伝言として、今回逮捕された者達は数日後に釈放されるであろうということを伝えたのち、次の会話を入れている。

来保又説「翟爹見小的去、好不歓喜、問爹明日可与老爺去上寿?……」西門慶道「我到也不曾打点自去。既是這等説、只得要去走遭了。」

来保が言った「翟さまは、それがしを見て大層お喜びになりまして、太師さまの誕生日には旦那さまがお出で下さるかとお尋ねになりました。……」西門慶「そうか、用意も整ってないが、そうおっしゃるなら行かずばなるまい。」

つまり、西門慶のこの度の上京は、都の翟謙からの示唆によったのだとしているのである。これはまことに自然な話の運びと思われる。「崇禎本」ではこの後、来保を揚州にやって太師の誕生日祝いの品々をあつらえさせることとしている。

（9）　春鴻と王経について

同じ五十五回では、上京中の西門慶が都で旧知の友である苗員外とバッタリ出会う。この苗員外のことを「詞話本」では次のように記す。

原来這苗員外是第一個財主、他身上也現做個散官之職、向来結交在蔡太師門下。那時也来上寿、恰遇了故人。

この苗員外というのは、揚州第一の大金持ちで、これも現に名ばかりの閑職についており、以前から蔡太師の門下で、互いに付き合いのある人で、その時やはり誕生祝いにやって来て、ひょっこり昔の知人にぶつかったというわけです。

「崇禎本」でも、ここは大同小異の書き方をしている。

さてこの苗員外という男は、この五十五回に初めて登場する謎の人物である。丁朗氏前掲論文では、この苗員外は、四十七回で主人を殺害した苗青と同じ人間で、六十七回に見える苗小湖も同一人物であるとする。これに対し鄧瑞瓊氏前掲論文では、苗員外が苗青と同一人物のはずがないとする。

そこで今しばらく、苗青のことについてまとめてみると、以下のようになる。

四十七回　政和六年の末、揚州の大金持ちの苗天秀が船で上京する途中、下男の苗青と二人の船頭とによって命が奪われ所持していた大金もとられる。同行していた小者の安童が命拾いして、このことを役所に訴え、やがて苗青と二人の船頭が捕らえられる。翌政和七年正月、苗青、二千両の賄賂を西門慶におくって釈放され揚州に戻る。

四十八回　二月中旬、苗天秀の従兄の黄通判、事の真相を知り巡按御史に訴える。二月下旬、山東巡按御史の曾孝序は、西門慶らの不正を弾劾する上奏を行う。三月、西門慶は来保を都につかわし、翟謙を通じて蔡太師にかの弾劾上奏を受け取らぬよう頼む。

四十九回　四月十六日、西門家を訪れた宋巡撫と蔡巡塩の二人の役人達に対し、西門慶は揚州の苗青の件はすでに取調べが済んでいるので捕らえないよう頼む。

五十一回　四月二十日、西門慶は塩の配給をもらう為に韓道国と崔本の二人を揚州につかわす。その際二人に手紙を託して「揚州の城内で苗青を探し出してこの手紙を渡してくれ、そして彼のその後の事情を聴いて早いとこ知らせてくれ。」と申し渡す。

六十七回　西門慶は、また品物を仕入れに韓道国・崔本・来保の三人を南方に派遣させ、その時苗小湖宛の手紙を届けさせている。

七十七回　揚州の苗青は、いずれ西門慶に贈って昔の恩に報おうと楚雲という娘を買って用意している。

以上苗青について概観したが、丁氏は、苗青が年末に主人を殺した後、すぐ揚州に戻り、翌年の四月にこの事件が発覚するまでの間に故の主人の妻をも殺し、その財産を奪ったのであろうとし、これだけのことをするのに充分な時間があったとする。しかし、四十九回で西門慶が宋巡撫に苗青を再逮捕しないようにたのんでいることからしても、四月中旬の時点では、苗青はまだお尋ね者だったのである。この五十五回で西門慶が苗員外に再会するのは、それから僅か二ヶ月後の六月中旬のことで、この間にたとえ苗青が故の主人の妻を殺し、その遺産をそっくり受け継いでいたとしても、一体いつの間に蔡太師の門下になったのであろうか。筆者も鄭氏と同意見で、この苗員外と苗青とを同一人物と見るにはいささか無理があるように思える。しかし、この苗員外がこの五十五回に突如として登場するのは、「詞話本」においてのみならず「崇禎本」にあっても同じなのである。つまり、「崇禎本」の改筆者は、苗員外の素姓に関しこれ以前に何も言及のないことに気づかなかったか、または気づいていてもどう改めてよいか、改めるとなると大分改めなければならず面倒だと思ってか解らないが、「詞話本」におけるこの欠陥をそのまま踏襲してしまっている。

苗員外の素性については、このように「崇禎本」でもそれを踏襲して曖昧のままにしているので、この点については これ以上問わぬこととして、ここでは、この苗員外が西門慶に贈った歌童について考えてみたい。

苗員外は都で西門慶と遇った際、後日歌童二人を贈ると約束する。西門慶が一足先に山東に戻るや、員外は先の約束を履行してその二人の歌童を西門家に送り届ける。この二人の歌童は二人とも美男子の上南曲を唱うのが上手だったので西門慶は大いに喜ぶ。ここまでは「詞話本」も「崇禎本」も同じであるが、この後が少し異なる。まず「詞話本」の五十六回冒頭あたりを見ると、結局この二人の歌童を西門慶は使えなかったので、どちらも蔡太師のもとにやってしまったと書いている。ところが五十八回を見ると、西門家に忽然と南曲を唄う春鴻という歌童のいることになっている。春鴻の名は、この五十八回に突然現れるので、どういういきさつで西門家に入ったのかは不明である。この後春鴻は、五十九・六十一・六十三・六十七・七十・七十二・七十四・七十五・七十八・七十九の諸回に登場し、最後は八十七回で応伯爵の口添えで張二官の家に買いとられてゆくことになっている。

では「崇禎本」では、この歌童についてどうなっているかというと、まず五十五回末で、西門慶は苗員外から贈られてきた歌童二人にそれぞれ春燕・春鴻と名前をつける。そして五十六回冒頭では、その後間も無く春燕が死に、結果春鴻のみ残ったという風に書き改めている。

そもそも西門慶は音曲を聴くのも好きだが、それ以上に男色が好きで、普段は書童をその男色の相手にしている男が、「詞話本」のような書きぶりだと一体なぜ美形の歌童を手離して太師邸などに贈ったのか解らず甚だ不自然なことであった。また五十八回以降突如として、山東清河県の西門家に南曲を唱う歌童のいることになっている点でも唐突であった。しかし「崇禎本」でこのように改められたことによって、これらの不備が一挙に解消されることとなったわけである。

同じことが小者の王経についても言える。この王経は、王六児（韓道国の妻）の弟で、四十九回に始めて登場し、この時は王六児の誕生日の使いとなって西門家に慶を呼びに来ている。ところが「詞話本」では、五十八回になるといつの間にか彼は西門家の小者になっている。「崇禎本」の改筆者は、やはり五十三回から五十七回までのどこかで、この王経が西門家の小者として採用される段があるべしと考えたのであろうか、五十五回のおしまいあたりで次のような一文を挿入して辻褄を合わせている。

不想韓道国老婆王六児、因見西門慶事忙、要時常通箇信児、没人往来、算計将他兄弟王経―纔十五六歳、也生得清秀―送来伏侍西門慶、也是這日進門。西門慶一例収下、也叫在書房中俟候。

ところが韓道国の女房の王六児は、西門慶が忙しくて顔も見せないので、平素内外の消息を通じあう為に、十五六になった弟の王経を西門慶に使ってもらうことに決め、この日同じように西門慶宅の門を潜らせたのです。ここに（二人の歌童と）王経の三人が同じように書房で仕事をするようになったのです。

（10）陳経済と潘金蓮

陳経済は、西門慶と先妻との間にできた娘西門大姐の夫、つまり西門慶にとっては娘婿で、都の大官楊戩と親類関係にある男である。十七回で兵科給事中の宇文虚中が王黼や蔡京らとともにこの楊戩を弾劾する上奏を行ったので、それまで都にいた彼は、妻の西門大姐とともに命からがら山東の実家西門家に難を逃れて来ていた。「崇禎本」では、何故か彼のことを陳敬済と表記する。この陳経済が西門家に来るや、彼はたちまち潘金蓮と人知れず愛し合う仲となる。次は十八回、この二人の初対面の場面である。

「我説是誰、原来是陳姐夫在這里。」慌的陳経済扭頸回頭、猛然一見、不覚心蕩目揺、精魂已失。正是、五百年冤家、今朝相遇。三十年恩愛、一旦遭逢。

「誰かと思ったら陳兄さんだワ」陳経済はあわてて振り向きましたが、一目見るなり思わず心はワクワク目はチラチラ、頭はボーとなってしまいまして、「前世からの夫婦の縁」とはこのことでしょう。

この後、陳経済と潘金蓮の二人は、西門慶が留守の時を見計らっては人目を避け、二人だけの逢瀬を楽しむことにしている。

五十三回から五十七回までの五回においても、五十三回で、西門慶が安・黄両主事の招きで劉太監屋敷での酒宴に行っている間に、この二人はこっそり会って所謂「雲雨」に及んだが、それが終わるか終わらないうちに玳安らの「ただ今戻った」という声に脅かされて、二人はいそいそと離れねばならなかった。五十五回西門慶が太師の誕生祝いの為に上京している時も、勿論二人は人目を避けて逢瀬を楽しもうとするのだが、「詞話本」では、ここで妙なことを書いている。それは潘金蓮が陳経済の顔を見て「……この前あんたと二人で部屋にいるところを、あの小玉におどかされて以来、ずっと会うことができなかった。」と恨み言を言っていることで、妙だというのは、「この前小玉におどかされて云々」に相当する話が五十五回以前にどこにも見当たらないからである。

では「崇禎本」では、この点についてどうしているかと見ると、五十四回で西門慶が応伯爵らと郊外の某内相の花園で遊んでいる間に、陳敬済と潘金蓮の二人がまたもや人目を避けて西門邸庭園内にある雪洞の中でしばしの逢瀬を楽しもうとする。ところが、その最中に女中の小玉が雪洞の近くを通りかかったので二人はすばやく離れたという一段を新たに挿入している。しかし五十五回では、何故かこれに呼応する潘金蓮の「この前小玉におどかされて云々」のせりふを省いている。ただ、以上のことから言えることは、「崇禎本」の改筆者は、実に細かい処にまで注意を払って、なるべく前後の話の筋とうまく照応するように意を用いているということであろう。

なお、この五十五回における陳・潘密会に関連して、丁朗氏におもしろい指摘がある。それは、七十二回で西門慶が昇任謝恩の為再び上京して家を留守にするが、この回の冒頭に次のようなことが書かれてある。

単表呉月娘在家、因前者西門慶上東京、在金蓮房飲酒、被妳子如意児看見、西門慶来家、反受其殃、架了月娘一篇是非、合了那気云々。

さて呉月娘は、さきに西門慶が上京した際、（陳経済が）金蓮の部屋で酒を飲み、それを乳母の如意児に見られた。（月娘は）西門慶が戻ってから、そのとばっちりを受け、金蓮とひともんちゃくをおこし、意地をはった云々。

氏はこの一文に着目され、本来「詞話本」の五十五回あたりで西門慶の留守中陳経済が金蓮の部屋で酒を飲み、それを如意児に見られ、如意児はそのことを西門慶に注進、月娘がとばっちりをうけたので、月娘と金蓮が喧嘩になったという筋があったはずだと推測されている。

では「崇禎本」の七十二回ではどうなっているか見てみると、やはりこの改筆者もこれでは前後の照応に欠けると判断したのであろう。ここは単に、

単表呉月娘在家、因西門慶上東京、見家中婦女多、恐惹是非、……常時査門戸、凡事都厳緊了。

さて家では呉月娘、西門慶が上京中は家の中に女達が多いので、何か事が起こるといけないので、……いつも戸口を調べて、何事によらず厳重に取り締まりました。

という風に書き改め、陳敬済と金蓮のことはすっかり削除してしまっている。

ところで「詞話本」では、この陳経済と潘金蓮の密会を書くにあたり、人目を避けてバタバタと走りまわる潘金蓮の様子を、「奔進奔出的、好像熱盤上蟻子一般」（飛び込んだり飛び出たりして、まるで焼鍋に入れられた蟻のようなありさま）というおもしろいたとえで表現しているが、「崇禎本」の改筆者は、この表現を採用せず、ただ「也十分難熬」（これまた大いに身もだえております）という表現にとどまっているという用筆上の相違のあることを指摘しておきたい。

(11)　陀羅経印刷と永福禅寺の道長老について

以上見てきたように「崇禎本」の改筆者は、「詞話本」のあちこちに見られる筋展開上の破綻を注意深く見つけ出し、これを修復してできるだけ前後の話が照応するよう改めているが、勿論完璧ではなく「詞話本」における欠陥をそのまま踏襲していることもある。すでに見た苗員外の素姓などがそうであった。この他にも陀羅経印刷のことと、永福禅寺の道長老のことがあげられるかと思う。

まず陀羅経印刷のことから見てみよう。五十七回で、王尼と薛尼の二人が西門家にやってきて、陀羅経印刷に対する喜捨を求めている。信心深い月娘はまずこれに応じ西門慶も同意して、これに三十両の喜捨を行っている。この点は「詞話本」も「崇禎本」も同じように書かれている。ただ「崇禎本」では、この五十七回の伏線のつもりでか、すでに「官哥の不調と李瓶児の不調」の条で述べたように、五十三回で王姑子が官哥のすこやかな成長

の為と称して西門慶に陀羅経印刷の功徳を勧めている。しかし、五十九回を見ると、

看看到八月十五日将近、……那薛姑子和王姑子両個、在印経処争分銭不平争、……十五日、同陳経済早往岳廟裏進香紙、把経来看着都散施尽了。

やがて八月十五日が近づいてまいりました。……例の薛尼と王尼の二人は、お経屋で分け前のことで喧嘩を始めましたが、……十五日には（王薛の両尼に）陳経済といっしょに、朝早く東嶽廟に行って紙馬や線香を上げさせ、お経をすっかり寄付させました。

つまり、そもそも陀羅経印刷に対する布施は、李瓶児がおこなったことだったのである。これに対して西門慶と月娘による喜捨の話は、五十八回以降絶えてない。以上の点は、「崇禎本」でも改められてない。

なお、このことに関連して、潘氏前掲論文では、六十三回に李瓶児が亡くなったあと、絵描きの韓先生を呼んで瓶児の肖像を描いてもらう段があるが、この時韓先生は「この奥様は、さる五月一日に東嶽廟にお参りにお見えになった節お見かけした」と言っている箇所に注目されて、（ここは「詞話本」も「崇禎本」も同じ）五十二回のおしまいが四月十二日の出来事として設定されているのに対し、五十八回冒頭が西門慶の誕生日の七月二十八日に設定されているから、本来五十三回から五十七回までの間に李瓶児の東嶽廟参拝の一段の話があったはずだが、現存する「詞話本」では、このことについて一字も書き及んでいないと指摘されている。五月一日となれば、丁度「詞話本」においては、五十四回末から五十五回初めの例の任医官による李瓶児診察の部分に相当する。体調不良の人間が東嶽廟に参拝に行けるはずもない。だが、先に見たように五十九回で八月十五日に李瓶児が陀羅経を東嶽廟に奉納したとあるので、六十三回における韓絵師の言っている五月一日は八月十五日の単なる書き誤りだったのではあるまいか。だが「崇禎本」の六十三回でも、同じように韓絵師が五月一日に東嶽廟で李瓶児を見

たと言っていることにしているので、この改筆者も「詞話本」のこの誤りを気づかずに安易にその誤りを踏襲してしまっているようである。

次の永福禅寺と道長老については、ハナン氏以来縷々指摘がある。五十七回は、山東東平府の永福禅寺の由来とこの寺の開山万廻老祖の話で始まる。それに依れば、この寺は梁の武帝の普通二年（五二一年）の創建にかかる古刹であったが、この万廻禅師の没後、次第に寺は荒れはてた。それから一挙にこの『金瓶梅』の話の時代である北宋末にまで時代が下る。(14)話は、西インド生まれの道長老がこの荒れ寺に錫を留めて、寺の大修理を思い立ち勧進帳を持って寄付を求めて各地を回り、そしてある日西門家を訪れるということになっている。道長老がこの時西門慶に言う口上が「拙僧は西インド生まれで、行脚して東京汴梁に至り、錫を永福禅寺に留めました云々」であるが、西門慶はこの時その志壮なりとして、この長老に五百両もの大金を寄付する。以上は「詞話本」について書いたが、「崇禎本」も大同小異である。

ところで、ここですでにおかしなことが書かれてあることに気付かれる。それは、この永福禅寺というのは一体どこにある寺なのかということである。冒頭では、山東東平府にある禅寺となっているのに、道長老の口上では都汴京にある寺ということにしているのである。また五十七回以外の回では話が全く異なっていて、この寺は永福寺といい、(15)清河県郊外にあり、守備府の周秀が建てた寺で、勿論梁武帝時創建の古刹などではない。寺の住職も、西インド出身の道長老という人ではなく、道堅長老と称する中国人僧侶である。しかも、西門慶はすでにこの寺をよく知っていたはずである。なんとなれば、四十九回で彼はこの寺に行ってそこで一人の梵僧に出会い、その僧からそれが後に命取りとなる房術の薬をもらっていたからである。当然寺の長老道堅とも顔見知りであるから、その寺の長老が寺の修理の為に西門家に勧進にやってきて「拙僧は西インド生まれで云々」という口上自体おかしなことであるし、第一寺に修理する必要があれば、まず周守備がやるべきところである。つまり、この「詞話本」五十七回における永福禅寺の由来及びその長老の話は、これ以外の回とは、まったく照応しない。また八十九回を見ると、呉大舅が「昔、兄さんが数十両を出して仏殿を修復したが云々」と言っているところを見ると、失われた五十三回から五十七回までにおいて、本来西門慶が永福寺になにがしかの寄付をした話があったのかもしれないが、それは五百両という大金でなかったことはおおよそ予想される。以上「詞話本」について見たが、この永福禅寺の由来と道長老の件に関し、「崇禎本」でも何らこれを改められることなく「詞話本」の文章が踏襲されている。すでに見たように、特に五十三・五十四回においてこの改筆者が、あれ程注意深く改筆してきたのに、ここで何も改めず「詞話本」のそれを踏襲しているのは、理解に苦しむ所ではある。(16)

(12) 若干の文字上の改筆

最後に、「崇禎本」では、「詞話本」に見られるわかりにくい言葉や文を削除したり、またはわかりやすい言葉や文に改めたりしていることを指摘しておこう。例えば、「詞話本」五十七回に次の文がある。

那長老……就教行者拏過文房四宝、磨起龍香剤、飽揞鬚筆、展開烏絲欄、写着一篇疏文。

かの長老は、……行者に文房具一式を持ってこさせ、墨をすり、筆を握り、黒枠付の紙をひろげて、一篇の勧進帳を書きあげました。

龍香剤とは墨のこと、鬚筆は筆のこと、そして烏絲欄は黒枠付の紙のことだが、改筆者はこれらの言葉はわかりにくいと考えたらしく、「崇禎本」では、傍線を施した部分をそっくり省いている。

また同じ「詞話本」の五十七回で、

西門慶便道「児、你長大来、還掙個天官。不要学你家老子、做個西班出身。雖有興頭、卻没十分尊重。」
西門慶が言った「坊や、お前が大きくなったら、やはり文官になるんだな。お前のおやじみたいな武官じゃだめだよ、おもしろみがあっても、あまり尊敬されんからな。」
「崇禎本」の改筆者は、この天官という言葉がわかりにくいと考えたようで、これを文官に改めている。ただ西班という言葉も当時口頭でどれだけ通用していた言葉かわからないが、わかりやすく改めるならこの二字も武官とすべきであったと思うが、これはそのままである。

おわりに

以上、崇禎本『金瓶梅』における五十三回から五十七回までについて見てきたが、これら考察の前提として、「崇禎本」は「詞話本」を基にしてつくられたいわば改筆本であること、また沈徳符の言う陋儒の補筆したのは、「詞話本」について言っていることだとすること、の二点をふまえての上で行ってきた。従って「崇禎本」の五十三回から五十七回までを書いた人のことを、改筆者と称し、この改筆者が「詞話本」をどう書き改めているかに主眼をおいて考察してきた。事の性質上やむなく重箱の隅をつつくような論調になってしまったが、簡単にまとめると、以下のようになる。

一、『金瓶梅』の五十三回から五十七回までについて、「崇禎本」では、「詞話本」に見られる筋展開上における不自然なところを、この本の改筆者が気付いた範囲内においてできるかぎり弥縫している。この弥縫の最大のものは、五十四回から五十五回にかけての任医官による李瓶児診察の段についてであろう。「詞話本」では叙述に重複があり、また五十四回と五十五回とではいろいろと矛盾があったが、「崇禎本」ではまず重複をなくし、矛盾もとり除いている。

また五十一回で都に派遣した来保が、「詞話本」ではいつの間にか西門家に戻っているが、「崇禎本」では、五十五回に来保が戻り王三官の一件を報告し、ついでに翟謙からの伝言として来る蔡太師の誕生日祝いには西門慶じきじき上京するよう要請があったということにして、前後話の照応をはかっている。

更に、「詞話本」五十八回では、西門家に突如歌童の春鴻と小者の王経のいることになっているが、「崇禎本」では、それぞれ西門家に雇われるに至ったいきさつを記す一段を新たに挿入し、やはりこれも前後の話と矛盾しないようにしている。
二、しかし、これらの弥縫もすべて出来のよいものばかりとは限らず、むしろ明らかに失敗していると思われる箇所も少なくない。
例えば、次のような描写はいずれも失敗している。
五十三回、李瓶児が体の不調を訴えているのに、西門慶が王姑子を呼び官哥の為にお経をとなえさせている箇所など、改筆者が官哥の不調と李瓶児の不調を混同したと見られる描写、
五十四回、郊外での宴会から戻った西門慶はその夜李瓶児の所でやすむが、李瓶児はその夜何も言わないで翌朝になって慶に体の深刻な不調を訴えるといった間の抜けた描写、
同回、任医官が李瓶児を診察したあと、西門慶が李瓶児の病状のことなぞそっちのけで医官と笑い話に興じ合っているといった不自然な描写、
五十三回から五十五回にかけて、西門慶が応伯爵から再三うながされてようやく李三黄四に銀を貸すとしている箇所、

等々、いずれもあまり出来がよくない。

三、また「崇禎本」では、「詞話本」における欠陥をすべて改めているわけではない。改筆者がその欠陥を判っていても、大幅に改めるには時間的余裕がなかったせいか、「崇禎本」においてなお、「詞話本」における不自然な箇所をそのまま踏襲していることもある。例えば、それは五十五回における苗員外の素姓であったり、五十七回における西門慶・月娘による陀羅経印刷に対する布施であったり、同じ五十七回の永福禅寺の由来と道長老についてなどが、これに該当する。

以上が、小論の結論であるが、最後に、残された若干の課題について記しておく。

その一は、やはりこの「崇禎本」の改筆者は一体誰だったのかということである。役人との会話の条で触れた通り、ややもすれば役人と対等たる西門慶像を創造しようとした人で、かつ挿入詞曲の条で見たように、湯顕祖ないし王穉登といった万暦時代の文人の曲を好んだ人とまでは見当するが、今のところ筆者にはこれ以上はわからない。

その二は、沈徳符が「陋儒が書き加えた部分にところどころ蘇州語が混じっていた」と書いている点に関し、これは現存「詞話本」の五十三回から五十七回までにおいて、どの言葉・言い回しを指しているのかわからなかったことである。現代でも、上海語と蘇州語とでは微妙に違うらしいが、日本人である筆者にはこの判別は手に余る問題である。ましてこの「詞話本」が世に登場したと思われる明・万暦年間における蘇州語となると、ほとんどお手上げである。以上の二点について、どなたか適任の方が追求して下さることを切望したい。

（1）　呉敢『20世紀金瓶梅研究史長編』文匯出版社、二〇〇三年一月参照。

（2）王汝梅『金瓶梅探索』吉林大学出版社、一九九〇年、頁五三。

（3）『小草斎文集』巻二十四所収。

（4）この点に関し、葉桂桐氏に大変おもしろい指摘がある。それは、民国二十一年（一九三二）山西省から発見された「金瓶梅詞話」は、全部で二十冊に装丁されていたが、計算でゆけば、各冊五回のはずが、実際にはそうではなく、回によって分量にばらつきがあるので、ある冊では三回や四回分で一冊とまとめられていたり、またある冊では六回や七回で一冊にまとめられている。今この「詞話本」の北平古佚小説刊行会より発見されたものの、忠実に影印装丁されたものを見ると、なんと五十三回から五十七回までを一冊に装丁し、これが第十一冊目となっている。葉氏の推測は、このように『金瓶梅』を全二十冊として装丁することが刊本となる前にある程度確立していたとすれば、例の蘇州で始めて印刷されようとした時、五十三回から五十七回までがどこを捜しても見つからなかったと沈徳符が言っているのは、この第十一冊目が見つからなかったのではないかとする（葉桂桐『論金瓶梅』中州古籍出版社、二〇〇五年、頁二五五）。いささか話が出来すぎている感がないわけではないが、大変おもしろい推測である。もしこの推測が的を得ているとしたら、謝氏の言う二十巻は、或いは二十冊の意味であったとも考えられる。

（5）これは、北京大学所蔵本による。黄霖氏によれば、上海図書館蔵本のうち氏のいう上図甲本では、この四十一回の他に三十一回の冒頭でも「新刻金瓶梅詞話巻之七」の題名があるとされる。但し、わが内閣文庫本にはこの事実はない。

（6）『開巻一笑』巻五に見える。

（7）ハナン氏前掲論文。

（8）宮中内廷の建物を建てる際、これに用いる木材のことで、皇帝は役人たちを四方に派遣してこれを求めさせていた。

（9）西門慶が厚い信頼をよせるこの医者は、この五十四回に突如として現れる。しかも、五十八・六十一・七十五の諸回における彼の言葉の中に、韓明川という人物名がでてくるので、この韓明川の友人かとも思われる。さきに引いた丁朗氏などは、あるいは失われた五十三回より五十七回までの原稿には本来この韓明川を通じて西門慶にこの任医官が紹介される一段があったのではないかと推測する。

（10）『金瓶梅詞話校註』三、岳麓書社、一九九五年、第五十三回の48・52の各注を参照されたい。

（11）『全明散曲』三、斉魯書社、一九九四年、頁三二〇四。

(12) この回のみ、この二人を呉銘・李恵と誤って表記している。

(13) 「詞話本」五十四回では任太医とあるのに対し、同五十五回では任医官と書いてある。鄧瑞瓊前掲論文では、この点を以て、五十三回と五十四回の両回と五十五回とは、本来伝承の異なる本で、これが印刷時に手直しをして前後表記を統一する暇もなく急いで刊行されたためと指摘される。実は、五十四回でも一ヶ所任医官と書いている所があり、またそもそもこの五十四回の回目そのものが、「任医官豪家看病症」となっている。「詞話本」は誤字の多いテキストなので、任医官とすべきところを任太医と誤ったのであろう。調べてみると、任太医と誤記されているのは、この五十四回のみで、あとその他の回ではすべて任医官になっている。勿論「崇禎本」ではすべて任医官という表記で統一されている。なお「詞話本」で太医という場合は、六十一回に見える趙太医とか胡太医のようにいいかげんな医者をさして言う傾向が見られる。

(14) これは、『太平広記』巻九十二万廻の条の話に似る。

(15) 但し、八十九回では永福禅林ともいっている。

(16) 「崇禎本」第一回は、この五十三回から五十七回とともに「詞話本」を書き改め大いに異なる部分として知られるが、実は「崇禎本」第一回で、西門慶らが十兄弟の契りを結ぶ会場の候補の一つとしてすでにこの永福寺の名が挙がっている。筆者は、この第一回を改筆した人間と五十三回から五十七回までを改筆した人間とは恐らく同一人物だと考えているが、そうするといよいよこの五十七回で「詞話本」の文章を踏襲しているのが理解できない。あるいはこの改筆は、書肆よりせかされて慌てたためにうっかりこのミスを犯したのかもしれない。

第四章　崇禎本『金瓶梅』における補筆について

はじめに

万暦丁巳（四十五）年の弄珠客の序のある『金瓶梅詞話』（いわゆる「詞話本」）は、明末までに一度ある人物によって書き改められたと推測される。それが『新刻繡像批評金瓶梅』（いわゆる「崇禎本」）である。この書き改めた人物は今もって不明だが、本稿では以下これを補筆者と称することとする。

そこでまず関心のもたれることは、この補筆者が「詞話本」をどう改めて「崇禎本」にしたかであろう。幸いこの点に関しては、すでに小野忍氏によってその主なる点が次のように総括されている。(1)

まず、部分的な変更点としては、

(一)第一回を改めた。「詞話本」一回は、武松の虎退治から話が始まるのに対して、「崇禎本」一回は、この小説の主役の西門慶がその取り巻き連中と義兄弟の契りを結ぶということから始めることに話を変えている。

(二)第五十三回と第五十四の両回を大幅に変えた。

(三)「詞話本」八十四回には、呉月娘が泰山に焼香に行った帰り清風寨で拉致され王英に乱暴されそうになるが、そこに居合わせた宋江によって救われるという『水滸伝』三十二回からの借用と思われる一段があるが、

「崇禎本」ではこの部分を削った。
また、作品全体に亙る変更点としては、
(四)各回の表題及び各回冒頭の詩詞を変えた。
(五)「詞話本」に多く見られた山東方言を削った。
(六)概して「詞話本」に多く見られた、長い上奏文や道士の祈禱文、食事や着物についての丁寧な説明文、多数の唄の歌詞や芝居の情景等を描写した文等々、小説の筋とは直接関係のない文章を極力削った。
(七)「詞話本」の随所で見られた誤字・当て字、脱文・衍文等を改め、読みやすくした。

小野忍氏による総括は以上であるが、筆者は先にこのうちの(二)の五十三と五十四の両回で、「崇禎本」では「詞話本」がどう書き改められたかについて、いささか詳しく自分なりの考えをまとめて発表した。[2] そこで本稿では、(六)の点について深く考えてみたいと思う。

一　「崇禎本」について

「崇禎本」は、「詞話本」のいわば刪節本であるということは、この両種のテキストを比較してみるとすぐわかることである。

例えば、次の七回における「詞話本」の文章は、呉服屋の未亡人で後に西門慶の第三夫人に納まる孟玉楼が初めて作中に登場する時の様子を描写した部分である。

只聞環珮叮咚、蘭麝馥郁、婦人出来。(①上穿翠藍麒麟補子粧花紗衫。大紅粧花寛欄、頭上珠翠堆盈。鳳釵半卸。)
西門慶掙《ママ》眼観看那婦人、但見、

長挑身材、粉粧玉琢、模様児不肥不痩。（身段児不短不長。）面上稀稀有幾点微麻、生的天然俏麗。裙下映一対金蓮小脚。果然周正堪憐。二珠金環、耳辺低挂、双頭鸞釵、髩後斜挿。但行動、胸前揺响玉玲瓏。坐下時、一陣麝蘭香噴鼻。恰似嫦娥離月殿、猶如神女下瑤階。

西門慶一見、満心歓喜。（薛嫂忙去掀開簾子。）婦人出来、望上不端不正、道了個万福、就在対面椅上坐下。西門慶把眼上下不転睛看了一回。婦人把頭低了。西門慶開言説、「小人妻亡已久、欲娶娘子、（入門為正、）管理家事。未知意下如何？」那婦人問道「官人貴庚？　没了娘子多少時了？」西門慶道「小人虚度二十八歳、（②七月二十八日子時建生。）不幸先妻没了、一年有余。不敢請問娘子青春多少？」婦人道「奴家（青春）是三十歳。」西門慶道「原来長我二歳。」薛嫂在傍挿口道「妻大両、黄金日日長。妻大三、黄金積如山。」説着、只見小丫鬟拏了三盞蜜餞金橙子泡茶、（③銀鑲雕漆茶鍾、銀杏葉茶匙。）婦人起身、先取頭一盞、用纖手抹去盞辺水漬、遞与西門慶、（忙用手接了。）道了万福。　（七―6a～7a）[3]

引用文中、括弧でくくった部分は、すべて「崇禎本」では削られている。つまり、①のような登場人物の身形や服装に関する詳しい描写や、③のような事物に関する詳しい描写は、いずれも省かれる。また②のように、省いても文意の通ずる部分は極力省かれている。このように、「崇禎本」は「詞話本」に基づきつつも、補筆者が削ってもよいと思った箇所を往々削っており、この現象は、今挙げた引用箇所にかぎらずほぼ百回全体にわたって認められる所である。

ところで、思い込みというものは恐ろしいもので、以上のことから筆者はこれまで、「崇禎本」とは、「詞話本」における一回と、五十三・五十四の両回、それに八十四回の一部を書き改めた他は、もっぱら文意に直接かかわらない部分を削るのみの、いわば「詞話本」の刪節本であるとばかり思い込んでいた。ところが今回、この「詞話本」と「崇禎本」を仔細に比較してみたところ、意外にも「崇禎本」において「詞話本」の文を大幅に書き改めたり、さらには新たに書き加えたりしている部分のあることが判明した。では、それはどのような補筆であり、その補筆には何か傾向が認められるかどうか、これより考察してみたい。

二　「崇禎本」における補筆例と合理化傾向について

実際に「詞話本」と「崇禎本」を比較して、「崇禎本」における補筆例を具体的に調査してみると、一字や二字といった小さな補筆例は無数にあり、もしそれらをいちいち挙げると説明が煩瑣になる上、紙面上の制限を超える恐れがあるので、今回は以下のように、「崇禎本」における補筆のうち顕著な例のみ挙げたことをまずお断りしておきたい。

（一）まず四回で西門慶が人妻潘金蓮を誘惑する場面。西門慶が王婆より授けられたくどきの計略を実行してゆき、この計略の一番最後の仕上げにかかる箇所は、「詞話本」では、次のように描かれている。

婆子一面把門拽上、用索児拴了、倒関他二人在屋裏。当路坐了、一頭続着鎖。却説西門慶在房里、把眼看那婦人、雲鬟半嚲、酥胸微露、粉面上顕出紅白来。一径把壺来斟酒、勧那婦人酒。一回推害熱、脱了身上緑紗褶子、「央煩娘子、替我搭在乾娘護炕上。」那婦人連忙用手接了過去、搭放停当。這西門慶故意把袖子在卓上一払、将那双筯払落在地下来。一来也是縁法湊巧、那双筯正落在婦人脚辺。這西門慶連忙将身下去拾筯、只見婦人尖尖趫趫剛三寸、恰半扠一対小小金蓮、正趫在筯辺。西門慶且不拾筯、便去他綉花鞋頭上、只一捏。那婦人笑将起来、説道「官人休要囉唣、你有心、奴亦有意、你真個勾搭我。」西門慶便双膝跪下、説道「娘子作成小人則個。」那婦人便把西門慶摟将起来、説「只怕乾娘来撞見。」西門慶道「不妨、乾娘知道。」当下

両個就在王婆房裡、脱衣解帯、共枕同歓。（四―1b～2a）

このあと、西門慶と潘金蓮の二人は、所謂「雲雨」に及ぶわけだが、実は、同じ場面が『水滸伝』二十四回にも見える。ここでは敢えて『水滸伝』の当該部分は引用しないが、この両者を比べてみると、互いの文章が相当近いことが判る。恐らく、「詞話本」は『水滸伝』に基づいて作られたのであろう。

だが「崇禎本」では、「詞話本」に基づき次のように書き換えられている。

這婦人見王婆去了、倒把椅児扯開一辺坐着、却只偸眼睃看。西門慶坐在対面、一径把那双涎瞪瞪的眼睛看着他、便又問道「却纔到忘了問娘子尊姓?」婦人便低着頭帯笑的回道「姓武。」西門慶故做不聴得、説道「姓堵?」那婦人却把頭又別転着、笑着低声説道「你耳朶又不聾。」西門慶笑道「呸、忘了。正是姓武。只是俺清河県姓武的却少、只有県前一箇売炊餅的三寸丁姓武、叫做武大郎。敢是娘子一族麼?」婦人聴得此言、便把臉通紅了、一面低着頭微笑道「便是奴的丈夫。」西門慶聴了、半日不做声、呆了臉、仮意失声道屈。婦人一面笑着、又斜瞅他一眼、低声説道「你又没冤枉事、怎的叫屈?」西門慶道「我替娘子叫屈哩。」却説西門慶口裡娘子長、娘子短。只顧白嘈。這婦人一面低着頭弄裙子児、又一回咬着衫袖口児、咬得袖口児格格駁駁的響、要便斜溜他一眼児。只見這西門慶推害熱、脱了上面緑紗褶子道「央煩娘子替我搭在乾娘護炕上。」這婦人只顧咬着袖児、別転着不接他的、低声笑道「自手又不折、怎的支使人。」西門慶笑着道「娘子不与小人安放、小人偏要自己安放。」一面伸手隔桌子搭到床炕上去、却故意把桌上一払、払落一隻筯来。却也是姻縁湊着、那隻筯児剛落在金蓮裙下。西門慶一面斟酒勧那婦人、婦人笑着不理他。他却又待拿筯子起来、讓他吃菜児。尋来尋去不見了一隻。這金蓮一面低着頭、把脚尖児踢着、笑道「這不是你的筯児?」西門慶聴説、走過金蓮這辺来道「原来在此。」蹲下身去。且不拾筯、便去他綉花鞋頭上只一捏。那婦人笑将起来、説道「怎這的囉唣、我要叫起来哩。」西門慶便双膝跪下説道「娘子可憐小人則箇。」一面説着、一面便摸他褲子。婦人又開手道「你這歪廝纏人、我却要大耳刮子打的呢。」西門慶笑道「娘子打死了小人、也得箇好処。」于是不繇分説、抱到王婆床炕上、脱衣解帯、共枕同歓。（一―42b～43b）[4]

では、この部分における「詞話本」と「崇禎本」の相違は何かと言えば、次の二点にまとめられる。

①まず西門慶が潘金蓮を口説き落とす経過が、「崇禎本」における描写の方が「詞話本」のそれよりも、遥かにリアルで自然なものになっていることが挙げられよう。

「詞話本」では、西門慶が上着を脱いで金蓮にそれを炕の縁に掛けてもらう際、わざと袖でテーブルを払ってテーブルの上にあった箸を下におとしてしまうという風にいささか不自然かつ強引な描写がなされている。これに対して、「崇禎本」では、西門慶が上着を炕の縁に掛けようとして、金蓮に頼むのだが、断られたので自分でテーブル越しに無理に掛けようとした為、思わずテーブルの上にあった箸の片方を誤って落としてしまったという風にしている。

「崇禎本」で描かれたようなこのような展開は、大いにありうることで、しかも落ちたのは箸の片方であって、後でおかずをつまもうと箸に手を伸ばすも、その片方が見えずオロオロするというのもリアルで自然な描写と言えよう。

②更に、夫に背いてこれから不義の密通に及ぼうとする人妻潘金蓮に関する描写が、「崇禎本」では「詞話本」に比べて遥かに詳しくかつリアルになっていることが挙げられる。

「詞話本」では、床に落ちた箸を拾わずに自分の足に手を伸ばす西門慶に対して、金蓮は、「旦那、いたずらしないで、魚心あれば水心よ、あなた本当に私を誘惑するおつもり」と言うのみであるが、「崇禎本」における彼女は、始め西門慶から夫の名前を尋ねられて恥ずかしそうに下を俯いていたのが、男の下心を察するや、次第に男に拗ねたり、男を焦らしたりした挙句、箸の片方を探す西門慶にむかって、「これ、あなたの箸じゃなくって」と、足で落ちている箸を蹴って大胆に男を誘惑するという風に著しくその態度を変える。このように女性の態度の変化さえも描き出している。

(二)　二十六回では、来旺が西門慶の計略にかかって強盗にされてしまう一段がある。この話の着想は、恐らく『水滸伝』七回や、李開先の戯曲「宝剣記」十一出などにおいて見られる高俅が計略によって林冲を陥れる話から得たものであることはほぼ間違いないと思われる。しかし、ここでは、『金瓶梅』が何から着想を得て、それをどう加工したかを論ずるのが目的ではないので、この点についてはこれ以上触れず、以下に本稿の目的である「詞話本」と比較してこの段において「崇禎本」ではどう書き改められているかを考えてみよう。

まず、そもそもの事の発端は、西門慶が来旺を杭州に派遣している間に彼の妻の宋恵蓮に手を出し、彼女と不義の関係になったことに始まる。ところが、やがて杭州から戻ってきた来旺に孫雪娥（西門慶の第四夫人）が留守中のことをすっかり話してしまう。これを聴いて心中穏やかでない来旺は、ある日酒に酔った勢いで主人たる西門慶のことを大声でこきおろす。一方、西門慶は来旺に密通を悟られたことを知り、彼をなんとか始末せねばと決意する。そして次の二十六回の段になる。ここの所先ず「詞話本」では、次のように描かれている。

也是合当有事。剛睡下没多大回、約一更多天気、将人纔初静時分、只聴得後辺一片声叫赶賊。老婆忙推睡醒来旺児、酒還未醒、楞楞睜睜扒起来、就去取床前防身稍《ママ》棒、要往後辺赶賊。婦人道「夜晩了、須看個動静、你不可軽易就進去。」来旺児道「養軍千日、用在一時、豈可聴見家有賊、怎不行赶。」于是拖着稍《ママ》棒、大扠走入儀門裡面。只見玉簫在庁堂台上站立、大叫「一個賊往花園中去了。」這来旺児径往花園中赶来。赶到廂房中角門首、不防黒影抛出一条欖子来、把来旺児絆倒了一交。只見咰喨了一声、一把力子落地。左右閃過四五個小厮、大叫「捉賊。」（二十六―2b～3a）

これに対して、「崇禎本」では、次のように書き換えられている。

老婆打発他睡了、就被玉簫走来、叫到後辺去了。来旺児睡了一覚、約一更天気、酒還未醒、正朦朦朧朧睡着、忽聴的窓外隠隠有人叫他道「来旺哥、還不起来看看、你的娘婦子又被那没廉恥的勾引到花園後辺、幹那営生去了。虧你到睡的放心。」来旺児猛可驚醒、睜開眼看看、不見老婆在房裡、只認是雪娥看見甚動静来逓信与他、不覚怒従心上起、道「我在前面就弄鬼児。」忙跳起身来、開了房門、逕撲到花園中来。剛到廂房中角門首、不防黒影裏抛出一条欖子来、把来旺児絆了一交、只見響喨一声、一把刀子落地。左右閃過四五箇小厮、大叫「有賊」。（六―2b）

つまり「詞話本」では、来旺は夜中に「泥棒だ！」という声に驚き、妻が「もっと様子を見てからにしたらいかが」と言うのも聴かずに、棒を持って裏の花園に駆け付けるのに対し、「崇禎本」では、夜中に「奥さんがまた浮気に出かけた」という誰かの声で目を覚ますと、傍で寝ているはずの妻の姿がない。さてはまた主人西門慶が人妻を寝取るつもりで誘ったかと怒って外に飛び出ることにしている。実はこの直前に、西門慶はあらかじめ来旺が寝入るのを見計らってから、玉簫を使って宋恵蓮を誘い出させていたのである。

ここで視点を変えて、来旺を罠にはめようとした西門慶の立場に立ってこの場の状況を考えてみると、「詞話本」のような展開だと、単に人を使って夜中に「泥棒だ！」と叫ばせたとしても、必ずしも来旺が具合よく花園まで駆け付けて来て罠にはまってくれるとは限らないおそれがあったのに対して、「崇禎本」のような展開だと、来旺はこの時正に妻と主人との関係を大いに疑っていた最中だったので、これはこの来旺の心理を巧みに利用した罠だったと言える。読者としても、これなら来旺が前後の見境もなく裏の花園に走って罠にはまってしまったのも無理のない所だと納得できるであろう。

以上、四回と二十六回の二例を挙げたが、この両回に共通するのは何だったかと言えば、「詞話本」と比較して「崇禎本」では、筋の運びがより自然に、登場人物の心理・行動に関する描写ではより合理的なものに書き換えられていることであった。

次に、「詞話本」では、登場人物の回を超えての記述に前後撞着している例がまま見られるが、「崇禎本」では、このような遺漏の弥縫に努めていることが二・三認められる。例えば、七十七回に見える楚雲の例がこれである。

(三) 六十七回で、西門慶は番頭や下男の韓道国・崔本・来保・栄海・胡秀の五人に命じて、江南に品物の買い付けに出発させている。韓道国らの一行は、その後湖州で絹物を仕入れ、次に揚州に行き、苗青の家にしばらく逗留する。七十七回では、そのうちの崔本と栄海の二人が一足先に清河に戻り、西門慶に、揚州の苗青がかつて西門慶から受けた恩義に報いるべく、いずれ慶に贈るつもりの楚雲という娘を一人用意していることを報告する。

さて、崔本と栄海の二人が清河に戻ったあと、揚州に残った韓道国ら三人はどうしたか。

このことは、回が飛んで八十一回に記されている。まず「詞話本」では、ここの所が次のように書かれている。

到于揚州去処、抓尋苗青家内宿歇、苗青見了西門慶手札、想他活命之恩、儘力趨奉、他両個(韓道国と来保の二人を指す。筆者注)成日尋花問柳、飲酒取楽。一日初冬天気、(中略)于是二人連忙将銀往各処、置了布疋、装在揚州苗青家安下、待貨物買完起身。(八十一―1a~1b)

と、不思議なことに、苗青の口からは崔本と栄海とが西門慶に報告した楚雲のことが一言も出てこない。流石に「崇禎本」の補筆者は、この点が気になったと見えて、この部分を特に次のように書き改めている。

到于楊《ママ》州、抓尋苗青家内宿歇。苗青見了西門慶手札、想他活命之恩、尽力趨奉、又討了一箇女子、名喚楚雲、養在家裡、要送与西門慶、以報其恩。韓道国与来保両箇、且不置貨、成日尋花問柳、飲酒宿婦。只到初冬天気。（中略）方纔将銀往各処買置布疋、装在揚州苗青家安下、待貨物買完起身。（中略）有日貨物置完、打包装載上船。不想苗青討了送西門慶的那女子楚雲、忽生起病来、動身不得。苗青説「等他病好了、我再差人送了来罷。」

（十七—１ａ～２ｂ）

と、つまり苗青は西門慶に贈る楚雲という娘を用意していたが、韓道国らが清河にむけて出発するという日になってその娘が発病し、結局同伴することができなかったということにしているのである。

さて、同回ではこのあと韓道国らが買い付けた品物を船に積んで帰途につくが、途中韓道国は、臨江の水門あたりで、向かいから来た船に乗っていた近所の人から、双方の船が擦れ違いざまに主人西門慶の死を知らされ、それで清河県に戻るや妻の王六児とともにこっそりと売上げ金を着服して娘のいる都東京に逃げるという展開となる。つまり、韓道国は、六十七回より八十一回まではずっと江南に品物の買付けに出かけていたことになる。ところが、これもまた不思議なことに「詞話本」七十六回では、江南に出かけているはずの韓道国と崔本の二人が、いつの間にか清河県の西門家に戻っているかのように書かれている。

(四)　それは『金瓶梅』七十六回においてである。この回には西門家の向かいに住む喬洪という金持ちが、当局への献金により義官となる一段がある。この時西門慶はこれを祝って大々的に祝いの品を、次に引くように呉大舅らに配る。その中に、本来ここにいるはずのない韓道国と崔本の名前も見えるのである。

（西門慶）一面使玳安送両盒胙肉与喬大戸家、（中略）又分送与呉大舅・温秀才・応伯爵・謝希大・傅夥計・甘夥計・韓道国・賁地伝・崔本、毎人都是一盒。

（七十六—10ａ）

ここの所は、あるいは応伯爵から崔本までの家にそれぞれ一箱ずつ祝いの肉をお裾分けしたと取れなくもない。もしそれなら、かならずしも韓道国と崔本の二人がこの時清河県に居なくてもよいわけだが、平心にこの部分を読めば、やはりそうではなく、ここは「詞話本」の筆者が韓道国と崔本の二人がまだ江南に出張中であることを失念して書いたと見るほかはないだろう。では、「崇禎本」の同個所はどうなっているかを見てみると、次のように書き改められ、この二人の名前を巧みに消してある。

（西門慶）一面使玳安送両盒胙肉与喬大戸家、（中略）又分送与呉大舅・温秀才・応伯爵・謝希大并衆夥計、毎人都是一盒。（十六―8 a）

このように書いてあれば、韓道国と崔本に関する限り、前後撞着することはない。

（五）九十七回における周秀に関しても、「崇禎本」の補筆者はいささか筆を加えている。これを説明する前に、周秀と陳経済と春梅の三人について少し紹介すると、まず陳経済は、西門慶の娘西門大姐の夫で、西門慶の生存中より潘金蓮や春梅と不義の関係にあったが、西門慶の死後に西門家より追放され、乞食となったり道士となったりする。一方春梅は、西門慶の死後、八十六回で守備の周秀に買い取られる。その後遅くとも九十四回までには守備に気に入られ正室に納まる。九十四回で晏公廟の道士となっていた陳経済は、その頃昵懇にしていた一人の女郎をめぐって土地のならず者と争い、守備府に捕らえられて周秀の裁きを受ける。この裁きを偶然目にした春梅は、夫周秀に対し、かの道士は自分の母方の従弟だと言って彼を釈放させる。釈放された後陳経済はしばらく行方不明であったが、ひたすら彼の身の上を案ずる春梅は、守備府の下男達に命じて彼を捜させ、行方が判明すると守備府に連れて来させ、夫周秀に母方の従弟がやって来たとまたも嘘を言う。この時陳経済に対し「詞話本」九十七回で、周秀は次のように言っている。

「向日不知是賢弟、被下人隠瞞、有悞衝撞、賢弟休怪。（中略）自従賢弟那日去後、你令姐昼夜憂心、常時啾啾唧唧不安、直到如今。一向使人找尋賢弟不着、不期今日相会、実乃三生有縁。」（九十七—2a～2b）

これでは、周秀は陳経済とはまるっきり面識がなかったかのような言い方である。だがこの周秀という人は、西門慶が三十回で提刑所理刑に就任してより、ともに同県の同僚としてしばしば西門家に来ていた人なのである。西門慶の生存中について見るならば、作中周秀が陳経済と直接会話をかわす場面こそないものの、少なくとも、西門慶が提刑所の役人になった三十一回と、西門慶の誕生祝いのあった五十八回、更には西門慶が昇任した七十二回に、それぞれ祝いに周秀が西門家を訪れているので、そのいずれかの折に、西門家の娘婿の陳経済と顔を合わさないでいたことは考えにくいのである。このように見てくるとやはり、この九十七回で周秀が陳経済と一面識もなかったとするのはいささか合理性に欠けるように思われる。

「崇禎本」の補筆者もそのように判断したのであろう、ここでは次のような一文を書き加えて弁解している。

看官聴説、若論周守備与西門慶相交、也該認得陳敬済。原来守備為人老成正気、旧時雖然来往、並不留心管他家閒事。就是時常宴会、皆同的是荊都監、夏提刑一班官長、并未与敬済見面。況前日又做了道士一番、那裡還想的到西門慶家女婿、所以被他二人瞞過、只認是春梅姑表兄弟。（二十—12a）

つまりここで補筆者はわざわざ、周秀は確かに西門慶と交際はあり西門家に招かれたことも再三あったが、実際にそこで陳経済と顔を合わせたことはなかったのだとし、また周秀という人は他人の家の家族構成に興味を示す性格の人でもなかったなどと弁明の一文を添えている。なお、陳経済のことを「崇禎本」ではなぜか陳敬済と表記している。

以上見てきたところに依れば、「詞話本」では、登場人物のうち楚雲、韓道国・崔本、周秀・春梅・陳経済に関し、回を超えての彼等の記述に前後撞着したり脈絡の欠けている面が認められた。しかし、ここで「詞話本」の為に一言弁ずるならば、そもそも前後百回よりなる『金瓶梅』のような長編小説で、登場人物も優に六百名を超える大作にあっては、けっして望ましいことではないが、このような遺漏はままありうることである。しかし、これに筆を加えた「崇禎本」の補筆者は、以上の遺漏を見逃さず、ある時は一文を添えたり、またある時は登場人物名を省いたりして極力これの弥縫に努めていることが以上から認められた。

おわりに

「崇禎本」の補筆者が「詞話本」に手を加えて「崇禎本」を作った時の方針は、一体何であったか。これには既に指摘されているように、一に、話の筋とは直接関係のない詞曲や描写に大鉈を振るって削った。二に、誤字・当て字を改めた等々の他に、実は今見てきたように加筆した部分があった。では次に、この加筆に何らかの傾向というものが見られるかどうかを考えてみると、「崇禎本」では、まず西門慶が人妻の潘金蓮をくどく段や、来旺が西門慶の罠にかかる段などに見られたように、話の展開をより自然なものにしようとする傾向が見られた。また登場人物のうち楚雲・韓道国・周秀らについては、回を超えての彼等の記述に一貫性をもたせようと書き改めている傾向も見られた。

かつて小川環樹氏は、「三国演義」が「平話」から「演義」へと発展する際の傾向として合理化という方向性が見られると指摘されたことがあるが、(5)『金瓶梅』における「詞話本」から「崇禎本」への方向性も、同じく合理化という言葉で総括できるのではないかと筆者は考えるものである。

（1）中国古典文学大系『金瓶梅』上（平凡社）に見える小野忍氏の解説。
（2）本書第四部第三章「崇禎本『金瓶梅』における五十三回より五十七回までについて」を参照されたい。
（3）この引用文は、一九五七年文学古籍刊行社より内部資料として刊行された影印本「詞話本」のうちの七巻の六葉表から七葉表にかけての引用であることを示す。「詞話本」の引用に関しては、以下同じ。
（4）この引用文は、国立公文書館内閣文庫蔵「崇禎本」のうちの一巻の四十二葉裏から四十三葉裏にかけての引用であることを示す。「崇禎本」の引用文に関しては、以下同じ。
（5）小川環樹『中国小説史の研究』岩波書店、一九六八年、一一頁参照のこと。

〔付記〕本稿は、平成一八年（二〇〇六）一一月一八日に開催された第十二回佛教大学中国言語文化研究会で口頭発表したものに基づいている。この際、多くの先生方から貴重なご意見をいただきました。この場を借りて厚くお礼申し上げます。

なお、本論文は、平成一八年佛教大学教育職員研修の成果の一部である。

附　考　不登大雅文庫旧抄戯曲『金瓶梅』についての一所見

はじめに

二〇〇三年に、中国の学苑出版社というところから、かつての北京大学の教授で戯曲小説の研究家であった馬廉氏の蔵書の一部が、「不登大雅文庫蔵珍本戯曲叢刊」として刊行され、その中に、撰者不明の戯曲『金瓶梅』の抄本が二部収録されていた。

従来、戯曲『金瓶梅』と言えば、かつて鄭振鐸らが収集編刊した「古本戯曲叢刊」三集所収で、鄭小白撰と称せられる二巻三十四出本（以下これを「古本戯曲本」と略称する）のみをさしていた。だがこの度、馬廉氏旧蔵の戯曲が影印刊行されたことにより、戯曲『金瓶梅』は、「古本戯曲本」の他に何種類か現存することがわかった。

この「不登大雅文庫蔵珍本戯曲叢刊」に収められた両種の戯曲『金瓶梅』は、一は、二巻二十八出本（以下これを「不登大雅甲本」と略称する）で、うち一出・二出・十四出・二十三出の都合四出がすでに散失している。

また別の一本は、僅かに十出のみのもの（以下これを「不登大雅乙本」と略称する）である。従って、「不登大雅」の甲本も乙本も完全なものではなく、ともに残欠本である。

今回は、このうちの「不登大雅甲本」について、二、三調べ得た知見について指摘したいと思う。

という。

一　現存する各戯曲『金瓶梅』相互の関係について

実は、現在、中国芸術研究院戯曲研究所資料室にも、別に戯曲『金瓶梅』の清・乾隆年間の抄本が二種存するという。

従って、現在のところその存在がわかっている戯曲『金瓶梅』を一覧すると、以下のようになる。

一、「古本戯曲叢刊」三集所収、二巻三十四齣本（「古本戯曲本」）
二、「不登大雅文庫蔵珍本戯曲叢刊」所収、二巻二十八出本（「不登大雅甲本」）
三、「不登大雅文庫蔵珍本戯曲叢刊」所収、十出本（「不登大雅乙本」）
四、中国芸術研究院戯曲研究所資料室所蔵、二十七出本（以下これを「芸戯研甲本」と称する）
五、中国芸術研究院戯曲研究所資料室所蔵、十四出本（以下これを「芸戯研乙本」と称する）

このうちの一の「古本戯曲本」については、かつて澤田瑞穂氏に「随筆金瓶梅」[1]なる一文があり、その中でこの「金瓶梅伝奇」が紹介され、

> 物語は第二折の「十友結拝」から始まっているので、やはり清代に通行した第一奇書本を底本として脚色したものらしい。しかし物語の展開は、単に『金瓶梅』だけをたどったものではなく、全体の約三割か四割にわたって『水滸伝』の人物が登場する。（中略）全三十四折のうち、上巻第十一折の「金蓮誘叔」——潘金蓮が酒にかこつけて武松を誘惑しようとする場面や、下巻第一折から第五折までの武大毒殺と亡霊出現のあたりは、かなりおもしろく構成されているが、あまり頻繁に水滸系の武劇を挿んで場面を転換させるため、どうしても構成上の緊密なまとまりと劇の雰囲気とが壊され、お手軽で雑駁だとの印象を受ける。せっかく『金

瓶梅』を劇化しながら、あまり水滸劇にとらわれて、ちぐはぐな失敗作に終っている。

と指摘し、また更に、

この伝奇は上下の二巻にわかれ、上巻に十六折、下巻に十八折、計三十四折のかなり長いものである。しかもそれで完結したわけではなく、最後の第十八折「東京寇劫」は梁山泊の首領宋江が部下を率いて東京開封さして攻めのぼるところで、全篇の構成からみると、途中でふっと切れた感じである。それに、第一折の「禅師現宗」で普静禅師という老僧があらわれてこの劇の梗概を述べているのによると、西門慶急死後の西門一家の没落まで書きつづける計画であったらしい。また下巻の末尾に「金瓶梅弐巻終」としているのも、第三巻・第四巻と書き継いで完結させる予定だったことを示している。

とし、この戯曲も未完の戯曲で、しかも『金瓶梅』と『水滸伝』のないまぜ劇であったことが指摘されている。

ところが、今回刊行された両種の『金瓶梅』戯曲は、これと大分異なる。「不登大雅甲本」は、西門慶が李瓶児と密通し、これを第六夫人として迎え入れるところから始まり、西門慶が死亡するところで終っていて、終始一貫『金瓶梅』からの話のみ、内にいささかも水滸系の武劇は差し挟まれていない。また「不登大雅乙本」も、潘金蓮が第六夫人として西門家に入るところから始まって、武松に殺されるまでのことが書かれていて、やはり『金瓶梅』からの話で終始し、うちに水滸系話柄を差し挟んでいない。まず、このことからしても、「古本戯曲本」と、「不登大雅甲本・乙本」とは別の戯曲であることが判る。

表1

不登大雅甲本	不登大雅乙本	小説『金瓶梅』
第三齣　密約＝	跳墻	十三回
第四齣　気喪＝	露情	十四回
第九齣　懐嫉＝	吃酸	二十回
第十齣　私語〜	鬧架	二十七回

※＝は内容がほぼ同じ、〜は内容が大体一致していることを示す。

では、「不登大雅甲本」と「不登大雅乙本」の関係はどうであろうか。

「不登大雅甲本」と「同乙本」とでは、ほぼ内容が重なっている齣が表1のように三ヶ所ある。

表2

不登大雅甲本	不登大雅乙本
第三齣　密約 (秋蕊香)旦上　未必瑤台飛下謬相誇閉月羞花嬝娜堪憐韻堪画比露浥芙蕖未仮 (浣渓紗)映水芙容《ママ》一笑開斜飛宝鴨襯香腮眼波纔動被人猜一面風情深有韻半箋嬌恨寄幽懐月移花影約重来 奴家李氏。生時有人送玉瓶一个。因此小字遂喚瓶児。雖不敢説月貌花容。也畧解些雲情雨意。昔作梁中書之妾。今為花子虚之妻。論起来年貌到也相当。只可恨他性情浮浪。喜得隔壁西門官人生得風流俊雅。迥出尋常。向奴屢次勾挑。一時遂成密約。温柔軟款甚是多情。奴家若嫁得此人。便心満意足了。一向総在墻頭往来。故此機関不露。這幾時未曽相会。心中甚是鬱々。今早花郎又到妓女家去了。正待乗空。約他過来。不意花郎有幾個弟兄。為家財分受不均。東京告下状来。差人将他就従歌院裡捉拿去了。寄信回来教我尋人情救他。我正好借此名色。請西門官人過来計較一個長策。方纔叫迎春将桌児靠墻放了。只待黄昏抛磚為号。好待他来也。	跳墻 占　艶粧扮李瓶児上 (秋蕊香)未必瑤台飛下謬相誇閉月羞花嬝娜堪淋韻堪画比露浥芙蓉非仮 (浣水詞)映水芙蓉一咲開科飛宝暢襯香腮秋波纔動被人猜一面深情豊有韻半箋嬌恨寄幽懐月移花影約重来 奴家李氏。父母生我時有人送玉瓶一対。遂喚瓶児。雖不誇月児花客。也解些雲情雨意。昔作梁中書之妾。今為花子虚之妻。論他年几到也相当。怎奈他情性浮浪湊家。鄰家有個西門官人生得風流俊雅。向奴屢次勾挑。一時遂我密約。温柔款軟甚是多情。奴若嫁得此人。一日便心満意足。以着迎春約他跳墻相会。只待黄昏抛磚為号。専等他来便了。

試みに、「不登大雅甲本」第三齣密約と、「同乙本」の跳墻の最初の部分を比較してみると、表2のようになる。これによっても判る通り、乙本で若干省かれている部分があったり、一部の文字に異同があるものの、この両種の抄本は、ほぼ同一の戯曲のそれぞれ一部であることがわかる。また、乙本は甲本と比べて、例えば最初に李瓶児が登場する所で、「占　艶粧して李瓶児に扮して登場する」という風に往々登場する役者の動作を指定している。この「不登大雅文庫蔵珍本戯曲叢刊」の第一冊冒頭にかかげられた北京大学図書館館長の戴龍基氏による序によると、「不登大雅甲本」は、李瓶児を主人公とし、構成が整っていて曲詞も典雅であり卑猥なところもないので文人の手によるものだろう。これに対して「不登大雅乙本」は、芸人が「不登大雅甲本」を改編増飾して作った演出本であろうという主旨のことを書かれているが、これは的を射た指摘かと思われる。

表3

芸戯研乙本	不登大雅乙本
納妾	納妾（〃）(2)
鬧殺	鬧殺（誤殺）
出罪	審問（出罪）
跳墻	跳墻（〃）
露情	露情（〃）
跳判	跳判（〃）
孽鏡	孽鏡（〃）
解到	
托石	
奪林	
吃醋	吃醋（〃）
鬧架	鬧架（〃）
成親	成親殺嫂（〃）
殺嫂	

　では、中国芸術研究院戯曲研究所資料室所蔵の二種の戯曲『金瓶梅』、つまり「芸戯研甲本」と「芸戯研乙本」は、「不登大雅本」と如何なる関係があるのであろうか。

　実は、筆者はまだこの両種の戯曲を見ていないので明確なことは言えない。しかし幸いなことに、郭英徳氏の『明清伝奇綜録』（河北教育出版社、一九九七年）巻二鄭小白の条にこの「芸戯研甲本」と「芸戯研乙本」それぞれの齣目が紹介されているので、おおよその劇の筋をたどることができる。このうち「芸戯研乙本」は、次にかかげるように「不登大雅乙本」と極めて齣目が似ている。恐らく、同じ戯曲の演出本を書き取った別の一抄本かと思われる。試みに、「芸戯研乙本」と「不登大雅乙本」の齣目を対照すれば、表3の通りとなる。

これによっても判る通り、「芸戯研乙本」と「不登大雅乙本」との違いは、前者が後者より僅かに「解到」「托石」「奪林」の三齣多いだけである。これは実際に見てみないとわからないが、齣目の字面だけから判断して、「奪林」とは武松が流罪先の孟州で施恩のたのみをうけて快活林という施の縄張りから蔣門神を追い出した『水滸伝』二十八・二十九回あたりの話を劇化したものと思われる。もしそうだとすると、この「芸戯研乙本」ならびに「不登大雅乙本」は、まったく『金瓶梅』だけで終始一貫した劇ではなく、うちに若干『水滸伝』の要素も含まれていたのかもしれないことが推察される。

さて「芸戯研甲本」は、郭英徳氏の紹介によれば、李瓶児の病死・西門慶の死と呉月娘の出産、春梅が周守備に嫁ぎ、武松が潘金蓮を殺害、陳経済が妻の西門大姐を自殺に追いつめ、李嬌児と孫雪娥の相次ぐ逃亡、そして陳経済と春梅の姦通と、彼等が死に至るまでのことが劇化されており、うちに、『水滸伝』中の武松による飛雲浦や十字坡での活躍の一段も挿入されているという。そして齣目として、説親・雪誘・驚児・禳解・病嘱・遇赦・慶捐・転胎・乖義・破蒸・殺嫂・鬧浦・改装・上山・逼妻・控済・托行・盗財・岳廟・帰訝・奸逃・設計・賺松・訪舅・重逢・竊聴・金横の二十七齣を挙げている。

これによって見るならば、「芸戯研乙本」や「不登大雅乙本」が比較的に『金瓶梅』の初めの部分に取材するのに対し、この「芸戯研甲本」は『金瓶梅』の後半部に取材するもののようである。この「芸戯研甲本」が「芸戯研乙本」や「不登大雅乙本」と重なるのは、武松が兄嫂にあたる潘金蓮を殺す段と思われる「殺嫂」の齣だけである。

この両者の間に何か関係があるかないかは、実際に見ていないので何とも言えないが、どちらも二字の齣目であることから、ひょっとして同一抄本のそれぞれ一部ずつで、両者は互いに補完しあう関係にあるのかもしれない。

この中国芸術研究院所蔵の二種の戯曲『金瓶梅』については、将来これを見る機会を得てから再び論ずることとして、次節では「不登大雅甲本」について、少し論じてみようと思う。

二　「不登大雅甲本」について

(1)　各齣の梗概

この本の考察に入るに先だち、論述の必要上、この「不登大雅甲本」各齣の梗概をしるしておきたい。

一齣二齣は、欠。

三齣密約　花子虚不在の時をねらって妻の李瓶児が隣家の西門慶と密会し、その際、今、夫が兄弟から、親からの財産の分与の件で役所に訴えられていることを話す。西門慶は善処を約す。

四齣気喪　花子虚は西門慶の計らいで出獄したものの、財産の大部分がなくなっているし、妻の李瓶児の自分に対する態度の冷たさも手伝って、遂に悶死してしまう。

五齣擅恩　所は都の太師の蔡京邸。時は蔡京の誕生日の六月十五日。この日蔡京のもとには親族のみならず都や地方の大小の役人達が名刺をもって祝いにかけつけ太師邸は賑わいを極める。そこへ執事の翟謙が現われ、太師に山東清河県の西門慶なる者から誕生祝いの品が届いたことを報告する。すると蔡太師はいたく喜び、西門慶には山東提刑所副千戸の職位を、また金品を届けた番頭の呉典恩には清河県駅丞の職位を与える。

六齣許嫁　西門慶は花子虚が亡くなってからすぐに李瓶児を娶る予定であったが、都の親戚筋に当る人が弾劾された為蟄居閉門の身にあり、しばらくは李瓶児の件も沙汰やみとなっていた。なにも知らない李瓶児は懊悩のあまり病気にかかり、これを治してくれた医者の蔣竹山と結婚してしまう。

七齣邏打　李瓶児が蔣という医者と結婚したことを知って怒った西門慶は、魯華と張勝という二人のやくざを使って嫌がらせを行わせ、李瓶児に蔣竹山と手を切らせる。

八齣情感　結局李瓶児は西門慶に嫁ぐが、西門慶はなかなか彼女を許そうとせず冷たくする。しかし、そのうち李瓶児のしおらしさにほだされ、彼女のことを愛しく思うようになる。

九齣懐嫉　日を追って西門慶の李瓶児に対する寵愛が深まってゆくと、潘金蓮が瓶児に強い嫉妬心を懐くようになる。

十齣私語　ある日、李瓶児が西門慶に子をみごもったことを打ち明けるが、このことを潘金蓮に盗み聞かれてしまう。

十一齣加官　李瓶児が男の子を出産する。同じ頃、都から呉典恩が戻り、西門慶が山東提刑所副千戸という役人に就くことになったことを知らせたので、西門家は二重の喜びに沸きたった。李瓶児の産んだ子は慶が役人になったことに因んで官哥と名付けられた。

十二齣開宴　西門慶が役人になったことと、息子の官哥が満一ヶ月になったことを祝って、山東防禦使の周秀、正千戸の夏龍渓、磚廠長官の劉内相それに親友の応伯爵らを招いて宴会をひらく。

十三齣留飲　ある日、西門家に都から任地にむかう途中の両淮巡塩御史の蔡蘊と山東巡按の宋喬年の二人が蔡太師の執事翟謙の紹介状をもって寄る。次第にこのような大官とも交際する西門慶であった。

十四齣　欠。

十五齣聯姻　呉大舅（西門慶の妻呉月娘の兄）が仲人となって、西門慶の息子官哥と清河県きっての金持喬洪の娘とが許婚の約束をする。

十六齣雪夜　雪の夜、潘金蓮は空閨を託つ。そして西門慶の寵愛を一人占めする李瓶児に一矢報いるべく密かに白獅子という猫を囲う。

十七齣求栄　ある日西門慶は、新任の山東巡按を同僚達とともに家で接待し、いよいよ官界での顔を広くする。

十八齣施薬　ある日西門慶は、城外の永福寺で普静和尚と名乗る一人の異相の僧に出会った。実は、この僧は西域の霊僧万廻で、この度西門慶の煩悩を断ち悟りを開かせる為にここで慶の到着を待っていたのであった。僧はこの時、求められるままに精力増進の淫薬を西門慶に施した。

十九齣睹物　潘金蓮が日頃飼っていた猫が官哥に飛びつき顔を引っ掻いた為に、官哥はひきつけを起こし間もなく死ぬ。息子に先立たれた李瓶児は悲しみのあまり自らも病床に伏す身となる。

二十齣胗脉　李瓶児の病状は日を追って悪化する一方であった。そこで趙龍岡と任後渓という二人の医者がよばれて李瓶児の脈を診る。趙龍岡はデタラメな医者で、西門慶はてんで信用しない。かくて任後渓の見立てと薬に一縷の望みをかける。

二十一齣法遣　李瓶児の病は一向に好転しない。万策尽きた西門慶は潘道士をよんで悪霊を祓わせる。すると亡き花子虚が李瓶児に祟っていたことが判明する。

二十二齣死孽　李瓶児がとうとう死ぬ。一方都からの知らせで夏龍渓は京官に栄転、西門慶は正千戸に昇進、呉典恩も巡検となる。李瓶児の死を悲しんでばかりいられない西門慶であった。

二十三齣　欠。

二十四齣守霊　李瓶児の葬式も終ったあと、西門慶は亡き官哥の乳母であった如意児に手を出し、これを寵愛する。

二十五齣夢訴　ある日西門慶が昼寝をしていると、夢に李瓶児が現われ、あの世で花子虚に訴えられ酷い目に遭っていると言う。

二十六齣憤憶　今や提刑所長官に昇進した西門慶が家で妻妾を集めて宴会をするが、楽しいはずの宴席にかの李瓶児の姿がないのに西門慶は大いに傷心する。

二十七齣酔帰　ある日、西門慶は王六児（番頭韓道国の女房）を訪ね一戦まじえ酒を汲みかわして帰宅すると、門前で武大と花子虚の亡霊に出会い一刻も早く冥途に来るよう誘われる。家につくや待ちかまえていた潘金蓮から梵僧の媚薬を過量飲まされ、それで全身の力が抜け、以降病床につく身となる。

二十八齣慾喪　西門慶の病は一向に好転しない。ある日死を覚悟した彼は枕元に妻の呉月娘をよんで後事を托す。その直後、月娘が急に産気づいてその場より去るや、入れ替わりにまたもや武大と花子虚の亡霊が現われ、慶に償いを迫る。するといずこともなく一人の僧侶が現われ、この二人の亡者を追い払う。見ればかつて自分に淫薬をくれたかの普静和尚ではないか。慶は和尚にしきりに助命を嘆願するが、和尚は「これは貴殿のこれまでの行いの報いだから助からない。これより月娘の子供として生れ変わり、十五年後に岱岳東峰で待っているから、その時ワシの弟子となるのだ」と言って悟す。果して、西門慶が亡くなるのと呉月娘が一人の男の子を産みおとしたのと同時であった。

右の梗概を見ても判る通り、この曲本はうちにいささかも水滸系武劇を含まず、『金瓶梅』の李瓶児を中心に作られた戯曲である。李瓶児が話の中心であるかどうかは読めばすぐに判ることであるが、その李瓶児に戯曲中「正旦」の脚色が与えられていることからもこのことははっきりする。またこの曲本では、戯曲というジャンルの性格上、登場人物も必要最小限にしぼって少なくしている。

(2)「不登大雅甲本」が基づいた『金瓶梅』の版本

では、この「不登大雅甲本」が基づいた『金瓶梅』の版本は一体何だったのだろうか。

『金瓶梅』の版本は、知られるように大きく言って、(一)『金瓶梅詞話』と題し、冒頭に万暦丁巳年の序のある「詞話本」(一名「万暦本」)、(二)『新刻繡像批評金瓶梅』と題する「崇禎本」(一名「繡像本」)、(三)『第一奇書』と題し、康熙乙亥年の序のある「康熙本」(一名「奇書本」)の三種類に分類される。

結論から言えば、この「不登大雅甲本」はこの「崇禎本」ないしは「康熙本」に依って作られた戯曲と判断できる。その証拠を挙げるならば、以下の二点が挙げられる。

(一)第十一齣冒頭にかかげられた「小院閒堦玉砌　墻隈半簇蘭芽　一庭萱草石榴花　多子宜男愛挿」という応天長の詞は、「崇禎本」や「康熙本」の第五十三回冒頭に見える詞と同じであって、「詞話本」にはこの詞は見えず、同書五十三回冒頭には別の一詩がのせられている。つまりこのことから、「不登大雅甲本」は、少なくとも「詞話本」には依らず、「崇禎本」か「康熙本」に依ったことが推測されるのである。

(二)「不登大雅甲本」各齣の題目のつけ方が、「崇禎本」ないしは「康熙本」に依っていること。

例えば、第六齣の許嫁という齣目は、「崇禎本」十七回の回目が李瓶児許嫁蔣竹山(「康熙本」も同じ)なのに対し、「詞話本」十七回の回目が李瓶児招贅蔣竹山であることからして、これは「崇禎本」か「康熙本」の回目に

表4

齣目	相当する『金瓶梅』の回数	「詞話本」	「崇禎本」	「康煕本」
13留飲	36	西門慶結交蔡状元	蔡状元留飲借盤纏	崇禎本に同じ
15聯姻	41	西門慶与喬大戸結親	両孩児聯姻共笑嬉	崇禎本に同じ
17求栄	49	西門慶迎請宋巡按	請巡按屈体求栄	崇禎本に同じ
18施薬	49	永福寺餞行遇胡僧	遇胡僧現身施薬	遇梵僧現身施薬
19賭物	59	李瓶児痛哭官哥児	李瓶児睹物哭官哥	崇禎本に同じ
21法遣	62	潘道士解禳登祭壇	潘道士法遣黄巾士	崇禎本に同じ
22死孽	60	李瓶児因暗気惹病	李瓶児病纏死孽	崇禎本に同じ
24守霊	65	宋御史結豪請六黄	守孤霊半夜口脂香	崇禎本に同じ
28慾喪	79	西門慶貪欲得病	西門慶貪欲喪命	西門慶貪慾喪命

依ったと思われる。同様の例を挙げるならば、（表4参照）この他の各齣は、『金瓶梅』の三種の版本の回目がほぼ同じであるので、判断の材料にはできない。ただ、五齣の擅恩のみがこの三種の版本の回目がすべて異なる。まず、「詞話本」三十回の回目は、来保押送生辰担であり、「崇禎本」三十回の回目は、蔡太師擅恩錫爵（蔡太師恩を擅《ほしいまま》にして爵を錫《あた》う）なのに対し、「康煕本」三十回の回目は「崇禎本」のそれに似ているが、蔡太師覃恩錫爵（蔡太師恩恵を広く施し爵を錫《あた》う）とあって、このうち「不登大雅甲本」の齣目と符合するのは「崇禎本」のみである。この一例のみを以て軽々しく判断はできないが、「不登大雅甲本」の齣目のすべてが「崇禎本」の回目に符合するので、「不登大雅甲本」が依った『金瓶梅』の版本は、あるいは「康煕本」ではなく「崇禎本」だったのかもしれない。少なくとも「詞話本」ではない。

（3）欠けた齣目とその内容の推測

すでに述べたように、この「不登大雅文庫」蔵戯曲『金瓶梅』は、甲本も乙本もともに残欠本である。「不登大雅甲本」について見るならば、第一・第二・第十四それに第二十三の都合四齣が欠けている。それで次に、この欠けている各齣の内容と齣目を推測してみたい。

まず三齣で、西門慶が李瓶児に「我前日被武二追尋吃那一驚不小。費了無限打点。昨日才把他刺配孟州去了」（俺は先日武松のやつに追われて大層ビックリしたが、しこたま役所に賄賂を使って昨日ようやくヤツを孟州に追放ということにしたよ）と言っている。また、李瓶児が西門慶に「官人連日少見。聞得娶了新人。把奴家就撇下不理了。（中略）官人新娶這位娘子、一定是美貌的。奴家時常聴見。他的声音甚是嬌媚得緊。（中略）他姓甚麼。可有小字麼。是官人第几房」（旦那さんお久しぶり、聞くところによれば新しいお妾さんをもらったっていうじゃないの。私のことなぞすっかりお見限りだったのね。（中略）旦那さんが娶られたこの方は、きっとお綺麗な方なのでしょうね。私はいつも聞いてますよ。その方のお声がとっても艶かしいって（中略）その方のお名前はなんとおっしゃるの。旦那さんの何番目の奥さんなの）と言うのに対し、西門慶は「前日偶然高興娶了。雖然不叫醜陋。那里及得二嫂這段風流標致。（中略）他姓潘名字叫作金蓮。如今家中排他做第五房。」（先日偶然興がわいて娶ったのだが、器量は悪いわけではないが、とても奥さんのような風流でお美しいのには及びませんよ。（中略）姓は潘、名を金蓮といって、今家では五番目です）と答えている。以上のことから判断して、失われた第一齣は、たぶん西門慶が武大の妻金蓮を娶る内容だったと思われ、『金瓶梅』の九回の内容に相当するものだったと思われる。従って「崇禎本」の回目を利用して第一の齣目を推測すれば、たぶん「偸娶」となろう。

第二齣の内容は、武松が都より戻り兄武大が西門慶と金蓮によって毒殺されたことを知って復讐を計るが、誤って李外伝を殺してしまう内容だったと思われる。もしそうだとすれば、「崇禎本」九回の回目から推測して、第二齣の齣目は「誤打」の二字だった可能性が高い。

第十四齣は、その直前の第十三齣が『金瓶梅』三十六回の内容で、第十六齣が『金瓶梅』三十八回の内容に相当するので、この齣は、この間の『金瓶梅』三十七回の内容つまり西門慶が番頭韓道国の女房王六児と通じる段と思われる。すでに梗概においても見たように、この劇のおしまいの方の第二十七齣に王六児の名前が出てくるので、やはりこの齣あたりで彼女が登場するのが自然であろう。従ってこの齣の齣目はさしずめ「包占」かと推測される。

では二十三齣の内容はどうだったのだろう。これも前後から推測してみる。まず直前の二十二齣では李瓶児の死があり、このあとの二十四齣では西門慶が故官哥の乳母如意児に手を出す場面であるので、この齣の内容は、西門慶が芝居を見て李瓶児を憶い出し落涙する一段だったかと推測される。もしそうだとしたら、この第二十三齣の齣目はさしずめ「観戯」であったろう。

(4)　筋展開上に見られる工夫

この戯曲の話の展開は、西門慶が李瓶児を手に入れ、その夫の花子虚を死に追いやることから始まって、李瓶児の出産とその子の死亡、つづいて李瓶児自身の病死、最後は西門慶自らが媚薬多量服用により落命するというところで結ばれている。登場人物は最低限に絞りこみ、西門慶の第二夫人の李嬌児、第三夫人の孟玉楼、第四夫人の孫雪娥などは登場しない。また西門慶の取り巻きの遊び仲間は、応伯爵と呉典恩の二人が登場するだけで、謝希大以下の八人の取り巻きは登場しない。さらに、『金瓶梅』後半部において活躍著しい娘婿の陳経済も登場しない。また筋立ても、直接李瓶児と関係のないものは一切省き、西門慶が下男来旺の妻の宋恵蓮に手を出し彼女を自殺に追い込んだことや、賄賂を得て主人殺しの苗青を無罪放免として釈放したことなどは、一切劇の筋にとりこまれていない。この「不登大雅甲本」は、いわば西門慶と李瓶児を中心とした内容に限定した引き締まった劇といえる。しかし、この劇がいかにも引き締まって感じられるのは、単に登場人物や筋立てを最低限に限定したことのみにとどまらず、主に次の理由からであろう。

第十八齣と最後の第二十八齣に普静という和尚が登場するが、これがこの劇を引き締めるのに大きな役割をしていると思われる。すでに梗概でも見たように、この僧はもともとインド出身の万廻という霊僧で、永福寺に立ち寄り西門慶を悟りに導く為にそこで彼を待ち、やって来た慶に求められるままに淫薬を与えている。そして最後の齣では、潘金蓮に多量の淫薬を飲まされ瀕死の状態の西門慶の前に再び現われ、因果を諭し、慶は呉月娘の産む男の子として生れ変わり、十五年後に師弟として再会しようと彼に印導を渡す。

さてこの普静和尚は小説『金瓶梅』を見ると、小説中の(一)四十九回に見える梵僧、(二)五十七回の万廻老師、(三)同じく五十七回の道長老、(四)八十四回の雪洞禅師、以上四人の僧を上手に併せて一人の人物に創り上げていることが判明する。おもしろいことに、この小説中の四人の僧は、すべて永福寺に関係している。

まず(一)の四十九回に見える梵僧だが、彼は旅の僧で、逗留していた永福寺で西門慶に偶然遇い、慶に淫薬を与えている。彼は戯曲中の普静と異なり、西門慶に何か悟りを開かせる為にこの薬を与えたのではなく、ただ求められるままに与えているのである。そしてその後この梵僧は、小説中に二度と登場することもない謎の人物である。つまり小説では謎の梵僧による気ままな行為によって、いわばこの小説の主役が落命することになるという深刻な結末を招来したことにしている。また、この梵僧はここに一度だけしか登場しないので、読者にとって印象の薄い登場人物になってしまったのは否めない。

(二)の五十七回に見える万廻老師[3]は南北朝梁の武帝の頃の人で、この永福寺を開いた開山の老師だったということになっている。だが、戯曲では、西門慶と同時代の北宋末の人で普静和尚の別称ということにしている。

(三)同じく五十七回に見える道長老というのは、永福寺の住持である。彼は元来インド出身の僧で、行脚してこの寺に来たが、寺のあまりの荒れ模様を見てこれを建て直したいと志す。そしてその再建の為に、彼はお金と政治力のある西門慶に接近するというふうに書かれてある。戯曲中の普静は、この道長老よりインド出身の行脚僧という要素のみうけついでいる。

ところで知られる通り、現存する『金瓶梅』の五十三回から五十七回までは、明らかに原作とは異なり別人が補った部分とされる。この道長老も、別の回の四十九回・六十五回・八十九回では道堅長老となっており、名前がすこし違う。

(四)おしまいは八十四回に見える雪洞禅師である。この人の別称は普静なので、戯曲の普静和尚は直接的にはこの雪洞禅師をうけついでいる。八十四回で泰山にお参りに来た呉月娘が土地のならず者に追われているところを助け、その際十五年後に息子の孝哥を和尚の弟子としてさし出すことを月娘に約束させる。百回で、金の侵攻により清河県から逃げ去ろうとする呉月娘らの前に再び現われ、一緒に泊った永福寺で、月娘にむかって彼女らがこれから頼ってゆこうとする雲離守は決して頼るべき相手ではないこと、また孝哥こそ西門慶の生れ変りであることなどを夢や幻覚を使って諭し、遂に孝哥の出家に同意させる。

小説『金瓶梅』では以上の(一)梵僧、(二)万廻老師、(三)道長老、(四)普静和尚の四人の僧を、それぞれバラバラに何のつながりももたせずに登場させているが、この戯曲においては、特に(一)の梵僧が、即(四)の普静和尚だとすることによってその役割を単純明快なものにした。つまり、自らの荒淫と友人に対する背徳とによって死という報いを受けるのだという因果を西門慶にしっかり悟らしめる役割である。また普静にこのような役割を持たせたことによって、彼は印象深い人間となった。戯曲そのものも、これによってシンプルでしまりがあり、かつわかりやすい筋立てになったと言えるであろう。

(5) 作者について

では、この「不登大雅甲本」の作者は誰であろうか。すでに見たように、「不登大雅乙本」は「不登大雅甲本」の演出本と見られ、「芸戯研乙本」は「不登大雅乙本」と同じ戯曲の演出本を書きとった別の一抄本と見られる。また、「芸戯研甲本」は「不登大雅乙本」や「芸戯研乙本」と元は同じ戯曲の一部で、前者は主に後半部を書きとったものなのに対し、後者は前半部の一部を書きとったもので、両者は互いに補完しあう関係にあると見られるとは前述した通りである。要するに、以上の四本の戯曲抄本は同一のグループに属したものと推察される。実際この四本の戯曲すべてその齣目が二字によって示されているのに対して「古本戯曲本」の各齣目はすべて四字によって示されている。このようにこの「古本戯曲本」はさきの四本の戯曲とすでに体裁の点で異なっているが、更に内容的にも、前四本とりわけ「芸戯研」の二本は単に『金瓶梅』からだけでなく、うちに『水滸伝』からの話を挿入させていることが認められたが、それはあくまで飛雲浦とか十字坡といった武松物語の範囲内のことであるのに対し、この「古本戯曲本」の方は、うちに百二十回『水滸伝』中の田虎征伐の話や、仇申の娘の瓊英とつぶての名人の張清の話が織り込まれており、軽々に断定はできないが、これらのことからこの両者の作者は別人である可能性が大いにあると思われる。

さて、従来「古本戯曲本」の作者を呉県の鄭小白だとされてきた。荘一払『古典戯曲存目彙考』[4]巻十一鄭小白の条には、

佚其名、江蘇江都人。

金瓶梅

「曲録」著録。鈔本。『古本戯曲叢刊三集』本。（中略）凡二巻三十四齣。演『水滸伝』。以西門慶・潘金蓮為関目。中間挿入張清・瓊英以及田虎事。

とある。

また、郭英徳『明清伝奇綜録』[5]巻三の鄭小白の条によれば、

鄭小白、江都（今属江蘇）人。生年不詳。所撰伝奇二種、『金瓶梅』今存。『金圧瓶記』已佚。

金瓶梅

『伝奇滙考標目』著録。現存旧抄本。首巻前半巻・二巻後半巻、鄭振鐸旧蔵。首巻後半巻・二巻前半巻、傅惜華旧蔵。而款式・字体悉同、原当為一本。『古本戯曲叢刊三集』合而影印之。凡二巻三十四出。

とある。

また、『北京図書館古籍善本書目』[6]では、

『金瓶梅』二巻、清・鄭小白撰。二冊、八行二十八字無格。

と見える。

今、「古本戯曲本」を見ると、正に八行二十八字なので、この北京図書館蔵の戯曲『金瓶梅』は、「古本戯曲本」と同一のものと思われる。

以上を見ても判る通り、荘一払氏や郭英徳氏ならびに北京図書館は、いずれも「古本戯曲本」の作者を鄭小白と判断しているのである。

だが、筆者が大いに疑うのは何故そのように断定できるかである。第一、「古本戯曲本」のどこを見ても作者鄭小白とは記していない。そもそも、生没年を始めとしてその生涯は皆目不明の鄭小白なる人に戯曲『金瓶梅』という作品があると今に伝えるのは、清・無名氏の『伝奇彙考標目』(7)に、

鄭小白、未著其名、呉県人。『金瓶梅』(8)。

と書かれてあるのみで、これが二巻三十四出のものだとも、どこにも書いていないのである。また同書の注として、この『伝奇彙考標目』別本に、

鄭小白（江都人）

補、『金圧瓶記』明刊本二冊。見李氏『海澄楼書目』。

とあるのみなのである。

すでに今、不登大雅文庫蔵の戯曲『金瓶梅』も広く世人の目にとまるようになった現在、この「不登大雅本」それも特に「不登大雅甲本」の作者が鄭小白だった可能性も排除できないのではあるまいか。とは言え、今の所「不登大雅甲本」の作者が鄭小白であるという確たる証拠はどこにもないので、この詮索はしばらくおくこととする。

さて、この鄭小白は呉県ないし江都の人というだけで他のことは一切不明である。かつて澤田瑞穂氏が、清の兪蛟の『夢厂雑著』巻二に見える鄭少白伝をとりあげられ、小白と少白の一画の違いこそあれ、あるいはこの人ではなかろうかとされた(9)。この「鄭少白伝」によれば、この人の本名は鄭琨、字は睦堂、号は少白。紹典府蕭山

県の人で、幼少より伯父に育てられ、その伯父が山西介休県県令になるとその伯父の下で会計事務に従事したとある。

さて問題は、この鄭琨という人は本当に『伝奇彙考標目』に見える戯曲『金瓶梅』の作者鄭小白なのだろうかということである。『伝奇彙考標目』に見える鄭小白は呉県の人というから今の蘇州の人である。その別本に江都の人とあるので、それなら揚州近郊の人ということになる。この鄭琨は蕭山の人というからには杭州近郊の人である。一は蘇州、一は揚州近郊、また一は杭州近郊、と違うと言えば違うが、広い中国からすれば、あまり違わぬ同じ蘇杭の人ということになる。この点で鄭琨は鄭小白かとも思えるが、では、この鄭琨がいつ頃の人かということが問題であろう。

この『夢厂雑著』の「鄭少白伝」を更に見ると、この人は伯父の下で会計事務をしていたがそれが嫌でたまらず、会稽の梁階平という人に師事して科挙をめざしたことが書かれてある。そうなると、この鄭琨がいつ頃の人かを定めるにあたっては、この梁階平という人が有力な手掛りになるはずである。調査の結果、梁階平は梁国治のことで、『清史稿』巻三百二十梁国治伝に依れば、乾隆十三年の進士、乾隆五十年に戸部尚書までなり、その翌年の乾隆五十一年に卒したことが判った。とすれば、この梁国治はほぼ乾隆年間（一七三六〜一七九五）の人と言える。通常の観念からすれば、この梁国治に師事した鄭少白は梁国治より若いはずだが、それでも、もし仮に鄭少白は梁国治と同年齢だったと仮定しよう。さて、この鄭少白が、鄭小白と同一人物ならば、彼には別に『金圧瓶記』という戯曲があり、その明刊本もかつてはあったという。惜しいことに今この明刊本は残っていないが、もし鄭少白が明最後の年の一六四四年に二十才の齢でこの『金圧瓶記』を出版したとすれば、その彼が乾隆元年の一七三六年にはすでに百十二才になる計算となる。つまりこれはあり得ない話で、残念ながら『夢厂雑著』に見える鄭琨が戯曲『金瓶梅』の作者鄭小白である可能性は極めて低いと言わねばならない。

『明清伝奇綜録』の著者郭英徳氏も、鄭小白に今は佚したが『金圧瓶記』という明刻本があったということから、この人は明末清初の人でなかったかとし、明の天啓元年から清の順治八年までの伝奇勃興期(下)の中に入れて彼を紹介している。

おわりに

ここでもし筆者の大胆な仮説を申すならば、この明末清初に生きた蘇杭の人鄭小白は、恐らく崇禎末年杭州で出版された「崇禎本金瓶梅」を基にして一篇の戯曲を書きあげた。それが今に残る「不登大雅甲本」であり、「不登大雅乙本」や「芸戯研甲・乙本」はいずれもその演出本だった。だが、既刊の「古本戯曲本」の作者は恐らく別の人であろうというものだが、いかんせん、すべてはまだ証拠不足で仮説に過ぎない。いずれ将来新しい材料の発見により根拠を得て、以上の仮説を実証したいものと念じている。

(1) 澤田瑞穂『宋明清小説叢考』研文出版社、一九八二年所収。
(2) 「不登大雅乙本」は、目次の題目と実際の題目が異なっている齣がある。カッコ内は実際の題目を示す。
(3) 唐の高祖朝から玄宗朝にかけて活躍した高僧。彼に関する不思議な逸話は、長く仏教徒の間で語りつがれてきた。その逸話の大半は、『太平広記』巻九十二に見える。
(4) 荘一払編『古典戯曲存目彙考』上海古籍出版社、一九八二年、中冊、一二四九頁。
(5) 郭英徳編『明清伝奇綜録』河北教育出版社、一九九七年、上冊、四七三・四七四頁。
(6) 北京図書館編『北京図書館古籍善本書目』書目文献出版社、一九八七年、集部、三〇八〇頁。
(7) 『中国古典戯曲論著集成』中国戯劇出版社、一九八〇年、第七冊所収。

（8）王国維『曲録』に、「『金瓶梅』一本、国朝鄭小白撰、小白佚其名、江都人。」とあって、これを『伝奇彙考』から引用したと見える。しかし、今これを石印本『伝奇彙考』八巻（古今書室、一九一四年）を調べるが、どこをさがしても出てこない。青木正児『支那近世戯曲史』附録曲学書目挙要の『伝奇彙考』の備考を見ると、「此書王国維・董康氏等各旧鈔残本を得、京都帝国大学之を借鈔す。後上海古今書室の石印本出でしも、鈔本に比すれば足らず」とあるので、あるいは抄本『伝奇彙考』の方に『金瓶梅』が見えるのかもしれない。

（9）澤田瑞穂『宋明清小説叢考』による。注(1)を参照されたい。

あとがき

いつか機会があれば、これまで行ってきた自分の『金瓶梅』に関する研究を一書にまとめ、これを上梓したいものだと思っていた。しかし、還暦を過ぎてもこれを果さなかったのは、一つには、いやしくも自分の著書を出すからには、もっと良い論文を書いてからにしたいという思いがいつもあって、なかなか著述にとりかかるふんぎりがつかなかったのと、今一つの理由は、実はそのような機会が実際になければ、敢てまとめずともよしという気持が心の中のどこかにあって、これらのことから、ずるずると今に至っていた。

ところが、平成二十年春に私が今勤務する佛教大学より「佛教大学研究叢書」の公募があり、ためしに応募したところ採択され、かくしてわが研究もこの叢書の一書として刊行されることとなった。これが機会にあらずしてなんであろうか。

まずは、私の拙い研究を本叢書の一つとして採択して下さった委員の先生方に感謝したい。

さて、いざ著書としてまとめるとなると、しばしこれまでの自分の旧稿を読み返してみる必要に迫られることとなった。読み返してみてつくづくと感じたことは、自分のこれまでの研究方法のなんと類型的であったかということと、発想力のなんと乏しかったかということである。

そこで、この度本書を刊行するに当って、旧稿に考えられうるかぎり手を加えようかと考えた。ことに本書の第二部あたりは、個々の論文を書いていた時はあまり気がつかなかったが、今改めて読み返してみると、重複する所が多く、各論文それぞれにつけた『金瓶梅』素材の一覧も、これを巻末に一括して一つの表にまとめようかとも考えた。だが、いずれも個々の旧稿の大幅な書き直しを伴うこととなり、それでは平成二十年度内の刊行がおぼつかなくなる恐れがあった。そこで、やむなくすべて旧稿のまま載せることとした。

次に、本書の各章に掲載した雑誌等の刊行年月の一覧を載せる（なお論文題目は発表時のもの）。

第一部　『金瓶梅詞話』考

第一章　『金瓶梅』執筆時代の推定『長崎大学教養部紀要』人文科学篇第三十五巻第一号、一九九四年七月

第二章　『金瓶梅』の成立に関する一考察――特に八十一回以降について――

『中国言語文化研究』第一号、二〇〇〇年三月

第三章　『金瓶梅』と楊継盛――小説と戯曲との関係から見た――

『長崎大学教養部紀要』人文科学篇第三十六巻第二号、一九九六年一月

第二部　『金瓶梅』の素材と創作手法について

第一章　『金瓶梅』素材の研究（1）――特に俗曲・「宝剣記」・「宣和遺事」について――

『函館大学論究』第十九輯、一九八六年三月

第二章　「話本」と『金瓶梅』

『長崎大学教養部紀要』人文科学篇第三十巻第二号、一九九〇年一月

第三章　『金瓶梅』中の散曲について

第四章　『金瓶梅』の発想
長崎大学国語国文学会『国語と教育』第二十一号、一九九六年十二月

第五章　『金瓶梅』に於ける諷刺と洒落について
『長崎大学教養部創立三十周年記念論文集』、一九九五年三月
長崎大学国語国文学会『国語と教育』第十九号、一九九四年二月

第六章　『金瓶梅』の創作手法――その娯楽性と政治性について――
『中国言語文化研究』第三号、二〇〇三年七月

第三部　『金瓶梅』に投影された史実

第一章　『金瓶梅』に見える明代の用語について
『長崎大学教養部紀要』人文科学篇第三十二巻第一号、一九九一年七月

第二章　『金瓶梅』十七回に投影された史実――宇文虚中の上奏文より見た――
『漢学研究』第六巻第一期、一九八八年六月

第三章　金瓶梅に描かれた役人世界とその時代
『活水日文』第二十二号、一九九一年三月

第四章　『金瓶梅』における諷刺――西門慶の官職より見た――
『函館大学論究』第十八輯、一九八五年三月

第五章　金瓶梅補服考
『長崎大学教養部紀要』人文科学篇第三十一巻第一号、一九九〇年七月

第四部　崇禎本『金瓶梅』考

第一章　新刻繡像批評金瓶梅（内閣文庫蔵本）の出版書肆について『東方』第二十七号、一九八三年六月

第二章　崇禎本『金瓶梅』各回冒頭の詩詞について

第三章　繡像本『金瓶梅』における五十三回より五十七回までについて
『長崎大学教養部紀要』人文科学篇第三十三巻第一号、一九九二年七月
『中国古典小説研究』第十一号、二〇〇六年七月
第四章　崇禎本『金瓶梅』に於ける補筆について
『吉田富夫先生退休記念中国学論集』汲古書院、二〇〇八年三月
附　考　北京大学図書館蔵馬氏不登大雅文庫旧抄戯曲金瓶梅についての一所見
『佛教大学文学部論集』第八十九号、二〇〇五年三月

これら論文が最初に発表された時、批正と示唆を与えて下さった諸先輩、知友の厚情に謝意を表するものである。

御覧の通り、このうち一番早い論文は、第四部第一章の『東方』に載った一文で、私の「金瓶梅研究」もそれから数えて実に二十六年にもなる。かくも長年月にわたる研究にしては、その成果のあまりの乏しさに今は恥じ入るばかりである。しかし著者としては、これを、一方ではこれまでの道をふりかえりつつ、他方これからの新しい道を模索する一里塚にしたいと考えている。

最後に、このような厄介なものの出版に応じて下さった思文閣出版と、上梓にこぎつけるまでにいろいろ親身にアドバイス下さった同社の立入明子女士に深謝するものである。

平成二十一年二月

佛教大学中国学研究室
荒木　猛

索　　引

⊙この索引は、本文中、資料名(書名・論文名をふくむ)・人名・事項につき、重要と思われるものを、それぞれ分けて採録したものである。

⊙『金瓶梅』中の人物名は原則として省いたほか、頻出する項目や、各章の主題となっている項目は省略した。

【資料名】

う

か

き

【人　名】

【事　項】

◎著者略歴◎

荒木　猛（あらき・たけし）

1947年富山県生.
東北大学大学院文学研究科博士課程単位取得満期退学.
中国文学専攻.
長崎大学教育学部教授を経て，現在佛教大学文学部教授.

〔著書〕
『反逆者の群像　水滸伝』（中国古典招待１）（日中出版，1987年７月）

佛教大学研究叢書６

金瓶梅研究《きんぺいばいけんきゅう》

2009（平成21）年３月20日発行
定価：本体8,500円（税別）

著　者　荒木　猛
発行者　佛教大学長　福原隆善
発行所　佛教大学
〒603-8301 京都市北区紫野北花ノ坊町96
電話 075-491-2141（代表）
制　作
発　売　株式会社　思文閣出版
〒606-8203 京都市左京区田中関田町2-7
電話 075-751-1781（代表）

印　刷
製　本　株式会社 図書印刷 同朋舎

 ISBN978-4-7842-1442-6　C3090

『佛教大学研究叢書』の刊行にあたって

二十一世紀をむかえ、高等教育をめぐる課題は様々な様相を呈してきています。科学技術の急速な発展は、社会のグローバル化、情報化を著しく促進し、日本全体が知的基盤の確立に大きく動き出しています。高等教育機関である大学も、その使命を明確に社会に発信していくことが重要な課題となってきています。

本学では、こうした状況や課題に対処すべく、先に「佛教大学学術振興資金」を制度化し、教育研究の内容・成果を公表する体制を整備してきました。その一部はすでに大学院、学部の研究紀要の発行などに実を結び、また、通信教育課程においては鷹陵文化叢書、教育学叢書、社会福祉学叢書等を逐次刊行し、研究業績のみならず教育内容の公開にまで踏み出しています。今回の『佛教大学研究叢書』の刊行はこの制度化によるもう一つの成果であり、今後の本学の研究を支える根幹として位置づけられるものと確信しております。

研究者の多年にわたる研究の成果は、研究者個人の功績であることは勿論ですが、同時に、本学の貴重な知的財産としてこれを蓄積し、活用していく必要があります。したがって、それはまた特定の研究領域にのみ還元されるものでもありません。社会への発信が「知」の連鎖反応を呼び起こし、延いては冒頭にも述べた二十一世紀の知的基盤社会を豊かに発展させることに、大きく貢献するはずです。本学の『佛教大学研究叢書』がその貢献の柱になることを、切に願ってやみません。

二〇〇七年三月

佛教大学長　福原隆善